Der Hüter der Fabeln

Band 1

Manfestos Erbe

1. Auflage

Kevin Christian Metz
Mylinghauser Str. 17 in 58285 Gevelsberg
info@kc-metz.com

Cover: Alexander Kopainski/unter Verwendung von shutterstock.com
Illustrationen: K.C. Metz
Lektorat und Korrektorat: Vanessa Heutehaus
Herstellung und Verlag: Amazon KDP
ISBN: 978-3-9824468-0-6

Triggerwarnung: Die Geschichte enthält Szenen mit physischer sowie psychischer Gewalt. Darunter auch Mobbing.

Der Hüter der Fabeln

Manfestos Erbe

Geschrieben von

K.C. Metz

Das Unrecht hält sich manchmal vor,

Recht zu bleiben.

Noxische Weltkarte

Da lange Zeit keine Abbildung der noxischen Karte in menschlicher Schrift existierte, zeichnete Karl Brunn im Jahr 1849 ein Exemplar für die Nachwelt.

Die Zeichnung gilt jedoch heutzutage als grob. Karl Brunn bezog beispielsweise nur größere Städte oder Dörfer ein, die seiner Meinung nach geschichtsträchtig und wichtig genug waren.

Es obliegt jedem selbst, diese Welt auf eigene Faust zu entdecken.

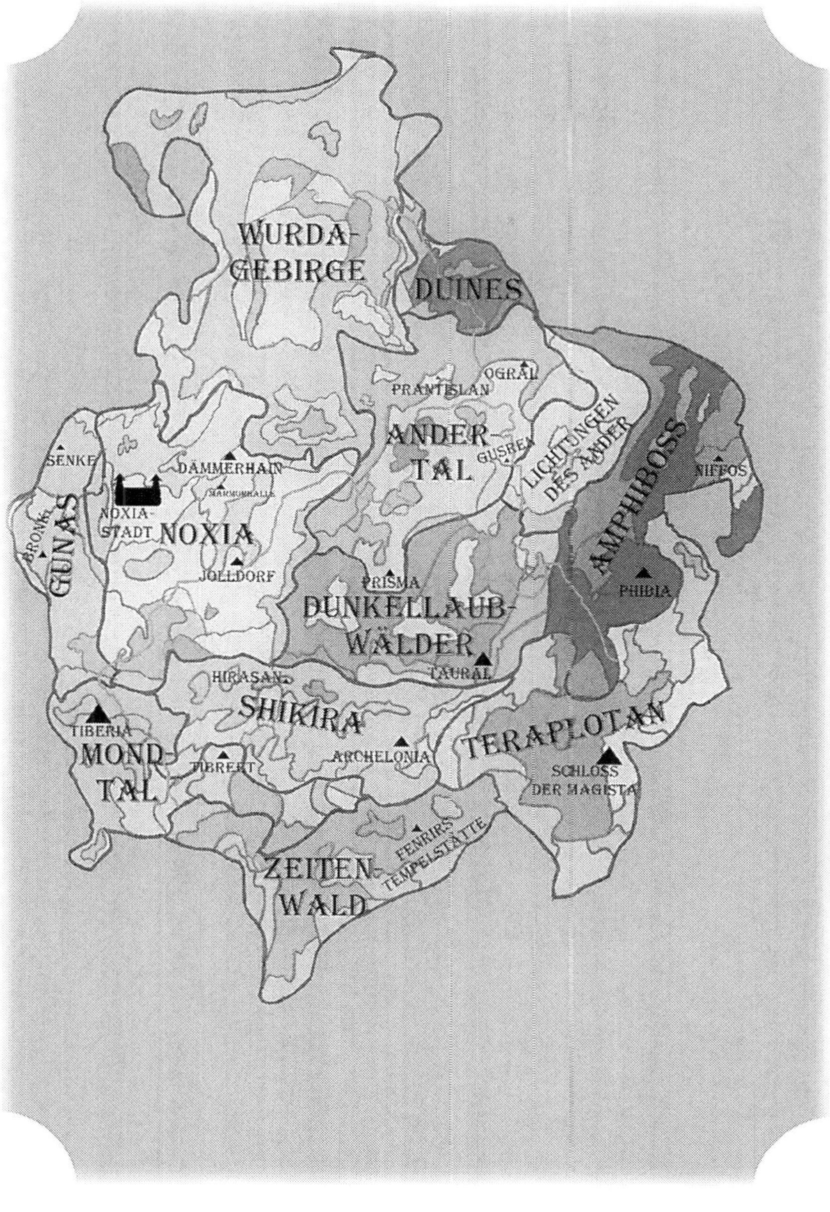

Eigentum der Familie Brunn

Ein seltsamer Junge

´Warum ich?´, fragte sich Dennis in diesen erdrückenden Momenten besonders. Er kauerte im Bett und zog rasch seinen knochigen, bleichen Fuß unter die Decke, um auch das letzte Glied seines Körpers zu verdecken.

»Na los, sprich es aus. Du weißt genauso gut wie ich, wer von uns beiden den längeren Atem hat«, sagte sein Stiefvater mit einem hämischen Schmunzeln und zog Dennis die Decke ruckartig vom Leib.

»Ich will nicht!«, kreischte Dennis.

»Wenn du nicht aussprichst, was wir hören wollen, bleiben wir den ganzen Abend hier.«

Ein schallendes Gelächter prasselte auf Dennis ein. Roger hatte den Besuch in das Zimmer seines Stiefsohns beordert, um gemeinsam mit seinen Freunden über den schutzlosen Jungen herzuziehen. Dennis weinte. Es gab keine Möglichkeit mehr, sich zu verstecken. Und zu seinem Bedauern wusste er bestens, dass er auf die demütigende Forderung seines Stiefvaters eingehen musste, um ihn und seine Freunde loszuwerden.

Der kleine Junge stellte sich bibbernd auf, drückte sich gegen die Dachschräge über dem Bett und wagte einen verkrampften Blick zu sich herunter. »Ich bin eine Missgeburt«, winselte Dennis widerwillig und verdeckte sein Gesicht in der Armbeuge.

»Genau das bist du«, entgegnete sein Stiefvater. »Und Missgeburten haben nichts zu melden. Also wirst du schön die Klappe halten, während wir uns amüsieren.«

Dennis rollte sich wie ein Tier zusammen und wartete schlotternd darauf, endlich in Ruhe gelassen zu werden.

»Kommt in Anwesenheit deiner Mutter auch nur ein Wort über den heutigen Abend über deine schäbigen Lippen, weißt du ja, was dich erwartet«, knirschte Roger, bevor er und die anderen Männer Dennis Zimmer mit knallender Tür verließen.

Obwohl Dennis nun allein war, rührte er sich nicht. Er war zu sehr mit seinen Gefühlen beschäftigt.

Es dauerte einige Zeit, bis er sich dazu entschied, seine schützende Stellung zu verlassen. Er kroch mühselig aus dem Bett, schlurfte schniefend über den kratzigen Teppich zu seinem Wandspiegel und rieb sich die Tränen aus den Augen, um sich darin zu betrachten. Gewöhnlicherweise mied er diesen Spiegel, als wäre er nicht existent gewesen. Roger hatte ihn letztes Jahr gekauft, um seinen Stiefsohn regelmäßig daran zu erinnern, was er war. Doch an diesem Abend war Dennis wieder danach, seinen Körper zu betrachten. Allerdings nicht, weil er ihn so schön fand. Dennis inspizierte sich immer nur dann, wenn er sich selbst demütigen wollte. Er verabscheute sich in solchen Momenten.

Dennis war anders. Egal wie sehr er es auch verdrängen wollte, sowohl die Menschen um ihn herum als auch sein Spiegelbild zerrten ihn zurück in die Realität. Für einen Zwölfjährigen war er äußerst klein geraten. Bei einer ersten Begegnung hielt ihn bislang jeder für ein Kleinkind. Vorausgesetzt, eine Person war überhaupt dazu in der Lage, den Jungen länger als fünf Sekunden zu betrachten, ohne unangenehm berührt das Weite zu suchen. Dennis war so spindeldürr wie ein lebendiges Kind überhaupt noch sein konnte. Beinahe jeden Knochen des Jungen konnte man sehen. Er wirkte auf andere stets todkrank, obwohl er sich fit fühlte und auch dem Essen nicht abgeneigt war.

Dennis Statur war im Vergleich zu seinen anderen körperlichen Merkmalen allerdings das geringste Übel. Nicht nur im Spiegel fielen ihm seit jeher besonders seine hellblauen Augen, die goldig-blonden Haare und seine bleiche Haut auf. Diese völlig untypische Haut war so zart und glatt, dass jede aufgekommene Unebenheit sofort aufgefallen wäre. Dennis konnte allerdings noch nie ein Muttermal oder einen Pickel an sich sehen.

Was die Verzweiflung des kleinen Jungen aber auf die Spitze trieb, waren seine Ohren. Diese waren etwa doppelt so groß wie gewöhnliche menschliche Hörmuscheln. Oben liefen sie spitz zu, sodass jeder Fremde zuerst gedacht haben musste, er hätte sich für einen Kindergeburtstag oder eine Halloweenparty verkleidet. Doch diese Ohren waren absolut echt. So echt, dass sie Dennis erneut in den Wahnsinn trieben.

Der Anblick seiner selbst ließ seinen Körper vor Wut beben. Seine gequälte Miene erstarrte. Vor Dennis Füßen lag ein dickes Schulbuch.

Zähneknirschend nahm er es auf und blickte wieder in den Spiegel.

»Warum sehe ich so ekelig aus?!«, brüllte er und warf das Schulbuch mit aller Kraft gegen den Spiegel, der daraufhin alle Einzelteile zersplitterte. »Warum bin ich so?! Ich hasse mein Leben! Ich hasse mein Leben!«

Dennis ging schluchzend auf die Knie. Seine angesammelte Frustration musste raus.

Viel Zeit dafür hatte er jedoch nicht. Dennis sprang prompt wieder auf seine Füße und verriegelte die Tür. Er wollte den Fehler von vorhin nicht erneut begehen. Er hatte doch tatsächlich vergessen, dass seine Mutter an diesem Abend auf der Geburtstagsfeier ihrer einzig verbliebenen Freundin eingeladen war. Roger nutzte solche Gelegenheiten regelmäßig und lud seine Freunde ein, um gemeinsam mit ihnen seinen verhassten Stiefsohn bis zur Verzweiflung zu verängstigen. Wenn Dennis Mutter nicht im Haus war, zeigte sein Stiefvater sein wahres Gesicht.

Das bedeutete allerdings nicht, dass seine Mutter ein Schutzanker war. Karin war nicht das, was man als fürsorgliche Mutter bezeichnen würde. Durch ihre äußerst naive Ader fand Roger in ihr das perfekte Gefäß für seine Manipulationen. Der skrupellose Mann hatte Karin im Laufe der Zeit immer mehr gegen ihren eigenen Sohn aufgestachelt, sodass sie am Ende tatsächlich glaubte, ein schwer erziehbares Kind zuhause zu haben.

Roger konnte in letzter Zeit sogar in Karins Anwesenheit über Dennis und dessen leiblichen Vater herziehen, ohne auch nur den Hauch einer Konsequenz zu erfahren. So wurde selbst das gemeinsame Familienessen für Dennis zur Tortur. Dabei hatte er seinem Stiefvater nie etwas getan. Der seltsam aussehende Junge passte wohl einfach nicht ins Weltbild des radikalen Mannes. Mit seiner langen Hakennase und dem diabolischen Gesichtsausdruck war Roger für Dennis der Inbegriff des Bösen.

Dennis drehte sich von der Tür weg und sah das Ausmaß seiner Wut. Sein Zimmer war mit Scherben übersät.

Als sein Adrenalinpegel wieder etwas gesunken war, spürte er einen stechenden Schmerz im Fuß. Auf dem Weg zur Tür hatten sich wohl ein paar Glassplitter ihren Weg durch seine Haut gebahnt. Zimperlich zog er die Bruchstücke des Spiegels aus seinem Fuß. Jedes Einzelne verursachte ein schmerzverzerrtes Zischen bei ihm. Ein paar Scherben drangen äußerst tief in die Haut ein. Besonders an der Ferse blutete Dennis stark. Aber einfach ins Badezimmer gehen, um seine Wunden zu behandeln, war für Dennis zu riskant. Roger durfte auf keinen Fall etwas von seiner Entgleisung mitbekommen.

Der kleine Junge hatte über die Jahre der Einsamkeit und Unterdrückung seine Kreativität für sich entdeckt und sie stets weiterentwickelt. Ohne lange zu überlegen, schnappte er sich eine Packung Taschentücher vom Schreibtisch und verband mit dem Inhalt und ein paar Streifen Klebeband seine Verletzungen.

Kein Tropfen Blut landete mehr auf dem Teppich.

Dennis sammelte hektisch die Scherben vom Boden auf, um sie in dutzenden Taschentüchern verschwinden zu lassen.

Er schaute sich prüfend um. Außer der Tatsache, dass der Wandspiegel nun verschwunden war, wirkte sein Zimmer wieder normal. Ein äußerst karges und lieblos eingerichtetes Kinderzimmer. Mit einem Bett, Schreibtisch, Drehstuhl und zwei Schränken gab es dort nichts, womit sich ein Junge in Dennis Alter beschäftigen konnte. Er hatte das ein oder andere alte Spielzeug, doch konnte man damit nur schwerlich einen Tag überbrücken. Schon gar nicht, wenn man keine Freunde hatte.

Spaß wurde in Dennis Leben klein geschrieben. Es gab nicht wirklich viel, was ihn dazu veranlasste, Glück zu verspüren. Dafür war in erster Linie sein Wohnort verantwortlich. Das beschauliche Örtchen Dornsdorf im Herzen Bayerns war neben dem einzigartigen Altstadtviertel vor allem für seine äußerst konservativen Bürger bekannt.

Dennis mochte so gut wie niemanden dort. Durch sein unmenschliches Aussehen wurde er von Anfang an anders behandelt als die anderen Kinder im Dorf. Es kam tatsächlich nicht selten vor, dass einer der vielen strengreligiösen Dorfbewohner an Karin herantrat, um sie aufgrund ihres Sohnes zu verunglimpfen. Angeblich hätte sie eine grauenhafte Sünde begangen, weshalb sie nun mit einem von Gott verlassenen Kind leben müsse. Die nicht gläubigen Bürger Dornsdorfs ächteten Dennis hingegen mit Ignoranz. Es gab nur Wenige, für die der Ruf des "seltsamen Jungen" belanglos war. Das alles machte Dennis Leben schwer erträglich.

Jeden Tag fragte er sich, warum er so behandelt wurde, obwohl er niemals jemandem etwas Böses getan hatte.

´Nur, weil ich anders aussehe?´, fragte er sich oft, während er sich in den Schlaf weinte.

Dennis verstand sein Anderssein nicht. Er hat noch nie einen Menschen getroffen, der auch nur annähernd so aussah wie er. In ihm harrten so viele Fragen, doch es gab niemanden, der sie beantworten wollte. War er womöglich doch eine Missgeburt? Ein Naturfehler? Eine Bestrafung Gottes?

Jeder normale Mensch wäre bei einem solchen Innenleben bereits völlig zerbrochen. Dennis hätte sich wahrscheinlich auch längst aufgegeben, wenn er nicht einen Menschen im Leben gehabt hätte, der zu ihm stand. Sein Onkel, Gerrit.

Gerrit Brunn war ein herzensguter, fülliger Mann und der Inhaber der erfolgreichsten Gaststätte der Region, dem Café Brunn.

Sobald die Schule endete, flüchtete Dennis aus seinem trostlosen Alltag zu seinem Lieblingsort, um dort so viel Zeit wie möglich mit seinem Onkel zu verbringen. Das war nicht immer leicht, da Gerrit durch sein Gewerbe ein vielbeschäftigter Mann war. Dennoch schenkte er seinem Neffen jede freie Sekunde.

Dennis versuchte immer bis zum Ladenschluss des Café Brunn zu bleiben. Unter keinen Umständen ging er freiwillig nach Hause. Wie oft er bereits darüber nachgedacht hatte, einfach von dort wegzulaufen, um nie wieder zu kommen, konnte Dennis nicht mehr zählen. Doch, wohin? Gerrit durfte ihn nicht einfach aufnehmen. Die einzige Alternative wäre Dennis leiblicher Vater, dem er allerdings noch nie begegnet war. Von seinem Vater gab es nicht einmal Bilder zu sehen, um zu prüfen, ob sein seltsames Aussehen von ihm stammen könnte.

Das Einzige, was seine Mutter zu seinem Vater stets zu sagen pflegte, war: »Der Feigling ist kurz nach deiner Geburt verschwunden. Er ist ein arbeitsloser Nichtsnutz, der dich niemals geliebt hat.«

Immer wenn Dennis nach seinem Vater fragte, wurde die Stimmung im Haus noch rauer, als sie ohnehin war. Auch von Gerrit gab es keine brauchbaren Auskünfte. Irgendwann hatte Dennis keine Hoffnung mehr in dieses Thema gelegt und ließ es ruhen. Er verstand mittlerweile, dass er nicht auf eine wundersame Rettung warten konnte, die ihn aus seinem grauenvollen Leben befreien würde. Der hinter ihm liegende Tag war der nächste Beweis.

Die Bilder des Abends gingen nicht mehr aus Dennis Kopf. Diese angewiderten Blicke der vier Männer, die ihn behandelten wie Ungeziefer. Für Dennis war das die absolute Demütigung. Er musste meist Tiergeräusche nachahmen oder sich selbst beleidigen, um Rogers Besuch adäquat zu unterhalten. Sein Stiefvater rechtfertigte es immer damit, dass solche Schmach

Dennis dabei helfen würde, zu verinnerlichen, dass er ein “widerliches Etwas“ war. In letzter Zeit versuchte Dennis sich zumindest weniger von seinem Stiefvater gefallen zu lassen. Aber am Ende schien es egal, was der kleine Junge mit seinen überschaubaren Möglichkeiten auch unternommen hatte. Roger gewann immer. Und Gegenwehr wurde meist mit hinterhältigen Sabotageaktionen bestraft.

Dennis wollte nicht weiter über das Erlebte nachdenken und versuchte, seine Wut und Trauer irgendwie abzuschütteln, um wenigstens einen erholsamen Schlaf zu finden. Die Anwesenheit von Roger und seinem Besuch im Haus machte dies zu einer Herausforderung. Obwohl sie im Erdgeschoss feierten, wirkte es so, als ob sie direkt hinter Dennis Zimmertür grölen würden.

Bevor die Midlife-Crisis-Gang noch übermütiger wurde, stopfte Dennis sich zerknüllte Taschentücher in seine riesigen Ohrmuscheln, um irgendwie abzuschalten. Er wollte vergessen. Am liebsten so gut wie alles, was er in seinem Leben erlebt hatte. Einfach jemand anderes sein. Jemand Normales. Jemand, der genauso behandelt wurde wie alle anderen.

Bevor Dennis die Augen schloss, gab es einen Blick nach rechts, wo ein knittriger Kalender mit einer krummen Heftzwecke an der Wand befestigt war. Beinahe jedes Tagesfeld war mit einer kindlichen Handschrift gefüllt. Besondere Ereignisse, die im Café Brunn stattfanden oder noch stattfinden werden, Erinnerungen an die Lieblingssüßigkeiten oder auch die ein oder andere Zeichnung gab es darauf zu sehen. Besonders fiel der Freitag dieser Woche ins Auge. Dieses Tagesfeld wurde aufwendig mit schnörkeliger Schrift und einem gezeichneten Kranz hervorgehoben.

Freitag, 12. Juni, Dennis 13. Geburtstag.

In drei Tagen würde er tatsächlich schon dreizehn Jahre alt werden. Andere Jungs in seinem Alter hätten sich wahrscheinlich die neuste Spielekonsole oder ein Handy gewünscht. Nicht so Dennis. Neben der Tatsache, dass er solche Geschenke ohnehin niemals bekam, würden ihn diese auch nicht so glücklich machen, wie sie es eigentlich sollten. Er wünschte sich zu seinem kommenden Jahrestag nichts sehnlicher, als endlich ein neues Leben zu beginnen.

Mit diesem Wunsch schloss Dennis endlich die Augen und schlief ein.

Einseitige Verhandlungen

Dennis nahm den Wecker um 06:30 Uhr nicht wahr. Der vergangene Abend hatte ihn zu sehr mitgenommen.

Lange konnte er allerdings nicht weiterschlummern. Nur wenige Minuten nach dem ersten Klingeln wurde Dennis Zimmertür beinahe auseinandergenommen. Da halfen auch die Taschentücher in den Ohren nicht mehr weiter. Die Druckwelle ging durch sämtliches Mobiliar des Zimmers. Dennis sprang vor Schreck aus dem Bett und knallte mit seiner Stirn gegen die Dachschräge.

»Steh gefälligst auf! Willst du etwa so ein arbeitsloser Penner werden wie dein Vater?!«

Dennis hatte wieder mal einen Albtraum gehabt. Aber bei Rogers Stimme am Morgen wollte er gleich wieder dahin zurückkehren.

Erschöpft und mit dröhnendem Kopf stand er auf, um sich fertig für die Schule zu machen. Das Bad war von seinem Zimmer aus direkt hinter der ersten Tür auf der rechten Seite. Dennis wusste allerdings genau, dass sein Stiefvater dort lauerte, um ihn auf seine ganz eigene Art und Weise in den Tag starten zu lassen.

Durch den Adrenalinschub angetrieben, kam Dennis auf eine Idee. Er griff unter sein wackeliges Holzbett und zog eine große, schwarze Truhe heraus. Der Inhalt erinnerte an eine Fundkiste. Dutzende zerfranste Taschen und Kleidungsstücke, die so aussahen, als wären sie schon über Generationen weitergereicht worden.

Dennis griff unter die Lumpen. Ein Handy kam zum Vorschein. Auch das war weit davon entfernt, modern und sauber zu sein.

Nach Betätigen des oberen Knopfes hellte der Bildschirm auf und über Dennis Lippen zog ein seichtes Grinsen. »Damit rechnest du nicht, du Idiot«, murmelte er aufgeregt.

Auf dem Sperrbildschirm des Handys erschien als Hintergrund ein Bild von ihm und seinem Onkel Gerrit, auf dem sie am Hemensee herumtollten. Dieser kleine, malerische See befand sich nur wenige Schritte von Gerrits Haus entfernt und gehörte zu Dennis absoluten Lieblingsorten. Dennis sah das Bild und hielt einen kurzen Moment inne. Es waren diese Augenblicke im Leben, an denen er sich an schlechten Tagen wieder hochzog.

BUMM! BUMM! Es knallte erneut an seiner Tür. Noch wesentlich lauter als beim ersten Mal. Ein Glas, in dem Dennis sein Erspartes aufbewahrte, fiel durch die Druckwelle von der Regalkante neben seinem Bett zu Boden. Klirr! Das Glas zerbrach in dutzende Stücke und das Kleingeld flog durch das Zimmer.

»Oh, verdammt«, sagte Dennis zittrig.

Das Hämmern an der Tür wurde mit jedem Mal lauter.

»Verdammt, du Rotzbengel, was treibst du wieder da drin?!«

Dennis musste reagieren, bevor sein Stiefvater noch zorniger wurde. »Ich bin aus dem Bett gefallen! Ich komme sofort!«

Inzwischen war es 06:45 Uhr.

»Wenn du in zwei Minuten nicht aus deinem Zimmer gekrochen bist, kannst du dein Frühstück vergessen!«

Dennis hörte, wie Roger von der Tür mit lauten Schritten davonzog. Ist er nach unten gegangen, oder würde er, wie so oft, vor dem Badezimmer auf ihn warten?

Dennis wollte kein Risiko eingehen und nahm wieder sein Handy zur Hand. Er tippte ein wenig in den Einstellungen des Geräts herum. Plötzlich weiteten sich seine Augen. Auf dem Bildschirm war die Auswahl *"Nummer unterdrücken",* zu erkennen. Einmal nach rechts zum Bestätigen und Schwups, schon wählte Dennis die Festnetznummer seines Hauses. Nun blieb zu hoffen, dass Roger auch den Hörer abnahm. Normalerweise nahm er jedes Telefonat im Haus an, damit ihm nichts entging. Roger wirkte für Dennis wie ein Spion, der nichts dem Zufall überließ.

Dennis wartete bis zum fünften Freizeichen und legte auf. Schnell schmiss er das Beweisstück unter das Bett und schloss die Zimmertür auf. Vorsichtig öffnete er die Tür und erblickte einen leeren Flur mit seiner kitschigen Designer-Dekoration. Ein grauer, schmaler Wollteppich ebnete den Weg zum Ziel. Dennis flitzte ins Badezimmer und schloss sich auch dort ein.

Im Hintergrund war der nächste Wutanfall von Roger zu entnehmen.

»Diese verdammten Betrugsanrufe! Beim nächsten Mal rufe ich die Polizei!«

Dennis wusste nicht, ob er über die Tatsache lachen sollte, seinen Stiefvater endlich auch mal hinters Licht geführt zu haben. Rogers Laune könnte eine weitere Kettenreaktion des Schreckens auslösen.

Bevor er weiter in seinen Gedanken kramte, kümmerte sich Dennis lieber um seine Verletzung, die er sich gestern durch die Scherben seines Spiegels zugezogen hatte. Behutsam zog er das Klebeband von seinem Fuß und entfernte den Verband. Sein Gefühl hatte ihn nicht getäuscht. Dennis Verletzungen waren vollständig geheilt, und das nach einer Nacht. Was für jeden Menschen ein Grund zum Staunen wäre, war für den kleinen Jungen vollkommen normal. Die Wundheilung seines Körpers war ebenso absonderlich wie sein Aussehen. Ob Schnittwunden oder schlimmere Verletzungen, sein Körper hatte einen rasanten Heilungsverlauf.

Das war Dennis einmal besonders aufgefallen. Vor fünf Jahren hatte er einen schweren Fahrradunfall. Ein entgegenkommendes Auto hatte ihn gestreift, sodass er von der Fahrbahn abgekommen und über eine Leitplanke in einen Graben gefallen war. Dabei wurden Dennis mehrere Rippen und das linke Bein gebrochen. Er wurde daraufhin mit dem Krankenwagen in eine Klinik im Nachbarort Fichtental gebracht, damit man ihn dort fachgerecht behandeln konnte. Eigentlich eine wahre Horrorstory für jedes Kind und seine Eltern, wäre nicht noch eine wundersame Wendung eingetreten. Die Verletzungen des Jungen waren nach nur einer Woche vollständig geheilt. Dennis erinnerte sich noch gut daran, wie verblüfft seine zuständigen Ärzte gewesen waren. Er musste daraufhin einige Tests mit sich durchführen lassen, um diesem Phänomen auf den Grund zu gehen. Dennis bekam damals bei einem Gespräch zwischen seiner Mutter und dem Chefarzt mit, dass er höchstwahrscheinlich einen Gendefekt in sich trägt, der absolut einzigartig ist. Eine genaue Erklärung dazu bekam er nicht. Dennis konnte heute nicht einmal eine Narbe als Erinnerung an diesen grausamen Unfall erkennen, ebenso wie nach allen anderen Verletzungen seines bisherigen Lebens. Viel lieber hätte er unzählige Narben gesammelt, so wie normale Kinder in seinem Alter. Doch nichts in seinem Leben war normal.

Dennis putzte sich die Zähne und ging anschließend unter die Dusche. Während wohl die meisten Menschen eine warme Dusche genießen, war es für ihn eine regelrechte Tortur. Dies war die Zeit, in der er seinen Körper in Gänze sehen musste.

Dennis schloss die Augen und ließ das warme Wasser auf seine wuschigen Haare niederregnen. Er ging nochmals seine Hausaufgaben im Kopf durch. In Mathe wurden gerade Flächenberechnungen durchgenommen. Neben Biologie und Chemie war Mathematik eines der Fächer, in denen Dennis nicht sonderlich gut war. Seine Wissbegierde und Auffassungsgabe in Fächern, die ihn interessierten, waren bei den Lehrern hingegen berüchtigt. Dennis war seine Schulbildung äußerst wichtig. Durch einen guten Abschluss erhoffte er sich später ein schöneres Leben. Ein Leben, in dem sein Aussehen keine Rolle mehr spielen würde. Dennis träumte davon, genauso zu werden wie sein Onkel. Er wollte sich ebenfalls in jungen Jahren selbstständig machen, um sein eigener Herr zu werden. Er strebte ein Jurastudium an, um sich nach ein paar Jahren Berufserfahrung eine eigene Rechtsanwaltskanzlei eröffnen zu können. Das Recht eines Menschen war Dennis größtes Anliegen. Wahrscheinlich, weil er selbst meist keines erfuhr. Als Erstes wollte er dafür sorgen, dass Roger ins Gefängnis wandern würde. Allein die Vorstellung, diesen fiesen Grobian hinter Gittern zu sehen, war für ihn eine Wohltat.

Dennis fing an, sich in seinen Tagträumen zu verlieren. »In ein paar Jahren werdet ihr alle staunen«, säuselte er.

Als er gerade darüber nachdachte, was er eines Tages mit seinen Schulpeinigern anstellen wollte, wurde er von einer aggressiven Frauenstimme aus seinen Gedanken gerissen. »Dennis, kommst du bitte mal runter?!«

Das hörte sich nicht so an, als würde Dennis etwas Nettes erwarten. Wie von einer Tarantel gestochen sprang er aus der Dusche, rubbelte sich hastig mit dem Handtuch trocken und zog sich an.

Er rannte die Treppe hinunter ins Erdgeschoss, wo sich Wohnzimmer und Küche befanden.

In der geräumigen Küche warteten bereits seine Mutter Karin und Roger am Esstisch. Die kleine, braunhaarige Frau sah ihren Sohn bereits mit zuckenden Augenlidern an, während man Roger ein hämisches Lächeln entnehmen konnte. Auf dem Esstisch stand Dennis geöffnete Schultasche. Er konnte es nicht fassen. Diese Tasche hatte vor wenigen Minuten noch in seinem Zimmer gestanden. Bevor er sich in Richtung Badezimmer aufgemacht hatte, war er an ihr im noch geschlossenen Zustand vorbeigelaufen.

Mutter Karin wühlte ungehalten in der Tasche herum. Bevor Dennis auch nur ein Wort mit ihr wechseln konnte, holte sie zu seinem

Unverständnis eine Schachtel Zigaretten hervor. Dazu kamen noch zwei Feuerzeuge und ein Autoschlüssel. Sie legte alle Teile in einer Reihe auf den Tisch. Dennis war fassungslos. Was hatten diese Sachen in seiner Schultasche zu suchen?

»Ich hoffe, du hast dafür eine gute Erklärung, junger Mann«, sagte Karin.

Dennis fehlten die Worte. Er holte tief Luft und schnappte sich die Zigarettenschachtel. »Das gehört mir nicht! Das sind Zigaretten von der Marke Jumpei! Die raucht doch Roger!«

»Du scheinst dich mit Zigaretten ja gut auszukennen, wenn du dich noch daran erinnern kannst, mit was für einem Zeug ich mir damals die Lunge zugemüllt habe«, reagierte Roger gelassen auf die Anschuldigung.

Dennis verkrampfte vor Wut. Er blickte seinen Stiefvater an wie eine Raubkatze, die im nächsten Augenblick ihre Beute anspringen wollte.

Dennis Blick wurde schnell durch einen lauten Knall unterbrochen. Es war seine Mutter, die sich über den Esstisch beugte und mit der Faust auf das Mobiliar schlug, um die Aufmerksamkeit ihres Sohnes wiederzuerlangen. »Du weißt genau, dass Roger schon seit über drei Jahren nicht mehr raucht! Wo hast du die her?!«

Dennis wusste genau, dass die Aussage seiner Mutter nicht stimmte. Noch gestern hatte er beobachtet, wie Roger sich vor der Garage genüsslich eine Zigarette schmecken ließ.

Dennis wollte gerade das Wort ergreifen. »Nein! Gestern ...«, da hielt Karin ihm den Autoschlüssel vor sein Gesicht. Es war der Schlüssel zu einem teuren Sportwagen, das konnte auch ein Laie erkennen.

»Woher hast du den?«, fauchte Karin.

Roger rückte leise aus dem Hintergrund hervor und schnappte Karin den Autoschlüssel aus der Hand. Als er sich den Schlüssel genauer ansehen wollte, stieß er mit seiner langen Nase dagegen. Dennis fühlte sich wie in einem schlechten Krimi.

Oberdetektiv Roger drehte den Schlüssel mehrmals und schnaufte. »Ganz klar. Das ist der Autoschlüssel von Herrn Petersen.«

Karin war so schockiert, dass sie auf ihren Stuhl plumpste. Ausgerechnet die Petersens, die mit Abstand reichste Familie in Dornsdorf.

Peter Petersen war der Gründer der Firma Dornsdorfer. Diese stellte einen Softdrink her, der sich über mehr als dreißig Jahre global etabliert hatte und Dornsdorf somit zumindest etwas Ruhm bescherte. Dennis Problem war, dass Peter Petersen einen weißen Sportwagen besaß. Und ausgerechnet der Schlüssel dieses Autos sollte Dennis zur Last gelegt werden? Natürlich würde Dennis niemals einen Diebstahl begehen, doch aufgrund des Fundorts des Schlüssels waren die Argumente nicht auf seiner Seite.

Karin holte tief Luft, um ihre Fassung zu bewahren. »Wieso, Dennis? Wieso beklaust du die einflussreichste Familie unseres Dorfes? Wir können uns bald nirgendswo mehr blicken lassen.«

Roger versuchte Karin mit einer Streicheleinheit am Rücken zu beruhigen. »Entspann dich, Schatz. Es ist nicht unsere Schuld. Wir haben alles versucht, um diese Blage auf den richtigen Weg zu bringen, aber die Veranlagung des Vaters lässt sich einfach nicht austreiben.«

Dennis wollte nur noch verschwinden. Selbst die Schule kam ihm gerade gelegen. Der eigentliche Plan, zu frühstücken, wurde über den Haufen geworfen. Er drehte sich um und verließ das Zimmer.

Doch Dennis erreichte nicht einmal die Treppe, bis er aggressiv zurückgerufen wurde. »Du krimineller Hosenscheißer! Du glaubst doch nicht, dass wir dich nach so einer Aktion einfach davonkommen lassen?!«

Dennis rannte die Treppe hoch in sein Zimmer, schloss die Tür ab und weinte bitterlich. Sein Körper wirkte paralysiert. Was sollte diese tägliche Schikane? Wann würde dieser Albtraum endlich enden?

Es war bereits 07:20 Uhr. Noch vierzig Minuten, bis Dennis in der Schule sitzen musste. Er wollte seine Schulsachen für den heutigen Tag packen, als ihm wieder schmerzlich bewusst wurde, dass sich sein Schulrucksack immer noch in der Küche befand. Er hatte keine Wahl und rannte die Treppe wieder hinunter, um sich schnellstmöglich diesen verdammten Rucksack zu greifen.

Auf der Treppe kam ihm Roger entgegen. Zu Dennis Verwunderung sah er nicht mehr wütend aus. Der schlaksige Mann schlenderte mit zufriedenem Lächeln die Treppenstufen hinauf. Als Dennis dachte, dass sein Stiefvater kommentarlos an ihm vorbeigehen wollte, wurde er ohne jede Vorwarnung von ihm am Kragen gepackt und gewaltsam nach oben gezogen. Dennis baumelte völlig hilflos direkt vor den Augen seines ergötzten Stiefvaters. Der faulige Atem aus den noch nicht geputzten Zahnreihen Rogers kroch in die Nase des panisch hechelnden Jungen.

»Ich hoffe, dass war dir eine Lehre. Niemand, ich wiederhole, niemand verarscht mich«, flüsterte Roger Dennis ins Ohr.

Dennis verspürte in diesem Moment zum ersten Mal seit langem wieder so etwas wie Todesangst. Der Zorn auf seinen Stiefvater war jedoch mindestens genauso groß.

Dennis nahm all seinen Mut zusammen, griff Rogers Arm und schaute ihm tief in die Augen. »Ich weiß, dass du das warst.«

Roger reagierte mit einem leisen Lachen, bevor er Dennis noch weiter vom Boden hob, sodass er nun zappelnd auf seinen Stiefvater herabsehen konnte. »Du jämmerlicher Bengel. Glaubst du tatsächlich, dass du es mit mir aufnehmen kannst? Ich mache dir dein Leben zur Hölle, mein Kleiner. Du wirst dich noch wundern.«

Roger ließ Dennis los, sodass er hart mit der Hüfte auf die Treppenkante fiel. Die Tränen kullerten vor Schmerz, völlig egal, wie sehr er sich auch zusammenriss.

»Irgendwann wird dir meine Mutter nicht mehr glauben. Du kannst dein Spiel nicht ewig so weiterspielen«, wimmerte Dennis.

Roger schmunzelte überrascht. »Ich ziehe das schon seit sechs Jahren durch. Und ich brauche keine weiteren sechs mehr, um meine Aufgabe zu erfüllen.«

Roger spuckte Dennis ins Gesicht und brachte ihm noch einen Blick der Verachtung entgegen, bevor er wieder in Richtung Erdgeschoss verschwand. Dennis blieb noch eine Weile auf der Treppe sitzen. Apathisch starrte er auf die unteren Stufen. In seinem Geist schwirrten allerlei Gefühle, die geordnet werden wollten. Was genau war hier gerade passiert? So ein Zusammentreffen hatte Dennis selbst mit seinem Stiefvater noch nie erlebt.

Als Rogers Speichel langsam sein Gesicht herunterwanderte, wurde es allerhöchste Zeit, aufzustehen. Dennis wusch sich nochmals gründlich das Gesicht, um sich dann endlich in Richtung Schule aufzumachen.

Dennis konnte den Schulrucksack nicht aus dem Wohnzimmer nehmen, ohne seiner Mutter und Roger nochmals zu begegnen. Sein Stiefvater hielt sich dieses Mal jedoch zurück. Lieber kümmerte er sich um seine Arbeitstasche. Denn selbst dieser bösartige Mensch hatte einen Beruf. Er arbeitete als Sicherheitsfachmann bei einem renommierten Veranstaltungsunternehmen in Nürnberg. Was dies anbelangte, hätte es Dennis schlimmer treffen können. Durch seinen Job kam es häufig vor, dass Roger ein oder zwei Tage am Stück nicht nach Hause kam. Auch an normalen Arbeitstagen kam er nicht vor dem Abendessen ins Haus. Dementsprechend war auch seine

Arbeitstasche mit allerlei haltbaren Lebensmitteln gefüllt.

Dennis griff nach seinem Schulrucksack. Seine Mutter hielt diesen zu seinem Bedauern fest. Dennis zog stur an dem Rucksack, aber durch seine schmächtige Statur hatte er nicht wirklich viel Kraft, um ihr etwas entgegenzusetzen.

»Ich will, dass du nach der Schule sofort nach Hause kommst. Ich werde mir bis dahin überlegen, welche Strafe für dich am angemessensten ist. Und jetzt geh mir aus den Augen!«

Dennis sah seine Mutter entgeistert an. In der Regel konnte er unangemessene Beschuldigungen gekonnt ignorieren, aber der heutige Morgen war einfach zu viel auf einmal.

Der schwer gebeutelte Junge rannte aus dem Haus und ließ die Tür zuknallen.

Eine mysteriöse Begegnung

Dennis ging mies gelaunt zur Schule. Von seinem Wohnviertel in der Mühlenstraße bewegte er sich schnell in Richtung Hauptstraße. Nur selten hob er seinen Kopf, um nach möglichen Gefahren Ausschau zu halten. Das war zu seinem Glück in der Mühlenstraße nicht häufiger von Nöten. Es war eine für Dornsdorf recht untypische, schmale Straße mit breiten Gehwegen. Aufgrund der überwiegend älteren Bewohner fühlte sich Dennis dort zumindest halbwegs sicher.

Als er die Hauptstraße erreichte, änderte sich seine Haltung schlagartig. Dennis krallte sich mit seinen Händen an die Trageschlaufen seines Schulrucksacks und schwenkte seinen Kopf immer wieder von links nach rechts. Er wusste, dass er hier eine wandelnde Zielscheibe für den unsäglichen Hass gegen ihn war.

Die Hauptstraße füllte sich allmählich. Die meisten Bürger des Dorfes mussten sie benutzen, um zur Arbeit oder zur Schule zu gelangen. Etwa die Hälfte der Einwohner Dornsdorfs war in irgendeiner Form für die große Softdrink-Firma oder in kleineren Betrieben im Ort tätig. Der Rest musste in die Nachbarorte ausweichen, um eine anständige Arbeit zu finden.

07:45 Uhr und es waren noch knapp fünf Minuten Fußweg bis zur Schule.

Es war ein warmer Frühlingstag, der Dennis dazu drängte, ein T-Shirt zu tragen. Er hasste es, kurzärmlige und enge Kleidung anzuziehen. Seine Statur sowie seine bleiche Haut kamen so noch mehr zum Vorschein. Dennis war daher ein Freund von gemütlicher und weiter Kleidung. Er hatte jedoch wenig Mitspracherecht, wenn es darum ging, passende Anziehsachen für ihn zu finden. Roger wollte aus Imagegründen zwar nicht, dass sein Stiefsohn mit billiger Discounterkleidung herumläuft, allerdings kaufte er ihm lediglich gebrauchte, abgetragene Markenkleidung aus dem Internet. Da

Dennis die alten Fetzen vorher nicht anprobieren konnte, waren sie meist viel zu groß oder zu klein. Eine Ausnahme bildete ein schwarzer Kapuzenpullover, den er so oft wie möglich trug.

Dennis wollte die Hauptstraße gewohnt schnell hinter sich lassen. Vor allem die große Kreuzung unmittelbar vor der Schule, an der dutzende Autos zum Stehen kamen, bereitete ihm Bauchschmerzen. Dort fühlte er sich jede Sekunde beobachtet und verfolgt.

Zudem klammerten sich Rogers drohende Worte wie eine Würgeschlange um seinen Hals. Was hatte er mit seiner Ansprache gemeint? Womit sollte Dennis ihn hinters Licht geführt haben? Und von welcher Aufgabe war die Rede? Diese Fragen brachten Dennis eine enorme Unsicherheit ein. Er bekam Angst, dass Roger ihm irgendwann etwas Schlimmes antun würde. Etwas, das all seine bisherigen grauenvollen Taten in den Schatten stellen würde. Dennis musste um jeden Preis herausfinden, was sein Stiefvater im Schilde führte. Die Frage war nur, wie? Roger war schon immer sehr geheimnisvoll und vorsichtig. Ein ausgeklügelter Plan musste her.

Dennis kam auf die Idee, das Ganze am besten seinem Onkel nach der Schule zu erzählen. Doch dann fiel ihm wieder ein, dass seine Mutter ihm verboten hatte, nach der Schule woanders hinzugehen. Das Gespräch mit seinem Onkel musste also noch einen Tag warten.

Dennis erreichte die letzte Kreuzung seines Schulweges. Das Gebäude der Mühlenbach-Realschule war bereits am Horizont zu erkennen. Ein grauer Betonklumpen mit vergilbten Fenstern demonstrierte jedem Kind bereits vor dessen Ankunft, dass hier kein Spaß zu erwarten war.

Zu Dennis Ungunsten sammelten sich an der großen Kreuzung viele andere Schüler, die genau wie er zu Fuß ihren Schulweg bestritten. Sofort prasselten Blicke, Gelächter und hämische Gestiken auf ihn ein. Zum Glück war bislang kein Schüler seiner Klasse dabei. Rund um ihn herum standen vordergründig deutlich ältere Teenager der neunten und zehnten Klasse. Sie alle warteten darauf, dass die Fußgängerampel endlich auf Grün umschlug. Für Dennis eine ewig lange Minute. Als wäre er ein unliebsames Tier gewesen, wurde ihm blamabel über den Kopf gestreichelt oder an seinen markanten Ohren gezogen.

Als man endlich die Kreuzung überqueren konnte, blieb Dennis einen

Moment stehen, um den anderen einen Vorsprung zu geben. Bevor die Ampel wieder rot wurde, ging auch er langsam los, um nicht zu spät zum Unterricht zu erscheinen.

Gerade auf der anderen Straßenseite angelangt, bekam Dennis plötzlich einen Schlag auf seine rechte Wade. Er knickte mit dem Fuß zur Seite und fiel ungebremst auf den harten Bürgersteig. Hinter ihm war ein Lachkonzert zu hören, mit dem sich die Übeltäter Dennis noch vor seinem Umdrehen zu erkennen gaben. Es war Felix mit seiner Clique, bestehend aus Maurice und Marian. Eine Gruppe von Schülern seiner Klasse, die ihm das Leben schwer machten.

Da Felix im Vordergrund stand, während die anderen sich im Hintergrund über den Anblick ihres Lieblingsopfers beömmelten, war Dennis sofort klar, dass er ihm das Bein gezielt weggetreten hatte. Beinahe jeder Angriff auf ihn ging auf seine Kappe. Er hetzte mittlerweile die halbe Schule gegen den wehrlosen Jungen auf. Felix war für sein Alter besonders groß und sportlich gebaut. Seine schwarzen Haare waren zu einem Zopf gebunden, was sein konturbehaftetes Gesicht noch mehr zur Geltung kommen ließ.

Wäre Dennis doch lieber mit den älteren Schülern gleichzeitig über die Kreuzung gegangen. Die Blicke und Pöbeleien wären ihm jetzt deutlich lieber gewesen. Sein rechter Fuß schmerzte und an der Hand hatte er eine kleine Schürfwunde.

»Was soll das?«, fragte Dennis bänglich.

Felix trat einen Schritt näher auf sein am Boden liegendes Opfer zu. Dennis stand trotz Schmerzen rasch wieder auf, um seinem Feind nicht noch mehr Angriffsfläche zu bieten.

»Du warst mir einfach im Weg, du Freak.«

Obwohl Dennis Knie wie verrückt schlotterten, blieb er vor Felix stehen und sah ihn böse an. »Hier ist genug Platz für alle! Lasst mich einfach in Ruhe!«

Dennis unsicheres Auftreten stachelte die drei Schulschläger nur noch mehr an.

Maurice, der dicke Junge der Truppe, ging mit stampfenden Schritten auf Dennis zu. Er war das absolute Gegenteil von Felix. Maurice war nur etwa einen Kopf größer als Dennis, dafür aber dreimal so breit. Wäre er nicht mit seinem Croissant in der Hand auf zwei Beinen gelaufen, hätte man ihn glatt mit einem anrennenden Nilpferd verwechseln können.

Mit seinem massigen Körper drückte er den kleinen Dennis mühelos weg, als wäre er ein dürrer Ast in einem Sturm gewesen. Zum Glück verfehlten Maurice umherfliegende Schuppen Dennis knapp.

»Ich hoffe, dass mit dem Platz war keine Anspielung auf mich«, knurrte Maurice mit seiner kratzig pubertären Stimme.

»Warum sollte ich sowas tun?«, fragte Dennis eingeschüchtert.

Die drei Schulschläger kreisten ihr Opfer nun bedrohlich ein.

»Das Problem ist, dass man nicht einmal erkennt, ob man seine Visage poliert hat«, lachte Maurice.

Die drei engten Dennis wie ein hilfloses Beutetier ein. Es gab kein Entkommen mehr für ihn.

Gerade wenn Dennis in Marians niederträchtiges Gesicht blickte, wurde er sprachlos. Der eher unscheinbare Marian ging in der Schlägertruppe beinahe unter. Er war der klassische Mitläufer, den man nicht auf dem Zettel hatte. Dennis hielt sich verkrampft an dem Gedanken, dass in Marian eine gute Seite steckte. Noch in der Grundschulzeit war er sein einziger Freund gewesen. Irgendwann konnte Marian den Druck, der auf Dennis ausgeübt wurde, nicht länger ertragen. Nach und nach wandte er sich von seinem Freund ab, bis er sogar dabei half, ihm das Leben zur Hölle zu machen. Diese Tatsache schmerzte Dennis am meisten.

Normalerweise war Dennis inzwischen im Begriff, sich zu verteidigen, aber durch die sehr geringen Erfolgsaussichten zögerte er, um schlussendlich doch eine zurückhaltende Abwehrhaltung einzunehmen. Als er bereits den Atem der Rüpel spüren konnte, schloss er die Augen und wartete einfach nur noch darauf, dass es vorbei war. Er ging in die Hocke und machte sich ganz klein, um zumindest seinen Oberkörper halbwegs schützen zu können. Sein Körper verkrampfte sich wie nach einem giftigen Schlangenbiss. Wann hatte er es endlich hinter sich?

Als er sich nach einigen Sekunden der Stille überlegte, aus seiner schützenden Stellung zu linsen, hörte er aus unmittelbarer Entfernung ein kräftiges Knurren. Dennis riss vor Schreck die Augen auf. Durch die Beine der drei Schlägertypen konnte er einen großen Wolf erkennen. Verwundert rieb sich Dennis die Augen. Doch auch beim zweiten Blick sah er diesen grausilbernen Wolf hinter den drei Rüpeln. Diese bemerkten wenige Augenblicke später das aggressive Knurren und drehten sich um. Den drei Jungs riss es vor Schreck die Kinnladen herunter. Darauf folgte sogleich eine Welle des Schreckens in Form von unkontrolliertem Geschrei.

Mittlerweile bemerkten auch manche Bürger auf den Gehwegen oder in ihren Autos das furchteinflößende Tier. Der Wolf schien wie aus dem Nichts gekommen zu sein. Niemand hatte etwas bemerkt. Viele griffen sofort zum Handy, um die Polizei zu alarmieren. Der Wolf schritt mit seinen gewaltigen Pranken auf Dennis und Felix Clique zu. Er fletschte seine Zähne und knurrte so bedrohlich, dass niemand mehr glaubte, dass das Tier ohne Hilfe von den Kindern ablassen würde.

»Jungs, ihr müsst euch nebeneinanderstellen und so groß wie möglich machen!«, rief eine Passantin von der anderen Straßenseite herüber.

Gesagt, getan. Felix und seine Freunde stellten sich in eine Reihe und streckten ihre Körper Richtung Himmel. Der Wolf allerdings schritt unbehelligt weiter auf die vier Jungs zu.

Dennis versuchte währenddessen, wieder auf die Beine zu kommen. Sein Körper wirkte plötzlich wie betäubt.

Als der Wolf vor seinen drei Mobbern stand, konnte Dennis erst erkennen, welch gigantische Ausmaße dieses Exemplar hatte. Seine Schulterhöhe reichte bis zu Felix Brust. So etwas hatte Dennis noch nie gesehen.

Der Wolf heulte auf und schlug mit seiner Pranke in Richtung Felix. Dieser konnte soeben ausweichen, um darauf vor lauter Schreck davonzurennen. Seine zwei Freunde taten es ihm gleich und liefen schreiend in Richtung Schule.

Ein gewöhnliches Raubtier hätte die Drei durch seinen Jagdinstinkt mit Sicherheit verfolgt. Doch der gigantische Wolf schien sich fortan nur noch für Dennis zu interessieren, der nun wimmernd völlig auf sich gestellt war. Statt wegzulaufen, blieb er steif stehen. Die Angst lähmte ihn und sein Herz schoss gefühlt aus seiner Brust heraus.

Zur Verwunderung aller Anwesenden setzte sich der gigantische Wolf plötzlich wie ein Hund vor Dennis und streckte ihm die Pfote aus. Es schien auf einmal so, als würde das Tier, das vor wenigen Sekunden noch alles und jeden zerfleischen wollte, einfach nur Hallo sagen.

Als Dennis in das Gesicht des Wolfs blickte, sah er himmelblaue Augen, die ihn fröhlich anstrahlten. Sie hatten sogar einen weißen Pigmentfehler auf jeder Seite, genau wie Dennis. Die Augen des Wolfs wirkten keinesfalls tierisch, sondern menschlich, mit viel Charakter versehen. Dennis hatte plötzlich das Gefühl, einem anderen Selbst ins Antlitz zu blicken. Ein so vertrautes Gefühl, dass er eine Gänsehaut bekam und seine Angst wich.

Instinktiv streckte er seine Hand aus und packte die Pfote des Wolfes. Es fühlte sich an wie der Händedruck eines guten Freundes. Der Wolf ließ seine Zunge hechelnd heraushängen. Obwohl es ein Tier war, wirkte es wie ein vertrautes, herzerwärmendes Lächeln. Dennis hatte keinen Zweifel. Dieses Tier war etwas Besonderes.

Die einzigartige Begegnung wurde schnell durch aufheulende, schrille Sirenen gestört. Es war die Polizei, die von den erschrockenen Passanten kontaktiert worden war. Wie ein Blitz zog der Wolf seine Pfote aus Dennis Hand und verschwand genauso imposant und geheimnisvoll, wie er gekommen war, über die nächste Seitenstraße.

Während Dennis immer noch nicht recht verstand, was gerade vor seinen Augen geschehen war, rannten bereits mehrere Polizisten auf ihn zu.

»Hey, Junge, ist alles in Ordnung mit dir?«, rief ein großer, stämmiger Polizist.

Eine andere Gruppe Polizisten fuhr in die Straße, in die das Tier geflohen war.

Dennis starrte immer noch verdutzt auf die Stelle, an der er den Wolf zuletzt gesehen hatte. Er bemerkte erst spät, dass sich um ihn herum eine Traube von Menschen gebildet hatte. Die Vierergruppe von Polizisten, die bereits draußen stand, brachte den apathischen Jungen vom ganzen Passanten-Trubel zu einer nicht oft befahrenen Bushaltestelle in der Nähe der Schule.

Es war bereits 08:05 Uhr. Durch die Ereignisse war Dennis bereits zu spät für den Schulbeginn. Das versuchte er den Polizisten auch deutlich zu machen.

Der stämmige Polizist schaute Dennis zuerst zurückhaltend an, bevor er ein verständnisvolles Lächeln aufsetzte. »Keine Sorge. Wir stellen dir eine Bescheinigung aus, dass wir dich als Zeugen vernehmen mussten.«

Dennis fiel ein Stein vom Herzen. Entschuldigt in der Schule fehlen. Der Tag hatte für ihn doch noch etwas Gutes parat.

Ein anderer, deutlich kleinerer Polizist trat hervor. Selbst Dennis erkannte sofort, dass es sich hierbei um einen sehr jungen, unerfahrenen Beamten handelte. Der kleine Polizist schien Probleme damit gehabt zu haben, sich Dennis zu nähern. Jeder im Dorf wollte möglichst wenig mit dem absonderlichen Jungen zu tun haben.

»Hast du einen Ausweis dabei, damit wir wissen, mit wem wir es zu tun haben?«, fragte der junge Polizist der Form halber. Jeder im Dorf wusste, wer Dennis war und wo er wohnte. »Dann können wir auch unverzüglich deine Eltern kontaktieren.«

Dennis schreckte bei dem Wort "Eltern" kurz zusammen. Dass seine Mutter oder gar Roger von dem Vorfall erfahren würden, passte ihm überhaupt nicht. Andererseits hatte er nichts angestellt. Im Gegenteil. Selbst Roger konnte ihm die Geschichte dieses Mal nicht zu seinen Gunsten umdrehen. Doch da immer eine Restskepsis blieb, kramte Dennis sehr langsam in seiner Tasche, um sich währenddessen eine Ausrede einfallen zu lassen.

Nach fast einer Minute wurde der junge Polizist etwas ungeduldig. »Hast du etwa keinen Ausweis dabei? Wenn nicht, müssten wir sowieso zu deinen Eltern fahren.«

Dennis Ohren zuckten. Er verstand die Vorgehensweise des Polizisten nicht. Wollte er ihn demütigen, indem er die Identität preisgibt, die ohnehin jeder kannte?

Schnell holte er seinen Schülerausweis aus seinem Portemonnaie und übergab ihn dem jungen Polizisten. »Meine Eltern sind leider beide nicht zuhause. Sie sind arbeiten.«

Der junge Polizist nahm Dennis Aussage mit einem genervten Stöhnen entgegen und zog sich mit einem Kollegen und dem Ausweis in den Streifenwagen zurück. Derweil setzte sich der große Polizist auf eine Sitzfläche der Bushaltestelle. Seine Gelassenheit wirkte auf Dennis beruhigend.

»Ich bin mir sicher, dass du morgen auf der Titelseite der Dornsdorfer Morgenpost zu sehen bist.«

Dennis Begeisterung darüber hielt sich in Grenzen. Mehr als ein gequältes Lächeln bekam er nicht zustande.

Der freundliche Polizist reagierte darauf mit einem fragenden Gesichtsausdruck. »Ich habe sowas wie heute ehrlich gesagt noch nicht erlebt. In meinen nun schon dreiunddreißig Jahren Berufserfahrung habe ich noch nie einen Wolf dieser Größe in Dornsdorf oder Umgebung gesehen, geschweige denn von einem gehört. Noch dazu so ein Ungeheuer.«

Dennis gefiel das Wort Ungeheuer nicht. Er hatte es in der Vergangenheit oft von Kindern gehört, um sein Aussehen zu beschreiben. Letztendlich waren Roger oder auch Felix und seine Freunde am heutigen Morgen deutlich gefährlicher als irgendjemand oder irgendetwas anderes im Dorf.

Der stämmige Polizist sah Dennis mit immer größerer Verwunderung an. Für den kleinen Jungen war das wieder ein Zeichen, dass er aufgrund seines Aussehens begafft wurde.

»Ich finde es erstaunlich, wie du mit dem Tier umgegangen bist. Während es deine Freunde angegriffen hat, bist du ruhig geblieben. Der Wolf hat dir gehorcht wie ein Schoßhündchen.«

Felix und seine Gang als seine Freunde zu betiteln, war für Dennis fast schon eine Beleidigung. Er hatte aber auch keine Lust, dies klarzustellen. Er war froh, nicht aufgrund seines Aussehens angesprochen worden zu sein.

»Kannst du mir sagen, wie du das gemacht hast? Bist du so etwas wie ein Tierflüsterer?«, fragte der Polizist.

Dennis hatte darauf selbst keine Antwort. Die einzige Erfahrung mit Tieren, die er jemals gemacht hatte, war die mit Gerrits mittlerweile verstorbenem Hund Timba. Eine wunderschöne Labrador-Hündin, mit der Dennis gerne gespielt hatte. In den Ferien hatte er früher öfters einem Bauern im Nachbarort ausgeholfen, den Gerrit gut kannte. Während seiner Aufenthalte dort, haben Kühe melken oder Schweine füttern zu seinen Lieblingsbeschäftigungen gezählt. Aber deswegen würde er sich noch lange nicht als Tierflüsterer bezeichnen.

»Ich weiß es wirklich nicht, Herr Wachtmeister. Aber ich kann Ihnen versichern, dass dieser Wolf nicht böse war«, sagte Dennis kleinlaut.

Der Polizist stand auf, ging mit freundlichem Lächeln auf Dennis zu und reichte dem schüchternen Jungen die Hand. »Nenn mich Kommissar Ricke.«

Überrascht reichte Dennis dem Polizisten die Hand entgegen.

Kommissar Ricke wurde nach der Vorstellung plötzlich sehr ernst. »Ich muss dir sagen, dass es sehr leichtsinnig war, dich einem wilden Raubtier einfach so zu nähern. Man weiß nie, wie ein Tier reagiert, und du hast ja gesehen, dass er nicht ungefährlich war.«

»Herr Kommissar Ricke, was haben Sie denn jetzt überhaupt vor? Wollen Sie den Wolf jagen?«

Kommissar Ricke legte seine Hände an die Hüfte und beugte sich zu Dennis herunter. »Zuerst werden wir dich mit auf die Wache nehmen, damit wir deine Zeugenaussage nochmals genau protokollieren können.«

Dennis zuckte zusammen. Nicht das erste Mal an diesem Morgen. Zu allem Überfluss musste er auch noch mit auf die Polizeiwache. Er hoffte inständig, nicht dort warten zu müssen, bis Roger oder seine Mutter ihn abholen würde.

»Nach dem Wolf werden wir selbstverständlich suchen. Es ist sehr wahrscheinlich, dass er schon bald wieder hier auftaucht. Also müssen wir ihm zuvorkommen. Zur Sicherheit für Mensch und Tier.«

Es half alles nichts. Dennis stieg ohne Widerrede in einen der Streifenwagen und wurde zum Dornsdorfer Polizeirevier gefahren.

Plötzlich gefragt?

Das Polizeirevier von Dornsdorf war nur etwa zwei Minuten mit dem Auto entfernt. Es war so klein, dass man es beim Vorbeifahren schnell übersah, wenn man sich im Ort nicht auskannte. In so mancher Region Deutschlands hätte man dieses Gebäude als "kleine Klitsche" bezeichnet. Ein überschaubares Haus mit einem blauen Polizeischild. Daneben noch ein Parkplatz für maximal fünf Streifenwagen. Mehr war in diesem verschlafenen Örtchen auch nicht notwendig.

Dennis las oft die Dornsdorfer Morgenpost, nachdem Roger sie ausführlich durchgeblättert hatte. In seiner Heimat passierte wirklich selten etwas. Hin und wieder mal ein Verkehrsunfall oder ein Scheunenbrand, aber nichts, was einen aufhorchen ließ. Zumindest bis zum heutigen Tag. Dennis war sich absolut sicher, dass der Besuch des Wolfs in Dornsdorf große Wellen schlagen würde.

Am Polizeirevier angekommen, musste Dennis über zwei Stunden detailliert seine Sicht der Dinge schildern. Dabei fühlte er sich furchtbar. Für ihn war es so, als würde er den Wolf verraten und ihm somit den Tod bringen. Er hoffte, dass dieses einzigartige Tier Dornsdorf nicht mehr heimsuchen würde.

Es war mittlerweile 10:45 Uhr, als Dennis das Polizeirevier verlassen durfte. Mit der ausgefüllten Bescheinigung von Kommissar Ricke konnte er nun in die Schule spazieren, ohne Ärger zu bekommen. Dadurch hatte er heute nur noch fünfzehn Minuten Mathe und zwei Stunden Sportunterricht, bis der Schultag vorüber war.

Auch in der Schule schien sich die Geschichte mit dem Wolf herumgesprochen zu haben. Als Dennis mitten in der Mathestunde in die Klasse reingeplatzt kam, schauten ihn seine Klassenkameraden noch bizarrer an als gewöhnlich. Auch die Mathelehrerin, Frau Maierhof, reagierte auf Dennis Anwesenheit an diesem Tag anders als üblich. Die alte Frau, die immer sehr bestimmt auftrat, zeichnete eine besorgte Miene.

»Ah, Dennis. Schön, dass du da bist«, sprach sie mit ihrer rauchigen Stimme. Ihr jahrzehntealtes Blumenkleid schleifte über den Boden, als sie auf Dennis zuging.

Dennis packte irritiert die Bescheinigung aus seiner Hosentasche und übergab diese Frau Maierhof.

»Geht es dir gut?«

Dieser ganze Aufruhr war neu für Dennis. Zum ersten Mal schien er nicht negativ im Rampenlicht zu stehen. Selbst Felix, Maurice und Marian hauten dieses Mal keinen Spruch raus, um ihn in irgendeiner Form zu demütigen.

Dennis nickte Frau Maierhof hektisch zu und ging zu seinem Stammplatz ganz vorne rechts im Klassenzimmer.

Vanessa, eine Mitschülerin, sprach ihn auf dem Weg dorthin an. »Was ist da heute passiert? Wurdest du von dem Wolf angegriffen? Und war er wirklich so groß wie Felix und das Radio es gesagt haben?«

Der Vorfall war gerade einmal drei Stunden alt und schon kam es in den Radionachrichten. Das Ganze schien noch viel größere Ausmaße anzunehmen, als Dennis vermutet hatte. Er hatte große Probleme, Vanessas Frage zu beantworten. Vor der ganzen Klasse zu sprechen, war für ihn schlichtweg unangenehm. Doch vielleicht war dies die Chance, seinen Ruf als Freak ein für alle Mal loszuwerden.

Er nahm all seinen Mut zusammen und schaute Vanessa rotanlaufend an. »Na ja, der Wolf war wirklich … riesig.« Dennis überlegte kurz, ob er die ganze Wahrheit erzählen sollte. »Und angegriffen wurde ich nicht. Die Polizei kam sehr schnell und der Wolf ist geflüchtet.« Dennis hatte sich gegen die komplette Wahrheit entschieden. Die Angst, dass man ihm nicht glauben würde, war zu groß.

Ein leises Raunen ging durch die Klasse.

Konstantin, ein weiterer Mitschüler, wollte gerade seine Frage stellen, als ihn Frau Maierhof unterbrach. »Weitere Fragen könnt ihr später stellen. Ich möchte, dass ihr Aufgabe drei bis zur nächsten Stunde löst. Und um ein bloßes Abschreiben zu verhindern, möchte ich eine kurze, schriftliche Erläuterung in der nächsten Stunde von euch einsammeln.«

Wie üblich eine klare Ansage von Frau Maierhof an die Klasse. Dennis hatte quasi die gesamte Mathestunde verpasst. Da er eine absolute Niete in diesem Fach war, klang diese Aufgabe wie eine Hiobsbotschaft. Auch der Rest der Klasse war alles andere als erfreut. Frau Maierhof blickte in viele leere Gesichter, die sich gegenseitig ansahen.

Ihr Gesichtsausdruck wurde noch grimmiger als üblich. »Wenn der Klassendurchschnitt unter einer drei liegt, werden wir schauen, ob ihr nicht ein Referat über sämtliche Flächenberechnungen halten werdet.«

Es klingelte endlich zur Pause. Eine Erlösung für alle Schüler, die mit Mathe nichts anfangen konnten.

Für Dennis war es die erste Pause seit Jahren, in der er nicht allein war. Ein paar Schüler folgten ihm, und bis zum nächsten Klingeln musste er noch unzählige Fragen beantworten. Obwohl so gut wie alle Fragen zu einer ähnlichen Antwort führten, ließ das Interesse nicht nach.

´So muss es sich anfühlen, wenn man beliebt ist´, dachte Dennis erstaunt.

Nach der wohl schönsten Pause seiner bisherigen Schullaufbahn ging es zur Sporthalle neben dem Schulgebäude.

Felix und Maurice prahlten in der Umkleidekabine von ihrer Begegnung mit dem ach so bösen Wolf.

Als Maurice erzählte, dass er und seine Freunde die furchterregende Bestie zurückgedrängt haben, um ein paar weitere Passanten zu retten, musste sich Dennis sehr zusammenreißen. Er hätte die drei nun mühelos auffliegen lassen können. Immerhin waren sie weggelaufen wie kleine Kinder. Aber Dennis verzichtete darauf. Dieses kurze Glücksgefühl würde schnell durch eine sowohl psychische als auch physische Tortur ersetzt werden.

Auch Sportlehrer Herr Klinke fragte kurz bei Dennis nach, was es mit der Geschichte heute Morgen auf sich hatte. Doch nachdem Dennis zum gefühlt zwanzigsten Mal dieselbe Geschichte runterleierte, ging es mit dem gewohnten Sportprogramm weiter.

Einseitige Begegnung

Dennis hatte es an diesem Tag alles andere als eilig, nach Hause zu kommen. Das Wetter war wundervoll, und ausnahmsweise hatte er auch keine Angst vor Felix, Maurice und Marian. Die drei waren viel zu sehr damit beschäftigt, ihre gut einstudierte Geschichte an alle Schüler weiterzutragen. Zumindest Felix und Maurice. Marian war seit der Begegnung mit dem Wolf äußerst in sich gekehrt. Er passte einfach nicht in dieses Team der Schlägertypen. Er nutzte lediglich die Vorteile dieser Vereinigung. Wirklich befreundet schien er mit Felix und Maurice nicht zu sein.

Durch die angenehme Ruhe an diesem Mittag machte Dennis einen kleinen Umweg. Statt den kürzesten Weg über die Hauptstraße zu gehen, bog er kurz vor der Kreuzung links in eine schmale Seitenstraße ab. Dort gelangte er in ein Sozialviertel.

Der Anblick der uralten und sanierungsbedürftigen Wohnblöcke schüchterte Dennis ein wenig ein. Die Pflastersteine des Bürgersteigs waren durch den heruntergefallenen Putz der Häuser nur noch schwer zu erkennen.

Am Ende der Gasse konnte Dennis drei Kinder auf der Straße Fußball spielen sehen. Eine Hauswand wurde kurzerhand zum Fußballtor umfunktioniert, indem man mit Kreide Markierungen setzte. Dennis kannte diese Kinder nicht, aber sie sahen glücklich aus. Obwohl sie durch ihre sehr zerfranste Kleidung scheinbar aus ärmlichen Verhältnissen kamen, lachten sie unbeschwert und rannten dem Ball so eifrig hinterher, als ob es um alles oder nichts ginge. Dennis war sich sicher, dass die drei ein deutlich besseres Leben hatten als er.

Roger sagte immer abfällig, dass arme Menschen eine Bedrohung für die Gesellschaft seien. Damit sprach er auch immer auf Dennis leiblichen Vater an, der angeblich ein drogenabhängiger Sozialfall war. Doch dieses Geschwätz glaubte Dennis schon lange nicht mehr. Wenn jemand eine Bedrohung für die Gesellschaft darstellte, dann ja wohl Roger.

Dennis flitzte schnell an den Kindern vorbei, um sie nicht zu stören. Das Kleinste von ihnen, ein Junge mit langen schwarzen Haaren, hörte plötzlich auf zu spielen. Er starrte Dennis an, als wäre er ein Alien. Seine Augen wurden immer größer, sodass Dennis augenblicklich die Flucht ergriff. Der Junge war mindestens fünf Jahre jünger als Dennis und trotzdem war er sogar ein wenig größer. So weit war es schon gekommen. Dennis fühlte sich sogar bereits in Anwesenheit kleiner Kinder unwohl und hatte Angst, auch von ihnen auf irgendeine Art und Weise fertig gemacht zu werden.

Er verließ die enge Straße und bog rechts ab. Dort war sein eigentliches Ziel. Das Industriegebiet von Dornsdorf. In diese Richtung war der Wolf heute Morgen geflüchtet. Er musste ebenfalls durch die enge Sozialsiedlung gelaufen sein. Von dort aus gab es nur den Weg nach rechts ins Industriegebiet.

Das Industriegebiet war eine sehr breite und lange Straße, die direkt neben einer viel befahrenen Autobahn lag. Eine saubere Straße, in der sich alle paar Meter Bäume und Gebüsch zwischen den Firmengeländen abwechselten. Fast minütlich erschienen neue Lastkraftwagen, die an Dennis vorbeifuhren. Für so einen kleinen Ort hatte man eine sehr große industrielle Kraft zu bieten, auch wenn das Gebiet fast ausschließlich aus kleinen Handwerksbetrieben bestand. Lediglich das riesige Gebäude von Dornsdorfer, der Firma der Petersens, stach heraus. Es füllte beinahe die Hälfte der rechten Straßenseite.

Das riesige Unternehmen erinnerte Dennis wieder an die Strafe, die ihn wohl nachher erwarten würde. Doch erst einmal wollte er nach Spuren suchen, die der Wolf möglicherweise hinterlassen hatte. Dennis durchsuchte die gesamte Straße wie ein Detektiv. Die vorbeidonnernden Fahrer der Lastkraftwagen schauten den bleichen Jungen verdutzt an.

Einer von ihnen hielt direkt neben Dennis, der gerade eine Hecke durchforstete. »Hey, junger Mann. Suchst du etwas?«

Dennis drehte sich prompt um und sah einem in die Jahre gekommenen Berufskraftfahrer in die Augen. »Nein … nein, alles gut. Es war nichts Wichtiges«, antwortete Dennis peinlich berührt.

Der Berufskraftfahrer schnaufte Dennis nach einem kurzen, ungläubigen Blick an und fuhr stur weiter, um rechts auf das Firmengelände von Dornsdorfer zu gelangen.

Dennis atmete kurz durch, um dann weiter nach Spuren zu suchen.

Am Ende der Industriestraße angelangt, gab es keinerlei Hinweise, dass hier ein zweihundert Pfund schwerer Wolf entlanggelaufen sein könnte. Nach weiteren Spuren zu suchen, nützte nichts. Dennis musste wohl oder übel aufgeben, um den Weg nach Hause anzutreten. Dort würde seine Mutter bereits wütend auf ihn warten, da er nicht pünktlich von der Schule kam.

Dennis wollte gerade einen schmalen Wanderweg nutzen, der ihn schneller in seine Wohnsiedlung führte, als ihm ein Busch mit Blumen am Seitenstreifen ins Auge fiel. Die sonst roten Tulpen begannen plötzlich gelb zu leuchten. Dennis verspürte ein leichtes Kribbeln im ganzen Körper. Nichts Alltägliches für ihn, aber es war auch nicht das erste Mal, dass ihm so etwas widerfuhr. Hin und wieder kam es vor, dass er Pflanzen oder Tiere anders wahrnahm, als sie eigentlich waren. Auch passierte es, dass er eine Art Impuls von Lebewesen spüren konnte. Das ging bereits seit über drei Jahren so. Dennis erzählte niemandem davon, nicht einmal seinem Onkel. Viel zu groß war die Angst davor, für verrückt erklärt zu werden. In der Regel hatten sich die Symptome nach wenigen Minuten wieder gelegt.

Nach einem zweiten Blick ignorierte Dennis den Busch und ging an ihm vorbei. Doch die Vibrationen in seinem Körper wurden immer stärker, sodass er sich gezwungen sah, erneut um sich zu blicken. Es schien dieses Mal nicht nur der Busch gewesen zu sein. Für Dennis fühlte es sich an, als wäre wenige Meter von ihm entfernt eine Energiequelle, die einen vibrierenden Impuls von sich gab. Diese Form der Vibration hatte er bislang noch nie verspürt. Diese Energie schien sich ihm zu nähern. Dennis spürte ein mächtiges Pulsieren in seiner Brust. Es wurde sekündlich stärker. Es fühlte sich an wie eine Warnung seines Körpers.

Dennis sprang ins nächstgelegene Gebüsch, das sich neben dem Wanderweg befand. Sein Herz begann zu rasen. Plötzlich nahm er seine Umgebung noch farbenfroher wahr. Die Vibrationen wurden so intensiv, dass sein Kopf zu schmerzen begann.

Dennis konnte das Motorengeräusch eines Autos hören. Er legte sich flach auf den Boden. Eine schwarze Limousine fuhr durch die Industriestraße am Wanderweg vorbei. Dennis versuchte sich durch das dichte Gestrüpp ein Sichtfeld zu verschaffen. Das schwarze Fahrzeug fuhr mit Schrittgeschwindigkeit am Gebüsch vorbei, bevor das leise Quietschen der Bremsen zu vernehmen war. Das Fahrzeug kam Dennis sehr bekannt vor. Das Fenster der Limousine war geöffnet und ein Kopf schaute heraus.

Dieser lange Zinken, diese kurzen, schwarzen Haare und dieses teuflische, markante Kinn. Dennis Herz rutschte in die Hose. Es war Roger. Roger mit seinem schwarzen Dienstwagen. Aber warum? Er musste zu dieser Zeit eigentlich auf der Arbeit in Nürnberg sein.

Roger sah sehr fokussiert aus. Er hielt ein kleines Gerät in der Hand, das er in Richtung Wanderweg hielt. Es sah aus wie ein Minidetektor. Anfangs piepte es leise in langsamen Intervallen. Als er das Gerät genau in Dennis Richtung hielt, schlug es Alarm. Eine Lampe am Kopf des Geräts leuchtete grün auf.

Rogers Augen weiteten sich. »Aha.«

Der Alarm wurde immer lauter. Es lag auf der Hand, dass Dennis Stiefvater nach etwas Bestimmtem suchte. Nur was? Und warum schlug sein Detektor genau vor Dennis Alarm?

Roger stieg aus dem Auto. Wenn er Dennis finden würde, wäre es wohl um ihn geschehen. Zumindest hatte Dennis noch größere Todesangst als heute Morgen.

Roger stand nun am Anfang des Wanderwegs. Er schwenkte sein Gerät wiederholt von links nach rechts. Immer wieder ging der Alarm los, sobald der Detektor in Richtung des Gebüschs zeigte, hinter dem sich Dennis versteckt hielt. Dennis versuchte jede Bewegung, jedes Zucken seiner Muskeln, zu vermeiden. Doch durch das Adrenalin in seinem Körper fiel ihm selbst das ruhige Atmen schwer.

Roger griff in seine Hosentasche und zog ein Funkgerät heraus, um es nah an seinen Mund zu halten. »Venandi zwei, Roger hier. Schickt mir sofort ein paar weitere Scuros in Richtung Zaunweg. Ich möchte nicht, dass er uns noch einmal entwischt.«

Roger steckte das Funkgerät wieder in seine Hosentasche und widmete sich weiter seinem Detektor. Er lief den Wanderweg entlang und schwenkte sein Gerät erneut hin und her. Er war nur noch wenige Meter von dem Gebüsch entfernt, hinter dem sich Dennis verbarg. Eine Flucht wäre nun zwecklos.

Dennis überkam der Gedanke, sich zu stellen und aus dem Gebüsch hervorzukommen. Vielleicht würde die Reaktion seines Stiefvaters dann weniger schlimm ausfallen, als wenn er ihn auf eigene Faust finden würde.

Nur noch wenige Schritte trennten die beiden. Der Detektor machte nun so einen Radau, dass Roger ihn kaum mehr in seinen Händen halten konnte.

»Verstanden, Venandi zwei. Vier Scuros sind auf dem Weg zum angegebenen Ort«, ertönte eine Stimme aus dem Funkgerät in Rogers Tasche.

Roger packte in seinen pechschwarzen Mantel und zog darauf einen weiteren Gegenstand heraus. Dieser sah noch merkwürdiger aus. Es hatte Ähnlichkeit mit einer Schusswaffe, nur war am Ende des Laufes eine Art Schlauch mit Trichter befestigt.

»Hier ist Endstation, mein Freund. Du hättest lieber in deiner Welt bleiben sollen«, säuselte Roger.

Dennis hatte keine Chance. Er entschloss sich, hinter dem Gebüsch hervorzukommen, um sich zu stellen.

Plötzlich ertönte ein dumpfes Grollen hinter Roger. Er drehte sich um. Sein Detektor piepte nun unaufhörlich, was ihn umgehend dazu veranlasste, zurück zu seinem Wagen zu rennen. Kurz bevor er dort ankam, huschte ein schwarzer Schatten hinter der Limousine hervor und bewegte sich anschließend nach rechts auf die Industriestraße. Roger sprang wie ein Wahnsinniger ins Auto, um dem mysteriösen Schatten zu folgen. Mit dem Bleifuß eines Rennfahrers ließ er seine Limousine nach vorne stoßen und hinterließ eine Qualm-Wolke, welche die gesamte Umgebung für mehrere Sekunden einhüllte.

´Was zur Hölle ist hier gerade passiert?´, fragte sich Dennis.

Der Rauch legte sich langsam. Dennis stand mit weichen Knien auf. Sein Körper fühlte sich taub an und ihm wurde übel. Er fiel auf die Knie und japste nach Luft. Selten zuvor hatte er sich so miserabel gefühlt.

Die gesamte Umgebung fing aus Dennis Sicht plötzlich an, hell zu leuchten, als wäre er von einem gigantischen Blitz umschlungen worden. Trotz allem nahm Dennis all seine Kraft zusammen, um so schnell wie möglich nach Hause kommen.

Das zwielichtige Leben

Dennis kam durchgeschwitzt und erschöpft zu Hause an. Seine merkwürdigen Symptome ließen im Laufe seiner Flucht nach, dennoch steckte ihm das schaurige Erlebnis aus dem Industriegebiet noch in den Knochen.

Rogers Auto stand nicht vor der Garage. Er schien also noch unterwegs zu sein, um dieses Etwas zu jagen, das Dennis gewollt oder ungewollt vorhin das Leben gerettet hatte.

Dennis zog nach ewigem Gesuche seinen Schlüsselbund aus dem Schulrucksack und schloss die Haustür auf. Im Flur angekommen, versuchte er, sich nichts anmerken zu lassen. Immer wieder klapste er sich auf die Wangen oder massierte seine Schläfen, um die verkrampfte Miene loszuwerden.

Karin hörte, dass jemand ins Haus kam und sprang erzürnt von der Wohnzimmercouch auf. Im Flur traf sie auf einen aufgelösten Dennis, dessen sonst fluffigen Haare verschwitzt nach unten hingen.

»Was ist denn mit dir passiert?«

Dennis hielt kurz inne, um sich etwas einfallen zu lassen. »Na ja, wir mussten heute in der Schule etwas länger bleiben und dann war auf der Hauptstraße auch noch ein Unfall.«

Karin sah ihren Sohn misstrauisch an, verschränkte ihre Arme und bäumte sich gerade vor ihm auf. »Aha, soso. Schau doch mal auf die Uhr.«

Dennis schielte kurz zur Uhr, die über der Küchentür hing. 14:18 Uhr. In der Regel stand er um spätestens 13:30 Uhr auf der Matte. Er konnte unmöglich sagen, dass er einen Abstecher ins Industriegebiet gemacht hatte, um nach Hinterlassenschaften eines Wolfs zu suchen. Dazu die Geschichte mit Roger. Nein, seine Mutter würde ihm niemals glauben, also schwieg er lieber.

»Ich habe dir heute Morgen klipp und klar gesagt, dass du nach der Schule sofort nach Hause kommen sollst!«

Karin reichte ihrem Sohn einen gefalteten Zettel. Dennis nahm diesen nur widerwillig an. Bei dem schlecht gelaunten Blick seiner Mutter konnte er sich bereits denken, dass dies nichts Gutes zu bedeuten hatte.

Dennis faltete den Zettel behäbig auf. Zum Vorschein kam ein Plan mit Wochentagen und verschiedenen Zeiten.

Montag, 15.06, 15:30 Uhr, mit dem Hund Gassi gehen. Dienstag, 16.06, 16:00 Uhr, Hof fegen und Unkraut zupfen. Mittwoch, 17.06, 15:00 Uhr, Fenster putzen.

Dennis wollte die anderen Tagesfelder gar nicht erst weiter studieren. »Was soll das bedeuten?«

Karin entriss ihrem Sohn den Zettel wieder. »Das ist dein neuer Wochenplan für die nächsten acht Wochen. Ich war heute Morgen bei den Petersens, um die Sache mit dem gestohlenen Autoschlüssel zu klären. Am Ende habe ich mit ihnen ausgemacht, dass du ihnen in den nächsten acht Wochen jeden Tag nach der Schule etwas bei der Haushaltsarbeit hilfst. Das können sie nämlich wirklich gebrauchen, bei ihrem großen Grundstück. Auch wenn der Plan erst für nächste Woche erstellt wurde, wirst du auch schon morgen dahin gehen.«

Dennis sollte nun eigentlich sehr wütend sein. Immerhin musste er eine zweimonatige Strafarbeit für etwas leisten, was er nicht getan hatte. Jedoch war ihm bewusst, dass er nicht das Gegenteil beweisen konnte. Und diese Strafe war verhältnismäßig mild ausgefallen. Roger wäre als Richter deutlich schlimmer gewesen. Dennis erinnerte sich noch genau an eine Situation vor knapp einem Jahr. Damals hatte er die Schule geschwänzt, weil er den Ärger mit Felix und seinen Freunden nicht länger ertragen konnte. Leider hatte ihn einer von Rogers Freunden dabei erwischt, wie er, statt in die Schule, in einen Kiosk ging, um sich mit Leckereien für den Tag einzudecken. Das Ergebnis war, dass Dennis ein ganzes Wochenende lang mit nur einer Mahlzeit pro Tag eingesperrt in einem dunklen Keller verbracht hatte. Karin war an diesem Wochenende gemeinsam mit einer Freundin im Wellnessurlaub, den Roger ihr zum Geburtstag geschenkt hatte.

Dennis beklagte sich also nicht weiter und ging auf sein Zimmer, während Karin den Wochenplan energisch mit einem Magneten an der Kühlschranktür befestigte.

Dennis warf seinen Schulrucksack in die Ecke und schmiss sich ins Bett.

Sein Körper fühlte sich an wie nach einem Marathon.

Ohne es zu wollen, nickte er ein, um erst nach mehreren Stunden wieder aufzuwachen. Dies war der wohl wahnsinnigste Tag seines Lebens. Und das sollte schon etwas heißen. Die Geschehnisse gingen nicht aus seinem Kopf. Was hatte es mit dem Wolf auf sich? Was hatte Rogers Auftritt im Industriegebiet zu bedeuten? Normalerweise sollte er zu dieser Zeit arbeiten, aber stattdessen schien er irgendetwas gejagt zu haben. Aber was? Diese merkwürdigen Geräte, die sein Stiefvater in den Händen gehalten hatte, wirkten für Dennis surreal. Für Roger schien es so, als ob eine Menge von dieser Jagd abhing. Zählte Dennis das angsteinflößende Gespräch von heute Morgen hinzu, war er sich nun sicher, dass sein Stiefvater ihm und seiner Mutter irgendetwas verheimlichte. Dennis nahm es sich zur neuen Lebensaufgabe, dies herauszufinden. Vielleicht konnte er Roger so endlich loswerden. Dennis Vorteil war, dass sein Stiefvater bislang nicht wusste, dass er unfreiwillig von ihm beobachtet worden war. Er musste Gerrit noch an diesem Abend davon erzählen.

Schnell hing er den Kopf unters Bett, um sein Handy hervorzuholen. Der nachfolgende Anblick warf Fragen auf. Dennis konnte schwören, dass er sein Mobiltelefon heute Morgen im Eifer des Gefechts unter das Bett geschmissen hatte. Auf den ersten Blick war es aber nicht zu sehen.

Dennis wurde unruhig. Er sprang auf und durchsuchte den gesamten Bereich unter dem Bett. Alle Kisten wurden ausgeräumt und ihr Inhalt kontrolliert, doch das Handy tauchte nicht auf.

An einem der Bettfüße lag ein zerrissenes Foto von ihm und Gerrit. Es war fast genau in der Mitte geteilt, sodass auf einem Teil nur noch Dennis zu erkennen war. Sein Verdacht bestätigte sich. Roger musste in seinem Zimmer gewesen sein. Wahrscheinlich, als er am Morgen geduscht hatte. Nun verstand Dennis auch, warum sein Stiefvater ihm gedroht hatte, ihn nicht nochmals hinters Licht zu führen. Er hatte wohl schon Verdacht geschöpft, dass Dennis mit unterdrückter Nummer angerufen hatte. Deshalb war Roger in sein Zimmer eingedrungen. Er hatte sein Handy gefunden und sogleich entwendet. Dennis würde es wohl auch nicht wiederbekommen. Von seiner Mutter aus durfte er erst ab dem vierzehnten Lebensjahr ein Handy besitzen. Es brachte also nichts, Roger deswegen anzuschwärzen. Sein Stiefvater hatte wieder einmal alle Zügel in der Hand.

Dennis machte sich Vorwürfe. Er war viel zu unvorsichtig und naiv gewesen. Sein Stiefvater war ihm immer einen Schritt voraus.

»Das wird sich ein für alle Mal ändern.«

Da es mittlerweile Abend geworden war, entschied Dennis, sich den restlichen Tag auszuruhen und morgen Gerrits Gehör aufzusuchen. Er durfte ohnehin nur bis 20:00 Uhr von zu Hause fernbleiben.

Ein kurzer, unauffälliger Blick nach draußen bestätigte, dass Roger noch immer nicht zuhause war. Womöglich verfolgte er noch sein mysteriöses Ziel.

Dennis setzte sich noch kurz an seinen Schreibtisch, um die Hausaufgaben für den morgigen Tag zu erledigen. Geschichte und Englisch gehörten zweifelsohne zu seinen Lieblingsfächern. Eine Inhaltsangabe übersetzen und kurz einen Fragebogen zum Ersten Weltkrieg beantworten, war für ihn eine entspannte Beschäftigung. Hier konnte er seine negativen Gedanken für ein paar Minuten zur Seite schieben, um den Kopf wieder freizubekommen.

Beim Beenden des letzten Satzes seiner Inhaltsangabe klingelte das Telefon im Wohnzimmer. Dennis nahm es wahr, dachte sich aber nichts weiter dabei. Nach dem zweiten Klingeln ging Karin dran. Die ersten Sekunden verliefen äußerst still. Plötzlich konnte man eine deutliche Stimmungsänderung des Telefonats entnehmen. Karin wurde laut und sie wirkte aufgebracht.

Dennis ahnte nichts Gutes und ließ augenblicklich den Füller fallen. Leise öffnete er seine Zimmertür, um mehr vom Telefonat mitzubekommen. Durch seine gewaltigen Schalltrichter konnte er schon immer überdurchschnittlich gut hören. Er verstand jedes Wort seiner Mutter so deutlich, als hätte er unmittelbar neben ihr gestanden.

»Was soll das bedeuten, ein Monsterwolf ist heute durch Dornsdorf gelaufen?«

Dennis bekam eine Gänsehaut. Es ging wieder um diesen mysteriösen Wolf von heute Morgen.

»Wieso möchten Sie jetzt genau ein Interview mit meinem Sohn führen?«

Dennis konnte regelrecht spüren, wie seine Mutter mit jedem Wort unruhiger wurde. Sollte das wieder Ärger geben?

Wieder überkam schlagartige Stille das Haus. Entweder hatte Karin einfach aufgelegt oder die Person am anderen Ende der Leitung erklärte ihr etwas sehr ausführlich.

Es blieb noch mehrere Sekunden totenstill, bis Karin versuchte, besonnener zu antworten. »Ja, ich verstehe Ihr Anliegen, aber ich muss Ihnen leider Absagen. Mein Sohn ist sehr sensibel, und da ich die Verantwortung habe, möchte ich nicht, dass er weiter mit dieser Geschichte belastet wird. Ich bedanke mich trotzdem für Ihr Interesse. Auf Wiederhören.« Karin beendete das Gespräch und schlug das Telefon auf die Ladestation. Sie war vollkommen aufgelöst und musste sich erst einmal setzen.

Für Dennis wurde es nun allerhöchste Zeit, unbemerkt in sein Zimmer zurückzukehren. Er setzte sich wieder an den Schreibtisch, um die Hausaufgaben zu beenden. Doch nun fiel es ihm schwer, bei der Sache zu bleiben. Er hatte das Gefühl, dass dieses Telefonat noch Folgen für ihn haben könnte.

Mit viel Mühe konnte Dennis seine Pflichten erledigen, um sich endlich fertig für das Bett machen zu können. Er konnte kaum erwarten, dass dieser Tag ein Ende fand.

Als er nach dem Zähneputzen das Bad in Richtung seines Zimmers verließ, kam seine Mutter die Treppe zur ersten Etage hoch. Dennis versuchte, sich nichts anmerken zu lassen und bewegte sich entspannt in Richtung Zimmertür.

»Dennis, warte bitte kurz!«, rief seine Mutter ihm hinterher.

Dennis drehte sich um und sah eine völlig aufgelöste, aber keineswegs wütende Karin. »Was ist passiert, Mama?«

Zum ersten Mal seit Monaten lächelte Karin ihren Sohn an. »Ich habe vorhin erfahren, was dir heute Morgen passiert ist.«

Dennis zuckte desinteressiert mit den Schultern. »Meinst du das mit dem Wolf? Da ist doch nichts passiert. Mir geht es gut und keiner wurde verletzt.«

Seiner Mutter schien es allerdings um mehr zu gehen. Sie kniete sich zu Dennis auf Augenhöhe und griff sanft seine dürren Schultern. »Ja, darüber bin ich auch froh. Aber gab es da noch etwas?«

Dennis sah seine Mutter fragend an. Welches Spiel wurde hier gespielt? Natürlich erzählte er ihr nichts von den menschlichen Augen des Wolfes oder auch nur irgendetwas, das in diese Richtung ging. Da konnte seine Mutter noch so nett dreinschauen. Über die Jahre hatte Dennis sich ein gesundes Misstrauen angeeignet. Er schüttelte auf die Frage nur den Kopf.

»Bist du dir ganz sicher? Ich möchte, dass du mir die Wahrheit erzählst.

Du musst auch keine Angst haben, Ärger zu bekommen.«

»Mama, was soll das alles? Was soll denn an dem Wolf so besonders gewesen sein?«

Karins Gesicht wurde schneeweis. Sie ließ Dennis Schultern los und stand wieder auf. »Ach nichts, mein Schatz. Die Hauptsache ist, dass du gesund und munter bist«, piepste sie.

Dass hier ein falsches Spiel gespielt wurde, lag auf der Hand. Doch Dennis hinterfragte zum jetzigen Zeitpunkt lieber noch nichts. Das Ganze spornte ihn nur noch mehr an, ab dem morgigen Tag alle Hebel in Bewegung zu setzen, um diesem ganzen Mysterium rund um Roger und dem Wolf auf den Grund zu gehen.

Im Hintergrund nahmen Dennis empfindliche Ohren ein noch recht weit entferntes, heulendes Motorgeräusch wahr. Er erkannte es sofort. Es war Rogers Dienstwagen. Er kam nach Hause.

Da Karin mit ihren durchschnittlichen Ohren noch nichts ahnte, nutzte Dennis die letzten Sekunden vor Rogers Ankunft, um das Gespräch mit seiner Mutter zu beenden. »Ich bin heute total müde. Ich gehe ins Bett«, schnaufte er und huschte in sein Zimmer.

Karin war verdutzt, schien aber keinen Verdacht geschöpft zu haben. Mit einem leicht verstörten: »Ja. Gute Nacht, mein Schatz«, ging sie lautlos zurück ins Erdgeschoss.

Dennis ließ in seinem Zimmer alles stehen und liegen, um nach diesem Tag endlich Schlaf zu finden. Schnell noch ein Hörspiel seines Lieblingsfilms eingelegt, und schon kuschelte er sich in seine Bettdecke.

Trotz des Hörspiels versuchte er immer ein wenig auf Hintergrundgeräusche im Haus zu achten. Aber in dieser Nacht blieb es still.

Dem Mysterium auf der Spur

Nach einer zur Abwechslung erholsamen Nacht öffnete Dennis ausgeschlafen die Augen, um motiviert in den Tag zu starten.

Der kleine Junge streckte sich nichtsahnend, bevor er erschrocken zusammenzuckte. Er rieb sich die Augen. Ein weiterer Blick. Er träumte nicht mehr, auch wenn er es sich in diesem Moment noch so sehr wünschte. Auf seinem Schreibtischstuhl saß Roger, der seinen Stiefsohn erwartungsvoll betrachtete.

»Guten Morgen, Kurzer.«

Dennis stieg vogelwild aus dem Bett. Er wurde so panisch, dass er beim Anziehen mit seinem Fuß in der Jeans hängen blieb und zu Boden fiel.

Roger blieb entspannt auf dem Stuhl sitzen und schlürfte genüsslich einen Schluck Kaffee aus seiner Tasse. »Nicht so stürmisch.«

Dennis stand mit starrem Blick auf seinen Stiefvater gerichtet wieder auf. »Stimmt was nicht?«

Roger lachte. »Nein, es ist alles in Ordnung, Kleiner.«

Dennis knöpfte seine Hose zu, um anschließend ins Bad zu verschwinden. Dies schien allerdings nicht im Sinne seines Stiefvaters gewesen zu sein. Er stand blitzschnell auf, um sich Dennis in den Weg zu stellen.

»Was willst du von mir?«, fragte Dennis, der seine Furcht einfach nicht verbergen konnte.

»Bleib locker. Wenn du meine Fragen beantwortest, lasse ich dich sofort in Ruhe.«

Natürlich hatte Dennis keine Wahl. Er ging zurück und setzte sich auf die Bettkante. Die scheinheilige Art seines Stiefvaters machte ihm noch mehr Angst. Der kleine Junge bibberte von Kopf bis Fuß. Wie sehr er es bereute, in dieser Nacht sein Zimmer nicht abgeschlossen zu haben.

Roger nahm den Schreibtischstuhl und platzierte diesen direkt vor Dennis, um sich breitbeinig vor ihn zu setzen. Er kam so nahe, dass seine riesige

Nase nur wenige Zentimeter von Dennis Gesicht entfernt war.

»Mir ist zu Ohren gekommen, dass du gestern dem berühmten Wolf aus den Nachrichten begegnet bist.«

Dennis nickte verunsichert.

Rogers Miene wurde rasant ernst. »Okay, dann wirst du mir jetzt sofort verraten, was er dir gesagt hat, und wer von deiner missratenen Sippschaft dahintersteckt.«

»Tut mir leid, aber ich habe leider keine Ahnung, wovon du da überhaupt sprichst. Was soll ein Wolf bitte sagen?«

Dennis fragte sich langsam, ob sein Stiefvater den Verstand verloren hatte. Ein Wolf, der spricht? Trotz dieser unwirklichen Aussage fühlte sich Dennis nun jedoch noch mehr darin bestätigt, dass dieses Tier alles andere als gewöhnlich gewesen war. Er erinnerte sich natürlich noch an die sehr markant blauen Augen und das merkwürdige Verhalten des Raubtiers, konnte sich daraus allerdings keinen Reim machen.

Roger gefiel Dennis Antwort nicht. Sein rechtes Augenlid zuckte, und sein Gesichtsausdruck wirkte wie eine tickende Zeitbombe. »Hör zu, du kannst mir nichts vormachen. Verrate mir jetzt sofort, wer der Wolf ist und wo ich ihn finden kann.«

»Ich habe keine Ahnung, Roger. Das musst du mir glauben. Der Wolf hat mich nur komisch angeguckt und ist dann geflüchtet, weil die Polizei kam.«

Dennis zitterte wie Espenlaub und hoffte, dass sein Stiefvater ihm glauben würde.

Roger stand auf und kramte etwas aus seiner Hosentasche. Es war Dennis Handy, das sein Stiefvater ihm erst gestern weggenommen hatte. Roger bekam wieder dieses ekelerregende, hämische Grinsen, das ihm die restliche Menschlichkeit raubte. »Guck mal, was ich gestern gefunden habe«, präsentierte er stolz sein Diebesgut. »Ich denke, du bist genauso daran interessiert wie ich, dass wir unseren kleinen Disput schnellstens lösen.«

»Bitte gib es mir wieder«, flehte Dennis.

Roger hielt ihm das Mobiltelefon wie einen Köder vor die Nase. »Natürlich, gar kein Problem. Hier.«

Dennis griff nach dem Handy. Sollte sich sein Stiefvater damit wirklich zufriedengeben? Er wollte es Roger gerade aus der Hand ziehen, als dieser das Telefon wieder feste packte, sodass Dennis keine Chance hatte, es zu bekommen.

»Es ist ganz einfach, Kleiner. Ich mache dir ein Angebot, das du nicht ausschlagen kannst. Immerhin halte ich dich für schlau genug, nicht zu wollen, dass dein kleines Geheimnis ans Licht kommt.«

»Was meinst du?«

»Du weißt schon, deine Einlage von letzter Woche«, antwortete Roger mit so verschmitztem Lächeln, dass es sich hierbei nicht um einen Bluff handeln konnte.

Dennis schluckte ängstlich. »Du hast nichts gegen mich in der Hand.«

Roger tippte amüsiert auf Dennis Handy herum. Ihm fiel es sichtlich schwer, nicht schallend loszulachen. Dennis Miene wurde währenddessen immer panischer.

Roger schien etwas auf dem Handy gefunden zu haben. Fröhlich drehte er den Bildschirm zu Dennis, der augenblicklich bestürzt erstarrte. Sein Handy spielte ein Video ab, auf dem Dennis nur in Unterwäsche bekleidet auf seinem Bett tanzte und Affengeräusche nachahmte. Am Ende des Clips posaunte er noch die Worte: »Ich bin eine dreckige Missgeburt!«

Noch nie hatte Dennis sich mehr geschämt. Roger hatte ihn allem Anschein nach dabei gefilmt, wie er von ihm und seinen Freunden dazu genötigt wurde, sich zu demütigen.

Dennis war den Tränen nahe. »Was soll das?! Wieso ist das auf meinem Handy?!«

»Rübergeschickt von meinem Handy, was sonst? Ich brauche ja letztendlich einen Beweis dafür, dass du dich selbst dabei gefilmt hast, wie du einfach du selbst sein wolltest. Noch dazu mit einem Handy, das du noch gar nicht haben darfst.«

Dennis blieb apathisch vor Roger stehen. Sein Stiefvater hatte ihn mit diesem Video völlig überrumpelt.

»Verrat mir, was ich wissen will, dann bekommst du dein Handy zurück, und ich lösche sämtliche Kopien des Videos. Bleibst du still, werde ich das Video veröffentlichen.«

»Ich weiß nichts!«, kreischte Dennis. Wenn Roger das peinliche Video tatsächlich veröffentlichen sollte, wäre auch sein letzter Funken Würde im Dorf verspielt.

Roger schmunzelte Dennis provokant an. »Letzte Chance. Sag mir, was du gestern von dem Wolf erfahren hast, oder dein öffentliches Leben ist endgültig vorbei.«

»Ehm, na … na gut … du hast gewonnen«, stammelte Dennis bibbernd. Er hatte keine andere Wahl. Er musste lügen.

Roger lächelte zufrieden und wartete auf eine Antwort.

»Der Wolf war sehr wütend, weil er in diesem Körper gefangen war. Er hat mich um Hilfe gefragt, aber dann kam die Polizei und er ist in den Wald verschwunden.«

In Dennis Zimmer wurde es so still wie auf einem Friedhof. Roger sah sein Gegenüber zuerst nüchtern an. Dennis konnte den Blick nur schwer deuten und schaute verängstigt zu Boden. Er betete, dass Roger ihm glauben und diese schaurige Situation endlich vorüber gehen würde.

Roger holte wie aus dem Nichts aus und verpasste dem nichtsahnenden Dennis eine deftige Ohrfeige. *Patsch!* Dennis wurde buchstäblich von der Bettkante geschleudert und klatschte benebelt zu Boden.

Als er langsam wieder zu sich kam, schaute er mit Tränen getränkten Augen hoch zu Roger, der wutschnaufend auf ihn herabsah. Der fuchsteufelswilde Mann packte Dennis an seinen langen Ohren und zog ihn rabiat auf Augenhöhe. Dennis konnte das Knacken seiner Ohrenknorpel deutlich hören. Er brüllte vor Schmerz.

Roger bestrafte den Geräuschpegel seines Stiefsohns mit einem weiteren Schlag ins Gesicht. »Halts Maul. Du Narr glaubst wohl, ich bin einer von der blöden Sorte. Ich glaube, ich habe dir bereits gestern verdeutlicht, dass du mich nie wieder verarschen sollst.«

Dennis konnte seine Tränen nicht länger zurückhalten. Er fühlte sich in der Gegenwart seines Stiefvaters vollkommen hilflos. »Aua! Aua! Bitte lass mich los! Ich weiß wirklich nichts!«

»Du solltest mich niemals verarschen, du kleines Elend. Niemand spielt ein Spiel mit mir.«

Roger wollte gerade zu einem weiteren Schlag ansetzen, da klopfte es an der Tür.

»Hey, was macht ihr da drin? Ihr müsstet schon längst fertig sein!« Es war Karin, die die lautstarke Auseinandersetzung wohl sogar unten im Wohnzimmer mitbekommen hatte.

Roger schreckte zusammen und ließ Dennis los. Er zeigte mit dem Finger auf ihn und schenkte ihm einen hasserfüllten Blick. »Keine Sorge, ich werde schon selbst herausfinden, was du mir verheimlichst. Freu dich schon mal auf heute Abend«, flüsterte er dem schluchzenden Dennis noch zu, bevor er endlich das Zimmer verließ.

Aber dieses Mal fand auch Karin das Verhalten ihres Mannes seltsam. Als dieser an ihr vorbeiging, tippte sie ihm kurz auf die Schulter. »Hey, du, sag mal, was war da gerade bei euch los?«

Roger blieb auch in dieser Situation sehr bedacht und gelassen. »Ich habe ihm nochmal meinen Standpunkt wegen der Geschichte von gestern klargemacht.«

Karin nickte bedrückt.

Rogers Hand wanderte liebevoll nach Karins Schulter und er schaute ihr mit einem selbstverständlichen Lächeln tief in die Augen. »Karin, mein Schatz, wir haben eine gewisse Verantwortung dem Jungen gegenüber. Du willst doch wohl auch nicht, dass er so ein Gauner wird wie sein Vater, oder?«

»Nein, du hast natürlich recht«, kämpfte Karin mit den Tränen. »Aber ich glaube, er hat es jetzt verstanden.«

Die beiden Erwachsenen gingen runter, während Dennis immer noch geschockt auf dem Boden seines Zimmers lag. Er war in irgendetwas hineingeraten, mit dessen Ausmaß er nicht umgehen konnte. Er wusste nicht mehr, was er tun sollte. Die Emotionen übermannten ihn. Würde Roger seine Drohung wahrmachen? Er hoffte sehr, dass ihm sein Onkel und einziger Freund helfen konnte.

Ein Gespräch unter Freunden

Nach den Ereignissen der letzten Stunden hatte Dennis keinen Kopf mehr für den herkömmlichen Alltag. Trotz größter Angst spürte er einen neuen Sinn im Leben. Er hatte nun eine Aufgabe, die ihn wohl rund um die Uhr beschäftigen würde. Roger schien eine Art Superschurke zu sein, der Mitglied einer Geheimorganisation war, die sich anscheinend mit der Jagd auf seltene Tiere bereicherte. Dennis glaubte auch nicht länger, dass sein verhasster Stiefvater der Tätigkeit bei dem Veranstaltungsunternehmen nachging. Zu viele Dinge sprachen dagegen.

Der Schultag gestaltete sich zu Dennis Gunsten sehr angenehm. Die Auswirkungen der gestrigen Ereignisse schienen sich noch positiv zu halten. Niemand ärgerte Dennis am heutigen Tag und er konnte sogar ein wenig im Unterricht glänzen.

´So wäre es also, wenn man normal ist´, dachte sich Dennis hin- und hergerissen, da er natürlich wusste, dass diese Phase der Toleranz nicht ewig währen würde.

Doch immerhin hatte der vorher lebensmüde Junge endlich die Hoffnung, dass sich bei ihm zuhause schon bald etwas ändern könnte. Er musste lediglich Roger als Verbrecher überführen, damit seine Mutter ihn endlich verlassen würde. Dafür bräuchte er die Hilfe des einzigen Menschen, dem Dennis vertraute.

Noch bevor der Schultag endete, fiel Dennis wieder ein, dass er am heutigen Tag mit den Strafarbeiten bei den Petersens beginnen musste. Sein Plan, am Nachmittag zu seinem Onkel zu eilen, um ihn nach Rat zu fragen, stand somit auf wackeligen Beinen. Die Zeit war an diesem Tag sein größter Feind.

Als die Schulglocke das Unterrichtsende einläutete, eilte Dennis nach Hause. Mit Tunnelblick versuchte er alles Unwichtige auszublenden, um seine Pflichten mit der höchstmöglichen Effektivität zu erfüllen.

Dennis schmiss stürmisch seinen Schulrucksack ins Zimmer, um dann die unbeliebten Wirsingrouladen mit Kartoffelpüree in sich hineinzuschaufeln.

Als sich Karin mit ihrem Teller zu ihrem Sohn setzen wollte, war der schon beinahe startklar für die Hausaufgaben.

Um seine Aufmerksamkeit zu erlangen, klopfte Karin auf den Esstisch. »Was ist denn in dich gefahren?«

Dennis unterbrach sein Schlingen. Sein halbes Gesicht war mit Bratensauce und Fleischresten beschmiert. »Nichts. Ich möchte heute nur alles so schnell es geht fertigkriegen.«

»Ja, okay, dass du dich beeilst, kann man wohl sehen. Aber wozu willst du dich so beeilen?«

Dennis wusste nicht, ob er seiner Mutter sagen sollte, dass er heute unbedingt zu Gerrit musste. Damit würden weitere Fragen aufkommen. Karin konnte ihren erfolgreichen, großen Bruder nicht leiden. Schon seit Jahren sprachen sie kein Wort mehr miteinander.

Dennis aß noch schnell den letzten Happen auf, um sich dann vollkommen seiner Mutter zu widmen. »Na ja, eigentlich nur, damit ich nachher noch schnell in den Kiosk gehen kann, um mir meine Zeitschrift zu holen.«

Seine Mutter stutzte, schien aber zufrieden gestellt worden zu sein. »Okay, gut. Ist mir egal, was du danach machst. Nur mach deine Aufgaben nicht nur schnell, sondern richtig.«

Dennis nickte erleichtert und rannte nach oben. Er wusch sich schnell das Gesicht ab und setzte sich an seine Hausaufgaben. Da es sich um Mathematik und Physik handelte, konnte er sich allerdings noch so sehr beeilen. Es dauerte … sehr lange.

Nach rund zwei Stunden ließ Dennis den Stift fallen, um sich für den ersten Arbeitstag bei den Petersens vorzubereiten.

Er verabschiedete sich für die nächsten Stunden von seiner Mutter und ging zum Anwesen der schwerreichen Familie. Dazu musste er lediglich die Mühlenstraße bis zu ihrer Grenze zum Dorfzentrum herunterlaufen.

Dennis fragte sich schon immer, wofür eine dreiköpfige Familie so viel Platz brauchte. Die graue Villa der Petersens war mindestens drei Mal so groß wie das Haus, in dem er lebte. Dazu noch zwei riesige Garagen und ein Garten- sowie Hofbereich. Es war einschüchternd und surreal zugleich. Hier hatte Dennis in den nächsten Wochen nun jeden Tag etwas zu tun.

Mit gesenktem Kopf trottete er die breite Steintreppe zum Haupteingang hinauf. Zögerlich betätigte er die Türklingel und ein dröhnendes Glockenkonzert ließ ihn in die Knie gehen. Danach tat sich nichts. Kein Mensch machte ihm die große, graue Doppeltür auf.

´Guter Grund, um schnell von hier abzuhauen´, dachte Dennis. Immerhin hatte er es versucht.

Er stieg gerade die erste Treppenstufe hinunter, als er ein Geräusch aus der Villa hörte. Es waren laute, stampfende Schritte.

Dennis drehte sich um. Im nächsten Moment öffnete sich die Tür. Das Familienoberhaupt, Peter Petersen, stand vor ihm. Ein eher kleiner, molliger Mann, mit braunen, lockigen Haaren und unbeschreiblich teuren Designerklamotten.

»Ah, da ist ja unser Verbrecher«, begrüßte Herr Petersen seine neue Arbeitskraft mürrisch.

Dennis wollte am liebsten den Rückzug antreten. Für diesen Kotzbrocken musste er nun die nächsten Wochen arbeiten.

»Guten Tag, Herr Petersen«, sprach Dennis unterwürfig.

Herr Petersen stolzierte grimmig an Dennis vorbei in Richtung Gartenbereich. »Komm mit.«

Dennis folgte Herrn Petersen wie ein dressierter Hund. Der Garten der schwerreichen Familie war beeindruckend. Auf der linken Seite wuchsen unzählige Gemüsesorten und Obstbäume. Auf der rechten Seite befand sich ein Erholungsbereich mit Pool, Liegebereich und einer Terrasse, die so groß war wie ein Tennisplatz. Der zentrale Bereich bestand aus einem auf den Millimeter genau gemähten Rasen, der von mehreren Sprenkelanlagen bewässert wurde.

Am Ende des Grundstücks konnte Dennis ein Gartenhaus erkennen. Dieses hatte zur Abwechslung eine überschaubare Größe.

»Du kannst froh sein, dass meine Frau so nett war, dieser Art der Bestrafung zuzustimmen. Wenn es nach mir gegangen wäre, hättest du jetzt eine Anzeige am Hals und könntest obendrein einen Monat meine gesamte Produktionshalle fegen.«

»Das ganze Theater tut mir sehr leid, Herr Petersen. Ich werde so etwas nie wieder tun«, entschuldigte sich Dennis beschämt. Er hasste es, so zu heucheln, aber er wollte das Verhältnis zu seinem neuen Arbeitgeber zumindest ein wenig verbessern.

»Die Entschuldigung kannst du dir sparen. Wenn man schon so verdreht aussieht wie du, sollte man sich im Leben reinhängen, um das Erscheinungsbild zu kompensieren.«

Herr Petersen war ein noch schlechterer Mensch, als Dennis es je vermutet hatte. Er hatte es tatsächlich mit einem reichen Roger-Abklatsch zu tun. Dennis musste seinen Zorn verbergen. Er drückte seine Hände zu einer Faust so feste zusammen, dass sie knallrot wurden.

Herr Petersen steuerte geradewegs auf das Gartenhaus zu. Dennis fragte sich, was auf ihn zukommen würde.

Herr Petersen schloss das Tor der Hütte auf, holte einen Eimer mit Farbe heraus und knallte ihn vor Dennis Füße. »So, du wirst dieser Hütte heute einen neuen Anstrich verpassen. Das Fegen kannst du dir sparen. Das hat meine Frau bereits erledigt, weil ich nicht möchte, dass ein Verbrecher wie du Zugang zu meiner Hütte bekommt.«

Damit hatte Herr Petersens Misstrauen wenigstens etwas Vorteilhaftes für Dennis gehabt.

Herr Petersen wollte gerade zur nächsten Standpauke ausholen, als sein Handy klingelte. »Da hast du ja nochmal Glück gehabt. Ich werde deine Arbeit morgen kontrollieren«, drohte er und ging hinfort.

Dennis machte sich gleich an die Arbeit. Es war nicht das erste Mal in seinem Leben, dass er etwas streichen musste. Roger zwang ihn bereits damals, sein eigenes Zimmer selbst zu renovieren. Dennis verpasste dem Gartenhaus also einen neuen weißen Anstrich.

Er lag noch bestens in seinem geplanten Zeitfenster, damit er in aller Ruhe Gerrit von den Ereignissen der letzten zwei Tage berichten konnte.

Dennis hüpfte nach getaner Arbeit über den Zaun und ging schnellen Schrittes in Richtung Waldgrenze von Dornsdorf. Nur drei Wohnsiedlungen und eine Landstraße trennten ihn vom Ziel des Tages.

Zu seinem Pech schlug das Wetter gewaltig schnell um und der Himmel verdunkelte sich. Dennis schaffte es gerade rechtzeitig, am Café Brunn anzukommen, bevor es in Strömen zu regnen begann.

Der Anblick seines Lieblingsorts direkt an der Waldgrenze zauberte Dennis ein Lächeln ins Gesicht. Ihm gefiel dieses uralte, hölzerne Gebäude mit der rustikalen Inneneinrichtung.

Das Café füllte sich langsam mit Touristen und Einheimischen, die sich zum Feierabend noch einen Snack gönnen wollten.

´Hoffentlich hat Gerrit gerade Zeit für mich´, dachte sich Dennis.

Im Speiseraum und hinter der großen Holztheke waren lediglich seine zwei Mitarbeiterinnen zu sehen, die gerade alle Hände voll zu tun hatten.

Eine von ihnen, eine ältere Dame mit kurzen, grauen Haaren, sah Dennis im Eingangsbereich und winkte ihm gleich zu. »Hi, Dennis. Du kommst aber spät heute.«

Dennis winkte fröhlich zurück. »Hallo, Heike. Ja, ich hatte heute eine Menge zu tun.«

Heike schüttelte den Kopf. »Dass man den jungen Leuten heutzutage aber auch so viel Hausaufgaben gibt, finde ich unverantwortlich.«

Dennis nickte zufrieden. Hier im Café Brunn fühlte er sich einfach wohl. Das alte Ambiente erinnerte ihn vom Aufbau an ein altes Lokal aus Westernfilmen. Man fühlte sich tatsächlich mehrere Jahrhunderte in die Vergangenheit zurückversetzt. Zwar schauten ihn auch dort genügend Gäste aufgrund seines Aussehens schief an, aber Gerrit und seine zwei Mitarbeiterinnen gaben ihm ein Gefühl von Heimat. Bei ihnen fühlte es sich nicht so an, als würde ihnen Dennis Anwesenheit etwas ausmachen.

Die andere Mitarbeiterin, eine rothaarige Frau mittleren Alters, zeigte freundlich in Richtung einer alten Holztür. »Falls du deinen Onkel suchst, der ist in seinem Büro.«

»Danke, Teresa«, sagte Dennis, während er schon auf dem Weg zur uralten Tür war.

Das Büro des Cafébesitzers lag rechts neben der Küche. Die alte, klapprige von Holzwürmern heimgesuchte Tür wirkte beinahe mittelalterlich. Gerrit hatte das alte Haus vor vielen Jahren von Dennis Großvater geerbt und daraufhin saniert. Davon war in Dennis Augen jedoch nur sporadisch etwas zu sehen.

Dennis näherte sich der Tür und hielt eines seiner langen, spitzen Ohren ans Türschloss. Sein Onkel schien in kein Gespräch verwickelt gewesen zu sein. Vorsichtig klopfte er an.

»Herein.«

Dennis öffnete behutsam die Tür, die so laut knarrte, dass man damit einen Schwerhörigen wecken könnte.

Gerrit saß gerade an diversem Papierkram. Da sein Laden in den letzten Jahren so gut lief, kam der Geschäftsführer kaum noch mit den Bestellungen hinterher. Während Gerrit früher noch die meiste Zeit selbst im

Speisesaal arbeitete, um die Kunden zu bedienen, kam er inzwischen nur noch selten dazu. Heike und Teresa waren aber mittlerweile so gut ins Geschäft integriert, dass sie sich allein um die Kunden vor Ort kümmern konnten, während sich Gerrit dem Schriftverkehr, der Vermarktung und der Buchhaltung widmen konnte, ohne sich Sorgen machen zu müssen.

Als der Cafébetreiber seinen Neffen ins Büro kommen sah, ließ er prompt seinen Stift fallen. Er stand so hastig auf, dass er beinahe mit seinem gewaltigen Bauch den Arbeitstisch samt den wichtigen Papieren umwarf.

»Dennis, Herrschaftszeiten, dir geht's gut«, ertönte es erleichtert aus seinem im Bart versteckten Mund. Er umarmte seinen Neffen, als ob er diesen jahrelang nicht gesehen hätte.

»Ja, mir geht's gut«, sagte Dennis verwundert.

Gerrit ließ von seinem Neffen ab und holte sein Handy heraus. Er zeigte Dennis brummend das Display. »Ich habe dich in den letzten zwei Tagen dreiundzwanzig Mal versucht anzurufen. Und du gehst einfach nicht ans Telefon.«

Dennis überkam ein schlechtes Gefühl. »Na ja, dass tut mir auch wirklich leid, aber es war nicht meine Schuld. Roger war gestern in meinem Zimmer und hat mein Handy gestohlen. Und er will es mir nicht wiedergeben.«

Gerrit bot seinem Neffen einen Stuhl gegenüber von seinem Arbeitsplatz an, und beide setzten sich hin.

»Hmpf, Roger schon wieder. Warum war er in deinem Zimmer?«

Dennis zuckte mit den Schultern.

Gerrit wurde inzwischen merklich unruhig. »Herrgott, Dennis, wie oft habe ich dir schon gesagt, dass du deine wichtigsten Sachen gut verstecken sollst? Ich habe dir nicht umsonst das Handy gekauft.«

Dennis schämte sich. Sein Onkel hatte recht. Er war viel zu unvorsichtig, obwohl er genau wusste, wie gefährlich sein Stiefvater war. »Es tut mir wirklich leid, Gerrit. Aber die letzten Tage waren total verrückt.«

Gerrit horchte auf. Er schnaufte in seinen Bart und begab sich zur Kaffeemaschine auf der Kommode, um sich und seinem Neffen ein heißes Getränk in eine große Tasse einzuschenken. »Das war auch der Grund, warum ich dich so dringend erreichen wollte. Ich habe das mit dem Wolf gestern in den Nachrichten gesehen.«

Schon wieder dieser Wolf. Dennis wollte ohnehin mit seinem Onkel über dieses Thema sprechen. Aber Gerrit verhielt sich plötzlich sehr merkwürdig. Er wirkte aufgeregt und unkonzentriert.

»Ja, ich habe den Wolf gestern gesehen. Aber es ist noch viel mehr passiert.«

Gerrit übergab Dennis mit zittrigen Händen eine heiße Tasse Kakao, um sich darauf mit seinem Kaffee in der Hand wieder hinzusetzen. »Ich glaube, du hast den Wolf mehr als nur gesehen, mein Junge. Du wurdest in den Nachrichten genau beschrieben. Du sollst mit dem Wolf interagiert haben. Was genau ist passiert?«

Gerrit schien dieses Thema äußerst ernst zu sein. Dennis versuchte, ihm bis ins kleinste Detail wiederzugeben, was er erlebt hatte.

Gerrits Augen wurden währenddessen immer größer. »Einfach unglaublich. Und genau in dem Moment, als du dem Tier näherkamst, rollte die Polizei an?«

»Ja, genau so war es. Aber irgendwas stimmt hier nicht, Gerrit.«

Gerrit zuckte zusammen. »Was meinst du?«

»Ich meine damit die ganze Geschichte rund um diesen Wolf. Du hältst mich bestimmt für bekloppt, aber ich habe dem Tier genau in die Augen geguckt und dachte, ich sehe meine eigenen Augen.«

Durch Gerrits borstiges Gesichtsgestrüpp war ein seichtes Lächeln zu entnehmen. »Also war die Begegnung mit ihm etwas Besonderes für dich?«

Dennis nickte aufgeregt. »Ja, auf jeden Fall. Das war kein normales Tier. Und das war erst der Anfang.«

Gerrit schnappte sich rasch einen Notizzettel und einen Stift und blickte seinem Neffen aufmerksam in die Augen. »Potz Blitz, noch mehr?«

»Ich habe Beweise dafür, dass Roger nach diesem Tier sucht. Es kommt mir so vor, als würde es hier um etwas viel Größeres gehen.«

Gerrits Blick wurde trüb. »Bitte? Roger sucht nach dem Wolf? Bist du dir da sicher?«

»Ja, da bin ich mir zu hundert Prozent sicher. Er sucht nicht nur einfach nach dem Wolf, er ist schon verrückt nach ihm. Und er ist nicht allein.«

Gerrit wurde immer unruhiger. Seine Hände zitterten so stark, dass seine Handschrift aussah wie ein EKG-Bild. Er ließ den Kugelschreiber fallen.

Dennis begann langsam, sich Sorgen zu machen. »Ist alles in Ordnung?«

Gerrit stand wieder auf und ging auf Dennis zu. Er zeigte mit seinem Kopf Richtung Tür. »Komm. Ich glaube es ist besser, wenn wir oben weiterreden.«

Dennis folgte seinem Onkel mit gemischten Gefühlen. Gerrits Wohnung befand sich im oberen Geschoss des alten Gebäudes.

Gerrit gab kurz seinen Mitarbeiterinnen Bescheid und verschwand darauf mit Dennis in das alte Treppenhaus neben dem Speisesaal. Das Treppenhaus war ebenfalls sehr in die Jahre gekommen. Manche Stufen waren bereits so morsch, dass Dennis jedes Mal Angst bekam, einzubrechen. Zum Glück befand sich Gerrits Wohnung nur eine Etage über seinem Laden.

In der Wohnung angelangt, wurde Dennis schnell wieder daran erinnert, wie ungewöhnlich sein Onkel doch war. Bis auf sein Schlafzimmer war seine gesamte Wohnung seltsam eingerichtet. Seit Dennis denken konnte, war sein Onkel ein großer Märchenfan gewesen. Überall hingen Porträts, Statuen, Artefakte und andere Gegenstände rund um das Thema Elfen, Kobolde und anderen Fabelwesen sowie ihre wunderschöne, magische Welt. Viele dieser Gegenstände sahen so alt aus, als stammten sie aus dem Mittelalter. Gerrit sammelte einfach alles, was mit diesem Thema zu tun hatte. Er besaß seine eigene Bibliothek mit uralten Märchenbüchern, aus denen er Dennis, als er noch ein kleines Kind gewesen war, vorlas. Dennis erinnerte sich noch genau daran, wie emotional und lebendig sein Onkel ihm die Geschichten erzählt hatte. Wundervolle Märchen, in denen ein Mensch gemeinsam mit Fabelwesen fantastische Abenteuer in einem Wunderwald erlebte. Zauberei und Schlachten zwischen den verrücktesten Kreaturen waren das Hauptthema. Gerrit brachte es so gut rüber, als sei er selbst dabei gewesen.

In der Bibliothek gab es eine gemütliche Sitzecke, in der Dennis vor einigen Jahren diese Geschichten genossen hatte. Genau zu dieser durchgesessenen grauen Stoffcouch brachte Gerrit seinen Neffen.

Ein angenehm süßlicher Duft lag in der Luft.

Beide setzten sich hin und warteten darauf, dass der jeweils andere begann, zu sprechen. Die merkwürdige Stille zwischen den beiden eigentlich so vertrauten Personen wurde allmählich unangenehm.

Dennis Neugier wurde schließlich zu groß. »Gerrit, ich finde, du benimmst dich ganz schön komisch. Was ist los mit dir?«

Gerrit schnaufte tief durch und blickte ratlos zu Boden. »Dennis, es ist unheimlich wichtig, dass du nicht flunkerst und mir alles erzählst.«

Dennis nickte verwirrt. Warum sah Gerrit die Möglichkeit, dass er ihn anlügen könnte?

»Woher weißt du, dass Roger in Begleitung anderer Personen nach dem Wolf sucht?«

Dennis erzählte seinem Onkel die ganzen Geschehnisse, die er in den letzten Stunden erlebt hatte. Rogers Versuch, seinen Stiefsohn mit einem peinlichen Video zu erpressen, ließ er allerdings außen vor. So etwas sollte selbst Gerrit nicht von ihm wissen.

Dennis emotionale Beschreibung von Rogers Gewalttat genügte aber selbstverständlich bereits, um Gerrit zum Kochen zu bringen. »Was?! Roger hat dich schon wieder geschlagen?! Ich dachte, das hat deine Mutter schon längst geklärt?!«

Dennis schüttelte betroffen den Kopf und zeigte seinem Onkel die noch nicht verheilten blauen Flecken, die er in den letzten Stunden durch Roger zur Genüge gesammelt hatte.

Gerrit schnappte sich rasch sein Handy und tippte wie ein Wahnsinniger darauf herum.

»Was machst du da?«, fragte Dennis unruhig.

»Ich rufe jetzt auf der Stelle deine Mutter an und sage ihr, dass sie ihren Deppen von Mann dafür zur Verantwortung ziehen soll. Und wenn sie es nicht tut, werde ich ihn mir noch heute vorknöpfen!«

»Nein!«, schrie Dennis, während er versuchte, das Handy aus Gerrits Händen zu reißen.

Gerrit stupste seinen aufgebrachten Neffen leicht zur Seite. »Was soll der Schmarrn? Willst du dich weiter von deinem Stiefvater misshandeln lassen?« Doch als Gerrit sah, dass Dennis die Tränen im Gesicht herunterkullerten, wusste er, dass sein Neffe einen guten Grund für sein Verhalten haben musste.

»Tut mir leid, Gerrit. Aber ich glaube, dass wir alles mit deinem Anruf noch schlimmer machen. Roger hat meine Mutter inzwischen voll im Griff. Außerdem weiß sie nicht, dass ich heute bei dir bin. Ich habe sie da angelogen.«

Gerrit steckte sein Handy brummig weg. »Ja, weil sich meine Schwester in den letzten Jahren komplett verändert und ihre alten Prinzipien über den Haufen geschmissen hat, nur um sich mit diesem Blödmann zu vermählen.«

Dennis versuchte, angestoßen von Gerrits Ansprache, noch in etwa das wiederzugeben, was Roger ihm gestern Morgen vor der Schule angedroht hatte. Immerhin hatte er offen vor ihm zugegeben, Karin nach Strich und

Faden zu hintergehen, um eine "Mission" zu erfüllen.

Gerrit war zuerst ganz still. Er zog ein für seine Verhältnisse noch recht neues Buch aus seinem Regal. Dennis versuchte zu entschlüsseln, was auf dem umgeschlagenen Cover des Buchs zu sehen war.

"Die Chroniken der Gesta", stand dort in altdeutscher Schrift.

Gerrit suchte anscheinend etwas Wichtiges in dem Buch. Er blätterte wie wild darin herum.

Dann blieb er auf einer der letzten Seiten stehen und hielt mit dem Finger auf einen bestimmten Punkt. »Roger Van de Beek ist der korrekte Name, oder?«

Dennis nickte erschrocken. Warum stand Rogers Name in diesem Buch?

»Herrschaftszeiten. Das ich nicht eher darauf gekommen bin. Jetzt macht auch alles Sinn, was du gesagt hast«, sagte Gerrit erschüttert. Er schlug das Buch zu und stellte es zurück ins Regal.

»Was meinst du damit? Was steht da über Roger drin?«

»Nichts Direktes«, antwortete Gerrit. »Aber es gibt nur einen holländischen Namen in dem Buch. Alter und Aussehen könnten hinkommen. Gehen wir davon aus, dass er seinen richtigen Namen verbirgt, könnte er es sein.«

»Und was bedeutet das?«

»Dass Roger noch viel gefährlicher ist, als wir zwei immer geglaubt haben«, sagte Gerrit und begann plötzlich in einer Schublade unter den Bücherregalen zu kramen.

Er streckte plötzlich ein Handy in Dennis Richtung, das er aus besagter Schublade genommen hatte.

»Was ist das?«, fragte Dennis verdutzt.

Gerrit lachte. »Du wirst doch wohl noch ein Smartphone erkennen können, oder etwa nicht? Hier, nimm. Ich möchte nur, dass du sehr gut darauf aufpasst.«

Dennis nahm das neue Handy überglücklich entgegen. Es war deutlich moderner als das Alte, das er ebenfalls vor einiger Zeit von Gerrit geschenkt bekommen hatte. »Oh mein Gott. Danke, Gerrit. Ich werde dieses Handy immer bei mir tragen.«

Gerrit streichelte fröhlich über den Kopf seines Schützlings. »Schon gut, mein Junge. Aber geh gefälligst ans Telefon, wenn ich versuche, dich zu erreichen. Sieh das Handy schon mal als ein vorgezogenes Geburtstagsgeschenk.«

Dennis blinzelte verwundert. Durch die ganzen Ereignisse hatte er tatsächlich vergessen, dass er morgen dreizehn Jahre alt werden würde.

Er versuchte, sich nichts anmerken zu lassen und umarmte seinen Onkel herzlich. »Danke. Ich bin froh, dass du immer für mich da bist.«

Gerrit kamen Tränen der Rührung. Er erwiderte die Umarmung und packte so fest zu, dass Dennis beinahe von dem gewaltigen Bierbauch seines Onkels erdrückt wurde. »Ich werde immer für dich da sein, egal was passiert. Darauf kannst du dich verlassen.«

So etwas zu hören war Balsam für Dennis Seele.

Doch seine innersten Fragen wurden dadurch noch nicht beantwortet. »Was genau war jetzt mit Roger?«

»Das werde ich dir später erzählen. Wichtig ist nur, dass du von jetzt an noch besser auf dich aufpasst. Leg dich nicht mit ihm an und versuch auch nicht, etwas über ihn herauszufinden, ohne mich vorher um Erlaubnis zu bitten.«

Dennis Angst vor Roger wurde dadurch nicht gerade weniger. Irgendetwas an seinem Stiefvater schien so schlimm zu sein, dass der sonst sehr offene Gerrit es nicht verraten wollte.

»Warte kurz«, sagte Gerrit und ging in die sehr geräumige Küche nebenan.

Dennis blieb unruhig auf der Couch sitzen und nutzte die Wartezeit, um die gesammelten Werke in Gerrits Bücherregalen zu betrachten. Das Buch, das sein Onkel hervorholte und in dem Rogers Name verzeichnet war, stand nur etwa einen Meter von ihm entfernt. Die Versuchung war groß, es einfach herauszunehmen, um zu erfahren, was es mit seinem bösen Stiefvater auf sich hatte.

Auch die anderen Bücher wirkten alles andere als gewöhnlich. Sie sahen so aus, als hätten sie bereits mehrere Jahrhunderte auf dem Buckel. Sie wirkten äußerst brüchig, und die einst blühenden Außenfarben der Buchrücken waren verblasst.

“Das Stammbuch der überlebenden Elfen Noxias“, stand auf einer der Buchrücken in uralter Schrift.

Das klang sehr weltfremd und verrückt. Nach Dennis Meinung übertrieb es sein Onkel ein wenig mit seiner Begeisterung für die Fantasiewelt.

Bevor Dennis weiter darüber nachdenken konnte, sich das mysteriöse Buch kurz zu schnappen, kam Gerrit auch schon wieder ins Zimmer spaziert. In einer Hand hielt er eine Tafel Schokolade, und in der anderen eine Dose Dornsdorfer. »Hier, nimm das mit und gönn dir heute Abend mal was.«

Gerrit wusste genau, dass Dennis Dinge wie Süßigkeiten oder andere Genussmittel niemals von Roger oder seiner Mutter bekam. Was für andere Kinder etwas Schlichtes darstellte, war für Dennis wie ein Sechser im Lotto.

Er strahlte über das ganze Gesicht und nahm die Leckereien wie ein Heiligtum entgegen. »Vielen Dank, Gerrit. Wenn ich zuhause bin, werde ich mir das glaube ich direkt reinziehen.«

Gerrit lächelte entzückt. Er schien für seinen Neffen immer genau das parat zu haben, was er gerade brauchte.

Doch es wurde langsam spät. Dennis musste schwermütig den Weg nach Hause antreten. Gerrit begleitete ihn zurück ins Lokal und bis zur Ausgangstür. Da es immer noch in Strömen regnete, wollte Gerrit seinem Lieblingsgast einen Regenschirm mitgeben. Aber da dies beweisen würde, dass er bei seinem Onkel gewesen war, schlug Dennis dieses Angebot aus. Beide verabschiedeten sich mit einer herzlichen Umarmung voneinander.

»Ich hoffe, du kommst morgen an deinem Ehrentag kurz bei mir vorbei. Ich habe da noch was für dich.«

»Ja, klar, Onkelchen«, sagte Dennis erfreut. Für ihn war das Café Brunn morgen der einzige Ort, an dem er sein wollte.

Deutlich besser gelaunt als zuvor verließ Dennis die Gaststätte in Richtung Dorfzentrum. Um die geliebten Naschereien vor dem Regen und seiner Mutter zu verbergen, versteckte er sie unter seiner übergroßen, beigefarbenen Trainingsjacke.

Nachdem er durchnässt zu Hause angekommen war, ging es nochmal schnell unter die warme Dusche, bevor er sich gemütlich ins Bett setzte, um seine von Gerrit geschenkten Süßigkeiten zu vertilgen.

Sein Blick wanderte immer wieder nach draußen in Richtung Garage.

Roger war noch nicht von der Arbeit zurückgekehrt. Gerrits Worte schwirrten noch in seinem Kopf. Wie sollte er jemandem aus dem Weg gehen, der mit ihm in einem Haus wohnte und es auf ihn abgesehen hatte? Sein Stiefvater hatte am Morgen gedroht, Dennis am Abend fertig zu machen. Roger war noch immer davon überzeugt, dass sein Stiefsohn irgendwas mit dem Wolf zu tun hatte.

Für Dennis war es seltsam, welch mysteriösen Dinge zurzeit passierten. Sein Stiefvater gehörte irgendeinem mysteriösen Verein an, der sich Gesta nannte. Und diese Gesta schien Interesse an sonderbaren Tieren zu besitzen. Dazu kam das Verhalten seines Onkels. Diese merkwürdigen Fragen, die Gerrit und zuvor Roger stellten, sie waren sich in vielen Dingen ähnlich. Nein, sogar identisch.

´Was zur Hölle wird hier gespielt?´

Dennis war sich sicher. Dieser Wolf war kein echtes Tier. Und sowohl Gerrit als auch Roger wussten genau, was es mit dieser Kreatur auf sich hatte. Doch weitere Anhaltspunkte hatte Dennis nicht. Er wünschte sich nun von ganzem Herzen, vorhin in der ruhigen Minute einfach das Buch gegriffen zu haben. Vielleicht würde er morgen nochmal die Chance dazu bekommen.

Dennis hatte inzwischen die Tafel Schokolade verputzt und die geliebte Softdrink-Dose bis auf den letzten Tropfen geleert. Auch wenn es vielleicht noch ein wenig zu früh war, sich für die Nachtruhe fertig zu machen, wollte Dennis die sichere Zeit nutzen.

Um ein ähnliches Szenario wie am Morgen zu verhindern, schloss er die Zimmertür ab. Er hoffte, dass Roger wenigstens an seinem Geburtstag Erbarmen zeigen würde.

Das mysteriöse Geburtstagsgeschenk

Es war so weit. Dennis hatte Geburtstag. Nach einem langanhaltenden Strecken schaute Dennis aus dem Fenster. Rogers Auto stand vor der Garage.

Da Dennis keine Geschenke von ihm oder seiner Mutter erwartete, versuchte er, den unteren Wohnraum tunlichst zu meiden. Heute wollte er jeder Konfrontation aus dem Weg gehen oder diese ignorieren, soweit dies möglich war.

Um schnell sein Müsli zu essen, wagte er einen kurzen Blick in die Küche. Auf dem Tisch stand ein Fertigkuchen aus dem Supermarkt und eine Kerze, die ihren Namen nicht verdiente. Weder Roger noch seine Mutter waren zu sehen. Zu hören war ebenso nichts. Da neben dem Kuchen eine Karte mit Dennis Namen lag, verzichtete er auf sein gewohntes Frühstück und verputzte den kleinen Kuchen sofort. Doch diese ungewohnte Ruhe gefiel Dennis nicht. Hatte Roger wieder mal einen finsteren Plan parat? Dennis wollte doch wenigstens an seinem Geburtstag in Ruhe gelassen werden.

Plötzlich hörte er ein leises Poltern. Dennis Ohrmuscheln bogen sich leicht nach unten. Das Geräusch kam aus dem Keller. Leise schlich Dennis zur Tür neben dem Kühlschrank, hinter der eine Treppe ins Untergeschoss führte. Um nicht aufzufallen, hielt er eine seiner gigantischen Hörmuscheln an das Türschloss.

Roger und Karin waren zusammen im Keller. Sie schienen eine Auseinandersetzung zu haben.

»Auch wenn er in letzter Zeit Ärger gemacht hat, ist er noch immer ein Kind! Und an seinem Geburtstag sollte er wenigstens ein Geschenk bekommen!«

»Ihr Frauen seid einfach zu emotional. Zu meiner Kindheitszeit wurde man noch richtig bestraft, wenn man so einen Mist verzapft hat. Da gab es keine Geschenke zu Weihnachten oder zum Geburtstag.«

»Wir sind aber nicht mehr in deiner Zeit, Roger. Ich finde auch, dass

Dennis eine Bestrafung verdient hat. Aber die hat er jetzt bekommen, und ich glaube, dass er es verstanden hat.«

Roger lachte herablassend. »Du glaubst doch nicht im Ernst, dass er auch nur ansatzweise etwas verstanden hat und seine Taten überdenkt? Wenn ja, dann bist du wohl doch nicht so schlau wie ich immer dachte.«

Nun entbrannte ein tobender Streit. Dennis war überrascht. Noch nie hatte er mitbekommen, dass seine Mutter sich so für ihn gegen Roger einsetzte. Es war ihm schon beinahe unangenehm.

Das Geburtstagskind verschwand lieber schnell von der Kellertür, um sich bereit für die Schule zu machen. Noch ein kurzer Blick auf sein neues Handy. Keinerlei Nachrichten oder Anrufe. Und schon verschwand es wieder in seiner Hosentasche. Dieses Mal würde er es immer mit sich führen, auch wenn das die Gefahr deutlich erhöhte, mit dem Gerät erwischt zu werden.

Dennis konnte deutlich hören, dass sowohl seine Mutter als auch Roger den Keller verließen. Roger war so sauer, dass er die Haustür voller Zorn hinter sich zuschlug und in seinem Auto verschwand.

Dennis machte sich nun auch auf den Weg nach draußen. Im Flur wurde er von seiner Mutter abgefangen. Sie weinte bitterlich und umarmte ihren Sohn, was für Dennis völlig unerwartet kam.

»Herzlichen Glückwunsch, mein Schatz«, schluchzte sie.

»Danke, Mama. Aber warum weinst du denn?«

Karin holte ein Taschentuch aus ihrer Hosentasche und schnaufte kräftig durch. Sie wischte sich ihre Tränen weg und versuchte Dennis verkrampft anzulächeln. »Alles in Ordnung. Ich bin nur so überwältigt, dass du schon dreizehn Jahre alt geworden bist. Die Zeit vergeht so schnell.«

Da hatte seine Mutter recht. Es fühlte sich für Dennis komisch an, älter zu werden. Immerhin war er viel zu klein und schmächtig für sein Alter. Somit hatte er oft das Gefühl, dass sein Geist wuchs, sein Körper jedoch nicht mitspielen wollte.

»Wenn du heute Mittag nach Hause kommst, kriegst du noch eine Kleinigkeit. Ach ja, und ich habe bei den Petersens Bescheid gesagt. Heute hast du frei.«

Dennis blinzelte erstaunt. Vielleicht könnte dieser Geburtstag zum ersten Mal seit sechs Jahren gut in seiner Erinnerung behalten werden.

So ging er mit guter Laune zur Schule. Dort bekam er wieder die ersten

Sprüche von Felix und seiner Gang zu hören, was ihn an diesem Tag aber nicht sonderlich störte. Solange sie nicht wieder körperlich wurden, konnte sich Dennis ganz und gar auf den Nachmittag bei Gerrit freuen.

Der Hype um den Wolf schien allmählich in Dornsdorf abzunehmen. Und das nach zwei Tagen.

´Die Welt ist verrückt geworden´, dachte Dennis. In seinem Kopf war der Vorfall noch fast so präsent wie am Ereignistag.

Ob Roger wohl noch auf der Suche nach dem Wesen war? Na ja, selbst wenn … Gerrit hatte ihm strengstens verboten, seinem Stiefvater nachzuspionieren. Aber vielleicht würde sein Onkel ihn an seinem Geburtstag in das Thema einweihen.

Der Schultag wirkte an Dennis Ehrentag elendig lang und zäh. Für den Unterrichtsstoff hatte der aufgeregte Junge heute keine Gehirnzelle übrig. Noch am Rande hatte er die Hausaufgaben für die kommende Woche mitbekommen.

Auf dem Weg nach Hause ging er nicht über die Hauptstraße, sondern durch eine gemütliche Allee. Hier verbrachte Dennis früher sehr viel Zeit mit Marian. Die breite Straße und die wenigen Wohnhäuser machten diese Gegend perfekt, um Fahrrad zu fahren oder verstecken zu spielen. Dennis erinnerte sich gerne an die alten Zeiten. Die Zeiten ohne Roger und mit einem besten Freund. Sie waren gegen nichts einzutauschen.

Bevor Dennis noch weiter in den schönen Erinnerungen schwelgen konnte, begann sein Körper wieder, merkwürdige Reaktionen zu zeigen. Als er an den alten Buchen vorbeilief, hörte er ein lautes Rauschen. Aus dem Rauschen versuchte sich mehr und mehr eine Stimme hervorzuheben.

»Mein Kind. Mein Kind muss hier irgendwo sein. Das spüre ich.«

Dennis bekam von der seltsamen Stimme Angst. Es war niemand außer ihm in der Nähe. Er erkannte diese Stimme auch nicht. Es war fast so, als käme sie von einer der alten Buchen neben ihm. Doch Bäume, die mit ihm sprechen? Langsam machte sich Dennis Sorgen um seinen geistigen Zustand. Vielleicht hatte ihn Roger bei ihrer letzten Auseinandersetzung doch zu fest erwischt.

´Ja, genau, das muss es sein´, dachte sich Dennis und ging stur weiter. Doch die Stimmen hörten nicht auf, durch seinen Kopf zu schwirren. Und es kamen plötzlich noch mehr hinzu.

»Wo willst du hin? Seit neunzig Jahren stehe ich hier und noch nie hat jemand mit mir gesprochen«, sagte eine weitere Stimme.

»Ich spüre, dass sich ein Maulwurf an meinen Wurzeln vergreift«, sprach eine andere.

Dennis begann zu laufen. Umso mehr Abstand er zwischen sich und den Bäumen brachte, desto leiser wurden die Geräusche.

Verschwitzt und außer Atem kam er zuhause an. Die Stimmen … sie waren weg. Wie ein Wahnsinniger schloss Dennis die Haustür auf und rannte durch den Flur in Richtung Treppe.

Noch bevor er seine Schultasche ins Zimmer legen konnte, wurde er von seiner Mutter abgefangen. Karin begrüßte ihren Sohn mit strahlendem Lächeln und bat ihn, mit ins Wohnzimmer zu kommen.

Dennis hatte Schwierigkeiten, die Körpersprache seiner Mutter zu deuten. Eigentlich war ihm nicht danach, mit ihr ins Wohnzimmer zu gehen. Er war immer noch völlig aufgelöst wegen dieser merkwürdigen Stimmen, die noch vor wenigen Minuten durch seinen Kopf geschwirrt waren. Doch ihm war es wichtig, keine neuen Konflikte auszulösen, um später ohne Komplikationen nach Gerrit gehen zu können. Dennis watschelte also ohne Widerworte seiner Mutter hinterher, um zu erfahren, was sie vorhatte.

Im Wohnzimmer angelangt, konnte er seinen Augen nicht trauen. Der Wohnzimmertisch war zur Geschenkablade geworden. Dennis konnte insgesamt vier Geschenke zählen. Das war fast zu schön, um wahr zu sein. Und genau das war das Problem. In den letzten Jahren setzte sich Roger immer durch und Dennis bekam keine Geschenke. Weder zum Geburtstag noch am Weihnachtsabend. Warum war seine Mutter nun so konsequent und sorgte dafür, dass ihr Sohn nach sechs Jahren wieder Geschenke bekam?

»Ist das alles für mich?«

Karin lachte. »Ja, dass hier ist alles für dich, mein Schatz.«

Dennis sah seine Mutter skeptisch an. »Und was soll das? Ich habe doch sonst nie Geschenke bekommen.«

Karin blieb gefasst und setzte sich an den Tisch direkt neben Dennis. »Na ja, weißt du, in unserer Familie war der dreizehnte Geburtstag immer etwas ganz Besonderes. Außerdem glaube ich, dass du in den letzten Tagen verstanden hast, dass du etwas ändern musst.«

Glaubwürdigkeit hörte sich für Dennis anders an. Zumindest fiel es ihm schwer, seiner Mutter mit Offenheit zu begegnen. Vielleicht war es eine

Falle? Vielleicht verbargen sich unter dem Geschenkpapier Gartenarbeitsgeräte, um die Petersens adäquat zufriedenzustellen?

Dennis nahm sich das erste Geschenk zur Brust. Es war sehr klein und mit glitzernder Geschenkfolie verpackt. Es war besonders schwer aufzureißen. Mit ganzer Kraft riss Dennis an der Folie. Karin bemerkte, dass ihr Sohn sich umsonst abmühte und schritt zur Schublade unter dem Fernseher, um eine Schere herauszuholen. Mit dieser funktionierte es problemlos.

Dennis befreite das Geschenk vorsichtig von der Folie. Zum Vorschein kam ein Buch. Es war sehr schwer und so dick wie ein Telefonbuch.

"Die wissenschaftlichen Fakten der Weltreligionen, Mythen und Legenden."

So ein Buch war wirklich das letzte, was Dennis erwartet hatte. Noch nie hatte er ein Buch geschenkt bekommen. Dennis versuchte, freudige Emotionen zu simulieren. Wirklich freuen konnte er sich über dieses Geschenk sicher nicht so wie seine Mutter es erwartete. Karin schaute das Geburtstagskind gespannt und erwartungsvoll an.

Dennis schnappte sich hurtig das nächste Geschenk vom Tisch. Vielleicht würde ja eines der Nächsten etwas Nützliches beinhalten. Etwas, was sich ein Junge in seiner Situation wirklich wünschte.

Unter dem nächsten Geschenkpapier befand sich eine Armbanduhr. Diese fand Dennis immerhin sehr schön. Ein dunkelblaues Lederarmband und ein silbernes Ziffernblatt trafen genau seinen Geschmack. Dennis konnte sich dieses Mal ernsthaft bei seiner Mutter bedanken. Karins Augen funkelten.

Nun waren noch zwei große Geschenke übrig. Diese sahen sehr vielversprechend aus.

Dennis schnitt sich mittlerweile deutlich enthusiastischer durch die Geschenkfolie. Es sollte belohnt werden. Ein großer, schwerer Karton mit einem abgebildeten Flachbildfernseher darauf stach in Dennis fassungslose Augen. Was Besseres hätte er sich kaum vorstellen können.

Dennis holte zuerst tief Luft, bevor er seine Mutter völlig irritiert ansah. Irgendetwas in ihm streikte. Ein Teil von ihm glaubte immer noch an einen Trick, um ihn bloßzustellen. Schon immer hatte er sich einen eigenen Fernseher gewünscht. Aber Roger hatte Karin stets eingetrichtert, dass Kinder keinen unkontrollierten Zugang zu solchen Medien haben sollten. So etwas lässt Kinder seiner Meinung nach verblöden und in die falsche Richtung treiben. Dennis musste seine Lieblingsfilme -und Serien immer im Wohnzimmer unter Rogers beobachtenden Blicken schauen. So kam es oft vor, dass sein Stiefvater entschied, was Dennis zu sehen bekam. Warum sollte sich die Meinung seiner Mutter plötzlich geändert haben?

Dennis beäugte seine Mutter immer wieder, während er den Karton öffnete. Zum Vorschein kam tatsächlich der auf der Abbildung versprochene Flachbildfernseher. Endlich schien sich Karin ein Herz gefasst zu haben, um sich Roger entgegenzustellen.

Dennis freute sich so sehr, dass er seiner Mutter um den Hals fiel und sich dutzende Male bedankte.

»Kein Problem, Dennis. Ich finde, dass du jetzt in einem Alter bist, in dem du einen gewissen Zugang zu öffentlichen Medien haben solltest.«

Dennis Aufregung ließ seinen Bauch kribbeln. Dieses Gefühl war ihm längst nicht mehr bekannt. Er wollte nun schnellstmöglich das letzte Geschenk öffnen. Er konnte sich nicht mal im Ansatz vorstellen, dass der Fernseher noch getoppt werden könnte. Und so war es auch. Unter der Folie verbarg sich eine Leselampe für seinen Schreibtisch. Diese konnte er dennoch gebrauchen, um angenehmer für die Schule lernen zu können.

Der nun völlig enthusiastische Junge wollte sofort seinen neuen Fernseher im Zimmer anschließen, als seine Mutter ihn an der Hand festhielt. »Bevor du dich wunderst. Ich habe lange mit Roger wegen des Fernsehers diskutiert. Für den Anfang bekommst du nur vier Sender, die du gucken kannst.«

Dass diese Sache einen Haken hatte, war zu erahnen. Dennis war dennoch froh, überhaupt mal für sich fernsehen zu können. Er nahm die unangenehme Zusatzinfo hin und trug seine Geschenke nach und nach in sein Zimmer. Endlich konnte er mal Dingen nachgehen, die normale Jungs in seinem Alter so trieben. Da gab es diese verrückte Kinderserie, Paralumpas. Alle in seiner Klasse sprachen über diese wohl anscheinend sehr witzige Serie. Vielleicht war das die Chance, endlich den langersehnten Anschluss zur Gesellschaft zu bekommen. Dennis war bei dem bloßen Gedanken schon hin und weg.

Mit zitternden Händen stellte er den Fernseher zunächst auf die Kante seines Schreibtischs, so konnte er vom Bett aus am besten sehen. Noch schnell die Kabel angeschlossen und schon wurde das heißersehnte Gerät mit der Fernbedienung eingeschaltet.

Schnell war zu erkennen, dass der Fernseher schon einmal in Betrieb gewesen war. Wie von seiner Mutter vorgewarnt, waren bis auf vier Sender alle mit einem Verschlüsselungscode versehen. Selbst wenn Roger mal augenscheinlich verloren hatte, so bekam er doch immer noch einen Teilsieg. Aber gut, am wichtigsten für Dennis war, dass der besagte Kinderkanal freigeschaltet war.

Und es war anscheinend Primetime auf diesem Sender. Die Paralumpas liefen genau in diesem Augenblick. Drei Brüder, die unterschiedlicher nicht sein konnten, machten Unsinn, indem sie einen Wettbewerb veranstalteten. Es ging einfach gesagt darum, wer seinen Eltern die besten Streiche spielen konnte. Die lustigsten und erfolgreichsten Streiche der letzten Woche wurden dann dementsprechend in die nächste Runde gelassen. Am Ende des Jahres gab es einen Sieger, der großartige Preise wie teure Spielzeuge oder einen Familienurlaub gewann.

Der Inhalt hörte sich zunächst plump an, aber Dennis verstand schnell, warum alle Kinder in seinem Alter von dieser Serie schwärmten. Es war lustig und trotzdem irgendwie lehrreich. Zumindest für Dennis. Er bekam bereits in den ersten fünf Minuten mehrere Ideen, wie er sich eines Tages an Roger wegen seiner Missetaten rächen könnte.

Die Folge seiner wohl neuen Lieblingsserie ging so schnell vorüber, dass Dennis dachte, es handelte sich hierbei nur um einen Vorspann. Da er das Wort "amüsieren" nur aus Erzählungen und den Besuchen bei seinem Onkel kannte, war es für den kleinen Jungen merkwürdig, wie schnell die Zeit vergehen konnte, wenn man Spaß hatte.

Das Geburtstagskind schaltete den Fernseher aus und machte sich schnell auf den Weg zum Café Brunn. Dort sollte der Spaß weitergehen.

Auf dem Weg durch die gemütlichen Gassen Dornsdorfs malte sich Dennis bereits die schönsten Szenarien aus. Was könnte ihn wohl an seinem Lieblingsort erwarten? Obwohl Dennis an diesem Tag wohl auf jedes Geschenk verzichtet hätte, um stattdessen von seinem Onkel zu erfahren, was er über diesen Wolf und Roger wusste. Ihm ging auch durch den Kopf, ob er Gerrit die Geschehnisse mit den sprechenden Bäumen und den seltsamen optischen Täuschungen erzählen sollte.

Durch die wirbelnden Gedanken war die Dorfgrenze schnell erreicht. Das beschauliche Café lag wie gemalt am Horizont zwischen dem Wald, der Landstraße und den vereinzelten Sonnenstrahlen, die durch die Wolkendecke drangen. Im Außenbereich, wo sich ebenfalls viele Gäste bei schöner Kulisse einen Kaffee gönnen konnten, sah Dennis bereits Teresa, die fleißig wie eh und je die Gäste bediente. Trotz intensiver Beschäftigung sah sie den kleinen Dennis schon aus hundert Meter Entfernung kommen.

In der linken Hand ein großes Tablett mit dreckigem Geschirr, versuchte sie sich trotzdem zu Dennis herunterzubeugen, um ihm umarmend zu gratulieren. »Herzlichen Glückwunsch, Dennis«, sagte sie schnaufend und balancierte das Tablett von links nach rechts.

»Danke.«

Um Teresa etwas zu entlasten, hielt Dennis ihr die Eingangstür auf, damit die engagierte Mitarbeiterin schnellstens das benutzte Geschirr in die Küche bringen konnte.

Heike, die andere Angestellte von Gerrit, war nicht im Speisesaal zu sehen. Dennis ging zum Büro, in dem sein Onkel mit Abstand die meiste Zeit des Tages verbrachte. Doch die Tür war verschlossen. Dennis fragte sich langsam, wo die beiden steckten. Im Speisesaal warteten gut und gerne dreißig Gäste auf ihre Bestellungen, die Teresa allein nicht bewerkstelligen konnte.

Dennis nächstes Ziel war die Küche. Dort war lediglich Teresa, die gerade hektisch das Geschirr in die überdimensionale Spülmaschine räumte.

»Tut mir leid, wenn ich dich störe, aber weißt du, wo Gerrit ist?«

Da Teresa mit dem Rücken zu Dennis stand, war sie auf sein Kommen nicht vorbereitet. Sie schreckte zusammen und ließ dabei ein Glas fallen, das laut auf dem Boden zerbrach.

»Verdammt!«, schrie sie so laut, dass selbst die Gäste im Speisesaal hellhörig wurden.

»Oh, Mist. Tut mir echt leid«, nuschelte Dennis zu der aufgebrachten Frau.

Teresa drehte sich verwundert um, schnaufte kurz durch und lächelte, als ob nichts passiert wäre. »Ach, halb so schlimm. Ich bin heute nur etwas im Stress.«

»Wo sind denn Heike und Gerrit?«

Teresa zeigte in Richtung Decke. »Die sind oben und haben etwas für dich vorbereitet. Ich hoffe nur, sie kommen schnell wieder runter. Heute ist hier die Hölle los, und noch dazu ist eine Kaffeemaschine defekt.«

»Okay, danke. Ich gehe hoch und schicke sie zu dir runter, damit du Hilfe bekommst.«

»Das wäre super, danke«, entgegnete Teresa. »Ich wünsche dir noch einen wunderschönen restlichen Geburtstag.«

Dennis strahlte Teresa an und öffnete die Tür in Richtung Speisesaal. »Danke.«

Schnell rannte er über das Treppenhaus nach oben in Gerrits Wohnung. Dort kam ihm bereits Heike entgegen. Über ihrem grünen Blumenkleid trug sie eine dreckige Schürze. Vielleicht hatte die ja mit seiner Überraschung zu tun.

Heike umarmte den kleinen Ehrengast ebenfalls herzlich. »Alles Gute, Dennis.«

Nun roch Dennis auch Zuckerguss und Schokolade an Heikes Kleidung.

»Ich würde gerne noch ein bisschen mit dir feiern, aber ich muss ganz schnell wieder nach unten. Wenn du Gerrit suchst, der wartet in seinem Wohnzimmer auf dich.«

Aufgeregt lief das Geburtstagskind in die offenstehende Wohnung. Das Wohnzimmer befand sich ganz am Ende des Flurs auf der rechten Seite. Wie Heike es gesagt hatte, saß Gerrit dort entspannt mit einem seiner Märchenbücher neben einem gedeckten Tisch. Auf diesem Tisch standen vier Geschenke und eine riesige Torte mit Schokolade, Sahne und Zuckerguss. Das Zimmer war mit Ballons geschmückt, die alle die Zahl *“13“* trugen. An der Wand war ein großes Banner mit dem Satz: *“Alles Gute zum 13. Geburtstag, mein Lieblingsneffe!“* Die Tatsache, dass Dennis sein einziger Neffe war, zeigte Gerrits verrückten Humor.

Gerrit stand auf und umarmte Dennis. So viel ernstgemeinte Zuneigung hatte der kleine Junge an einem Tag noch nie erlebt. Es war ihm schon ein wenig unangenehm.

Dennis bedankte sich bei seinem Onkel und setzte sich direkt an den vollbeladenen Tisch.

Gerrit lachte über die Forschheit, die sein Neffe an den Tag legte. »Du willst direkt zur Sache kommen, was?«

Dennis wollte sich schon den Teller schnappen, um sich das erste Stück der Torte zu genehmigen. »Oh. Entschuldigung, Gerrit. Du hast mich mit der Überraschung einfach so überrumpelt.«

»Alles gut, Junge. Das zeigt doch nur, dass die Überraschung geglückt ist.«

Da hatte Gerrit vollkommen recht. Dennis wollte so schnell wie möglich sein Stück Torte verdrücken, um sich dann den Geschenken zu widmen.

»Da unten ist übrigens die Hölle los«, schmatzte Dennis.

Gerrit setzte sich gemütlich zu Dennis an den Tisch. »Ja, ich weiß. Der Laden läuft in den letzten Monaten so gut, dass ich schon in der Bewerberphase für neue Angestellte bin. Heike und Teresa müssen zurzeit jeden Tag Überstunden leisten. Das möchte ich ihnen und meinem Geschäft nicht länger zumuten.«

»Davon hast du mir Garnichts gesagt«, merkte Dennis kritisch an.

»Ich wollte es dir auch erst erzählen, wenn der oder die neue Angestellte hier arbeitet«, sagte Gerrit und bemerkte Dennis besorgten Gesichtsausdruck. »Jetzt mach dir darüber keine Gedanken, Junge. Du weißt genau, dass ich nur Leute außerhalb Dornsdorfs einstelle. Hier wird niemals jemand arbeiten, der Vorbehalte gegen dich hat.«

»Ich weiß«, seufzte Dennis. »Aber trotzdem verändert sich hier etwas, wenn jemand Neues dazukommt.«

»Aber nur zum Guten, das kann ich dir versprechen«, gab Gerrit seinem Neffen ein aufbauendes Zwinkern entgegen. »Aber zuerst ist jede Menge Arbeit angesagt. Ich muss in den nächsten zwei Wochen noch mindestens sechs Bewerbungsgespräche führen. Und wenn unser Kundenzufluss weiter so konstant bleibt, werde ich mir auch überlegen müssen, einen Mitarbeiter nur für die Reinigung und den Abwasch einzustellen. Wir kommen zurzeit kaum mit der Hygiene hinterher.«

»Wenn du willst, kann ich hier auch ein wenig helfen«, sagte Dennis.

»Das ist nett gemeint, mein Junge. Aber selbst, wenn ich wollte, dass du hier etwas mitarbeitest, bist du leider noch zu jung für so einen Job. Dadurch könnte ich Probleme bekommen. Aber trotzdem danke ich dir für dein Engagement.«

Für Dennis war das selbstverständlich. Das Café Brunn war seine Heimat.

»Das verstehe ich. Aber willst du dann nicht jetzt unten aushelfen?«

Gerrit lachte herzlich. »Ich finde es schön, dass du dich um Heike, Teresa und das Café so sorgst. Aber am Geburtstag meines Neffen werde ich mir die Zeit nehmen, die es braucht.«

Gerrit blickte in Richtung der Geschenke, die immer noch verpackt auf dem Tisch lagen. Er brauchte nicht zu formulieren, was er wollte. Dennis nickte zufrieden und schnappte sich das erste Geschenk. Anders als Karin packte Gerrit sie in einfaches Geschenkpapier ein. Dennis musste nur leicht daran ziehen und es riss auf.

Der erste ausgepackte Gegenstand war eine Schutzhülle für Dennis neues Handy.

»Da du bereits gestern das erste Geschenk bekommen hast, wollte ich natürlich, dass du auch ordentlich damit umgehst.«

Es war nichts Besonderes, aber trotzdem ein durchdachtes Geschenk. Das Handy war bereits ein vorzeitiges Präsent. Möglicherweise schon das Größte für dieses Jahr?

Dennis zog sich ein weiteres Geschenk an die Brust. An keinem Geburtstag, an den er sich erinnern konnte, hatte er so viel Spaß dabeigehabt, Geschenkpapier herunterzureißen.

Das zweite Geschenk entpuppte sich als Poster. Darauf war ein schönes Foto gedruckt, auf dem sich Dennis als kleines Kind mit Gerrit im benachbarten Wald vergnügte. Etwas sehr Emotionales. Das Bild wirkte so, als ob Dennis Welt, mit Gerrit als liebevollen Vater, vollkommen in Ordnung gewesen wäre. Eine Welt, die sich jedes Kind wünschte. Die Realität sah leider völlig anders aus. Einen richtigen Vater hatte Dennis nie gehabt. Er merkte oft, dass Gerrit versuchte, diese Rolle auszufüllen. Das tat er auch mit Bravour. Trotzdem war es nicht dasselbe. Gerrit wusste dies natürlich auch. Dennoch war sich der dicke Cafébesitzer sicher, dass dieses Bild eine besondere Bedeutung für seinen Neffen haben würde.

»Ich schätze mal, es gefällt dir?«

Dennis schluckte überwältigt, bevor er stumm nickte.

»Weißt du, der dreizehnte Geburtstag ist ein ganz besonderer Tag in der Familie deines Vaters«, sagte Gerrit mit stolzem Blick auf Dennis gerichtet.

Dennis schaute verdutzt zu seinem Onkel hoch. Einen ähnlichen Satz hatte ihm auch bereits seine Mutter am Vormittag entgegnet. »Wieso soll der dreizehnte Geburtstag so besonders sein?«

»Ich will noch nicht zu viel vorwegnehmen, aber in der Welt deines

Vaters ist der dreizehnte Geburtstag etwas sehr Bestimmendes«, behauptete Gerrit mit breitem Grinsen.

»Wie, die Welt meines Vaters? Was soll das denn heißen?«

Gerrit schmunzelte und legte seine breite Hand sanft auf Dennis Schulter. »Wie gesagt, ich möchte nicht zu viel vorwegnehmen. Ich würde sagen, du nimmst dir noch die letzten zwei Geschenke zur Brust.«

Dieses Mal wollte Dennis sich nicht so leicht abwimmeln lassen. Er hatte genug von diesem Spiel und nahm Gerrits Hand ruppig von seiner Schulter. »Nein, Gerrit! Ich möchte jetzt wissen, was hier los ist! Was erzählst du da plötzlich von meinem Vater?! Du verheimlichst mir doch etwas!«

Gerrit sah seinen zornigen Neffen verdutzt an. So aufbrausend kannte er ihn nicht. Gerrit schloss entsetzt die Augen und setzte sich wieder in seinen Sessel. Die Stimmung wurde für einen Moment friedhofsgleich.

Dennis wollte seinem Onkel gerade die Meinung geigen, als dieser energisch auf eines der Geschenke zeigte. »Mach bitte als nächstes dieses Geschenk auf.«

»Nein! Ich möchte jetzt zuerst Antworten haben!«

Gerrit zeigte wieder auf den mit grünem Geschenkpapier eingepackten Gegenstand. »Ja, ich weiß. Aber das ist alles etwas komplizierter, als du es dir vorstellen kannst. Deswegen möchte ich, dass du dieses Geschenk auspackst.«

Dennis sah seinen Onkel kritisch an. Unter diesem Geschenkpapier schien sich etwas zu befinden, das wohl alle seine Fragen beantworten würde. Schnell griff er sich das Präsent, um das Verpackungsmaterial so schnell wie möglich zu entfernen.

Zum Vorschein kam ein Buch. Ein sehr ungewöhnliches Buch. Es sah alt aus und der Einband war aus Holz geschnitzt. Darauf waren seltsame Schriftzeichen, die Dennis nicht verstand. Es schien sich um eine fremde Sprache zu handeln, welche er noch nie erblickt hatte. Doch das Merkwürdigste war, dass die Seiten des Buches leer zu sein schienen.

Dennis blätterte sämtliche Seiten durch, doch nirgendwo war auch nur ein Wort gedruckt. Die letzten Seiten waren für ihn dazu nicht zugänglich. Zwischen den Seiten und dem Rückdeckel wand sich eine dicke Wurzel, die diesen Bereich stramm zusammenhielt.

»Was soll dieses Buch, Gerrit? Es ist leer, alt und … na ja, leer.«

Gerrit blickte seinen Neffen stolz an. »Auf den ersten Blick scheint das

Buch nutzlos zu sein, aber ich verspreche dir, dass dir dieses Buch dein wahres Sein offenbart.«

Was sollte dieses plötzliche Gerede seines Onkels? Er hörte sich fast an wie diese unseriösen Hellseherinnen im Radio. Dennis hatte Angst, dass Gerrit als Nächstes mit Karten um die Ecke kam, die er für seine Zukunft legen wollte.

»Möchtest du mich veräppeln? Hier steht doch nichts drin. Und die letzten Seiten kann man nicht öffnen.«

»Das ist halt kein Buch, das man sich in der nächsten Bücherei ausleihen kann.«

Dennis blätterte nochmals die zugänglichen Seiten des Buches durch. Vielleicht hatte er ja doch etwas übersehen. Doch auch nach mehrmaligen, gründlichen Untersuchungen kam er auf das gleiche Ergebnis.

Langsam wurde er wütend. »In diesem Buch ist nichts. Soll das einfach ein Notizbuch sein, das du aussortiert hast?«

Gerrit lachte kraftvoll. »Unsinn, Dennis. Es ist vollkommen logisch, dass du es noch nicht verstehst. Du hast in deinem Leben einfach noch keine Berührungspunkte damit gehabt. Aber ich kann dir versichern, dass ich dir keinen Unfug erzähle.«

»Okay, nehmen wir mal an, dass dieses Buch so besonders ist, wie du es behauptest. Wie benutze ich es dann?«

»Nun gut«, räusperte Gerrit. »Ich bin mir sicher, dass du schon öfters in deinem Leben bemerkt hast, dass du ein außergewöhnlicher Junge bist.«

Dennis nickte genervt. »Ja, klar. Das liegt aber auch daran, dass ich so aussehe wie ich aussehe.«

»Das auch. Erinnerst du dich noch an deinen schlimmen Fahrradunfall?«

»Natürlich erinnere ich mich daran. Das waren die schlimmsten Schmerzen meines Lebens.«

Gerrit nahm aus einem alten Holzschrank einen Stapel Fotos heraus. Er übergab sie seinem Neffen und setzte sich erwartungsvoll zurück in seinen Sessel.

Dennis sah sich den Stapel mit gesammelten Fotos genau an. Es waren Aufnahmen aus seiner Zeit im Krankenhaus. Der Tag, an dem er eingeliefert wurde, war wirklich schlimm. Das erste Foto zeigte ihn, nachdem er das erste Mal operiert wurde, auf seinem Krankenzimmer. Es sah erschreckend aus. Ein paar Bilder weiter war Dennis bereits zwei Tage nach dem Unfall zu sehen. Er wirkte auf diesem Foto wie ein völlig anderer Mensch.

Dennis wusste, dass seine Wundheilung außergewöhnlich war. Aber als er den Unterschied im Zeitraffer auf diesen Bildern nochmals vergleichen konnte, staunte er. »Das ist wirklich unglaublich gewesen. Innerhalb von wenigen Tagen waren meine Verletzungen kaum noch zu sehen.«

Gerrit nahm die Fotos wieder entgegen und zog aus dem Stapel ein Exemplar heraus, das sehr weit unten lag. Dieses übergab er nochmals an Dennis. Gerrit hatte anscheinend die ärztlichen Berichte fotografiert. Zumindest einen Teil davon. Die Schrift war zwar äußerst klein, aber Dennis versuchte, sie trotzdem zu lesen:

Aufgrund der undefinierbaren Anatomie des Patienten können wir eine Fortführung der Behandlung in unserem Hause nicht verantworten. Durch das Auftreten schwerer Komplikationen während des Eingriffs zur Stabilisation des Femur empfehlen wir, Dennis B. zu einem anatomischen Experten zu überweisen. Die Röntgenaufnahmen sowie die Laborwerte werden anbei gelegt.

Freundliche Grüße

Prof. Dr. Kaulschildgen

Dennis hatte Schwierigkeiten, dieses akademische Schreiben zu verstehen. Jedoch konnte er sich zusammenreimen, dass es um die damaligen, merkwürdigen Tests ging. »Es traten Komplikationen bei meiner Operation auf?«

Dennis übergab das Foto wieder an Gerrit.

»Joah, in gewisser Weise schon. Aber nicht, weil du krank warst, sondern weil die Ärzte sich deinen Körperaufbau nicht erklären konnten. Deine Knochen waren anders als alles, was sie bis dahin gesehen hatten. Es ist schwer zu erklären, aber alle Testergebnisse, die sie damals ausgewertet haben, waren verwirrend. Die für dich zuständigen Ärzte wollten dich aus Angst, etwas falsch zu machen, nicht weiterbehandeln. Also wollten sie dich nach München zu einem Experten schicken.«

Dennis fand die Geschichte gruselig. Irgendetwas schien nicht mit ihm zu stimmen. »Aber Gerrit. Ich war niemals in München bei einem Experten. Du musst dich da irren.«

»Ja, das ist richtig. Du solltest nach München zu einem Anatomie- und Genexperten geschickt werden. Aber Roger und deine Mutter schafften es anscheinend irgendwie, sich den Terminen zu entziehen. Sie wollten nicht, dass du zu diesem Arzt kommst. Und weder die Krankenkasse noch dein Kinderarzt haben sich weiter um eine Behandlung für dich bemüht.«

»Warum sollte ich nicht zu diesem Gendoktor?«, fragte Dennis verwirrt.

»Ich muss dazu sagen, dass dies eine der wenigen guten Entscheidungen deiner Mutter gewesen ist. Aber erst seit gestern weiß ich auch, warum Roger sich so stark dafür eingesetzt hatte.«

»Ich verstehe das nicht. Was ist hier überhaupt los, Gerrit?«

Dennis sah merklich, dass Gerrit nach den richtigen Worten rang. »Deine Mutter hatte die Absicht, dich zu schützen. Roger wollte deinen Zustand vermutlich geheim halten, um für sich und die Gesta zu profitieren.«

»Ich denke mal, diese Gesta ist die Organisation, für die Roger arbeitet? Aber was genau wollen sie geheim halten?«

Gerrit schaute verblüfft. »Ja, genau. Dennis, haben dir deine Sinne deiner Meinung nach schon mal einen Streich gespielt? Deine Augen, deine Ohren oder vielleicht auch dein Tastsinn?«

Dennis war völlig aus dem Häuschen. Meinte Gerrit damit etwa diese mysteriösen Erscheinungen, die er gerade in den letzten Tagen häufiger an sich erlebt hatte? Das konnte kein Zufall gewesen sein. Dennis hatte Gerrit noch nie davon erzählt.

»Ja, ehrlich gesagt wollte ich es dir heute sogar erzählen. Ich dachte immer, ich bin verrückt geworden.«

»Ach, Dennis, das kann ich doch zu hundert Prozent verstehen. Du wusstest überhaupt nicht, damit umzugehen, weil dir nie jemand geholfen hat. Du dachtest wahrscheinlich, jetzt wirst du deppert, ha ha!«

Dennis musste mitlachen. Seine Erlebnisse schienen also einen plausiblen Grund gehabt zu haben. »Ja, dass dachte ich wirklich. Erst heute hatte ich wieder so eine gruselige Situation. Ich bin nach der Schule nach Hause gelaufen und auf einmal hatte ich das Gefühl, dass die Bäume versucht haben, mit mir zu sprechen.«

Bereits nach Aussprechen des Satzes überkam Dennis ein Schamgefühl. Es hörte sich für ihn selbst so absurd an, dass so etwas überhaupt möglich sein konnte. Für Gerrit schien die Geschichte jedoch so normal gewesen zu sein wie eine Tasse Espresso mit Schokostreuseln zum Käsekuchen.

Der gewaltige Mann hievte sich aus dem Sessel und ging mit stolzer Brust auf Dennis zu. Er tippte mit seinem Finger immer wieder auf das mysteriöse Buch, welches Dennis immer noch in seinen Händen hielt. »Ich kann dir jedenfalls versichern, dass du nicht verrückt bist.«

»Okay, wenn du das sagst. Aber trotzdem möchte ich wissen, was es mit mir auf sich hat. Du sagtest vorhin etwas über die Welt meines Vaters. Ich dachte, mein Vater ist ein Nichtsnutz, der sich ins Ausland abgesetzt hat und seitdem zwischen Minijobs hin- und herpendelt?«

Gerrit lachte so herzhaft, dass Dennis seine empfindlichen Ohren zuhalten musste. »Ja, son Kappes kann sich auch nur Karin ausdenken.«

Dennis Verwirrung erreichte einen neuen Pegel. »Soll das heißen, dass die Geschichten über meinen Vater gelogen sind?«

Gerrit versuchte, wieder ernster zu werden, aber sein Grinsen war ihm nicht aus dem Gesicht zu kriegen. »Es ist eigentlich nicht meine Art, aber ich muss es dir sagen. Ja, deine Mutter hat dich angelogen. Und dass nur, weil sie die Welt deines Vaters auf Gedeih und Verderb leugnet und verdrängt. Und du wurdest nie nach deiner Meinung gefragt.«

Für Dennis Verständnis hörte es sich so an, als käme sein Vater ursprünglich aus einem weit entfernten Land mit anderer Kultur. Aber warum sollte Gerrit dann von einer anderen Welt sprechen?

Dennis wurde so wütend wie nie zuvor. »Meine Mutter hat mich mein Leben lang belogen? Ich habe mir ja schon viel gefallen lassen, aber jetzt ist es vorbei!«

»Ich verstehe, dass du jetzt sehr enttäuscht von deiner Mutter bist. Aber ich muss leider noch etwas von dir verlangen.«

Dennis Wut ließ ihn nicht los. Immerhin hatte ihm auch Gerrit all die Jahre über nicht die Wahrheit erzählt. »Was?!«

Gerrit drückte Dennis wieder zurück in den Sessel. »Ich möchte, dass du mir verspichst, deiner Mutter nichts zu erzählen Zumindest jetzt noch nicht.«

»Warum soll ich mir das gefallen lassen?«

Gerrit beugte sich zu seinem Neffen nach vorne, um ihm vertraut in die

Augen zu blicken. »Es ist äußerst wichtig. Es geht hier auch um deine Sicherheit, Junge.«

»Hat das etwas mit Roger zu tun?«

Gerrit nickte besorgt. »Es ist sehr wichtig, Dennis. Weder Roger noch deine Mutter dürfen von diesem Gespräch erfahren. Und halte dich weiter von Roger fern.«

Dennis bekam eine Gänsehaut, die seinen gesamten Körper belegte. So besorgt hatte er seinen Onkel noch nie gesehen.

Das Geburtstagskind öffnete erneut das Buch und blätterte es durch. Er wollte unbedingt das Mysterium um diesen Gegenstand lösen. Doch er fand einfach nichts. Er versuchte, die seltsamen Ranken zu zerreißen, um an die letzten Seiten zu kommen.

»Mach dir keine Mühe«, meinte Gerrit. »Mit Gewalt wirst du nicht an die Seiten kommen. Da würde selbst eine Säge nicht helfen.«

»Und wie soll ich es dann öffnen? Mit meinen Gedanken?«

Gerrit musste auffällig grinsen. »Fast.«

»Ich soll diese Ranke mit meinen Gedanken öffnen? Sag mal, hast du zu viel Schnaps getrunken?«

Gerrit lachte und nahm sich zwei Bonbons aus der Tasche seiner hellen Kordhose. Eins bot er Dennis an, während er das andere schmatzend genoss. »Du hast doch selbst gemerkt, dass du zu Dingen fähig bist, von denen normale Menschen nur träumen können. Ich glaube, keiner deiner Klassenkameraden kann mit Bäumen sprechen.«

Dennis fragte sich, wie ihm die Fähigkeit, mit Bäumen zu sprechen, dabei helfen sollte, das Geheimnis des Buchs zu enthüllen.

»Wenn du mir sagst, was es mit mir und meinem Vater auf sich hat, lasse ich dich für heute in Ruhe. Das mit dem Buch besprechen wir dann morgen oder so.«

Gerrit schüttelte den Kopf, sodass sein langer Bart wie ein Staubwedel hin- und herschaukelte. »Ja, freilich möchtest du das wissen. Und du wirst es auch sehr bald erfahren. Aber ich finde, dass dir die gesamte Geschichte jemand anderes erzählen sollte. Die Person, die es dir verraten wird, lässt keine Fragen offen.«

»Wieso lässt du mich zappeln? Ich habe doch wohl das Recht, zu erfahren, wer oder was ich bin und wo mein Vater ist.«

»Da hast du völlig recht«, sagte Gerrit. »Und du bist jetzt auch in einem

Alter, um alles zu verstehen. Aber ich finde, du solltest bei dem Zeitpunkt der kompletten Enthüllung direkt damit konfrontiert werden.«

Aus Frust öffnete Dennis mitten im Gespräch sein letztes Geschenk. Doch die Hoffnung, dass sich unter diesem Geschenkpapier ein weiterer Hinweis verbarg, wurde zunichtegemacht. Es war eine Box voller Süßigkeiten. Jedenfalls nichts Schlechtes. So etwas konnte Dennis immer gebrauchen, doch in diesem Moment wollte er sich nicht darüber freuen.

»Wann erfahre ich alles?«

»Schon sehr bald. Bis dahin gebe ich dir eine kleine Hausaufgabe mit auf den Weg.«

»Hausaufgabe?«

»Ich möchte, dass du dich mit diesem Buch befasst, wenn du Zeit hast. Falls du dieses Buch entschlüsselst, wirst du den Großteil deiner Fragen bereits beantwortet bekommen.«

Dennis Neugier wurde geweckt. Auch wenn er es nun schon mehrmals versucht hatte, suchte er erneut in den Seiten des Buches nach Hinweisen. Doch nach wie vor war für Dennis jede einzelne Seite so leer wie sein Teller, auf dem man nicht mehr sehen konnte, dass auf diesem noch vor wenigen Minuten ein Stück Torte verspeist wurde. Dennis versuchte mit allen Mitteln, die ihm in den Sinn kamen, das Buch zu entschlüsseln. Er drehte es sogar auf den Kopf. Er dachte, dass vielleicht so eine verrückte Idee, auf die wahrscheinlich nicht jeder kommen würde, die Lösung sein könnte. Trotzdem war nichts zu sehen. Er schüttelte das Buch. Langsam kam er sich blöd vor. Gerrit fing sogar an, über seine Versuche zu lachen.

Dennis fühlte sich veräppelt und schmiss das Buch wutentbrannt auf den Boden. »Warum fängst du jetzt auch an, mich zu belügen?! Du warst der Einzige, dem ich immer vertraut habe! Warum hast du meiner Mutter dabei geholfen, ihre Lüge zu vertuschen?!«

Gerrit hob das Buch wieder auf und blickte Dennis enttäuscht an. »Dennis«, sagte er leise und legte seine Hand auf den Kopf seines Schützlings. »Ich möchte dir nie etwas Böses. Du musst mir vertrauen. Warum sollte ich dich damit aufziehen wollen? Ich habe nicht ohne Grund meine Klappe gehalten.«

Dennis fühlte sich hin- und hergerissen. So hatte er sich noch nie zuvor verhalten. Doch in ihm brodelte es. »Ich möchte jetzt einfach nur wissen, was es zu meinem Vater zu sagen gibt. Das habe ich doch wohl verdient, oder?«

Gerrit reichte Dennis das Buch. »Das hast du, mein Junge. Doch ich bitte dich, mir zu vertrauen.«

Dennis nahm das Buch zaghaft wieder entgegen. Sein Gesicht färbte sich rot. Sein Onkel machte keine Anstalten, ihn hintergehen zu wollen.

Dennis versuchte seine Aufregung beiseitezulegen, um Gerrit nicht weiter zu verärgern. »Könntest du mir wenigstens einen Tipp geben, wie ich dieses Buch lesen kann?«

Gerrit schenkte sich und seinem Ehrengast noch ein heißes Getränk ein, bevor er sich bequem zurück in seinen Sessel fallen ließ. »Versuche deine Sinne zu kontrollieren. Ich denke mal, dass all deine Erfahrungen, wie zum Beispiel das mit den sprechenden Bäumen, eher zufällig passieren?«

»Ja, genau. Umso älter ich wurde, desto häufiger wurden diese Situationen. Aber sie kamen immer unerwartet.«

»Das ist ganz normal. Niemand hat dir beigebracht, deine übernatürlichen Sinne zu kontrollieren. Aber diese Sinne sind der Schlüssel zu dem Buch. Versuche dich einfach mal in den nächsten Tagen mit dem Buch auseinanderzusetzen. Und der Rest kommt nach und nach von allein.«

Dennis glaubte seinem Onkel nun zumindest soweit es sein Verstand es zuließ. Immerhin wusste er so viel über seine Zustände, dass es sich hierbei nicht um einen Zufall handeln konnte.

Dennis versuchte also zu akzeptieren, dass er zu diesem Zeitpunkt nicht mehr erfahren würde. »Okay, ich werde es mal versuchen. Doch was ist, wenn Roger von dem Buch erfährt?«

Gerrit lachte hämisch. »Ach, dieser Depp wird mit dem Buch rein Garnichts anfangen können. Ich würde an deiner Stelle trotzdem alles versuchen, um ihn unwissend zu lassen.«

Gerrits lockere Art beruhigte Dennis ein wenig. Zusammen gönnten sie sich noch ein Stück Torte und versuchten, das Thema zu wechseln. Das vorherige Gespräch nahm allerdings so viel Aufmerksamkeit in Anspruch, dass nicht mehr viel Zeit blieb, um über die Schule oder Hobbys zu reden.

Es wurde spät und Dennis musste sich, so schwer es ihm gerade an diesem Tag fiel, langsam bereit für den Weg nach Hause machen. Gerrit besorgte noch schnell einen Beutel, um Dennis Geschenke transportbereit zu machen.

Da es zu allem Überfluss schon wieder wie aus Kübeln zu gießen begann, entschied sich Gerrit spontan, seinen Neffen mit dem Auto nach Hause zu fahren. Dennis verabschiedete sich von Heike und Teresa und ging mit Gerrit nach draußen, um zur Scheune direkt hinter dem Café zu gelangen. Dort befand sich der Wagen.

Gerrit fuhr einen uralten, roten Geländewagen, der so weich gepolsterte Sitze hatte, dass Dennis sich in dem Wagen wie auf einer Wolke fühlte, vorausgesetzt, man ignorierte den klappernden Dieselmotor.

Mit entspanntem Tempo ging es über die verregneten Landstraßen in Richtung Dornsdorfer Zentrum. Dennis hatte sich in der Zwischenzeit beruhigt. Er vertraute seinem Onkel, auch wenn die Sachlage mysteriös und verrückt war. Auf dem kurzen Fahrweg zur Mühlenstraße redeten die beiden nur sehr wenig, und wenn, dann nur über das Wetter oder welche Fernsehsendung sie an diesem Abend sehen wollten. Dennis konnte bei dem Thema endlich mitreden.

Dann erreichten sie die Mühlenstraße. Dennis blickte instinktiv in Richtung Garage, um zu überprüfen, ob sein Stiefvater nach Hause zurückgekehrt war. Zu seinem Glück stand Rogers Limousine noch nicht an ihrem Platz.

Gerrit hielt mit reichlich Abstand zum Haus, um keinen Verdacht schöpfen zu lassen. »So, da wären wir.«

Dennis nahm den großen Stoffbeutel von der Rückbank. »Danke für den tollen Geburtstag. So einen hatte ich lange nicht mehr.«

Gerrit grunzte fröhlich.

»Ich werde mich, wie du gesagt hast, mit dem Buch beschäftigen.«

»Hört sich gut an. Und mach dich nicht verrückt, wenn es nicht klappen sollte«, sagte Gerrit und reichte Dennis die Hand, die dieser sofort mit seiner abschlug. »Und denk bitte dran, dass du vorsichtig bleibst. Tue so, als ob du nichts erfahren hättest.«

Dennis nickte nüchtern. »Ja, mach ich. Ich habe ja eh nur die halbe Wahrheit erfahren.«

»Ja, das stimmt. Der Rest kommt bald, versprochen. Genieß du erstmal dein Wochenende und deinen neuen Fernseher. Ich werde mich im Laufe der nächsten Woche bei dir melden.«

Dennis bejahte sichtlich betrübt.

»Was ist los?«, fragte Gerrit.

»Na ja, weißt du, dass was du mir heute erzählt hast, geht mir nicht mehr aus dem Kopf. Ich scheine ja irgendwas Besonderes an mir zu haben. Und das alles hängt mit meinem Vater zusammen, den ich noch nie in meinem Leben getroffen habe, und vom dem ich die ganze Zeit dachte, dass er mich nicht sehen will.«

Gerrit schaltete seinen Wagen aus. Der abgestellte Motor machte den Weg frei für eine ruhige Unterhaltung. »Ich weiß, dass dich das alles heute sehr mitgenommen hat. Es war etwas zu viel für dich. Aber ich verspreche dir, dass du deinen Vater schon bald wiedersehen kannst.«

»Ehm, Gerrit, ich habe meinen Vater noch nie in meinem Leben getroffen.«

Gerrits Gesicht wurde schneeweiß. Er ließ den Motor seines alten Geländewagens wieder aufheulen, um seine Unsicherheit zu verbergen. Erst danach sah er seinen Neffen wieder an. »Ach ja, w… wer weiß«, stammelte er.

Da Dennis seinen Onkel bestens kannte, wusste er genau, dass er angeflunkert wurde. Dieses Mal ließ er es auf sich beruhen, schwang sich den Beutel über die Schulter und knallte die Autotür zu. »Okay, dann bis die Tage.«

Gerrit gewann inzwischen seine gewohnte Sicherheit zurück und winkte seinem Neffen zum Abschied. »Bis dann. Und denk daran, was ich dir gesagt habe.«

Mit entspanntem Tempo fuhr Gerrit davon. Dennis versuchte, seine Gedanken mit der Vorfreude auf einen gemütlichen Fernsehabend zu verdrängen.

Zweifelhafte Familienverhältnisse

Als Dennis den Schlüssel ins Türschloss steckte, hörte er bereits, wie seine Mutter heranlief.

Sie stand wie ein General vor der Tür, um ihren Sohn zu mustern. »Ich weiß, dass heute dein Geburtstag ist, aber wo warst du so lange?«

Karin sah den Stoffbeutel um Dennis Schulter. Er konnte sich also keine passende Ausrede mehr zurechtlegen.

Dennis Wut kochte beim Anblick seiner Mutter über. »Ich war bei Gerrit. Er hat mir eine Torte gemacht und mir ein paar Geschenke gegeben«, sagte er stumpf.

»Aha, Gerrit schon wieder. Wie oft habe ich dir schon gesagt, dass du nicht zu viel Zeit mit deinem Onkel verbringen sollst?«

»Was hast du gegen Gerrit?«, fragte Dennis zornig.

Karin spürte sofort die negative Energie, die von ihrem Sohn ausging. Dennis konnte sein aggressives Schnaufen und seinen zornigen Blick nur schwer verbergen.

Ohne Ankündigung riss Karin ihrem Sohn den Beutel von den Schultern. Wie eine Zollbeamtin kontrollierte sie den gesamten Inhalt nach verdächtigen Gegenständen. Zum Vorschein kamen die Süßigkeiten-Box und das Poster.

»Das waren die Geschenke von ihm?«

Dennis nickte, während er versuchte, durch eine kontrollierte Atmung wieder ein ruhigeres Gemüt zu bekommen. Die Hülle war bereits an seinem neuen Handy befestigt und das Buch hatte Dennis vorsorglich unter seiner Jacke versteckt.

»Okay, ich habe wohl überreagiert«, sagte Karin und gab Dennis den Beutel zurück.

Dennis Anspannung ließ ein wenig nach. »Schon gut. Ich gehe jetzt und gucke etwas Fernsehen.«

Dennis tippelte mit strengem Gefühlscocktail in Richtung Zimmer.

Karin sah ihm immer noch kritisch hinterher. »Ja, aber denk dran, dass das Essen gleich fertig ist.«

Dennis bekam dies allerdings nur noch sporadisch mit. Er kam mit einem blauen Auge davon.

In den nächsten Tagen verlief Dennis Alltag weitgehend ruhig. In der Schule wurde er wenig geärgert und auch Roger ging deutlich passiver zu Werke. Natürlich lag es auch daran, dass Dennis alles versuchte, um seinem geschworenen Erzfeind aus dem Weg zu gehen. Aber wenn dieser im gleichen Haus wohnte, war dies ein mehr als schwieriges Unterfangen. Wenn sie sich mal begegneten, gab es die üblichen Sprüche.

Außer das eine Mal am Dienstagabend. Dennis putzte sich gerade die Zähne, um danach noch eine interessante Dokumentation über Dinosaurier zu verfolgen, bevor er ins Bett gehen musste. Leider kam ihm Roger auf dem Weg zurück ins Zimmer in die Quere.

Roger fing Dennis ab, indem er ihn mit seinen klauenartigen Händen am Arm festhielt. Dennis stockte der Atem. Gab es jetzt die Tracht Prügel, die sein Stiefvater ihm bereits letzte Woche versprochen hatte?

Mit finsterem Blick packte Roger immer fester zu, sodass Dennis kurz davorstand, vor Schmerz aufzuschreien. »Hallöchen. Na, wie geht's uns denn heute?«

Dennis überlegte, ob er sich zu Wehr setzen sollte, oder doch lieber dieses miese Spiel mitspielte. Roger hatte immerhin noch das peinliche Video von ihm als Druckmittel in der Hand.

»Mir geht es ganz gut«, antwortete Dennis bockig. »Warum fragst du?«

»Mal gucken, wie lange es dir noch so gut gehen wird, mein Kleiner. Du erinnerst dich bestimmt noch daran, dass unsere Unterhaltung vom letzten Mal noch nicht zu Ende war.«

Das hatte Dennis befürchtet. Er fragte sich bloß, warum sein Stiefvater erst jetzt, fünf Tage später, darauf zurückkam. »Warum? Was willst du noch von mir? Ich habe dir alles gesagt, was ich weiß. Lass mich einfach in Ruhe.«

Dennis Angst beflügelte Roger. Er packte nun auch seinen anderen Arm und zog ihn ruckartig an sich heran. »Hör mir zu. Ich habe in den letzten Tagen die gesamte Umgebung im Umkreis von fünfzig Kilometern nach Spuren von diesem Mistvieh abgesucht. Und es ist fast so, als wäre er nie hier gewesen.«

Das erklärte Dennis, warum Roger in den letzten Tagen immer sehr spät nach Hause gekommen war und er ihn weitestgehend in Ruhe gelassen hatte. Und nun, da er wohl aufgeben musste, nach diesem Wolf zu suchen, war Dennis wieder die erste Anlaufstelle.

»Wie soll ich dir da weiterhelfen? Ich habe den Wolf selbst nur eine Minute gesehen.«

Roger zog Dennis an den Armen nach oben und schlug ihn mit voller Wucht gegen die Wand im Flur. »Meinst du, ich lasse mich von dir für dumm verkaufen? Du wurdest letzte Woche dreizehn. Und ich weiß genauso wie du, was dieser Tag in eurer kranken Welt bedeutet.«

Dennis stutzte. Genau das hatten Gerrit und seine Mutter bereits berichtet. Dies war für ihn der klare Beweis, dass Roger ebenfalls Kenntnisse über diese mysteriöse Welt hatte. Nur Dennis selbst hatte keine Ahnung, worum es hier überhaupt ging.

»Bitte lass mich in Ruhe, Roger. Ich habe dir wirklich alles gesagt. Was soll denn an meinem dreizehnten Geburtstag so besonders sein?«

»Ich habe dir die ganzen Jahre geglaubt, dass du wirklich noch nichts weißt. Aber spätestens seit dem Auftauchen des Wolfes und deinem Geburtstag weiß ich, dass du etwas wissen musst. Irgendjemand muss Kontakt zu dir aufgenommen haben. WER?!«

Dennis japste panisch. Hatte sein Stiefvater nun völlig den Verstand verloren?

»Wer oder was bist du eigentlich? Warum tust du solche Dinge, jagst Wölfe und bist so voller Hass?«

Roger ließ Dennis schlagartig los. »Ich bin dein schlimmster Albtraum. Ich tue der Menschheit einen Gefallen, auch wenn der Großteil von ihnen ahnungslos ist.«

Über Dennis legte sich ein eiskalter Schauer. Prompt drehte er sich von Roger weg, um in sein Zimmer zu huschen. Sein Stiefvater grinste ihm nur schadenfroh hinterher.

Dennis schloss hektisch seine Tür ab. Nach diesem Vorfall konnte ihn auch die Dokumentation nicht wieder in die Spur bringen. Er holte noch vor dem Schlafengehen sein Handy heraus, um Gerrit von dem Vorfall zu berichten.

Schnell schickte er die Nachricht ab, obwohl es bereits 22:15 Uhr war. Er rechnete nicht damit, noch am selben Abend eine Antwort zu erhalten. Er legte sich ins Bett und sein Handy neben sich.

In dieser Nacht blieb eine Antwort aus.

Auch am nächsten Morgen vermeldete das Display von Dennis Smartphone keine neue Nachricht. Gerrit hatte sich seit seinem Geburtstag nicht mehr gemeldet. Das war äußerst ungewöhnlich, selbst wenn er in letzter Zeit viel um die Ohren hatte.

Auch während des gesamten Schultags kam keine Nachricht. Dennis wurde langsam unruhig. Das sah seinem Onkel gar nicht ähnlich. War ihm möglicherweise etwas passiert?

Auf dem Weg nach Hause vibrierte dann endlich das Handy. Gerrit schrieb ihm eine SMS:

Hi, Dennis. Werde mich im Laufe der Woche bei dir melden. Bitte halte dich bedeckt und versuche, diesem Scheusal aus dem Weg zu gehen. Ich versuche noch mehr über Roger herauszufinden.

Schöne Grüße
Gerrit

Dennis fand diese Nachricht äußerst merkwürdig. Normalerweise ging Gerrit immer auf die Probleme seines Neffen ein. War er etwa so beschäftigt, dass er seine Probleme als zweitrangig ansah? Dennis wusste nicht, wie er die Reaktion seines Onkels einordnen sollte. Es blieb ihm nichts weiter übrig, als auf eine Antwort in den nächsten Tagen zu warten. Er versuchte, die Situation positiv zu sehen. Irgendwo da draußen schien sein Vater zu sein. Möglicherweise würde er bald kommen, um ihn aus den Fängen seines Zuhauses zu befreien.

Unzählige Gedanken kreisten im Kopf des kleinen Jungen. In den letzten

Jahren machte er sich immer weniger Vorstellungen zu seinem Vater. Da ihm von klein auf eingetrichtert wurde, dass sein Erzeuger keinerlei Interesse an ihm zeigte, schwand auch Dennis Interesse mit jedem Jahr. Doch nun, da er erfuhr, dass alle bisherigen Informationen über seinen Vater gelogen waren, wuchs in ihm eine Euphorie-Blase, die sich all die Jahre in ihm versteckt hatte. Eine Person, die er noch nie in seinem Leben gesehen hatte, bestimmte plötzlich seinen Alltag. Auch wenn nun klar war, dass die Geschichten über seinen Vater gelogen waren, hieß das noch lange nicht, dass man sich daraus ein genaueres Bild von ihm machen konnte. Im Gegenteil. Dennis versuchte sich aus den vorhandenen Puzzlestücken ein Personenbild zu erschaffen. Wie sah er aus? Was machte er beruflich? Wie war seine Lebenssituation? Hatte er inzwischen eine neue Familie, in der Dennis letztendlich gar nicht willkommen wäre? Warum hat er sich all die Jahre nicht gezeigt? Fragen über Fragen, die ihn mit jeder weiteren Überlegung wahnsinniger machten.

Er musste sich ablenken. Da er durch die ganze Thematik der letzten Zeit die Schule viel zu sehr vernachlässigt hatte, wollte er mit dem vorhandenen Lernstoff wieder durchstarten. Er wollte seinen Vater beeindrucken, falls er unerwartet vor der Tür stehen sollte.

Mysteriöse Hilfe

Die nächsten Schultage bis zum Wochenende sollten für Dennis sehr beschwerlich werden. Felix und seine Gang liefen in Sachen Mobbing wieder auf Hochtouren.

Am Donnerstag sperrten sie Dennis in eine Toilettenkabine, indem sich Maurice einfach davorstellte. Erst als Dennis laut und deutlich zugab, dass er ein "Mistvieh" sei, ließen sie ihn mit ohrenbetäubendem Gelächter heraus. Danach spielten sie mit dem kleinen Jungen Pingpong, indem sie ihn von einem Fiesling zum anderen schubsten.

Dennis fieberte am Freitag in der ersten großen Pause einfach nur noch dem Wochenende entgegen. Trotz Versteck in einem Gebüsch fand die Schlägertruppe ihr Opfer auch dort. Sie zogen Dennis gewaltsam aus dem Gestrüpp, um ihn anzuspucken oder zu treten. Erst als Marian unvorsichtig eine Lücke im Personenkreis verursachte, konnte Dennis durch seine Beweglichkeit fliehen.

Nach der Schule lief er so schnell er konnte nach Hause, um endlich ins Wochenende zu starten. Normalerweise war sein Zuhause der einzige Ort, den er noch schlimmer fand als die Schule. Aber heute war das anders. Roger hatte am Frühstückstisch berichtet, dass er eine Dienstreise antreten müsse und voraussichtlich erst am Samstagnachmittag zurückkommen würde. Wenn seine Mutter heute keinen schlechten Tag hatte und die Arbeit bei den Petersens erledigt war, konnte Dennis sich auf einen ganzen Tag der Ruhe freuen.

An das Fernsehen gucken konnte man sich schnell gewöhnen. Am Freitagabend lief zu Dennis Freude ein Paralumpas-Marathon. Spaß und

Unterhaltung gepaart mit den geschenkten Süßigkeiten von Gerrit. Und das bis Mitternacht. Dennis merkte, dass er bereits mit wenigen Dingen glücklich war.

Am Samstag kam er spontan auf die Idee, Gerrit einen Besuch abzustatten. Er hatte ihn seit über einer Woche nicht gesehen. Dennis hatte sich fest vorgenommen, dass Thema mit seinem Vater nicht anzusprechen. Er vertraute seinem Onkel dahingehend, dass er ihm seinen Vater in den nächsten Tagen vorstellen würde.

Der Fußmarsch zum Café war an diesem Tag jedoch alles andere als gewöhnlich. Dennis fühlte sich beobachtet. Schon als er aus dem Haus in die nächste Straße abbog, sah er diesen schwarzen Transportwagen neben einer alten Bushaltestelle. Das wäre so weit nichts Außergewöhnliches, wären da nicht diese unheimlichen Männer in schwarzen Anzügen rund um das Fahrzeug unterwegs gewesen. Wenn Dennis sich nicht verzählt hatte, waren es sieben Männer. Als er an ihnen vorbeiging, setzte sich der Transporter in Bewegung. Er fuhr ihm nicht direkt hinterher, aber merkwürdigerweise traf er bei jeder Gabelung diesen Transporter wieder. In dem Wagen befanden sich nur zwei Insassen.

Dennis fand das Ganze sehr unheimlich. Jedes Mal, wenn er den Wagen wieder traf, lief er schneller. Trotz Berliner Kennzeichen schienen sich diese Typen bestens in Dornsdorf auszukennen.

´Wo sind die anderen Männer, die nicht in dem Wagen gesessen haben?´, fragte sich Dennis unruhig. ´Verstecken die sich etwa im Ladebereich?´

Es waren noch gute fünf Minuten Fußweg bis zum Café Brunn. Dennis begleitete allmählich die Angst, sein Ziel nicht mehr zu erreichen. Sein Problem war, dass er das Zentrum von Dornsdorf verließ. Die ganzen Wohngebiete gaben ihm einen gewissen Schutz. Doch nun, da nur etwa alle hundert Meter ein Haus die Landschaft schmückte, würde wahrscheinlich niemand mitbekommen, wenn ihn diese Männer entführen würden.

Dennis hielt es für die bessere Idee, nach Hause zurückzukehren.

Wieder kreuzte er den Transporter. Die Männer im Fahrzeug blickten Dennis kalt an. Durch die Sonnenbrillen wirkten sie völlig emotionslos.

Beim Umdrehen erschrak Dennis. Zehn Meter hinter ihm befanden sich die anderen Männer. Aber Dennis hatte sich mehrmals umgedreht, um zu prüfen, ob jemand hinter ihm war. Wo kamen sie also her?

Umkehren konnte Dennis nun auch nicht mehr. Das Einzige, was ihm noch einfiel, war, um sein Leben zu rennen. Vielleicht würde er es heil bis nach Gerrit schaffen. Dort wäre er wohl erst einmal sicher.

Dennis konnte am Horizont bereits den Wald erkennen. Er holte tief Luft, und dann … lief er so schnell er konnte los. Das Adrenalin breitete sich in seinem Körper aus. Er hörte, wie der Transporter hinter ihm beschleunigte. Dennis traute sich nicht, nach hinten zu blicken. Vor ihm lag die breite Landstraße, die ihm immer mehr wie ein dunkler Tunnel ohne Ausweg vorkam.

Dennis wagte nun doch einen kurzen Blick hinter sich. Sowohl die Männer als auch der Transporter verfolgten ihn. Keuchend flitzte Dennis von der Landstraße in ein großes Beerenfeld. Der Transporter hielt vor den dichtbewucherten Bauernfeldern an. Vielleicht war dies Dennis beste Idee des Tages.

Er musste einmal kurz verschnaufen. Er fühlte sich etwas sicherer im Dickicht der vielen verschiedenen Bäume und Beerensträucher. Dennoch war er in Gefahr. Diese Männer waren eindeutig hinter ihm her. Aber was wollten diese dunklen Gestalten von ihm? Dennis schwor sich, wenn Gerrit etwas über diese Männer wusste und dieses Mal schwieg, er würde ihm den Kaffee ins Gesicht kippen.

Während seiner Flucht bemerkte Dennis, dass sich wieder seine Wahrnehmung veränderte. Er begann erneut Farben und Auren zu sehen. Dieses Mal deutlich schwächer als bei den vorherigen Situationen. Beim Wegrennen wollte er sich damit nicht beschäftigen.

Dennis versuchte, sich zu beruhigen und setzte sich mitten ins Feld. Er hatte nicht viel Zeit. Diese Typen könnten ihm zu Fuß gefolgt sein.

Dennis Wahrnehmung war immer noch in diesem mysteriösen Zustand. Da Gerrit kürzlich noch gemeint hatte, dass man diesen Zustand kontrollieren konnte, versuchte Dennis sich auf einen Punkt im Beerenfeld zu konzentrieren. Die Büsche waren statt des üblichen Grüns nun in einem kräftigen Rot gefärbt. Sie strahlten eine pulsierende Energie aus. Als er sich weiter auf den Punkt konzentrierte, hatte Dennis plötzlich das Gefühl, dass sich die gesamten Büsche und Bäume vor ihm verneigen würden. Er schüttelte sich ungläubig, doch er irrte nicht. Sämtliche Pflanzen bogen sich zu Boden, als seien sie plattgewalzt worden. Dennis konnte nun bis zur Straße blicken, an der immer noch der Transporter stand. Er zuckte zusammen, da er dachte, dass nun auch seine Verfolger freie Sicht auf das Feld hatten und er somit wieder ein leichtes Ziel war.

Dennis nahm die Beine in die Hand und rannte, was das Zeug hielt. Bei einem kurzen Blick nach hinten bemerkte er verdutzt, dass die Männer ihn allem Anschein nach nicht sehen konnten. Sie blickten genau in seine Richtung und kämpften sich durch das Feld, welches für Dennis in dieser Form gar nicht mehr existierte. Er hatte keinen Schimmer wie dies funktionierte, aber er nutzte es, um weiteren Abstand zu gewinnen.

Das Café Brunn war nicht mehr weit. Noch beim Laufen holte Dennis sein Handy heraus, um Gerrit anzurufen. Er ging nicht ran.

Nach einiger Zeit der Flucht bemerkte Dennis, dass seine übernatürlichen Sinne nachließen. Noch bevor die Pflanzen in seinen Augen in ihre normale Richtung zurückwanderten, konnte er erkennen, dass der Transporter wieder losfuhr. Die anderen fünf Männer, die zu Fuß unterwegs waren, liefen noch immer durch die Beerenfelder, um Dennis zu finden. Falls sie wussten, wo er hinwollte, konnten sie ihn nun einkesseln.

Dennis rannte so schnell wie es seine dürren Beine ermöglichten.

Das Beerenfeld hatte endlich ein Ende. Dennis stand auf einer saftig grünen Wiese, von der er in das kleine Tal, in dem sich das Café Brunn befand, blicken konnte. In dem uralten Gebäude brannte Licht und es waren eine Menge Gäste im Außenbereich zu sehen. Nur noch wenige hundert Meter bis zum Ziel.

Dennis nahm nochmal seine letzten Reserven zusammen, um zu rennen. Bergab lief es sich ohnehin leichter.

Als er gerade zum Sprint ansetzen wollte, schwang sich etwas um seine Beine. Dennis fühlte plötzlich einen ungeheuren Schmerz, der durch seinen ganzen Körper zog. Es war eine metallische Fußfessel, die ihm kurzerhand einen elektrischen Schlag verpasste. Dennis Körper verkrampfte sich und er fiel unkontrolliert zu Boden. Er schrie auf. In diesem Moment dachte er, sterben zu müssen. Er konnte nicht atmen. Jeder Muskel seines Körpers krampfte unkontrolliert. Immer wieder versuchte er panisch nach Luft zu schnappen, doch sein Hals zog sich immer wieder zu, als würde er gewürgt werden. Sein Sichtfeld verschwamm, er konnte sich nur noch auf einen kleinen Punkt im Beerenfeld fokussieren. Von dort liefen zwei Männer auf ihn zu.

»Wow, hätte nicht gedacht, dass wir ihn noch erwischen«, sagte einer der beiden.

Der andere Mann, ein großer, stämmiger Typ mit Pferdeschwanz, lachte hocherfreut. »Ja, normalerweise wären sie sonst über alle Berge. Aber er ist leider nicht unser Hauptziel.«

Dennis war durch den Stromschlag noch immer wie gelähmt. Sein Herz pochte so schnell, dass er dachte, er würde in wenigen Augenblicken das Bewusstsein verlieren.

Die zwei Männer standen nun genau vor Dennis und blickten verachtend von oben auf ihn herab.

»Nun sieh dir dieses Weichei an, Hugo. Das soll doch wohl nicht ernsthaft der Sohn eines Elitekriegers sein«, machte sich der Mann mit dem Pferdeschwanz über seine zappelnde Beute lustig.

Hugo, der andere Mann, der deutlich kleiner und dicker war, hatte kurze, blonde Haare und ein Pferdegebiss. Er trat Dennis auf die Hand. Der wehrlose Junge kreischte mit seinen letzten Luftreserven auf. Tränen flossen seine Wangen herunter.

»Ja, kaum zu glauben. Unser Venandi berichtete bereits, was für eine Type er ist. Peinlich, dass sich so jemand Hüter der Fabeln schimpfen darf.«

Dennis malte sich währenddessen schon die schlimmsten Szenarien aus. Aber dieses Wort. Venandi. Hatte Roger das nicht schon mal in den Mund genommen? Steckte er etwa mit diesen Männern unter einer Decke? Gehörten sie etwa auch zu dieser Gesta? Und was sollte er mit dem Begriff "Hüter der Fabeln" anfangen?

Dennis Krämpfe ließen allmählich nach. Sofort versuchte er, sich irgendwie aufzurichten. Doch selbst wenn er es schaffen würde, könnte er durch die Fußfessel nicht davonlaufen. Noch bevor er auf den Knien zum Stehen kam, packten ihn die zwei Männer an den Armen und rissen ihn nach oben.

»Was wollt ihr von mir?!«, quiekte Dennis.

»Hey, ihr Trottel! Zwei gegen Einen ist unfair!«, rief plötzlich eine Stimme unmittelbar aus der Umgebung.

Die Männer ließen Dennis los.

»Was war das? Wo kam das her? Spinn ich jetzt, oder hast du das auch gehört, Igor?«

Beide Männer sahen in die Richtung, aus der die Stimme ihrer Meinung nach herkam. Auch Dennis blickte dorthin. Es war niemand zu sehen.

»Nein, keine Angst, mein Freund. Du bist nicht verrückter als ich, glaub mir. Hier ist wirklich jemand«, sagte Igor.

Der gruselige Mann nahm ein Gerät aus seiner Anzugtasche. Dennis erkannte es sofort. Es war dasselbe Gerät, mit dem Roger damals im Industriegebiet herumgelaufen war. Nun war er sich sicher, dass diese Typen zu seinem Stiefvater gehörten.

Dennis nutzte die Unaufmerksamkeit der beiden Männer, um die Fußfessel zu studieren. Auch Hugo nahm jetzt einen Detektor heraus. Langsam schwenkten sie ihre Geräte von rechts nach links und von unten nach oben.

Plötzlich blinkte das Gerät von Hugo grün auf und schlug Alarm.

»Da!«

Beide liefen in die Richtung, die ihnen das merkwürdige Gerät anzeigte. Wie aus dem Nichts schwebten plötzlich tennisballgroße Steine vor ihnen in die Höhe. Wenige Augenblicke später flogen sie auf Igor und Hugo zu. Während Igor ausweichen konnte, wurde Hugo volle Breitseite am Kopf getroffen und sank zu Boden. Dennis verstand nicht, was gerade vor sich ging. Immer mehr Steine schienen plötzlich schwerelos in der Luft zu schweben. Nach und nach wurden sie wie aus einem Katapult auf Igor geschleudert, der bislang noch von einem Treffer verschont geblieben war.

»Verdammt«, fluchte Igor und schmiss sich zu Boden.

Dennis kleinen, beweglichen Füßen sei Dank, konnte er ganz langsam seinen linken Knöchel aus der mechanischen Schlinge ziehen. Nun war der rechte Fuß auch kein Problem mehr. Beim Entfernen der Fessel blickte Dennis immer wieder verwundert auf den Punkt, aus dem die Steine wie aus Zauberhand geflogen kamen.

Er dachte, der Stromschlag hätte ihn schlimmer ausgeknockt als befürchtet, als er plötzlich verschwommene Umrisse im Bereich der Steinwurfquelle sah. Sie wurden immer markanter. Es sah aus wie ein winziger Mensch, der mit Steinen nach den mysteriösen Männern warf.

Igor schien die seltsame Silhouette ebenfalls erkannt zu haben. »Sieh mal einer an, was haben wir denn da?«

Die Umrisse wurden immer deutlicher, bis sich diese als eine kleine Kreatur entpuppten. Dennis rieb sich die Augen. Was war das? Es hatte Ähnlichkeit mit einem Jungen, nur das er etwa halb so groß war wie Dennis. Er trug einen merkwürdigen, smaragdgrünen Anzug, der so aussah, als wäre er im achtzehnten Jahrhundert entworfen worden. Und winzige, braune

Schuhe, die vorne spitz zuliefen und sich bogen. Feuerrote, struppige Haare, welche größtenteils von einem verhältnismäßig großen, grünen Zylinder bedeckt wurden, zierten seinen Kopf. Dazu dieses Gesicht. Es besaß viele menschliche Züge, jedoch mindestens genauso viele, die man keinem Lebewesen zuordnen konnte, das Dennis kannte. Es war breit und rund, mit keiner einzigen sichtbaren Kante. Die dunklen Augen waren sehr groß, und dazwischen regierte eine lange, dünne Nase.

Das Wesen bemerkte wohl, dass es entdeckt wurde. Sein Gesicht wurde schreckhaft und die Kinnlade fiel ihm herunter. »Oh nein. Ich habe schon wieder die Wirkzeit des Sandes überschätzt.«

Igor stand inzwischen auf und blickte das mysteriöse Geschöpf mit schadenfrohem Grinsen an. »Du musst aber noch eine Menge über den magischen Sand lernen. So einen blöden Kobold habe ich ja noch nie gesehen.«

Das kleine Wesen versuchte, durch die Beerenfelder zu flüchten. Dennis hatte es inzwischen wieder auf die Beine geschafft. Er musste mitansehen, wie Igor das Wesen ebenfalls mit einer Fußfessel, die aus einer Schusswaffe kam, erwischte. Da das Wesen jedoch so klein war, traf der Schuss nicht die Füße, sondern dessen Oberkörper. Der sofort einsetzende Stromstoß lähmte es schlagartig, und es ging krächzend zu Boden.

Dennis wollte unbedingt helfen, aber gegen den kräftigen großen Mann hätte er nicht die geringste Chance gehabt. Er entschloss sich, sofort zu Gerrit zu laufen, um anschließend die Polizei zu rufen.

Igor sah noch im Augenwinkel, wie Dennis davonlief. Er zuckte kurz, entschied sich jedoch dagegen, ihm zu folgen. »Egal. Wir haben, was wir wollten.«

Der mysteriöse Gefangene

Dennis rannte japsend vor Todesangst über die holprigen Wiesen der Bauern. Während seiner Flucht blickte er immer wieder hinter sich. Er musste mitansehen, wie dieses kleine Wesen von Igor in einen Sack gepackt wurde. Was hatten sie wohl mit ihm vor? Wahrscheinlich dasselbe wie mit Dennis, hätten sie ihn gefangen.

Dennis erreichte das Grundstück des Cafés. Völlig aufgelöst und erschöpft blickte er nochmals hinter sich zum Hügel. Niemand schien ihm gefolgt zu sein. Er hatte mittlerweile so viele Meter hinter sich gebracht, dass man den Ort des Geschehens nicht mehr erblicken konnte. Dafür war die Steigung der Hügel zu hoch.

Dennis musste sofort handeln. Mit schlotternden Knien betrat er das Café. Teresa, die gerade die Bestellung eines Kunden aufnahm, sah den kleinen Jungen angsterfüllt ins Café stürzen. Professionell wie sie war, ließ sie sich gegenüber den Kunden nichts anmerken und ging zu dem völlig aufgelösten Dennis. Der war heilfroh, wieder vertraute Gesichter zu sehen. Das Café Brunn war für ihn wie eine Festung.

»Was ist denn mit dir passiert? Geht's dir nicht gut?«, fragte Teresa entsetzt.

»G… Gerrit«, stotterte Dennis. Er wollte sich beruhigen, doch es klappte einfach nicht.

Teresa nahm Dennis an die Hand und ging mit ihm in ein kleines Zimmer, das mit dem Schriftzug *"MITARBEITER"* versehen war. Dort setzten sich beide an einen großen Tisch.

»Ich kenne dich jetzt schon lange genug, Dennis. So hast du dich noch nie benommen.«

Dennis zitterte mittlerweile etwas weniger. »Wenn du wüsstest. Ich wurde gerade fast entführt.«

»Wie, entführt? Was ist passiert?«

»Na ja, da waren Männer in schwarzen Anzügen. Ich muss Gerrit sprechen.«

Teresa schüttelte entgeistert mit dem Kopf. »Tut mir leid, Gerrit ist nicht da.«

Dennis nahm sein Handy aus der Hosentasche. Gerrit hatte sich auf seinen Anruf immer noch nicht zurückgemeldet. »Wo ist er?«

»Er ist vor ein paar Stunden weggefahren, um etwas Geschäftliches zu klären. Er trifft sich mit einem Großhändler, der uns beliefert.«

Für Dennis war dies ein Schlag ins Gesicht. Hätte er das gewusst, wäre er an diesem Tag niemals aus dem Haus gegangen. Aber wem sollte er sich nun anvertrauen? Sollte er Teresa die ganze Geschichte erzählen? Nein. Er versuchte lieber nochmals Gerrit telefonisch zu erreichen. Doch er ging einfach nicht dran.

Teresa wollte Dennis nicht gehen lassen, bevor er ihr erzählte, was ihm widerfahren war. Dennis war sich nicht sicher, wie viel er Gerrits Angestellten erzählen sollte. Diese ganze Geschichte mit den düsteren Männern, die ihn durch halb Dornsdorf gejagt und anschließend ein Wesen gefangen haben, welches sie als Kobold bezeichneten, war für ihn selbst noch nicht zu glauben. Da Teresa ihn geschockt und erwartungsvoll ansah, musste er sich etwas einfallen lassen.

Dennis versuchte, die Geschichte so normal wie möglich zu halten. »Diese Männer haben mich verfolgt. Zu Fuß und mit einem Transporter. Hinten am Hügel haben sie mich erwischt. Ich konnte nur knapp entkommen.«

Teresa holte nun auch ihr Mobiltelefon hervor.

»Was machst du?«, fragte Dennis.

»Ich rufe jetzt die Polizei.«

Teresa nahm Dennis den nächsten Schritt vorweg. Aufgrund dessen, dass die Männer nun dieses Wesen in ihrer Gewalt hatten, musste jemand die Polizei verständigen. Dennis hatte Teresa jedoch bewusst nichts von dem kleinen Kerl erzählt.

»Guten Tag, hier spricht Teresa Göritz«, sprach sie aufgeregt ins Telefon. »Ich bräuchte dringend einen Streifenwagen zum Café Brunn in Dornsdorf.«

Die Polizeizentrale schien Teresa ein paar Fragen zu stellen. Teresa hörte aufmerksam zu, während Dennis versuchte, das Geschehene zu verarbeiten.

Wäre vorhin nicht dieses mysteriöse Wesen zur Hilfe gekommen, wäre er jetzt ein Gefangener. Er machte sich Vorwürfe. Nur wegen ihm wurde das Wesen gekidnappt. Sicherlich hatte dieser merkwürdige, winzige Junge eine Familie, die auf ihn wartete. Dennis musste ihn irgendwie befreien, oder zumindest dafür sorgen, dass die Polizei ihn findet. Vorher wäre sein Gewissen nicht bereinigt.

Das Telefonat neigte sich dem Ende. Teresa bedankte sich unruhig und legte auf, um sich wieder Dennis zu widmen. »So, die Polizei ist auf dem Weg. Sie nehmen das Ganze sehr ernst. Ich hoffe deshalb, dass du mich nicht angelogen hast.«

Dennis hatte sie zwar in gewisser Weise angelogen, aber nur, weil die Wahrheit noch schlimmer war.

Es dauerte nicht lange, bis zwei Polizisten das Café betraten. Das blieb auch den Gästen nicht verborgen. Umgehend brach Getuschel aus.

Teresa bat die beiden Beamten schnell in den Personalraum. Dennis erkannte einen der beiden Polizisten wieder. Es war Kommissar Ricke, der Polizist, der ihn schon damals bei der Angelegenheit mit dem Wolf befragt hatte.

Auch der alte Kommissar staunte, als er Dennis erblickte. »Ach was. Du bist doch der Wolfsflüsterer.«

Dennis wusste nicht, ob Ricke dies nun als Kompliment meinte oder eher als Warnung, nicht schon wieder in irgendeine Geschichte verwickelt worden zu sein. Er nickte ihm unsicher zu.

Nachdem Teresa ihre kurze Aussage getätigt hatte, verließ sie den Raum, um ihrer Arbeit weiter nachzugehen.

Nun setzten sich Kommissar Ricke und sein Kollege zu Dennis.

»Okay, dann versuch uns jetzt mal genau zu schildern, was da vorhin passiert ist«, sagte Rickes Kollege.

Dennis erzählte den Beamten im Gegensatz zu Teresa alles, was ihm noch einfiel. Als er berichtete, dass diese böse Männerbande wohl eine Geisel genommen hatte, nahm Ricke sein Funkgerät heraus. Da Dennis die Geisel als kleinen Jungen mit roten Haaren und grünem Faschingsanzug beschrieb und nicht weiter erwähnte, dass er sich unsichtbar machen konnte, glaubten ihm die Polizisten. Dennis hoffte nur, dass man den kleinen Kerl finden würde.

Kommissar Ricke gab während Dennis Zeugenaussage alle wichtigen Informationen per Funk an die Hauptzentrale weiter. Dennis war mittlerweile etwas beruhigt. Er hatte alles getan, was in seiner Macht stand. Er hatte sich nun nichts mehr vorzuwerfen. Lediglich bei der Angabe zur Größe des Opfers musste Dennis schlucken. Immerhin war dieser Junge nicht größer als ein zweijähriges Kind.

Nachdem Kommissar Ricke noch weitere Informationen mit der Zentrale und Kollegen im Umfeld Dornsdorfs ausgetauscht hatte, wandte er sich wieder Dennis zu. »Es werden sofort mehrere Streifenwagen losgeschickt, die nach den Verdächtigen und dem Opfer suchen.«

»Vielen Dank. Ich bin wirklich froh, dass Sie sich darum kümmern«, sagte Dennis erleichtert.

Ricke blickte Dennis misstrauisch an und verschränkte seine Arme. »Weißt du, ich finde es wirklich merkwürdig.«

»Was meinen Sie?«

»Ich meine damit, dass hier in Dornsdorf eigentlich nicht viel passiert, was ich natürlich lobenswert finde. Aber in den letzten Wochen sind gleich zwei seltsame Ereignisse passiert, bei denen du eine Hauptrolle spielst.«

Dennis verstand, was Ricke damit meinte. Er selbst fand dies genauso merkwürdig. Seit er denken konnte, war niemals ein Kind in Dornsdorf entführt worden. Plötzlich tauchten innerhalb kürzester Zeit ein mysteriöser Wolf und mehrere Schwerverbrecher auf. Aber Dennis erzählte den Beamten nun mal das, was ihm widerfahren war.

»Ich sage Ihnen die Wahrheit. Was hätte ich denn davon, Sie anzulügen?«

»Kinder kommen öfters mal auf komische Ideen. Aber gut, der Wolf war schließlich auch echt. Jedoch muss ich dich darüber in Kenntnis setzen, dass du Ärger bekommst, wenn du uns angelogen hast. Und wir müssen dich jetzt nach Hause begleiten. Da du minderjährig bist, müssen wir deine Eltern über die Umstände informieren. Das ist eine völlig andere Geschichte als bei dem Wolf. Hier wurde allem Anschein nach ein kleines Kind entführt.«

Diese Prozedur gefiel Dennis ganz und gar nicht. So würde Roger erfahren, dass er bei der Polizei ausgesagt hatte. Diese Verbrecher gehörten zweifelsohne zu ihm.

»Würde es nicht reichen, meinem Onkel Bescheid zu geben. Er leitet dieses Café.«

Kommissar Ricke stand auf und richtete seine Uniform. »Tut mir leid, aber wenn dein Onkel nicht offiziell dein Erziehungsberechtigter ist, müssen wir dich nach Hause fahren.«

Dennis verließ mit flauem Gefühl im Magen das Café in Richtung Streifenwagen. Diesen kannte er bereits bestens von der vorherigen Woche. Auf dem Weg dorthin trafen ihn die bewertenden Blicke der Cafégäste. Diese waren noch grausamer als sonst. Wahrscheinlich dachten sie, dass dieses "schäbige Teufelskind" wieder Mist gebaut hatte.

Während der Fahrt nach Hause hatte Dennis ein wenig Zeit, um in sich zu gehen. Kommissar Ricke und sein Kollege plauderten währenddessen erheitert über ihre Kinder. Während Rickes Sohn gerade sein Medizinstudium erfolgreich abgeschlossen hatte, würde die Tochter seines Kollegen schon bald einen Immobilienmakler heiraten. Beide überhäuften die bisherigen Lebensleistungen ihrer Kinder mit Lob und Stolz. Das erinnerte Dennis wieder daran, wie er zuhause gesehen wurde. Bis auf Gerrit bekam er von niemandem Anerkennung. Er war viel mehr das fünfte Rad am Wagen und an so gut wie allem schuld, was in seinem Haus schieflief. Noch nie hatte er von seiner Mutter gehört, dass sie stolz auf ihn war.

Kam Dennis mal mit einer hervorragenden Note nach Hause, wurde die Leistung schnell mit den Worten: »Eintagsfliege. Das reicht immer noch nicht fürs Abitur«, von Roger kleingeredet.

Seine Mutter sprang schnell auf den Zug auf und widersprach ihrem gebildeten Mann nicht. So verlief es bei jeder von Dennis guten Leistungen. Wäre sein aufbauender Onkel nicht für ihn da, hätte er vermutlich tatsächlich geglaubt, dass er ein absoluter Versager war.

Bevor er weiter in Selbstmitleid verfiel, lenkte sich Dennis mit dem Blick aus dem Streifenwagen ab. Über die Straßen zog die Landschaft mit all ihren Bauernhöfen und Wohnhäusern an ihm vorbei. Sobald Dennis eine schwarzgekleidete Person auf den Wegen sah, blickte er genauer hin. Diese Verbrecher waren mit ihrer Geisel immer noch auf freiem Fuß. Dornsdorf war somit nicht länger sicher. Dennis hatte noch keine Ahnung, wie seine Zukunft aussehen würde, wenn man die Verbrecher nicht fassen würde.

Zuhause angekommen, begleiteten ihn die zwei Beamten fast mit Körperkontakt bis zur Tür und klingelten.

Als Karin die Tür öffnete, musste sie ein schockierendes Bild sehen. Sie wurde kreidebleich. »Was hast du denn jetzt wieder angestellt, Dennis?«

»Keine Sorge. Ihr Sohn hat nichts angestellt«, beruhigte Kommissar Ricke die hysterische Frau.

Dennis schlich sich an seiner Mutter vorbei, um sich eine Flasche Saft aus dem Kühlschrank zu holen. Mit seinem ausgeprägten Hörsinn konnte er das Gespräch mitverfolgen. Er hörte, wie seine Mutter leise anfing, zu schluchzen. Es schien sie tatsächlich zu bewegen, dass ihr Sohn heute beinahe entführt worden war. Dennis war froh, dass Roger noch nicht von seiner Dienstreise zurückgekehrt war.

Das Gespräch dauerte nicht lange. Die Polizisten verabschiedeten sich und überließen den Rest der Familie.

Karin rannte nach dem Schließen der Tür sofort zu Dennis und drückte ihn fest an sich. »Oh, mein Schatz, bin ich froh, dass dir nichts passiert ist.«

»Ich weiß selbst nicht ganz, was da heute passiert ist«, entgegnete Dennis mit dickem Kloß im Hals.

Er versuchte, seiner Mutter die Details mitzuteilen, die die Polizisten in dem kurzen Gespräch ausgelassen hatten. In dem Moment war es ihm sogar gleichgültig, ob er irgendwas preisgab, was er laut Gerrit lieber nicht sagen sollte. Die Emotionen überfielen ihn und es musste einfach raus.

Karins Gemüt änderte sich schlagartig, als Dennis den komischen Jungen im grünen Anzug erwähnte. »Weißt du«, sagte sie kühl, »ich halte es für eine gute Idee, wenn du dich in den nächsten Wochen zurückhältst und das Haus nicht ohne Begleitung verlässt. Zumindest, bis man die Täter gefasst hat.«

Das musste ihm seine Mutter nicht näherbringen. Dennis traute sich ab sofort nicht mehr aus dem Haus. Diese fiesen Männer könnten immer noch nach ihm suchen.

»Ja, ich denke, du hast recht, Mama. Ich hoffe nur, dass es die Polizei schafft, den kleinen Jungen zu befreien.«

Karin stutzte. »Ähm, ja, ich bin mir sicher, dass sie das werden. Aber ich finde, du hast der Polizei jetzt genug erzählt. Versuch dich in Zukunft bitte aus den ganzen Angelegenheiten rauszuhalten.«

Dennis begriff sofort, dass seiner Mutter irgendetwas an dem Jungen missfiel. Er hakte aber nicht weiter nach und ging lieber auf sein Zimmer. Er brauchte jetzt einfach etwas Zeit für sich. Vielleicht würde Gerrit sich in nächster Zeit zurückmelden.

In der Zwischenzeit schlug Dennis die Zeit tot, indem er die Nachrichten im Fernsehen sah. Vielleicht lenkten ihn die Geschehnisse außerhalb Dornsdorfs etwas ab. Doch … Pustekuchen. Allein die heutigen Ereignisse innerhalb Deutschlands waren schrecklich. Unzählige Straftaten und Unfälle. Erst jetzt, als Dennis regelmäßig die Nachrichten außerhalb seiner Region verfolgen konnte, merkte er, wie gefährlich die Welt überhaupt war. Von Ablenkung war bei ihm keine Spur.

Als langsam die Dämmerung über das Dorf hereinbrach, strahlte ein grelles Licht in Dennis Zimmer. Seine Unruhe wurde beim Blick aus dem Fenster bestätigt. Rogers Limousine fuhr in die Einfahrt zur Garage ein.

Dennis schloss sofort die Tür ab und hielt sein Ohr ans Türschloss. Roger schlenderte entspannt ins Haus und begrüßte Karin mit einem herzlichen Schmatzer. Karin hingegen war angesichts der aktuellen Ereignisse immer noch aufgelöst. Sie erzählte Roger davon, noch bevor er seine Aktentasche niederlegen konnte.

Dennis konnte trotz seines guten Gehörs nicht die gesamte Konversation mitverfolgen. Roger und Karin sprachen äußerst leise. Dennis konnte dennoch heraushören, dass sein Stiefvater seine schauspielerische Kunst nicht verlernt hatte. Er heuchelte, was das Zeug hielt. Zuerst wusste er nichts von den Ereignissen in Dornsdorf und dann bezichtigte er Dennis auch noch der Lüge. Dennis Wut schoss durch seinen Körper. Die Türklinke, die er klammernd umgriff, zitterte. Roger tat alles, um seine Freunde zu schützen. Dennis hoffte nur, dass seine Mutter nicht schon wieder darauf reinfallen würde.

Karin wurde auf die Anschuldigungen überraschenderweise wild und stampfte laut auf den Boden. »DU IDIOT! WARUM SOLLTE ER SICH SOLCH EINE GESCHICHTE EINFALLEN LASSEN?!«

Dennis war froh. Wie bereits an seinem Geburtstag, zeigte seine Mutter Roger, wo es lang ging. Roger blieb jedoch gelassen und behaarte auf seiner Meinung. Allerdings hatte er kein passendes Gegenargument, um zu beweisen, dass Dennis gelogen hatte.

Roger wurde durch Karins anhaltenden Wutanfall dann doch etwas hektisch und ging wieder in Richtung Haustür. »Wir reden später nochmal darüber, Schatz. Ich muss noch einmal kurz zu Reiner. Er wollte mir etwas Wichtiges zeigen.«

Roger ging aus dem Haus, während Karin, perplex über sein Verhalten, gar nicht weiter nachfragte. Reiner war einer von Rogers sogenannten Freunden, die regelmäßig dabei waren, wenn in seinem Haus gefeiert wurde. Wahrscheinlich hatte Karin es vergessen, oder sie wusste es nicht. Dennis hingegen wusste genau, dass Reiner samstagabends mit seinem Fußballverein unterwegs war. Roger konnte also unmöglich zu seinem Freund wollen.

Schaurige Geheimnisse

Dennis ärgerte sich, dass von Gerrit noch immer kein Lebenszeichen zu vermelden war. Er konnte den Rat seines Onkels zu diesem Zeitpunkt sehr gut gebrauchen. Was, wenn Roger zu seinen Kollegen in den schwarzen Anzügen fuhr? Dennis konnte unmöglich aus dem Haus gehen und ihn verfolgen. Seine Mutter würde ihn sehen oder hören. Die einzige Möglichkeit wäre das Fallrohr, das sich nur wenige Zentimeter neben seinem Zimmerfenster befand. Er hatte es noch nie probiert, allerdings hatte Dennis sich schon oft überlegt, das Rohr zu benutzen, um daran herunterzurutschen. Nur ging es von seinem Zimmer mehrere Meter nach unten. Es musste alles funktionieren, sonst konnte er sich ernsthaft verletzen. Und selbst wenn es ihm gelingen würde, wie sollte er wieder zurück in sein Zimmer gelangen?

Dennis zögerte. Seine Hände waren so schwitzig, dass er sie immer wieder hektisch an seiner Hose abputzte. Als er jedoch Roger mit zufriedenem Lächeln zu seinem Auto schlendern sah, konnte er nicht anders. Er öffnete das Fenster und sprang, ohne weiter nachzudenken, an das Rohr. Das Ganze war lauter, als er dachte. Roger, der gerade die Tür seines Wagens öffnete, zuckte bei dem dumpfen Geräusch zusammen und blickte reflexartig hinter sich. Zu Dennis Glück sah er nicht nach oben. Nach ein paar Sekunden beließ es Roger bei dem einen Blick und stieg ins Auto.

Dennis krallte sich mit Armen und Beinen fest an das Rohr und versuchte, langsam herunterzugleiten. Roger startete derweil den Wagen und fuhr rückwärts aus der Garageneinfahrt.

Dennis hatte es fast geschafft. Noch etwa zwei Meter. Die Limousine setzte sich in Bewegung und fuhr in Richtung Hauptstraße.

Dennis Füße berührten endlich den Boden. Nun musste er sich schnell das Fahrrad seiner Mutter schnappen. Zu Fuß hatte er keine Chance, Rogers Auto zu verfolgen.

Natürlich stand Karins Fahrrad an diesem Tag nicht wie gewöhnlich neben der Garage. Die Limousine war inzwischen kaum mehr zu sehen. Dennis überlegte unruhig mit den Knien auf und ab wippend, was er tun sollte. Vielleicht stand noch das alte, rostige Fahrrad der Manzes hinter dem Haus der Nachbarsfamilie? Es war Dennis letzte Chance, Roger zu verfolgen.

Er hatte Glück. Das alte Kinderfahrrad stand immer noch an Ort und Stelle. Herr Manz wollte das Rad seines inzwischen erwachsenen Enkelsohns schon vor vielen Jahren verschrotten. Aber er war einer der faulen Sorte und kümmerte sich stattdessen lieber um seine Werkstatt, die er in seiner Garage aufgebaut hatte. Obwohl das Fahrrad bereits einige Jahrzehnte auf dem Buckel hatte, fuhr es noch. Lediglich die Reifen waren sehr weich und spröde.

Dennis trat in die Pedale und nahm die Verfolgung auf.

Auf der Hauptstraße angekommen, gab es nur zwei Möglichkeiten, in welche Richtung sein Stiefvater gefahren sein konnte. Dennis musste sich nun auf sein Gefühl verlassen und bog rechts ab. In dieser Richtung lag das Industriegebiet, die Schule und Reiners Wohnung.

Dennis hatte an diesem Abend ausnahmsweise eine Glückssträhne. An der großen Kreuzung, an der damals der Wolf aufgetaucht war, kam Rogers Auto vor einer roten Ampel zum Stehen. Nun musste Dennis aufpassen, nicht zu nah heranzufahren. Er blieb im Hintergrund und versteckte sich hinter einem Müllcontainer, bis die Ampel auf Grün sprang.

Er musste nicht lange warten. Die Ampel schaltete wenige Augenblicke später um, und Roger trat das Gaspedal so tief durch, dass die Hinterräder durchdrehten. Er schien es eilig zu haben. Als Roger links abbog, stutzte Dennis. Dort lag weder Reiners Wohnung noch das Industriegebiet.

Dennis konnte mit dem wendigen Fahrrad eine Abkürzung durch eine schmale Seitengasse direkt neben der Kreuzung nehmen. Diese war gespickt mit Mülleimern und streunenden Katzen. Dennis musste gehörig abbremsen, um das klapprige Fahrrad um die unzähligen Hindernisse zu manövrieren. Durch den Zeitdruck kamen ihm die gut hundert Meter ewig vor.

Dennis kam in einem Wohngebiet raus. Von Roger fehlte jede Spur. Verzweifelt fuhr Dennis die Siedlung ab, hatte aber keinen Erfolg. Die Abkürzung entpuppte sich als Fehler. Dennis wollte nicht wahrhaben, dass seine Risikobereitschaft umsonst gewesen war.

»Wieso muss Roger immer gewinnen?«, knirschte er.

Enttäuscht fuhr Dennis wieder nach Hause und überlegte bereits, wie er zurück in sein Zimmer kommen könnte. Auf diese elendige Gasse hatte er keine Lust mehr. Somit fuhr er auf normalem Weg wieder in Richtung Hauptstraße.

Dieses idyllische Wohngebiet gefiel Dennis immerhin sehr. Es war nicht so spießig wie die Mühlenstraße. Es gab deutlich mehr Grünfläche und kleinere Häuser.

Kurz vor der abknickenden Vorfahrtsstraße kam Dennis an mehreren Bauernhäusern vorbei. Diese waren allerdings schon lange nicht mehr bewohnt. Viele Gebäude und Scheunen waren im Besitz der Kommune. Einmal im Jahr fanden dort Versteigerungen statt, die Dornsdorf viel Geld einbrachten.

Dennis fuhr an eine der alten Scheunen vorbei, als er im Augenwinkel etwas sah. Überrascht blieb er stehen. Vor dem Scheunentor stand Rogers Wagen. Er hatte ihn doch noch gefunden. Aber was machte er in der Scheune?

Dennis wollte jetzt keinen Fehler machen. Er stellte das Fahrrad an einer Laterne ab und tappte seitlich an die Scheune heran. Er konnte nun ins Auto schielen. Roger saß nicht drin. Dennis schlich um das morsche Holzgebäude herum, um die Hinterseite zu erreichen. Dort waren bereits mehrere Löcher durch Witterung und wilde Tiere hinterlassen worden.

Dennis robbte sich wie ein Soldat durch das Gras an die Scheune heran. Er fand ein kleines Loch, das ihm eine gute Sicht ins Innere bot.

Dort zeigte sich ihm ein düsteres Bild, das er bereits geahnt hatte. Zu sehen war Roger gemeinsam mit Hugo und Igor. Das Innere der Scheune wurde zu einem Büro mit vielen Lichtern, Sesseln und Tischen umfunktioniert. In der Mitte stand ein riesiger Konferenztisch, auf dem ein Laptop stand. Roger war der Einzige der Gruppe, der vor dem Laptop saß. Hugo und Igor standen vor dem Tisch. Es war anzunehmen, dass Roger der Anführer dieser Gruppe war.

Dennis versuchte sein Ohr fest gegen das Loch zu pressen, um alles mitzubekommen.

»Habt ihr eine Probe von dem Kobold entnommen?«, fragte Roger.

Igor übergab Roger eine Ampulle. »Natürlich, Venandi.«

Roger nahm die Ampulle entgegen und öffnete sie. Neben dem Laptop befand sich eine kleine Platte, die durch ein Kabel mit dem Laptop verbunden war. Roger träufelte ein paar Tropfen der Flüssigkeit, die sich in der Ampulle befand, auf die Platte. Dennis konnte es nicht genau erkennen, aber diese Flüssigkeit sah aus wie Blut.

Roger tippte nun etwas auf seinem Laptop herum. »Okay, von seinem Stammbaum haben wir noch keinen in der Datenbank. Zum ersten Mal in unserer Welt. Interessant.«

»Wollen Sie den Kobold haben? Sonst bringen wir ihn ins Hauptquartier«, sagte Hugo eingeschüchtert.

Roger klappte seinen Laptop zu und packte die Gerätschaften wieder in seine Aktentasche. »Er hatte weder magischen Sand noch irgendwelche anderen noxischen Gegenstände dabei?«

Igor und Hugo schüttelten gleichzeitig den Kopf.

»Nein, er hatte nichts mehr bei sich. Die letzten Körner hatte er kurz vor seiner Gefangennahme aufgebraucht. Unglücklicherweise konnten wir auch den Hybridjungen nicht fangen. Er hat sich befreit und ist abgehauen«, sagte Igor erzürnt.

Die beiden Handlanger zuckten bei jeder von Rogers Bewegungen zusammen. Sie erwarteten wohl eine schreckliche Reaktion ihres Chefs.

Doch Roger blieb gelassen. »Ja, das weiß ich bereits. Er hat die Polizei alarmiert und euch sehr genau beschrieben.«

Hugo und Igor schnappten erschrocken nach Luft.

»Verdammt, was? Wir hätten ihm doch hinterherlaufen sollen«, zischte Igor.

Roger stand auf und nahm seine Aktentasche in die Hand, als ob er bereits wieder gehen wollte. »Ja, das war wirklich schlampige Arbeit, meine Herren. Aber davon geht die Welt nicht unter. Der Junge ist heute unwichtig. Der rennt Tag und Nacht wie Freiwild in meinem Haus herum. Aber er wird sehr bald wichtig werden. Deshalb solltet ihr aus dem heutigen Tag lernen.«

»Aber Venandi Roger, der Junge hat die Polizei gerufen. Sie werden uns doch jetzt bestimmt jagen«, keuchte Hugo.

Roger ging mit seinem langen, schwarzen Mantel zur Tür der Scheune. »Ich dachte, ihr seid Profis.«

Die beiden Handlanger nickten.

Roger öffnete die Tür und drehte sich nochmals zu seinen beiden Untergebenen um. »Dann solltet ihr auch wissen, dass die meisten unserer

Handlungen strafrechtlich nicht verfolgt werden. Das deutsche Gesetz, vor dem ihr euch fürchtet, gilt zum Schutz der Menschen. Und jetzt erinnert euch mal, um wen wir uns kümmern.«

»Ja, Sie haben recht. Also gehen wir ab morgen wieder unseren gewohnten Aufgaben nach, ohne uns zu verstecken«, sagte Igor.

Roger nickte zufrieden. »Ihr habt es verstanden. Ich werde den Fang übrigens mitnehmen und morgen persönlich nach Berlin bringen.«

Roger verließ die Scheune wie ein nächtlicher Schatten. Hugo und Igor verweilten dort noch eine Weile. Für Dennis wurde es nun höchste Zeit zu verschwinden. Er hatte genug gehört. Er war heilfroh, den Weg nach draußen gewagt zu haben. Nun aber musste er schnellstens wieder zurück nach Hause.

Dennis hörte noch Rogers Wagen aufheulen, als er über die Wiese zurück in Richtung Straße robbte. Sein Stiefvater raste so schnell vom Ort des Geschehens, dass er auch gut und gern eine Karriere als Rennfahrer starten konnte.

Dennis blickte nochmals kurz zur Scheunentür, um sich zu vergewissern, dass der Weg frei war für seine Flucht. Schnell lief er zum Fahrrad, das durch das Laternenlicht noch rostiger auftrat. Er nutzte wieder die Abkürzung durch die dunkle Gasse, um nicht plötzlich wieder einen Transporter hinter sich zu haben.

Als Dennis gerade in die Gasse einfuhr, vibrierte es in seiner Hosentasche. Gerrit versuchte endlich, ihn zu erreichen. Nur war dies der wohl absolut unpassendste Zeitpunkt dafür.

Dennis zog trotzdem das Handy heraus und ging dran. »Hi, Gerrit«, flüsterte er.

»Dennis? Was ist los? Teresa und du habt versucht, mich mehrmals anzurufen. Warum flüsterst du?«

Dennis zuckte bei jedem Scheinwerfer oder Motorgeräusch, das aus den Straßen kam, zusammen. »Ich muss dich gleich zurückrufen. Aber dann erzähle ich dir alles.«

Gerrit schnaufte ins Telefon. »Wo bist du denn? Kann ich dir irgendwie helfen?«

»Nein, ich wünschte, du könntest mir jetzt helfen. Aber das geht leider nicht. Wenn ich wieder in meinem Zimmer bin, ruf ich dich zurück.«

»Na gut, ist in Ordnung«, grunzte Gerrit.

»Bis später«, sagte Dennis und legte auf. Nun konnte er wieder richtig in die Pedale treten.

Dennis hätte nie gedacht, dass ihm dieses alte, klapprige Fahrrad so gute Dienste leisten würde. Er überlegte sogar, es zu behalten. Der alte Herr Manz würde es definitiv nicht vermissen.

Dennis bog in die Mühlenstraße ein. Rogers Wagen stand bereits in der Garageneinfahrt. Dennis fragte sich oft, warum sein Stiefvater seinen teuren Dienstwagen fast nie in der Garage parkte.

Dennis stellte das Fahrrad nach einer kleinen Diskussion mit sich selbst wieder hinter das Haus der Manzes. Er wollte ihn lieber fragen, ob er das Fahrrad haben darf, bevor Roger dies wieder für sich nutzen konnte. Außerdem wurden so mögliche Spuren vernichtet, um zu beweisen, dass Dennis heute Abend noch draußen unterwegs war.

Roger schien bereits im Haus gewesen zu sein. Doch wo hatte er den kleinen Jungen zwischengelagert? Roger und seine Schergen nannten ihn einen Kobold. Beim ersten Mal dachte Dennis noch, er hätte sich verhört, aber als es nochmals durch Roger erwähnt wurde, musste er sich eingestehen, dass seine Ohren nun mal gut funktionierten. Erwähnungen über das Unmenschliche und Magische. Jagte die Gesta etwa magische Kreaturen? Dennis glaubte eigentlich nicht an irgendwelche mythischen Wesen, die er aus Gerrits Märchenbüchern kannte. Vielleicht waren diese ganzen Begriffe nur irgendwelche Codewörter aus dem Sprachgebrauch der Gesta? Das machte für Dennis zumindest mehr Sinn als seine erste Überlegung. Letztendlich war es egal, wen oder was Roger da gefangen hielt. Die Geisel brauchte dringend Hilfe. Roger wollte ihn morgen nach Berlin bringen. Also musste Dennis den Jungen noch heute Nacht befreien. Der Wille zu helfen übertraf in diesem Moment sogar die Angst vor seinem Stiefvater.

Dennis versuchte, sich in den Geist eines Schwerverbrechers hineinzuversetzen. Nach längerer Überlegung kam für ihn eigentlich nur das Auto als sicherstes Versteck für eine Geisel in den Sinn. Doch um Zugriff auf Rogers Dienstwagen zu bekommen, brauchte er den Schlüssel. Dennis wusste, dass Roger diesen immer bei sich trug. Sein pechschwarzer Schlafanzug hatte allerdings keinerlei Taschen. Nachts musste er den Schlüssel also weglegen. Aber einfach ins Schlafzimmer schleichen, die Schränke durchwühlen und dann wieder unbemerkt raus? Das Risiko war einfach zu hoch.

Egal ob Dennis sich nun für eine Rettungsaktion entschied oder nicht, zuallererst musste er zurück in sein Zimmer gelangen. Beim Anblick auf sein geöffnetes Zimmerfenster kamen ihm drei Meter schnell vor wie zehn. Mit seinen zarten, dünnen Ärmchen konnte er unmöglich das Fallrohr hochklettern. Dennis war verzweifelt. Er hatte nicht einmal seinen Hausschlüssel dabei. Das Einzige, was er bei sich trug, war sein Handy. Er überlegte, ob Gerrit ihm in dieser Situation vielleicht doch helfen könnte.

Dennis wollte gerade seinen Onkel anwählen, als plötzlich ein helles Licht den Gehweg erstrahlte. Die Haustür wurde geöffnet. Schnell versteckte sich Dennis hinter dem Haus und schielte Richtung Gehweg. Zu seiner Überraschung war es seine Mutter, die nochmal kurz vor dem Schlafengehen den Müll wegbrachte. Karin musste bis ans Ende ihres Grundstücks gehen, wo sich am Rande zum Bürgersteig die Mülltonnen befanden.

Karin stand mit dem Rücken zur Haustür. Dennis hatte vielleicht fünf Sekunden, um schnellstens ins Haus zu flitzen. Er überlegte nicht weiter und tippelte zügig ins Haus. Er hatte es geschafft.

Roger war nicht zu sehen. Heute Abend hatte Dennis wahrlich eine Glückssträhne.

Zumindest bis zu dem Augenblick, als er vor seiner eigenen Zimmertür stand und nicht hineinkam. Er hatte das Zimmer vorhin von innen abgeschlossen. Dennis war zum Heulen zumute. Er kam nun genauso schlecht in sein Zimmer wie noch vor einer Minute im Freien.

Er hörte, wie seine Mutter wieder ins Haus kam und die Tür schloss.

»Komm ins Bett, Schatz! Ich muss morgen früh raus!«, brüllte Roger.

»Ich komme sofort! Ich mach mir nur noch schnell einen Tee«, sagte Karin und ging in die Küche.

Wenn die beiden schlafen gingen, hatte Dennis zumindest das Haus für sich. Nur änderte das nichts daran, dass er nicht in sein Zimmer kam. Er musste also nochmals nach draußen, um von dort ins Zimmer zu gelangen. Nun hatte er den Vorteil, dass er eine große Leiter aus dem Keller holen konnte.

Karin ging wenige Minuten später mit ihrem frisch gebrühten Tee ins Schlafzimmer und schloss die Tür.

Dennis wollte handeln. Zuerst schlich er sich in die Küche, um etwas zu trinken. In den letzten Stunden hatte er eine Menge schwitzen müssen. Er genoss den Drink und wartete noch ein wenig, um sicherzugehen, dass beide auch wirklich schliefen. Länger als eine halbe Stunde schaffte er es allerdings nicht, ohne vor Aufregung auf dem Stuhl durchzudrehen.

Er schlich sich langsam in den Keller. Roger hatte diesen beim Hausbau sehr großflächig anlegen lassen. Man konnte ihn als kleine Lagerhalle bezeichnen. Hier musste Dennis wenigstens nicht mehr schleichen. Er wollte sich schon immer ungestört im Keller umsehen. Überall standen Kartons. Manche leer, manche wiederum bis zum Rand gefüllt. Er hatte nicht die Zeit, um einen Blick in allen Kartons zu werfen, aber eine Stichprobe konnte nicht schaden. Außer seiner alten Spielsachen oder der Winterkleidung war auf den ersten Blick aber leider nichts Interessantes zu finden.

Hinten links in der Ecke befanden sich Rogers Werkzeuge und seine heißgeliebte Getränkebar. Daneben stand eine große, klappbare Leiter. Diese sollte die Entfernung zu Dennis Zimmerfenster mit Leichtigkeit überbrücken können. Obwohl die Leiter aus Aluminium bestand, war diese sehr schwer für den schmächtigen Jungen zu heben. Zum Glück hatte er keinen Zeitdruck. Solange Roger und Karin schliefen, hatte Dennis die ganze Nacht Zeit.

Dennis packte sich die Leiter auf den Rücken und schwankte mit ihr zurück in Richtung Treppe. Schweißtreibend beförderte er die Leiter Stufe für Stufe ins Erdgeschoss. Nun hieß es wieder, jeden Lärm zu vermeiden.

Er hatte die Chance, zu entscheiden, ob er es wagen sollte, ins Schlafzimmer zu gehen, um Roger die Schlüssel zu stehlen, oder in sein Zimmer zu klettern, um die ganze Sache einfach zu vergessen. Er dachte stark darüber nach, einfach direkt die Polizei anzurufen. Die könnten den Jungen aus dem Auto befreien und Roger verhaften. Dann wäre er ihn endlich los und er könnte mit seiner Mutter ein neues Leben beginnen. Es wäre genau die Rache, die Dennis sich schon immer gewünscht hatte. Und es wurde ihm diesmal sogar leicht gemacht.

Gerrit musste er auch noch anrufen. Und als hätte er es gehört, vibrierte Dennis Handy nur einen Augenblick später in seiner Hosentasche. Sein Onkel hatte wirklich ein Talent, zur unpassendsten Zeit anzurufen.

Dennis verließ zuerst das Haus, um dann mit der Leiter endlich in sein Zimmer zu gelangen. Erst dann rief er seinen Onkel erleichtert zurück.

Dieser war stinksauer. »Dennis! Herr Gott, ich komme hier fast um vor Sorge! Was treibst du denn da heute?«

Dennis schmiss sich auf sein Bett und versuchte, seinem Onkel den Stand der Dinge mitzuteilen.

Gerrit fiel aus allen Wolken. »Ach du meine Güte. Wenn ich gewusst hätte, dass so etwas passiert, hätte ich diese Geschäftsreise niemals angetreten.«

»Ja, es war unglaublich heute«, schnaufte Dennis.

»Okay, mein Junge, ich kann dich nicht länger im Ungewissen lassen. Ich wollte eigentlich, dass du die ganze Geschichte unter anderen Umständen erfährst.«

Dennis war gespannt wie ein Flitzebogen. Endlich sollte er alle Geheimnisse über sich und seine Familie erfahren. »Hat dieser entführte Junge damit zu tun? Wenn ja, dann muss ich ihn kennenlernen.«

Gerrit stöhnte schwergängig auf. »Ja, er hat sogar sehr viel damit zu tun.«

»Noch ein Grund mehr, sofort die Polizei anzurufen, um den armen Kerl zu befreien.«

»Oh nein!« Gerrit schrie so laut durchs Telefon, dass Dennis Lautsprecher dröhnte.

»Was ist denn mit dir los? Warum sollen wir nicht die Polizei anrufen?«

»Die Polizei zu rufen, würde das Ganze noch schlimmer machen!«

»Und warum genau?«

»Weil das nicht einfach bloßes Gerede von Roger und den anderen Agenten war. Sie haben tatsächlich einen Kobold in ihrer Gewalt.«

Dennis sah verdutzt zum Hörer. »Dieser Junge ist ein Kobold? Wieso sollen plötzlich irgendwelche Fabelwesen durch Dornsdorf laufen? Sind sie aus ihren Märchenbüchern entlaufen?«

Dennis musste lachen. Doch Gerrit lachte dieses Mal nicht mit.

»Ich dachte eigentlich, dass du mittlerweile schon selbst den Gedanken gehegt hättest. Aber du scheinst noch sehr stumpfsinnig zu sein.«

Die strengen Worte seines Onkels ließen Dennis Gelächter verstummen. »Du meinst das also echt ernst? In Rogers Auto befindet sich ein Kobold?«

Gerrit grunzte gestresst. »Ja, so ist es. Außerdem kenne ich diesen Jungen und vor allem seine Eltern.«

Für Dennis waren diese Informationen nach dem anstrengenden Tag einfach zu viel. »Woher kennst du bitte einen Kobold? So etwas gibt es doch gar nicht.«

»Das werde ich dir erklären, wenn wir ihn befreit haben. Ich bin gerade noch auf der Autobahn unterwegs. Bin in etwa zwanzig Minuten in

Dornsdorf. Ich überlege mir in der Zwischenzeit einen Plan.«

Dennis begann erneut zu schwitzen. Er dachte eigentlich, er hätte es für den heutigen Tag überstanden. »Okay. Ich halte die Augen auf die Straße, bis du kommst.«

Es wurde sich kurz verabschiedet und Dennis vorerst wieder mit seinen Gedanken allein gelassen.

Des Rätsels Lösung

Mittlerweile war es kurz nach Mitternacht. Dennis war so erschöpft, dass er trotz Anspannung augenblicklich eingeschlafen wäre, sobald er die Augen geschlossen hätte.

Er gönnte sich noch etwas von seinen übriggebliebenen Süßigkeiten, die er zum Geburtstag bekommen hatte. Währenddessen blieben ihm knapp zwanzig Minuten Zeit, um über die Worte seines Onkels nachzudenken. In was war er hier eigentlich hineingeraten? Kobolde, Magie und eine düstere Geheimorganisation, die nach diesen surrealen Dingen lechzte. Wie aus heiterem Himmel steckte Dennis selbst nun auch mittendrin. Welche Rolle er dabei einnahm, wusste er noch nicht. Und welche Rolle spielte sein Vater in dieser verzwickten Geschichte? Und wie sollten sie den Kobold retten? Selbst wenn Gerrit gleich hier auftauchen würde, wusste Dennis nicht, was sie ausrichten könnten. Die Situation blieb dieselbe. Sie mussten an Rogers Autoschlüssel kommen. Allein der Gedanke an Rogers aufblitzende Augen, nachdem er durch ein Geräusch geweckt werden würde, bereitete Dennis Bauchschmerzen.

Früher als gedacht hörte Dennis ein klapperndes Motorgeräusch aus der Ferne. Am Rande der Mühlenstraße tauchten die uralten Scheinwerfer von Gerrits Geländewagen auf. Er war mit seinem rostigen Gefährt auch im Dunkeln leicht zu erkennen. Niemand sonst besaß noch Scheinwerfer mit dem Strahlradius einer Taschenlampe. Damit nachts durch die Gegend zu fahren, grenzte schon an Wahnsinn. Doch Dennis war so froh, endlich wieder diesen Wagen zu sehen. Er war nicht mehr allein.

Gerrit hielt mit etwas Abstand zu Dennis Haus unauffällig zwischen parkenden Autos am Seitenstreifen. Er gab Dennis per Lichthupe ein Signal.

Dennis stieg über die Leiter wieder aus seinem Zimmer ins Freie. Er lief schnell zu seinem Onkel, ohne einen Lichtkegel der Straßenlaternen zu erhaschen. Gerrit erwartete ihn bereits gespannt. Beide waren froh, sich unversehrt zu sehen.

»Ich bin extra etwas hurtiger gefahren, um dich möglichst wenig warten zu lassen«, zwinkerte Gerrit seinem erleichterten Neffen zu.

»Ja, das habe ich gemerkt«, kicherte Dennis.

Gerrit zeigte ihm mit einer Handgeste, dass er in seinen Wagen einsteigen sollte. Dennis hüpfte geschwind hinein.

Gerrit schloss die Fenster seines Museumsstücks, um in Ruhe reden zu können. »Bist du dir ganz sicher, dass Roger den Kobold in seinem Auto gefangen hält?«

Dennis nickte zögerlich. »Ja, schon. Ich habe ihn und seine beiden Komplizen, die mich gejagt haben, belauscht. Und sie haben über den Kobold gesprochen. Ich habe mit eigenen Augen gesehen, wie sie den Kobold gefangen haben. Er kam mir zur Hilfe, als sie mich schon gefangen hatten. Nur durch ihn konnte ich entkommen.«

»Ja, aber du hast den Kobold gesehen, als du die Drei in der Scheune beobachtet hast?«

Dennis schüttelte verunsichert den Kopf. »Nein. Aber Roger hat gesagt, dass er den Fang mitnimmt, um ihn nach Berlin zu bringen.«

Gerrit nickte verhalten und drehte sich zur Rückbank, um in seiner Tasche zu kramen. »Gut, dann gehe ich auch davon aus, dass er hier ist.« Er zog zwei Paar schwarze Handschuhe aus der Tasche. Ein Paar übergab er Dennis. »Hier, zieh die an. Roger ist ein Profi. Er würde nach Spuren wie Fingerabdrücken suchen.«

Dennis zog sich die hauchdünnen Handschuhe an und fühlte sich gleich wie ein Einbrecher kurz vor seinem Einsatz.

Gerrit schien noch nicht fertig zu sein. Er kramte weiter in seiner großen Tasche und zog dieses Mal zwei Headsets heraus. »Die sind für die Kommunikation«, sprach er, als hätte er seinen Lebtag nichts anderes getan. »Wir werden in Funkkontakt bleiben.«

Eigentlich waren diese Gegenstände für Dennis Sicherheit gedacht. Für den völlig überrumpelten Jungen war dies aber ein klares Zeichen dafür, dass sein Onkel etwas sehr Ernstes vorhatte.

Zu allem Überfluss war Gerrit immer noch nicht fertig. Er kramte wieder in seiner Tasche.

»Was hast du da eigentlich alles in deiner Tasche? Man könnte fast meinen, dass du auf solche Situationen vorbereitet bist«, wunderte sich Dennis.

Gerrits Schmunzeln drang sogar durch seinen dicken, borstigen Bart. »Na ja, nenn es, wie du willst. Das wir beide heute Nacht hier sitzen, um einen Kobold aus Rogers Fängen zu befreien, hätte ich mir nicht vorstellen können. Dennoch bin ich auf viele andere Situationen immer vorbereitet.«

Dennis war vom professionellen Spionageverhalten seines Onkels sowohl überrascht als auch beeindruckt.

Gerrit zog einen kleinen beigen Beutel aus der Tasche. Dennis hatte mit vielen nachfolgenden Gegenständen gerechnet, aber nicht mit einem kleinen Lederbeutel.

»Nun kommen wir zum wichtigsten Teil des Plans«, murmelte sich Gerrit in seinen Bart.

»Was ist das?«

Gerrit hielt den Beutel vor Dennis Gesicht. »Das ist unsere Fahrkarte zu Rogers Schlüssel.«

Dennis konnte sich nicht vorstellen, dass dieser Beutel ihnen helfen könnte. Er nahm Gerrit das Säckchen ungeduldig aus der Hand und öffnete es. In dem Beutel befand sich gold-schimmernder Sand. Dieser sah schön aus, aber Dennis verstand immer noch nicht, was sein Onkel damit vorhatte.

»Was willst du damit? Und an welchem Strand gibt es so schönen Sand?«

Gerrit lachte. »An keinem Strand der Welt. Du hältst da etwas ganz Besonderes in deinen Händen.«

Dennis blickte nochmals gespannt in den Beutel. »Okay, aber wie hilft mir dieses Zeug dabei, den Kobold zu befreien?«

»Du hältst da gerade magischen Sand in deinen Händen. Den magischen Sand der Kobolde. Dafür sind sie in ihrer Welt bekannt.«

Dennis kam dieser Begriff bekannt vor. »Ich glaube, Roger oder einer seiner Komplizen haben etwas darüber erzählt. Sie hatten glaube ich keinen bei dem gefangenen Kobold gefunden.«

Gerrit kratzte sich überlegend durch seinen Bart.

»Was ist los?«

»Nichts. Es wundert mich nur, dass sie keinen Sand bei ihm gefunden haben. Das ist das absolute Heiligtum der Kobolde. Nur sie können ihn herstellen. Darauf sind sie sehr stolz. Ich habe noch nie gehört, dass ein Kobold dieser Familie keinen bei sich trug.«

Dennis fand Gerrits Worte über Kobolde sehr interessant. »Wo leben denn die Kobolde? Und was macht den magischen Sand magisch?«

Gerrit nahm den Beutel aus Dennis Händen wieder an sich. »Es gibt drei Sorten des magischen Sandes. Den der Gestaltwandlung, womit du dich für einen kurzen Zeitraum in das nächste Lebewesen verwandelst, das du berührst. Der Sand der Unsichtbarkeit ist die Sorte, die du gerade in deinen Händen hältst. Damit kannst du dich für ein paar Minuten unsichtbar machen. Zu guter Letzt gibt es noch den Sand der Stärke. Dieser verleiht dem Benutzer für eine gewisse Zeit unglaubliche Kräfte.«

Für Dennis hörte sich das wie eine gut ausgedachte Legende an. Aber er erinnerte sich daran, wie der Kobold plötzlich aus der Transparenz immer sichtbarer wurde, bevor die beiden Gesta-Agenten ihn gefangen nehmen konnten. Gerrit konnte sich das also nicht einfach ausgedacht haben. Dennoch waren magische Güter für Dennis etwas noch Unvorstellbares.

»Ich finde das einfach unglaublich. Ich schätze, dass ich den Sand benutzen soll, um mich unsichtbar zu machen. Damit kann ich leichter an Rogers Schlüssel kommen.«

Gerrit zeigte Dennis stolz einen nach oben gerichteten Daumen. »So ist es, Junge. Und ich werde hier draußen bleiben und Schmiere stehen, falls sich hier etwas tut.«

Dennis wollte mit eigenen Augen sehen, dass der magische Sand funktionierte. Vorher wollte er nicht ins Schlafzimmer spazieren. Für Gerrit war es eine Freude, seinem Neffen die Wirkung zu zeigen. Er nahm etwa eine Handfläche voll aus dem Beutel und stieg aus dem Wagen.

»Ich möchte keine Sandkörner im Auto«, scherzte Gerrit.

Er schüttete sich den Sand über den Kopf, und nicht einmal eine Sekunde später begann sein Körper immer transparenter zu werden. Dennis Augen strahlten vor Erstaunen. Gerrits massiger Körper war völlig verschwunden.

Plötzlich öffnete sich die Autotür wie von Geisterhand. Nur eine Sekunde später ließ der Stoffsitz der Fahrerseite nach.

Dennis hörte eine Stimme. »Siehst du mich?« Es war Gerrits Stimme. Er saß unsichtbar neben Dennis im Auto.

»Da… das ist einfach unglaublich«, stammelte Dennis.

Gerrit berührte seinen aufgeregten Neffen mit seiner großen Hand. Dennis war fasziniert, wie unterschiedlich die Wahrnehmung doch war, wenn man eine sonst vertraute Berührung nur noch spürte.

»Ich hoffe, du glaubst mir jetzt. Das hier ist kein Märchen, Dennis. Es ist die Wirklichkeit.«

Dennis war überzeugt. Nun besprachen sie noch, wie sie vorgehen wollten. Dennis sollte unsichtbar ins Schlafzimmer schleichen und dort in Ruhe nach dem Schlüssel suchen. Falls etwas schief gehen sollte, gab es ein Codewort über das Headset.

Trotz ihres magischen Vorteils war Dennis immer noch mulmig zumute. Aber es war klar, dass er diesen Diebstahl begehen musste.

Dennis zog sich das Headset über die Ohren und ging zur Leiter.

Gerrit begleitete ihn bis dorthin, um seinem Neffen die richtige Dosis an Sand in die Hände zu geben. »Das Zeug ist mehr wert als Gold. Aber mit der Zeit hast du ein Gefühl dafür, wieviel Sand du für deinen Körper benötigst.«

Dennis Hand war nun etwa zur Hälfte mit goldenem Sand gefüllt. Er konnte sich noch nicht daran gewöhnen, dass sein stämmiger Onkel neben ihm stand, er aber nur seinen Atem spürte. Gerrit hatte sich den Sand einfach über den Kopf geschüttet. Also tat er es ihm gleich. Er spürte die Sandkörner in seinen Haaren. Er sah zu sich herunter und konnte mitansehen, wie er allmählich verschwand. Dennis konnte sich nicht mehr sehen. Er packte die Leiter an und schüttelte sie leicht. Er spürte alles, sah aber seine Hände nicht.

Gerrit konnte seinen Neffen zwar nicht mehr sehen, hörte aber an seiner Atmung, dass er unruhig wurde. »Ich weiß, dass ist jetzt etwas komisch. Du wirst Probleme mit der Koordination haben. Dein Gehirn kennt deine Bewegungen nur in Verbindung mit deinem sichtbaren Körper. Bewege dich also erst mal langsam.«

Dennis versuchte bedacht, die Leiter hochzuklettern. So wackelig hatte er sich noch nie auf den Beinen gefühlt. Er musste sich mehrmals deutlich machen, dass er in diesem Augenblick tatsächlich unsichtbar war. In ihm keimte der Gedanke, dass böse Menschen diesen Sand für die übelsten Zwecke benutzen könnten.

Dennis betrat sein Zimmer. »Bin oben«, flüsterte er aus dem Fenster.

Gerrits Autotür öffnete sich. »Super. Wir sind jetzt nur noch per Headset verbunden. Entspann dich und behalt im Kopf, dass dich niemand sehen kann.«

Dennis öffnete leise seine Zimmertür und machte sich auf den Weg zum

Schlafzimmer. Seinem Gehirn klarzumachen, dass er einfach ins Schlafgemach spazieren und sogar vor Roger stehen konnte, ohne dass dieser ihn sehen würde, war schwerer als gedacht. Gerrit sagte nur, dass der Sand ein paar Minuten halten würde. Aber gleichzeitig meinte er, er solle sich Zeit lassen.

Dennis stand endlich vor der geschlossenen Schlafzimmertür. Er zögerte einen Moment, bevor er langsam nach der Klinke griff und sie behutsam herunterdrückte. Er schob die Tür vorsichtig auf. Das Flurlicht flutete das Zimmer. Schnell schlich er hinein, um die Tür anzulehnen. Sowohl Roger als auch Karin schliefen tief und fest. Dennis Körper war voller Adrenalin. Das schärfte seine Sinne. Wie eine Katze war es ihm nun möglich, problemlos im Dunklen zu sehen. Ob das wohl ein weiteres Wirkungsmerkmal des Sandes war?

Dennis nahm sich zuerst Rogers Nachtschrank neben dem Bett vor. Außer Zeitschriften und einer Lesebrille war nichts zu finden.

Seine Aufmerksamkeit wanderte kurz zu seinem verhassten Stiefvater. In diesem Moment überkam ihn eine solche Lust, es ihm hier und jetzt heimzuzahlen. Noch nie lag Roger so wehrlos neben ihm. Allein die Tatsache, dass er so entspannt dalag, bei den Dingen, die er tagtäglich tat. Dennis bekam Schwierigkeiten, seine Atmung zu drosseln. Er musste sich zwingen, seinen schlafenden Stiefvater nicht länger anzustarren, bevor seine Wut überkochte. Er hatte eine Mission, auf die er sich konzentrieren musste.

Rogers Mantel, den er vorhin in der Scheune trug, hing an dem Garderobenständer links neben Karin. Vielleicht konnte er dort etwas finden. Dennis schlich bedacht auf seinen vorderen Fußballen über den weichen PVC-Boden dorthin. Mit zitternden Händen streifte er über den Stoff, bis er die Taschen fand. In dem Mantel steckten unzählige Papiere, wahrscheinlich Quittungen von Parkhäusern und Supermärkten. In der anderen Tasche stieß er auf etwas Kaltes. Er schreckte kurz zurück, da es leise klirrte.

Dennis drehte sich um. Weder Karin noch Roger drohten aufzuwachen.

Gerrit säuselte ihm derweil ins Ohr: »Bleib cool. Ich bin mir sicher, dass der Schlüssel irgendwo im Schlafzimmer zu finden ist.«

Dennis hatte den Schlüsselbund bereits gefunden. Er musste es nun lediglich schaffen, diesen so leise wie möglich aus der Manteltasche zu ziehen. Durch die Handschuhe fehlte ihm jedoch das Feingefühl.

»Versuch logisch an die Sache heranzugehen. Wo würdest du einen

Schlüssel verstecken?«, säuselte Gerrit über das Headset in Dennis Ohren.

Dennis konnte in diesem Moment leider nicht antworten, ansonsten hätte er seinem Onkel schon längst erzählt, dass er ruhig sein sollte, weil er sich konzentrieren musste. Zu seinem Vorteil wurde die Koordination in Verbindung mit der Unsichtbarkeit immer besser.

Der Schlüsselbund guckte bereits zur Hälfte aus der Manteltasche. Doch dann passierte, was passieren musste. Dennis glitt der Schlüssel aus der Hand. Der Schlüssel fiel zu Boden, und ein lautes Klirren fegte durch das Schlafzimmer.

Roger sprang aus dem Schlaf. Das hatte Dennis noch gefehlt. Sein Stiefvater war wach. Seine Mutter hingegen schlief weiter wie ein Stein. Dennis versuchte seine Schnappatmung in den Griff zu bekommen. Auch die beste Unsichtbarkeit war nicht von Nutzen, wenn Roger ihn hören konnte.

Roger blickte zur Tür. Dennis hatte sie angelehnt, um wenigstens ein wenig vom Flurlicht ins Schlafzimmer zu bekommen. Dies könnte ihm nun zum Verhängnis werden.

Roger stand wie vom Blitz getroffen auf und ging zur Tür. Es war mittlerweile spät in der Nacht. Im Flur brannte Licht. Der schlaksige Mann, nun hellwach und Verdacht schöpfend, schlich aus dem Schlafzimmer, während Dennis bibbernd neben dem Garderobenständer stand. Sein Stiefvater durchsuchte das Haus.

Dennis versuchte das Mikrofon seines Headsets ganz nah zu seinem Mund zu ziehen, um Gerrit leise eine Warnung auszusprechen. »Gerrit, wir haben ein Problem.«

Gerrits Reaktion folgte prompt. »Was ist los? Ist etwas schiefgelaufen?«

»Ich habe den Schlüssel gefunden, aber hab ihn fallen lassen. Und Roger wurde von dem Lärm geweckt«, säuselte Dennis.

»Verdammt!«, brüllte Gerrit ins Mikrofon.

Dennis hob den Schlüssel leise vom Boden auf und steckte ihn in seine Tasche. Es sah gewöhnungsbedürftig aus. Als würde der Schlüsselbund in der Schwerelosigkeit schweben.

Roger hatte derweil die unteren Räume des Hauses abgesucht. Dennis konnte hören, dass er leise die Treppe hinaufschritt.

»Er hat Verdacht geschöpft und durchsucht jetzt das Haus. Er geht gerade die Treppe nach oben. Ich glaube, er will in mein Zimmer.«

Dennis konnte das Klacken von Gerrits Autotür über das Headset deutlich wahrnehmen. Gerrit versuchte seinen schweren Körper die Leiter hochzuschleppen. Dennis hörte nur noch ein unentwegtes Schnaufen über sein Headset. Er kannte den körperlichen Zustand seines Onkels und machte sich Sorgen. Er bekam den "Alles oder Nichts" Gedanken.

Dennis schlich aus dem Schlafzimmer in Richtung Haustür. Wenn sie schon erwischt wurden, dann wenigstens mit dem befreiten Kobold. Nur wenige Schritte vor der Tür musste Dennis feststellen, dass seine Transparenz langsam nachließ. Es war genauso wie mit dem Kobold gestern. Zuerst wurden die Umrisse seines Körpers immer deutlicher, bis auch die Details wieder zum Vorschein kamen.

Dennis öffnete leise die Haustür und blickte wieder in den freien Nachthimmel. Das Problem war nun, die Tür leise zu zuziehen. Er schaffte es mit einem dezenten Klacken.

Schnell lief er zu Gerrits Geländewagen, wo er zu seinem Schrecken feststellen musste, dass sein Onkel überhaupt nicht drinsaß. »Gerrit, wo bist du?«

Gerrit war derweil in Dennis Zimmer geklettert und schleppte sich wie eine Robbe zur Tür, um sie abzuschließen. Danach blieb er erst einmal liegen, um sich zu erholen. Für ihn waren diese gut dreißig Sekunden wie ein Marathonlauf.

Aber sein Einsatz hatte sich gelohnt. Nur wenige Sekunden später wurde die Türklinke gewaltsam nach unten gedrückt. Roger versuchte, Dennis Zimmer zu stürmen. Verärgert musste er feststellen, dass es kein hineinkommen gab. Roger versuchte mit seinen langen Fingern den Schlüssel auf der anderen Seite der Tür aus dem Schlüsselloch zu drücken, um hindurchschauen zu können, doch Gerrit hatte vorsorglich auch das Licht im Zimmer seines Neffen ausgeschaltet.

»Dein Glück«, zischte Roger und zog genervt ab.

Gerrit versuchte, sich langsam wiederaufzurichten. Auch er kam mit dem Schrecken davon. Er schliff sich langsam über die Fensterbank zur Leiter.

Dennis wollte gerade erneut fragen, wo sein Onkel abgeblieben war, als er Gerrits Hinterteil aus dem Fenster seines Zimmers herausragen sah. Durch die erfolgreiche Mission war er nun in der Stimmung, darüber zu kichern. Er verspürte sogar die Lust, diesen lustigen Anblick auf einem Foto festzuhalten. Da fiel ihm ein, dass er sein Handy in der Tasche hatte. Es hatte sogar eine gute Kamera. Schmunzelnd nahm Dennis es heraus, um den Schnappschuss seines Lebens zu machen. Gerrit ahnte noch nichts davon. Er hatte genug damit zu tun, heil wieder herunterzukommen.

Etwa auf der Hälfte des Weges schoss Dennis ein Foto. Er beachtete dabei nicht, dass sein neues Handy auch ein Blitzlicht hatte. Dieses erschreckte Gerrit so stark, dass er die Balance verlor und zu Boden stürzte. Zu seinem Glück waren es nur noch knapp zwei Meter bis nach unten. Er landete relativ weich in Karins wunderbar gepflegter Hecke.

Der lustige Anblick wurde dieses Mal vom Schrecken dominiert. Dennis flitzte zu seinem Onkel. Er befürchtete schon, dass er sich schwer verletzt haben könnte. Gerrit fing zu seiner Erleichterung bereits an, sich schmerzverzerrt wiederaufzurichten.

Dennis reichte ihm schuldbewusst die Hand.

»Sapperlot«, sagte Gerrit.

Er konnte mit Hilfe von Dennis aus der Hecke steigen, die nun einen deutlichen Abdruck von Gerrits Hintern aufwies. Karins Hecke hatte nun mehr Ähnlichkeit mit einem Krater als mit einer wirklichen Hecke.

Gerrit stand der Schock immer noch ins Gesicht geschrieben. In seinem langen, struppigen Bart hingen immer noch ein paar Blätter. »Was war das? Ich habe plötzlich einen Blitz gesehen.«

Dennis zuckte nur mit den Schultern. Er erzählte lieber nicht, dass der Blitz von seiner Handykamera kam. »Geht es dir denn gut? Hast du Schmerzen?«

Gerrit sah seinen Neffen perplex an. »Ich bin gerade mehrere Meter von der Leiter gefallen.«

Dennis bekam ein schlechtes Gewissen. Er half seinem schwergebeutelten Onkel, sich abzustützen, um zum Wagen zu gelangen.

»Also, ich muss sagen, dass mein Alter sich immer mehr bemerkbar macht.«

Dennis musste darauf leise kichern, was Gerrit dennoch bemerkte. »Was ist so komisch?«

Dennis klopfte seinem Onkel leicht auf den Arm und grinste. »Bist du sicher, dass es nur wegen deinem Alter so schlimm geworden ist?«

Gerrits Wangen färbten sich rot. »Na ja, vielleicht sollte ich auch mal versuchen, zehn oder zwanzig Pfund abzunehmen.«

Dennis kommentierte dies nicht weiter. Er öffnete die Fahrertür, damit Gerrit sich setzen konnte. Er atmete erst einmal zwei Minuten durch und schloss die Augen. Dennis hatte seinen Onkel noch nie so erschöpft gesehen. Um ihn aufzuheitern, zückte er sein Diebesgut aus der Tasche, um es stolz zu präsentieren.

Auf Gerrits schmerzverzerrtem Gesicht kämpfte sich ein Lächeln vor. »Gut gemacht, Junge. Ich wusste doch, dass du das schaffst.«

Dennis konnte selbst nicht fassen, was er gerade eben durchgezogen hatte. »Danke, aber es war wirklich knapp. Was hast du da oben überhaupt gemacht?«

Gerrit stellte die Sitzlehne nach hinten und drückte den Sitz Richtung Rückbank, um sich hinzulegen. »Ich habe deine Zimmertür abgeschlossen, damit Roger denkt, dass du in deinem Zimmer bist.«

»Wow, gut gemacht. Damit hast du mich gerettet«, sagte Dennis.

»Ich bin einfach froh, dass wir den Schlüssel haben«, schnaufte Gerrit erleichtert.

Dennis war beeindruckt vom magischen Sand. Die Existenz dieses Verbrauchsguts allein war für ihn noch schwer zu begreifen. Er hatte noch so viele Fragen.

Gerrit jedoch war darauf versessen, endlich den Kobold zu befreien. »Geh zum Auto und hol ihn da raus.«

Dennis zögerte nicht und betätigte den Knopf auf Rogers Autoschlüssel. Die Limousine blinkte auf. Dennis ging zu Rogers Auto und öffnete gespannt den Kofferraum. Jeden Moment würde er tatsächlich einen waschechten Kobold kennenlernen. Doch … zu seinem Entsetzen herrschte gähnende Leere im Kofferraum.

Dennis öffnete eine der hinteren Autotüren, um die Rücksitzbank zu kontrollieren. Nicht einmal eine Staubflocke verirrte sich dort.

Dennis wurde unruhig. Er hatte deutlich gehört, dass Roger sich um den Kobold kümmern wollte. »Gerrit, ich habe das ganze Auto durchkämmt. Aber hier ist niemand«, flüsterte er ins Headset.

»Seltsam. Und du bist dir wirklich ganz sicher, dass Roger den Kobold mitnehmen wollte?«

Dennis war sich zu hundert Prozent sicher. Er konnte allerdings nicht sehen, ob Roger jemanden ins Auto verschleppt hatte. Beide überlegten, wo Roger den Gefangenen hingebracht haben könnte. Wenn er das Fabelwesen mitgenommen hatte, musste es in seinem Wagen gewesen sein. Dennis war nur wenige Minuten nach Rogers Ankunft zuhause angekommen, also konnte er ihn nicht weit vom Auto entfernt gelagert haben. Da sein Stiefvater die Geisel niemals ins Haus gebracht haben konnte, ging Dennis Blick zur Garage.

Fast im selben Moment meldete sich Gerrit per Headset zu Wort. »Schau einmal in eurer Garage nach. Wenn er dort nicht ist, hat er uns gelinkt.«

Dennis wollte nicht wahrhaben, dass er sich geirrt hatte. Zum Glück befand sich auch der Garagenschlüssel am Schlüsselbund von Roger.

»Hast du noch etwas von dem magischen Sand übrig? Dann würde ich mich deutlich besser fühlen.«

»Joah, ich hätte noch etwas«, sagte Gerrit schmerzzischend. »Aber dieses Zeug ist eine wertvolle Ressource. Ich sehe im Augenblick keine Gefahr, dass Roger uns hier draußen vermutet. Ich halte hier die Stellung und würde ihn sofort ablenken und dir Bescheid geben, wenn er auftaucht.«

Dennis fragte sich, was so ein Beutel mit magischem Sand wert sein könnte. »Okay, wie du meinst. Hast du etwa nur den einen Beutel Sand?«

»Zumindest habe ich nur einen dabei. Und das ist auch alles andere als selbstverständlich. Es ist nicht üblich, diesen magischen Stoff in unserer Welt mit sich zu führen.«

Je mehr Gerrit von dieser anderen Welt erzählte, desto interessierter wurde Dennis. Er schwor sich, Gerrit so lange festzunageln, bis er ihm wirklich alles erzählen würde, sobald sie den Kobold befreit hatten.

Gemächlich betrat Dennis das Innere der Garage. Er war bislang nur einmal in seinem Leben dort gewesen. Dies hatte auch bereits drei Jahre zurückgelegen. Er sollte damals für seine Mutter Reinigungsmittel holen. Als Roger davon erfahren hatte, war er sichtlich erbost. Vielleicht war hier etwas versteckt, was niemand finden sollte?

Außer dem Reinigungsmittel, das mittlerweile in den Keller verfrachtet worden war, sah in der Garage alles genauso aus wie vor drei Jahren. Rogers altes Motorrad stand dort immer noch unter einer Plane. Eine schöne Maschine, die sein Stiefvater nur selten bewegte. Daneben standen Regale, randvoll mit Auto- und Motorradzubehör. Wenn Roger ein Hobby hatte, dann war es, seinen Wagen von oben bis unten, von innen und von außen zu waschen, bis er glänzte wie ein Diamant. Auf der anderen Seite gab es noch einen Satz Winterreifen und eine kleine Werkbank. Ansonsten wurde der viele Platz in der gut belichteten Garage nicht genutzt.

Dennis war sich sicher, dass hier kein Kobold zu finden war. Wie sollte er Gerrit nur erklären, dass die ganze Mission, mit all ihren Risiken, völlig umsonst gewesen war? Er setzte sich auf den klapprigen Stuhl vor der Werkbank, um eine passende Erklärung vorzubereiten.

Plötzlich hörte er ein leichtes Wimmern. Zuerst dachte Dennis, er habe sich vielleicht verhört oder sei einfach zu müde. Doch auf seine Ohren konnte er sich immer verlassen. Dieses Geräusch war zwar sehr leise, aber ließ nicht nach. War hier vielleicht doch etwas versteckt?

Dennis prüfte, woher diese Stimme kam.

Gerrit wurde in seinem Auto derweil etwas ungeduldig. Er schob sich ein Kaubonbon in den Mund und starrte die ganze Zeit auf die Haustür. »Hast du was gefunden? So groß ist die Garage ja nun auch wieder nicht.«

Dennis nahm Gerrits Stimme wahr, konzentrierte sich aber zunächst nur noch auf das leise Wimmern. Er legte sein Ohr auf den Boden. Die Stimme war nun viel deutlicher zu hören. Ein klarer Hilfeschrei war zu entnehmen. Diese Stimme kam ihm bekannt vor. Es musste der Kobold sein. Seine Stimme war so durchdringend und frech, dass sie unverwechselbar war. Offensichtlich befand sich unter der Garage noch etwas.

»Was ist da drin überhaupt los?« Für Gerrit wurde die ungeplante Wartezeit langsam, aber sicher, zur Tortur. Er schob sich bereits das vierte Kaubonbon in den Mund.

»Mir geht´s gut, keine Sorge«, entgegnete Dennis. »Ich glaube, dass Roger irgendwas unter der Garage versteckt hält. Vielleicht einen geheimen Raum oder so etwas.«

Gerrit schluckte vor Erstaunen das Kaubonbon herunter und hustete. »Bist du dir sicher? Wie kommst du darauf?«

»Ich kann den Kobold hören. Und seine Stimme kommt ganz klar von unten.«

Dennis fühlte sich wie ein Geheimagent in einem Kinofilm. Völlig überfordert suchte er weiter die Garage ab. Doch weder in den Regalen noch an der Werkbank war etwas zu finden.

Dennis Müdigkeit wurde immer beeinträchtigender. Der gesamte letzte Tag war einfach zu anstrengend. Lange würde er nicht mehr durchhalten. So sehr er auch die Garage auf den Kopf stellte, es kam ihm vor, als hätte Roger den möglichen Eingang zubetoniert.

Dennis gab schließlich auf und setzte sich ratlos an die Werkbank. »Tut mir leid, Gerrit, aber ich kann einfach nicht mehr. Hier ist nichts.«

Die beiden waren verzweifelt, vor allem da sie wussten, dass die Geisel irgendwo unter der Garage verborgen war.

»Roger wird den Eingang wohl gut versteckt haben. Entspann dich und überlege dir, was er benutzt haben könnte, um etwas zu verbergen.«

Dennis fragte sich, was Roger in einer so mickrig eingerichteten Garage versteckt haben könnte. Die Motivation war dahin und er blickte nur noch sporadisch von links nach rechts. Die Werkbank, vor der er saß, sah sehr lieblos aus. Es lagen nicht einmal Werkzeuge oder Maschinen darauf. Nur ein Mülleimer, Taschentücher, eine Lampe und eine kleine Holzschiene mit Plastikbuchstaben standen darauf. Diese Holzschiene mit ihren Buchstaben sahen aus wie ein unfertiges Spiel. Die Buchstaben machten den Eindruck, als hätten sie schon so einige Winter miterlebt. Was wollte Roger damit? Es war das mit Abstand skurrilste, was es dort zu finden gab. Doch in keinem Szenario konnte Dennis sich vorstellen, dass diese Schiene etwas Besonderes war.

Gerrit wartete auf eine Berichterstattung.

»Hier ist wirklich nichts. Ich sitze hier und habe außer einem Motorrad, einem Buchstabenspiel und vielem Autozeugs nichts gefunden. Mehr ist hier auch nicht drin.«

Dennis wartete einfach nur auf Gerrits Zeichen, die Mission abzublasen.

»Du denkst immer noch zu engstirnig. Vielleicht ist an dem Motorrad ein versteckter Knopf. Am Buchstabenspiel könnte ein Schalter versteckt sein, der eine Geheimkombination erfordert, und in den Flaschen der Autoreiniger könnte ebenfalls etwas verborgen sein.«

»Du spinnst doch«, sagte Dennis genervt. Aber bevor er sich hinterher Vorwürfe seines Onkels anhören musste, versuchte er den Tipps nachzugehen.

Vor ihm stand das Buchstabenspiel. Dennis nahm sich jedes Plastikplättchen einzeln vor. Er stellte fest, dass jeder Buchstabe mit einem Metallplättchen auf der Rückseite versehen war. Auf der Holzschiene befand sich ein merkwürdiger Metallstreifen an der Stelle, wo die Buchstaben aufgestellt wurden.

Dennis versuchte, sich an Gerrits Worte zu halten und dachte einen Schritt weiter. Musste er die Buchstaben in einer bestimmten Reihenfolge legen? Immerhin waren auch kleine Einkerbungen auf den Metallplättchen zu sehen. Dennis hatte sieben Buchstaben zur Auswahl.

I, V, A, E, D, N, N.

Dennis gab die Buchstaben an Gerrit weiter und hoffte, dass er eine Idee haben würde. Trotzdem versuchte er es auch selbst. Die Buchstaben ergaben aus seiner Sicht jedoch kein vernünftiges Wort. Zumindest keines in seiner Sprache. Seine Vermutung war, dass Roger ein Passwort in einer anderen Sprache benutzte. Wenn dies stimmte, konnte er noch so viele Versuche unternehmen.

Auch von Gerrit kam keine Lösung. Dennis wollte sich die Holzschiene genauer ansehen, bemerkte aber schnell, dass sie fest an der Werkbank montiert war. Nun war sich der vorher skeptische Junge sicher, dass hier etwas nicht stimmte. Er konnte erkennen, dass jemand die Schiene mit Schrauben befestigt hatte. Niemand schraubt eine Holzschiene mit Buchstaben ohne Grund an eine Werkbank.

Dennis Ehrgeiz wurde wieder geweckt und er bewegte die Buchstaben hin und her.

Gerrit schrieb sich die vorhandenen Buchstaben auf einen Notizzettel. Er ging ein bisschen durchdachter an die Sache heran und trennte die Vokale von den Konsonanten, um einen besseren Überblick zu bekommen. Er ging gleich mit der Einstellung in das Rätsel, dass Roger ein Passwort benutzte, welches nicht im normalen Sprachgebrauch angewendet wurde.

Dennis kroch indes unter die Werkbank, um herauszufinden, ob dort irgendetwas Verdächtiges zu finden war. Sein Verdacht bestätigte sich schnell. Direkt unter der Holzschiene befand sich ein kleiner Metallkasten. Hinter dem Kasten führten feine Kabel in die Garagenwand. Hier war also Elektronik im Spiel.

»Hey, ich glaube, ich hab's!«, schrie Gerrit plötzlich ins Headset.

Dennis hüpfte vor Schreck mit seinem Kopf gegen die Werkbank. Die nächste Beule in seiner Sammlung. »Könntest du nächstes Mal etwas leiser sprechen?«, schimpfte Dennis, während er sich langsam wieder aufraffte.

»Tut mir leid. Aber ich glaube, wir haben das Rätsel gelöst.«

»Echt?« In Dennis sprudelte endlich wieder die Euphorie. »Schieß los.«

»Versuch es mal mit dem Wort *"Venandi"*.«

Dieser Begriff kam Dennis bekannt vor. Er stellte die Buchstaben in ihrer richtigen Reihenfolge auf die Schiene. Es brummte in der Werkbank.

»Es hat funktioniert, Gerrit!«

Diesmal war es Dennis, der Gerrit zu Tode erschreckt hatte. »Wie war das mit der Lautstärke?«

Der Boden unter Dennis Füßen begann zu vibrieren, als hätte er auf einer schleudernden Waschmaschine gestanden. Er konnte ein leises Kratzen hinter sich vernehmen. Es war das Motorrad, das sich wie von Geisterhand bewegte. Es rutschte zur Seite und fiel mit lautem Gepolter zu Boden. Dort, wo noch vor ein paar Sekunden das Motorrad unter der Plane stand, öffnete sich der Boden. Roger hatte tatsächlich einen geheimen, unterirdischen Trakt.

Es hörte auf zu brummen. Das Ergebnis war eine Treppe, die in einen unterirdischen Tunnel führte. Dennis hoffte, dass niemand durch den Lärm des fallenden Motorrads geweckt wurde. Roger würde definitiv bemerken, dass jemand in der Garage gewesen war. Das Motorrad wurde durch den Fall an den Seitenspiegeln und der Verkleidung stark beschädigt.

»Gerrit, wir haben es. Dein Passwort hat direkt unter dem Motorrad eine Klappe geöffnet.«

»Super, es geht doch! Das war auch das einzige Wort, das mir aus diesen bekloppten Buchstaben eingefallen ist.«

Dennis wusste nicht, wovon er mehr beeindruckt war. Von der Tatsache, dass sich vor ihm ein unterirdischer Weg geöffnet hatte, oder doch Gerrits erstaunlichem Wissen.

»Wie bist du bitte auf dieses Wort gekommen?«

Gerrit lachte eingenommen. »Tja, weil ich mich in die Lage eines Gesta-Mitglieds ganz gut hineinversetzen kann. Ich hatte in meinem Leben schon oft genug mit diesen Idioten zu tun.«

»Diese beiden Männer in der Scheune. Sie hatten Roger als Venandi bezeichnet«, fiel Dennis plötzlich wieder ein.

»Dann wird mir nun einiges klar.«

»Was bedeutet Venandi?«

»Das ist ein Rang bei der Gesta. Nach meinen Kenntnissen gibt es vier Ränge. Der Venandi ist der Zweithöchste, den man bei der Gesta bekommen kann. Er ist sozusagen die rechte Hand des Gesta-Anführers.«

Für Dennis hörte sich das so an, als wäre die Gesta eine riesige Vereinigung. »Also ist Roger ein verdammt hohes Tier.«

»Ja, scheint so«, grunzte Gerrit angesäuert. »Aber wohl noch nicht sehr lange. In meinem Buch ist er noch als Scuro gekennzeichnet.«

Auch dieser Begriff hatte bereits zuvor einen Platz in Dennis Gedanken gefunden. »Ich denke ja mal, der Scuro ist auch ein Rang bei der Gesta?«

»Genau. Ich vermute mal, die beiden Komplizen von Roger, die dich fangen wollten, waren Scuros. Sie sind dem Venandi einer bestimmten Region untergeordnet.«

Dennis hatte noch unzählige Fragen zu dieser Schurkenorganisation. Immerhin war er nun mehr oder weniger mit der Gesta in einen Konflikt geraten. Doch vor ihm lag zuerst eine freigelegte unterirdische Kammer, die entdeckt werden wollte.

»Ich gehe jetzt da runter«, sagte Dennis mit gespieltem Mut. Er hatte Angst davor, was ihn dort unten erwarten könnte.

»Alles klar, Junge. Pass auf dich auf.«

Dennis betrat die ersten Stufen der Treppe, die so weit hinunterführte, dass kein Ende in Sicht war. Es wurde so dunkel, dass Dennis die Hand vor seinen Augen nicht mehr erkennen konnte. Er wünschte sich in dieser Situation inständig, wieder unsichtbar zu sein. Denn er rechnete nun mit allem. Die Dunkelheit ließ Spielraum für seine vielfältige Fantasie. Vielleicht würde ihn jeden Moment ein blutrünstiges Tier angreifen. Oder vielleicht hatte Roger Fallen versteckt, die ihn langsam und qualvoll dahinraffen lassen würden?

Dennis konnte den Hilfeschrei immer lauter wahrnehmen. Er war auf dem richtigen Weg.

»Ich sehe nichts. Aber ich höre den Kobold ganz deutlich«, schnaufte Dennis. Sein Herz pochte so stark, dass seine Ohren mit dem Schlagrhythmus zuckten.

»Entspann dich. Ich bin mir sicher, dass dort unten irgendwo ein Lichtschalter sein muss«, sagte Gerrit.

Die Stimme seines Onkels beruhigte Dennis etwas. Er war nun bereits viele Meter unter der Erde. Ein merkwürdiges Rauschen war zu vernehmen. Es hörte sich an wie das Blasen einer Lüftung. Ein sehr schwaches, blaues Licht versuchte Dennis Augen zu erreichen. Das Rauschen wurde, genau wie der Hilfeschrei, immer lauter, je tiefer er gelangte.

Dennis ging jetzt schneller die Treppe hinunter. Plötzlich endeten die Stufen. Er war auf einer flachen Ebene gelandet. Die blauen Lichter entpuppten sich als Komponenten eines Computers. Dennis wollte mehr sehen und tastete sich an der Wand entlang, um einen Lichtschalter zu finden. Er musste nicht lange suchen. Der Raum wurde endlich von einer an der Decke angebrachten Röhrenleuchte erhellt.

Ein riesiger Raum, noch größer als die Garage über ihm, kam zum Vorschein. Das Rauschen kam von einer Belüftungsanlage, die oben an der Decke angebracht war. Der Raum hatte Ähnlichkeit mit einem Labor. Überall waren Computer mit großen Bildschirmen angebracht. Im Zentrum standen einige aneinandergereihte Tische, auf denen Reagenzgläser, Papiere, Ordner, Fläschchen mit Flüssigkeiten und Mikroskope ihren Platz fanden.

Dennis Augen gingen schnell zu einem riesigen Bildschirm, der am anderen Ende der Kammer zu finden war. Dieser war mindestens so groß, dass er Dennis komplettes Zimmer ausfüllen konnte. Auf diesem Bildschirm war das Abbild einer Weltkarte zu sehen. Diese war mit vielen Markierungen bestückt.

Dennis ging weiter auf den Bildschirm zu. Neben den Markierungen waren kleine Bilder mit dazugehörigen Textblöcken abgebildet. Auf ein Bild verschoss sich Dennis besonders. Es wurde mit einer digitalen Stecknadel genau dort befestigt, wo Deutschland liegt. Dennis blinzelte skeptisch. Auf dem Foto war ein Wesen zu erkennen, das markante Ähnlichkeiten mit ihm aufwies.

Dennis versuchte, den Text unter dem Bild zu lesen:

Name: Boktenius

Rasse: Elf

Alter: Unbekannt

Herkunft: Noxia

Kommentar: Wir haben den Elfen am 16. April 1997 in der Nähe von Frankfurt gefasst. Bedauerlicherweise wollte weder er noch seine Frau Informationen über weitere Fabelwesen in der Nähe geben. Er gehörte allem Anschein nach nicht zur Monddämmerung. Er war weder einer gefährlichen Gegenwehr mächtig, noch trug er eine Rüstung. Wir haben ihn auf Befehl unseres Venandi David umgehend nach Berlin transportiert. Dort wurde der Elf fachgerecht untersucht und anschließend seziert. Es wurden keine Rückstände von magischen Reagenzien nachgewiesen. Die Knochen, sowie Blut, Ohren, Gehirn und die Leber wurden erfolgreich entfernt und unserer Produktion hinzugefügt.

Dennis musste kurz innehalten. Er war so geschockt, dass ihm übel wurde. Er fand noch weitere Bilder von Fabelwesen mit dazugehörigem Text. Sie wurden anscheinend alle gefangen und verschleppt. Diese Gesta schien vollkommen skrupellos zu sein. Sie fingen die Fabelwesen nicht nur, sondern quälten und töteten sie. Dennis dachte bis vor wenigen Augenblicken, dass sein Stiefvater in seiner Wahrnehmung nicht noch schlimmer werden konnte. Er bekam große Angst und musste unbedingt Gerrit davon berichten. Doch der Kontakt schien abgebrochen. Möglicherweise war er zu tief unter der Erde. Dennis war auf sich gestellt. Er musste diesen Kobold schnellstens finden und befreien. Leider hörte er keinen Hilfeschrei mehr. War er doch im falschen Raum?

»Hallo, ist hier jemand?! Du brauchst keine Angst zu haben!«

Dennis wartete keine fünf Sekunden, bis er eine Antwort bekam. »Hallo? Ich bin hier!« Die Stimme war dumpf, und durch die rauschende Geräuschkulisse der dutzenden elektrischen Instrumente schwer zurückzuverfolgen, aber er konnte sich nun wenigstens sicher sein, dass sich der Kobold in diesem Raum befand.

Er nahm sich zuerst die Metallschränke in der Ecke vor. Der erste Schrank hielt aber lediglich einen Schrecken für ihn bereit. Darin hing ein Skelett. Dennis bemerkte erst beim zweiten Blick, dass es sich hierbei nicht um ein Menschliches handelte. Es sah einem Menschen zwar in vielen Punkten ähnlich, dennoch wies es viele Eigenschaften auf, die weder menschlich noch tierisch waren. Es besaß deutlich kleinere Knochen, was auf eine höhere Beweglichkeit schließen ließ. Dazu hatte es große Ohrenknochen, die ein Mensch überhaupt nicht besaß und statt eines Brustkorbs ein dichtes Brustgitter. Das musste tatsächlich das Skelett eines Fabelwesens sein. Das war für Dennis der Beweis. Es gab sie wirklich.

Dennis Suche ging weiter. Er hoffte auf keine weiteren negativen Überraschungen. Es waren noch drei Metallschränke übrig.

»Wo bist du?!«

»Hmm, ich weiß nicht, vielleicht am Strand? Ich stecke in einem Sack und sehe nichts!«

Dennis wurde rot. Aber nun war er sich sicher. Die Stimme kam von einem großen Schreibtisch auf der anderen Seite des Raums. Unter diesem Schreibtisch befand sich eine Kommode, die den kompletten Raum unter dem Tisch ausfüllte. Dennis rannte hin und versuchte, die Kommode zu öffnen, doch sie hatte keinerlei Türen. Die Stimme des Kobolds kam aber ganz klar von dort.

Dennis klopfte stark gegen die innere Kommode und spürte darauf eine Bewegung.

»Danke, das hat herrlich im Kopf gedröhnt. Hast du noch weitere dieser großartigen Ideen?« Der Kobold schien nicht gerade gut gelaunt zu sein. Er hat bereits viele Stunden als Geisel der Gesta verweilen müssen.

»Tut mir leid. Aber ich komme ohne Weiteres nicht an dich heran. Ich suche noch nach einer Lösung«, sagte Dennis aufgeregt.

Er hatte mittlerweile gelernt, dass er bei Gegenständen, die Roger gehörten, um die Ecke denken musste. Er versuchte das Gegenteil von dem zu tun, was er logischerweise tun würde. Er untersuchte die Kommode von außen genau nach versteckten Zeichen oder Ungereimtheiten. Er verfluchte die Tatsache, dass Gerrit ihm in diesem Moment nicht zur Seite stand.

Der Kobold wurde immer unruhiger. »Hast du noch nichts gefunden? Die Luft hier drin wird langsam etwas muffig.«

Zeitdruck war das Letzte, was Dennis in dieser Situation gebrauchen konnte. Er wusste, dass der Kobold in der Kommode war. Es musste somit einen Zugang geben. Roger konnte ihn wohl kaum zugeschweißt haben.

An der Schreibtischplatte bemerkte er etwas Merkwürdiges. Sie war nicht festmontiert, sondern lediglich mit einem Scharnier befestigt. Er hob die schwere Holzplatte nach oben und bemerkte, dass sie bloß als Deckel fungierte. Sie ließ sich nach hinten klappen und eine kleine Tür auf der Kommode zeigte sich. Dennis fühlte sich wie ein Meisterdetektiv. Doch Roger wäre nicht Roger, wenn er nicht eine weitere Schwierigkeit hinterlassen hätte. Die Tür war mit einem Schloss versehen. Dennis hoffte, dass irgendein Schlüssel an Rogers Schlüsselbund passen würde.

Hektisch probierte er alle nacheinander aus. Der dritte Schlüssel passte perfekt hinein und ließ das Schloss mit einem leisen Knacken öffnen.

Dennis zog hastig die Tür auf. In der Kommode befand sich ein zugebundener Sack mit wenigen Luftlöchern, in dem sich der Gefangene wie wild herumrollte. Dennis zog den Sack heraus, um ihn zu öffnen. Zum Glück besaß der Kobold nur einen Bruchteil von Dennis Körpergewicht.

Mit etwas Mühe schaffte er es endlich, den Sack zu öffnen. Noch bevor er hineinsehen konnte, sprang der Kobold heraus. Nach Luft ringend, setzte sich das kleine Wesen erschöpft auf den Boden.

Dennis war begeistert. Er hatte es tatsächlich allein geschafft, den Kobold zu befreien. So stolz wie heute war er noch nie in seinem Leben auf sich gewesen. Vor ihm saß als Belohnung tatsächlich ein lebendiger Kobold. Ein Wesen, das Dennis nur aus Märchenbüchern oder Filmen kannte.

Der Kobold hatte sich bereits nach wenigen Sekunden erholt, stand auf und umarmte Dennis erleichtert. Dennis wurde völlig überrumpelt. Dem Kobold kamen Tränen der Dankbarkeit.

»Danke. Ich danke dir. Du hast mir das Leben gerettet, Dennis«, schnaufte er.

Dennis war überrascht. Der Kobold kannte seinen Namen, als ob sie sich bereits kennen würden.

Der Kobold ließ Dennis inzwischen wieder los und beide blickten sich erstaunt an.

»Na ja, du hast mir zuerst das Leben gerettet. Also sollte ich mich eher bei dir bedanken«, erwiderte Dennis mit offensichtlich schlechtem Gewissen.

»Ach, alles gut. Hätte ich mich nicht mit meinem Sand verschätzt, wäre das alles nicht passiert«, sagte der Kobold. Das winzige Fabelwesen schien ebenfalls Interesse an Dennis gehabt zu haben. Fasziniert starrte er ihn an.

Dennis musste seinem Kopf immer noch klar machen, dass vor ihm ein Kobold stand, der mit ihm redete. Er musste zum ersten Mal nach unten schauen, um Augenkontakt mit einem Gesprächspartner zu bekommen. Etwas völlig Ungewohntes, aber Amüsantes.

Der Kobold bemerkte schnell, dass sein Gegenüber sehr aufgeregt war. »Hey, ist alles in Ordnung, Dennis? Du guckst so, als hättest du einen Troll gesehen«, sagte er und lachte mit seiner kindlichen Stimme.

»Nein, mir geht es gut. Ich muss nur erst einmal verdauen, dass du ein Kobold bist. Ich dachte immer, dass Fabelwesen nicht existieren«, sagte Dennis zögerlich. Er hatte so viele Fragen, aber er wollte einen fremden, der gerade aus der Gefangenschaft befreit wurde, auch nicht löchern.

Der Kobold jedoch schien sich recht gut erholt zu haben und lachte wieder erheitert. »Ach ja, das ist für dich das erste Mal. Keine Sorge, dass ist ja nicht deine Schuld. Du bist bei Menschen aufgewachsen, die unserer Welt feindlich gesinnt sind.«

»Du tust so, als würden wir uns schon lange kennen. Aber ich habe dich noch nie gesehen. Woher weißt du so viel über mich?«

Das Fabelwesen war sichtlich überrascht von Dennis Frage. »Ach du heilige Oger-Grütze! Ich wusste ja, dass du nicht viel über uns und unsere Welt weißt, aber dass du mal so überhaupt nichts weißt, erschüttert mich.«

Dennis schämte sich etwas, obwohl er doch nichts dafürkonnte, dass er nichts über Fabelwesen wusste. »Das tut mir leid. Ich wünschte, ich wüsste alles über euch.«

Der Kobold nahm eine seiner kleinen Hände aus seiner grünen, fladerigen Hose und reichte Dennis diese. »Da kannst du doch nichts für. Ich bin übrigens Miroel. Aber meine Freunde nennen mich Miro.«

Dennis schüttelte fröhlich Miroels Hand. »Ich bin Den… ach, tut mir leid, dass weißt du ja schon.«

Beide Jungs mussten herzhaft lachen, wobei das Organ des Kobolds die Geräuschkulisse klar dominierte.

»Ich bin jedenfalls heilfroh, dass du mich hier rausgeholt hast. Ich hatte schon mit meinem Leben abgeschlossen.«

Bei dem, was Dennis von der Gesta erfahren hatte, konnte er Miroel gut verstehen. Allein bei der Vorstellung, was sie wohl mit ihm in Berlin gemacht hätten, wurde ihm schlecht.

Miroel steckte beide Hände wieder lässig in die Hose und studierte Dennis von oben bis unten. Dennis empfand dies als sehr unangenehm. Er war nur Schlechtes gewohnt, wenn es um sein Aussehen ging. Doch Miroel hatte anscheinend keinerlei Absicht, Dennis zu verunglimpfen. Im Gegenteil, er schien sehr beeindruckt zu sein.

»Wow, also ich muss schon sagen, dass du für einen Hybriden ein sehr elfisches Aussehen hast. Obwohl ich sagen muss, dass du wirklich klein bist. Aber soweit ich weiß, ist das in deinem Fall normal.«

»Ich weiß leider nicht, wovon du sprichst, Miroel«, sagte Dennis vollkommen überfordert.

Miroel sah Dennis äußerst traurig an. »Das ist wirklich schade. Du hast schon sehr viel Ähnlichkeit mit deinem Vater, weißt aber nichts von seiner

Kultur. Es wird wohl lange dauern, bis wir dich so weit haben.«

Dennis stockte der Atem. Miroel schien seinen Vater zu kennen. Er fragte sich, welche Ähnlichkeiten er wohl mit ihm hatte. Und woher kannte sein Vater einen Kobold? Dennis Fragenkatalog würde wohl die gesamte restliche Nacht einnehmen. Doch war die unterirdische Kammer von Roger nicht der passende Ort dafür.

Miroel dachte in diesem Moment dasselbe. »Ich würde sagen, wir sehen erstmal zu, dass wir von hier die Fliege machen. Die Quartiere der Gesta sind nicht gerade für ihre großartige Atmosphäre und Sicherheit bekannt.«

Dennis nickte. »Da hast du wohl recht. Wir verschwinden von hier.«

Schnell liefen beide die Treppe zur Garage hinauf. Solange sie nicht in Gerrits Wagen saßen, war die Angst vor Roger oder anderen Gesta-Mitgliedern immer präsent.

Dennis versuchte, trotz der Hektik, so wenig Spuren wie möglich zu hinterlassen.

Beim Verlassen der Garage verspürten beide eine große Erleichterung.

Eine schwere Enttäuschung

Gerrit war gerade dabei, sich das nächste Kaubonbon in den Schlund zu stecken, als er Dennis mitsamt befreitem Kobold aus der Garage flitzen sah. Trotz Schmerzen stieg er aus dem Wagen und nahm beide humpelnd, aber fröhlich, in Empfang.

Miroel war ebenfalls hocherfreut, den fülligen Mann zu sehen. »Gerrit, du bist ja auch hier.«

»Ich bin so froh, dass euch nichts passiert ist. Warum hat das denn alles so lange gedauert?«

»Roger ist halt ein hinterlistiger Mann. Es war nicht einfach, Miroel zu finden«, sagte Dennis stolz schmunzelnd.

Gerrit und Miroel sahen Dennis verdutzt an.

»Du nennst ihn Miroel?« Gerrit lachte wie ein Brummbär.

»Dennis, nenn mich einfach Miro. Niemand, außer meinem Vater, spricht mich mit vollem Namen an«, kicherte der Kobold.

Dennis wurde wieder rot vor Scham. Er nickte bloß und senkte den Kopf.

Gerrit verging sein Lachen schnell. Bedrohlich stellte er sich vor Miro, um ihn einzuschüchtern. »Wieso bist du aus dem Kellertrakt verschwunden? Ich habe dir doch gesagt, du sollst die Ersatzschlüssel nicht verwenden. Flynn hat dich nicht in die Menschenwelt gelassen, damit du solche Dummheiten machst.«

»Sei lieber froh, dass ich abgehauen bin. Sonst hätten wir Dennis seinem Schicksal überlassen. Außerdem kann ich selbst auf mich aufpassen, Dickerchen.«

»Ja, das hat man gesehen«, konterte Gerrit.

Dennis wollte sofort dazwischen gehen, doch Gerrit beruhigte sich und schien es plötzlich sehr eilig zu haben. Er stieg in seinen Geländewagen und winkte Miro zu sich. »Komm, ich bringe dich nach Hause.«

»Hey, ich komme auch mit«, murrte Dennis. Er wollte jetzt endlich alles erfahren.

»Nein, Dennis, du musst hierbleiben«, sagte Gerrit.

Miro zeigte mit einem verdrehten Gesicht ebenfalls sein Unverständnis für Gerrits Entscheidung.

»Immer hältst du mich hin! Ich habe keine Lust mehr! Ich habe es verdient, dass du mir jetzt alles erzählst!«

Gerrit zuckte zusammen. Sein Neffe ließ in diesem Moment seinen gesamten Frust der letzten Wochen raus. Durch sein Geschrei konnten nun die Nachbarn und auch Roger wach geworden sein.

Miro stellte sich auf Dennis Seite und stieg nicht in Gerrits Wagen. »Er hat recht, Gerrit. Ich habe es vorhin gehört. Er hat überhaupt keine Ahnung. Und Flynn möchte ihn jetzt endlich kennenlernen. Jetzt, da das Portal wieder offensteht, muss er alles erfahren.«

»Ja, und das wird er auch. Aber wir sind gerade in die Katakomben eines Venandis eingedrungen. Wenn Roger aufwacht und bemerkt, dass Dennis nicht da ist, kannst du dir ja vorstellen, was ihn erwartet.«

Über Miros Gesicht zog ein Sturm. »Was? Der Typ ist ein Venandi? Ach du liebe Zeit. Noch ein Grund mehr, Dennis von hier wegzubringen.«

Dennis versuchte gelassen zu bleiben, doch er bekam immer mehr das Gefühl, zuhause nicht mehr sicher zu sein.

Gerrit wollte Miro wieder zu sich winken. »Es ist das Beste für uns alle. Er wohnt hier. Er kann jetzt nicht einfach hier weg. Auch um seine Mutter zu beschützen.«

Dennis rutschte das Herz in die Hose. »Meinst du, dass Roger meiner Mutter etwas antun könnte?«

Gerrit nickte. »Ein Gesta-Mitglied tut alles, um sein Ziel zu erreichen. Aber ich denke, dass deine Mutter vorerst sicher ist. Zumindest, wenn du zuhause bleibst. Du bist als Mensch gemeldet und könntest Probleme bekommen, wenn du einfach von zuhause wegläufst.«

In Dennis bildeten sich mehr Fragezeichen denn je. Gerrits Worte hörten sich beinahe so an, als wäre Dennis selbst auch ein Fabelwesen.

Er wurde immer unruhiger. »Ich habe da unten mit eigenen Augen gesehen, was Gesta-Mitglieder machen. Sie töten Fabelwesen. Warum sollten sie dann vor Menschen zurückschrecken? Warum sollte er mich morgen nicht umbringen?«

Die Stimmung wurde bitterernst. Dennis begann zu weinen.

Miro stand zum Glück direkt bei ihm, um ihn zu trösten. »Gerrit, findest du nicht, dass er vielleicht recht haben könnte? Du weißt, wer Dennis Brunn wirklich ist.«

Gerrit nickte streng. »Ja, aber genau deshalb muss er hierbleiben. Roger wird Dennis nichts Schlimmes antun. Du glaubst doch nicht, dass ich ihn hierlassen würde, wenn ich wüsste, dass er ihn möglicherweise umbringen will?«

Dennis war ausgelaugt. Er konnte nicht mehr. Er brach auf der Straße zusammen und weinte bitterlich.

»Wenn du meinst«, sagte Miro kopfschüttelnd in Richtung Gerrit. »Aber wie geht es jetzt weiter?«

Gerrit stieg wieder aus dem Auto, um Dennis ebenfalls zu trösten. Sein Neffe war völlig aufgelöst. »Dennis, beruhige dich. Du hast heute einen wirklich guten Job gemacht. Ich bin so unglaublich stolz auf dich. Aber ich möchte, dass du mir vertraust und genau das tust, was ich dir sage.«

Dennis versuchte, sich krampfhaft zu beruhigen. »Ich hoffe, du hast recht«, schniefte er.

Miro klopfte Dennis auf die Hüfte. »Ich glaube, dein Onkel weiß, was er tut. Ich könnte mir sogar vorstellen, dass es gefährlicher wäre, wenn du jetzt mit uns kommen würdest.«

Gerrit nickte bestätigend. »So ist es. Wenn du verschwinden würdest, wäre die Gesta und die Polizei hinter dir her.«

Dennis stand voller Schwermut wieder auf. Gerrit gab ihm ein Taschentuch, damit er mal so richtig durchschnaufen konnte. »Ja, ist gut. Wenn ihr unbedingt wollt.«

»Ja, es ist besser so. Verwische deine Spuren so gut es geht. Morgen kommst du ins Café, und dann können wir in Ruhe besprechen, wie es weitergeht.«

Das war ein kleiner Hoffnungsschimmer für Dennis. Morgen würde er sich nicht abwimmeln lassen.

Gerrit versuchte, den Kobold erneut in seinen Wagen zu lotsen. »Miro, beweg dich ins Auto, bevor dich jemand sieht.«

»Gut, dann lass uns von hier verschwinden. Ich muss mich von der Tortur erst einmal erholen«, sagte der Koboldjunge erschöpft.

Gerrit und Miro stiegen ins Auto, während Dennis zur Leiter ging, um in sein Zimmer zu gelangen.

»Ich danke dir nochmal dafür, dass du mir das Leben gerettet hast. Ich werde deinem Vater von deiner Heldentat berichten. Ich bin mir sicher, er wird stolz auf dich sein«, äußerte sich Miro noch aus Gerrits Wagen, bevor dieser losfuhr.

Dennis spürte wieder diese Aufregung. Doch für weitere Fragen war keine Zeit mehr. Gerrit und Miro verließen schnellstens den Ort des Geschehens. Dennis wartete noch, bis die Rückleuchten von Gerrits Auto hinter dem Horizont verschwanden, ehe er die Leiter zu seinem Zimmer hochkletterte.

Um so wenig Spuren wie möglich zu hinterlassen, verstaute Dennis die Leiter wieder leise im Keller und legte Rogers Schlüssel auf den Küchentisch. Das war zwar nicht sein Mantel, aber er wollte ihn zumindest nicht mehr bei sich tragen.

Dann konnte er sich endlich in sein Bett fallen lassen. Wäre er nicht so unglaublich müde gewesen, würde er nach den ganzen Ereignissen und offenen Fragen nicht einschlafen können. Doch sein Körper verlangte danach.

Das Vermächtnis

In der Nacht träumte Dennis von einem Treffen mit seinem Vater. Hinsichtlich Miros Aussage über Dennis Ähnlichkeit zu ihm sah sein Vater im Traum wie eine größere Kopie des spitzohrigen Jungen aus. In seinem Traum lief die Begegnung allerdings nicht so, wie er es gerne gehabt hätte. Sein Vater missachtete ihn, während Gerrit und Miro den eingeschüchterten Dennis vor versammelter Kundschaft des Cafés auslachten. Zum Schluss tauchte auch noch Roger gemeinsam mit Hugo und Igor auf. Sie nahmen Dennis mit, ohne dass ihm seine Freunde zur Hilfe kamen. Dennis konnte noch erkennen, dass er auf der Rücksitzbank von Rogers Auto saß. Sein Stiefvater fuhr, während Hugo und Igor rechts und links neben ihm saßen, damit er nicht flüchten konnte. Sie brachten ihn auf einen abgelegenen Parkplatz. Dort schubsten sie ihn aus dem Auto und fuhren kommentarlos davon. Dennis verstand zuerst nicht, was dieses Verhalten sollte. Dann hörte er hinter sich ein Geräusch, das ihm äußerst bekannt vorkam. Es war der grau-silberne Wolf, der ihn zähnefletschend anknurrte.

Noch bevor er Dennis attackieren konnte, wachte er schweißgebadet auf. Seine Arme und Beine waren ganz kalt, und er zitterte wie verrückt. Der Blick auf die Uhr zeigte, dass er gerade mal vier Stunden geschlafen hatte. Aber es war bereits hell.

Roger und Karin waren wach. Roger hatte mittlerweile bemerkt, dass irgendetwas nicht stimmte. Niemals würde er seinen Schlüsselbund einfach so auf dem Küchentisch liegen lassen. Er versuchte, sich nichts anmerken zu lassen. Karin kannte ihren Mann allerdings zu gut, als dass sie nicht bemerkte, dass etwas mit ihm nicht stimmte. Roger stopfte seine Brötchen wie ein Staubsauger in sich hinein.

»Ist was, Schatz? Du wirkst so gestresst.«

Roger verschluckte beinahe ein großes Stück seines Salamibrötchens, bevor er sich ein verkrampftes Lächeln auf sein kantiges Gesicht zog. »Nein, alles in Ordnung. Ich bin nur voll im Stress, Schatz. Ich muss jetzt gleich noch nach Berlin fahren, um mit einem Kunden über dieses Musikfestival zu sprechen.«

»Bitte? An einem Sonntag?«

»Ja, ich wünschte, es wäre anders. Aber der Kunde ist enorm wichtig für uns. Er zahlt uns eine Menge Geld, und mein Chef möchte auf keinen Fall, dass er uns abspringt.«

»Ja, alles schön und gut. Aber du bist erst gestern Abend von deiner Dienstreise zurückgekommen. Und jetzt sollst du an einem Sonntag wieder arbeiten? Ich glaube, ich muss mal ein ernstes Wörtchen mit deinem Chef reden.«

»Ja, keine Sorge. Das werde ich schon persönlich machen.« Roger stand auf und ging lächelnd auf Karin zu, um ihren Arm zu streicheln. »Ich sag dir was. Ich werde meinen Chef gleich direkt auf dem Weg nach Berlin anrufen, um mir morgen freizunehmen. Dann machen wir uns einen schönen Tag.«

Roger schaffte es immer wieder, seine Frau um den Finger zu wickeln. Sie genoss die Streicheleinheit ihres Mannes und umarmte ihn herzlich. »Na schön. Dann fahr heute halt nach Berlin. Aber den morgigen Tag werden wir für uns nutzen. Ausschlafen, gemeinsam einkaufen gehen und am Ende des Tages möchte ich mir gemütlich einen Film im Kino anschauen.«

Roger gab Karin einen gefühlvollen Kuss und blickte ihr in die Augen. »Ja, versprochen. Der morgige Tag gehört nur uns beiden.«

Roger zog sich eine braune Lederjacke über und verließ das Haus. Dennis bekam nur Bruchstücke der Unterhaltung mit. Er war einfach zu erschöpft, um sich auf etwas zu konzentrieren. Er hörte nur, wie die Haustür zugezogen wurde. Jeden Moment würde Roger erfahren, dass Miro nicht länger zu seinen Gefangenen zählte. Wie würde er reagieren? Gerrit hatte in der vergangenen Nacht behauptet, dass Dennis sich keine Sorgen machen sollte. So sehr er seinem Onkel auch glauben wollte, er kannte Roger einfach besser.

Mehrere Minuten war es still in der Mühlenstraße geworden. Dennis konnte erst wieder schlafen, wenn Roger nicht weiter in seiner Nähe war.

Dann ein lauter Knall. Roger schlug vor Wut das Garagentor auf. Dennis spitzelte am Fenster. Sein Stiefvater schwang sich zornig in den Dienstwagen und knallte auch diese Tür zu. Ob er wohl nach Miro suchen wollte?

Dennis hoffte, dass er ihn niemals finden würde.

Roger war bekannt für seinen Gasfuß, aber so schnell wie an diesem Morgen war er noch nie zuvor aus der Mühlenstraße gerast. Zumindest war er erst einmal weg. Grund genug für Dennis, noch ein paar Stunden zu schlafen, um fit für das zu sein, was ihn heute erwarten würde.

Erst am späten Vormittag wachte Dennis wieder auf. Er hatte abermals schlecht geträumt. Immer wieder ging es um seinen Vater. Er war aufgeregt. Was würde er heute erleben?

Roger war immer noch unterwegs. Somit konnte Dennis in Ruhe frühstücken, bevor er sich ins Café Brunn aufmachte. Auch seine Mutter saß am Tisch. Doch die war verhältnismäßig entspannt für das, was gestern passiert war. Natürlich fragte sie Dennis, wie es ihm ging, aber dafür, dass er gestern beinahe Opfer einer Entführung geworden war, wirkte sie kalt.

Da fiel Dennis noch das Verbot seiner Mutter ein. Er durfte das Haus nicht verlassen. Wie sollte er dann ins Café kommen? Er konnte sich wohl kaum am helllichten Tag die Leiter holen, um sich wieder nach draußen zu schleichen. Aber er musste um jeden Preis raus. Und das am besten noch, bevor Roger wieder nach Hause kam.

Dennis kam nur eine Möglichkeit in den Sinn. Er musste lügen. Doch Dennis war nicht gerade ein guter Lügner. Er wurde schnell rot und fing an zu schwitzen, sobald Fragen zu einer erfundenen Geschichte aufkamen. Zuerst brauchte er aber überhaupt eine glaubwürdige Geschichte.

Ein zufälliger Blick auf Karins Zeitung gab ihm dann die Erleuchtung. Heute war in der Dornsdorfer Bibliothek Tag der offenen Tür.

»Ach so, Mama, ich habe vergessen, dir noch etwas zu sagen«, machte Dennis kleinlaut auf sich aufmerksam.

Karin schlug die Zeitung zu und nahm ihre Lesebrille ab. »Was ist denn?«

Dennis holte noch einmal tief Luft, um seine Geschichte zu übermitteln. »Heute ist Tag der offenen Tür in der Bibliothek. Da wollte ich jetzt gleich hin.«

Dann kam dieser skeptische Blick seiner Mutter, den er so hasste. »Ach ja, du und Bücher? Ist ja was ganz Neues.«

Dennis nahm all seinen Mut zusammen. Dieses Mal ließ er sich nicht unterkriegen. »Ja, wir haben wichtige Erdkunde-Aufgaben zu erledigen.

Und da ich eine gute Note haben möchte, werde ich ausnahmsweise mal in die Bibliothek gehen müssen.«

Karin zog sich wieder ihre Brille auf die Nase und las ihre Zeitung weiter. »Ja, okay. Aber auch nur, weil die Bibliothek direkt hier an der Hauptstraße liegt. Du weißt, dass ich erstmal nicht mehr möchte, dass du allein draußen herumspazierst.«

Dennis spielte den Verständnisvollen und nickte. »Ja, kein Problem. Ich habe seit gestern selbst Angst, allein rauszugehen.«

Er hatte sein Ziel erreicht. Und er hatte nicht mal ein schlechtes Gewissen dabei. Immerhin belog seine Mutter ihn sein ganzes Leben lang.

Dennis zog sich rasch an, um endlich das Haus zu verlassen. Roger sollte ihm an diesem Tag auf keinen Fall in die Quere kommen.

Aus Angst, wieder einem Gesta-Agenten zu begegnen, machte Dennis einen großen Bogen um die Straßen und lief weitestgehend heimlich über die Feldwege der Bauern. Dadurch brauchte er knapp eine Stunde bis zum Ziel, aber für seine Sicherheit war es ihm das wert.

Dennis kam zur Mittagszeit am Café an. Es war brechend voll. Der Sonntag war der mit Abstand umsatzstärkste Tag der Woche. Nicht ein Sitzplatz war mehr frei.

Dennis musste sich durch die Massen von Gästen durchschlängeln, um zum Tresen zu gelangen. Teresa und Heike sahen ihn zwar, konnten ihn aber nur mit einem »Hallo«, begrüßen, da sie zu viel zu tun hatten. Teresa wollte unbedingt mit Dennis sprechen. Immerhin war sie es, die ihn am gestrigen Tag aufgelöst im Café vorgefunden hatte. Dennis aber wollte auf dieses Gespräch verzichten. Er machte sich sofort auf die Suche nach Gerrit. Der kam glücklicherweise kurz nach seiner Ankunft aus dem Treppenhaus zum Vorschein. Durch die vielen Menschen konnte er Dennis durch seine geringe Körpergröße nicht sehen. Dennis musste hochspringen, um sich bemerkbar zu machen.

Gerrit sah lediglich die goldblonden Haare zwischen den Gästen flattern. »Komm her, Dennis!«

Dennis kämpfte sich bis zu Gerrit vor und sie begrüßten sich erleichtert.

»Komm mit. Hier ist heute die Luzi los. Da kann man sich nicht unterhalten!«, sagte Gerrit, während er mit Händen und Füßen gestikulierte, da es zu laut in seinem Lokal war.

Gerrit führte seinen Neffen ins Treppenhaus. Dennis hatte noch keine

Ahnung, was sein Onkel heute mit ihm vorhatte. Für Dennis stand einzig und allein im Mittelpunkt, dass er all seine Fragen beantwortet bekommen würde. Da sie ins Treppenhaus gingen, vermutete er Gerrits Wohnung als Ort des wohl wichtigsten Gesprächs seines bisherigen Lebens.

Umso größer war die Überraschung, als sein Onkel die Treppen nach unten stieg. »Wo gehen wir hin?«

Gerrit schmunzelte erheitert. »Wirst du sehen. Komm mit, mein Junge.«

Dennis folgte Gerrit stumpf. Er stimmte sich bereits darauf ein, seinem Onkel eine Ansage zu machen, wenn er nochmals versuchen würde, ihn zu vertrösten.

Das Treppenhaus, wie Dennis es kannte, endete abrupt. Nun standen sie vor einer uralten Wendeltreppe aus Holz.

Dennis hatte das Gefühl, er stünde plötzlich in einem mittelalterlichen Bauernhaus. »Hier hast du aber nicht so renoviert wie im Rest deines Hauses.«

Gerrit lachte und klopfte Dennis fest auf den Rücken. »Joah, gut erkannt. Aber das hat auch seinen Grund.«

Beide gingen vorsichtig die alte Wendeltreppe hinunter. Jede Stufe knirschte so laut, dass Dennis jedes Mal zusammenzuckte. Auch die Sicht wurde schlechter. Die modernen LED-Leuchten wurden in diesem Abteil durch uralte Glühbirnen ersetzt. Mehr als drei Meter weit konnte man nicht mehr schauen. Dennis fühlte sich in die letzte Nacht zurückversetzt.

Die Wendeltreppe endete, und die beiden befanden sich auf der untersten Ebene des uralten Gebäudes. Vor ihnen befand sich eine große, alte Stahltür, die mit gleich zwei Schlössern verriegelt wurde. Es wirkte alles wie der Eingang zu einem Atomschutzbunker. Dennis erwartete etwas Besonderes hinter der Tür. Er kannte Gerrit sein ganzes Leben lang. Somit dachte er auch bis vor kurzem, dass sein Onkel keinerlei Geheimnisse vor ihm hatte. Umso erstaunter war er von der dicken Metalltür, die wohl den Zugang zum Keller versperren sollte. Dennis wusste zwar schon immer, dass Gerrit auch einen Keller in seinem Haus besaß, doch gaukelte ihm sein Onkel all die Jahre vor, dass er diesen nicht nutzen würde.

»Gerrit, was ist das hier?«

Gerrit klopfte eine Melodie gegen die Tür. »Das hier ist das Vermächtnis unserer Familie, Dennis.«

Plötzlich klopfte es von der anderen Seite. Die Melodie, die Gerrit begonnen hatte, wurde komplettiert. Da war also jemand hinter der Tür.

Gerrit zog einen rostigen Schlüssel aus seiner Westentasche. Den hätte auch Napoleon bereits besessen haben können. Er war so alt, rostig und verbogen, dass man die Musterung darauf kaum mehr erkennen konnte.

Gerrit öffnete das erste Schloss. Dennis fragte sich, was das Vermächtnis seiner Familie sein könnte. Hauste hier unten vielleicht ein Ungeheuer? Oder waren es Reichtümer von toten Verwandten, die nur darauf warteten, erbeutet zu werden? Das erste Schloss ging mit einem so lauten "Klack" auf, dass das ganze Treppenhaus noch mehrere Sekunden nachhallte. Gerrit nahm sich endlich das zweite und letzte Schloss vor. Dennis Aufregung hatte mittlerweile schon einen ungesunden Pegel erreicht. Nur noch wenige Sekunden, bis er das Geheimnis seiner Familie erfahren würde. Das zweite Schloss knackte und öffnete sich. Gerrit schaute Dennis nochmals mit einem freundlichen Lächeln an, bevor er endlich die Tür öffnete.

Dennis schreckte kurz zurück, als er eine kleine Gestalt direkt hinter der Tür erblickte. Der Schrecken wich, als er bemerkte, dass es sich hierbei um Miro handelte. Der lustige Kobold, den er letzte Nacht aus den Fängen der Gesta befreit hatte.

»Hallöchen, Dennis. Wurde auch Zeit, dass du kommst«, sagte Miro und reichte ihm lässig die Hand.

Dennis wollte auch cool rüberkommen und reichte dem Kobold so locker wie möglich die Hand. »Hi, Miro. Was machst du denn hier unten?«

Miro steckte seine Hände wieder in seine grüne Pumphose und schüttelte seufzend den Kopf. »Es wird wirklich höchste Zeit, dass du alles erfährst. Diese Unwissenheit sollte man verbieten.«

Dennis sah sich jetzt erst genauer um. Er fand sich in einem riesigen Kellertrakt wieder. Der Gang war sehr schmal und die Deckenhöhe so niedrig, dass Gerrit gebückt gehen musste. Für Dennis und Miro war die Deckenhöhe dagegen perfekt.

Vor Dennis und den anderen erstreckte sich nun dieser lange Gang, der in verschiedene Räumlichkeiten führte. Hier waren die einzigen Lichtquellen an der Wand befestigte Kerzen, sodass es nach Gerrits Taschenlampe verlangte, um genügend sehen zu können. Es wirkte alles wie in einem mittelalterlichen Verlies. Es roch muffig, als wäre auch die Luft dort so alt wie der Keller.

Dennis empfand die Atmosphäre spannend und unheimlich zugleich.

»Was ist das hier? Das sieht so aus, als wäre dieser Keller hunderte von Jahren alt.«

»Um genau zu sein, dreihundertneunzig Jahre«, sagte Gerrit stolz.

Dennis war völlig aus dem Häuschen. Gerrit und Miro gingen voraus, um ihm den ganzen Trakt zu zeigen. Dennis fühlte sich in diesem Keller vollkommen von der Außenwelt abgeschnitten. Das einzige Geräusch, das er wahrnahm, waren die Schritte von ihm und seinen Kameraden, die ein leises Nachhallen erzeugten. Dennis fragte sich, was die Menschen vor vielen Jahrhunderten hier unten wohl gemacht hatten.

Gerrit und Miro bogen in den ersten Raum ab. Er war sehr klein und dunkel. Auf den ersten Blick wirkte es so, als wäre außer Gerümpel dort nichts zu finden. Beim zweiten Blick sah dies anders aus. Dieser Müll entpuppte sich als kleines Museum. Alte Waffen wie Schwerter, Bögen, Dolche oder Armbrüste lagen einfach so auf dem Boden.

Miro schnappte sich ein großes Schwert. Er hatte Schwierigkeiten, es in seinen Händen zu halten. »Das ist ganz klar keine Koboldwaffe.«

Gerrit nahm sich ebenfalls ein Schwert vom Boden. Er jedoch schwang damit zu Dennis Erstaunen sehr gekonnt herum.

»Nein, Miro. Das sind alles Waffen der noxischen Elfen. Manche davon sind älter als meine Großeltern.«

Dennis interessierte sich schon immer für das Mittelalter und seine altmodischen Kriegswaffen. Dass es jedoch Elfen gab, die diese Art Waffen benutzten, war ihm völlig fremd. Er erinnerte sich allerdings an eine Akte auf Rogers Computer, die sich mit einem Elfen befasste.

»Elfen gibt es also auch? Und sie haben wie wir im Mittelalter mit Schwertern und sowas gekämpft?«

»Na, was glaubst du denn?«, sagte Miro außer sich, bevor er angestrengt das Schwert fallen ließ. »Es ist wirklich eine Schande, dass du nicht mal etwas über deine eigenen Wurzeln weißt. Es gibt dutzende Rassen von Fabelwesen.«

»Wurzeln?«

»Komm erstmal. Ich zeige dir noch die anderen Räume«, sagte Gerrit und führte seinen Neffen aus dem Zimmer.

Als Nächstes ging es in den gegenüberliegenden Raum. Dort waren hunderte alter Zeitungen zu mehreren Türmen gestapelt.

»Was sollen uns diese Blätter zeigen, Dickerchen? Hattest du vielleicht eine kriminelle Vergangenheit und hast alle Beweise hierhin geschleppt«, stichelte Miro.

Dennis musste schmunzeln. Gerrit nahm sich eine Zeitung von einem Stapel und warf sie zu Miro.

Der Kobold beguckte sich gebannt die Titelseite. »Die Zeitung ist schon alt. Ich komme mit eurer menschlichen Schrift nicht zurecht. Das Einzige, was ich entziffern kann, ist, dass eine Frau behauptete, einen Goblin gesehen zu haben.«

Gerrit riss die Zeitung aus Miros Händen und hielt sie Dennis vor die Augen. Sie war aus dem Jahr 1976.

»Soll mir das sagen, dass es außer Elfen und Kobolde auch Goblins und andere Fabelwesen gibt?«, stutzte Dennis.

Gerrit schüttelte verwirrt den Kopf. »Nein, dass solltest du bereits gewusst haben. Ich habe mein ganzes Leben lang Zeitungen mit Artikeln aus aller Welt gesammelt, die sich in irgendeiner Form mit Fabelwesen beschäftigt haben. Damals bin ich besonders interessanten Geschichten nachgegangen. Aber nicht aus Spaß, sondern weil es überlebenswichtig war.«

Jetzt machte es für Dennis auch Sinn, dass Gerrit schon immer von Märchenbüchern und Fabelwesen fasziniert war. Er war sich nun sicher, dass sich einige Geschichten davon sogar tatsächlich ereignet haben.

Gerrit verließ plötzlich kommentarlos das Zimmer und schlenderte fröhlich summend durch den schmalen Gang zum nächsten Raum. Schnell folgten Miro und Dennis.

Die nächste Räumlichkeit war die erste, die mit dutzenden kleinen Birnen hell erleuchtet wurde. Dort lagen Berge von Gold und Silbermünzen. Dennis Verdacht auf Reichtümer wurde bestätigt.

Miro sprang mit einem fröhlichen Schrei in einen der Münzberge. »Du hast ja so viel Geld wie ein Fürst. Woher hast du das alles?«

Gerrit nahm sich eine Goldmünze und übergab sie Dennis. So eine Münze hatte er noch nie gesehen. Sie funkelte prächtig, und auf ihr war ein Wesen mit langen Ohren und eiserner Rüstung geprägt, das auf einem Einhorn saß. Er drehte die Münze um. Dort war in einer schnörkeligen, fremdartigen Schrift ein Wort geprägt, das Dennis nur als ein Begriff aus einer anderen Sprache vermuten konnte.

»Ist das Geld von Fabelwesen?«, fragte Dennis.

Gerrit gab stolz ein bestätigendes Summen von sich. »Das ist eine Gulde aus Noxia. Die Fabelwesen zahlen damit.«

Eine eigene Welt mit eigener Währung, die nichts mit der der Menschen zu tun hatte. Dennis fand das Ganze immer interessanter und wollte mehr erfahren.

Gerrit wandte sich aber erst einmal Miro zu. »Das mit dem Geld ist eine lange Geschichte. In der Kurzfassung kann ich dir sagen, dass ich damals Menschengeld in Fabelgeld umgetauscht habe.«

»Aha, und warum gleich so viel? Mit dem Geld hier könntest du bei uns ein riesiges Anwesen kaufen und mit dem Rest noch locker flockig zwanzig Jahre wie ein Fürst leben.«

Gerrit gluckste beschämt und beließ es dabei. Ihm war danach, schnellstens in den nächsten Raum zu schlendern. Die beiden Jungs folgten ihm erneut ohne Widerworte. Dennis wusste zwar, dass sein Onkel alles andere als Arm war, aber er schien noch weitaus mehr Vermögen zu besitzen, als er jemals zugegeben hatte.

Gerrit lief an den nächsten Räumlichkeiten stur vorbei. Waren sie bedeutungslos oder zu wichtig, um sie Dennis zu zeigen? Ganz am Ende des langen, schmalen Ganges gab es nur noch einen einzigen Raum.

Dennis bemerkte eine große Anspannung bei seinem Onkel.

Miro hingegen schien freudig erregt zu sein. »So, Dennis. Wie würdet ihr Menschen sagen … jetzt geht es um die Wurst.«

Gerrit betrat merklich angespannt als Erstes den Raum. Dennis war so aufgeregt, dass er beide Hände fest zu einer Faust ballte. Der Raum war dunkel. Nur ein paar kleine Lichter, die so aussahen wie Blätter, hingen in der Luft. Dennis ging als Letztes hinein. Noch konnte er nichts erkennen.

Endlich betätigte Gerrit den Lichtschalter. Mit dem, was Dennis in diesem Moment erblickte, wurden seine Vorstellungen gesprengt. Der Raum war eher ein Indoor-Wald als ein wirklicher Raum. Dennis stand auf hellblauem Moos, welches sich über weite Teile des Zimmers erstreckte. Kreuz und quer schlängelten sich Wurzeln, manche so dünn wie Dennis Arme, manche wiederum so dick wie ein Traktorreifen. Auf den Wurzeln und dem Moos wuchsen Pilze und Pflanzen, die Dennis noch nie gesehen hatte. Die meisten von ihnen leuchteten wie Glühwürmchen.

Dennis spürte ein Kribbeln in seinem Körper. Seine Sinne spielten verrückt. Er hörte plötzlich grummelnde Geräusche und sah wieder diese farbigen Auren. Merkwürdigerweise fühlte er sich hier aber nicht verunsichert.

Er fühlte sich heimisch. Es war ein ähnliches Gefühl wie bei der Begegnung mit dem Wolf damals.

Gerrit beobachtete voller Freude, wie Dennis aus dem Staunen nicht mehr herauskam. »Na, wie gefällt's dir?«

Dennis wusste nicht, wie er diesen Raum beschreiben sollte. Er schluckte und nickte mit aufgerissenen Augen.

Miro, der lässig über die Wurzeln und das Moos stolzierte, pflückte einen kleinen, grün-schimmernden Pilz. Er roch entzückt daran und nahm sich einen Bissen. »Oh Mann, das ist der einzige Ort in der Menschenwelt, an dem ich Kribbelpilze finden kann.«

Gerrit lachte angetan. »Joah, das hat ja auch seinen Grund.«

Miro nahm noch einen Bissen vom grünen Pilz und sah Dennis daraufhin erwartungsvoll an. »Hier, fang«, sagte er und warf Dennis den abgebissenen Pilz zu.

Dennis fing ihn überrascht auf. Eine merkwürdige, gelartige Flüssigkeit lief aus dem Inneren des Pilzes auf seine Hand.

»Probier mal. Glaub mir, du wirst es mögen«, behauptete Miro.

Der Pilz sah alles andere als appetitlich aus. Dennis war nicht pingelig, aber ein roher, schleimiger Pilz wirkte für ihn nicht sonderlich köstlich, geschweige denn gesund. Doch er wollte vor seiner neuen Bekanntschaft auf keinen Fall wie ein Feigling dastehen. Also nahm er seinen Mut zusammen und biss gemächlich in den Pilz. Die Konsistenz hatte etwas von einem gefüllten Muffin. Der Geschmack überraschte ihn. Es war ein süßsaurer Mix mit einem kribbelnden Abgang, ähnlich wie bei einer Brause.

»Wow, dass schmeckt wirklich super«, verkündete Dennis überrascht.

Gerrit lachte erheitert. »Das wundert mich nicht. Dein Vater liebt diese Pilze. Sie werden beinahe bei jedem Dessert seines Hauses mitserviert.«

Das erinnerte Dennis wieder daran, wofür er eigentlich hergekommen war. »Was genau ist das hier eigentlich?«

Gerrit schwang seinen Arm um Dennis Schulter und begleitete ihn durch den Raum. Miro hüpfte fröhlich hinterher. Gemeinsam kämpften sie sich durch das märchenhafte Gestrüpp.

Dennis erkannte durch die dichte Flora endlich ein Ende. Miro konnte durch seine geringe Körpergröße vorlaufen und verschwand im Wurzelwirrwarr.

»Wieso lässt du hier eigentlich alles verwuchern, Gerrit? Man kommt ja kaum vorwärts«, sagte Dennis.

»Weil das Ganze hier heilig ist«, entgegnete Gerrit und schob eine Wurzel, die ihnen den Weg versperrte, kraftvoll zur Seite.

Das dichte Gestrüpp auf Kopfhöhe wurde allmählich weniger. Sie hatten das Ende dieses eigenartigen Raums erreicht. Vor ihnen befand sich ein kleines Plateau, das aus gefliestem Marmor bestand. Dort war alles noch viel intensiver von verschiedensten Pflanzen in unterschiedlichsten Farben beleuchtet. Das Zentrum des Plateaus besaß keine Marmorfliesen. Stattdessen ragte dort eine dicke Holzsäule heraus. Diese sah ein wenig so aus wie ein dicker abgesägter Baumstamm. Nur das dieser zylinderförmige Stamm rötlich glühte. Es wirkte magisch.

Miro stand bereits ungeduldig neben der Säule. »Hey, Leute, da seid ihr ja endlich. Ich habe hier schon angefangen Wurzeln zu schlagen. Versteht ihr, Wurzeln schlagen.«

Dennis war einfach überwältigt von dieser magischen Atmosphäre, die rein Garnichts mit seiner Welt zu tun hatte.

Gerrit legte stolz seine riesige Hand auf Dennis Schulter. »Na, was sagst du dazu? Ziemlich beeindruckend, was?«

»Es ist wirklich toll hier. Man spürt, dass es etwas Besonderes ist. Nur warum ist es das?«

Miro guckte Gerrit vorwurfsvoll an. »Ich glaube, jetzt ist es Zeit, dass er alles erfährt.«

Gerrit schüttelte sich kurz und nickte. »Ja, du hast recht.«

Die Stunde der Wahrheit hatte für Dennis wohl endlich geschlagen. Gerrit führte seinen Neffen ins Zentrum des Plateaus. An der leuchtenden Säule angelangt, sah Dennis sich diese genauer an. Auf dem flachen Kopf der Säule sah er dünne, hellblau leuchtende Wurzeln, die aus dem Inneren des Baumstammgebildes wuchsen.

Dennis erschrak, als er sich leicht zur Säule herunterbeugte. Die kleinen, fluoreszierenden Wurzeln fingen durch seine Präsenz auf einmal an, wild zu tanzen. Es wirkte ein wenig so, als wäre Dennis eine Art Schlangenbeschwörer, der seine Kobras in die Lüfte recken ließ.

»Was ist das?«, fragte Dennis verblüfft von dem, was sich vor ihm abspielte.

Gerrits Augen funkelten. »Das ist der Beweis, dass du hierhin gehörst.«

»Und warum?«

Dennis sah im Augenwinkel, dass Miro auf etwas rechts neben ihm zeigte. Da die leuchtende Säule Dennis Aufmerksamkeit so stark auf sich ziehen konnte, übersah er die Anrichte am Rande des Plateaus. Auf dieser lag ein Buch. Ein äußerst merkwürdig aussehendes Buch. Die äußere Hülle bestand aus welligem, altem Holz, weshalb es für Dennis im Wurzelwirrwarr beinahe unterging. Es wirkte alt und morsch. Und es war riesig. Ein Buch mit den Ausmaßen eines menschlichen Körpers hatte Dennis noch nie zuvor gesehen.

Da Gerrit und Miro erwartungsvoll zu diesem Buch blickten, ging Dennis dorthin, um es zu untersuchen. Er brauchte seine ganze Kraft, um die erste Seite aufzuschlagen. Dort zeigten sich wieder diese merkwürdigen Zeichen, die er bereits von dem Buch kannte, das Gerrit ihm zum Geburtstag geschenkt hatte.

Dennis hatte einen Verdacht. »Kann es sein, dass das hier die Sprache der Fabelwesen ist?«

Gerrit nickte zögerlich, während Miro den Kopf schüttelte. »Nein, keine Sprache. Das ist unsere eigene Schrift. Die Sprache ist dieselbe.«

Miro marschierte zu Dennis und dem gigantischen Buch herüber, und zeigte auf die erste Zeile der aufgeschlagenen Seite.

»Der Tag des Neuanfangs ist gekommen. Wir haben uns abgekehrt, um uns den Machenschaften und der Neugierde der Menschen zu entziehen. Der Dank gilt unserem Einschreiten, der den folgenschwersten Krieg der Erdgeschichte unterbunden und den Frieden zwischen Mensch und Natur gewahrt hat. Die meisten Menschen werden uns im Laufe der nächsten Generationen vergessen haben. Der Rest wird keinerlei Beweise mehr entdecken, um uns zu gefährden.

Dieses Artefakt darf einzig im Besitz des Hüters der Fabeln geführt werden.

Manfesto Brunn: 27. März 1625 / Erster Hüter«

»Manfesto Brunn?«, fragte Dennis perplex. »27. März 1625? War das möglicherweise mein Urururururururururururgroßvater?«

»Fast. Ich glaube, da musst du noch mindestens zwei Urs dranhängen«, scherzte Gerrit.

Dennis versuchte, sich selbst einen Zusammenhang zu schaffen. »Ein Verwandter von vor vierhundert Jahren hatte also schon etwas mit Fabelwesen zu tun? Und es gibt somit eine Verbindung zu mir?«

»Gerrit!«, schrie Miro plötzlich aus dem Hintergrund. »Hör auf, ihn im Ungewissen zu lassen. Wir wollen schließlich los.«

Gerrit fiel es sichtlich schwer, die richtigen Worte zu finden. Auch Dennis sah ihn jetzt grimmig an.

»Okay, ihr habt gewonnen. Immerhin hast du in den letzten Tagen genug erlebt, um große Erklärungen zu vermeiden. Dennis, ich denke, du hast dich schon oft genug gefragt, warum du völlig anders bist als alle anderen.«

Natürlich hatte Dennis sich diese Frage in seinem Leben schon oft gestellt. Beinahe täglich. Doch zum ersten Mal schien es so, als würde er eine Antwort darauf bekommen.

Miro stieg auf den Stamm, um an Dennis Ohren zu ziehen. »Welches Markenzeichen ist das? Hast du schon mal ein menschliches Wesen gesehen, das solche Ohren hat?«

Dennis wurde immer unruhiger. Hibbelig schwenkte er seinen Kopf immer wieder von Miro zu Gerrit, um endlich eine konkrete Antwort zu bekommen.

»Dennis, deine Fähigkeiten und dein Aussehen sind etwas ganz Normales. Die Wahrheit ist, dass du kein richtiger Mensch bist«, kam es aufgeregt aus Gerrit heraus.

Dennis Herz rutschte ihm in die Hose. Er war kein richtiger Mensch? Also bedeutete dies, dass er entweder ein Alien war oder auch ein Fabelwesen. Er wollte nicht raten und wartete auf eine weitere Erklärung seines Onkels.

»Genauer gesagt steckt Elfenblut in deinen Adern«, mischte sich Miro wieder ein.

Gerrit musste sich zusammenreißen. Er war sichtlich empört über Miros Eingreifen. Dreizehn Jahre hatte er auf den Moment gewartet, seinem Neffen diese Nachricht beizubringen. Nun kam ein Kobold daher, den Dennis erst wenige Stunden kannte, und posaunte die wichtigste Information im Leben seines Neffen heraus, als wäre sie aus einer Klatschzeitschrift.

Dennis musste erst einmal verarbeiten, was er da gehört hatte. »Wollt ihr mir ernsthaft sagen, dass ich ein Elf bin?«

Gerrit wollte gerade zur Erklärung ansetzen, als ihm Miro wieder dazwischenfunkte. »Genauer gesagt Halbelf. Auch Hybrid genannt. Deine Mutter gehört zur menschlichen Rasse, während dein Vater derjenige ist, der den Elfen angehört.«

Dennis Körper kribbelte wie unter Strom. Er musste einordnen, ob das gerade die beste oder schlechteste Nachricht seines Lebens war. Sein Vater war ein Elf. Ein echtes Fabelwesen, so wie Miro. Nun war er noch gespannter, ihn kennenzulernen.

»Warum hast du mir nie etwas davon erzählt, Gerrit?«

»Ja, das würde mich auch mal interessieren«, wippte Miro ungeduldig mit dem Fuß.

Gerrit machte eine abfällige Handbewegung, um den aufmüpfigen Kobold zum Schweigen zu bringen. Er hockte sich zu Dennis herunter, um ihm Auge in Auge ein verständnisvolles Lächeln entgegenzubringen. »Wegen deiner Lebenssituation und deines Alters. Ich musste auf den richtigen Moment warten. Und der ist gekommen, als das Tor zur Fabelwelt wieder geöffnet wurde. Ich musste dich direkt mit der Welt deiner anderen Hälfte konfrontieren, sonst hättest du mir doch niemals geglaubt.«

Dieses Mal hielt Miro seinen Mund. Sowohl Dennis als auch er schienen Gerrits Beweggründe verstanden zu haben.

Dennis sprang seinem Onkel um den Hals. »Du wolltest mich nur beschützen. Und jetzt weiß ich es ja.«

Gerrit räusperte sich gerührt. »Ja, das wollte ich. Aber jetzt war die Zeit endlich gekommen, um es dir zu sagen.«

»Ich habe so viele Fragen an euch. Aber ich möchte endlich deine Welt sehen, Miro.«

Miro klopfte kräftig auf das große, alte Buch. »Es ist auch deine Welt.«

Dennis war stolz. Er hatte immer gedacht, er wäre ein Naturfehler, den niemand haben wollte. Aber nun fühlte er sich wahrlich wichtig.

»Wo ist diese Welt? Ist es weit? Ich muss sie sehen.«

Während Miro darauf pochte, sofort loszugehen, versuchte Gerrit seinen Schützling etwas zu beruhigen. »Das ist kurz gesagt schwer zu erklären. Noxia ist gewissermaßen sehr nah, aber doch sehr fern.«

Damit konnte Dennis nichts anfangen. Sein Blick ging direkt zu Miro, der seiner Meinung nach die Dinge direkter erläutern konnte.

»Da hat dein Onkel ausnahmsweise mal recht«, meinte der Kobold und klopfte wieder auf das Buch. »Dieses Artefakt ist der Schlüssel zu Noxia. Du musst wissen, dass wir Fabelwesen in einer anderen Dimension leben.«

Dieses Buch war also der Schlüssel zur Fabelwelt? Der Weg in eine andere Dimension? Auf Dennis prasselten einfach zu viele Informationen ein.

Da Gerrit scheinbar etwas eifersüchtig auf Miro wurde, unterbrach er ihn, als der Kobold einen neuen Satz beginnen wollte, um selbst weiterzuerzählen. »Ja, so ist es. Deswegen ist dieser Raum auch so heilig. Die Wurzeln und Pflanzen, die du hier siehst, sind ebenfalls nicht von dieser Welt. Sie stammen vom Lebensbaum Noxia.«

Dennis schaute sich nochmals gründlich im größten Raum des Kellertraktes um. Er berührte die Pflanzen und roch an ihnen. »Soll das etwa bedeuten, dass das hier alles schon Teil dieser Fabelwelt ist?«

»Nein, das hier ist immer noch die Menschenwelt wie du sie eigentlich kennst«, sagte Miro. »Aber wir Fabelwesen haben vor vielen Jahrhunderten den magischen Baum Noxia gepflanzt, um uns endgültig von der Erde abzuspalten. Der Baum und seine Wurzeln sind lediglich die letzte und einzige Verbindung zwischen den Welten.«

Dennis verstand langsam, worauf Gerrit und Miro hinauswollten. Dieser magische Baum wuchs also in der Fabelwelt und schlug seine Wurzeln bis in die Menschenwelt und sorgte somit für die Verbindung. Jeder halbwegs seriöse Naturwissenschaftler hätte einem bei dieser Behauptung den Vogel gezeigt. Aber Dennis war nun von dieser Welt überzeugt. Er wurde ganz still und suchte nach irgendeiner Verbindung oder einem Tor, das zur anderen Welt führen sollte. Er grub in den Wurzeln wie nach einem Schatz. Gerrit und Miro sahen erstaunt zu. Dennis suchte eifrig weiter. Doch außer weiteren sehr besonderen Pflanzen fand er nichts.

»Das macht keinen Sinn, Dennis. Komm hier zu mir«, beendete Gerrit die verzweifelte Suche seines Neffen.

Dennis ging enttäuscht zurück zu Gerrit und Miro an den Altar.

»Wir haben dir doch gesagt, dass dieses Buch der Schlüssel ist, oder?«, maulte Miro.

Gerrit umfasste das monströse Buch und schleppte es zu dem dicken Stamm, um es vorsichtig daraufzulegen. Dennis war gespannt, was passieren würde. Plötzlich geschah etwas, was er nur mit dem Begriff "Magie" beschreiben konnte. Sowohl das Buch als auch der Stamm begannen hell zu leuchten. Aus dem Stamm entwuchsen seitlich mehrere Ranken und Wurzeln, die das gigantische Buch umschlangen. Danach schwächte das Leuchten ab, und das Buch glühte gemeinsam mit dem Stamm in einem seichten orangenen Farbton.

Dennis konnte seinen Mund nicht mehr schließen. Dieser Baum lebte wirklich. Er konnte sich bewegen.

»Was war das, Gerrit?«

»Wir haben jetzt die Verbindung hergestellt. Das Buch muss auf den Altar gelegt werden, damit die Energie fließen kann«, sagte Miro.

Hätte man Dennis davon erzählt, ohne ihm dies persönlich zu zeigen, hätte er es nicht geglaubt. Doch vor ihm lag der klare Beweis. Nun konnte er es kaum mehr erwarten, die Fabelwelt zu betreten.

Gerrit inspizierte derweil das Buch und die umliegenden Wurzeln genau. »Die Verbindung scheint tatsächlich wieder hergestellt zu sein. Dreizehn Jahre lang war sie komplett abgebrochen. Aber vor wenigen Wochen sind die verbindenden Wurzeln plötzlich nachgewachsen. Ihr könntet also los. Dein Vater wartet bestimmt schon und kann es kaum erwarten, dich endlich kennenzulernen.«

»Wieso sprichst du nur von mir und Miro? Du kommst auch mit.«

»Nein, Dennis. Ich kenne diese Welt bereits gut genug. Außerdem muss jemand hier draußen die Stellung halten. Und ich muss mich um meinen Laden kümmern. Ab morgen beginnt die heiße Bewerberphase. Dafür muss alles vorbereitet werden.«

»Entspann dich. Gerrit wird demnächst auch mal mit uns kommen. Aber jetzt ist es erstmal wichtig, dass du alles kennenlernst, damit du später auch deine Aufgabe korrekt erfüllen kannst«, sagte Miro.

Von einer Aufgabe hörte Dennis in diesem Moment zum ersten Mal. Musste er etwa in der Fabelwelt arbeiten?

Gerrit empfand Miros Taktlosigkeit als sehr störend und stieß ihn zur Seite. »Das wird Dennis alles von seinem Vater erfahren. Ich würde sagen, dass ich dich um etwa 18:00 Uhr hier wieder abhole, mein Junge.«

Dennis hatte das merkwürdige Gefühl, gleich etwas Wichtiges zu tun zu bekommen. Mit Verantwortung konnte er oft nicht umgehen. Zuhause hatte man ihm nie etwas zugetraut. Aus Stolz wollte er seine Gefühle aber nicht laut äußern.

Gerrit kannte seinen Schützling allerdings so gut, dass ihm Dennis

Sorgen nicht verborgen blieben. Er streichelte seinem zutiefst verunsicherten Neffen über den Kopf und lachte aus tiefstem Herzen. »Entspann dich, mein Junge. Du wirst gleich die wunderbarste Erfahrung deines Lebens machen. Dort drüben gibt es keine Gesta-Agenten. Dort wartet eine magische Welt voller neuer Eindrücke auf dich. Genieße es.«

Dennis versuchte, sich zusammenzureißen. Er dachte einfach an die letzte Folge der Paralumpas, die er geschaut hatte. Er fühlte sich nun halbwegs bereit für das, was ihn auf der anderen Seite des Baumes erwarten könnte. Er stellte sich aufgeregt neben Miro und wartete, dass er ihm sagte, was er zu tun hatte.

»Okay, es ist ganz einfach, Dennis. Ich werde jetzt durch das Tor gehen und du machst es mir einfach nach«, erklärte der Kobold.

Dennis nickte stumm und konzentrierte sich ganz genau darauf, was Miro als Nächstes tun würde. Er wollte auf keinen Fall etwas falsch machen.

Miro ging zu dem monströsen, glühenden Buch. Mit etwas Kraftaufwand beförderte er sich auf die glühende Säule.

»So, wir sehen uns in Noxia«, zwinkerte er Dennis zu.

Der Koboldjunge setzte seinen linken Fuß auf das Buch. Es sah so aus, als würde er langsam darin versinken. Dann kam der rechte Fuß dazu. Dennis träumte nicht. Miro versank tatsächlich immer tiefer in das Buch. Umso tiefer er einsank, desto schneller ging das Ganze. Dann war der Kobold verschwunden.

Dennis drehte sich ungläubig zu Gerrit, der ihm gerührt zunickte. »Er ist einfach verschwunden. Ist dieses Noxia etwa in diesem Buch?«

Gerrit schüttelte verständnisvoll den Kopf. »Nein, soviel Magie gibt es dann auch wieder nicht. Das Buch ist lediglich das Tor nach Noxia. Das ist übrigens auch der Grund dafür, warum die Menschen Fabelwesen mit Märchenbüchern verbinden. Das Buch ist ein Symbol der Weisheit und der Überlegenheit des Geistes.«

Dennis fragte sich trotzdem die ganze Zeit, wo Miro nun sein könnte. Langsam und vorsichtig begab er sich zu dem Buch. Er nahm seine rechte Hand und legte sie einfach auf die aufgeschlagene Seite. Tatsächlich begann sie in dem Buch zu versinken. Er versuchte mit seiner versunkenen Hand die Umgebung in dem Buch zu ertasten. Es fühlte sich sehr warm an. Aber er spürte nichts Festes. Er steckte daraufhin seinen gesamten rechten Arm in das Buch. Da seine Armlänge etwas länger war als die Seiten des Buches, musste er sich seines Verständnisses nach in der Säule befinden.

»Wie weit geht es denn da runter?«

Dennis spürte plötzlich die warme Hand seines Onkels auf seinen Schultern und zuckte zusammen, da er so in seinen Gedanken vertieft war.

»Du steigst besser mit den Füßen zuerst auf das Buch. Durch das Körpergewicht geht das ganze Prozedere etwas schneller.«

Gerrit hob Dennis ruckartig an der Hüfte hoch und stellte ihn direkt auf das Buch. Da er schwerer war als Miro, sank er noch schneller ein. Er musste sich zuerst an dieses Gefühl gewöhnen. Immerhin sagte einem der Verstand, dass hier etwas nicht stimmte.

Als Dennis bereits bis zur Brust versunken war, winkte er Gerrit nochmal unruhig zu. »Bis später«, sagte er eingeschüchtert.

»Viel Spaß, mein Junge. Und grüß deinen Vater schön von mir«, winkte Gerrit von seinen Gefühlen eingenommen zurück. Er konnte sich eine Träne der Rührung in diesem Moment nicht verkneifen.

Dann kam der Moment, als Dennis Kopf im Buch versank.

Gerrit spazierte in Gedanken schwelgend aus dem magischen Raum. An der Türschwelle schaute er nochmals zurück. »Ach, mein Junge. Endlich lernst du das, was dir zusteht. Ich hoffe nur, dass sie dich mit deiner Aufgabe nicht überfordern. Immerhin sollst du gleich zwei Welten auf einmal retten.«

Die neue, alte Welt

Dennis trieb durch einen sehr hellen, leeren Raum. Es fühlte sich an, als würde er in einer gelartigen Flüssigkeit unkontrolliert zu Boden sinken. Doch er war weder nass dabei, noch drohte er, zu ertrinken. Je tiefer er glitt, desto dunkler wurde es. Dennis bekam langsam Panik, da er sich völlig schutzlos fühlte.

Nach und nach sah es so aus, als befände er sich nun in einem Baum. Er rutschte plötzlich im Inneren einer dicken Wurzel weiter nach unten. Es wurde immer schneller. Dennis hatte Angst, jeden Moment auf den Boden aufzuprallen. Möglicherweise hatten Gerrit und Miro vergessen, ihm das mitzuteilen?

Kurz bevor Dennis Hände und Beine gegen die Wände der Wurzel pressen wollte, wurde es langsamer. Die Steigung wurde flacher, und, ohne es zu merken, hatte er plötzlich wieder festen Boden unter den Füßen.

Dennis sah sich um. Er befand sich in einem riesigen Hohlraum. Überall an den Wänden glühte es. Es sah immer noch danach aus, als befände er sich im Inneren eines Baumes. Dennis stand auf Laub, das bunter war als alle Blätter im Herbst. Blau, lila, rot, weiß. Manche davon so groß wie er selbst.

Direkt vor ihm befand sich ein Ausgang. Ein breiter Tunnel ließ Tageslicht in Dennis Augen scheinen. Er konnte Miros Stimme aus dieser Richtung hören. Er unterhielt sich deutlich mit weiteren Personen. Ohne weiter nachzudenken, rannte Dennis dorthin.

Das bunte Laub unter seinen Füßen war sehr schön, doch durch die Feuchtigkeit war es unmöglich, schnell darauf zu laufen. Dazu war der Tunnel deutlich länger als vermutet. Er hatte viele Verengungen und Kurven. Dennis fragte sich langsam, ob er tatsächlich das Tageslicht sah. Die Stimmen von Miro und den anderen wurden lauter. Er musste sich auf dem richtigen Weg befinden.

Nachdem er mittlerweile vier Mal hingefallen war und langsam eine Pause brauchte, konnte er endlich drei Personen am Ende des Tunnels erkennen. Eine von ihnen konnte man direkt zuordnen. Es war Miro, der sich mit zwei deutlich größeren Gestalten lautstark unterhielt.

Dennis nahm seine letzte Kraft zusammen und lief auf sie zu. »Miro! Ich bin's!«

Die drei Personen drehten sich zu ihm um.

»Dennis, da bist du ja endlich. Ich dachte bis gerade eben, dass man sich auf dem Weg nach Noxia nicht verlaufen kann. Aber solange wie du gebraucht hast, geht es anscheinend doch«, sagte Miro.

Dennis stand den drei Fabelwesen endlich gegenüber. Diese zwei Personen, die jeweils rechts und links neben Miro standen, sahen Dennis in vielerlei Hinsicht äußerst ähnlich. Sie waren sehr blass, hatten lange, spitze Ohren und stechend blaue Augen. Allerdings waren beide gut drei Köpfe größer als er. Ihre Erscheinung wirkte edel und bedrohlich zugleich. Neben ihren äußerst markanten Gesichtern trugen sie eine dunkelgrüne Rüstung, die mit verschiedensten Verzierungen und Schriften geschmückt war. Dazu trugen sie eine Waffe. Der Linke hielt ein Schwert und der Rechte eine silberne Armbrust. Ihr gesamtes Äußeres wirkte auf Dennis ungewohnt. Ein bisschen schüchterten ihn die beiden Soldaten durch ihr selbstbewusstes Auftreten schon ein.

»Ich habe mich nicht verlaufen. Na ja, nicht direkt«, sagte Dennis und blickte nochmals schüchtern zu den beiden Elfenkriegern hoch.

Beide schienen allerdings nicht darauf aus, Dennis irgendetwas anzutun. Im Gegenteil. Trotz seines unsicheren Blickes strahlten sie ihn an, als wäre er eine wichtige Person. Unerwartet steckten die beiden ihre Waffen in die Verankerung der Rüstung und verbeugten sich darauf sogar vor Dennis.

»Willkommen in Noxia, Dennis Lakuso Brunn«, sprach der rechte Soldat.

»Schön, dich endlich bei uns begrüßen zu dürfen, Sohn von Flynn«, sagte der linke Soldat.

Dennis war mehr als verwirrt. Vor ihm verbeugten sich gerade zwei Elfen-Soldaten, die seinen Namen kannten. Noch dazu benannte ihn der eine Soldat mit einem zweiten Namen, den er noch nie zuvor gehört hatte. Zumindest konnte Dennis schon einmal heraushören, dass sein Vater wohl Flynn hieß.

»Vielen Dank. Ihr scheint mich ja zu kennen?«

Die Soldaten richteten sich wieder auf und lachten amüsiert.

»Ja, selbstverständlich. Wir warten bereits dreizehn Jahre auf deine Rückkehr«, merkte der linke Soldat an.

Bevor Dennis die Soldaten weiter ausfragen konnte, mischte sich Miro ein. »Ja, alles klar. Ihr habt nun Bekanntschaft mit ihm gemacht. Wir waren vor einer Minute noch beim Thema Mobilität. Habt ihr zufällig eine freie Kutsche für uns? Umso schneller Dennis seinen Vater kennenlernen kann, desto besser.«

Die beiden Soldaten schienen deutlich weniger Respekt vor dem energischen Kobold gehabt zu haben als vor Dennis. Sie sahen ihn herabwürdigend an und nahmen wieder ihre Waffen zur Hand.

»Nein, tut mir leid. Heute ist viel Betrieb. Die meisten Händler wollen heute eine Kutsche ihr Eigen nennen, um damit zur Quellschlucht im Wurdagebirge zu fahren. Dort wurde erst kürzlich ein neues Kräutervorkommen entdeckt«, sagte der rechte Soldat.

»Ihr wusstet doch, dass Dennis heute hier ankommen wird. Haben wir wenigstens ein Einhorn, um schnell in die Stadt zu kommen?«, murrte Miro.

Dennis hörte der Unterhaltung gespannt zu. Einhörner gab es hier also auch. Alles Wesen, die wohl die meisten Menschen als ein Geschöpf der Fantasie bezeichnen würden.

Der linke Soldat lachte Miro auf seine Frage hin hämisch aus. »Pah, dass du es wagst, überhaupt nach einem Einhorn zu fragen. Du erinnerst dich wohl nicht mehr daran, was du letzten Monat mit dem Einhorn gemacht hast, welches dir nicht gehörte?«

Zum ersten Mal sah Dennis, wie Miros Gesicht errötete. Er schien sich ein wenig zu schämen. Immerhin konnte Dennis alles mithören.

»Ach das. Das Einhorn war geborgt, dass wisst ihr. Der Rest war ein Unfall. Das hätte jedem passieren können«, säuselte der Kobold.

»Das denkst du. Ich glaube nicht, dass ein gescheiter Elf mit einem fremden Einhorn in die Dunkellaubwälder reitet, um dann von Zentauren angegriffen zu werden. Und das Einhorn hast du einfach zurückgelassen«, teilte der linke Soldat seinen Unmut mit.

Beide Soldaten wandten sich vom beleidigten Kobold ab und gingen wieder auf Dennis zu.

»Tu dir selbst einen Gefallen und nimm dir kein Beispiel an diesem Kobold«, sagte der rechte Soldat.

»Es ist unglaublich, dass gerade zwei Elfen vor mir stehen. Hätte man mir das vor zwei Tagen erzählt, hätte ich diese Person für verrückt erklärt«, sagte Dennis euphorisch und hoffte, dass die Soldaten das Thema mit Miro auf sich beruhen ließen.

»Ja, aber bitte glaub nicht, dass alle Elfen so mies gelaunt und unfair sind«, stichelte Miro aus dem Hintergrund.

Die beiden Soldaten knurrten vor Wut. »Ich glaube, es ist besser, wenn du dich jetzt verziehst, Kobold.«

Um nicht zu zeigen, dass seine Knie schlotterten, packte Miro seine Hände wieder lässig in die Hosentaschen und schlenderte stur in Richtung Ausgang. »Komm mit, Dennis. Dein Vater wartet auf dich.«

Dennis war froh, aus der unangenehmen Situation entfliehen zu können und folgte seinem neuen Koboldfreund. Sie hatten die Rechnung ohne die beiden Soldaten gemacht.

»Es ist wohl besser, wenn wir den Gauner bis nach draußen in den Wald begleiten«, merkte der rechte Soldat an.

Und so gingen sie zu viert aus dem Tunnel hinaus.

Dennis fühlte sich wie in der Antike. Endlich aus dem Tunnel herausgekommen, befanden sie sich nun in einer riesigen Halle aus Marmor. Dort befanden sich eine Menge weiterer Soldaten, die sich in der großen Räumlichkeit verteilten. Die Halle war völlig anders, als Dennis es aus seiner Welt kannte. Statt mit Glühbirnen, Scheinwerfern oder Fackeln wurde sie mit seltsamen, runden Leuchtkugeln erhellt, die sowohl an der Decke als auch an den Wänden hingen. Sie leuchteten wie kleine Sterne impulsartig in einem hellblauen oder gelben Licht. Auf der linken Seite hingen viele Gemälde, auf denen verschiedenste Fabelwesen abgebildet waren. Die meisten davon konnte Dennis gar nicht zuordnen. Es gab wohl einfach zu viele Rassen von Fabelwesen.

Ein Bild stach Dennis allerdings direkt ins Auge. Auf dem zwei Meter großen Gemälde war eine monströse Kreatur abgebildet. Dennis war sich sicher, dass es sich hierbei um einen Drachen handeln musste. Unter dem Bild war etwas in Fabelschrift geschrieben.

»Miro, was steht da?«, fragte Dennis neugierig.

Miro starrte kurz auf das Bild. »Das ist Semrah, der Todesdorndrache. Das wohl mächtigste Fabelwesen aller Zeiten.«

»Wow, was für ein Monster. Der ist doch sicher gefährlich, oder?«

Miro seufzte. »Er war gefährlich. Semrah hat im menschlichen siebzehnten und achtzehnten Jahrhundert sein Unwesen getrieben. Offiziell ist er der letzte Drache gewesen, der in der Menschenwelt seine Flammen spuckte.«

Dennis dachte, er hätte sich verhört. »Was? Du willst mir doch nicht sagen, dass dieses Monster durch unsere Welt geflogen ist?«

Miro nickte. »Oh doch. Leider sind Drachen sehr wilde und aggressive Geschöpfe. Als wir uns damals von eurer Welt abgegrenzt haben, sind uns leider ein paar Exemplare durch die Lappen gegangen. Immerhin können diese Bestien fliegen und so.«

Dennis konnte einfach nicht fassen, dass es damals Drachen in der Menschenwelt gegeben hatte. Bei jedem weiteren Blick wurde seine Ehrfurcht vor diesem majestätischen Geschöpf größer. Dieser riesige, schwarz-rote Körper mit gewaltigen Stacheln auf dem Rücken und einem Kopf, bei dem selbst ein Tyrannosaurus neidisch geworden wäre. Dazu eine Flügelspannweite, die seine Körpergröße sogar noch bei weitem übertraf.

Miro bekam ebenfalls Interesse daran, die Details unter dem Gemälde zu lesen. »Eine Körperlänge von knapp dreiundzwanzig Metern. Dazu kommt noch eine Schulterhöhe von mehr als acht Metern und einem geschätzten Gewicht von fünfundsiebzig Tonnen. Was für ein Prachtexemplar.«

Diese Daten waren angsteinflößend. Dennis versuchte sich diesen Drachen vor seinen Augen vorzustellen. Denn es war schwer zu glauben, dass ein Tier diese Ausmaße bekommen konnte.

»Wieso steht in unseren Menschenbüchern nichts über Drachen, wenn es sie noch vor wenigen Jahrhunderten bei uns gab?«

Der sonst kompetent wirkende Miro zuckte unwissend mit seinen Schultern.

»Es gibt ein paar Bücher darüber«, ertönte eine Stimme aus dem Hintergrund. Es war einer der beiden Soldaten, der nach vorne zum Gemälde trat. »Die meisten Bücher wurden bewusst für uns zerstört. Es gibt nur noch wenige Exemplare, die sich mit uns beschäftigen«, erklärte er.

»Wieso wurden sie zerstört? Das wäre doch der Beweis für eure Existenz. Dann müsstet ihr euch nicht mehr verstecken«, sagte Dennis.

Der zweite Soldat trat nach vorne. »Das wäre wohl das Schlimmste, was uns passieren könnte.«

Dennis sah den Soldaten verdutzt an.

»Du solltest wissen, dass wir uns bewusst vor den Menschen verstecken. Es gab damals genug Menschen, die von unserer Existenz wussten. Sie jagten uns bis zum Tod«, knirschte der Soldat erzürnt.

Dennis begann zu verstehen, warum die Fabelwesen so scheu waren. »Also habt ihr selbst die Bücher zerstört, um eure Existenz zu verschleiern?«

»Bücher, Bilder, Waffen und vieles mehr. Wir mussten den Menschen über Generationen mitteilen, dass es uns nie gegeben hat. Bekanntlich hat es funktioniert. Nur noch eine Hand voll Menschen wissen von unserer Existenz. Und da Menschen uns als Fantasiefiguren in ihren Werken verwenden, glaubt ihnen keiner. Und das sollte so bleiben«, sprach der rechte Soldat stolz.

Die Mühe, die sich die Fabelwesen gemacht hatten, um in Frieden und Abgeschiedenheit zu leben, fand Dennis äußerst bemerkenswert. »Aber wie konntet ihr die Spuren eines so riesigen Fabelwesens, wie die eines Drachen, vertuschen?«

»Das ging leider nur bedingt«, merkte Miro an, der wieder ein bisschen aus dem Hintergrund der Soldaten hervorkam. »Zum Glück leben die meisten Drachen bevorzugt in Gebirgen und Höhlen, weit weg von der Zivilisation. Damals war die Menschheit noch nicht so ausgebreitet wie heute. Aber dieser Todesdorndrache war etwas anders als die anderen. Er suchte sich einen Unterschlupf in einer Höhle, ganz in der Nähe eines Dorfes, in dem viele Menschen lebten.«

Dennis wurde blass. »Der Drache griff dann wahrscheinlich die Menschen im Dorf an, oder?«

Der linke Soldat lachte mit sarkastischem Unterton. »Das wäre noch nett ausgedrückt. Er löschte das gesamte Dorf aus. Damit hatte er jedoch nicht genug. Süchtig nach Menschenfleisch, suchte er weiter nach Menschen und fraß alle auf, die ihm in den Weg kamen.«

Allein der Gedanke von einem Drachen angegriffen und gefressen zu werden. Dennis wollte lieber das Thema vergessen und weiterziehen.

Doch einmal angefangen, hörte der Soldat nicht auf, zu reden. »Das ganze ging bis in das Menschenjahr 1779. Zu diesem Zeitpunkt waren bereits alle anderen Drachen, die in der Menschenwelt zurückgelassen wurden, von den Menschen getötet worden. Semrah hatte inzwischen ein hohes Alter erreicht. Er war nicht mehr so wachsam und kräftig wie noch hundert Jahre zuvor. Das konnten die Agenten der Gesta für sich nutzen. Sie töteten ihn und nutzten die Vorteile.«

Für Dennis wurde das Ganze langsam zu makaber. Jetzt kam auch noch die verhasste Gesta dazu. Diese Vereinigung gab es also bereits vor so vielen Jahrhunderten. Aber von welchen Vorteilen sprach der Soldat?

Miro ersparte ihm die Frage und tippte mit seinen Fingern auf die Dornen des Drachen. »Ich habe mal gehört, dass die Dornen eines Todesdorndrachen ein Sekret besitzen, das einen jünger macht. Und Drachenblut soll verschiedenste Krankheiten und Wunden heilen.«

»Ja, leider«, sagte der rechte Soldat. »Die Gesta tötete schon damals Fabelwesen, um die Bestandteile ihrer Körper für sich zu nutzen.«

Dennis verabscheute Rogers Einheit mittlerweile mehr als alles andere.

Miro wollte nun endlich aus der Marmorhalle verschwinden und zog Dennis am Ärmel. »Komm, wir haben genug Zeit vergeudet. Wir wollen ja heute noch ankommen.«

Durch das ganze Thema mit dem Drachen vergaß Dennis die Zeit. In Begleitung der beiden Soldaten verließen sie die große Halle.

Der Weg zum Schloss

Dennis dachte, die Marmorhalle wäre bereits das Beeindruckendste, was er wohl an diesem Tag sehen würde. Doch da wusste er noch nichts von der Außenwelt Noxias.

Als sie die schwere Tür der Marmorhalle ins Freie öffneten, traf Dennis ein feuchtwarmer Schlag. Vor ihm befand sich ein Wunderwald, bei dem selbst das Wort "magisch" nicht genügte, um ihn zu beschreiben. Überall leuchtende Farben. Bäume mit lila, blauen und giftgrünen Blättern, so hoch wie Wolkenkratzer und so weit das Auge reichte. Eine Geruchsmischung aus Blütenduft und feuchtem Waldboden drang in Dennis Nase. Es war angenehm und signalisierte ihm deutlich, dass er fern von zuhause war. Der Wald war so dicht, dass kaum Sonnenlicht durchdrang. Aber wirklich dunkel war es nicht. Überall wuchsen Pflanzen, die unterschiedlich stark leuchteten. Und auch diese Leuchtkugeln, die Dennis schon in der Halle kennengelernt hatte, waren an vielen Punkten des Waldes verteilt. Bloß steckten sie diesmal auf dünnen Holzstäben, um als Straßenlaterne zu fungieren. Dies gab dem Wald eine ganz besondere Atmosphäre.

Vor der großen Halle war eine Menge los. Links von Dennis war eine Gruppe Elfen auf schweren Gerätschaften unterwegs, um morsche Bäume zu fällen. Diese wurden direkt vor Ort mit einer weiteren Maschine verarbeitet. Keines dieser Geräte funktionierte mit Elektrizität oder Brennstoffen. Alles wurde mechanisch bedient, mit einfachen Kurbeln und Pedalen.

Rechts von der Halle befand sich ein Lager mit großen weißen Zelten. Dort waren Fabelwesen postiert, die Dennis nicht kannte. Riesige, muskelbepackte Wesen mit einem Gebiss wie ein Säbelzahntiger versammelten sich dort um einen großen Tisch und besprachen Dinge, die für Dennis nicht verständlich waren.

Direkt vor Dennis, Miro und den beiden eskortierenden Soldaten befand sich ein breiter Weg. Dieser war mehr schlecht als recht mit alten Steinen gepflastert und verlief in alle Richtungen. Von rechts kam gerade eine Kutsche, die von drei Pferden gezogen wurde. Die unwuchtigen Holzräder machten ein unangenehm klopfendes Geräusch auf den unebenen Pflastersteinen. Der Kutschenführer war ebenfalls ein Fabelwesen, das Dennis nicht identifizieren konnte. Es war sehr klein, hellgrün und besaß ein sehr runzeliges Gesicht mit langen, herunterhängenden Ohren. Der Kutscher hatte wohl Ware an Bord. Direkt hinter seiner Sitzbank erstreckte sich ein großer Wagen mit Massen an Holzkisten. Noch bevor Dennis die Kutsche genauer inspizieren konnte, bog sie direkt vor ihm nach links ab und verschwand in den Tiefen des Waldes.

Miro zeigte nach rechts. »Da müssen wir lang.«

Dennis verabschiedete sich höflich von den beiden Soldaten, während Miro nur ein müdes Lächeln für sie übrighatte. Dann ging es zu Fuß auf den Pfad, der durch den magischen Wald führte.

Überall gab es etwas Neues für Dennis zu entdecken. Pflanzen, glühende Pilze und Insekten, die er noch nie zuvor gesehen hatte.

Zwischen Miro und Dennis liefen plötzlich mehrere kleine, pelzige Wesen aus einem Gebüsch über den Weg auf die andere Seite des Waldes. Sie hatten markante Ähnlichkeiten mit Kaninchen. Obwohl die Tiere sehr schnell an den beiden Jungs vorbeiliefen, war sich Dennis sicher, ein Geweih und gestreiftes Fell bei ihnen gesehen zu haben.

»Das waren übrigens Wolpertinger. Die gibt es hier im Wald zuhauf. Gerade an Feiertagen werden sie oft als Delikatesse verkauft«, sagte Miro, als wäre es das Normalste auf der Welt gewesen. Für ihn war es das wohl auch. Aber für Dennis war es wie ein Spaziergang durch eines der Märchenbücher, aus denen Gerrit ihm immer vorgelesen hatte.

Vor ihm erstreckte sich dieser bunte Wald so weit, dass man kein Ende erkennen konnte. Durch die schwüle Luft hatte man die ganze Zeit über das Gefühl, durch einen Dschungel zu wandern.

Hin und wieder kamen sie an kleinen Lagern vorbei, an denen ein paar Fabelwesen Erze abbauten, Pilze und Kräuter pflückten oder mit diesen experimentierten. Doch je weiter sie dem Pfad folgten, desto ruhiger wurde der Wald. Dennis fühlte sich fernab jeder Zivilisation. Er fragte sich langsam, wo sein Vater genau lebte.

»Ist es noch weit bis in diese Stadt, Miro? Man kann ja überhaupt kein Ende sehen«, sagte Dennis, der immer noch beeindruckt von der Kulisse war.

Miro zog seinen Zylinder ab. Darunter versteckte er eine kleine Flasche mit einer rötlichen Flüssigkeit. Er nahm sich einen Schluck und reichte das Fläschchen an Dennis. »Hier, nimm.«

Dennis nahm das Fläschchen begutachtend an.

»Das ist Lypus. Eine Mischung aus Desco-Nektar, Honig und einer Geheimzutat meines Vaters. Trink das und es wird dir für die nächsten paar Minuten so gehen, als wärst du frisch geschlüpft.«

Dennis schloss die Augen und nahm den letzten Schluck aus der Flasche. Es schmeckte so süß, dass es widerlich war. Doch sein neuer Freund hatte recht. Nur wenige Sekunden nachdem der Lypus seinen Magen erreicht hatte, erwärmte er sich angenehm. Wie nach dem Lutschen eines Pfefferminzbonbons bekam Dennis das Gefühl, frischere Luft zu atmen, und seine Beine fühlten sich so leicht an wie eine Feder.

»Wow, mir geht es echt besser. Das Zeug ist der Wahnsinn.«

Miro lächelte selbstbewusst. »Sag ich doch. Ich führe fast immer eine Phiole mit mir. Für den Fall der Fälle habe ich somit immer einen kleinen Kraftschub parat.«

Dennis zuckte plötzlich vor Schreck zusammen. Er und Miro bekamen einen kräftigen Windstoß ab, der sie zu Boden drückte. Ein lauter Schrei ertönte und schallte kräftig durch den Wald. Dann traf die beiden ein weiterer starker Luftstoß. Dieses Mal schmiss es Miro völlig zu Boden, während Dennis sich noch gerade mit seiner Hand und den Knien abstützen konnte.

Dennis bekam Angst und blickte ruckartig hinter sich. Ein gewaltiges fliegendes Wesen steuerte direkt auf sie zu. Dennis rechnete mit dem Schlimmsten und ließ sich instinktiv zu Boden fallen. Das Monstrum zog einen kolossalen Schatten hinter sich her und flog nur wenige Meter über die beiden Jungs hinweg. Jetzt konnte Dennis auch erkennen, dass es sich hierbei um ein Tier handelte, auf dem eine Person saß. Ein Tier, doppelt so groß wie ein Löwe, mit der Flügelspannweite eines Kampfjets. Es hatte einen riesigen Adlerkopf und den Rumpf einer Raubkatze.

Als sei nichts gewesen, stand Miro wieder auf und gab Dennis die Hand, um ihm wieder auf die Beine zu helfen.

»Was verdammt nochmal war das für ein Monster? Es hätte uns fast erwischt«, stieß es aus Dennis aufgelöstem Gesicht.

»Das war ein Greif«, antwortete Miro leicht verwundert. »Normalerweise fliegen sie nicht so tief. Aber du musst keine Angst vor ihnen haben. Wir verwenden sie als Flugreittiere, um lange Distanzen zu überbrücken.«

Dennis sah das anders. Wenn sie sich nicht geduckt hätten, wären sie nun einen Kopf kürzer gewesen. Dennoch faszinierte ihn dieses Wesen sehr. Beim ersten Anblick hatte Dennis sogar für einen Moment gedacht, er hätte es mit einem blutrünstigen Drachen zu tun. Sein Herz tanzte immer noch wie verrückt.

»Der Reiter auf dem Greifen hatte es wohl sehr eilig. Ist wahrscheinlich wieder etwas Wichtiges los hier«, sagte Miro.

Dennis konnte den Greifen noch immer am Horizont des langen Waldpfades beobachten. »Was könnte es denn so Wichtiges geben?«

»Gute Frage«, grübelte Miro. »Wichtige Nachrichten außerhalb Noxias oder so etwas. Noxia führt einen ungleichen Krieg gegen die Zentauren der Dunkellaubwälder. Auch wenn die meisten Schlachten von uns gewonnen werden, sollte man diese Monster aus dem dunklen Dickicht niemals unterschätzen. Vielleicht erfahren wir gleich mehr, wenn wir bei deinem Vater sind.«

Für Dennis hörte sich das so an, als wäre sein Vater eine wichtige Person innerhalb Noxias. Er war so gespannt, ihn endlich zu sehen.

Dennis hatte sich mittlerweile wieder beruhigt, und so konnten sie schnellen Schrittes den bewachsenen Pfad weitergehen. Wie gerne hätte Dennis in diesem Moment auf einem dieser Greifen gesessen, um die Welt um ihn herum zu erforschen. Immer wieder wanderten seine Augen nach links oder rechts in die Tiefen des Zauberwaldes. Hier und dort raschelte es. Verschiedenste Geräusche der Natur waren in allen Facetten und Lautstärken zu hören.

»Hier wimmelt es ja nur so vor Abenteuern. Meinst du, wir können den Wald später mal zusammen erkunden?«

»Grundsätzlich gerne. Aber bevor du nicht ein bisschen Erfahrung gesammelt und ein paar elfische Fähigkeiten gelernt hast, würde ich dir abraten, diesen Pfad zu verlassen.«

Diese Warnung kam bei Dennis an. Sein Verlangen, in den Wald hineinzugehen, wurde prompt gebremst. Er wollte gar nicht erst wissen, warum es so gefährlich war, den Pfad zu verlassen. Dennis wurde auf Miros Aussage hin sogar so paranoid, dass er plötzlich starr auf den Pfad blickte, um nicht von ihm abzukommen.

Auch die Unsicherheit gegenüber den Erwartungen, die man ihm gegenüber wohl hatte, stieg wieder. Was für elfische Fähigkeiten und Erfahrungen hatte Miro eben gemeint? Musste er möglicherweise später einen Test bestehen? Würde ihn sein Vater überhaupt akzeptieren, obwohl er so gut wie nichts über Fabelwesen und ihre Kultur wusste?

In seinen Gedanken vertieft, bemerkte Dennis nicht, dass Miro mit ihm gesprochen hatte. Als Dennis ihm nach wiederholter Aufforderung nicht zuhörte, musste der Kobold ihn mit aller Kraft zur Seite ziehen. Eine Gruppe Elfen, die auf Einhörnern im Galopp ritten, baten schon von Weitem nach ausreichend Platz für ihre Tiere. Mit einer ungeheuren Geschwindigkeit rasten sie an Miro und Dennis vorbei und wirbelten den Staub auf dem Pfad mächtig auf. Der nächste Schreck für den überforderten Halbelfen.

»Mann, was sollte das denn, Dennis? Wenn eine Gruppe mit Einhörnern auf dich zukommt, solltest du auf sie hören und Platz machen«, sagte Miro streng.

Langsam legte sich der aufgewirbelte Staub und die Sicht wurde wieder frei.

»Entschuldigung. Ich war gerade nicht ganz bei mir. Ich mache mir nur Sorgen, dass mein Vater mich nicht mag. Und ich weiß auch nicht, ob ich diese elfischen Fähigkeiten lernen kann, von denen du gesprochen hast.«

Miro legte sein sonst schroffes Gemüt ab und schaute Dennis herzlich an. »Ach was. Dein Vater wird dich lieben. Ich kenne ihn ja. Er hat mir schon oft gesagt, wie sehnsüchtig er sich darauf freut, dich endlich kennenzulernen.« Der kleine, rothaarige Kobold klopfte Dennis aufmunternd auf die Hand. »Und mit deiner Ausbildung musst du auch keine Angst haben. Du kannst ja nichts dafür, dass dir unsere Welt dein bisheriges Leben verborgen war. Außerdem wirst du genügend Hilfe bekommen.«

Miros tröstende Worte bauten Dennis wieder ein wenig auf. Es war nicht sein Fehler, dass er so überhaupt nichts über die Fabelwelt wusste. Er konnte jetzt nur das Beste daraus machen.

Nachdem sie gefühlt stundenlang durch den magischen Wald gestreift waren, schien der lange Pfad allmählich ein Ende zu nehmen. Nur etwa zweihundert Meter von ihnen entfernt wurde der Wald lichter, sodass grelles

Sonnenlicht die bunten Blätter speiste.

Miro bestätigte Dennis Vermutung, indem er mit seiner Hand in Richtung des hellen Lichts zeigte. »Na endlich, da ist es. Wir haben es geschafft. Ich kann es kaum erwarten, nach Hause zu kommen. Ich bekomme langsam Hunger.«

Die beiden schalteten nochmals einen Gang höher und liefen in Richtung Waldausgang. Miro musste bei dem Tempo seinen großen Zylinder festhalten, um ihn nicht zu verlieren.

Endlich strahlte warmes Sonnenlicht in Dennis Gesicht. Miro bremste abrupt ab und brachte den Halbelfen somit zum Stolpern. Der Waldpfad ging ohne Vorwarnung steil bergab. Vor den beiden lag nun ein gigantisches Tal. Darin lag das Zentrum Noxias. Eine riesige, altertümliche Stadt. Alte Holzhäuser, große Marmorgebäude, eher unscheinbare Baumhäuser, kleine Gassen, große Gassen und viele Kutschen, die kreuz und quer durch die Straßen fuhren, waren hier absolut normal und in Massen vorhanden. Die Stadt wurde mitsamt dem Tal vom magischen Wald umarmt wie ein Nest.

Doch was Dennis mit Abstand am meisten ins Auge fiel, war der gigantische Baum am hinteren Rand der Stadt. Seine Kinnlade fiel herunter. Das war in seinen Augen kein Baum mehr. Die wolkenkratzerhohen Bäume des magischen Waldes waren für ihn bereits surreal, aber dieses Monstrum übertraf jegliche Vorstellungen. Der Stamm hatte den Durchmesser eines Wohnviertels und seine Höhe war überhaupt nicht abschätzbar. Die Baumkrone war vom Boden aus nicht mehr zu erblicken. Zum einen waren Wolken im Weg, zum anderen war die Krone so hoch, dass man dutzende Kilometer vom Baum entfernt stehen musste, um überhaupt ein Ende erahnen zu können.

»Ich kann mir vorstellen, dass der Anblick von Noxia beim ersten Mal etwas ganz Besonderes ist«, sagte Miro stolz.

»Ist das dieser Lebensbaum, von dem die Wurzeln durch eure Dimension bis in unsere geht?«

»Ja, natürlich«, bestätigte Miro. »Die Wurzeln, die du in Gerrits Keller gesehen hast, sind die Wurzeln dieses Baums. Dem Lebensbaum Noxia. Dieser Baum ist die Grundlage von allem, was du hier siehst. Er ist die Verbindung zu eurer Welt.«

Der Baum strahlte tatsächlich etwas Besonderes aus. Nicht nur seine Größe war anders, sondern auch seine Farbe. Seine Blätter hatten eine besondere, goldschimmernde Färbung.

»Dein Vater ist genau dort«, sagte Miro und zeigte direkt auf den Baum.

Etwas langsamer als zuvor gingen sie den steilen Pfad in die Stadt hinunter.

Im Tal angekommen, wirkten der Baum und die Stadt noch beeindruckender. Die wenigsten Viertel bekamen durch den gigantischen Schatten des Lebensbaums am helllichten Tag genügend Licht, um ohne Beleuchtung auszukommen.

Es war brechend voll auf den schlecht gepflasterten Straßen. Dennis bemerkte schnell, dass er hier nicht sonderlich auffiel. Alle sahen auf ihre eigene Art und Weise merkwürdig aus. Die Elfen hatten alle einen eher zarten Körperbau, lange, spitze Ohren und eine beinahe weiße Haut wie er selbst. Die Kobolde waren allesamt sehr klein und hatten breite Gesichter mit langen, spitzen Nasen. Ähnlich wie Miro trugen sie bunte Anzüge oder Latzhosen. Auch die anderen Wesen, die Dennis noch nicht kannte, besaßen alle etwas, das in der Menschenwelt dazu führen würde, ausgegrenzt zu werden. Endlich verstand Dennis, dass er kein Naturfehler war, so wie Roger es ihm all die Jahre weismachen wollte. Er war ein Halbelf, der nun endlich unter Gleichgesinnten weilte.

Miro und Dennis kamen nur schwer über die dicht befahrenen Straßen. Der Lebensbaum war so nah und fühlte sich doch so fern an.

Viele Fabelwesen begrüßten Dennis sehr herzlich, als würde er sie schon lange kennen. Hier fühlte er sich sogar noch besser aufgehoben als im Café Brunn. Der junge Halbelf konnte für einen Moment die Welt, aus der er kam, vergessen. Das Hier und Jetzt tröstete ihn über vieles in seinem bisherigen Leben hinweg.

An einer großen Kreuzung blieb Miro stehen. Er wühlte in seiner Pumphose und zog zwei Goldmünzen heraus. »So, die sollten reichen«, sagte er zufrieden und steckte die Goldmünzen ohne weiteren Kommentar in Dennis Hosentasche.

Dennis war perplex. »Was soll ich damit?«

Miro zeigte auf eine Straßeneinbuchtung, in der fünf Kutschen mit jeweils drei Einhörnern standen. »Wir nehmen eine dieser Kutschen. Sonst bräuchten wir noch Stunden, um zu deinem Vater zu gelangen.«

Dennis verstand nicht, warum er eine Kutsche besorgen sollte, und nicht der einheimische Miro. War das vielleicht ein erster Test? Mit lauter

Fragezeichen im Gesicht gestikulierte er in Richtung des Kobolds

Der nickte ihm nur lässig zu. »Keine Angst. Das sind Personenbeförderungskutschen. Sie warten schon sehnsüchtig auf ihren nächsten Kunden.«

Nach einer weiteren Gestikschlacht gab Dennis schlussendlich auf. Gemächlich schlenderte er allein über die dichtbefahrene Pflastersteinstraße, immer wachsam, nicht von einen der unzähligen Kutschen erfasst zu werden. Was für einen Einheimischen das tägliche Brot war, wirkte für Dennis vollkommen überfordernd. Er hatte noch keinen blassen Schimmer, wie er mit Fabelwesen umzugehen hatte. Sie waren Menschen in vielerlei Hinsicht ähnlich, doch konnten sie andererseits kaum unterschiedlicher sein.

Dennis atmete nochmals tief durch, bevor er die Kutscherstation auf der anderen Straßenseite erreichte. Er entschied sich spontan für den Kutscher in der Mitte. Ein alter Elf mit langem, graublondem Haar und einer Hakennase. Er trug einen sehr noblen, grauen Anzug. Wobei nobel den Anzug nicht moderner machte. Die Kleidung war so altmodisch wie Gerrits Musikgeschmack.

Der alte Kutscher schmunzelte, als er Dennis zu Gesicht bekam. Aus Gewohnheit gab Dennis dem alten Elfen zur Begrüßung die Hand. Der Kutscher wirkte darauf völlig überrascht, erwiderte dann aber freundlich den Handschlag.

»Guten Tag, junger Elf. Kommt es mir nur so vor, oder sehe ich Flynns Augen- und Mundpartie vor mir?«

Dennis musste sich erst einmal daran gewöhnen, dass ihn in Noxia anscheinend jeder kannte und alle sehr nett zu ihm waren. Noch merkwürdiger war es, dass alle seinen Vater kannten, nur er selbst nicht.

Dennis nickte mit einem verzögerten Lächeln.

»Darf ich mich vorstellen, mein Name ist Enzo. Meines Zeichens einer der ältesten Kutscher in Noxia.«

»Freut mich sehr. Mein Name ist Dennis.«

Enzo nickte besonnen. »Das habe ich mir gedacht. Dennis Lakuso Brunn, richtig? Du siehst deinem Vater unglaublich ähnlich. Und dass, obwohl auch menschliches Blut durch deine Adern fließt.«

Auch Enzo kannte Dennis vollen Namen. Er würde wohl nicht der Letzte bleiben.

»Ich suche nach meinem Vater. Ich möchte ihn endlich kennenlernen.«

Enzo strahlte, als hätte er soeben etwas unglaublich Wichtiges gefunden.

»Das glaube ich dir, Dennis. Oder soll ich dich lieber Lakuso nennen?«

Dennis schüttelte schüchtern den Kopf.

»Okay, Dennis. Ich denke, ich spreche für alle Bewohner Noxias, wenn ich sage, dass wir sehr froh sind, dich endlich bei uns begrüßen zu dürfen.«

Für Dennis hörte sich das wieder ein wenig zu erwartungsvoll an. »Danke, aber warum seid ihr alle so froh darüber?«

Zum ersten Mal verschwand das freundliche Lächeln aus Enzos Gesicht. »Ich glaube, dass sollte dir dein Vater unter vier Augen erklären.«

Enzo versuchte, möglichst schnell seine Fröhlichkeit wiederzuerlangen. Auch er zeigte, wie Miro vor ein paar Minuten, zum übermächtigen Lebensbaum, der den Horizont dominierte. »Dein Vater befindet sich in der Regel dort. Direkt bei Noxia.«

Dennis bekam immer mehr das Gefühl, dass sein Vater jemand sehr Besonderes in der Fabelwelt war.

Enzo stieg auf die Sitzbank seiner Kutsche und klopfte mit seiner Hand auf den Platz rechts neben sich. »Komm, ich bringe dich hin.«

»Vielen Dank. Was kostet denn die Fahrt?«

Enzo kicherte amüsiert über Dennis Frage. »Keine Sorge. Deine erste Fahrt ist kostenlos. Es wird endlich Zeit, dass du mit deinem Vater sprichst.«

Dennis stieg glücklich über die Holzstufen auf die Kutsche. Die Sitzbank bot Platz für etwa vier Passagiere seiner Größe.

Noch bevor Enzo an den langen Zügeln ziehen konnte, fiel Dennis vor Schreck ein, dass er beinahe Miro vergessen hatte. Der Kobold stand immer noch ungeduldig am anderen Ende der Kreuzung. Als er sah, dass Dennis ohne Weiteres in die Kutsche stieg, rannte er ohne Rücksicht auf Verluste über die Kreuzung.

Dennis tippte hastig auf Enzos Schulter. »Ehm, Entschuldigung. Ich habe vergessen zu sagen, dass ich nicht allein bin. Mein Freund müsste auch noch mitkommen.«

»Kein Problem«, lächelte Enzo gelassen. »Vorausgesetzt, dein Freund kommt zeitig.«

Dennis sah, dass Miro bereits die Kreuzung überquert hatte und zeigte erleichtert auf ihn. »Da ist er schon.«

Als Enzo den Koboldjungen zur Kutsche laufen sah, bekam sein Gesicht Falten, die vorher nicht existent waren. »Was? Das ist ein schlechter Scherz, oder? Den Tunichtgut nehme ich auf gar keinen Fall mit.«

Dennis zuckte vor Schreck zusammen. Der nette, alte Kutscher verwandelte sich bei Miros Anblick innerhalb eines Wimpernschlags in einen zynischen Stinkstiefel. Auch er schien etwas gegen Miro zu haben, ähnlich wie die Soldaten in der Marmorhalle.

Miro bekam Enzos Wutausbruch mit, stellte sich allerdings dumm, indem er den alten Kutscher begrüßte, als seien sie gute Freunde. »Es ist wirklich zu freundlich, mich und meinen Freund mitzunehmen«, sagte er hochnäsig.

Enzo versperrte Miro mit seinem Fuß den Weg zur Kutsche. »Ich werde lediglich den jungen Hybriden hier mitnehmen. Du kannst bleiben, wo der Pfeffer wächst!«

Mittlerweile bekamen auch weitere Passanten die Auseinandersetzung mit. Gerade die anderen Kutscher lachten lautstark über den Kobold. Dennis bekam allmählich das Gefühl, dass Miro alles andere als beliebt in Noxia war.

»Warum darf er nicht mitkommen, Enzo? Er ist bislang mein einziger Freund hier«, sagte Dennis.

Enzo guckte Miro angewidert an, um sich dann wieder Dennis zu widmen. »Wenn man den da als Freund bezeichnet, braucht man keine Feinde mehr. Tu dir selbst einen Gefallen und lass ihn hier.«

Miro versuchte erneut dreist, die Kutsche hinaufzuklettern, aber Enzo ließ seinen Fuß nicht locker.

»Bist du wegen dieser Lappalien aus der Vergangenheit immer noch wütend auf mich?«, schnaufte Miro angestrengt.

»Lappalien? Du hast wohl völlig den Verstand verloren. Und mit Vergangenheit meinst du nicht etwa die Dinge, die vor zwei Monaten passiert sind?«

Dennis hatte große Sorge, dass der Streit eskalierte. Er hüpfte prompt aus der Kutsche, um sich neben Miro zu gesellen.

Der fühlte sich dadurch sichtlich bestärkt. »Siehst du, was du von deiner Sturheit hast? Unser Neuankömmling hat keine Lust mehr auf dich.«

Enzo war sichtlich erschrocken über Dennis Reaktion.

»Ich möchte nicht, dass ihr euch streitet. Ich würde sagen, wir gehen zu Fuß weiter, Miro«, sprach Dennis bedrückt.

»Siehst du das etwa nicht? Dieser Junge muss dringend zu Flynn. Und ich bin sein offizieller Begleiter. Flynn hat mich persönlich darum gebeten«, sagte Miro in Richtung des alten Kutschers.

Enzo sah Dennis ungläubig an. »Das kann ich mir beim besten Willen nicht vorstellen. Stimmt das etwa?«

Dennis nickte zögerlich. »Ich denke ja. Und er hat mich vor kurzem vor ein paar Gesta-Agenten gerettet.«

Enzo blieb immer noch skeptisch, winkte aber sowohl Dennis als auch Miro genervt zu sich nach oben auf die Kutsche. »Gut, dann kommt. Aber für den Kobold verlange ich mindestens eine Gulde für die Fahrt.«

Erleichtert stiegen die beiden Jungs zu Enzo in die Kutsche, während viele Schaulustige sie dabei beobachteten.

Dennis war noch nie in seinem Leben mit einer Kutsche gefahren, und dann war es auch noch eine, die von Einhörnern gezogen wurde. Er war aufgeregt.

Enzo zog einmal kräftig an den Zügeln, und schon trabten die edlen Tiere los. Dennis bemerkte schnell, dass Einhörner viel eleganter und schneller liefen als Pferde. Anders als in seinen Vorstellungen gab es sie auch in verschiedensten Farben. Nur eines der drei Zugtiere an Enzos Kutsche hatte ein klischeehaftes weiß-strahlendes Fell. Eigentlich war das lange, dicke Horn auf der Stirn das einzige Merkmal, welches sich Dennis haargenau so vorgestellt hatte.

Von der fahrenden Kutsche aus konnte sich der kleine Halbelf begeistert die Stadt von Noxia ansehen. Es war in vielen Punkten genauso wie er es von Gerrit aus den unzähligen Märchenbüchern vorgelesen bekommen hatte. Die Häuser waren größtenteils aus eigenartigen Materialien und sahen dazu sehr kurios aus. Manche Gebäude waren sogar rund oder dreieckig. Die Gebäude, die Dennis zumindest von der Form her aus seiner Welt kannte, bestanden aus auffälligen Baumaterialien wie Marmor oder dunkelbraunem Holz. Überall in der Stadt waren Grünflächen oder sogar kleine Waldabschnitte zu finden. Und an jeder Ecke begrüßten Dennis verschiedenste Fabelwesen. Sie gaben ihm das Gefühl, jemand Besonderes zu sein. Eigentlich hegte Dennis bereits jetzt den Wunsch, für immer in der Fabelwelt zu bleiben. Dieses Gefühl der positiven Beachtung wollte er nie mehr missen.

Als sich die Euphorie etwas legte, bemerkte Dennis die angespannte Stimmung zwischen Enzo und Miro.

Dennis wollte unbedingt etwas dagegen unternehmen und überlegte sich etwas, worüber er gerne reden wollte. »Ach, Enzo, kommt es mir nur so vor, oder kennst du meinen Vater auch persönlich, so wie Miro?«

Enzo erlangte bei Dennis Frage sein Lächeln zurück. »Wenn du wüsstest. Ich kenne deinen Vater schon seit seiner Geburt.«

Dennis war fasziniert und wollte mehr über seinen Vater erfahren.

Miro gefiel die emotionale Unterhaltung der beiden allerdings nicht, und er mischte sich ein. »Ich und meine Familie kennen Flynn auch schon seit Ewigkeiten, und wir sind gut miteinander befreundet. Sonst würde er mich ja nicht für so eine wichtige Aufgabe auswählen.«

»Der Hauptgrund ist, dass ich Flynns Vater und deinen Großvater Paulus besser kannte als jeder andere«, sagte Enzo und ignorierte Miro gekonnt.

Die logische Tatsache, dass Dennis auch Großeltern aus der Fabelwelt hatte, machte ihn schmerzhaft bewusst, dass er seine halbe Familie nicht kannte.

»Wow, dann bist du wohl sowas wie der beste Freund meines Großvaters?«

Enzo schwelgte weiter in Gedanken, wurde aber merklich trauriger. »Ja, das war ich. Dein Großvater ist, genau wie deine Großmutter, vor einigen Jahren von uns gegangen. Aber während seines Lebens waren wir beste Freunde.«

Dennis war erschüttert. Jetzt hatte er nicht einmal mehr die Gelegenheit, seine elfischen Großeltern kennenzulernen. Ähnlich wie seine menschlichen Großeltern, Georg -und Frieda Brunn, waren auch seine elfischen verstorben, noch bevor er sie jemals zu Gesicht bekommen hatte.

»Wir waren gemeinsam in der Kriegerausbildung und haben dort so einige lustige Dinge erlebt. Als dann der Ernst des Lebens begann und wir beide Teil der Monddämmerungssondereinheit wurden, erkundeten wir gemeinsam die Welt. Wir erlebten viele Abenteuer auf unseren Expeditionen. Und durch die vielen Gefahren, die wir gemeinsam durchstehen mussten, wurde unsere Freundschaft stärker denn je. Selbst als dein Großvater zu einem Fürsten aufgestiegen ist, war es für uns so, als ob es unsere Positionen niemals gegeben hätte. So, als wären wir immer noch die frechen Kinder von damals gewesen. Nur hatten wir plötzlich die Aufgabe, unser Volk vor jeglicher Bedrohung zu schützen.«

Trotz der Erschütterung über den Tod seines Großvaters war Dennis vollkommen begeistert von Enzos Geschichten. Es war für ihn leider auch die erste Gelegenheit, etwas über seine elfische Familie zu erfahren.

Enzo bemerkte, dass Dennis traurig wurde und legte instinktiv seinen Arm um ihn, um Trost zu spenden. Miro schaute währenddessen nur beleidigt zu, wie sich Enzo und Dennis immer besser verstanden.

»Es tut mir wirklich leid, dass du deinen Großvater nie kennenlernen wirst. Aber wir Elfen sind davon überzeugt, dass die Verstorbenen in der Natur weiterleben, also auch in dir.«

Leider tröstete das Dennis nicht. Doch der Drang, seinen Vater endlich in die Arme zu schließen, war dafür größer denn je.

Das Ziel, der Lebensbaum, kam immer näher. Mittlerweile verließen sie das Zentrum der Stadt und fuhren durch deutlich ruhigere Viertel. Dort gab es nur noch wenige Marmorhäuser und Händlerposten. Stattdessen zierten Holzhütten die nun deutlich schmaleren Straßen. Es waren die Wohnviertel Noxias.

Dennis stellte sich vor, wie es wohl wäre, in der Fabelwelt ein Stück Land mit einem Häuschen zu besitzen. Wie genau wohnte wohl sein Vater?

Da er nun kurz vor der ersten Begegnung mit ihm stand, wollte er einiges über ihn erfahren. »Wie ist mein Vater denn so?«

Miro nutzte sein schnelles Mundwerk und kam Enzo zuvor. »Dein Vater ist einfach der Beste. Er ist intelligent, nett, vertrauenswürdig und vor allem stark.«

»Ja, genau. All das, was du nicht bist«, konterte Enzo.

»Sei froh, dass ich keinen magischen Sand bei mir habe!«, drohte Miro.

Enzo ließ die Zügel los und spannte seinen gesamten Körper an. Dennis sah nur einen kurzen Augenblick zu Miro, als er neben sich plötzlich ein kräftiges Brüllen vernahm. Wie aus dem Nichts saß ein gigantischer, weißer Säbelzahntiger neben ihm. Allein sein Kopf hatte die Ausmaße von Dennis Körper.

Das gewaltige Urzeitraubtier hatte es augenscheinlich nur auf Miro abgesehen. Zähnefletschend pirschte die Großkatze über die erste Sitzbank zur hinteren, auf der sich der kleine Kobold befand. Obwohl Dennis auf dieses Tier instinktiv mit Angst reagierte, wusste er, dass hier etwas nicht stimmte. Das war auch der Tatsache geschuldet, dass Miro überhaupt keine ängstliche Miene zog.

Der freche Kobold war regelrecht angefressen von der gewaltigen Kreatur. »Jaja, ihr Elfen seid ja so mächtig und prächtig. Lass den Mist, du wirst mir ja sowieso nichts tun.«

Der Säbelzahntiger stoppte sein Knurren. Es sah nun so aus, als würde er Miro hämisch anlächeln. Plötzlich verformte sich der Körper des Tieres wie Gummi. Innerhalb eines weiteren Augenblicks wurde aus dem Säbelzahntiger Enzo, der Kutscher.

Dennis machte große Augen. Rein logisch betrachtet machte es für ihn Sinn. Der Säbelzahntiger erschien genau an der Stelle, an der Enzo zuvor gesessen hatte. Dennoch war es für Dennis schwer zu begreifen.

»Mein Gott, wie hast du das denn gemacht?«

Enzo ging sichtlich amüsiert zurück an die Zügel der Kutsche. »Das war meine Tiergestalt. Eine besondere Fähigkeit der Elfen. Ich bin mir sicher, dass du eines Tages auch eine bekommen wirst.«

»Ja, wahre Elfenkrieger setzen sie auch nur in Gefahrensituationen ein«, provozierte Miro weiter.

Enzo zog kräftig an den Zügeln, um die Kutsche ruckartig zu beschleunigen. Dennis und Miro fielen unvorbereitet nach hinten in die harten, hölzernen Sitzlehnen.

Die Tiergestalt ging Dennis nicht mehr aus dem Kopf. »Elfen können sich einfach so, wann sie wollen, in Tiere verwandeln?«

»Nein, das wäre dann doch zu einfach«, entgegnete ihm Enzo. »Da du aber noch am Anfang deiner elfischen Karriere stehst, wäre es im Augenblick zu kompliziert, um es dir zu erklären. Dafür benötigt man etwas mehr Wissen. Aber keine Angst, dass wird dir dein Vater schon noch geben.«

»Was macht mein Vater denn eigentlich beruflich?«, fragte Dennis voller Begeisterung.

Plötzlich wurde es still auf der Kutsche. Miros Gesichtsausdruck zeigte eine gewisse Erschrockenheit. Dennis dachte, er hätte etwas Falsches gesagt. Er kauerte sich regelrecht zusammen. Er konnte nicht genau erahnen, was die Reaktion der beiden bedeuten sollte. Zum Glück war der Lebensbaum nur noch einen Katzensprung von ihnen entfernt. Er würde es also in ein paar Minuten selbst herausfinden.

»Dein Vater ist zufällig ein Fürst der Monddämmerung. Hat dir das Gerrit etwa auch nicht erzählt? Das ist ja furchtbar«, schlug Miro die Hände über den Kopf zusammen.

Dennis wusste nicht genau, was dies bedeutete, aber es hörte sich sehr wichtig an. »Wow. Ich dachte all die Jahre etwas völlig anderes von meinem

Vater.«

»Was denn?«, fragte Miro.

Dennis lief rot an. »Nichts Besonderes. Aber mein Vater ist eine wichtige Person hier. Das finde ich cool.«

Enzo nickte Dennis zufrieden zu. »Ja, er hat eine Menge Einfluss auf Noxia und seine Bevölkerung. Er gehört zu den mächtigsten Elfen unserer Zeit. Deshalb ist er meist äußerst beschäftigt.«

Endlich bog die Kutsche auf das Gelände des Lebensbaums ab. Anders als erwartet, endeten die zivilen Straßen abrupt, und die Kutsche musste über schweres Gelände fahren. Die drei wurden kräftig durchgeschüttelt. Überall um sie herum dominierte wieder der magische Wald mit seinen bunten und leuchtenden Pflanzen. In unmittelbarer Entfernung zum Lebensbaum war es beinahe so dunkel wie bei Nacht. Dadurch war die Stimmung an diesem Ort nochmals deutlich magischer als im üblichen Wald, durch den Miro und Dennis vorhin spaziert waren.

Die Kutsche bekam irgendwann Probleme, durch das wuchernde Gestrüpp zu kommen.

Enzo hielt die Kutsche an und sprang trotz seines Alters geschmeidig aus dem Wagen. »So, hier muss ich euch entlassen. Von hier aus geht es nur noch zu Fuß weiter.«

Dennis und Miro sprangen ebenfalls aus der Kutsche. Enzo nutzte die kurze Pause, um seine Einhörner mit den Pflanzen auf dem Boden zu füttern.

Miro konnte es kaum erwarten, Enzo nur noch aus der Ferne zu sehen und stolzierte los. »Komm, Dennis. Die Prominenz erwartet uns.«

Dennis, der Enzo als äußerst interessante Persönlichkeit wahrnahm, bedankte sich noch herzlich bei ihm und gab ihm die Gulde, die er für die Mitfahrt von Miro verlangt hatte.

»Ich wünsche dir viel Erfolg auf deinem Weg zum Elfen«, sagte der alte Kutscher. »Wir werden uns bestimmt öfter über den Weg laufen. Wenn du mal fragen haben solltest oder Hilfe brauchst, sprich einfach den alten Enzo an.«

Dennis verabschiedete sich freundlich von dem alten Kutscher und rannte zu Miro. Der Kobold hatte bereits etwas Abstand zur Kutsche aufgebaut, und stand auf einem Hügel, um dort ungeduldig auf Dennis zu warten.

Da Dennis von Miro zwei Gulden bekommen hatte und er dem Kutscher nur eine bezahlen musste, wollte er ihm die übriggebliebene Münze zurückgeben.

Miro lehnte sie allerdings dankend ab. »Du kannst sie behalten. Oder du gibst sie Gerrit zurück«, sagte er stumpf.

»Wie meinst du das?«

Der exzentrische Kobold antwortete nicht auf die Frage und stapfte stur weiter durch das Waldgebiet, sodass Dennis folgen musste.

Schon bald sahen sie die ersten Bauwerke der noxischen Führung. Große Elfenstatuen aus massivem Stein schmückten ein Gelände, das hauptsächlich aus mehreren alten Ruinen bestand. Zerstörte Häuser und Mauern, soweit das Auge reichte.

»Wohnen hier etwa Fabelwesen? Das sieht aber nicht sonderlich gemütlich aus«, stellte Dennis erschrocken fest.

»Ne, keine Angst, hier wohnt schon lange keiner mehr. Das hier sind Überreste des alten Elfenreiches, Berivielle. Hier haben Elfen vor der Trennung zu eurer Welt gelebt. All das entstand vor der Pflanzung des Lebensbaums und somit auch vor der Gründung Noxias. Das sind die letzten Überreste des alten Reiches, die man noch erkennen kann.«

Dennis hätte es auch gewundert, wenn hier noch Leute gelebt hätten. Die beiden versuchten, schnell die alten Mauern und Gebäude zu überwinden, um endlich den Baum zu erreichen.

Dennis fragte sich beim Anblick der zerstörten Bauwerke, wie es wohl damals im Elfenreich gewesen ist. So wie er die Geschichte verstand, hatten die Fabelwesen vor der Abgrenzung in der gleichen Welt wie er gelebt. Dennis konnte sich nicht vorstellen, dass vor vierhundert Jahren Fabelwesen und Menschen gemeinsam durch die Welt gestreift waren und heutzutage fast niemand mehr davon weiß. So etwas Magisches wie Noxia passte einfach nicht in die Menschenwelt.

Direkt vor dem Lebensbaum war ein größerer Posten, an dem sich viele Elfen versammelten. Die meisten von ihnen waren Soldaten, die in perfekt einstudierten Abständen das Gebiet abliefen. Mit geschulten Augen konnten sie Miro und Dennis bereits von Weitem erkennen. Sie schienen die beiden bereits erwartet zu haben. Die Soldaten bildeten jeweils rechts und links vor dem Eingang des Baums eine Reihe, um Dennis wie einen König zu begrüßen.

»Willkommen in Noxia«, sagten alle Soldaten im Chor.

Dennis bedankte sich beschämt für den großartigen Empfang, während Miro wie ein König durch die Reihen spazierte.

»Vielen Dank, Leute. Wir werden erwartet«, betonte der Kobold besonders deutlich.

Dennis und Miro gelangten durch die Soldatenstraße schließlich zu einem kleinen Haus, das direkt am Fuße des Lebensbaums erbaut worden war. Vor diesem standen ebenfalls ein paar Soldaten, die die beiden Teenager respektvoll passieren ließen. Das Haus war lediglich eine weitere Hürde, um zu einer großen Wendeltreppe aus Holz zu gelangen. Diese führte wie ein Korkenzieher um den Baum herum bis nach oben. Es war kein Ende in Sicht.

Miro beruhigte Dennis schnell. »Keine Sorge. In etwa hundert Meter Höhe befindet sich ein Aufzug, der uns direkt in die Krone bringt.«

Das beruhigte Dennis wirklich. Er vermutete, dass sich der Aufenthaltsort seines Vaters weit oben im Baum befand. Er konnte vorhin erkennen, dass die Spitze des Baums bereits über den Wolken ragte.

Die beiden Jungs stiegen die unzähligen schmalen Treppenstufen hinauf, und Dennis konnte die Welt um sich herum immer besser bestaunen. Selbst beim Aufstieg der Treppe liefen ihnen vereinzelt Soldaten über den Weg. Dieser Baum wurde besser bewacht als ein Hochsicherheitsgefängnis.

Endlich war der Aufzug zu sehen. Dieser war so groß, dass selbst zwei Busse darin parken konnten. Wie die Treppe war auch der Aufzug in Holz gehalten und ohne jegliche Elektronik bestückt. Das beeindruckte Dennis sehr. Alles funktionierte hier mechanisch.

Miro betätigte mit etwas Kraftaufwand einen großen Hebel. Wenige Augenblicke später setzte sich der Aufzug in Bewegung.

Schnell waren die beiden auf eine Höhe angelangt, aus der sie die gesamte Stadt Noxias bewundern konnten. Dennis versuchte, diese Augenblicke aufzusaugen, da sein Verstand immer noch damit kämpfte, diese magische Welt als glaubwürdig anzusehen. Er konnte aus der Höhe zum ersten Mal Weideflächen erkennen. In einer sehr ländlichen Region der Stadt gab es große Flecken, an denen das Sonnenlicht durch die Blätter des Lebensbaums dringen konnte. Diese Lücken wurden für die Landwirtschaft genutzt. So gelang es den Fabelwesen, trotz näherer Umgebung zum Lebensbaum, Saatgut perfekt gedeihen zu lassen.

Miro schaute ebenfalls entzückt auf die Stadt herunter, während er in seinen Anzugtaschen kramte.

»Über Kobolde möchte ich auch alles lernen«, sagte Dennis neugierig.

Miro zeigte seinem neuen Freund ein müdes Lächeln. »Wirst du. Kobolde haben nämlich auch einiges zu bieten. Keine andere Rasse ist zum Beispiel dazu in der Lage, den magischen Sand herzustellen.«

Den magischen Sand fand Dennis sehr faszinierend. Er vermutete bereits, dass jedes Fabelwesen besondere Fähigkeiten besaß, von denen Menschen nur träumen konnten.

Die beiden waren mittlerweile so hoch in der Luft, dass sie selbst die großen Marmorgebäude nur als kleine Flecken wahrnehmen konnten.

Das Reich der Monddämmerung

»So, wir sind da«, sagte Miro und zeigte mit seinem winzigen Finger auf ein Bauwerk, das sich hinter Dennis befand.

Ein gigantisches Schloss, bestehend aus einem Hauptgebäude und vier großen Türmen aus hellglänzendem, weißem Stein, stand dort mitten im Geäst des Lebensbaums. Die bloße Präsenz des edlen Gebäudes war einschüchternd. Dennis konnte regelrecht spüren, dass hier die wichtigsten und mächtigsten Personen des Fabelreichs lebten. Er musste sich mehrmals die Augen reiben.

Der Aufzug kam zum Stehen und eine Treppe aus Wurzeln ebnete ihnen den Weg zum Schloss. Zu Dennis Verwunderung trafen sie dort keinen einzigen Soldaten an.

Dennis hörte aus dem Nichts wieder das Schreien eines Greifen. Schlimme Erinnerungen wurden wach und sofort duckte er sich. Dieses Mal flog jedoch nur ein grauer Greif mit Reiter aus einer Luke im Dach des Schlosses ins Freie. Nun konnte Dennis das Tier in Ruhe bestaunen. Der Elf auf dem Greifen flog aus dem Geäst des Lebensbaums heraus, um über die Stadt hinweg in Richtung Horizont zu verschwinden.

Miro belustigte Dennis paranoide Reaktion. »Also dieses Mal hat dich der Greif um gut hundert Meter verfehlt.«

Dennis versuchte, sich die Scham nicht anmerken zu lassen und stand kommentarlos wieder auf.

Am Ende der Wurzeltreppe angelangt, konnten sie den Rest des Weges auf einer flachen Ebene laufen, die mit Gras bepflanzt wurde. Es war der Schlosshof. Die Fabelwesen hatten es geschafft, ein großes Plateau auf der Krone des größten Baums der Welt zu bauen. So etwas kannte Dennis nicht im Entferntesten von den Menschen.

Umso näher sie kamen, desto imposanter wirkte das Schloss. Über dem Haupttor prangte ein gigantisches Wappen. Es zeigte einen Vollmond, vor dem ein großes, grünes Blatt schwebte.

Dennis zeigte fasziniert auf die Symbolik. »Was bedeutet dieses Zeichen, Miro?«

»Das ist das Wappen der Monddämmerung. Eine Eliteeinheit, die Venoxia vor vielen Jahrhunderten gründete, um die Traditionen der Elfen aufrechtzuerhalten. Das gesamte Schloss vor uns gehört der Monddämmerung. Seit ein paar Jahren wird ihr Symbol sogar als Wahrzeichen Noxias verwendet.«

Dennis spürte einen nie dagewesenen Stolz. Er gehörte dem Volk, der dieses beeindruckende Bauwerk erschaffen hatte, zumindest teilweise an. Sein Vater wohnte tatsächlich in einem Schloss aus Marmor. Und das wurde auf den zweiten Blick besser bewacht als zuerst vermutet.

Auf der großen Wiese vor dem Schloss liefen wieder die muskelbepackten Riesen mit ihren Säbelzähnen umher. In Vierergruppen werkelten sie an Kutschenwagen oder anderen mechanischen Erfindungen.

»Sag mal, Miro, was sind das für Fabelwesen?«

»Das sind Oger«, antwortete Miro. »Obwohl sie so groß und dümmlich sind, haben viele von ihnen ein wahnsinniges Geschick im Handwerk. Und sie sind rein körperlich wohl die stärksten Fabelwesen in Noxia. Leider haben sie echt soziale Probleme.«

Die Oger würdigten Miro und Dennis keines Blickes und arbeiteten stur an ihren Maschinen weiter. Beim Vorbeigehen kam Dennis ein übelriechender Geruch entgegen. Es roch wie eine Mischung aus Schwefel, Schweiß und Erbrochenem. Dennis brannten die Augen und er musste sich die Nase zuhalten, um nicht in Ohnmacht zu fallen. Miro schien gewusst zu haben, was auf sie zukommen würde, und nickte Dennis bestätigend zu.

Am gewaltigen Tor des Schlosses angelangt, konnte Dennis endlich wieder frei atmen. Vor dem Tor standen zwei Soldaten in silberner Rüstung. Eine der Wachen war ein weiblicher Elf. Neben ihrem noch zierlicheren Körperbau hatte sie sehr lange, nach hinten hängende Ohren und gelbe Augen, die an eine Raubkatze erinnerten. Ihre langen, lila Haare waren deutlich von den meist blonden Haaren der männlichen Elfen zu unterscheiden.

Die Soldaten schienen Dennis und Miro auf den ersten Blick nicht freundlich gesinnt zu sein. Mit ihren Schwertern und Stäben versperrten sie den beiden den Weg ins Schloss. Miro empfand dies als Beleidigung und wollte der Soldatin das Schwert kurzerhand aus der Hand reißen. Die

Soldatin stieß den Kobold kräftig mit ihrem Arm weg, und er platschte unsanft zu Boden.

»Hey, was soll das?! Wir müssen da rein!«

Der männliche Soldat musterte inzwischen Dennis. Er tastete seinen gesamten Körper ab.

»Entschuldigung, haben wir etwas falsch gemacht? Wenn ja, tut es uns leid«, beteuerte Dennis.

Die Soldatin marschierte ernst auf Miro zu und forderte ihn auf, sich wieder aufzurichten. »Sofort die Taschen leeren, Kobold.«

Was eigentlich ein Leichtes gewesen wäre, schien für Miro äußerst unangenehm. Er wollte einfach nicht den Inhalt seiner Taschen preisgeben. »Was ist denn mit euch los? Ihr kennt mich doch. Du solltest mich doch am besten kennen, Nuvielle. Wir haben erst kürzlich eine Runde Skip gegeneinander gespielt, und ich habe dich gewinnen lassen.«

Nuvielle, die Soldatin, hatte für Miro nur ein müdes Lächeln übrig. »Ja, weil du ein verdammt schlechter Spieler bist.« Sie gab ihrem Kollegen eine entspannte Handgeste, um zu zeigen, dass alles in Ordnung war. »Er ist es wirklich. Wenn er ein Betrüger wäre, wüsste er nicht, dass ich sein schlimmster Albtraum in sämtlichen Kartenspielen bin.«

Der Soldat ließ endlich von Dennis ab. »Na gut, wenn du das sagst, Nuvielle.« Der Soldat sah Dennis darauf freundlich und erwartungsvoll an, bevor er sich ehrfürchtig verneigte. »Das bedeutet wohl tatsächlich, dass du Flynns Sohn bist. Der Hüter. Es ist mir eine Ehre, dich kennenzulernen.«

Auch Nuvielle verbeugte sich respektvoll. » Für mich ebenso. Ich denke, du bist schon ganz aufgeregt auf das, was auf dich zukommt?«

Dennis wusste leider nicht, was auf ihn zukommen würde. Doch er wollte endlich seinen Vater sehen und nickte Nuvielle höflich zu.

»Warum habt ihr uns überhaupt so genau kontrolliert? Ihr habt doch gesehen, dass wir es sind«, sagte Miro trotzig.

»Neue Verordnung vom Oberelfen. Jede Person, die in die Menschenwelt reist, muss bei ihrer Rückkehr beim Lebensbaum genauestens kontrolliert werden«, sagte der Soldat.

Nuvielle holte daraufhin eine Schriftrolle aus ihrer Rüstung. »Hier ist das neue, offizielle Gesetz in schriftlicher Form.«

Die Soldatin gab Miro das Dokument, damit er sich ein eigenes Bild machen konnte.

»Hmpf, okay, verstehe. Der Oberelf hat wohl Angst, dass Gesta-Mitglieder in unsere Welt eindringen könnten.«

Die Elfenfrau riss Miro das Dokument wieder aus der Hand und packte es zurück in ihre Rüstung. »Diese Gefahr ist äußerst real. Gerade jetzt, wo das Tor wieder geöffnet wurde, müssen wir vorsichtiger sein. Auch wenn es gut für uns ist, dass wir endlich wieder einen Hüter in unseren Reihen haben, so birgt es genauso viele Gefahren. Noch dazu hat er einen Begleiter bei sich, der alles andere als professionell agiert.«

»Quatsch! Flynn hat mich sogar selbst auf diese Mission geschickt.«

»Wir wissen immer noch nicht, wieso er das getan hat«, schüttelte der Soldat den Kopf.

Dennis wollte seinen Koboldfreund entlasten. »Er hat mich sogar vor zwei Gesta-Agenten gerettet.«

Nuvielle und ihr Kollege schauten Dennis verdutzt an.

»Bist du sicher, dass wir hier vom selben Kobold sprechen?«, fragte Nuvielle belustigt.

»Ja, ich habe ihm aus der Patsche geholfen. Aber jetzt haben wir genug geplaudert. Wir können vielleicht beim nächsten Skipabend darüber reden.«

Der Soldat öffnete kommentarlos das Tor des Schlosses. Dennis konnte einen langen Flur erkennen, der von einem roten Teppich verziert wurde.

»Dein Vater wird sich wohl im Augenblick in der Konferenzhalle im obersten Stockwerk befinden«, fügte der Soldat hinzu.

»Viel Glück, Hüter. Ich bin mir sicher, dass du der Held wirst, den wir alle so dringend brauchen«, sagte Nuvielle euphorisch.

Diese eigentlich aufmunternden Worte brachten Dennis völlig aus dem Konzept. Was meinte sie mit den Begriffen "Hüter und Held"? Musste er also doch irgendwelche Dinge erledigen? So etwas wie einen Drachen töten oder gar einen Krieg gewinnen? Aber um eine solche Aufgabe zu verweigern, musste er zuerst seinen Vater sehen. Er war so weit gekommen, dass er nicht mehr umkehren wollte. Er nahm seinen ganzen Mut zusammen und ging durch den langen Flur des Schlosses. Miro kam schlendernd hinterher.

Der Flur führte zu einer großen Halle mit schwarzen und weißen Steinen und mehreren Türen. Überall war das Symbol der Monddämmerung präsent. An den Wänden in Form eines Gemäldes, eingestanzt oder auch als Kunstform eingewebt in Teppichen war der Vollmond mit dem grünen, saftigen Blatt zu finden.

Bis auf Dennis und Miro war niemand zu sehen. Es war so ruhig, dass man eine Stecknadel hätte fallen hören können. Dennis wartete darauf, dass Miro wieder vorausging, um ihm den Weg zu weisen.

Der Kobold jedoch blieb plötzlich vor Dennis stehen und wirkte unverhältnismäßig eingeschüchtert. »Vielen Dank dafür, dass du immer versucht hast, mir den Rücken zu stärken. Aber warum machst du das? Immerhin kennen wir uns erst seit letzter Nacht.«

Miro zeigte plötzlich eine völlig andere Seite.

Dennis gefiel diese deutlich besser und belohnte sie mit einem herzlichen Lächeln. »Ich mache das, weil du mein Leben gerettet hast. Außerdem mag ich es nicht, wenn man andere so ärgert.«

Miro war sichtlich berührt von Dennis Einstellung. »Du bist echt ein guter Typ, Dennis. Ich glaube, wir könnten die besten Freunde werden.«

Dennis nickte zufrieden. »Das denke ich auch. Aber kannst du mir verraten, warum so viele Leute dich nicht mögen? Die Soldaten und Enzo hatten alle etwas gegen dich.«

Miros Gesicht wurde beinahe so rot wie seine Haare. »Ich glaube, dass erzähle ich dir später. Jetzt ist es erst einmal wichtig, dass du ins Obergeschoss kommst.«

Miro nahm die Treppe auf der linken Seite der Halle, um zur äußersten Tür zu gelangen. Dennis ging gespannt hinterher. Die Tür führte zu einer wunderschönen, großen Wendeltreppe, die in den größten der vier Türme führte. Die Treppe war aus schwarzem Gestein geschlagen. Wenn man genau hinsah, konnte man kleine Edelsteine in den Stufen erkennen.

Geschwind ging es für die beiden in Richtung Turmspitze. Überall hingen Bilder von berühmten Fabelwesen. Noxia schien eine Heldenkultur zu besitzen. Wer etwas werden wollte, wurde ein tapferer Krieger, der dann Drachen oder andere Monster erlegte. Soweit zumindest Dennis bisherige Annahme. Sein Vater schien auch so ein berühmter Krieger zu sein. Dennis schaute unter jedem Bild, auf dem ein Elf zu sehen war, nach dem Namen, doch er konnte die Schrift nicht entziffern. Also suchte er unter den Bildern nach Elfen, die große Ähnlichkeiten mit ihm aufwiesen. Ohne Erfolg.

Miro ging trotz seiner geringen Körpergröße ohne Pause weiter die Stufen zur Turmspitze hinauf. Dennis musste sich das Lachen verkneifen, da es bei dem Kobold so aussah, als würde er die Stufen wie einen Hügel erklimmen.

Als Dennis dachte, es gäbe kein Ende bei dieser Treppe, gelangten sie auf eine neue Ebene. Ein riesiger Saal mit vielen Türen und Spinden zeigte sich.

Nach einem kurzen Durchschnaufen wollten beide die nächste Treppe nach oben nehmen, um endlich die Turmspitze zu erreichen. In diesem Augenblick ertönte ein lauter Gong, der den gesamten Saal zum Beben brachte. Wie aus einer Pistole geschossen, stürmten plötzlich aus allen Türen Massen von Fabelwesen heraus. Das Seltsame war, dass all diese Wesen noch sehr jung zu sein schienen. Diese jugendlichen Fabelwesen trugen große Taschen und Schriftrollen mit sich.

Miro und Dennis mussten sich durch den neuen Personenstrom durchschlängeln, um zur Treppe zu gelangen. Manche schauten Dennis genauer an und tuschelten mit ihren Nachbarn.

Die beiden waren nur noch wenige Schritte von der Treppe entfernt, als plötzlich eine große Gruppe von Jugendlichen vor ihnen herlief und ihnen so für eine Zeit den Weg versperrte.

Dennis bekam aus dem Nichts einen kräftigen Schlag auf den Kopf und taumelte nach vorne. Als er sich umdrehte, sah er ein Elfenmädchen, das arrogant an ihm vorbeilief. Jedoch erlaubte auch sie sich einen kurzen Blick auf Dennis zu richten. Durch ihre langen, lila Haare und ihre stechend gelben Augen hatte sie Ähnlichkeit mit Nuvielle. Nur war sie deutlich kleiner und noch zierlicher gewesen. Statt einer Rüstung trug sie eine braune Uniform aus Seide, die auf der Brust mit dem Logo der Monddämmerung bestickt war. Beim genaueren Hinsehen bemerkte Dennis, dass alle jungen Fabelwesen diese Uniform trugen.

Dennis war völlig perplex. Die Schüler sahen ihn mit großen Augen an, versuchten ihn danach aber möglichst zu ignorieren. Miro hingegen ließ sich nicht beirren und lief mit Scheuklappen die Treppe zur Spitze des Turms hinauf. Dennis musste folgen.

»Es ist nicht mehr weit«, versicherte Miro schnaufend.

Die Wendeltreppe wurde nun deutlich schmaler und beide mussten aufpassen, nicht zu stolpern. Kurz darauf schienen sie es endlich geschafft zu haben. Sie standen vor einer großen Bogentür, die fest verschlossen schien.

Eine emotionale Begegnung

Miro klopfte mehrmals fest gegen die Tür. Dann lauschte er am Türschloss, um zu prüfen, ob sich jemand näherte. Dennis Nervosität erreichte nun ihren Höhepunkt. Auch ohne sein Ohr an die Tür zu halten, konnte er hören, dass sich jemand näherte.

»Bleib locker. Du willst doch nicht, dass dich dein Vater so sieht«, sagte Miro.

Dann ging die Tür mit einem lauten Quietschen auf. Doch statt Flynn stand ein gewaltiger, von Kopf bis Fuß tätowierter Oger vor den beiden Jungs. Ein merkwürdiger Gesell, der Dennis einen richtigen Schrecken einjagte. Außer einer Kettenhose trug er nichts am Leib. Er wirkte noch muskulöser und größer als die anderen Oger, denen Dennis bisher begegnet war. Zu seiner Erleichterung stank er bei weitem nicht so streng wie seine Artgenossen.

Nach einem kurzen prüfenden Blick begrüßte das mächtige Fabelwesen die beiden Gäste, indem er seine Fäuste zusammenprallen ließ und nickte. »Tut reinkommen, ihr beiden. Ihr tut schon seit Stunden erwartet werden«, sagte der Oger mit so dunkler Stimme, dass Dennis eine Gänsehaut bekam.

Die beiden Jungs folgten dem Oger und gelangten in eine weitere Halle. Diese war völlig anders als die Vorherigen. Dennis hatte das Gefühl, im Freien unterwegs zu sein. Überall standen Büsche und Bäume, die der gewaltigen Halle einen wohligen Waldgeruch spendeten. Das Highlight war aber ein schmaler Bach, der kreuz und quer durch die Räumlichkeit floss. Durch ihn wurde die Halle in fünf Bereiche aufgeteilt, die wie kleine Inseln durch Steinbogenbrücken miteinander verbunden waren. Eine große Insel im Zentrum und vier kleinere in den Ecken des riesigen Raums. Die Decke bestand vollständig aus Glas. Dennis konnte in die Krone des Lebensbaums blicken, die nur wenig Sonnenlicht durchließ.

Der aufgeregte Halbelf nahm bereits mehrere Stimmen wahr.

»Wir wären ja schon früher hier gewesen, Baltasar, aber es gab einige Komplikationen«, sagte Miro.

»Das Problem ist, dass genau in diesem Moment eine Konferenz stattfinden tut«, entgegnete Baltasar.

Seinen Vater während ihrer ersten Begegnung bei etwas zu stören, war das Letzte, was Dennis wollte. »Sollen wir vielleicht warten? Wir waren so lange unterwegs, dann können wir auch jetzt noch eine Weile abwarten.«

»Wir tun sehen, was möglich ist. Immerhin tust du wichtiger Besuch sein«, sagte Baltasar und lächelte Dennis mit seinen gewaltigen Säbelzähnen an.

Der Oger führte die beiden Jungs über eine Brücke, die ins Zentrum der Halle führte. Von dort aus konnte man die Schönheit des Raums hervorragend bewundern. Dennis entdeckte in der rechten Ecke eine Insel, auf der sechs Elfen an einem Tisch saßen. Einer von ihnen musste sein Vater sein. Nun ging es nur noch darum, die letzte Brücke zu überqueren, um die kleine Insel, auf dem die Konferenz stattfand, zu erreichen.

Dennis konnte die Elfen an dem Tisch nach und nach besser erkennen. Er musterte jeden Einzelnen von oben bis unten. Er war so nervös, dass er das Gespräch zwischen Baltasar und Miro nur am Rande wahrnahm.

Ganz hinten am Tisch erhob sich ein Elf. Er war ungewöhnlich groß und hatte dieselben goldblonden Haare wie Dennis. Nur waren diese viel länger und nach hinten gekämmt. Er sah äußerst gepflegt aus und trug im Gegensatz zu den restlichen Elfen am Tisch eine dunkelblaue, metallische Rüstung mit Schulterpolstern, die dezent mit funkelnden Edelsteinen verziert wurde.

»Wir sollten genau hier einen weiteren Grenzposten errichten, um die Zentauren weiter in ihr Territorium zurückzudrängen«, sagte der Elf streng und zeigte mit einem Stab auf einen Punkt der großen Karte hinter dem Tisch.

Dann bemerkten alle Anwesenden der Konferenz, dass sich Baltasar mit Miro und Dennis näherte. Alle Augen richteten sich plötzlich bloß noch auf Dennis. Ein erstarrtes Raunen ging von der Gruppe Elfen aus.

Der stehende Elf mit der Edelsteinrüstung hingegen lächelte den eingeschüchterten kleinen Halbelfen an. »Ich würde sagen, ihr überlegt euch bis morgen, ob euch diese Idee zusagt. Bei erfolgreicher Übereinstimmung könnten wir bereits nächste Woche den Bereich um den östlichen Grenzturm gesäubert haben.«

Die anderen Elfen schienen einverstanden gewesen zu sein und nickten ab. Sie erhoben sich, um den Tisch und die Insel zu verlassen. Dafür mussten alle Konferenzmitglieder an Dennis, Miro und Baltasar vorbei. Jeder Einzelne der Elfen begrüßte Dennis ehrenhaft, um dann zufrieden die Insel zu verlassen. Nur der Elf mit der Edelsteinrüstung blieb am Konferenztisch stehen.

Das Gewusel rund um Dennis ließ langsam nach, und er konnte den verbliebenen Elf genauer betrachten. Als er dieses Gesicht mit den hellblauen Augen sah, war er sich sicher. Dieser Mann war sein Vater.

Beide näherten sich langsam, während Baltasar und Miro stehen blieben. Dennis Herz klopfte bis zum Hals. Er konnte nicht glauben, was gerade passierte. Eine Situation, von der er sein Leben lang geträumt hatte, wurde endlich wahr. Man konnte beiden diese gewaltige Anspannung ansehen. Auf diesen Moment haben Vater und Sohn dreizehn Jahre gewartet.

»Dennis Brunn, der Elfhybrid«, betitelte Flynn seinen Sohn stolz, ging in die Hocke und breitete seine Arme aus. »Komm zu mir, mein Sohn.«

Dennis stürmte mit Tränen in den Augen los und sprang seinem Vater schluchzend in die Arme. Zum ersten Mal in seinem Leben konnte er ihn umarmen und spüren. Es war noch viel schöner, als er es sich jemals vorgestellt hatte. »Papa, ich bin so froh, bei dir zu sein.«

Flynn strahlte gerührt. Auch dem mächtigen Elfenfürsten lief eine Träne über die Wange. Er drückte Dennis fest an sich und schloss erleichtert die Augen. »Ich bin überglücklich, dass du endlich bei mir bist, mein Sohn.«

Baltasar flossen die Tränen der Rührung durch sein Gesicht. Miro hingegen kämpfte gegen seine Gefühle an, indem er seine Finger und Zehen aneinanderpresste. Dennis heulte wie ein Wasserfall in den Armen seines Vaters. Dies war der bislang schönste Moment seines Lebens. In diesem Augenblick fiel die Last von dreizehn Jahren Unwissenheit von ihm.

»Papa, ich will nie mehr weg von dir. Nie mehr.«

Vater und Sohn lösten sich voneinander und blickten sich glücklich an.

»Du siehst noch viel cooler aus, als ich dachte«, strahlte Dennis überwältigt.

Sein Vater sah ihm in vielen Punkten sehr ähnlich, doch war er viel größer, muskulöser und selbstbewusster. Durch seine prunkvolle Rüstung wirkte er wie ein König.

Flynn lachte, als er Dennis Kompliment hörte. »Ich war ebenfalls positiv gestimmt, als ich dich das erste Mal nach dreizehn Jahren wiedergesehen habe. Im Gegensatz zu dir hatte ich den Vorteil, dass ich dich bereits vor dem heutigen Tag erblicken durfte.«

Dennis verstand nicht, was sein Vater damit meinte. Mit leicht gedrückten Augen sah er zu ihm hoch.

»Was denkst du denn, wer diese lächerlichen Rüpel verjagt hat«, schmunzelte Flynn.

Dennis musste einen Moment nachdenken, bevor er verstand, dass sein Vater tatsächlich der grau-silberne Wolf gewesen war, der Felix und seine Gang in die Flucht geschlagen und mit seiner Anwesenheit ganz Dornsdorf in Angst und Schrecken versetzt hatte.

»Wieso hast du mir nichts gesagt, Papa? Wir standen uns doch sogar gegenüber.«

»Das ist eigentlich ganz einfach«, erklärte Flynn, der die Enttäuschung seines Sohnes verstehen konnte. »Ich kann in meiner Wolfsform nicht sprechen. Und ich hätte mich wohl kaum vor allen Menschen dort in meiner wahren Elfengestalt zeigen können. Noch dazu waren bereits mehrere Gesta-Agenten hinter mir her. Sie hatten wohl meine Anwesenheit mit ihren Messgeräten bemerkt. Darüber hinaus war es an diesem Tag überhaupt nicht geplant, dass wir uns begegnen. Das Tor zur Menschenwelt öffnete sich zur Überraschung aller am Vortag unseres Treffens. Ich hatte mit Gerrit vereinbart, dass ich dich verdeckt aufsuche, aber noch nicht in Erscheinung trete. Als ich jedoch sah, dass du in Schwierigkeiten stecktest, musste ich reagieren. So kam alles anders als geplant.«

Diese Erklärung machte für Dennis Sinn.

Miro hatte derweil wieder das Bedürfnis, sich ins Geschehen einzubringen, und trat stolz hervor. »Hallo, Flynn. Ich habe die Mission, die du mir aufgetragen hast, erfolgreich ausgeführt.«

Flynn war im Gegensatz zu den anderen Elfen, die Dennis heute getroffen hatte, nicht erbost über den Auftritt des selbstbewussten Kobolds. Er lachte ihn an und zeigte ihm sogar bestätigend den Daumen. »Sehr gut, Miro. Ich habe doch gewusst, dass du deine Mission erfolgreich gestalten wirst. Mein Dank ist dir gewiss.«

»Ach, keine Ursache. Wenn man einen Helden bestellt, bekommt man auch einen. Obwohl ich sagen muss, dass ich ein paar Gesta-Agenten den Hintern versohlen musste, um deinen Sohn zu retten«, posaunte Miro so eingebildet, dass sogar Dennis schmunzeln musste.

»Dann hast du ja eine wahre Heldentat vollbracht. Es war die richtige Idee, dich mit solch einer Aufgabe zu fordern«, entgegnete Flynn.

Mit stolzgeschwellter Brust stand Miro da, als hätte er nichts anderes als ein Lob seines Auftraggebers erwartet.

Flynn drehte sich wieder zu seinem Sohn, der immer noch schwer realisieren konnte, was gerade um ihn herum geschah. Der Gesichtsausdruck seines Vaters wurde zu seiner Verwunderung plötzlich ernst. »Also hast du auch bereits Bekanntschaft mit der Gesta machen müssen.«

Dennis nickte aufgewühlt.

Flynn sah Baltasar an und gab ihm eine vertrauliche Geste. »Baltasar, bist du so gut und nimmst Miro für einen Moment mit in den Speisesaal. Ich möchte mich ein paar Minuten allein mit meinem Sohn unterhalten.«

Baltasar zögerte nicht und stand stramm. »Jawohl, mein Fürst.«

Miro hatte anscheinend ebenfalls kein Problem mit Flynns Befehl. Er schien sich sogar auf den Aufenthalt im Speisesaal zu freuen. »Wir sehen uns nachher, Dennis. Ich werde mir jetzt erst einmal den Bauch vollschlagen«, sagte der Koboldjunge und verließ mit Baltasar die kleine Insel.

Flynn wartete geduldig, bis beide die Halle verlassen hatten. Dennis starrte seinen Vater währenddessen immer noch begeistert an. Er hatte eine ganz besondere Ausstrahlung. Dennis konnte nicht stolzer sein.

Flynn hörte mit seinen scharfen Elfenohren das Klacken der Tür. Sie waren nun allein. Der Elfenfürst drehte sich bedacht zu Dennis. Dieser war so gespannt darauf, was sein Vater ihm nun persönlich sagen wollte.

»Das war sicher ein harter Schlag für dich, was in den letzten Wochen rund um deine Person geschehen ist«, startete Flynn die Konversation.

Er sprach seinem Sohn aus der Seele. Wenn Dennis in den letzten Tagen zur Ruhe kam, spürte er erst, was für einem immensen Stress er ausgesetzt war. Kopfschmerzen, Erschöpfung und Albträume waren die Folge.

»Ja, dass kannst du laut sagen, Papa. Weißt du denn, was alles passiert ist?«

Flynn machte eine abwiegende Handgeste. »Mehr oder weniger. Ich kann mich nur auf das berufen, was ich an dem Tag gesehen habe, als ich in Dornsdorf war. Und natürlich das, was mir Gerrit und Miro berichtet haben. Und das war bedauerlicherweise so einiges.«

»Also weißt du auch über meinen Stiefvater Bescheid? Und über die

Gesta auch?«

Flynn nickte und ging in Richtung einer der kleinen Brücken. Bei einem Spaziergang durch das Biotop ließ es sich gleich angenehmer unterhalten. Das langsam fließende Wasser und die edlen Wege und Brücken strahlten eine gewisse Ruhe aus.

»Wenn du wüsstest, mein Sohn. Die Gesta ist ein Teil unserer Geschichte, wenn auch ein sehr dunkler. Und deinem Stiefvater bin ich bereits über den Weg gelaufen. Den Rest hat mir Gerrit erzählt.«

Dennis war erstaunt über den Wissensstand seines Vaters. »Dann weißt du auch, wie er mich die ganzen Jahre behandelt hat? Er ist ein absolutes Monster. Ich habe wirklich Angst vor ihm. Und ich habe auch selbst schon herausfinden können, wozu die Gesta fähig ist.«

Flynn blieb stehen und nahm seinen Sohn in den Arm, als wären sie nie getrennt gewesen. »Ich weiß. Ich verabscheue ihn dafür noch mehr als du, dass kannst du mir glauben. Eines Tages werden wir ihn dafür bluten lassen.«

Dennis fühlte sich deutlich sicherer, jetzt, wo er seinen Vater kannte. Die Entschlossenheit, die er ausstrahlte, steckte ihn an. »Am liebsten würde ich ihn schon jetzt für alles büßen lassen«, ballte der kleine Junge die Faust.

»So einfach ist das leider nicht, Dennis. Die Gesta ist äußerst gefährlich, und dein Stiefvater ist noch dazu ein Venandi. Schlimmer hätte sich unsere Situation eigentlich kaum entwickeln können.«

Dennis war erstaunt. Roger schien sogar seinen Vater auf irgendeine Art und Weise zu verunsichern. »Was sollen wir gegen ihn machen, Papa?«

»Weißt du, warum Roger in deine Familie gekommen ist und er ein so großes Interesse an dir und der Fabelwelt besitzt?«

Dennis schüttelte unsicher den Kopf. Die wahren Beweggründe der Gesta hatte ihm noch niemand erklärt.

Flynn brachte seinen Sohn zur nächsten Insel, wo sich ein runder Tisch mit vier Stühlen und ein Bücherregal befand. »Setz dich am besten hin. Wir fangen ganz von vorne an.«

Flynn zog ein Buch aus dem Regal. Dennis setzte sich auf einen der Stühle und wartete gespannt auf das, was ihm sein Vater gleich zeigen würde. Ein bisschen fühlte er sich an den Tag seines Geburtstags zurückversetzt. An dem Tag schenkte Gerrit ihm dieses merkwürdige Buch, welches er bis heute noch nicht enträtselt hatte. Aber Dennis hatte dieses Mal die Hoffnung, wirklich etwas zu erfahren.

Flynn hielt ein schwarzes Buch in den Händen, das ebenso abgenutzt aussah wie das von Gerrit. Doch der Elfenfürst setzte sich nicht einfach auf einen der freien Stühle. Neben dem runden Tisch befand sich ein Blumenbeet mit einem kleinen Baum in der Mitte. Dieser war nicht größer als ein Bonsai. Flynn starrte den Baum an. Dann streckte er seine Hand aus und spannte sie an. Plötzlich bewegte sich der kleine Baum. Er wuchs nach oben und bildete genau auf der Höhe von Flynns Hüfte ein Nest aus Wurzeln.

Dennis dachte zuerst, Miro hätte ihm mit seinem Lypus eine Droge verabreicht, die ihn halluzinieren ließ. Doch er fühlte sich pudelwohl und hatte vorher auch keinerlei Anzeichen für eine Halluzination.

Als hätte er nie etwas anderes getan, setzte sich Flynn in das selbstgemachte Nest und schlug das Buch auf. Dennis war so beeindruckt, dass er nicht wusste, wie er seine Frage formulieren sollte. Wie hatte sein Vater das angestellt? Er beschloss, erst einmal den Mund zu halten, um seine Konzentration für den Inhalt des Buches zu bewahren.

Flynn suchte anscheinend nach einer bestimmten Seite. Als er diese gefunden hatte, legte er das Buch auf den runden Tisch. Dennis konnte wieder sehr viel Schrift erkennen, die er nicht lesen konnte. Es war wieder diese für ihn merkwürdige Fabelschrift, die wie eine Mischung aus Symbolen und antiken Buchstaben aussah. Ganz unten auf der Seite war eine Zeichnung zu sehen. Es war eine Weltkarte, die mit vielen Markierungen und Routeneinzeichnungen versehen war. Das Erstaunlichste an dieser Karte war, dass die Abbildung in dem Buch etwas anders aussah als das, was Dennis aus der Schule kannte. Die Kontinente sahen von ihren Umrissen ein wenig befremdlich aus, und es waren eine Menge Symbole an verschiedenen Stellen verzeichnet. Der Kontinent Australien war überhaupt nicht zu finden. Dafür fiel Dennis ein kleiner Kontinent im Atlantik zwischen Afrika und Mittelamerika auf. Dieser war anders als die anderen mit einem grellen Grün gezeichnet. Der Kontinent war nicht größer als Mitteleuropa, hatte aber alle möglichen Landschaften zu bieten. Von Gebirgen bis zu wundervollen Wäldern, die sich über hunderte Kilometer weit erstreckten.

»Das ist eine Weltkarte aus dem Menschenjahr 1593«, erklärte Flynn. »Sicherlich fällt dir an dieser Welt etwas Entscheidendes auf?«, fragte der stolze Elfenvater erwartungsvoll.

Dennis studierte die Karte noch einmal, um sicherzugehen, dass er sich alle wichtigen Details eingeprägt hatte. Schnell zeigte er auf den grünen Kontinent. »Was für ein Land oder Kontinent ist das? Den gibt es heute so gar nicht mehr, oder?«

Flynn schüttelte lächelnd den Kopf und zeigte ebenfalls auf den grünen Kontinent. »Fast, aber nicht ganz richtig. Auf diesem Kontinent befindest du dich genau in diesem Augenblick.«

Dennis konnte es nicht fassen. Wenn sein Vater die Wahrheit gesagt hatte, war dieser kleine Kontinent tatsächlich die Fabelwelt. »Du willst mir damit echt sagen, dass dieses Stückchen Land auf der Erde Noxia ist?«

»Auch nicht ganz«, antwortete Flynn. »Noxia ist das Reich der Elfen und nur ein kleiner Teil dieses wundervollen Kontinents, der sich dort oben im Norden befand. Was du dort also in Gänze siehst, ist der Kontinent Fabel, der sich dank unserer Vorfahren nun nicht mehr an diesem Platz auf der Erde befindet.«

Für Dennis klang das alles sehr weit hergeholt. Aber andererseits befand er sich in diesem Moment im Reich der Elfen, und sein Vater hatte gerade einen Baum wie ein Zauberer wachsen und zu einem Sessel werden lassen.

»Ich habe gehört, ihr habt euch von der Menschenwelt getrennt, um eure Sicherheit zu garantieren. War das wegen der Gesta?«

Flynn blätterte die nächste Seite im Buch auf. Dort war deutlich mehr Text zu sehen als auf der vorherigen Seite. Nur ein kleines Bild verzierte das untere Ende. Dennis konnte auf der Abbildung zwei Menschen erkennen, die einen Elfen mit einer Pistole niederstreckten.

»Es ist besser, wenn ich dafür etwas weiter aushole und dir die ganze Geschichte erzähle«, sagte Flynn betroffen. »Du musst den Ursprung der Komplikationen erfahren.«

Dennis nickte und wartete gespannt darauf, endlich das zu erfahren, was er sich schon seit Wochen gefragt hatte.

Die Geschichte der Fabelwesen

»Gut, dann mach es dir bequem und höre gut zu, mein Sohn.«

Dennis faltete seine Hände zusammen und legte seinen Kopf stützend ab, um gespannt zu hören, was sein Vater zu sagen hatte.

»Es ist so, dass wir Fabelwesen bereits vor Millionen von Jahren existierten, lange bevor sich die Menschen entwickelt haben. Abgeschottet und ohne jegliche Fremdeinwirkung konnten sich die Fabelwesen auf dem Kontinent Fabel prächtig entwickeln. Dort lebten Wesen, die man an anderen Orten der Erde vergeblich suchte. So haben wir uns schnell zu verschiedenen zivilisierten Völkern entwickelt.

Im Vordergrund stehen seit jeher die vier großen Völker der Fabelwelt, die sich im Laufe der letzten Jahrmillionen ihre eigenen Kulturen und mächtigen Reiche erbaut haben. Dies sind die Reiche der Elfen, Zwerge, Kobolde und das der blutrünstigen Trolle.

Jedes Volk hatte seine eigenen Prinzipien und Fähigkeiten. Wir Elfen sind das naturverbundene Volk. Wir leben für die Natur und haben unsere Sinne so weit entwickelt, dass wir mit ihr verschmelzen können.

Die Zwerge sind robuste und körperlich starke Wesen, die das zwanzigfache ihres eigenen Körpergewichts stemmen können. Das brauchen sie auch, um in der lebensfeindlichen Umgebung des Beledumgebirges zu bestehen.

Die Kobolde sind meist sehr heimtückisch, dafür aber hochintelligent. Sie haben sich ebenfalls der Natur verschrieben, allerdings auf anderem Wege als wir Elfen. Sie verfügen über unglaubliche Kenntnisse in Sachen Kräuter und anderen Pflanzen, aus denen sie die besten Tränke brauen, die du dir vorstellen kannst. Sie tragen eine Magie in ihren Körpern, die manchen Reagenzien erst ihre Wirkung verleiht.

Die Trolle hingegen sind weder naturverbunden noch robust. Aber sie kennen sich mit dunklen Flüchen und finsteren Ritualen aus. Trolle sind bis auf Ausnahmen böse und kaltblütig. Während wir Elfen die Natur und ihre

Gaben anbeten, himmeln Trolle einen mysteriösen, dunklen Gott an. Überlieferungen zufolge ist dieser böse Bruder der Natur, der auch Schattengott genannt wird, für alle Massenaussterben der Erdgeschichte verantwortlich. Durch einen monströsen Verrat an die Natur soll sich dieses pure Böse abgespalten haben, um Chaos in der Welt sähen zu können. Doch ohne den Pakt mit dem Guten braucht der Schattengott unfassbare Energie, um sich zu manifestieren. Er ist gestaltlos, bis ein Wesen geboren wird, das den Naturgesetzen widerspricht und mächtig genug ist, um dem Schattengott einen Körper zu bieten. Bekommt der Schattengott seine Manifestation, soll er dazu in der Lage sein, die ganze Welt zu vernichten. Aber das ist völliger Unsinn, wenn du mich fragst. Noch nie hat es Beweise für einen so mächtigen Gott gegeben.«

Dennis machten die Trolle Angst. Er dachte, die Gesta wäre die einzige Gefahr, die die Fabelwesen haben. Aber selbst in der Fabelwelt gab es wohl genügend weitere Bedrohungen.

»Oh mein Gott, dass klingt ja furchtbar. Ich habe zum Glück noch keinen Troll getroffen«, sagte Dennis.

»Du kannst dir gerne schon mal ein Bild von ihnen machen.«

Flynn zeigte Dennis auf der folgenden Seite eine weitere Zeichnung. Die Abbildung zeigte ein gräuliches, langes Wesen mit großen, flossenartigen Füßen. Er trug eine zerfetzte, dunkle Tracht, auf der merkwürdige, kryptische Symbole zu sehen waren. Es hatte kleine Hörner auf dem Kopf und ein kantiges, in die Länge gezogenes Gesicht, welches mindestens so böse aussah wie das von Roger.

Dennis hatte nun das Bild eines brutalen Barbaren mit Hang zu religiösem Fanatismus im Kopf. »Ich finde, die sehen total unheimlich aus.«

Flynn lachte und blätterte wieder auf seine Ursprungsseite zurück. »In Natura sehen sie sogar noch hässlicher aus.«

Um endlich mit der Geschichte voranzukommen, erzählte Flynn weiter.

»Du kannst dir sicher vorstellen, dass es nicht leicht war, mit einem Volk, wie den Trollen, auf einem Kontinent zu leben. Also vereinten wir uns mit den Kobolden und einigen kleineren Völkern, um gegen diese Bestien bestehen zu können. Die Trolle leben einzig und allein nach den Vorgaben des Schattengottes. Das bedeutet Vernichtung und Kontrolle über jegliches

Leben.
Regelmäßig kam es zu erbitterten Schlachten zwischen uns und den Trollen. Durch unser Bündnis konnten wir die meisten Kämpfe für uns entscheiden, doch dieses unsichere Leben zog unendliches Leid über unsere Ahnen. Sie fragten sich langsam, ob es noch eine Welt außerhalb von unserer gab.
Somit beschloss unser damaliger Oberelf Syndrat, eine Expedition in die Außenwelt zu schicken. Er hatte die Hoffnung, so endlich den Trollen zu entkommen und seinem Volk ein neues Leben in Sicherheit schenken zu können. Bedauerlicherweise kam die erste Expeditionsgruppe nie zurück. Die Angst machte sich breit, dass es dort draußen etwas noch Schlimmeres gab als Trolle. Lange Zeit versuchte niemand mehr, Fabel zu verlassen.
Erst viele Jahrzehnte später, als Syndrat bereits ein gebrechlicher Elf war, machten sich sechs mutige Elfen auf, das Geheimnis der Grenzen unserer Welt zu lüften. Sie fanden einen neuen Kontinent, der heute als Europa bekannt ist. Dort lebten bereits Menschen, die in ihrer Entwicklung gerade dabei waren, ihre ersten Siedlungen zu errichten. Schnell machte unsere Expeditionsgruppe Bekanntschaft mit ihnen. So begann ein wunderbares Bündnis zwischen Menschen und Fabelwesen.
Die Menschen brachten uns die Architektur und die Grundlagen des Handels bei, während wir den Menschen das erweiterte Jagen und die Funktionen der Natur näherbrachten. Dadurch entwickelten sich beide Parteien in den nächsten Jahrhunderten rasant weiter. Dies ging so weit, dass manche Fabelwesen in der Menschenwelt ihre Wurzeln schlugen, um dort ein neues Leben zu beginnen. Und auch so mancher Mensch machte sich auf, in die für ihn neue Welt.«

Dennis konnte sich nicht vorstellen, dass vor vielen Jahrtausenden Menschen im alten Elfenreich lebten. Die alten Griechen, Ägypter und Römer haben wohl tatsächlich diese magische Welt bestaunt, so wie er es an diesem besonderen Tag konnte.

»Ich finde das wirklich unglaublich. In keinem Geschichtsbuch, das ich kenne, wurde jemals etwas davon erwähnt. Kein Wissenschaftler aus unserer Zeit weiß noch etwas über euch«, teilte Dennis verwundert mit.

Flynn nickte erfreut über das Interesse seines Sohnes.

»Über viele Jahrhunderte profitierten Menschen und Fabelwesen

voneinander. Fabelwesen siedelten sich auf der gesamten Welt an und erschufen so die meisten Legenden, die von den heutigen Menschen als Märchen abgetan werden.
Allerdings traten mit dem Beginn des Zeitalters, welches für euch als Mittelalter bekannt ist, die ersten Schwierigkeiten auf. Die Machtverhältnisse veränderten sich, und die großen Reiche der Menschen wurden gestürzt. Die meisten Menschen verarmten, während sich Krankheit und Angst über die Welt verbreiteten.
Wir Fabelwesen versuchten zu helfen. Aber da nun viele größenwahnsinnige Fürsten und Könige an der Spitze der Macht thronten, wurden wir nach und nach bedrängt. Laut dem neuen Glauben der Menschen passten wir nicht mehr in ihre Welt. Die meisten von uns verließen die Menschenwelt und kehrten in ihre ursprüngliche Heimat zurück.
Die Menschen in höheren Positionen waren aufgrund unserer Fähigkeiten voller Neid und Gier zerfressen. Anfangs waren zumindest die Menschen der einfachen Bevölkerung noch auf unserer Seite, doch im Hintergrund der Ereignisse gab es eine Elitegruppe aus Söldnern, die im Auftrag für hochrangige Menschen die Welt zu einem Ort des Chaos verwandeln sollten. Denn durch Chaos und Furcht konnte man die Menschen besser regieren. Wir Fabelwesen waren ihnen durch unsere Magie und Macht ein Dorn im Auge.
Um auch das Wohlwollen der einfachen Bevölkerung zu gewinnen, startete diese neue Geheimorganisation Kampagnen gegen Fabelwesen. Durch ihre hasserfüllte Lügenpropaganda wurden wir Fabelwesen schlagartig für alles Unheil der Welt verantwortlich gemacht. Die Pestpandemie war plötzlich ein Werk von Kobolden gewesen, die die Krankheit mit ihren Tränken bewusst verbreitet haben sollen. Dürren und Unwetter, welche die Ernten der Menschen zerstört oder minimiert haben, waren ohne jegliche Beweise in den Augen der Kirche und der Krone ein Werk von uns Elfen gewesen. So wurden wir zu verhassten Kreaturen, die gejagt wurden.
Ein Krieg zwischen Menschen und Fabelwesen breitete sich aus. Die Söldnertruppe gewann immer mehr Einfluss und somit auch Macht, sodass sie nicht länger kontrollierbar waren. Irgendwann wurde jede hochrangige Person durch ein Mitglied dieser Gruppe ersetzt. Sie verschrieben sich völlig der Herrschaft über die Welt. Ihrer Weltansicht nach darf eine Macht, wie wir Fabelwesen sie haben, nur den Menschen oder ihrem Gott gehören.

Der Zeitpunkt kam, an dem sie so weit gingen, unser geliebtes Fabel anzugreifen. Für uns ging es zu diesem Zeitpunkt bloß noch darum, unsere Kultur zu schützen. Durch die Vergangenheit wussten sie, dass wir Dinge besaßen, die ihnen dabei helfen würden, für immer an der Macht zu bleiben. Wir waren der Schlüssel und gleichzeitig die Hürde, um die ultimative Macht zu erlangen. Durch unsere Reagenzien und Magie erlangten manche Herrscher der Menschen eine neue Macht. Sie lebten länger und wurden stärker. Erbitterte Schlachten an unseren Grenzen forderten tausende Opfer. Mit den vereinten Kräften aller Fabelvölker schafften wir es, die wichtigsten Kämpfe für uns zu entscheiden.
Die Söldnertruppe hatte mittlerweile jedoch einen solch großen Einfluss, dass sie sich trotz der Ablehnung durch die Kirche die besten Naturwissenschaftler untertan machten, um sich technologisch weiterzuentwickeln. Ein Mensch ging sogar so weit, eine völlig neue Glaubensrichtung ins Leben zu rufen. Durch antike Schriften und seinen eigenen Vorstellungen schrieb er das Buch "Sancta Gestae Deus". Auf Grundlage dieses Buches gründete die Söldnertruppe im Jahr 1585 eine Gruppierung namens "Res gestae Dei". Heute ist dieser Orden für uns lediglich als "Gesta" bekannt.«

Für Dennis waren diese Zeitspannen schwer zu greifen. Die Gesta schien ihren Ursprung tatsächlich im Mittelalter zu haben. Und sein böser Stiefvater war einer von ihnen. Da es jetzt sogar um Themen wie Weltherrschaft und die Unterdrückung anderer Menschen ging, wurden sie nicht gerade sympathischer. Die Gesta schien eine Schurkenvereinigung zu sein, die Dennis sonst nur aus Filmen, Büchern oder Videospielen kannte.

»Es ist wirklich erstaunlich, dass diese fiesen Typen schon seit so vielen Jahrhunderten ihr Unwesen treiben und niemand sie aufhält. Aber andererseits haben sie die Weltherrschaft in all den Jahren nicht erlangen können«, kombinierte Dennis.

Flynn nickte zögerlich. »Aber sie waren oft genug kurz davor. Ich werde dir den Hauptgrund nennen, wieso sie gerade in der heutigen Zeit keine einflussreiche Rolle mehr in den Regierungen spielen.«

»Dieser war das tapfere Einschreiten unserer Vorfahren. Nachdem so gut wie alle Fabelwesen zu ihren Wurzeln zurückgekehrt waren, und die Gesta trotz allem nicht aufhörte, sie zu jagen, mussten sie sich wehren. Durch

unsere deutlich höheren geistigen Sinne und besseren Fähigkeiten, hatten die Menschen lange Zeit keine Chance gegen uns. Doch im Gegensatz zu unserer Kultur entwickelten sich die Menschen technologisch immer weiter und entwarfen verschiedene Waffen und Fallen, um uns das Leben schwer zu machen. Dazu kamen die Konflikte mit den Trollen. Wir verloren nach und nach unsere Krieger, sodass die elfische Rasse begann, auszusterben.
Zu unser aller Glück hatten wir zu dieser Zeit den wohl weisesten und mächtigsten Oberelfen aller Zeiten in unseren Reihen. Venoxia. Venoxia gilt auch heute noch als der bedeutsamste Anführer aller Zeiten. Für ihn ging das Wohl seines Volkes immer vor seinem Eigenen, und er war der wohl begabteste Naturgist aller Zeiten. Seine Bindung zur Natur und dem Universum war legendär.
Die Gesta erlangte während Venoxias Regentschaft dennoch ihren Höhepunkt der Macht. Durch das Erlangen unserer Heiligtümer, wie dem magischen Sand, verschiedenen Kräutern, Tränken oder auch den Eigenschaften mancher Körperteile von Fabelwesen, entkamen sie endgültig ihren menschlichen Grenzen. Ein Nachfahre des Gesta-Gründers wurde der bis heute wohl älteste Mensch aller Zeiten. Durch Drachenblut -und Sekret und verschiedensten Kräutern erlangte er eine ewige Jugend. Das letzte Mal, als es offizielle Aufzeichnungen von ihm gab, war dieser Mensch bereits über zweihundert Jahre alt. Und wir wissen nicht, wie alt er am Ende geworden ist.«

Für Dennis wurde diese Geschichte langsam eher zu einer Gruselgeschichte. Allein der Gedanke, wie die Gesta Fabelwesen umbrachte, um an deren Organe zu kommen, war absurd und kaum zu glauben.

»Venoxia bekam mehr und mehr Angst vor der gewaltigen Macht der teuflischen Menschen. Und so beschloss er eine Maßnahme zu ergreifen, die ihn bis heute zum größten Volkshelden macht.
Um das Elfenreich und die restliche Fabelwelt für immer vor der Bedrohung der Gesta zu befreien, pflanzte er im Jahr 1625 den Lebensbaum Noxia. An diesem Baum arbeitete er sein halbes Leben lang. Er studierte die Schriften unserer Urahnen, die so einen Baum laut einer Legende vor knapp einer Millionen Jahren bereits einmal pflanzen konnten. Es ist das ultimative Erzeugnis der Natur.

Leider hatte die Schöpfung eines so mächtigen Baumes auch seine Schattenseiten. Um den Baum so weit zu nähren, dass er dazu in der Lage war, eine neue Dimension erschaffen zu können, war ein besonderes Ritual vonnöten. Dafür waren zwei bestimmte Lebewesen nötig. Eines, dessen Seele und Geist stark genug waren, um mit dem Baum zu verschmelzen. Die andere, ebenfalls mächtige Person, musste auf der anderen Seite der zu erschaffenen Dimension stehen, um eine geistige Verbindung beider Welten zu erschaffen.
Venoxia sah sich als passendstes Objekt für die Verschmelzung. Es musste nur noch ein Wesen gefunden werden, das die Bedingungen erfüllte.
Lange musste Venoxia nicht suchen. Es gab noch eine kleine Rebellengruppe von Menschen, die zu den Fabelwesen standen. Die berühmteste Familie, die unseren Bräuchen treu blieb, waren die Brunns. Sie kämpften bereits über Generationen als Rebellen gegen die Herrschaft der Gesta. Unter ihnen war eine besondere Person. Sein Name war Manfesto Brunn.«

Dennis Alarmglocken läuteten. Das war der Name, der in dem Buch gestanden hatte, mit dem er ins Reich der Fabelwesen reiste. »Ja, den kenne ich. Das war mein Urururururururur...«

Flynn unterbrach Dennis mit einer freundlichen Handgeste. »Er ist jedenfalls ein direkter Vorfahre von dir. Die gesamte Familie Brunn hat ihren Ursprung in dieser Rebellengruppierung.
Manfesto Brunn war damals ein junger Mann, den Venoxia als äußerst Besonders erachtete. Er war ein Elfhybrid. Seine Mutter war eine Elfe, während sein Vater ein Mensch war. Dies gab es in der Geschichte verhältnismäßig selten. Er war der Einzige, der die Bedingungen für die zweite Person des Rituals erfüllte. Man sagte schon damals, dass Hybriden ganz besondere Kräfte besitzen. Durch die Vermischung von edlem Elfenblut und robusten Menschengenen sollen bereits in der Vergangenheit unbesiegbare Krieger geboren worden sein.
So geschah es, dass Venoxia und Manfesto Brunn das Ritual vollzogen, um den Lebensbaum zu pflanzen. Venoxia verband seine Seele mit dem hergestellten Samen des Lebensbaums, damit der Spross genügend reine Energie bekam, um durch die Dimensionsmauer zu brechen. Er opferte somit sein irdisches Dasein, um fortan ein Teil des Lebensbaums zu werden. Manfesto blieb währenddessen in der Menschenwelt und verband seinen Geist mit

dem Lebensbaum.
Der Lebensbaum wuchs in Lichtgeschwindigkeit und durchbrach die Dimensionsmauer. Seine Wurzeln schlugen durch den Boden und krallten sich an die Menschenwelt, um einen Übergang zu bilden. Es war die Geburt des mächtigsten Lebens, das je die Erde erblickte.
Leider entwickelten sich daraus mehr Komplikationen als zunächst angenommen. Die Wurzeln des Baums waren so massiv und kraftvoll, dass sie sogar begannen, unseren geliebten Kontinent Fabel zu zerbersten. Laut den Forschungen unserer Naturgisten wurde Fabel in vier Teile gespalten. Alle neuen Fabelkontinente sind mit einer gewissen Hauptwurzel, auch Wurzelstrang genannt, mit der Menschenwelt verbunden, dafür jedoch nicht mehr mit ihrem Ursprung.
Wir haben mit dem Elfenreich Noxia, dem Andertal, Shikira und noch vielen weiteren Gebieten den mit Abstand größten der vier neuen Kontinente. Ein großes Unglück. Seither können wir keinen Kontakt mit den anderen Fabelwelten aufnehmen. Die Hauptsache war jedoch, dass wir es geschafft hatten, uns von der menschlichen Welt zu lösen. Es war der Beginn eines neuen Zeitalters.«

Dennis fand die Geschichte aufregend und beängstigend zugleich. »Das Ganze ist echt der Wahnsinn. Und soweit ich weiß, habt ihr dann auch dafür gesorgt, dass euch die Menschheit vergisst. Und was wurde eigentlich aus meinem Vorfahren Manfesto?«

»Genau. Es war nämlich nicht alles Gold, was glänzt. Venoxia hatte die Fabelwesen durch sein Opfer mittelfristig gerettet, langfristig jedoch nicht. Er hatte nicht bedacht, dass der Lebensbaum selbst eine neue Gefahr für uns und die Menschenwelt darstellt.
Manfesto wurde vom Nachfolger Venoxias zum sogenannten Hüter der Fabeln und Beschützer der Welten ernannt. Er war dafür zuständig, die Verbindung der Welten mit seinem Leben zu beschützen. Er war der Einzige, der die geistige Verbindung zum Lebensbaum in sich trug. Er fertigte die zwei berühmten Fabeln, die heute als Tor zu der jeweils anderen Welt fungieren.
Manfesto konnte ohne Probleme zwischen den Welten reisen und war dazu in der Lage, den Eingang zu unserer Welt zu öffnen oder zu schließen, wann

er es wollte. Kein Elf, egal wieviel Talent er besitzt und wie lange er auch trainieren möge, wird es schaffen, eine Verbindung mit dem Lebensbaum herzustellen.

Manfesto wurde somit für viele Jahrzehnte die mächtigste und wichtigste Person beider Welten. Leider gab es bekanntlich vier Tore zu den jeweils neuen Fabel-Kontinenten. Die anderen drei neuen Fabelwelten sind bis heute sich selbst überlassen, da weder Manfesto noch seine Nachfahren diese Tore finden konnten. Der Hüter der Fabeln hatte die Aufgabe, alle Welten zu beschützen, jedoch hatte Noxia oberste Priorität.

Die Gesta war in den letzten Jahrhunderten selbstredend auch nicht untätig gewesen. Sie fanden schnell heraus, was mit der Fabelwelt passiert war. Durch ihre unerschöpfliche Machtgier führten sie den Krieg gegen uns weiter. So erfuhren sie bedauerlicherweise, dass unser Lebensbaum ihnen die sofortige Macht verleihen würde, die Welt zu erobern. Seither schmiedet die Gesta Pläne, um die heiligen Fabeln zu finden und in unser Reich einzudringen.

Da die Rebellengruppe rund um die Familie Brunn über die letzten Jahrhunderte alles daransetzte, die Machenschaften der Gesta zu durchkreuzen, hatten wir bislang einen zuverlässigen Schutz vor den Menschen. Bis heute haben sie keine Ahnung, wo sich das noxische Weltentor befindet. Wir dachten, wir hätten gesiegt, da die Gesta vor allem im Laufe des letzten Jahrhunderts stark an Größe und Einfluss verloren hatte. Doch aus irgendeinem für uns noch unbekannten Grund kam diese okkulte Vereinigung vor knapp zwanzig Jahren stärker zurück als jemals zuvor. Durch ihre scheinbar unerschöpflichen Datenbanken, Wissenschaftler und Spione schafften sie es vor knapp dreizehn Jahren, herauszufinden, dass in absehbarer Zeit ein neuer Hybrid auf die Welt kommen würde.«

Manfestos Erbe

Dennis wusste, dass er damit gemeint war. Zum ersten Mal begriff er die Zusammenhänge, die Gerrit ihm so lange verschwiegen hatte.

»Sie wussten also, dass ich geboren werde? Und es ist für sie interessant, weil ich ein Hybrid bin, der ihnen auf irgendeine Art und Weise helfen kann, ihre kranken Pläne in die Tat umzusetzen? Deswegen ist Roger in meine Familie geplatzt?«

Flynn schlug das Buch zu und blickte seinem Sohn tief in die Augen. »Das Roger in deine Familie getreten ist, war mit Abstand das Verheerendste, was uns hätte widerfahren können. Gerrit hat seine Geschichte erst kürzlich studiert. Er ist absolut grausam und besser über Fabelwesen im Bilde als jedes andere Gesta-Mitglied, das wir kennen.«

»Meinst du etwa, er könnte doch vorhaben, mich zu töten?« Dennis bekam ganz weiche Knie. Am liebsten wollte er Noxia nie wieder verlassen.

Zu seiner Erleichterung schüttelte Flynn den Kopf. »Aktuell musst du dir darum keine Sorgen machen. Sie haben Angst, dass du die Fähigkeiten deines Vorfahren geerbt hast und somit in der Lage bist, die Tore zu unserer Welt zu schließen.«

Dennis schaute zu sich herunter. »Aber das kann ich doch überhaupt nicht.«

Flynn legte seinen Arm um Dennis und zog ihn sanft zu sich. »Jetzt vielleicht noch nicht. Aber du hast sowohl das Blut meiner Familie als auch das der Familie Brunn in deinen Adern. Es würde mich schwer wundern, wenn du nicht dazu in der Lage wärst.«

»Du meinst also, sowas kann man lernen? Solche Dinge, die du kannst? Ich fand deinen Zauber vorhin nämlich richtig cool«, schwärmte Dennis.

Flynn stutzte. »Was meinst du?«

Dennis zeigte auf den selbstgemachten Sessel seines Vaters. »Ich meinte das, was du mit dieser Pflanze da gemacht hast. Du hast sie in einen Sitz verwandelt.«

Flynn musste lachen. »Ach das. Das ist überhaupt nichts Besonderes. Außerdem ist das keine Zauberei, sondern die pure Verbindung zur Natur.«

Dennis ging zu Flynn und dem gemütlich wirkenden Baumsessel. Fasziniert strich er mit seiner Hand über das Gestrüpp. »Das ist keine Zauberei? Und die Natur kann so etwas? Das ist wirklich unglaublich.«

Flynns Ernsthaftigkeit verschwand bei den völlig verzauberten Augen seines Sohnes. Er schmunzelte amüsiert.

Motiviert erhob sich der Elf von seinem Baumsessel, stellte sich dahinter und streckte seine Arme aus. »Pass auf, mein Sohn.«

Dennis war gespannt darauf, was passieren würde. Flynn spannte seine Arme an und wirkte äußerst konzentriert. Dann vollzog er verschiedenste schnelle sowie langsame Handgesten, und der Sessel begann sich plötzlich zu verformen. Das Nest wurde zu einem Gestrüpp aus mehreren langen Wurzeln.

»Siehst du, ich bin mit meinem Geist eine Verbindung mit diesem Baum eingegangen. Durch meine Energie und der geistigen Präsenz kann ich diesen Baum zum Wachsen bringen. Ich kann ihn verformen und sogar als Waffe einsetzen.«

Flynn presste seine Lippen angestrengt zusammen. So eine Pflanze zu kontrollieren schien kräftezehrend zu sein. Der Elfenfürst machte eine ruckartige Handbewegung und die Wurzeln schlugen wie eine Peitsche mit einem lauten Knall auf den Boden. Flynns Körperspannung lockerte sich daraufhin wieder, und der Baum begann sich in seine ursprüngliche Form zurückzubewegen.

Dennis hielt vor Erstaunen seine Hände an die Wangen. »Das ist einfach genial! Und so etwas können alle Elfen?«

»Jeder Elf hat zumindest die Veranlagung, um so etwas zu lernen. Aber in der Regel beherrschen derartige Techniken nur die ausgebildeten Krieger Noxias.«

»Könnte ich solche Techniken auch lernen? Das sah nämlich echt cool aus, und ich könnte damit Roger angreifen«, sagte Dennis schmunzelnd vor Rachegelüsten.

»Ja, ich bin mir hundertprozentig sicher, dass du alles, was ich beherrsche, auch lernen kannst. Und das ist auch der Hauptgrund, weshalb du heute hier bist«, sprach Flynn nun wieder sehr ernst.

Dennis spürte eine regelrechte Stimmungsänderung. »Was ist denn los, Papa? Gibt es ein Problem?«

Flynn nahm wieder das Buch zur Hand und schlug eine weitere Seite auf. »Da du der einzige noch lebende Elfhybrid bist und noch dazu ein direkter Nachfahre von Manfesto Brunn, mit genau der richtigen Blutmischung, hast du geschichtlich auch eine wichtige Aufgabe zu erfüllen.«

Flynn zeigte Dennis die aufgeschlagene Seite des Buches. Auf dieser war eine Zeichnung zu sehen. Sie zeigte einen Elfen, der den Altar der heiligen Fabel vor ein paar Menschen mit Mistgabeln beschützte.

»Seit der Trennung unserer Welten hat ein Hybrid immer die Aufgabe gehabt, das noxische Weltentor zu schützen. Doch nur ein direkter Nachfahre Manfesto Brunns kann die Fähigkeit erlernen, mit dem Lebensbaum in Kontakt zu treten. Nur diese Person kann zum wahren Hüter der Fabeln werden.«

»Ich soll der Beschützer dieses Tores sein? Wie soll ich das denn anstellen? Ich bin doch noch ein Kind.«

Flynn schlug die nächste Seite auf, um dann wieder seinen Arm um Dennis Hals zu legen. »Mach dir keine Sorgen, mein Sohn. Ich würde dich niemals ins kalte Wasser schmeißen.« Er zeigte Dennis ein weiteres Bild. Auf diesem war ein großer Elf zu sehen, der einem Kleineren deutliche Anweisungen gab. »Du wirst selbstverständlich die bestmögliche Ausbildung bekommen, die dir zuerst die Grundlagen des Elf-Seins lehren wird.«

Dennis konnte nicht mehr ruhig sitzen bleiben. Er sprang panisch auf und riss den Arm seines Vaters zur Seite. »Davon hat mir nie jemand etwas gesagt! Ich dachte, ich lerne endlich meinen Vater und viele neue Leute kennen und das wars!«

Flynn blieb auf den Wutausbruch seines Sohnes die Ruhe selbst und hockte sich zu ihm herunter. »Das stimmt. Das lag jedoch auch daran, dass es alle für das Beste hielten, wenn ich dir alles in Ruhe erkläre. Niemand kann dich zu irgendetwas zwingen. Jedoch muss ich dir zu deiner Sicherheit raten, dass es das Beste wäre, wenn du es versuchen würdest.«

Dennis ließ sich nicht beruhigen. Er lief hin und her und wusste nicht, mit der Situation umzugehen. »Was meinst du damit? Wieso wäre es für meine Sicherheit das Beste?«

Flynn blätterte eine weitere Seite auf und hielt sie direkt vor Dennis Nase. Es war das Gesta-Logo. Ein Kreis, der mit den Farben Blau, Rot und

Schwarz unterteilt wurde. In der Mitte stand in sehr alter, kursiver Schrift der Name des okkulten Ordens, mit ihrem Leitspruch darunter.

»Meinst du damit, dass Roger oder andere Leute von der Gesta mir etwas antun könnten, wenn ich diese Ausbildung nicht antrete?«, fragte Dennis schweißtriefend.

Flynn schlug das Buch wieder zu und legte es zur Seite. »Ich werde es dir nochmal genauer erklären. Die Gesta weiß seit deiner Geburt genau, wer du bist. Du bist der Nachfahre ihres Erzfeindes, welchen sie vor vierhundert Jahren nicht besiegen konnten. Sie wissen, dass du der Einzige bist, der dazu in der Lage ist, eine Verbindung zu Noxia aufbauen zu können. Und wer die Verbindung zu Noxia in sich trägt, der hat die Macht, die Tore zwischen den Welten zu öffnen oder zu schließen, wann immer er oder sie es will. Das ist auch der Grund, warum sie dich nicht töten. Sie haben geduldig gewartet, bis du dreizehn geworden bist. Sie sehen dich als eine Art Schlüssel zu unserer Welt.«

Dennis musste laut schlucken. »Gerrit erzählte mir, dass der dreizehnte Geburtstag etwas Besonderes in Noxia ist. Warum?«

»Das Abschließen des dreizehnten Lebensjahres bedeutet bei uns eine Menge. Mit diesem Alter verlässt man die Basisschule, um anschließend eine erweiterte Schule zu besuchen. Die gewählte Institution hängt davon ab, welche Position man anstrebt. Ich bin damals in die Kriegerschule gegangen, so wie dein Großvater. Aber bei dir bedeutet das Vollenden des dreizehnten Lebensjahres noch bedeutend mehr.«

»Was bedeutet das jetzt für mich?«

»Hybriden haben einen sehr besonderen Körper. Nach Abschließen ihres dreizehnten Lebensjahres haben sie die kritische Phase überwunden. Hybriden entwickeln erst dann ihre besonderen Fähigkeiten.«

Dennis nahm diese Kenntnis mit erstauntem Nicken hin. Für einen Moment hörte man nur das beruhigende Rauschen des Baches, der neben ihnen herlief.

»Was passiert, wenn sie herausfinden, dass ich das Tor noch nicht beeinflussen kann?« Dennis wusste bereits die Antwort, wollte sie aber von seinem Vater hören.

Flynn nickte seinem verängstigten Sohn krampfhaft zu. »Das dürfen sie niemals herausfinden. Ebenso wie die Orte der vier Weltentore.«

Dennis starrte fassungslos den Boden an. So kam es, dass er nicht bemerkte, wie sich sein Vater zu ihm bewegte, um ihn zu umarmen. Dennis wünschte sich einfach, dass er besser auf diese Situation vorbereitet gewesen wäre. Er war nun in einen Krieg verstrickt, von dem er fast keine Ahnung hatte. Und ausgerechnet er sollte jetzt eine der wichtigsten Rollen im Kampf gegen die Gesta übernehmen? Dennis hatte das Gefühl, heulen zu wollen. Doch er konnte es nicht. In den letzten Wochen hatte er so viel erlebt, dass er geschockt, aber keineswegs traurig war. Ihm war lediglich diese Verantwortung zu hoch. Wenn er versagen würde, könnte das bedeuten, dass die Gesta in die Fabelwelt gelangt, um diese dann wohl zu vernichten.

Flynn ließ Dennis nicht mehr los und drückte ihn fest an sich. »Ich weiß, dass das heute sehr viel für dich war. Ordne dich erst einmal ein paar Tage, bevor du eine Entscheidung triffst.«

Dennis wollte diese Entscheidung sehr gerne sofort fällen. In diesem Zustand konnte er jedenfalls nicht zurück nach Dornsdorf reisen.

»Ich habe einfach Angst, dass ich euch alle enttäusche. Diese Verantwortung ist etwas völlig Neues für mich«, klagte Dennis.

»Mach dir keine Sorgen darüber, zu versagen. Du bekommst die beste Ausbildung, die du dir wünschen kannst. Du kannst nur scheitern, wenn du es nicht versuchen würdest. Im Ernstfall wirst du dich eines Tages verteidigen müssen.«

Dennis genoss noch einen Moment die Nähe seines Vaters, bevor er weiter darüber nachdachte, was er ihm mit seiner Ansprache vermitteln wollte. Seine Worte beruhigten ihn jedenfalls nicht so sehr wie er es gerne gehabt hätte. Er konnte sich einfach nicht vorstellen, mit der Kraft der Natur zu kämpfen oder sich in ein Tier zu verwandeln, so wie sein Vater. Doch er wollte ihn auf keinen Fall enttäuschen.

Flynn erklärte seinem Sohn nochmals, dass er in den nächsten Jahren auf seine Rolle vorbereitet werden würde. Bis dahin wäre er schon deutlich älter und reifer. Es gab also mehrere Personen, die ihm bei dieser Aufgabe unterstützen würden. Da er sich vielleicht durch seine bald angeeigneten Fähigkeiten gegen Roger behaupten könnte, war es die einzige Entscheidung, die Sinn machte. Ohne eine anständige Ausbildung würde ihn die Gesta eines Tages umbringen.

In den Armen seines Vaters nickte Dennis plötzlich und gab ein bestätigendes Summen von sich.

»Du willst es also probieren?«

»Ja, wenn ihr nicht enttäuscht seid, falls ich es nicht schaffe.«

»Mach dir nicht immer Sorgen, zu versagen. Das wirst du nicht. Du wirst zu einem starken Krieger, dass verspreche ich dir.«

Dennis Angst wurde in leichte Motivation umgemünzt. »Ich werde alles geben, Papa. Allein schon, um es Roger heimzuzahlen.«

Flynn war sichtlich froh über Dennis plötzlichen Sinneswandel. »Es geht darum, dass wir gemeinsam gegen die Gesta kämpfen werden. Wir werden kämpfen, bis kein Gesta-Agent mehr atmet. Aber ich möchte, dass du ohne meine Erlaubnis nichts Unüberlegtes anstellst. In der Menschenwelt kann ich nicht so für deine Sicherheit sorgen wie hier in Noxia.«

Dennis nickte einfach, obwohl er nur mit halbem Ohr zuhörte. Seine Aufmerksamkeit ließ langsam nach. »Ich freue mich auch, mehr über eure Kultur und Welt zu erfahren.«

»Glaub mir, wir werden eine wundervolle Zeit hier in Noxia verbringen. Wir werden die Zeit, die wir zusammen verpasst haben, nachholen, dass verspreche ich dir.«

Auf die gemeinsame Zeit mit seinem Vater freute sich Dennis am meisten.

Er wollte gerade eine weitere Frage stellen, als plötzlich Baltasar in den Raum gestürmt kam. Völlig außer Atem eilte er zu Flynn, um ihm eine Schriftrolle zu übergeben. »Du musst sofort kommen tun, Flynn. Wir haben gerade die Nachricht gekriegt, dass die räuberische Zentaurengruppe von letzter Woche wieder ihr Unwesen treiben tut.«

Flynn überflog den Text nur, bevor er sie dem Oger zurückgab. »Dieses Mal sind sie drüben an der shikirischen Grenze. Hast du den anderen bereits Bescheid gegeben?«

»Ja, sie sind schon auf dem Weg zur Grenze. Aber sie wollten dich auch dabeihaben tun«, schnaufte Baltasar.

Flynn zögerte keinen Augenblick und lief zu der Insel links neben ihnen. Dort waren zwei Kurbeln in der Marmorwand angebracht. Dennis wusste nicht, wie er sich verhalten sollte. Er blieb perplex bei Baltasar stehen, der langsam wieder zu Kräften kam.

Flynn betätigte die erste Kurbel. Diese öffnete oben in der Glasdecke ein großes Fenster. Dann betätigte er die zweite Kurbel. Diese öffnete eine große Falltür im Boden neben ihm. Flynn bückte sich darüber und pfiff laut hinein. Es dauerte nicht lange, bis der Elfenfürst eine Antwort bekam. Ein lauter Schrei hallte durch den gesamten Raum. Dennis kam dieses Geräusch bekannt vor und wurde bestätigt. Ein Greif stürmte aus dem Loch im Boden empor.

Dennis hatte nun die Gelegenheit, dieses Tier aus nächster Nähe zu betrachten. So ein elegantes und bizarres Geschöpf war einfach etwas Besonderes. Die Flügelschläge waren im beinahe geschlossenen Raum noch mächtiger als zuvor im Wald. Sie verursachten einen so starken Wind, dass Dennis sich nicht auf den Beinen halten konnte.

Zu seinem Glück landete das zauberhafte Tier direkt neben Flynn. Dieser begrüßte den Greifen wie einen alten Freund.

Nun überwog Dennis Neugierde und er rannte zu der kleinen Insel, auf der sich sein Vater mit dem Greif befand. Flynn zog eilig eine rostige Metallkiste aus der Ecke hervor und kramte daraus einen Ledersattel und einen alten Riemen. Er setzte den Sattel auf den Rücken des Tieres und befestigte beim Aufspringen noch den Riemen, der als Zügel dienen sollte.

»Tut mir leid, dass wir unseren ersten gemeinsamen Tag so verbringen mussten, Dennis. Aber ich verspreche dir, dass das in Zukunft anders aussehen wird«, sagte Flynn und drehte sich mit seinem imposanten Tier zu Baltasar. »Baltasar, sei bitte so gütig und sorge dafür, dass mein Sohn sicher nach Hause kommt.«

Der Oger machte eine respektvolle Militärgeste. »Jawohl.«

Flynn flog auf seinem Reittier nach oben, um durch das offene Fenster im Glasdach nach draußen zu gelangen. Das Letzte, was Dennis von seinem Vater sah, waren sein langes, goldblondes Haar und seine schimmernde Rüstung, die das einfallende Sonnenlicht in seine Augen reflektierte.

Der Monddämmerungssaal

Dennis war immer noch hin und weg von der Begegnung mit seinem Vater. Doch seine zukünftige Aufgabe belastete ihn zugleich sehr. Er versuchte sich einfach vorzustellen, in ein paar Jahren so stark zu sein wie sein Vater.

Baltasar stampfte auf Dennis zu und stellte sich nochmals richtig vor. Der Oger sah zwar furchterregend aus, aber er war ein sehr netter Geselle. Als Betreuer wirkte er deutlich kompetenter als Miro.

»Willst du etwas essen, bevor du nach Hause fahren tust?«

Baltasar konnte wohl Dennis Gedanken lesen. Durch die ganzen Ereignisse bemerkte er es nicht, doch nun knurrte sein Magen wie verrückt.

»Ja, wenn Sie noch etwas übrighaben, gerne«, sagte Dennis schüchtern.

Baltasar grinste und bat Dennis, ihm zu folgen. »Ich bin dein Freund, Dennis. Tu mich Baltasar nennen.«

»Oh, Entschuldigung«, grinste Dennis fröhlich. Die lockere Art der Fabelwesen gefiel ihm.

»Hier bei der Monddämmerung tust du nie zu wenig Essen kriegen. Immerhin tun hier die wichtigsten Personen Noxias arbeiten.«

Baltasar führte Dennis aus dem Konferenzraum zurück in das Treppenhaus. Dort ging es die langen, schwarzen Treppen wieder hinunter ins Erdgeschoss. Dennis hatte somit etwas Zeit, um diese besondere Begegnung mit seinem Vater zu verarbeiten. Er und Noxia haben einen so faszinierenden Eindruck hinterlassen, dass der Halbelf gar nicht anders konnte, als auch Baltasar mit Fragen zu löchern.

»Was für eine Räubergruppe ist das, die mein Vater verfolgt? Das hörte sich ziemlich gefährlich an.«

Baltasar schnaufte kurz, bevor er ernst antwortete. »Er tut gemeinsam mit seiner Gruppe eine Räuberbande Zentauren verfolgen. Das sind schlimme Monster, die in den Dunkellaubwäldern hausen tun. Schon seit Jahrhunderten tuen wir Krieg gegen sie führen. Immer wieder tun sie unsere

Grenzen überqueren, um unschuldige Händler auszurauben und zu töten. Doch gegen die geballte Macht Noxias tun sie keine Chance haben. Sie sollten in ihren Wäldern bleiben, dann tun sie länger leben.«

Dennis war erschrocken darüber, dass innerhalb der Fabelwelt so viel Krieg geführt wurde. »Die Fabelwelt ist gefährlicher als ich dachte.«

Baltasar zuckte daraufhin ahnungslos mit den Schultern. »Wir tun es hier nicht anders kennen. Aber solange du auf der richtigen Seite stehen tust, geht es dir hier gut.«

Baltasar blieb im Flur des Erdgeschosses vor einer unauffälligen Tür stehen. Diese Tür, an der Dennis und Miro vorhin noch vorbeigegangen waren, war der Zugang zum Speisesaal.

So einen großen Raum hatte Dennis noch nie gesehen. Es war eine gewaltige Halle, die von ihrem Design ein wenig an eine Kirche erinnerte. Überall befanden sich Bänke, an denen man sitzen konnte. Die Fenster waren allesamt sehr groß, um das wenige Sonnenlicht einzufangen. Über den gesamten Saal verteilte sich ein Buffet mit verschiedensten Lebensmitteln.

Dennis war vollkommen überwältigt. Um ihn herum befanden sich Massen an Fabelwesen, die ihr selbst zusammengestelltes Essen vertilgten und sich dabei mit ihren Nachbarn unterhielten. Es war der bislang einzige Moment, in dem Dennis Gewohnheiten sah, die er auch aus der Menschenwelt kannte.

Was er noch während seiner ersten Begeisterungsphase bemerkte, war die Sitzordnung der Speisenden. Diese waren in verschiedene Altersgruppen und Gesellschaftsschichten aufgeteilt. Während sich links ausschließlich sehr junge Fabelwesen befanden, saßen rechts die gestandenen Soldaten, Verwalter und weitere Angestellte der Monddämmerung. In der Mitte saßen lediglich sechs Elfen am Tisch. Diese unterschieden sich nochmals von den anderen Anwesenden. Sie waren deutlich älter und trugen alle sehr lange, edle Kutten, die mit Fabelschriftzeichen versehen waren.

»Willst du dich zu deinem kleinen Freund setzen tun?«, fragte Baltasar.

»Ja, gerne«, sagte Dennis immer noch leicht schüchtern. Bevor er sich zu irgendwelchen Fremden setzen musste, zog er lieber den manchmal nervigen, aber dennoch netten Kobold vor. Diesen konnte er bei dem ganzen Trubel jedoch nicht entdecken.

Baltasar führte Dennis durch den langen Gang, der sich zwischen der linken und mittleren Tischreihe befand. Dennis bemerkte schnell, dass ihn manche Fabelwesen beobachteten. Er versuchte, stur nach vorne zu blicken, aber die Neugierde darüber, welche Personen ihn da die ganze Zeit anstarrten, war am Ende größer. Es waren eine Menge Leute. Manche begrüßten ihn freundlich und wünschten ihm sogar alles Gute. Das galt vor allem für die Soldaten. Viele jüngere Personen sahen Dennis hingegen eher neutral an. Am schlimmsten waren aber die alten Fabelwesen am mittleren Tisch. Sie blickten Dennis so vorwurfsvoll und arrogant an, dass er sich in ihrer Anwesenheit unwohl fühlte.

Zum Glück waren sie schnell an den sechs alten Männern vorbeigelaufen.

Auf der linken Seite fiel Dennis wieder dieses junge Elfenmädchen auf, das ihn noch vor gut einer Stunde oben auf dem Gang angerempelt und sich nicht einmal dafür entschuldigt hatte. Wie schon zuvor sah sie kurz eingebildet zu Dennis herüber, bevor sie sich wieder ihren Freundinnen zuwandte.

´Ein echt unsympathisches Mädchen´, dachte sich Dennis.

Baltasar blieb plötzlich stehen und zeigte mit seinem dicken Finger auf eine kleine Gruppe, die am Rande der linken Tischreihe saß. »Dort drüben ist dein Koboldfreund. Ich muss jetzt wieder nach oben. Falls du früher fertig seien solltest, tu einfach wieder in den Konferenzraum kommen. Ansonsten tue ich dich in etwa einer halben Stunde wieder hier abholen.«

Dennis nickte und bedankte sich bei dem Oger. Dann eilte er zum Ende der linken Tischreihe. Miro lag dort mit dem Rücken auf der Bank und ließ seine Arme und Beine nach unten hängen. Am selben Tisch saßen fünf weitere Jugendliche. Ein Elfenjunge, ein Elfenmädchen, ein junger, dicker Oger und zwei sehr haarige Wesen mit zwei kleinen Hörnern auf dem Kopf.

»Hey, Miro«, sagte Dennis mit einer gespielten Gelassenheit.

Miro schaute angestrengt und verdutzt nach oben und sah seinen neuen Freund auf sich zulaufen. »Ach, du bist es«, entgegnete der Koboldjunge angestrengt. Er wirkte sehr träge und richtete sich nur schwer wieder auf.

Die anderen fünf am Tisch lachten den Kobold aus.

»Du solltest einfach mal deine Wetten gewinnen«, scherzte der Elfenjunge. Er trug ein weißes, schlabberiges Hemd über seiner braunen Schuluniform. Seine Haare waren merkwürdigerweise braun und sehr kurz. Er kämmte sie zur Seite, sodass er für Dennis aussah wie ein arroganter Schnösel.

Als der schnöselige Elfenjunge Dennis auf sich zukommen sah, machte er große Augen. »Heiliger Grubenbaum. Du musst der Hybrid sein. Flynns Sohn.«

Dennis nickte verklemmt.

»Ich habe euch doch gesagt, dass er hier im Schloss ist«, sagte Miro.

»Du hast uns aber auch letzte Woche erzählt, dass Nuvielle dich als Einzigen zu ihrem Geburtstag eingeladen hat. Dir glaube ich erst, wenn ich Beweise habe«, sagte der gestriegelte Elf.

Bevor Miro rot wurde, klopfte er mit seiner Hand auf den linken Sitzplatz neben sich. »Komm her, Dennis. Dann kannst du uns berichten, was dein Vater dir gesagt hat.«

Dennis wollte jedoch zuerst etwas vom Buffet haben. »Kann ich mir einfach etwas von dort nehmen? Baltasar meinte, ich könnte hier etwas essen.«

Sowohl Miro als auch die fünf anderen lachten.

»Natürlich kannst du das«, sprach eines der haarigen Wesen zu Dennis. Sein blaues Fell sah so flauschig aus wie von einem Kuscheltier. Seine schwarzen Kulleraugen vertieften dieses Bild noch.

Dennis flitzte zum Buffet. Er hoffte nur, dass die Fabelküche genauso gut war wie die, der Menschen. Denn vieles von den Nahrungsmitteln in den großen Kesseln sah für ihn befremdlich aus. Rote Pastete, kleingehackte Pilze in allen erdenklichen Farben, stachelige Früchte und Kräuterbällchen standen unter anderem zur Auswahl. Zumindest das Fleisch und die Suppen hatten Ähnlichkeit mit dem, was Dennis von zuhause kannte.

Da er die Beschriftungen über den Kesseln nicht lesen konnte, musste er sich auf seine Augen verlassen. Er nahm sich zwei Stücke Fleisch mit ein paar Kräuterbällchen. Als Vorspeise schüttete Dennis sich noch zwei Kellen von einer cremigen Suppe in eine Schüssel. Als Getränk noch ein kühles Wasser, und schon war sein Abendessen bereit zum Verzehr.

Dennis ging zurück zu der kleinen Tischgruppe. Er hatte das Gefühl, dass die Schüler über ihn tuschelten. Er kannte diese Körpersprache und diese Blicke aus seiner Schule. Schlimme Erinnerungen kamen in ihm hoch, und er wollte am liebsten wegrennen. Doch Miro und die anderen winkten ihn lächelnd zu sich. Dennis ging mit nach unten gerichtetem Kopf zurück zum Tisch und setzte sich kommentarlos neben Miro.

Der Kobold hatte währenddessen immer noch Schwierigkeiten, zu atmen. »Boah, mit euch mache ich definitiv keine Wetten mehr.«

»Was hast du gemacht?«, fragte Dennis zaghaft.

Miro klopfte angeschlagen auf seinen leicht rundlichen Bauch.

»Er war der Meinung, er könnte in einer Minute mehr Fleischbällchen verdrücken als ich«, sagte eines der haarigen Monster und lachte.

Das andere haarige Monster neben ihm musste ebenfalls lauthals gackern und schlug seinem Nachbarn kräftig auf den Kopf.

Dennis fand diese Wesen sehr interessant. Trotz der Statur eines Bären wirkten sie keineswegs tierisch.

»Ein Kobold, der meint, mehr essen zu können als ein Spodo«, stieß es kräftig aus dem gigantischen Hals des rechten, haarigen Wesens.

Das Lachen steckte sogar Dennis an. Er wollte nur nicht so unverschämt sein und über seinen kleinen Freund lachen. Als es aus ihm herausplatzte, versuchte er so zu tun, als müsste er laut husten.

Miro merkte, dass Dennis es ebenfalls ganz lustig fand, dass er sich mit der Wette lächerlich gemacht hatte. »Lacht ihr nur. Wer zuletzt lacht, lacht am besten. Außerdem habt ihr mich mit eurem Einsatz dazu genötigt, mitzumachen.«

»Was für ein Einsatz?«, fragte Dennis.

Der glattpolierte Elf zeigte lachend auf Miro. »Dieser Kobold hat die größte Klappe in ganz Noxia. Sein Problem ist, dass wirklich nichts dahintersteckt. Seit zwei Jahren fordert er jeden von uns in seiner Paradedisziplin heraus, weil er denkt, er könnte es besser.«

»Ihr habt aber auch mit den Wetten angefangen. Und ihr wisst, dass ich nach meinen gefeierten Heldentaten keine Herausforderung mehr ablehnen kann«, raufte sich Miro die Nase.

»Du kannst dich doch nicht mal selbst retten, du Popel«, sagte das Elfenmädchen und stand auf, um Miro einzuschüchtern. »Wir haben uns das mit den Wetten ausgedacht, damit wir deiner großen Klappe endlich ein Ende setzen. Und um etwas Geld zu verdienen natürlich.«

Miro erhob sich ebenfalls von seinem Sitz, um zu zeigen, dass er sich nicht unterdrücken ließ. Aber er war so klein, dass er nicht einmal in die Nähe des Mädchens kam.

Das Elfenmädchen hatte ein sehr forsches Auftreten. Ihr zierlicher Körper und ihr oranges, platt nach unten hängendes Haar ließen etwas anderes vermuten.

»Wie wäre es mit einer neuen Wette? Ich werde mir in den nächsten Tagen etwas ausdenken, bei dem ich besonders gut bin. Und ihr müsst mich dann in dieser Disziplin schlagen«, schlug Miro so laut vor, dass viele weitere Leute im Saal die Ohren spitzten und sich verwirrt zu dem Kobold umdrehten. Miro wurde wieder rot und setzte sich befangen zurück auf seinen Platz.

»Die Disziplin "Versagen" gibt es nicht«, sagte der gestriegelte Elf und strich sich selbstbewusst mit der Hand durch die Haare.

Ein weiteres Lachkonzert spielte sich vor Dennis ab. Miro schnaufte die nächste an ihn gerichtete Beleidigung ignorant weg und nahm einen Schluck von seinem komisch aussehenden, gelben Getränk. Dennis wollte Miro eigentlich wieder schützen, indem er den anderen die Geschichte erzählte, in der ihn der Kobold vor den Gesta-Agenten gerettet hatte. Doch dieses Mal hatte er das Gefühl, dass Miro sich diese Situation durch seine überhebliche Art selbst eingebrockt hatte. Dennis schwieg.

Der schnöselige Elf reichte Dennis plötzlich die Hand. »Tut mir leid, dass ich mich noch nicht vorgestellt habe. Ich bin Klostes, ein zukünftiger Fürst von Noxia.«

Das Elfenmädchen schubste Klostes zurück auf seinen Sitz. »Da bist du aber noch weit von entfernt, du Angeber.« Das Mädchen beugte sich mit freundlichem Lächeln über die Tischfläche zu Dennis herüber. »Ich bin Areola.«

»Frolius mein Name, aber alle mich Froli nennen. Ich will einfach durch Akademie kommen, um Eltern nicht zu enttäuschen«, sprach der Oger besorgt.

Fröhlich gab Dennis jedem die Hand und stellte sich trotz seiner Bekanntheit der Höflichkeit halber vor. Miro gefiel es gar nicht, dass Dennis sich so gut mit den anderen Jugendlichen zu verstehen schien. Er verschränkte bockig seine Arme, während sein Kopf so rot wurde wie eine Tomate.

»Wir sind Basta und Basto. Die zwei bekanntesten Zwillingsbrüder der Spodos«, sagten die beiden blauhaarigen Wesen im Chor.

Völlig überrascht fand Dennis diese kleine Gruppe sehr nett und interessant. Jeder von ihnen hatte etwas Besonderes an sich. Und niemand von ihnen schien ihn aufgrund seiner Größe oder seiner viel zu großen Menschenkleidung verurteilen zu wollen.

»Und was genau macht ihr hier im Schloss? Seid ihr Schüler oder so etwas? Ihr seid ja nicht viel älter als ich«, sagte Dennis und genehmigte sich den ersten Bissen seines Steaks.

»Nicht einfach irgendwelche Schüler«, prahlte Klostes.

»Wir sind Schüler der noxischen Eliteschule, der Monddämmerung. Hier kommen nur die hin, die etwas werden können und wollen«, sagte Areola.

Miro räusperte sich laut, um die Aufmerksamkeit auf sich zu lenken. »Dein Vater war damals übrigens auch Schüler dieser Eliteschule. Du kannst dich hier zu einem Soldaten ausbilden lassen oder dich für eine Ausbildung in anderen Berufen, wie zum Beispiel einem Koch oder Händler in den Diensten der Monddämmerung, vorbereiten.«

Dennis fand das alles unglaublich interessant. Er wäre lieber ein Schüler dieser Einrichtung gewesen, als weiterhin auf die mit Fieslingen gespickte Dornsdorfer Schule gehen zu müssen. Er wollte nun unbedingt den Weg seines Vaters gehen. Da fiel ihm ein, dass sein Vater ja von einer Ausbildung gesprochen hatte. Vielleicht würde er bald ein Mitschüler der Fünf werden.

»Und für welchen Berufszweig habt ihr euch entschieden?«, fragte Dennis neugierig.

»Wir werden alle zu Soldaten ausgebildet. Das werden nur die Wenigsten hier«, behauptete Klostes stolz.

»Wer Soldat werden will, möchte in der Regel auch eines Tages ein Fürst der Monddämmerung werden. Doch das schaffen nur die Stärksten«, erklärte Areola.

Dennis war so fasziniert von den Erzählungen, dass er völlig das Essen vergaß. Er erfuhr von den Fünf noch, dass die Monddämmerungsvereinigung nur die besten Krieger Noxias beherbergte. Es waren auch in der Regel die Einzigen, die außer den Händlern, Noxia für wichtige Missionen verließen. Die stärksten und weisesten Kämpfer der Organisation wurden dann zu sogenannten Fürsten befördert. Genau die Position, die sein Vater innehatte. Zu diesem Zeitpunkt gab es insgesamt vier Fürsten. Sie führten gemeinsam die Monddämmerung an und kümmerten sich darüber hinaus um politische Angelegenheiten. Sie waren praktisch die rechte Hand des Oberelfen. Unter den Fürsten standen die sogenannten Naturgisten. Diese Elfen haben ihr Leben dem Naturstudium gewidmet. Sie sollten in Noxia dafür Sorge tragen, dass der uralte Codex Venoxias nicht übergangen wird. Sie standen dem Oberelfen somit zu jeder Zeit mit Rat und Tat zur Seite, damit keine Entscheidung getroffen wird, die das Gleichgewicht der Natur schädigen könnte. Der Oberelf war der König von Noxia und somit der Einzige, der über den Fürsten stand. In der Regel wurden nur Elfen zu

Herrschern gekrönt, die auf irgendeine Art und Weise mit dem Volkshelden Venoxia in einer Blutlinie standen. Nur in absolut seltenen Fällen wurde in der Geschichte Noxias ein Fürst zum Oberelfen ernannt. Und das meist auch nur als Übergang, bis der nächste rechtmäßige Thronfolger die Volljährigkeit erreicht hatte.

Als Dennis dann noch erfuhr, dass sein Vater der zurzeit mächtigste Fürst Noxias war, wurde er noch stolzer. Sein Vater war ein Held des Elfenreiches. Leider bedeutete das auch, dass die Erwartungen an Dennis fürchterlich hoch waren. Noch waren alle sehr nett zu ihm. Aber wie würde es aussehen, wenn er einfach nicht das Talent hatte, um ein richtiger Elf zu werden?

Dennis versuchte, den Augenblick zu genießen. Noch nie hatte er sich in einer Umgebung so wohl gefühlt. Seine fünf neuen Bekanntschaften waren mindestens genauso interessiert an Dennis wie er an ihnen.

»Wie ist es so in der Menschenwelt? Ist es dort wirklich so schlimm wie es in den Büchern steht?«, fragte Areola.

Dennis wusste natürlich nicht, was in den Büchern der Fabelwesen stand, aber er konnte es sich denken. »Na ja, die Menschen leben ganz anders als hier in Noxia. Manche sind aber ganz in Ordnung«, behauptete er möglichst gelassen.

Es kamen immer mehr Fragen auf. Dennis versuchte, den anderen zu erklären, wie der Alltag eines Menschen so aussah. Doch vor allem in Sachen Technologie verstanden die Fabelwesen überhaupt nichts. Sie wussten nicht einmal, was ein Fernseher oder ein Auto war. Die Fabelwesen lebten tatsächlich noch genau so wie zu der Zeit, als sie sich von der Menschenwelt abgekapselt hatten.

Als Dennis gerade von Roger erzählen wollte, kam Baltasar zurück in den Speisesaal. In diesem Moment bemerkte Dennis erst, dass er fast nichts von seinem Teller vertilgt hatte. Hunger hatte er immer noch. Obwohl das Essen bereits kalt war, schob sich Dennis noch schnell ein paar Kräuterbällchen in den Mund.

Baltasar winkte Dennis zu und wartete am Eingang auf ihn. Dennis verabschiedete sich freundlich von den fünf Schülern, um den Weg nach Hause anzutreten. Miro entschied sich spontan dazu, mit ihm zu kommen. Er verabschiedete sich nicht von den fünf Schülern und warf ihnen stattdessen beim Aufstehen noch einen verachtenden Blick zu.

Zurück zu den Wurzeln

»Ich habe dir eine Transportmöglichkeit zum Weltentor besorgt«, sagte Baltasar mit breitem Grinsen.

Der Oger führte Dennis und Miro noch bis zum Ausgang des Schlosses und erzählte ihnen, dass am Ende des Lebensbaumgeländes eine Kutsche auf sie wartete. Er verabschiedete sich freundlich von den beiden Jungs, ehe er rasch zurück ins Schloss wanderte, um alles für Flynns Rückkehr vorzubereiten.

Nun waren die beiden wieder auf sich allein gestellt. Auch die Soldatin Nuvielle und ihr Kollege, die vor dem Eingang Wache hielten, wünschten zumindest Dennis alles Gute. Miro wiederum verabschiedeten sie mit einer einfachen Handgeste.

Nun ging es den ganzen Weg zurück nach unten.

Vom Aufzug aus konnte Dennis nochmals das wunderschöne Noxia von oben betrachten. »Kommst du wieder mit zurück zum Portal, Miro?«

»Na ja, wenn mich der Kutscher wieder mit in die Stadt nimmt, gerne. Sonst müsste ich mir wieder ein Einhorn stibitzen«, scherzte der Kobold.

Dennis lachte und hoffte, dass der Kutscher, der auf sie wartete, nicht so negativ gegenüber Miro eingestellt war.

Sie hatten Glück. Eines dieser haarigen Wesen mit Hörnern, die Spodos genannt wurden, saß wartend auf der Kutsche und begrüßte sowohl Dennis als auch Miro freundlich am Rande der Ruinen Berivielles.

»Du musst der Hybrid sein«, staunte der Kutscher.

Dennis versuchte langsam seine Schüchternheit abzulegen und nahm seine Rolle an. »Ja, genau der bin ich. Und das neben mir ist Miro. Er begleitet mich durch Noxia und erklärt mir alles.«

»So sieht´s aus. Ich wurde von Fürst Flynn persönlich dazu auserwählt. Wahrscheinlich hat ihn meine äußerst interessante Vorgeschichte dazu getrieben«, prahlte Miro und hob seinen Kopf nach oben. Wenn man dem

Koboldjungen einmal einen Finger gab, nahm dieser gleich die ganze Hand.

Der Kutscher schien den Kobold nicht zu kennen. Er war erstaunt, an diesem späten Nachmittag gleich zwei berühmte Persönlichkeiten kutschieren zu dürfen.

Im Zentrum des altertümlichen Reichs war nun noch mehr los als vor ein paar Stunden. Von links und rechts drang das Geschrei der Händler in Dennis Ohren. Ob Lebensmittel, Waffen, Werkzeuge, Kleidung oder dutzende andere Warengruppen. Alles wurde angepriesen. So stellte sich Dennis immer einen Markt im Mittelalter vor. Leider waren die Straßen in der Stadt so voll, dass es nur schwer ein Durchkommen gab.

»Ich hatte dich gerade schon gefragt, wie das Gespräch zwischen dir und deinem Vater gelaufen ist?«, drängte sich Miro neugierig auf.

Dennis erzählte Miro daraufhin enthusiastisch von seiner ersten Begegnung mit seinem Vater. Sein Stolz hätte kaum größer sein können. Noch nie in seinem Leben hatte er eine Person so sehr bewundert wie seinen berühmten Vater. Doch noch viel bedeutsamer als seine Bewunderung für ihn war die Tatsache, dass er nun endlich einen Vater hatte. Dies zusammen mit dieser magischen Welt, die sich rund um ihn erstreckte, ließ ihn in Tagträume schwelgen. Dabei vergaß er beinahe Miro zu berichten, was er von seinem Vater erfahren hatte. Seine kommende Aufgabe als Hüter der Fabeln und die Geschichte dahinter.

Miro konnte das Glitzern in Dennis Augen deutlich sehen, während er über Flynn sprach. »Du bist also endlich auf dem Weg ein richtiger Elf zu werden. Na ja, Halbelf, um genau zu sein. Freust du dich über deine Aufgabe und dein kommendes Training? Immerhin musst du das wichtigste Geheimnis aller Zeiten beschützen, um unsere Welt und die der Menschen zu retten.«

Miro war nicht gerade besonders einfühlsam. Er traf genau den wunden Punkt.

»Ehrlich gesagt bin ich noch unsicher, was meine Aufgabe angeht. Auf mein Training freue ich mich aber schon. Und vor allem kann ich es kaum erwarten, eure Welt besser kennenzulernen.«

»Wenn du Hilfe brauchst, kannst du jederzeit zu deinem Kumpel Miro kommen. Diese Welt hält noch so viele Dinge für dich bereit. Es gibt ja nicht nur Noxia.«

Dennis versuchte sich vorzustellen, was es außerhalb von Noxia noch so alles geben konnte. Er hörte schon mehrere Namen von anderen Gebieten. Er wollte sie alle zumindest einmal gesehen haben.

Die Kutsche schaffte es endlich, durch das Gewusel der Innenstadt zu kommen. Nun ging es durch deutlich weniger belebte Straßen in Richtung Waldesrand.

Dennis bekam nicht genug von all den Eindrücken. Seine Augen klebten an den verschiedenen Schauplätzen der für ihn Neuen Welt. Noch vor zehn Stunden hätte er niemals für möglich gehalten, dass solch eine fantastische Parallelwelt existiert. Plötzlich säuselten Worte wie Magie, Elfen, Kobolde und besondere Kräfte durch seine Ohren. Er fühlte sich wie in einem Traum, aus dem er nicht mehr aufwachen wollte. Denn in ein paar Minuten würde er wieder in der Menschenwelt sein. Die Welt, in der Roger bereits zuhause auf ihn wartete. Durch Miros Ausbruch aus seinen Katakomben würde er wahrscheinlich noch gefährlicher sein als vorher.

Dennis hatte noch ein paar Minuten Zeit, sich passende Ausreden für Roger und seine Mutter einfallen zu lassen, während die Kutsche durch den farbenfrohen Wald fuhr. Leider sind es meist die schönsten Reisen, die am schnellsten vorübergehen. Dennis konnte bereits die weiße Marmorhalle durch das Dickicht erkennen.

»Ich will nicht unhöflich sein, aber ich werde darauf verzichten, mit dir in die Halle zu gehen«, sagte Miro.

Dennis war sich sicher, dass dies mit den beiden Soldaten zusammenhing, die den Tunnel zum Portal bewachten. Den Rest des Weges konnte er auch allein laufen. Er verabschiedete sich bei dem netten Kutscher, bevor er sich dann freundschaftlich mit einem Handschlag von Miro verabschiedete.

Der Kobold zwinkerte ihm verschmitzt zu. »Wir sehen uns, Dennis. Und lass noch ein paar Gesta-Agenten für mich übrig.«

Beide lachten nochmal erheitert zusammen, bevor Dennis sich allein zum Eingang der großen Halle aufmachte. Er ging keine zehn Meter, bevor er von den zwei Soldaten, die er heute in dem Tunnel kennengelernt hatte, wie ein Fürst begrüßt wurde. Sie begleiteten ihn durch den Tunnel bis zu dem mit Laub befüllten Hohlraum.

Genau gegenüber der großen, hohlen Portalwurzel, aus der Dennis heute

Morgen gekommen war, stand genau wie in Gerrits Keller eine Baumsäule. Durch den hohen Laubpegel konnte man nur den oberen Stumpf erkennen. Dennis beseitigte das Laub mit seinen Füßen, um den Stamm besser begutachten zu können. Er war mit unzähligen kleinen und großen Wurzeln verbunden. Aber es war kein Buch als Portalschlüssel zu sehen. Brauchte er hier etwa keinen?

Dennis sah die beiden Soldaten fragend an.

»Du suchst das Buch, nichtwahr? Solange das Portal nicht benutzt wird, liegt es unter einer Klappe, die sich direkt links neben dem Altar befindet«, gab einer der Soldaten Dennis zu verstehen und zeigte auf die Stelle, die sich der Halbelf ansehen sollte.

Dennis beseitigte auch hier die Laubmassen, und siehe da, der Soldat hatte recht. Auf dem Boden befand sich eine Holzklappe, die man nicht ohne Weiteres öffnen konnte. Sie war mit Wurzeln umwunden, welche die Klappe fest umschlossen.

Dennis versuchte, die Wurzeln mit purer Muskelkraft von der Klappe zu reißen. Sie bewegten sich kein Stück. Sie fühlten sich an, als seien sie aus Stahl. Dieses Mal verstand Dennis, dass man hier, genau wie bei seinem Buch, die besonderen Fähigkeiten eines Elfen benötigte. Sein Vater konnte Wurzeln nur mit seinen Sinnen bewegen und formen. Von diesen Fähigkeiten war Dennis allerdings noch so weit entfernt wie Miros Heldengeschichten von der Wahrheit.

Die Soldaten bemerkten schnell, dass etwas nicht stimmte, und kamen dem überforderten Dennis zur Hilfe. Ohne Probleme lösten sie gemeinsam, nur mit ihrer Konzentration, die Wurzeln der alten Holzklappe. Unter der Klappe befand sich die noxische Fabel. Es sah dem Buch aus Gerrits Keller sehr ähnlich. Nur eine goldene statt einer schwarzen Schrift konnte Dennis als Unterschied erkennen.

Das Buch war so schwer, dass ihm die Soldaten dabei helfen mussten, es auf den Stamm zu hieven.

Danach verlief alles genauso wie Dennis es kannte. Er stellte sich vorsichtig auf das Buch und versank in diesem. Die Soldaten richteten für Flynns Sohn nochmals ehrfürchtig ihre Waffen zurecht, um ihn gebührend zu verabschieden, bevor sein Körper völlig in der Fabel versank.

Die Macht Noxias

Nach einer kurzen Reise zwischen den Fabeln tauchte Dennis durch eine hohle Wurzel im Gestrüpp von Gerrits Keller wieder auf. Er war zurück in der Menschenwelt. Es war ein merkwürdiges Gefühl, statt der angenehmen, feuchten Wärme wieder die kalte Kellerluft zu schnuppern.

Direkt am Altar wartete bereits Gerrit ungeduldig auf seinen Neffen. Als er Dennis durch und durch glückliches Gesicht aus dem bunten Gestrüpp erblickte, wusste er, dass alles gut gegangen war. »Da ist ja unser kleiner Tourist. Und, wie wars?«

Dennis wusste gar nicht, wo er anfangen sollte. »Es war das Tollste, was ich jemals erlebt habe, Gerrit. Am liebsten hätte ich diese Welt niemals wieder verlassen.«

Auch dem erfahrenen Mann ließ Dennis Reaktion nicht kalt. »Das habe ich mir gedacht, Junge. Und das ist auch völlig normal. Diese Welt ist der Ort, wo du hingehörst.«

Genau das spürte auch Dennis. Er fühlte sich in der Menschenwelt schon vorher wie ein Fremdkörper. Doch nun, da er wusste, warum dies so war, konnte er anders mit dieser Situation umgehen. Es brauchte gerade einmal einen Tag in Noxia, um diese neue Einstellung zu verinnerlichen. Die Welt der Fabelwesen hatte ihm die Augen geöffnet.

»Dieser magische Wald, die Fabelwesen mit ihrer Kultur und Einstellung. Es war einfach alles toll«, sagte Dennis.

»Du ahnst gar nicht, wie stolz ich auf dich bin. Und ich hoffe, dass du deinem Vater unter den Umständen begegnet bist, wie sie sein sollten.«

Die Begegnung mit seinem Vater war für Dennis selbstverständlich das absolute Highlight. Er schwärmte minutenlang von ihm.

Gerrit musste Dennis Redefluss stoppen, um ihm die entscheidende Frage zu stellen. »Ich hoffe, er konnte dir in der kurzen Zeit genau erklären, warum du so bist wie du bist, und warum die Gesta so gefährlich für uns alle ist?«

»Oh ja, das hat er«, antwortete Dennis. »Er hat mir die Geschichte der Fabelwesen und der Gesta erzählt. Und natürlich auch meine Bestimmung als Hüter der Fabeln.«

Die Aufgabe bedrückte Dennis im Laufe des Tages immer wieder. Auch Gerrit wusste, dass diese Aufgabe nicht leicht werden würde. Er erklärte seinem Neffen, genau wie Flynn, dass die Ausbildung nötig sei, um überhaupt eine Chance gegen die Bedrohung der Gesta zu haben. Immerhin hing nicht nur die Fabelwelt von diesem Unterfangen ab. Falls die Gesta ihre Ziele erreichen würde, könnten sie erneut versuchen, die Menschenwelt zu stürzen, um dann ein neues Imperium unter ihrem Regime zu errichten. Genau das, was ihnen wohl bereits vor vierhundert Jahren gelungen wäre, wenn Venoxia nicht seinen Heldenmut bewiesen hätte.

Dennis wusste nun, dass er definitiv sterben würde, wenn er es nicht wenigstens versuchte.

Während Gerrit und Dennis den Keller verließen, um wieder ins Café zu gelangen, machte der füllige Mann seinem Neffen Mut für die kommenden Aufgaben. »Du wirst während deiner Ausbildung zu einer völlig neuen Persönlichkeit heranwachsen. Du hast alles im Blut, um die Aufgaben zu meistern. Und du bist niemals allein. Hier bei den Menschen bin ich jederzeit dein Ansprechpartner, und in Noxia wirst du außer deinem Vater noch viele andere großartige Leute kennenlernen, die das Herz am rechten Fleck haben.«

»Warum hast du mir nicht schon vor drei oder vier Jahren gesagt, was meine wahre Bestimmung ist?«, fragte Dennis energisch. Er verlangte nun die absolute Offenheit seines Onkels.

»Das hätte ich natürlich gerne getan, Dennis. Aber es sprachen viel mehr Dinge dagegen als dafür«, erklärte Gerrit betroffen. »Das ist eine sehr komplexe Aufgabe, für die man definitiv alt genug sein muss. Aber der größte Grund war einfach, dass du mir niemals geglaubt hättest.«

»Warum sollte ich dir das mit zehn weniger glauben als mit dreizehn? Die Beweise waren doch alle da. Doch du hast sie vor mir verborgen.«

»Nein, eben nicht. Ich habe es dir doch gesagt. Das Portal nach Noxia wurde kurz nach deiner Geburt zerstört. Jemand hatte die wichtigen Wurzelstränge zwischen der Fabel und dem Stamm hier im Keller getrennt. Es brauchte sehr lange, bis sich dieser Teil des Lebensbaums davon erholt hatte. Es war sogar lange unklar, ob der Lebensbaum dadurch einen irreparablen Schaden davongetragen hat. Erst vor gut zwei Wochen ist die Verbindung wiederhergestellt worden. Und erst seitdem gibt es wieder einen Übergang zur Fabelwelt.«

»Wer soll denn bitte das Portal zerstören wollen? Die Gesta ja wohl nicht. Die wollen ja mit aller Macht in die Fabelwelt eindringen.«

»Es … war jemand, der einen guten Kern hat. Diese Person wollte den Zugang zerstören, um die Feinde davon abzuhalten, dort jemals eindringen zu können. Leider handelte sie damit gegen unser Interesse, da wir den Zugang brauchen.«

»Aber das ist doch total dämlich. Mein Vater hat mir erklärt, dass es insgesamt vier Zugänge in die Fabelwelt gibt. Jeder für ein Bruchstück des ehemaligen Kontinents.«

»Da haben wir auch schon die Antwort«, sagte Gerrit, der mühsam das Treppenhaus hinaufschritt. »Die Gesta hat selbstverständlich an allen vier neuen Fabelkontinenten enormes Interesse. Und ich bete, dass bisher noch keines der anderen drei Portale gefunden wurde. Aber es ist nun mal so, dass der Lebensbaum in Noxia steht. Somit ist unser Portal hier im Keller das mit Abstand Wichtigste von allen. Außerdem wissen wir nicht genau, ob überhaupt eines der drei weiteren Fabelkontinente einen funktionierenden Zugang besitzt. Venoxia hat niemandem von seinem Vorhaben erzählt. Dafür war keine Zeit. Somit wusste auch niemand außer seinem guten Freund Manfesto, wie Noxia funktioniert.«

Die beiden erreichten endlich die Tür zum Erdgeschoss. Direkt dahinter war das Café mit all seinen Gästen und Mitarbeiterinnen.

Gerrit wollte gerade die Tür öffnen, als Dennis sie energisch wieder zuschlug. Gerrit schaute einem ernst dreinblickenden Jungen ins Antlitz.

»Wer hat damals das Portal zerstört? Es musste jemand gewesen sein, den du kanntest. Diese Person kannte das Portal und hatte Zugang zu deinem Keller. Und wie genau möchte die Gesta mit dem Lebensbaum die Weltherrschaft erlangen?«

»Ja, ich kannte die Person. Aber du nicht. Also erübrigt sich das. Außerdem ist diese Person leider von der Gesta getötet worden«, flüsterte Gerrit. »Und der Baum Noxia bietet der Gesta noch viel mehr Möglichkeiten, als noch vor vierhundert Jahren, die Welt zu stürzen.«

»Ja, so etwas in der Art hat mir Papa auch gesagt. Aber er hat leider keine

Zeit mehr gehabt, um es mir genauer zu erklären. Der Baum hat also etwas, was ihnen noch mehr Macht verleihen würde als magischer Sand oder Drachensekret?«

Gerrit nickte befangen. »Oh ja, das kann man laut sagen. Noxia besitzt Kräfte, gegen die Drachensekret, magischer Sand oder auch Elfenhirne lächerlich wirken.«

Von Elfenhirnen hatte Flynn seinem Sohn noch nichts erzählt. Ein ekelhafter Gedanke für den kleinen Halbelfen.

»Also hat der Baum etwas, was man zu sich nehmen kann?«

»So sieht's leider aus. Und der Baum besitzt gleich mehrere Dinge, die einem verschiedene Kräfte verleihen. Ich kenne nur die Früchte und das heilige Harz, das sich im Baum befindet.«

Dennis hatte den Baum fast aus jeder Perspektive gesehen. Aber er hatte nicht eine einzige Frucht an ihm entdecken können. Er fragte sich, ob die Früchte vielleicht nur zu bestimmten Jahreszeiten wuchsen.

»Macht es einen stärker oder jünger? Oder bekommt man die Kräfte der Fabelwesen? Es muss auf jeden Fall etwas Schlimmes sein.«

»Noch viel schlimmer, mein Junge«, antwortete Gerrit. »Die Früchte, die nur etwa alle hundert Jahre wachsen, sollen sämtliche Krankheiten heilen und einem einen Körper verleihen, der besonders widerstandsfähig ist und einen überdurchschnittlich alt werden lässt. Das heilige Harz soll laut Überlieferungen die Überreste von Venoxias Seele beinhalten, die bei seiner Verschmelzung mit dem Baum übrigblieben. Trinkt man das heilige Harz, so bekommt man die absolute Weisheit Venoxias mit seinen Kräften und seine eigentliche Lebensenergie, die er vor dem Verlassen seines Körpers in sich trug. Derjenige, der genug von diesem Sekret trinkt, erlangt also unglaubliche Kräfte. Aber laut Legende gibt es im tiefsten Inneren des Baumes noch etwas viel Mächtigeres, das eine Lebensform laut Übermittlungen zu einem anderen Wesen werden lässt. Unbegrenzte Weisheit, Stärke und ein göttlicher Körper seien das Ergebnis, wenn man dieses geheimnisvolle Erzeugnis dieses Baums verzehrt. Eine Legende besagt, dass es das Herz der Natur sei. Aus ihr schöpfte Noxia seine unglaublichen Kräfte, um die Welt zu spalten. Es handelt sich also buchstäblich um das Herz der gesamten Welt, das durch die Erschaffung des Lebensbaums neu geboren wurde. Nimmt man es an sich, stirbt der Lebensbaum und der Dieb nimmt seinen Platz als oberste Instanz der Natur ein. Man geht davon aus, dass man damit unbesiegbar werden kann. Unsterblich. Besitzt man die komplette Macht der Natur, hat man die Macht, die Welt, wie man es sich wünscht, zu verändern. Man wird quasi zu einem Etwas, das man als Gott oder zumindest gottähnlich bezeichnen könnte.«

Dennis lief ein regelrechtes Gewitter über den Rücken. »Ach du Kake. Mit diesen Kräften kann die Gesta ohne Probleme die Weltherrschaft erlangen.«

»Deshalb müssen wir alles dafür tun, um sie davon abzuhalten. Am besten wäre es für uns, wenn wir es schaffen würden, diese boshafte Vereinigung ein für alle Mal zu zerstören.«

Das klang für Dennis ebenfalls plausibel. Die Gesta versuchte schon seit mehreren Jahrhunderten, die Geheimnisse der Fabelwesen zu lüften. Durch reine Verteidigung würde es nur einen temporären Erfolg geben. Die Gesta würde auch noch in hundert Jahren versuchen, Noxia zu finden. Doch wie sollte man eine so mächtige Organisation jemals völlig zerstören?

Gerrit ließ spontan seine Hand auf eine von Dennis dürren Schultern fallen. »Du gehst jetzt erstmal nach Hause und entspannst dich. Nächstes Wochenende geht es wieder nach Noxia.«

Dennis zählte schon die verbleibende Zeit, bis er in seine Traumwelt zurückkehren konnte. »Aber zuhause wartet Roger auf mich. Ich habe ihn heute Morgen beobachtet. Er hat sofort bemerkt, dass wir in seine Garage eingebrochen sind, um Miro zu befreien.«

»Bist du sicher, dass er weiß, dass wir es waren?«, grübelte Gerrit.

Dennis sah seinen Onkel skeptisch an. »Welche Verdächtigen gibt es denn noch, die Rogers Schlüssel gestohlen haben können, um dann in sein Geheimquartier einzudringen, um dann wiederum einen Kobold zu befreien?«

Gerrits dicke Pausbacken färbten sich rot. »Ja mei, es liegt natürlich nahe, dass er denkt, dass du dafür verantwortlich bist. Aber trotzdem hat er keine Beweise.«

»Ich kann doch jetzt nicht mehr nach Hause, solange Roger dort wohnt. Er wird mir das Leben zur Hölle machen.«

»Roger glaubt aber immer noch, dass er dich braucht, um das Portal zu öffnen. In diesem Glauben muss er bleiben. Ich rate dir, das Haus nur zu verlassen, um zur Schule zu gehen. Wenn du zu mir ins Café kommen willst, müssen wir uns noch etwas einfallen lassen.«

»Großartig. Er wird mich vielleicht nicht umbringen, aber was ist, wenn er mich entführt und nach Berlin verschleppt? Das haben seine zwei Schergen gestern schon versucht.«

»Das weiß ich«, antwortete Gerrit. »Ich kann mich nur wiederholen. Du bist der Hüter der Fabeln. Der erste seit Manfesto Brunn. Deine Anwesenheit ist für die Gesta die größte Chance seit Jahrhunderten. Jeder momentan lebende Gesta-Agent weiß genau, dass sehr wahrscheinlich niemand mehr von ihnen die Möglichkeit bekommt, Noxia zu finden, wenn sie dich voreilig töten. Deswegen agieren sie auch für ihre Verhältnisse sehr diskret. Durch Roger können sie ihre Pläne perfekt ausbauen, ohne sich in der Öffentlichkeit zu verraten. Dieser dreckige Venandi spielt seine Rolle als perfekter Patchwork-Familienvater, um dein Leben so gut es geht zu lenken. Diese Tarnung werden sie erst aufgeben, wenn sie sich sicher sind, diese aufgeben zu können.«

Dennis versuchte sich an Gerrits Worten festzuklammern, doch es fiel ihm schwer. »Niemand kann in die Köpfe dieser kranken Menschen gucken.«

»Wir werden deine Mutter und dich schon sehr bald da rausholen müssen.«

»Und wie willst du das anstellen? Meine Mutter ist vollkommen auf Rogers Seite.«

»Werde ich mir in den nächsten Tagen noch überlegen müssen. Das Problem ist, dass deine Mutter mir nicht traut. Selbst wenn ich ihr das Buch der bekannten Gesta-Mitglieder vor die Nase halten würde, bezweifle ich, dass sie mir glauben würde.«

Für Dennis war die Angelegenheit klar. »Wir müssen Roger auffliegen lassen. Wenn meine Mutter Beweise bekommt, dann wird sie uns endlich glauben.«

Gerrit nickte nüchtern. »Ich werde dich jetzt erst einmal nach Hause fahren. Den Rest erledige ich schon, Junge. Keinem von uns wird etwas passieren.«

Dennis betete, dass sein Onkel recht behalten würde.

Überraschend forderte Gerrit plötzlich das Handy seines Neffen. Verdutzt übergab Dennis sein Smartphone. Gerrit beäugte das Gerät genau, als hätte er etwas daran verdächtigt. Er holte einen kleinen USB-Stick aus seiner Kordhose und steckte ihn in Dennis Handy.

»Was machst du da?«, fragte Dennis verwirrt.

Nach einigen Wischbewegungen auf dem Touchscreen zog Gerrit den Stick wieder aus dem Handy und gab es Dennis zurück. »Ich habe eine neue Software auf dein Handy gespielt. Die ist von einem Bekannten, der beim Geheimdienst arbeitet. Diese Software verhindert, dass jemand dein Handy orten kann.«

Dennis kniff leicht die Augen zusammen. »Meinst du, die Gesta kann so etwas?«

»Oh ja, da kann ich aus Erfahrung sprechen. Deshalb gehen wir bei dir auf Nummer sicher. Man weiß ja nie, zu welchen Tricks diese Schurken als nächstes greifen. Außerdem solltest du ab sofort jede Nachricht nach dem Lesen löschen.«

Dennis nickte verunsichert und steckte das Handy wieder in seine Hosentasche. Er wollte gar nicht wissen, wozu diese Organisation noch fähig war.

Die beiden verließen das Treppenhaus, um durch das Café nach draußen zu gelangen. Sie begaben sich zur alten Scheune gegenüber und stiegen in den alten Geländewagen, damit Gerrit seinen Schützling nach Hause fahren konnte. Es war bereits sehr spät. Dennis hielt sich nun bereits seit knapp zehn Stunden außerhalb seines Hauses auf. Seine Ausrede, dass er an diesem Tag in der Bibliothek weilte, wurde bröckelig.

Gerrit ließ seinen Neffen unauffällig am Rande der Mühlenstraße aus dem Auto.

Beim Richten seiner Hose bemerkte Dennis, dass er noch etwas vergessen hatte. In seiner Tasche befand sich noch die Goldmünze, die Miro ihm überreicht hatte. Dennis holte sie nüchtern heraus und übergab sie Gerrit.

Der war darauf sichtlich verdutzt. »Was soll ich damit?«

»Miro hat mir gesagt, dass ich dir diese Münze zurückgeben kann. Sie gehört mir nicht, also nimm.«

Gerrit nahm die Gulde brummig entgegen. »Diese diebische, kleine Elster.«

»Hat Miro sie dir geklaut?«, fragte Dennis schockiert.

Gerrit schüttelte kurz seine schlechte Laune fort, um seinem geliebten Neffen die Gulde zurückzugeben. »Behalte sie. Das ist doch ein schönes Andenken an deinen ersten Tag in Noxia.«

Dennis nahm die Gulde ehrfürchtig an. »Bist du dir sicher? Das ist doch viel Geld.«

Gerrit lachte erheitert. »Was ist schon Geld gegen ein emotionales Andenken. Außerdem habe ich genug von dem Zeug. Sieh nur zu, dass du sie gut versteckst.«

Dennis nickte. »Aber Miro hat dir die Münzen gestohlen, oder?«

»Warum die Münzen? Hat er etwa noch mehr?«

»Ja, zumindest zwei habe ich gesehen. Eine habe ich benutzt, um den Kutscher dafür zu bezahlen, dass er Miro überhaupt mitnimmt. Da wusste ich noch nicht, dass er sie dir gestohlen hat.«

Über Gerrits borstiges Gesicht kam ein Lächeln. »Alles gut. Diesen kleinen Dieb nehme ich mir schon noch vor. Du kannst nichts dafür.«

»Miro ist schon ein komischer Typ, oder?«

Gerrit nickte genervt. »Oh ja. Er kommt nicht nach seinen Eltern. Aber das soll jetzt nicht unser Problem sein. Wir konzentrieren uns darauf, dich nächstes Wochenende zurück nach Noxia zu bringen.«

Dennis seufzte bedrückt. »Ich hoffe, diese Woche geht ganz schnell um.«

»Ich muss diese Woche leider sehr viel arbeiten. Vier Bewerbungsgespräche, eine Dienstfahrt nach Österreich und ein Besuch meines Stamm-Dachdeckers stehen auf der Liste. Aber wenn etwas sein sollte, musst du versprechen, mich anzurufen.«

Dennis nickte stumpf, und beide verabschiedeten sich voneinander.

Der normale Wahnsinn

Zuhause sollte Dennis zunächst keine Ruhe bekommen. Rogers Wagen stand in der Einfahrt.

»Das kann ja was werden«, murmelte Dennis.

Er ließ sich nichts anmerken und betrat gemächlich das Haus. Weder Roger noch Karin gingen auf ihn zu. Dabei war es schon Abend und Dennis somit viel zu lange weg gewesen.

Dennis betrat die Küche, in der seine Mutter gerade das Abendessen zubereitete. Das Erscheinen ihres Sohnes ließ ihr Gesicht ungesund verkrampfen.

»Da bist du ja endlich. Wo warst du die ganze Zeit? Und sag mir jetzt nicht, du warst bis jetzt in der Bibliothek«, schimpfte sie.

Dennis wusste überhaupt nicht, was er dazu sagen sollte. Er schaute seine Mutter mit leeren Augen an.

»Ich habe nochmal in die Zeitung geschaut. Die Bibliothek hat bereits um 16:00 Uhr geschlossen. Ich möchte jetzt sofort wissen, wo du dich den ganzen Tag rumgetrieben hast?«

Dennis war starr vor Schreck. Eigentlich war er auf so etwas vorbereitet, aber sein Kopf war heute vollgeladen mit den Eindrücken, die er hatte erfahren dürfen. Da war kein Platz für eine gute Ausrede.

»Du willst es mir nicht sagen, heh? Dann kannst du dich schon mal auf drei weitere Monate Arbeit bei den Petersens freuen! Und Hausarrest ebenfalls!«

Dennis überlegte, ob er sagen sollte, dass er bei Gerrit gewesen war. Denn die angedrohte Strafe wäre für ihn eine Katastrophe. So hätte er keine Möglichkeit mehr, in den nächsten Monaten zu seinem Vater nach Noxia zurückzukehren.

Die Situation drohte gerade zu eskalieren, als Roger die Küche betrat. Er bekam Karins Wutausbruch mit und schritt umgehend zu ihr. Nun rechnete

Dennis mit dem Schlimmsten. Eine noch härtere Strafe oder eine Lügengeschichte, die ihn noch tiefer in die Krise reiten würde. Doch Roger wirkte anders als sonst. Seine schwarzen, filzigen Haare waren zerzaust. Er trug eine graue Jogginghose und ein schwarzes T-Shirt. Normalerweise hielt Roger nichts von gemütlicher Kleidung oder ungekämmten Haaren. Er stand immer für die pure konservative Perfektion. Auch sein stechender Blick fehlte ihm.

Roger versuchte, seine Frau zu beruhigen, indem er sanft ihre Hand streichelte. Dennis musste beinahe brechen, als er diese schmierige Schauspieleinlage sah.

»Reg dich nicht so auf, Karin. Der Junge ist jetzt hier und du kannst ihn mit einer weiteren Maßnahme bei den Petersens bestrafen.«

Roger drehte sich zu Dennis. Da war plötzlich wieder dieser stechend böse Blick, der so kalt war, dass Dennis Adern augenblicklich gefroren. Sobald Karin die Mimik ihres Mannes nicht sehen konnte, zeigte er sein wahres Gesicht.

»Wo warst du kleiner Verbrecher wieder? Langsam kann ich deine Mätzchen nicht mehr ab«, ätzte Roger.

»Ich war bis um 16:00 Uhr in der Bibliothek. Und danach war ich noch einen Burger essen«, äußerte sich Dennis, der beinahe zu hyperventilieren begann.

Roger schlug mit seiner flachen Hand auf den Küchentisch. »Und das sollen wir dir glauben? Stundenlang in einer Bibliothek rumlungern und dann noch einen Burger essen gehen, ohne uns vorher kurz Bescheid zu sagen? Sei froh, dass du nicht mein leiblicher Sohn bist.«

»Es tut mir leid«, winselte Dennis. »Beim nächsten Mal werde ich Bescheid sagen, versprochen.«

Karin schüttelte den Kopf. »Es wird für lange Zeit kein nächstes Mal geben. Da draußen laufen Kriminelle herum, die Kinder verschleppen, und du hältst dich nicht an unsere Abmachung. Ich war kurz davor, die Polizei zu alarmieren. Bis auf Weiteres wirst du keinen Fuß mehr vor die Tür setzen. Und zur Schule und zu den Petersens wird dich immer einer von uns beiden hinbringen und auch wieder abholen.«

Roger zuckte dezent zusammen. »Moment, warte mal. Für so einen Mist habe ich weder Zeit noch Lust.«

Karin wollte sich dieses Mal durchsetzen. So begann ein lautstarker Streit zwischen den beiden Erwachsenen. Dennis nutzte ihn, um sich aus der unangenehmen Situation zu befreien. Auch wenn er wusste, dass sein Verhalten weitere Konsequenzen nach sich ziehen würde.

Dennis sperrte sich wieder in sein Zimmer, um runterzukommen. Er musste allerdings sofort feststellen, dass etwas nicht stimmte. Im ganzen Zimmer waren Gegenstände verteilt. Kleidung, Schulbücher und massenhaft Kleinkram. Das wäre alles nicht so schlimm, wenn da nicht Dennis Box, welche eigentlich unter seinem Bett liegen sollte, offen mitten im Raum gestanden hätte. Sie wurde durchwühlt. Roger musste während Dennis Abwesenheit in sein Zimmer eingedrungen sein. Er war wieder so naiv gewesen und hatte seine Tür nicht abgeschlossen.

Dennis begann sofort, hektisch aufzuräumen, um zu kontrollieren, ob etwas fehlte. Dabei fragte er sich, was Roger in seinem Zimmer wollte. Suchte er einfach nach Beweisen für die letzte Nacht oder erhoffte er sich eine direkte Spur nach Noxia zu finden?

Zuerst sah es so aus, als hätte sein Stiefvater nichts gefunden und darauf aufgegeben. Doch dann bemerkte Dennis, dass das alte Buch, das er von Gerrit zum Geburtstag geschenkt bekommen hatte, fehlte.

Dennis zückte hibbelig sein Handy und schrieb Gerrit eine Nachricht. Seine Finger zitterten so mächtig, dass er anfangs kein vernünftiges Wort zustande bekam.

Nach der schwergängigen Nachricht bekam Dennis einen richtigen Wutanfall. Dieser richtete sich dieses Mal gegen ihn selbst. Er war so zornig, dass er einfach seine Tür nicht abgeschlossen hatte.

Diesen Zorn versuchte er durch gezielte Faustschläge auf seine Matratze zu neutralisieren. »Wie kann man nur so blöd sein! Ich bin so ein Idiot!«

Durch seinen emotionalen Ausbruch kribbelte plötzlich Dennis ganzer Körper. Er fing wieder an, Dinge in anderen Farben zu sehen, hörte auf einmal noch besser als ohnehin schon und bekam dazu ein starkes Prickeln in den Fingerkuppen. Dieses Mal wusste er, dass es sich hierbei mit Sicherheit um eine elfische Fähigkeit handelte. Er versuchte, ruhig zu bleiben, um sich auf seine Sinne konzentrieren zu können. Die Farben wurden intensiver und sein Gehör noch besser. Er konnte jetzt jedes Wort von Roger und Karin verstehen. Sogar ein Gespräch von Herrn -und Frau Manz im Nachbargarten konnte er ohne Probleme mitverfolgen. Herr Manz hatte Probleme mit seiner Bank. Anscheinend wurde seine Kreditkarte gestohlen und missbraucht. Während Herr Manz über die Inkompetenz seiner Bank schimpfte, beschuldigte Frau Manz ihren Mann, dass er allein für diese Situation verantwortlich gewesen sei.

Karin und Roger diskutierten währenddessen über Dennis Ausgehverbot. Dennis war völlig überrascht, dass Roger sich dafür einsetzte, dass das Ausgehverbot nicht umgesetzt werden sollte. Karin wiederum bestand darauf, dass ihr Sohn zunächst nicht unbeaufsichtigt nach draußen durfte. Sie hatte zu viel Angst vor dem Unbekannten, welches dort draußen lauerte.

Zu gerne hätte Dennis seiner Mutter erklärt, dass es sich bei diesen unbekannten Männern um Gesta-Agenten handelte. Doch sie würde es nicht glauben. Und noch schlimmer, es würde sowohl sie als auch ihn gefährden.

Dennis versuchte sich lieber weiter auf seine Sinne zu konzentrieren. Leider spielten diese verrückt, indem sie sich rasant veränderten. Noch vor zehn Sekunden konnte Dennis leise Unterhaltungen seiner Nachbarn hören, und nun veränderte sich wieder das Farbspektrum innerhalb seines Zimmers. Anders als zuvor versuchte er, sie nicht krampfhaft loszuwerden. Er akzeptierte sie und blieb entspannt. Jetzt musste er nur noch lernen, den Elfensinn, welchen er gerade mehr benötigte, nach Belieben abrufen zu können.

Dennis fiel durch die veränderten Farben plötzlich ein Fußabdruck auf dem Boden auf. Als er genauer hinsah, bemerkte er, dass eine komplette Fußspur durch sein Zimmer verlief. Sie waren in einem schwachen weiß erleuchtet und beinahe in jedem Winkel seines Zimmers vorhanden.

Dennis hockte sich hin, um die Spuren genauer zu betrachten. Er brauchte nicht lange, um zu erkennen, dass es sich hierbei um zwei verschiedene Fußabdrücke gehandelt haben musste. Die kleinen, schmalen Füße waren ohne jeden Zweifel seine Eigenen. Doch da waren auch noch andere Fußabdrücke zu sehen. Sie waren ebenfalls relativ schmal, dafür aber mindestens doppelt so groß wie seine. Es mussten Rogers Fußabdrücke gewesen sein. Dennis war begeistert über diese neue Elfenfähigkeit. Das war sein Beweis für Rogers Eindringen in sein Zimmer. Leider konnte er kein Foto davon machen. Das, was er dort sah, konnten nur Elfenaugen sehen.

Dennis versuchte, den Fußabdrücken seines Stiefvaters zu folgen. Sie führten aus seinem Zimmer hinaus in den Flur. Dort wurde es deutlich schwieriger, der Spur zu folgen. Sowohl seine als auch die seiner Mutter waren dort kreuz und quer verteilt. Ein Wirrwarr aus Fußabdrücken verhinderte eine genaue Zielführung.

Dennis musste noch heute mit Gerrit darüber sprechen. Vorher würde er schwerlich Schlaf finden können.

Nach einiger Zeit der Unkonzentriertheit bemerkte er, dass seine erweiterten Sinne langsam nachließen. Die Fußabdrücke wurden blasser, bis sie völlig verschwanden. Er sah seine Umgebung nun wieder in seinen gewohnten Farben und Formen.

Schnell versteckte Dennis seine geschenkt bekommene Goldmünze in einem alten Schulbuch und verstaute dieses in seinem kleinen Regal über dem Schreibtisch. Diesen Fabelgegenstand sollte sein Stiefvater nicht bekommen.

Als Dennis sich etwas beruhigt hatte, linste er aus seinem Zimmer, um zu prüfen, ob die Luft rein war. Roger und Karin befanden sich immer noch in ihrer hitzigen Diskussion. Roger bestand weiterhin darauf, dass Dennis nach draußen gehen dürfe, wenn er seine Arbeiten erledigt hatte. Und Dennis verstand allmählich, worauf sein Stiefvater hinauswollte. Roger wollte erreichen, dass sein Stiefsohn weiterhin Zugang nach Noxia bekam. Wahrscheinlich nur, um ihn irgendwann auf dem Weg abzufangen. Karin blieb stur bei dem Argument, dass sie als leibliche Mutter allein zu entscheiden habe.

»Damit du es weißt. Ich werde den Jungen niemals zur Schule fahren. Viel Spaß dabei«, schimpfte Roger und verschwand ins Wohnzimmer.

Dennis nutzte die kurze Ruhephase, um zu duschen. Zu seiner Verwunderung war der Schlüssel des Badezimmers nicht wie üblich im Schloss. Da er die Tür nicht abschließen konnte, beeilte er sich mit der Körperpflege heute besonders. Er wollte einfach nur noch ins Bett, Gerrit kurz von Rogers Diebstahl berichten und dann schlafen gehen.

Dennis plagten extreme Kopf- und Bauchschmerzen. Und ausgerechnet morgen musste er wieder in die Schule. Er versuchte, sich zu entspannen, indem er sanft seinen eingeschäumten Kopf massierte. Er schloss die Augen und dachte an die schönen Erlebnisse des Tages. Sein Vater, Miro und die vielen anderen tollen Leute, die er kennengelernt hatte. Die magische Natur von Noxia und die wundervollen Tiere, die er bereits gesehen hatte. Darauf musste er nun wieder knapp eine Woche warten.

Entspannt genoss Dennis die letzten warmen Wasserstrahlen, bevor er hinter dem Duschvorhang einen Schatten bemerkte. Dieser hatte in Dennis

Augen die Form eines Dämons und konnte nur zu einer Person gehören. Er konnte nicht glauben, dass er mit seinen empfindlichen Ohren nichts bemerkt hatte. Am liebsten wollte er in der Dusche verharren.

Dennis zog langsam den Vorhang zur Seite und blickte Roger verunsichert ins Antlitz. Dieser sah seinen Stiefsohn angewidert an.

»Was willst du? Ich habe nur kurz geduscht«, entgegnete Dennis ihm genervt.

Er wollte aus der Dusche steigen, um sich rasch anzuziehen, doch Roger blieb stur vor ihm stehen.

»Ich wollte dir eigentlich nur gratulieren«, sagte Roger. »Doch jetzt, wo ich deinen missratenen Körper in Gänze sehen muss, will ich mich doch eher übergeben.«

Dennis wich zurück in die Dusche, um seinen nackten Körper mit dem Vorhang zu verdecken. Doch nach kurzem Reflektieren kam ihm wieder in den Sinn, dass er nun wusste, warum er so aussah wie er aussah. Um den Trott zu brechen, stieß Dennis wieder aus der Duschkabine vor. Roger wich amüsiert einen Schritt zurück, um seinem Stiefsohn die Möglichkeit zu geben, sich endlich abzutrocknen und anzuziehen.

»Wo… wovon sprichst du? I… ich habe nichts gemacht«, stotterte Dennis.

Roger keuchte leise vor Lachen und schüttelte mit dem Kopf. »Also das Lügen hast du wirklich nicht erfunden. Nur schade, dass du nicht mehr viel Zeit haben wirst, um es zu lernen.«

Dennis bekam Angst. Er rechnete nun mit allem. Vielleicht hatte Roger herausgefunden, dass er noch nicht fähig war, das Portal zu versiegeln? Der kleine Junge zog sich bibbernd an und sah dabei immer wieder mit angsterfüllten Augen zu seinem Stiefvater hoch.

Roger genoss die verletzliche Situation seines Stiefsohns mit einem entzückten Schnalzen. »Ich gebe offen zu, dass ich dich unterschätzt habe. Obwohl ich mir sicher bin, dass so ein kleiner Wicht wie du, diese Aktion nicht allein geplant haben kann. In diesem Fall muss ich eurer ganzen Bagage ein Kompliment aussprechen.«

Dennis war sich nun sicher, dass es um die Befreiung von Miro ging. Doch dieses Mal wollte er sich von seinem Gegner nicht einschüchtern lassen, um den Anschein zu vermitteln, dass er auch wirklich die Fähigkeit besaß, das Portal zu versiegeln. »Ich möchte dir ebenfalls ein Kompliment geben«, sagte er trotzig.

Roger verlor kurz sein fieses Lächeln. Mit so einer Reaktion hatte er nicht gerechnet.

»Großes Kompliment dafür, dass du es geschafft hast, ein Venandi zu werden. Ich bin mir sicher, du musstest dafür einige Verbrechen für die Gesta begehen.«

Roger wirkte überrascht über den Wissensstand seines Stiefsohns. Er bekam sein dunkles Lächeln zurück und klatschte leise in die Hände. »Bravo, dann muss ich mich ja gar nicht mehr vorstellen. Ich muss sagen, ich bin beeindruckt, Bengel.«

»Du und die Gesta seid furchtbare Menschen. Ihr plündert und tötet, um euch selbst zu bereichern.«

Dennis sprach für Rogers Geschmack etwas zu laut. Hastig öffnete er die Badezimmertür, um zu prüfen, ob Karin in der Nähe war. Erst als er sich völlig sicher war, ging er zurück ins Badezimmer.

»Du jämmerlicher Narr«, zischte Roger. »Wir tun genau das, was notwendig ist, um unsere Bestimmung zu erfüllen. Du hast keine Ahnung von Bereicherung und Macht.«

»Wenn du mich jetzt entschuldigst, ich möchte gerne ins Bett«, sagte Dennis schlotternd und versuchte, geschwind an Roger vorbeizukommen.

Doch sein Stiefvater entschied, wann Dennis vorbeikam und wann nicht. Er blockierte den Weg und verpasste ihm, ohne Vorwarnung, einen kräftigen Schlag in die Magengrube. Dennis wurde schlagartig schwindelig und er brach zusammen. Selten hatte er so starke Schmerzen verspürt.

»Oh, du scheinst ja sehr müde zu sein, wenn du gleich hier schlafen willst«, amüsierte sich Roger hämisch über seinen hilflosen Stiefsohn.

Dennis wünschte sich in diesem Moment nichts sehnlicher, als das sein Vater bei ihm gewesen wäre. Die Schmerzen waren so heftig, dass er die Tränen nicht zurückhalten konnte. Sie flossen einfach aus ihm heraus.

»Ich hoffe, deinem Koboldfreund geht es gerade besser als dir. Sonst hätte euch die Heldenaktion von letzter Nacht ja überhaupt nichts gebracht.«

Roger hockte sich zu Dennis herunter, um dem vor Schmerz wimmernden Jungen direkt in die Augen zu schauen. Dennis wollte den Augenkontakt vermeiden, doch Roger packte sein Kinn und schob so seinen Kopf gewaltsam nach oben.

»Ich weiß noch nicht genau, wie ihr das angestellt habt, aber ich versichere euch, dass jetzt andere Seiten aufgezogen werden. Nun beginnt Stufe zwei unseres Spiels.«

Dennis hatte so große Angst, dass er sich in den nächsten Sekunden nicht mehr spüren konnte. Er gab auf und ließ seinen Körper einfach hängen. Er war mit seinen Kräften am Ende.

Roger hielt Dennis Kopf immer noch nach oben, um ihn mit seinem teuflischen Blick weiter zu verängstigen. »Du kannst froh sein, dass die Führung darauf pocht, dass ich meine Rolle in dieser Familie noch beibehalten soll. Ansonsten wären wir jetzt schon woanders angelangt.«

»Bitte lass mich in Ruhe«, winselte Dennis mit letzter Kraft.

Roger wollte gerade zu einem weiteren Schlag ansetzen, als beide plötzlich eine Stimme hörten.

»Roger, hol mir bitte mal die Werkzeugkiste!« Es war Karin, die Rogers Anwesenheit verlangte. Für Dennis war das wie eine göttliche Fügung.

Roger verzichtete auf den Schlag und ließ Dennis Kopf los. »Ich komme, Schatz!«

Die schleimige Ader seines Stiefvaters verärgerte Dennis noch mehr.

»Versuche nie wieder, der großen Gesta im Weg zu stehen, Kleiner. Das bekommt dir nicht gut. Schon bald werden wir dank dir auch deinem Vater und dem restlichen Gesindel deines Volkes einen Besuch abstatten«, drohte Roger leise und verließ das Badezimmer.

Dennis kroch nach kurzem Abwarten gezeichnet aus dem Bad heraus, um sein Zimmer zu erreichen. Noch immer hielten die Schmerzen an.

In seinem kleinen Reich angelangt, schloss er umgehend die Tür ab und schleppte sich ins Bett. Er hoffte, dass sich Gerrit noch an diesem Abend melden würde.

Leider war Dennis so erschöpft, dass er trotz spannendem Abendprogramm einschlief.

Immerhin konnte er in seinen Träumen in der Fabelwelt weilen. Er träumte von einem sagenhaften Flug mit seinem Vater auf einem Greifen. Er glitt mit ihm über die Wälder Noxias und genoss die Freiheit. Auch wenn es nur ein Traum war, konnte Dennis diesen Moment genießen.

Leider war die Nacht zu kurz und der Wecker riss ihn aus dem Traum. Der reale Alltag stand wieder an.

Seine Bauchschmerzen waren auch am Morgen noch nicht völlig verschwunden. Dennoch fühlte er sich deutlich fitter. Der lange Schlaf tat ihm gut.

Zu seinem Bedauern bemerkte Dennis beim Blick auf sein Handy einen verpassten Anruf von Gerrit mit darauffolgender Nachricht.

Hi, Dennis, ich konnte dich leider nicht erreichen. Ist alles in Ordnung? Wir sollten uns beim nächsten Mal ein gemeinsames Codewort überlegen. Falls du ernsthaft in Gefahr sein solltest, kannst du dieses dann sofort senden.

Ich wollte auch nur kurz auf deine Nachricht antworten. Leider muss ich dir sagen, dass ich äußerst enttäuscht von dir bin. Du hättest es Roger wenigstens etwas schwerer machen können, indem du einfach deine Tür abgeschlossen hättest!

Na ja, es bringt jetzt auch nichts, wenn wir weiter Trübsal blasen.

Dass Roger das Buch gestohlen hat, ist zwar nicht schön, aber auch kein Weltuntergang. Er weiß damit jetzt leider nur, dass du definitiv Kontakt mit der Fabelwelt hast. Der Inhalt des Buchs wäre für dich äußerst interessant, ist für Roger aber nutzlos. Außerdem wird er das Buch niemals öffnen können. Mach dir also keine Sorgen. Ich möchte nur, dass du ab sofort vorsichtiger bist.
Wenn sonst nichts Weiteres vorgefallen ist, freue ich mich, dich am Samstag wiederzusehen. Das heißt, wenn ich nach dieser anstrengenden Woche noch stehen kann.

Mach's gut

Gerrit

Gerrits Nachricht beruhigte Dennis ein wenig. Er entschied sich, vorerst nichts von der Auseinandersetzung zwischen Roger und ihm zu erzählen. Er wusste nicht, wie sein Onkel darauf reagieren würde.

Nachdem er die Nachricht zur Vorsorge gelöscht hatte, versuchte Dennis eine gewisse Normalität in den Tag zu bringen. Er machte sich wie gewohnt fertig für die Schule und ging runter in die Küche, um zu frühstücken. Er wusste, dass Roger auch dort war. Doch der ließ ihn über den ganzen Morgen in Ruhe. Er war zu vertieft in seine Zeitung, die er jeden Morgen verschlang. Er machte allgemein nicht den Eindruck, an diesem Morgen für Ärger sorgen zu wollen. Karin dagegen hatte ihre Augen die ganze Zeit auf Dennis gerichtet. Innerhalb der nächsten Minuten versuchte sie ihrem Sohn wiederholend näherzubringen, warum sein Verhalten von gestern falsch gewesen war. Dennis ließ diese Standpauke über sich ergehen, während er gedankenverloren sein Käsebrot aß, um daraufhin schnellstens nach draußen zu flüchten.

Seine Mutter blieb bedauerlicherweise strikt bei dem Ausgehverbot. Und die weiteren drei Monate Zwangsarbeit bei den Petersens standen ihm auch noch bevor. Er musste bis Freitag einen Weg finden, seine Mutter zu beschwichtigen. Ansonsten gäbe es kein Wiedersehen mit seinen neuen Freunden in Noxia.

Verletzliche Privatsphäre

Dennis fieberte bereits am Montag in der ersten großen Pause sehnsüchtig dem Wochenende entgegen. Er saß allein auf einer durch Vandalismus gezeichneten Bank, um sich sein Pausenbrot schmecken zu lassen. Die Bank befand sich etwas abseits vom Schulhof auf dem Weg zur benachbarten Sporthalle. Das war der einzige Ort, an dem Dennis essen konnte, ohne von Schaulustigen begafft zu werden. Dennoch schwenkte sein Blick immer wieder prüfend in alle Richtungen, um nach möglichen Feinden Ausschau zu halten. Er wusste jetzt zwar, dass sein Aussehen einen faszinierenden Hintergrund hatte, doch in der Menschenwelt fühlte er sich nun mehr denn je wie ein Fremdkörper.

»Noch vier Stunden«, murmelte Dennis vor sich hin.

Seit gestern zählte er beinahe jede Minute. Er hatte keinen Kopf mehr für den herkömmlichen Alltag. Die Schule interessierte ihn nicht mehr, da er nun ein neues Lebensziel vor Augen hatte, wofür er keinerlei menschliche Ausbildung benötigte. Dennis wollte nun ein Krieger der Elfen werden, so wie sein Vater. Und dass, obwohl er immer noch schwer realisieren konnte, was er gestern erlebt hatte. Die Eindrücke der Fabelwelt kreisten ununterbrochen in seinem Kopf, sodass er sogar beinahe vergaß, in sein Brot zu beißen. Das Einzige, was ihn zum rationalen Denken veranlasste, war die Tatsache, dass er das Ausgehverbot umgehen musste. Dafür brauchte er innerhalb der nächsten vier Tage eine ausgeklügelte Idee.

In Gedanken schwelgend, achtete Dennis nur noch sporadisch auf das, was sich in seinem Umfeld tat. Lediglich seinen empfindlichen Ohren war es zu verdanken, dass er sich schreckhaft umdrehte. Eine Gruppe aus Schülern steuerte direkt auf ihn zu.

Als sie den spitzohrigen, bleichen Jungen ängstlich auf der Bank sitzen sahen, begann das Getuschel. »Da ist er.«

Dennis bekam ein ungutes Gefühl im Magen. Mehr als die Hälfte der

Schülergruppe waren Kinder aus seiner Klasse. Darunter natürlich auch Felix, Maurice und Marian, die stolz vorausgingen, um sich lachend direkt vor den kleinen Dennis zu stellen. Dennis packte schnurstracks sein Pausenbrot weg, um flüchten zu können. Doch es war zu spät. Dennis wurde von der gesamten Schülergruppe eingekreist. Schmähend zeigten alle mit ihren Fingern auf ihn und lachten lauthals.

Dennis wurde völlig überrumpelt. Panisch schaute er sich nach einer Lücke im Personenkreis um, doch es gab keine. Er war gefangen und musste die Schmährufe über sich ergehen lassen.

»Was wollt ihr von mir?«, fragte Dennis.

Einige Schüler warfen Dennis plötzlich Geldscheine vor die Füße. Das verwirrte ihn noch mehr. Nun holten ein paar Schüler ihre Handys heraus, um den völlig in sich gekehrten Jungen zu filmen.

»Wir geben dir hundert Euro, wenn du die Affengeräusche nachmachst!«

»Wir wollen dich tanzen sehen!«

»Sag, du bist eine Missgeburt!«

Dennis zuckte bei den Rufen zusammen. Nun hatte er eine schreckliche Vorahnung. Ein paar Schüler bestätigten diese, indem sie auf ihren Handys das peinliche Video abspielen ließen, das Roger gefilmt hatte. Sein Stiefvater hatte seine Drohung tatsächlich wahr werden lassen.

Eine Wand aus Tränen stieg in Dennis Augen immer weiter nach oben, bis sie brach. Er wollte fliehen. Doch sobald er versuchte, aus dem Zentrum des Schülerkreises zu gelangen, wurde er zurückgeschubst.

»Mach zuerst deinen Affentanz!«, brüllten die Schüler.

Dennis hyperventilierte völlig verzweifelt in die Menge. Er dachte tatsächlich für einen Augenblick darüber nach, sich mit einer demütigenden Tanzeinlage aus der Situation zu befreien. Doch er wollte auf keinen Fall mehr etwas sein, das er nicht war.

»Missgeburt! Missgeburt! Missgeburt!«, brüllte die Schülergruppe im Chor.

»Ich bin keine Missgeburt!«, kreischte Dennis zurück.

»Du hast es doch selbst zugegeben. Die Beweise haben wir auf unseren Handys!«

Dennis nahm nun all seinen Mut zusammen, um sich der Meute entgegenzustellen. »Ich werde Garnichts machen! Lasst mich sofort in Ruhe oder ich gehe zu einem Lehrer!«

Dennis Gegenwehr wurde mit Hohn bestraft. Sie bewarfen ihn mit Essen und beschimpften ihn. Niemand nahm ihn ernst. Wie nach einer Zirkusnummer beklatschten die Schüler sein Auftreten belustigend.

Dennis ging schützend in die Hocke und drückte seine Beine so fest er konnte gegen seine Ohren, um dieser Erniedrigung so gut es ging zu entgehen. Nach dem gestrigen emotionalen Höhenflug war dies nun der harte Schlag zurück auf den Boden seiner derzeitigen Realität. Er wollte es nicht wahrhaben. Er wollte sich krampfhaft vorstellen, in diesem Moment in Noxia zu sein, aber er konnte sich nur auf seine Angst konzentrieren.

Plötzlich betraten Felix, Maurice und Marian die Mitte des Kreises. Marian hielt sein Handy in der Hand, um Dennis aus nächster Nähe zu filmen. Felix griff Dennis ruppig unter die Arme und zog ihn nach hinten, sodass seine schützende Position den Halt verlor. Maurice packte Dennis Beine und versuchte, dem hilflosen Jungen gewaltsam die Hose herunterzuziehen. Dennis kämpfte mit allem, was er hatte. Er schrie um Hilfe, trampelte mit den Füßen und wand seinen Körper von einer Seite zur anderen. Tatsächlich konnte er einige Treffer bei Maurice landen, der nun wütend auf Dennis Oberschenkel einschlug und Marian zur Hilfe holte. Dennis ehemaliger Freund packte stürmisch sein Handy weg, um dabei mitzuhelfen, den um Hilfe kreischenden kleinen Jungen vor den Augen der Schülermeute gewaltsam zu fixieren.

Gemeinsam schafften sie es, ihm die Jeans herunterzureißen. Bevor die Rüpel von ihm abließen, war der Kapuzenpullover dran.

Dennis stand nun lediglich in seiner Unterwäsche vor den Schülern. Felix und seine Freunde ließen sich mit der Kleidung des Opfers in ihren Händen von den anderen Schülern feiern. Der schluchzende Dennis starrte nur noch auf seine Kleidung, durch dessen Verlust er nun auch seine letzte Würde verloren hatte.

Nun brachen bei dem verzweifelten Jungen alle Dämme. Er kreischte wie ein Wahnsinniger auf und stürmte mit allem, was er hatte, auf Felix los. Der Rüpel wurde vom fuchsteufelswilden Dennis überrascht. Der kleine Junge sprang Felix wie eine Raubkatze an, um sich seine Sachen zurückzuholen. Leider war er körperlich viel zu schwach, als dass er dem großgewachsenen Teenager etwas entgegenzusetzen hatte. Felix trat Dennis wie Ungeziefer zu Boden. Der Stolz des Rüpels war nun jedoch verletzt. Er stürzte sich auf Dennis, um ihn zu verprügeln. Dennis wollte aber nicht kampflos aufgeben.

Er hatte nichts mehr zu verlieren. Noch bevor Felix ihn mit einem Tritt erreichte, sprang der kleine Junge auf und huschte zur Seite. Alle Schüler waren überrascht, dass sich das sonst schüchterne Mobbingopfer zur Wehr setzte.

Dennis versuchte, sich in diesem Moment vorzustellen, sein Vater zu sein. Er wollte keine Angst mehr haben.

»Ich hau dich kaputt, du hässliches Mistkind!«, brüllte Felix und lief wie ein Berserker mit ausgeholter Faust auf Dennis los.

Dennis stürmte mit quiekendem Kampfschrei ebenfalls auf seinen Gegner los. Er holte mit allem aus, was er zu bieten hatte. Das war jedoch nicht viel.

Sein Mut brachte ihm am Ende nichts. Dennis wurde verprügelt. Ein kräftiger Faustschlag nach dem anderen landete in seinem Gesicht. Trotz Adrenalinschubs spürte er regelrecht, wie seine Haut aufplatzte und sich sein Nasenbein verschob. Dennis war allerdings wie in einem Tunnel gefangen. Es gab für ihn kein Aufgeben mehr. Der pochende Schmerz wurde vollständig ignoriert. Er würde erst aufhören, wenn er ohnmächtig umkippen würde.

Nach vielen schmerzhaften Schlägen klingelte endlich die Schulglocke. Die ersten Schüler verließen den Kreis.

Felix trat immer noch auf den verletzten Dennis ein. »Sag, dass du ein dreckiges Mistvieh bist!«

»Nein!«, kreischte Dennis, während er immer noch versuchte, sich gegen den viel stärkeren Gegner zu wehren. Er fuchtelte wild mit seinen Fäusten umher, um irgendwie einen Treffer zu landen.

Plötzlich ertönte ein dominantes, dumpfes Geräusch. Ein Stöhnen kroch aus Felix Hals. Ein ungläubiges Raunen ging durch den Rest der Schülergruppe, bevor es zu einem entsetzten Schreien wurde. Ein kleiner Baum, der sich hinter der Sitzbank befand, fiel ohne Vorwarnung auf Felix und knockte ihn aus.

Dennis hatte Glück. Der Baum verfehlte ihn um Haaresbreite. Schnell sprang er auf, um die Szenerie genauer zu betrachten. Der kleine Baum lag auf Felix, der bewusstlos liegen blieb. Sowohl Dennis als auch die anderen Schüler dachten direkt an das Schlimmste.

Maurice und ein paar andere Schüler versuchten, den Baum von Felix herunterzuschieben, während Marian Hilfe holte.

Dennis war immer noch in seinem Adrenalintunnel gefangen. Rasch zog er seine Kleidung zu sich, die nun unbewacht neben dem bewusstlosen Felix lag. Schnaufend zog sich Dennis wieder an, immer mit dem Blick auf seine Mobber gerichtet. Doch die hatten keine Augen mehr für ihn. Panisch versuchten sie, ihren Freund mit Klapsen ins Gesicht wieder zu Bewusstsein zu bringen.

Dennis starrte apathisch auf die Situation. Was war passiert? Wie durch ein Wunder hatte ihn der Baum vor weiteren Schlägen bewahrt. Doch so ein Baum kippte ohne Fremdeinwirkung in der Regel nicht einfach um.

Felix kam langsam wieder zu Bewusstsein, als ein paar Lehrer zur Hilfe eilten. Niemand lachte Dennis mehr aus. Dennoch fühlte er sich so schlecht wie lange nicht mehr. Durch seine Entblößung trug er nun eine Scham in sich, die für ihn kaum zu ertragen war. Durch die Prügelei hatte er einige Verletzungen am Kopf und Oberkörper erlitten. Dazu brodelte in ihm eine Wut, die er auf dem Niveau so bei sich nicht kannte.

Ohne weitere Worte lief Dennis trotz anstehenden Unterrichts krächzend davon.

Am falschen Platz

Dennis lief flennend nach Hause.

Karin, die gerade tiefenentspannt Rogers Hemden bügelte, wurde durch ihren hereinstürmenden Sohn völlig aus der Ruhe gerissen. Entsetzt rannte sie in den Flur, konnte jedoch nur noch sehen, wie Dennis aufgelöst die Treppe in sein Zimmer hochlief. Schnurstracks polterte sie hinterher. Doch Dennis wollte nach seiner Schmach in der Schule niemanden sehen. Zumindest niemanden, der seine Situation nicht verstand.

Der traurige Junge verriegelte seine Zimmertür und rollte sich in seine Bettdecke ein, um die nahende Karin möglichst nicht wahrzunehmen.

Seine Mutter klopfte wie wild an der Tür. »Dennis, was ist los?! Warum bist du schon aus der Schule gekommen?!«

Dennis antwortete nicht.

»Wenn du mir nicht augenblicklich die Tür aufmachst, kannst du dich auf Ärger einstellen!«

Das hektische Stampfen der Füße auf den Boden und die lautstarken Drohungen vor seiner Tür machten Dennis wahnsinnig. Er stand auf und öffnete seiner Mutter höchst widerwillig die Tür.

»Ich möchte allein sein«, jammerte Dennis.

Karin hielt vor Schreck den Atem an. Ihr Sohn war kaum wiederzuerkennen. Dennis Gesicht war durch seine Prügelverletzungen so stark angeschwollen, dass er mit den dazugehörigen blutunterlaufenen Augen aussah wie ein Albino-Hamster. Mehrere Platzwunden ließen viel Blut herunterfließen, sodass sein geliebter Kapuzenpulli von der roten Körperflüssigkeit befleckt wurde. In Kombination mit seinem weinerlichen Schmollmund schossen Karin ebenfalls die Tränen in die Augen.

»Dennis! Mein Gott, was ist mit dir passiert?!«

Karin hockte sich zu Dennis herunter, um ihn mit Streicheleinheiten im geschwollenen Gesicht näher zu begutachten.

Dennis verschränkte bockig seine Arme. »Ich will nie wieder in die Schule gehen.«

Karin war völlig perplex. »Bitte sag mir, was dir passiert ist, mein Schatz. Es sieht so aus, als wärst du geschlagen worden.«

»Ich werde dauernd in der Schule geschlagen und geärgert. Das habe ich dir schon oft genug gesagt. Jetzt hast du den Beweis.«

Karin nahm ihren Sohn mit ins Badezimmer, um seine Wunden angemessen zu behandeln. Während sie Dennis die schmutzige Kleidung auszog und sein Gesicht sorgfältig abwusch, musste sie sich zusammenreißen, um bei diesem traurigen Anblick nicht loszuweinen.

»Wer schlägt dich, mein Schatz? Und warum?«

»Weil ich anders bin«, krächzte Dennis. »Tu nicht immer so blöd. Du weißt, dass ich keine Freunde habe und mich alle im Dorf hassen.«

Karin schwieg einen Moment. Ihren entsetzten Gesichtsausdruck bewertend, wirkte sie so, als ob sie Dennis Platz in dieser Welt völlig verdrängte.

»Was ist denn mit Marian? Der war doch lange Zeit dein Freund. Den habe ich lange nicht mehr gesehen.«

Dennis starrte seine Mutter fassungslos an und schlug mit der flachen Hand auf das Waschbecken. »Ist das dein Ernst?! Marian ist schon seit über vier Jahren nicht mehr mein Freund. Er war auch nur mit mir befreundet, weil du dich mit seiner Mutter so gut verstanden hast, als sie mit ihm nach Dornsdorf gezogen ist. Als sie gemerkt hat, was für einen Ruf ich hier habe, haben sie sich von uns abgewendet.«

Karin schnaufte unangenehm berührt, während sie Dennis Gesicht desinfizierte. »Solche Freunde brauchst du dann auch nicht. Du findest bestimmt Neue. Vielleicht außerhalb der Schule.«

»Nicht in Dornsdorf«, meckerte Dennis. »Ich will hier weg. Egal, was ich mache, die Leute verachten mich. Deswegen verachte ich diese Idioten auch.«

»Quatsch. Es gibt auch genug Leute, die dich mögen.«

»Ach ja, wer?«, fragte Dennis provokant.

Karin blinzelte überfordert. Sie vergaß plötzlich vollkommen, ihren Sohn weiter zu behandeln.

»Siehst du«, motzte Dennis. »Versuch die Sachen nicht immer schön zu reden. Du machst das alles genauso lange mit wie ich. Du weißt, dass die

Leute denken, dass ich ein ekeliges Monster bin. Und sie behandeln mich auch so. Täglich werde ich schikaniert und du machst nichts dagegen. Du hasst mich genauso wie die anderen.«

Dennis weinte fiepend vor sich hin. In diesem Moment war er kurz davor, seine Mutter mit seinem Vater und der Fabelwelt zu konfrontieren. Er hatte einfach genug von dieser heuchlerischen Art und wollte endlich die Karten auf den Tisch legen. Doch sein Verstand hielt ihn zurück. Gerrit hatte ihm mehr als einmal gesagt, dass ein Outing das Schlimmste wäre, was er machen könnte. Dennis schwieg und fraß seine Wut weiter in sich rein.

Karin trafen die Worte ihres Sohnes so hart, dass sie auf die Knie fiel. »Was erzählst du denn da?! Ich liebe dich, Dennis.« Sie umarmte ihren Sohn, um sich und ihn zu trösten. »Es tut mir leid, wenn ich dich nicht ausreichend geschützt habe, mein Schatz. Das werden wir sofort ändern.«

Dennis spürte eine Ernsthaftigkeit bei seiner Mutter. Trotz Misstrauen ließ er Anspannung und Körper für einen kurzen Moment in ihr fallen und schloss die Augen.

»Tut mir leid, dass ich das gesagt habe«, säuselte er ihr ins Ohr.

»Ist schon gut, mein Schatz. Es war meine Schuld. Ich dachte immer, du erzählst Märchengeschichten, als du immer behauptet hast, du würdest geärgert werden.«

Dennis Lockerheit nahm ein abruptes Ende. »Du hast doch oft genug selbst mitbekommen, wie mich die Leute im Dorf behandeln. Statt mich in Schutz zu nehmen, hast du es ignoriert. Warum?«

»Weil man das nicht ernst nehmen sollte«, antwortete Karin verschwitzt. »Die Leute reden viel, wenn der Tag lang ist. Hör nicht darauf, was die Leute sagen. Du bist ein süßer und schöner junger Mann.«

Dennis konnte nicht anders, als gewaltsam sein Gesicht zu verziehen. Karin guckte unsicher in seine Augen. Er merkte, dass sie lediglich versuchte, ihn irgendwie zu beschwichtigen. Karin war bewusst, dass sie einen Halbelfen als Sohn hatte. Aber wieso wollte sie es nicht wahrhaben?

»Solange wir in Dornsdorf leben, werde ich nicht mehr zur Schule gehen.«

»Aber du musst zur Schule gehen. Sag mir bitte, wer dich immer ärgert, und ich werde mich sofort darum kümmern.«

Dennis verdrehte seine Augen. Selbst wenn seine Mutter in der Schule oder bei Felix Eltern anrufen würde, wäre das egal. Alle Schüler waren seine Feinde, und man konnte wohl kaum alle außer ihn von der Schule schmeißen. Dennoch berichtete er, was ihm widerfahren war. Zu verlieren hatte er ohnehin nichts mehr. Den Punkt mit dem peinlichen Video verschluckte Dennis am Ende jedoch. Das war ihm erstens zu peinlich und zweitens würde seine Mutter niemals glauben, dass ihr Schutzheiliger Roger dafür verantwortlich war.

Karin war völlig außer sich, als sie hörte, mit welchen Methoden ihr Sohn in der Schule geärgert wurde. Sie schien ein schlechtes Gewissen bekommen zu haben.

Nachdem sie Dennis Verletzungen gründlich versorgt hatte, griff Karin zum Telefon, um ein paar Anrufe zu tätigen. Dennis musste im Gegenzug zu ihrem Einsatz versprechen, wieder in die Schule zu gehen, sobald es ihm besser ging. Das passte ihm gar nicht. Nachdem er sich ein wenig beruhigt hatte, wurde ihm jedoch klar, dass er nicht zu viel Ärger verursachen durfte, um am Wochenende weiterhin die Chance zu wahren, in die Fabelwelt zu gelangen. Zum Wohle einer besseren Zukunft musste er in diesen sauren Apfel beißen.

Während Karin wild herumtelefonierte, hatte Dennis genug Zeit, sich wieder ins Bett zu schmeißen. Er starrte wütend die Decke an und schlug immer wieder mit seiner Faust auf die Matratze. Er wollte nun endgültig mit seinem alten Leben abschließen. Es machte keinen Sinn mehr, sich etwas vorzumachen. Die Menschenwelt wollte Dennis nicht, und Dennis wollte die Menschenwelt nicht. Er musste nun zusehen, wie er sich ein schönes Leben in Noxia aufbauen konnte.

Als er wieder tief in seinen Tagträumen schwelgte, um sich den seelischen sowie körperlichen Schmerz etwas zu entziehen, hörte er aus dem Erdgeschoss, wie seine Mutter lautstark mit einer anderen Person am Telefon diskutierte. Es ging um ihn. Karin hielt ihr Wort und setzte sich für ihren Sohn ein. Dennis betete, dass seine Offenlegung etwas in seinem Schulalltag bewirken würde. Sein Gefühl sagte ihm allerdings, dass es dadurch noch schlimmer werden würde.

Karin platzte nach über einer Stunde wieder in Dennis Zimmer. Ihr Sohn lag mit einem Kühl-Pack im Gesicht im Bett und guckte sich die

Paralumpas an. Dennis hatte leider vergessen zu erwähnen, dass er einfach aus der Schule geflüchtet war, ohne einem Lehrer Bescheid zu geben. Kein Mitarbeiter der Schule wusste etwas von seinen Verletzungen. In der Regel hätte Dennis für so ein Vergehen eine heftige Strafe erwartet. Doch Karin schien trotz ihrer Enttäuschung darüber nicht gewillt, ihren ohnehin bestraften Sohn mit weiteren Maßnahmen zu quälen. Stattdessen hatte sie gute Nachrichten für ihn. Sie hatte Dennis für zwei Tage krankheitsbedingt entschuldigen lassen, damit er seine Verletzungen auskurieren konnte. Zum Arzt wollte Dennis allerdings nicht gehen. Er hatte starke Schmerzen, wusste aber, dass seine Blessuren über Nacht verschwinden würden. Die Heilkräfte eines Elfen waren nun mal unschlagbar.

Bevor Karin ihren Sohn weiter seine Lieblingsserie genießen ließ, versicherte sie ihm, dass die Schule über die heutigen Ereignisse in Kenntnis gesetzt wurde und sich umgehend darum kümmern würde. Dennis konnte sich durch seine unsicheren Gedanken diesbezüglich nicht sonderlich freuen und bestätigte die Bemühungen seiner Mutter mit einem trockenen Nicken.

»Warte ab, Dennis. Ab sofort wirst du nicht mehr geärgert werden«, freute sich Karin über ihren Einsatz. Sie verließ das Kinderzimmer und schlenderte selbstbewusst zurück ins Erdgeschoss.

Dennis seufzte bedrückt und tauchte lieber wieder in die Welt der Streiche ein.

Am späten Nachmittag schloss er die Tür, da nun die Zeit nahte, in der Roger nach Hause kommen könnte. Er wollte seinem Stiefvater nach diesem Tag nicht auch noch eine Plattform bieten. Dennis Wut auf Roger war ohnehin grenzenlos. Er hatte tatsächlich das peinliche Video veröffentlicht und somit sein öffentliches Leben endgültig ruiniert. Felix und die anderen gemeinen Schüler hatten nun ebenfalls immer etwas gegen ihn in der Hand.

Bei diesem Gedanken fiel Dennis erst wieder ein, dass Felix bei ihrer Auseinandersetzung ebenfalls schwer verletzt worden war. Dieser kleine Baum fiel genau im richtigen Moment auf ihn, um Dennis zu retten. Es wirkte so, als wäre das nicht zufällig passiert.

´War ich das?´, fragte sich Dennis verwirrt.

Wenn dies stimmte, wäre es beunruhigend und genial zugleich. Wenn er endlich seine Elfenfähigkeiten erlernte, könnte er sich gegen jeden verteidigen. Dennis wollte nur noch eins. Endlich die Kräfte des Hüters der Fabeln erwecken, um damit seine Gerechtigkeit zu erlangen.

Merkwürdiges Verhalten

Dank des Einsatzes seiner Mutter konnte Dennis sich am nachfolgenden Tag erholen. Selbst Roger hatte durch verschiedenste Geschäftsfahrten kaum die Möglichkeit, an seinen Stiefsohn heranzukommen. Dass diese Geschäftsfahrten dennoch mit ihm zu tun hatten, war Dennis bewusst.

Dennis ging am Mittwoch mit äußerst gemischten Gefühlen zur Schule. Er wusste nicht, was ihn dort erwarten würde. Doch er hatte sich etwas geschworen. Er wollte sich nie wieder so demütigen lassen wie am Montag. Das veröffentlichte Video von Roger konnte er jedoch nicht mehr rückgängig machen. Das könnte ihm noch die nächsten Wochen nachhängen. Doch auch da versuchte sich Dennis weitestgehend abzustumpfen. Ihm war klar, dass sein Ruf in Dornsdorf ohnehin auf dem Tiefpunkt war. Dieses Video war maximal ein Tropfen auf den heißen Stein. Da er sich nicht mehr für die Belange der Menschenwelt interessierte, wollte er einfach mit Scheuklappen durch diese laufen, bis er sie endgültig hinter sich lassen konnte. Das sollte jedoch schwerer werden als gedacht.

Bereits am frühen Morgen auf dem Schulweg hatte Dennis das Gefühl, verfolgt zu werden. Das kam nicht von ungefähr. Ein schwarzer Kastenwagen fuhr immer wieder verdächtig an ihm vorbei. Immer wieder bog der Wagen in die nächste Straße ab, um dann aus der nächsten Gasse wieder auf Dennis zuzufahren. So verlief es über seinen gesamten Schulweg.

Dennis versuchte zu erkennen, wer in diesem Wagen saß. Es war zumindest keine Person, die er kannte. Kein Roger, Hugo oder Igor. Es war auch kein gewöhnlicher Gesta-Agent im schwarzen Anzug. Dennis konnte einen jungen Mann mit mittellangen, schwarzen Haaren, einer blauen Baseballmütze und einem roten Polohemd erkennen. Unpassender konnte ein Gesta-Agent in Dennis Augen nicht aussehen. Doch sein Verhalten war seltsam. Seine Augen fixierten sich immer wieder auf den kleinen, spitzohrigen Jungen.

Dennis war an diesem Morgen ausnahmsweise froh, in der Schule angekommen zu sein. Und dass, trotz der Demütigung von vor zwei Tagen.

Er fand im Klassenraum eine ungewohnt triste Stimmung vor. Felix lag tatsächlich im Krankenhaus. Der harte Schlag des Baums hatte ihm eine Gehirnerschütterung und mehrere schwere Knochenbrüche eingebracht, die sogar eine nachfolgende Reha erforderten. Dieser Vorfall hatte seine Freunde Maurice und Marian schwer getroffen. Sie sprachen kein Wort, als ihr Lieblingsopfer den Klassenraum betrat. Lediglich der ein oder andere Schüler seiner Klasse schob ein hämisches Wort bezüglich des Videos in Dennis Richtung. Manche verstummten jedoch schnell, als sie bemerkten, dass Dennis keine einzige Verletzung mehr in seinem Gesicht trug. Dennis hoffte bloß, nicht in Erklärungsnot zu kommen. Die Reaktionen seiner Mitschüler zeigten ihm jedoch, dass die Aktion seiner Mutter überhaupt nichts gebracht hatte. Angeblich sollen harte Sanktionen gegen jeden Schüler vorgenommen worden sein, der Dennis am Montag fertig gemacht hatte. Von Felix Eltern hatte es allerdings nur Spott für Karin und ihren sogenannten "ekelhaften Satansbraten" gegeben. Wie vermutet hatte man wohl Narrenfreiheit, wenn es um den unbeliebten Außenseiter des Dorfes ging.

Dennis setzte sich stur auf seinen Platz und richtete seinen Blick zur Tafel. Er wollte sich nicht mit irgendwelchen Menschen befassen. Aber er hatte ständig das Gefühl, dass man über ihn redete oder lachte. Das Video hatte wahrscheinlich mittlerweile die Runde durch ganz Dornsdorf gemacht, weshalb wohl selbst die Lehrer davon wussten. Dennis lief bereits rot an, bevor der Unterricht begann.

Zu seinem Glück war Felix das Thema der Stunde, als der Lehrer den Raum betrat. Vanessa hatte die Idee, eine Genesungskarte zu dem verletzten Mitschüler ins Krankenhaus zu schicken. Dennis machte es fassungslos, dass so ein bösartiger Junge so bemitleidet wurde. Darüber, dass er am Montag übel von ihm zugerichtet wurde, sprach niemand. Dennis spürte mehr und mehr die Genugtuung, diesen miesen Rüpel im Krankenhaus zu wissen. So sehr er es auch versuchen würde, er hatte kein schlechtes Gewissen, dass wohl seine elfischen Kräfte dafür verantwortlich waren. Außerdem hatte er dies nicht mit Absicht getan. Er war nur froh, dass kein Mensch auf die Idee kommen würde, daran zu denken, dass er den Baum mit seinen übersinnlichen Fähigkeiten zum Umstürzen gebracht hatte.

Vor den Augen aller Klassenkameraden weigerte sich Dennis, die Genesungskarte zu unterschreiben. Stattdessen konzentrierte er sich lieber auf den Englischtest.

Mutig versuchte Dennis sogar hin und wieder den Augenkontakt mit Marian zu suchen. Nach einiger Zeit wurde dieser sogar kurz erwidert. Allerdings konnte Dennis in Marians Gesicht nur noch Leere erkennen. Doch noch wollte er seinen ehemaligen Freund nicht aufgeben. Dennis hoffte immer noch, dass Marian eines Tages wieder zur Vernunft kommen würde, um sich von Felix und Maurice zu lösen. Bis dahin musste er die Schulzeit allein überstehen.

Auf dem Nachhauseweg wurden in ganz Dornsdorf große Schilder und Plakate aufgehangen. Das Dornsdorfer Sommerfest stand vor der Tür. Dies war einer der wenigen, kurzen Zeiträume im Jahr, in denen in Dornsdorf wirklich etwas los war. Dutzende Karussells und Süßigkeitenstände waren dann im ganzen Zentrum verteilt. Laute bayerische Volksmusik und hunderte Menschen auf den Straßen, die dazu tanzten. Zum Abschluss gab es noch ein Feuerwerk und einen Kostümwettbewerb.

Eigentlich hatte dieses Fest alles, was Dennis so sehr mochte. Doch schon seit Jahren ging er nicht mehr dorthin. Die letzten Male, als er sich dort amüsieren wollte, wurde er zur lebenden Zielscheibe. Er schwor sich, dass so etwas nie wieder passieren würde. Somit wurde er jedes Mal traurig, wenn das Sommerfest anstand.

Durch die Aufmerksamkeit auf die Plakate bemerkte Dennis erst viel zu spät, dass der ominöse, schwarze Lieferwagen wieder an ihm vorbeigefahren war. Aber das nächste Aufeinandertreffen sollte nicht lange auf sich warten lassen. Schon an der nächsten Kreuzung fuhr der junge Mann wieder auf Dennis zu. Jetzt war er sich vollkommen sicher, dass dies kein Zufall sein konnte.

Dennis entschied sich dafür, die Hauptstraße zu verlassen, um über die Seitenstraßen nach Hause zu kommen. Zuerst dachte er, er hätte den Lieferwagen damit abgehängt, aber bereits zwei Minuten später tauchte er wieder vor ihm auf. Er wusste nicht, ob er ihn ignorieren sollte. Die andere Möglichkeit wäre die aktive Konfrontation mit dem jungen Mann.

Dennis hatte noch etwa fünf Sekunden Zeit, bevor der Lieferwagen wieder an ihm vorbeifahren würde. Wenn der Mann tatsächlich zur Gesta gehörte, wäre eine Konfrontation möglicherweise das Urteil für viel Ärger.

Dennis entschied sich dafür, den Fahrer verdächtig anzugucken, danach aber rasch weiterzugehen. Er bog in die nächste Seitenstraße ab. Dort war ein alter Schrottplatz. Gerrit holte dort oft Ersatzteile für sein Auto. Herr Hübenthal, der Eigentümer des Platzes, war ein sehr schroffer, aber dennoch netter Geselle. Zur Not konnte er sich dort eine Weile aufhalten, bis der Lieferwagen verschwunden war. Der Hauptgrund für Dennis Fluchtziel war aber ein kleines Loch im Zaun direkt hinter dem Elektroschrotthaufen. Wenn diese Stelle noch nicht von Herrn Hübenthal repariert worden war, konnte Dennis durch den kaputten Zaun direkt in die Mühlenstraße flüchten.

Der Lieferwagen folgte ihm bis zur Auffahrt des Schrottplatzgeländes. Dennis lief im Slalom durch die sortierten Schrotthaufen, um kein leichtes Ziel zu sein. Herrn Hübenthals Faulheit sei Dank, war das Loch im Zaun noch da. Dennis kroch aufgrund seiner geringen Körpergröße problemlos hindurch und fand sich nur noch wenige Meter von seinem Haus entfernt wieder. Der Lieferwagen war nicht mehr in Sicht, und er konnte endlich durchatmen.

Roger hatte beim letzten Aufeinandertreffen anscheinend nicht gelogen. Phase zwei seines Plans schien sich mitten in der Umsetzung befunden zu haben. Dennis wusste ganz genau, dass dieser Kerl in dem Lieferwagen zu ihm gehörte.

Als er erleichtert zuhause ankam, musste Dennis sein nächstes Problem lösen. Sein Ausgehverbot hatte immer noch Bestand, und das gemeinsame Mittagessen mit seiner Mutter wollte er nutzen, um sie endlich davon zu überzeugen, dass dieses Verbot nicht länger nötig sei.

Karins Haltung dem Thema gegenüber wurde allerdings eher strenger statt besser. Auch wenn sie immer wieder die zwei Männer erwähnte, die Dennis beinahe entführt hatten, bekam er das Gefühl nicht los, dass dies nicht alles gewesen war. Wusste seine Mutter vielleicht doch, dass es sich um zwei Gesta-Agenten gehandelt hatte? Vielleicht wollte sie ihren Sohn nur schützen?

Die Tatsache am Ende des Gesprächs war, dass Dennis nicht zu seiner Mutter durchdringen konnte. Er musste also einen anderen Weg finden.

Dennis schlug sich noch den Bauch mit Königsbergern voll, um dann rasch zu den Petersens zu kommen. Da er heute keine Hausaufgaben zu erledigen hatte, hoffte er, früher mit der Arbeit beginnen zu können.

Herr Petersen war an diesem Tag nicht zu Hause. Dafür aber das Nächstschlimmste. Brigitte Petersen war anwesend. Seine zwanzig Jahre jüngere Frau, die es schaffte, noch eingebildeter und unsympathischer zu sein als ihr Mann.

Frau Petersen konnte wirklich froh sein, ihr Leben in dieser Art und Weise führen zu dürfen. Sie war wohl die mit Abstand hohlste Birne in Dornsdorf. Ihre wasserstoffblonden Haare und die aufgespritzten Lippen, gepaart mit ihren immer teuren Outfits, sollten das wohl kaschieren. Sie hatte ihrer Tochter damals nicht mal bei den Hausaufgaben der ersten Klasse helfen können. Sie war gerade so in der Lage, ihren Namen zu schreiben. Da sie mit dieser Fähigkeit ihre ganzen Verträge und Unterschriften für Kartenzahlungen tätigen konnte, war ihr der Rest wohl auch völlig egal.

Frau Petersen ließ Dennis mit abfälligem Blick in die Villa. »Dass du dich traust, so zur Arbeit zu kommen, Bengel.«

Dennis hatte wie so oft seine knittrige Jeans und seinen schwarzen Kapuzenpulli an. Für ihn war es bequem.

Frau Petersen führte Dennis ins oberste Stockwerk des riesigen Hauses. Dort sollte er heute die großen Bogenfenster putzen. Mit den nötigen Putzutensilien und einer Leiter wurde er allein gelassen. Wenigstens war Frau Petersen nicht so ein Kontrollfreak wie ihr Mann. Dennis konnte sich trotz harter Arbeit immer wieder entspannen. Wenn Frau Petersen in der Nähe war, machte sie sich durch ihre Pumps auf dem Parkett bemerkbar.

Trotz der Pausen war diese Art von Arbeit schweißtreibend. Völlig kaputt schmiss sich Dennis am Abend ins Bett und schrieb Gerrit vor dem Schlafengehen noch eine Nachricht. Er hatte bislang immer noch keinen Erfolg bei seiner Mutter gehabt. Er hoffte bloß, dass sein Onkel eine gute Idee parat hatte, um am Wochenende außer Haus zu kommen.

Leider war auch der Donnerstag für Dennis nicht vom Glück gesegnet.

Die Frage, wann Roger ihm den nächsten Streich spielen würde, wurde bereits am Vormittag beantwortet. Dennis biss während der Schulpause hungrig in sein Erdnussbutterbrot, als er bemerkte, dass Roger die Erdnussbutter mit Chillisalz und extra scharfem Senf verfeinert hatte.

Dazu war die Videoangelegenheit in der Schule nach wie vor aktuell. Immer wieder zeigte man Dennis Fotos, auf denen er gewaltsam von Felix und seiner Gang ausgezogen wurde. Die Bilder des halbnackten, "hässlichen" Jungen waren neben Felix Unfall das Gesprächsthema Nummer eins. Dennis konnte selbst kaum glauben, dass er es schaffte, die meisten Pöbeleien gekonnt zu ignorieren. Noch vor einer Woche wäre ihm das niemals gelungen. Solange ihn niemand körperlich attackierte, verletzten ihn die Beleidigungen nur noch wenig. Er kannte nun seine Identität.

Auf dem Nachhauseweg fiel Dennis wieder dieser schwarze Lieferwagen auf. Wie auch schon am Vortag kreuzte er immer wieder sehr auffällig seinen Weg.

Dennis wollte gerade erneut die Abkürzung über den Schrottplatz nehmen, als er plötzlich Gerrits alten Geländewagen klappernd durch die Hauptstraße fahren sah. Leider fuhr auch der Lieferwagen nur wenige Meter hinter Gerrit entlang.

Dennis war sich nicht sicher, ob er Gerrit auffällig begrüßen sollte. Sein Onkel übernahm dies für ihn. Als er seinen Neffen auf dem Bürgersteig erkannte, winkte er ihm zu und blieb an einer Bushaltestelle stehen.

Dennis hatte keine Wahl. Er musste zu ihm, bevor es noch auffälliger wurde. Er wartete, bis der schwarze Lieferwagen wieder in die nächste Seitenstraße abbog und rannte dann herüber zu seinem Onkel.

»Hey, wie geht's, Sportsfreund? Du hast aber heute früh Schluss«, stellte Gerrit fröhlich fest.

»Ich habe eigentlich fast jeden Tag um diese Uhrzeit Schluss«, flüsterte Dennis leise, während er immer wieder vorsichtig zur Straße linste.

Gerrit bemerkte den angestrengten Gesichtsausdruck seines Neffen. »Was ist los? Du tust so, als ob dich wieder jemand verfolgen würde.«

Dennis nickte leicht verschwitzt. »Ja, kein Witz. Seit gestern verfolgt mich ein schwarzes Auto. Ich weiß nicht, wer das ist, aber er fuhr vor einer Minute wieder hier vorbei.«

Jetzt blickte auch Gerrit aus dem Wagen auf die Hauptstraße. Ein paar

Autos fuhren an den beiden vorbei, doch es war kein Schwarzes zu sehen.

»Bist du dir da sicher?«

Dennis wollte gerade nicken, als er den schwarzen Lieferwagen aus einer der Seitenstraßen kommen sah. »Da ist er wieder«, sagte er erschrocken und guckte stur vom Lieferwagen weg.

Gerrit hingegen sah sich den Fahrer ganz genau an. Er und der Lieferant tauschten sehr misstrauische Blicke miteinander aus, bevor der Lieferwagen wieder in eine Seitenstraße abbog.

»Ein komischer Geselle«, raunte Gerrit verwundert.

»Findest du nicht auch, dass dieser Typ nicht gerade wie ein typischer Gesta-Agent aussieht?«, fragte Dennis.

Gerrit musste lachen. »Woher willst du denn wissen, wie Gesta-Agenten aussehen? Du bist doch erst sehr wenigen begegnet. Und es gibt, wie du weißt, auch verschiedene Ränge unter ihnen.«

Dennis erinnerte sich wieder an die Gesta-Ränge. Aber als er letzte Woche von Hugo, Igor und ein paar weiteren Gesta-Agenten verfolgt wurde, waren alle in schwarzen Anzügen gekleidet. Roger als Venandi war zwar immer in Zivil unterwegs, aber dennoch immer schick mit Mänteln, Hemden oder Lackschuhen zu sehen. Dieser Lieferjunge sah nun mal überhaupt nicht aus wie die bisherigen Männer der Gesta.

»Also meinst du, dass dieser komische Typ ein Gesta-Agent sein könnte?«

Gerrit zuckte mit den Schultern. »Keine Ahnung. Vielleicht war es auch nur ein stinknormaler Botenjunge, der von Roger bezahlt wurde, um dich auszuspionieren. Sicher ist nur, dass es sich hierbei auf garkeinen Fall um einen Freund handelt.«

Für Dennis war jetzt erst recht klar, dass er diesen Mann besser nicht ansprechen sollte.

Dem kleinen Halbelfen fiel schnell ein noch wichtigeres Thema ein. »Hast du meine Nachricht von gestern noch nicht gelesen? Die Sache mit meiner Mutter ist nämlich ein echt großes Problem.«

»Oh ja, darüber wollte ich eigentlich heute Abend in Ruhe mit dir sprechen. Aber da wir schon mal hier sind, kann ich dich auch genauso gut jetzt fragen, warum du mir das nicht eher gesagt hast. In zwei Tagen hast du einen wichtigen Termin mit deinem Vater in Noxia. Herr Gott, dein Unterricht soll doch endlich beginnen.«

Dennis schämte sich etwas. Er dachte nun Mal, dass er diese Sache allein geregelt bekam. »Es tut mir wirklich leid, Gerrit. Ich habe echt versucht, sie zu überreden, aber sie bleibt bei dem Verbot. Und rausschleichen kann ich mich auch nicht für einen ganzen Tag.«

»Das Problem ist, dass wir jetzt nur noch zwei Tage haben, um uns etwas einfallen zu lassen.«

Dennis verlor die Hoffnung, dass er Noxia in nächster Zeit wiedersehen würde. Er ließ den Kopf hängen und schmollte.

Gerrit jedoch schien fest entschlossen, seinen Neffen am kommenden Wochenende in die Fabelwelt zu bringen. »Deine Mutter weiter versuchen, zu überreden, wird auf jeden Fall nichts bringen. Ich habe so das Gefühl, dass sie Verdacht geschöpft hat. Die Sache mit dem Wolf und dann die versuchte Entführung. Sie ist nicht blöd. Und sie kennt die Fabelwelt fast genauso gut wie ich. Sie ist eine geborene Brunn.«

Dennis fragte sich, wie seine Mutter wohl früher gewesen war. Wahrscheinlich nicht so verbittert und spießig wie er es kannte. Irgendwas muss sein Vater an ihr gefunden haben. Aber warum verschloss sie nun ihre Augen vor allem, was mit der Fabelwelt zutun hatte? Fragen über Fragen, die Dennis zu gern alle beantwortet haben wollte.

Zu seinem Bedauern bog der Lieferwagen wieder in die Hauptstraße ein. Wieder stritten sich Gerrit und der Fahrer um den fiesesten Blick, während Dennis versuchte, den Wagen verkrampft zu ignorieren. Dieses Mal blieb der Lieferwagen direkt neben Dennis und Gerrit, mitten auf der Straße, stehen.

»Was gibt es denn da so blöd zu glotzen? Habt ihr etwa eine Panne? Bei der Schrottkarre würde mich das nicht wundern«, sagte der junge Fahrer und lachte.

Gerrit blieb auf diese Provokation sehr gelassen und lächelte den Fahrer des Lieferwagens an. »Grüezi. Nein, wir haben keine Panne, danke der Nachfrage. Ich wundere mich nur, warum so ein junger Bursche wie Sie nichts anderes zu tun hat, außer den ganzen Tag Kindern nachzufahren.«

Der zwielichtige Mann fühlte sich ertappt. Er wirkte nicht mehr so souverän wie noch vor wenigen Sekunden. »Ich weiß zwar nicht, was du meinst, aber du solltest dich aus den Angelegenheiten anderer Leute heraushalten. Das könnte sonst nicht gesund für dich enden, Fettsack.«

Gerrit blieb weiterhin gelassen. Dennis machte sich schon auf eine körperliche Auseinandersetzung der beiden gefasst.

»Solange Sie meinen Neffen in Ruhe lassen, werde ich mich nicht weiter in Ihre Machenschaften einmischen. Und jetzt tun Sie uns einen Gefallen und verschwinden von hier.«

Ohne ein weiteres Wort trat der Paketbote ins Gaspedal und verschwand. Dennis war erleichtert, dass das Ganze vorbei war. Er war sehr stolz darauf, dass sein Onkel dem Typen Paroli geboten hatte, um ihn zu beschützen. »Das war cool, Gerrit. Ich hoffe, der Typ lässt mich jetzt endlich in Ruhe.«

Gerrit blickte in den Rückspiegel, um zu prüfen, ob der Lieferwagen auch wirklich die Gegend verließ. »Ja, ich denke, er hat sich ertappt gefühlt. Es würde mich wundern, wenn der Mann dich nochmal so auffällig verfolgt.«

»Ich glaube allerdings jetzt noch mehr, dass dieser Typ nicht zur Gesta gehört«, sagte Dennis.

»Er war zwar nicht der Musterknabe, aber vielleicht sollten wir genau das denken. Der Gesta-Orden ist mittlerweile fast wieder so groß wie vor vierhundert Jahren. Das heißt somit auch, dass sie viel flexibler sind, als wir es uns vorstellen können.«

Dennis hatte das Gefühl, dass er außer Gerrit keinem anderen Menschen mehr trauen konnte. Jetzt konnten sogar schon zerzauste Paketboten Gesta-Mitglieder sein.

Gerrit blickte erschrocken auf seine Armbanduhr. »Ach du meine Güte. Es ist bereits viel zu spät. Der Dachdecker ist bestimmt schon da.«

»Ist etwa dein Dach kaputt?«, fragte Dennis.

»Kaputt wäre noch untertrieben. Man hört schon den Wind im Dachgeschoss. Aber das hat man halt davon, wenn man in einem vierhundert Jahre alten Haus wohnt und arbeitet. Nicht gerade eine Gaudi fürs Portemonnaie.«

Beide lachten und verabschiedeten sich kurz.

Dann beeilte sich auch Dennis. Durch die ganze Angelegenheit verpasste er beinahe das warme Mittagessen. Karin war auch bei diesem Thema beinhart. Sie packte Dennis Teller voll und wartete darauf, dass er von der Schule kam. Wenn Dennis zu spät kam, gab es meist ein kaltes Gericht.

Am Nachmittag ging es wieder zu den Petersens. Leider war an diesem Nachmittag die gesamte Familie anwesend. Tochter Marie kam gerade mit ihrem Freund von der Schule, als Dennis auf dem Anwesen eintraf.

»Hey, die Putzfee ist da«, schwätzte Marie und tippte ihrem Freund auf die Schulter.

Ihr Freund bediente das Klischee eines fiesen Schlägertypen in Reinform. Neben der kleinen, aufgetakelten Marie wirkte er wie ein Außerirdischer. Er war gut zwei Meter groß, sehr durchtrainiert und trug eine Collegejacke mit einer fransigen Jeans.

»Ist das der hässliche Junge, der bei euch arbeitet? Der sieht ja in der Realität noch schlimmer aus, als du es beschrieben hast«, machte sich der Junge über Dennis lustig.

Dennis war verwundert. Maries Freund schien nicht aus Dornsdorf zu kommen. In diesem verschlafenen Örtchen kannten den absonderlichen Jungen eigentlich alle.

Das Pärchen lachte Dennis genüsslich aus, während dieser am liebsten im Erdboden versunken wäre. Zu seinem Glück wusste er mittlerweile, dass er nicht hässlich war, sondern elfische Wurzeln sein Eigen nennen durfte. Dennoch verspürte Dennis die Lust, jede Einzelne von Maries blonden Locken aus ihrem Kopf zu ziehen.

Nachdem sie sich genügend über Dennis amüsiert hatten, gingen Marie und ihr Freund ins Haus. Dennis wartete noch einen Moment, bis die beiden aus dem Eingangsbereich verschwunden waren. Marie petzte ihrem Vater allerdings gleich beim Reinkommen, dass sein kleiner Arbeitssklave vor der Tür stand.

Herr Petersen schlug darauf genervt die Tür auf. »Warum kommst du nicht rein, Junge?! Du hast heute eine Menge zu tun!«

Dennis flitzte ins Haus und zerbrach sich bereits den Kopf, was er wohl heute machen musste. Herr Petersen führte seine Arbeitskraft in ein eher kleines Zimmer im Erdgeschoss.

Der Raum war übersät mit aufgestapelten Zeitschriften. Die meisten von ihnen schienen bereits mehrere Jahrzehnte auf dem Buckel gehabt zu haben.

»Ich möchte, dass du heute meine Zeitschriftensammlung sortierst. Oben rechts siehst du immer das Erscheinungsdatum.«

Dennis nahm sich eine Zeitschrift von einem der Stapel. Es war ein Fußballmagazin aus den 80er Jahren. Auf dem Cover war eine südamerikanische Fußballlegende zu erkennen.

Dennis interessierte sich ebenfalls ein wenig für Fußball. Aber er konnte bisher noch nie ein Stadion von innen sehen.

Auf der Zeitschrift in Dennis Händen war der Erscheinungszeitraum *08/86* sehr dick gedruckt zu lesen.

»Ich möchte, dass du die Ältesten nach unten packst und dann den Rest aufsteigend sortierst.« Herr Petersen öffnete einen Karton und nahm mehrere Folien heraus. »Du packst jedes Exemplar jeweils einzeln in eines dieser Hüllen.«

Dennis nickte und nahm sich sofort die ersten Zeitschriften vor.

»Und wehe, ich sehe auch nur ein Eselsohr an einer meiner Zeitschriften. Ein paar davon sind mehrere hundert Euro wert«, polterte Herr Petersen nochmals beim Verlassen des Zimmers.

Auch wenn er diese Arbeit bislang mit Abstand am spannendsten fand, war es sehr anstrengend. Herr Petersen hatte von den 70ern bis ins aktuelle Jahr sämtliche Ausgaben dieses Fußballmagazins gesammelt. Und alle zwei Wochen gab es eine neue Ausgabe. Es lagen in diesem Zimmer also rund tausend Zeitschriften herum. Ein merkwürdiges Hobby, was einem allerdings die Möglichkeit gab, eine Zeitreise in die Geschichte des beliebtesten Volkssports Europas zu unternehmen. Leider war Dennis zu jung, um die meisten Sportler, Trainer oder bedeutenden Ereignisse miterlebt zu haben.

Schnell kam ihm die Frage auf, ob die Fabelwesen in Noxia wohl auch bestimmte Sportarten ausübten und bejubelten. Vielleicht hatte er dort eines Tages die Möglichkeit, bei einer Sportart zu glänzen. In der Menschenwelt hatte er aufgrund seiner Statur und seines Rufs nie die Chance dazu gehabt.

Bei der Vielzahl an Gedanken, die Dennis sowohl plagten als auch interessierten, ging die Arbeitszeit sehr schnell um. Mit ein paar durch das alte Papier verursachten Schnittwunden konnte er am frühen Abend endlich nach Hause.

Neue Runde, neuer Plan

Dennis traf Roger nach einem harten Arbeitstag vor der Haustür an. Sein Stiefvater kam ebenfalls gerade nach Hause.

»Na, wie läuft es bei dir? Hat dir dein Pausenbrot geschmeckt?«, machte Roger sich mit schadenfrohem Lächeln über Dennis lustig.

»Es läuft gut, danke. Übrigens finde ich es echt schwach, dass ein Venandi zu solchen Mitteln greift«, antwortete Dennis frech. Er war so kaputt von der Arbeit bei den Petersens, dass er keine Lust hatte, sich jetzt ärgern zu lassen.

Roger nahm den Hausschlüssel aus seiner Aktentasche und schloss die Tür mit einem breiten Grinsen auf. Dennis konnte einen Laptop aus der überfüllten Aktentasche seines Stiefvaters herausstechen sehen. Das war genau der Laptop, den Roger benutzt hatte, um die Blutprobe von Miro zu untersuchen. Dort war wohl eine Datenbank sämtlicher Aktivitäten der Gesta zu finden. Wie gerne wollte Dennis den Computer stehlen, um noch mehr herauszufinden.

Die beiden gingen ins Haus und wurden von einem herrlichen Duft begrüßt. Karin hatte einen Nudelauflauf gemacht, der gerade aus dem Ofen kam. Auch wenn Dennis es hasste, gemeinsam mit Roger an einem Tisch zu sitzen, musste er dies aufgrund seines großen Hungers in Kauf nehmen.

Roger war an diesem Abend überraschend zurückhaltend. Er unterhielt sich lieber mit Karin über seinen Tag bei der Arbeit, anstatt Dennis irgendwie herunterzumachen. Angeblich hatte er einen wichtigen Auftrag an Land gezogen. Ein reicher Mann aus den Niederlanden wollte eine Weihnachtsfeier für seine Angestellten in einem Stadion veranstalten. Dennis wusste natürlich, dass diese Geschichte gelogen war. Roger konnte keine Zeit haben, um einem normalen, ehrlichen Beruf nachzugehen. Den ganzen Tag war er als Venandi für die Gesta unterwegs, um deren grauenhafte Ziele zu verwirklichen. Die Gesta war somit wohl auch sein Arbeitgeber.

Dennis fragte sich, wie dieses Konstrukt wirtschaftlich funktionieren konnte. Eine solche Vereinigung konnte sich wohl kaum öffentlich eintragen lassen. Konnte man möglicherweise Geld mit dem Ausliefern von Fabelwesen verdienen? Irgendwie musste es ja funktionieren. Rogers Einkommen lag deutlich über dem Durchschnitt der Bevölkerung. Das Haus hatte er bereits im vergangenen Jahr abbezahlt. Er trug immer die teuersten Uhren, Hemden und Schuhe. Dennis konnte nicht akzeptieren, dass das Verhalten seines Stiefvaters auch noch fürstlich entlohnt wurde. Doch bis er Roger und die Gesta endgültig besiegt hatte, musste er diese grauenvolle Tatsache tolerieren. In diesem Moment war es für ihn wichtiger, dass man ihn an diesem Abend in Ruhe lassen würde.

Roger ignorierte Dennis regelrecht. Beim Abendessen hatte er nur Augen für Karin. Er machte ihr unzählige Komplimente, sei es für ihre Haare, ihren Geruch oder sogar ihre sonst gewöhnungsbedürftigen Kochkünste. Alles an Karin war plötzlich wunderbar. Dennis wollte so schnell wie möglich seinen Teller leeren, um diese peinliche Situation nicht länger mitansehen zu müssen.

Bei seinem letzten Löffel begann Roger plötzlich in seiner Aktentasche zu kramen. Dennis blieb noch einen kurzen Augenblick sitzen, um zu erfahren, was er vorhatte. Roger zog einen gefalteten blauen Flyer mit samt zwei Tickets heraus. Sowohl Karin als auch Dennis sahen ihn fragend an.

»Ich habe eine Überraschung für dich, Schatz«, führte Roger in einer schmeichelnden Stimmlage an. Er übergab Karin den Flyer, den sie umgehend auffaltete.

Auf der ansprechend gestalteten Broschüre war ein Hotel an einem schönen Strand abgebildet. Darüber stand "Velo del Sol" in einer einladenden, strahlenden Schrift.

»Was soll das bedeuten, Roger? Willst du mit uns in den Urlaub?«, fragte Karin.

Roger schmunzelte und zeigte Karin seine Tickets. »Hier sind zwei Flugtickets nach Mallorca. Der Flug geht morgen um 13:00 Uhr.«

Dennis und Karin waren verwirrt, besonders weil Roger nur zwei Flugtickets in seinen Händen hielt.

»Bitte? So kurzfristig? Wir können doch nicht einfach zu zweit nach Mallorca fliegen und Dennis alleine hierlassen. Wir bräuchten mehr Zeit für eine Planung, um einen Babysitter zu organisieren«, entgegnete Karin ihrem

Mann.

Roger wirkte verdächtig gelassen und gab Karin einen kleinen, abgerissenen Zettel mit einer Telefonnummer darauf. »Keine Sorge, darum habe ich mich schon längst gekümmert. Ich wollte es dir erst heute sagen, damit du keine Chance hast, lange zu überlegen.«

Dennis sah seine Mutter und Roger böse an. Sein Stiefvater schielte kurz zu ihm und zwinkerte ihm zu.

»Wer soll denn die ganze Zeit auf mich aufpassen? Ich habe keine Lust auf einen Fremden«, erklärte Dennis bockig.

»Dennis hat recht. Wen hast du da organisiert?«

Roger rechnete nicht mit so viel Widerstand. Seine Gesichtszüge wurden grimmig. »Zuallererst sind wir nur eine mickrige Woche weg. Zweitens hat der Knirps wohl kein Mitspracherecht, wenn wir Erwachsenen etwas entscheiden. Und drittens handelt es sich bei dem Babysitter um eine Person, die ich schon seit vielen Jahren sehr schätze. Er ist ein Arbeitskollege von mir, der extra aus Augsburg für diese Woche hierhinkommt, um auf den Satansbraten aufzupassen. Normalerweise würde man für so etwas einen Haufen Geld verlangen. Aber er macht es für einen Freundschaftspreis.«

»Das lasse ich nicht zu!«, schrie Dennis und sprang von seinem Stuhl. Er hatte eine schlimme Vorahnung.

Alles hing von Karins Entscheidung ab. Roger machte ihr noch ein wenig das tolle Fünf-Sterne-Hotel schmackhaft, indem er ihr auf seinem Handy Bilder von dem atemberaubenden Ambiente zeigte. Dennis wich derweil nicht zur Seite und versuchte, mit verschiedensten Gegenargumenten seine Mutter zum Verbleib zu überzeugen.

»Ich kann niemanden mit Dennis allein lassen, den ich nicht vorher selbst kennengelernt habe. Wenn du ihn mir vorstellst und ich ihn für geeignet halte, können wir morgen los«, legte sich Karin fest.

Dennis hatte noch ein wenig Hoffnung. Auch wenn die Abwesenheit seiner Mutter bedeuten würde, dass er nach Noxia zurückkehren konnte, war die Gefahr der Gesta bedeutend größer.

Roger tippte irgendetwas in seinem Handy ein und wurde ziemlich unruhig. »Gut, so soll es sein«, schimpfte er und verließ wütend das Zimmer. Das sah ihm gar nicht ähnlich. Sonst war er stets die Abgeklärtheit in Person.

Dennis fühlte sich wie ein Gewinner über den Triumph gegen seinen

Stiefvater. Fröhlich ging er in sein Zimmer, um sich auszuruhen. Bis morgen musste er immer noch einen Weg finden, seine Mutter von der Aufhebung des Ausgehverbots zu überzeugen.

Er grübelte noch den ganzen Abend, während er gemütlich eine Dokumentation über das Ungeheuer von Loch Ness sah. Dabei kam in Dennis die Frage auf, ob dieses Ungeheuer wirklich existierte. Seit seinen Begegnungen mit Elfen, Kobolden, Spodos und Ogern war für ihn nichts mehr unmöglich. Vielleicht gab es neben Drachen auch noch andere gefährliche Monster, die nach der Abspaltung Fabels in der Menschenwelt zurückgelassen wurden.

Nach dem anstrengenden Tag wurde Dennis schnell müde. Seine Augen drohten, trotz spannendem TV-Programm, zuzufallen.

Als er gerade begann, in einem weiteren Traum in Noxia zu versinken, wurde er von einem lauten Motorengeräusch aufgeschreckt. Sofort drückte er seine Nase ans Fenster, um zu erspähen, woher der Lärm kam. Ein Motorrad fuhr in die Einfahrt und hielt direkt neben Rogers Auto. Es war so schwarz wie die Nacht und hatte vorne am Scheinwerfer einen Totenschädel aus Chrom befestigt. Das Motorrad war so laut, dass Dennis das Gefühl hatte, dass seine Fensterscheibe vibrieren würde.

Ebenso dunkel wie die Maschine war die Gestalt, die es bewegte. Ein großer, sportlicher Mann mit schwarzer Bikerjacke sowie Jeans und Lackschuhen mit kleinen Absätzen stieg geschmeidig von dem Motorrad herunter. Selbst sein Helm war pechschwarz und man konnte nicht erkennen, um welche Person es sich handelte.

Wenige Sekunden später klingelte es an der Tür. Dennis wollte unbedingt herausfinden, wer um diese Uhrzeit, mitten in der Woche, noch zu Besuch kam. Leise schlich er zur Treppe, um die Anwesenden zu belauschen.

»So, da ist der Babysitter, wie bestellt«, teilte Roger mürrisch mit.

»Guten Abend, Frau Van de Beek. Schön, Sie endlich persönlich kennenzulernen«, begrüßte der fremde Mann Karin mit einer dunklen, verbrauchten Stimme.

Da er seinen Helm abgenommen hatte, konnte Dennis nun erkennen, dass er diesen Mann noch nie in seinem Leben gesehen hatte. Ein Mann, optisch deutlich älter als Karin und Roger, gab beiden zur Begrüßung die Hand. Mehrere Narben zeichneten sein markantes Gesicht, das von keiner einzigen Bartstoppel befleckt war. Seine sehr kurzen, hellblonden Haare wirkten unpassend zu seinem sonst eher dunklen Auftreten. Auch wenn er eine Bikerjacke über seinem Shirt trug, wirkte er so muskulös, dass Dennis eingeschüchtert wurde.

»Das ist Spencer. Er ist einer unserer Türsteher bei sämtlichen Veranstaltungen«, sagte Roger und klopfte stolz auf den ledrigen Rücken des stämmigen Mannes.

Dennis hoffte, dass seine Mutter nicht auf diesen Trick hereinfallen würde.

Die drei Erwachsenen gingen ins Wohnzimmer, um alles Weitere zu besprechen. Dennis hatte zwar Elfenohren, musste aber etwas näher an sie herankommen, um wirklich alles mitzubekommen. Roger schloss bewusst die Wohnzimmertür, da er wohl ahnte, dass Dennis sie belauschen würde.

Dennis schlich leise die Treppe hinunter in die Küche, die sich direkt neben dem Wohnzimmer befand. Von dort aus konnte er jedes Wort der Unterhaltung mitverfolgen. Diese raue, verbrauchte Stimme war so kräftig, dass Dennis sein Ohr überhaupt nicht an die Wand drücken musste, um ihn zu verstehen.

»Ich bin selbst Vater von drei wundervollen Kindern. Ich komme mit Kindern bestens zurecht. Vor allem mit Kandidaten, die sich nicht so benehmen wie es sein sollte«, erzählte Spencer mit leicht englischem Akzent.

Während Roger immer wieder Geschichten und Argumente brachte, die Spencer als besten Babysitter der Welt zeichneten, versuchte Karin den fremden Mann mit geschickten Fragen zu löchern. »Waren Sie schon einmal als Babysitter tätig? Was würden Sie unternehmen, wenn das Haus mitten in der Nacht Feuer fangen würde? Was wäre zu tun, wenn Dennis etwas Schlimmes anstellen würde, wie zum Beispiel ein Diebstahl oder ein Verstoß gegen das Ausgehverbot? Wie sind Ihre Kochkünste?«

Dennis war zuerst stolz auf seine Mutter gewesen. Mit ihren Fragen traf sie zumindest Rogers wunden Punkt. Doch Spencer schien auf alles vorbereitet und hatte auf jede Frage eine souveräne Antwort. Leider knickte Karin nach und nach ein, da sie tatsächlich den Eindruck bekam, einen guten, kurzfristigen Ersatz für Roger und sich gefunden zu haben.

Als sie sich gerade einig die Hände schütteln wollten, hatte Dennis genug. Er stürmte wütend ins Wohnzimmer und stampfte auf seine Mutter zu. »Ich möchte nicht, dass dieser Mann auf mich aufpasst! Entweder du bleibst hier oder ich will allein hierbleiben!«

»Du versaust uns nicht den Urlaub, Junge«, fauchte Roger.

Karin sprang wie eine Furie von der Couch. »Was glaubst du eigentlich, wer du bist?! Wenn du jetzt auch noch anfängst, mir Bedingungen zu stellen, nehme ich dir deinen Fernseher und all deine Geburtstagsgeschenke wieder weg!«

»Ich möchte nicht mit einem Fremden eine ganze Woche verbringen! Vergiss nicht, dass hier in der Stadt Verbrecher herumlaufen, die versuchen, Kinder zu entführen«, motzte Dennis.

Karin hatte nun endgültig genug und packte Dennis Arm, um ihn aus dem Wohnzimmer in den Flur zu zerren. »Du hast dir ja schon viele Dinger geleistet, aber dass heute ist wohl so ziemlich das Unverschämteste«, flüsterte Karin zornig in Dennis Gesicht.

»Ich bin nicht unverschämt. Ich bin seit meinem Erlebnis in der letzten Woche nur sehr vorsichtig«, verteidigte sich Dennis.

»Spencer kommt extra aus Augsburg, um auf dich aufzupassen. Er wohnt also überhaupt nicht in Dornsdorf. Außerdem ist er ein langjähriger Arbeitskollege von Roger. Wie kommst du bitte darauf, dass dieser Mann etwas mit den Entführern zu tun hat?«

»E… es ist einf… einfach so ein Gefühl. Ich traue halt keinen fremden Leuten mehr. Und ich möchte nicht allein mit diesem fremden Mann eine Woche verbringen.«

»Was hast du gegen Spencer? Nur weil du ihn noch nie gesehen hast, soll er schlecht sein? Du musst ihn erst einmal kennenlernen, bevor du ein Urteil fällen kannst.«

»Also steht es fest, dass ihr morgen den Flieger nach Mallorca nehmt?«

»Ja, natürlich. Roger hat sich alle Mühe gegeben, um uns diesen Urlaub zu ermöglichen. Und da ich Spencer für einen absoluten Fachmann in der Kinderbetreuung halte, gibt es für mich auch keinen Grund, nicht zu fliegen.«

Dennis stampfte krächzend auf den Boden. »NEIN!«

Karin zeigte knurrig zur Wohnzimmertür. »Ich möchte, dass du dich augenblicklich bei Spencer für dein Auftreten entschuldigst.«

Das kam für Dennis überhaupt nicht in Frage. Er schüttelte wütend und enttäuscht zugleich den Kopf und ging zur Treppe.

Karin polterte ihm sofort hinterher. »Wenn du dich nicht sofort bei ihm entschuldigst, werde ich dir noch heute Abend deinen Fernseher und alle weiteren Geschenke wegnehmen.«

Dennis Gefühl sagte, dass er einfach hochgehen und die Strafe annehmen sollte. Doch sein Verstand teilte ihm unmissverständlich mit, dass er in dieser Situation ohnehin keine Chance gegen seine Mutter oder Roger hatte. Mit seiner bockigen Herangehensweise würde er es noch schlimmer machen. Auch wenn er ganz genau wusste, dass er im Recht war. Doch manchmal hielt sich das Unrecht vor, Recht zu bleiben.

Dennis gab also auf und schlurrte frustriert mit seiner Mutter zurück ins Wohnzimmer.

Dort wurde er auch schon sehnsüchtig von Roger erwartet. »Du kannst froh sein, dass ich nicht dein leiblicher Vater bin, sonst würdest du jetzt den ersten Zug ins nächstbeste Internat nehmen.«

Karin stupste Dennis nochmals an, damit er endlich gegenüber Spencer aktiv wurde. »Ich wollte mich für meinen Wutausbruch von gerade eben entschuldigen. Ich wollte Sie nicht beschuldigen«, ratterte Dennis seinen aufgezwungenen Text wie abgelesen herunter.

Spencers massiger Körper wuchtete sich aus dem Sessel, und er schritt auf Dennis zu, der von seinem gewaltigen Schatten vollends verschluckt wurde. Auf dem Gesicht des Mannes kam ein Lächeln hervor. »Keine Sorge, schon vergessen. Wir fangen am besten nochmal von vorne an, damit wir morgen einen guten Start hinlegen. Mein Name ist Spencer«, sagte der stämmige Mann und gab Dennis freundlich die Hand.

Dennis gab Spencer widerwillig die Hand und sie begrüßten sich. Der Händedruck des Mannes war so kräftig, dass Dennis das Gefühl bekam, jeden Augenblick seine Hand zerbersten zu sehen.

»Ich bin mir sicher, wir kommen gut miteinander aus, Dennis. Natürlich nur, solange du die Regeln befolgst, die mir deine Mutter gibt.«

Dennis nickte immer noch skeptisch. »Ehm … ja … natürlich. Mit den Regeln habe ich überhaupt kein Problem.«

Roger lachte wie nach einem schlechten Witz. »Soll das ein Scherz sein? Regeln sind doch nur für dich da, um sie zu brechen.«

Dennis stand kurz davor, den nächsten Wutausbruch zu bekommen.

Bevor er Roger ins Gesicht schreien konnte, stellte sich Karin demonstrativ zwischen die beiden. »Das ist jetzt unwichtig. Die Hauptsache ist, dass er sich jetzt benehmen wird«, sagte sie und sah Spencer freundlich an. »Ich hoffe, Sie haben kein falsches Bild von uns bekommen.«

»Keine Sorge, es ist alles in Ordnung. Kinder haben schon mal ihre trotzigen Phasen. Das ist ein schwieriges Alter.«

Karin war heilfroh, dass Dennis den Babysitter mit seinem Auftritt nicht vergrault hatte.

Noch glücklicher war Roger darüber, dass sein Plan am Ende doch aufgegangen war. Er stand auf und schlug seinen Arm um Spencer. »Ich wusste doch, dass wir mit dir den richtigen Mann für den Job gefunden haben. Wenn du deine Arbeit genauso gut machst wie in unserer Firma, können wir auch gut und gern ein halbes Jahr auf Mallorca bleiben«, sprach Roger ausgelassen, und die drei Erwachsenen fingen synchron an zu lachen.

Für Dennis klang dies eher nach einer Drohung. Er hatte für heute definitiv genug gehört und ging in sein Zimmer, um endlich schlafen zu können.

Fassungslos ließ er sich ins Bett fallen, drückte sein Gesicht in das Kopfkissen und brüllte seine gesammelte Verzweiflung hinein. Er war am Boden zerstört. Wie konnte seine Mutter das zulassen? War Dennis ihr mittlerweile so egal geworden, dass sie einen fremden Mann für eine ganze Woche auf ihn aufpassen lassen würde, obwohl ihr Sohn letzte Woche beinahe entführt worden war? Noch vor wenigen Tagen hatte Dennis die Hoffnung, dass sich ihr Verhältnis endlich bessern würde, nachdem seine Mutter sich nach der Prügelei so stark für ihn eingesetzt hatte. Nun gab er die Hoffnung endgültig auf, seine Mutter jemals von der Boshaftigkeit Rogers überzeugen zu können.

Während Dennis unter der Last seiner Erschöpfung einschlafen wollte, hörte er noch die dumpfen Geräusche aus dem Erdgeschoss. Karin, Roger und Spencer besprachen noch ein paar Kleinigkeiten über Haushalt, Nachbarn und Pflichten. Karin versprach bis morgen noch einen Plan zu erstellen, worauf Spencer achten musste, um mit Dennis und dem Haushalt zurechtzukommen.

Danach verabschiedete sich Spencer freundlich und verschwand mit seinem knatternden Motorrad in die Nacht.

Der Tyrann

Dennis schlief in der folgenden Nacht wieder äußerst unruhig. Die Gedanken an das Kommende belasteten ihn. Obwohl Spencer einen guten Eindruck gemacht hatte, traute er ihm noch nicht über den Weg. Und selbst wenn Spencer ein netter Geselle war, gab es noch Roger. Sein Stiefvater wollte diesen Urlaub mit Sicherheit nicht ohne Grund zu diesem Zeitpunkt antreten. Das ganze Getue war ein weiterer teuflischer Plan, um Dennis zu Fehlern zu zwingen. So waren für ihn die Chancen deutlich höher, Noxia zu finden. Noch wusste Dennis allerdings nicht, was genau der Venandi vorhatte.

Bevor er den Weg zur Schule antrat, schrieb Dennis noch eine Nachricht an Gerrit. Er erklärte ihm die Situation und fragte nach Rat.

Danach ging es ins Erdgeschoss, wo sich Karin und Roger von Dennis verabschiedeten. Wenn er am Nachmittag aus der Schule kommen würde, saßen beide schon längst im Flieger nach Spanien.

Roger war an diesem Morgen sehr abweisend. Da er eigentlich jeden Morgen eine ähnliche Routine hatte, war sein Verhalten heute besonders verdächtig. Alle paar Minuten klingelte sein Handy, aber er ging nicht dran. Später verließ er in regelmäßigen Abständen das Haus, um darauf wenige Minuten später verschwitzt wieder zurückzukommen. Dennis konnte sich daraus keinen Reim machen. Er beobachtete lediglich einmal, wie sein Stiefvater in die Garage ging, um kurz darauf wieder herauszukommen. Wollte er sein geheimes Versteck unter der Garage sichern? Oder hat er etwas von dort entnommen oder gebunkert? Der Reiz, nochmals in die geheimen Katakomben seines Stiefvaters einzubrechen, war groß. Rogers Abwesenheit würde sich bestens dafür anbieten. Dennis war sich jedoch sicher, dass es dieses Mal deutlich schwieriger werden würde, selbst wenn sein Stiefvater nicht in der Nähe war.

Dennis machte sich nach der Verabschiedung erst einmal wie gewohnt auf den Weg zur Schule.

Er konnte sich weder auf den Unterricht noch auf mögliche Feinde, die ihn ärgern wollten, konzentrieren. Seine Gedanken kreisten um Rogers seltsames Verhalten und seine kommende Situation mit Spencer. Außerdem war es bereits Freitag. Morgen war der zweite Besuch in der Fabelwelt geplant. Ihn plagte das Gefühl, dass er nicht ohne Weiteres dorthin kommen würde.

In der letzten Schulstunde schrieb Dennis Klasse noch eine Englischarbeit bei Herrn Weinert. Herr Weinert war nach Dennis Meinung der coolste Lehrer der Schule. Und dass, obwohl er aus der Sicht der anderen Schüler und Lehrer das absolute Gegenteil war. Herr Weinert war noch sehr jung und unterrichtete Englisch, Geschichte und Physik. Mit seinen grauen Hochwasserhosen und den karierten Hemden war er der typische, klischeebehaftete Nerd. Durch seine Hornbrille sahen seine braunen Augen so groß aus wie die von einer Eule. Er war immer nett und fair zu Dennis. Wahrscheinlich, weil er aus einer größeren Stadt weit außerhalb Dornsdorfs kam. Somit bekam er die Hasstiraden, die auf den allseits verstoßenen kleinen Dorfbewohner losgelassen wurden, nur am Rande mit. Wenn Herr Weinert vor Ort war, griff er auch sofort ein, um Dennis gegen Felix und seine Freunde zu unterstützen. Die drei Schläger nahmen den unerfahrenen Lehrer jedoch nicht wirklich ernst.

An diesem Freitag war es ruhig, aber Herr Weinert bemerkte schnell, dass etwas mit Dennis nicht stimmte. Nach Schulschluss hielt er ihn noch kurz bei sich, um mit ihm reden zu können. Als alle anderen Schüler bereits auf dem Weg nach Hause waren, schloss Herr Weinert die Tür und bat Dennis, sich zu setzen.

»Ist alles in Ordnung, Dennis? Du bist schon seit mehreren Wochen nicht mehr wirklich aufmerksam im Unterricht. Du bist doch sonst ein absolutes Ass in meinen Fächern«, sprach der junge Lehrer besorgt.

Dennis freute sich, dass sich jemand innerhalb der Schule überhaupt für ihn interessierte. Zu gern würde er sich jemandem außer Gerrit anvertrauen. Aber wenn er seinem Lehrer von Fabelwesen und der Gesta erzählen würde, hätte ihn wohl sogar der unangepasste Herr Weinert für verrückt erklärt.

»Na ja, momentan habe ich etwas Probleme. Aber nicht im Unterricht, Herr Weinert«, antwortete Dennis.

»Geht es wieder um Felix und seine Mitläufer? Haben sie dich wieder geärgert?«

Dennis schüttelte zögerlich den Kopf. Er war überrascht, dass er nicht von den Geschehnissen am Montag erfahren hatte. »Nein. In den letzten Tagen wurde es ein wenig besser. Ich denke mal, weil Felix die ganze Woche über nicht da war.«

»Aber was bereitet dir sonst Probleme? Ich mache mir nämlich langsam Sorgen, dass einer meiner fleißigsten Schüler plötzlich faul wird. Wie war für dich denn heute die Klassenarbeit?«

Dennis zuckte mit den Schultern. »Ganz okay. Es war schon mal besser.« Dabei fand er die heutige Englischarbeit furchtbar. Die sonst für ihn einfachsten Aufgaben bekam er nicht gelöst. Er wusste, dass er die Quittung dafür nächste Woche mit seiner Note bekommen würde.

»Na ja, gut, wenn du meinst. Wenn du mal reden möchtest, weißt du ja, dass du kommen kannst.«

Dennis nickte Herrn Weinert lächelnd zu. Er war für ihn schon beinahe zu nett und einfühlsam für einen Lehrer.

»Gut, dann wünsche ich dir ein schönes Wochenende. Ich muss dann auch los. Meine Rollenspielgruppe fängt in drei Stunden an«, fügte Herr Weinert hinzu und ging mit Dennis nach draußen. Wenigstens hatte sein Lieblingslehrer es geschafft, ihm für einen kurzen Moment ein Lächeln ins Gesicht zu zaubern.

Aber wie schon die gesamte Woche verlief, konnte dieses gute Gefühl nicht lange andauern. Nur ein paar Meter hinter der großen Kreuzung bemerkte Dennis schon wieder diesen schwarzen Lieferwagen. Nach der Auseinandersetzung mit Gerrit vor zwei Tagen wollte Dennis auf keinen Fall dafür geradestehen.

Sofort kam ihm wieder die Abkürzung über den Schrottplatz in den Sinn. Dennis rannte zwar nicht, legte aber einen schnelleren Gang ein, um nicht zu sehr aufzufallen. Und wieder folgte ihm der Lieferwagen mit etwas Abstand.

Dennis wollte sich gerade in Sicherheit wiegen, da er nur noch wenige Meter vom Schrottplatz entfernt war, als er vor sich einen weiteren schwarzen Lieferwagen sah. In dem Wagen saßen zwei Männer in dunklen Anzügen. Dennis brauchte einen zweiten Blick, um die Männer zu erkennen. Es waren Hugo und Igor, die ihn anscheinend erwarteten.

»Guten Tag, Hybrid«, sprach Hugo erfreut.

»Na, wo wollen wir denn hin? Ich bin mir ganz sicher, dass du woanders wohnst«, scherzte Igor.

Beide kicherten böse, während Dennis sich überlegte, was er nun machen sollte.

»Was wollt ihr Gesta-Halunken von mir?«

»Nun, ich muss schon sagen, dass du im Vergleich zu unserem letzten Treffen eine ziemlich große Klappe bekommen hast. Anscheinend hat dir diese Kostprobe damals noch nicht gereicht«, sagte Igor und stieg aus dem Lieferwagen.

Dennis bekam es nun wirklich mit der Angst zu tun. Hinter ihm tauchte nun auch noch der erste Lieferwagen auf. Er war umzingelt.

»Wollt ihr jetzt Ernst machen, weil Roger nicht da ist? Ich lasse mich nicht so einfach mitnehmen«, sagte Dennis mutig, obwohl er innerlich angsterfüllt war.

Hugo, Igor und auch der seltsame Paketbote lachten ihn daraufhin aus.

»Nein, keine Angst. Von Ernst machen sind wir noch weit entfernt. Außerdem führen wir nur den Befehl unseres Venandis aus«, sagte Igor.

»Was für einen Befehl?«, fragte Dennis verwirrt.

»Das geht dich überhaupt nichts an. Wir möchten dich nur bitten, den normalen Weg nach Hause zu nehmen«, sagte Igor mit einer gespielten Höflichkeit.

»Von jetzt an gibt es keinerlei Abkürzungen mehr, mein Freund!«, rief Hugo aus dem Lieferwagen.

Dennis fragte gar nicht weiter nach und trat aufgeschreckt den Rückweg über die Hauptstraße an. Igor und Hugo riefen ihm noch irgendetwas Hämisches hinterher. Dennis hatte Glück im Unglück. Sie hätten ihn ohne Probleme umbringen können, ohne dass es jemand bemerkt hätte. Sein Status als Hybrid rettete ihm wohl mal wieder das Leben. Dennis war nach dieser Begegnung so verschwitzt, dass er sich selbst riechen konnte.

Auf seinem Weg über die Hauptstraße begegnete er einigen Menschen in schwarzen Anzügen. Frauen und Männer jeder Altersklasse übten alltägliche Dinge aus. Manche durchstöberten auf einer Parkbank sitzend die aktuelle Zeitung. Manch andere taten wiederum so, als wären sie in einem wichtigen Telefonat verwickelt. Der Rest lief entweder durch die Geschäfte des Dorfes oder ging unauffällig spazieren. Sobald Dennis in der Nähe war, fielen dezente Blicke in seine Richtung. Er wurde anscheinend rund um die Uhr von dutzenden Gesta-Agenten beobachtet. Er hatte keine Chance mehr zu flüchten. Dennis fühlte sich immer mehr wie eine Marionette. Die Gesta-Agenten waren so postiert, dass er nur den direkten Weg nach Hause laufen konnte, ohne jemanden von ihnen direkt in die Arme zu laufen.

Dennis war trotz des Zwangs selten so froh, zuhause zu sein. Der dunkle Flur und diese Stille machten ihm wieder deutlich, dass Roger und seine Mutter inzwischen weg waren. Dieser Spencer schien auch nicht da zu sein. Dennis suchte das ganze Haus ab, doch der Mann war nirgendwo zu sehen. Er war vorerst allein.

Dennis packte sofort sein Handy heraus, um Gerrit zu erreichen. Als sein Onkel schnaufend den Hörer abnahm, hörte Dennis das Motorengeräusch von Spencers Motorrad vor dem Haus. Nach ein paar wenigen gewechselten Worten musste Dennis seinen Onkel vertrösten und legte schnell auf.

Karin hatte ihrem Sohn eine Portion Schweinebraten mit Kartoffelpüree rausgestellt, die er lediglich in der Mikrowelle warm machen musste. Dennis tat erst einmal so, als wäre nichts gewesen und schob seinen Teller in die Mikrowelle, um sich danach unschuldig auf die Eckbank der Küche zu setzen.

Er hörte, wie der Hausschlüssel in das Schloss gesteckt wurde. Daraufhin entnahm er auch schon ein lautes Stampfen im Flur. Hätte Dennis nicht gewusst, dass da ein hundert Kilo schwerer Muskelprotz durch den schmalen Flur auf dem Weg zu ihm in die Küche war, wäre eher ein wildes Monstrum von ihm vermutet worden.

Dann kam Spencer auch schon in die Küche. Er sah nun noch bedrohlicher aus als am gestrigen Abend. Seine kurzen, hellblonden Haare waren nach oben gegelt, und er trug eine grüne Soldatenuniform. Dazu kamen noch seine riesigen, schwarzen Springerstiefel, in denen sich Dennis hätte verstecken können.

Spencer blickte Dennis komisch an. Es war eine Mischung aus Verachtung und Vorfreude. »Da haben wir ja unsere kleine Fehlgeburt«, brach es aus ihm heraus.

»Ich wünsche dir auch einen schönen Tag«, entgegnete Dennis ihm trotzig.

»Ich weiß übrigens alles über dich. Du brauchst also gar nicht erst versuchen, mich zu verarschen. Jeder, der das bisher versucht hat, sitzt heute entweder im Rollstuhl oder liegt unter der Erde«, machte Spencer deutlich.

»So viel dazu, dass wir die Woche gut miteinander auskommen«, motzte Dennis. Er fühlte sich bezüglich seiner Skepsis bestätigt.

Spencer ließ seinen riesigen Militärrucksack auf den Boden fallen. Das ganze Mobiliar der Küche wackelte wie bei einem Erdbeben.

Er stellte seinen rechten Fuß auf einen der Küchenstühle und kam Dennis mit seinem Gesicht unangenehm nahe. »Glaub mir, wir können gut miteinander auskommen. Vorausgesetzt, du hältst dich an die neuen Regeln hier im Haus.«

In diesem Moment klingelte die Mikrowelle. Dennis holte sein Mittagessen heraus und ging damit kommentarlos in sein Zimmer.

»Wenn ich gleich ausgepackt habe und ich dich rufe, dann spurst du«, wies Spencer an.

Dennis antwortete nicht und ging stur mit seinem Essen auf sein Zimmer. Wie sollte er nur eine Woche mit diesem Mann überstehen? Der Typ hätte Rogers älterer Bruder sein können. Er war genauso böse und kaltherzig wie er.

Bei einem Blick aus dem Fenster sah Dennis immer wieder Gestalten in schwarzen Anzügen an seinem Haus vorbeilaufen. Er wurde vollkommen von der Gesta kontrolliert. Er fühlte sich wie in einem Gefängnis.

Frustriert ließ sich Dennis mit seiner Mahlzeit ins Bett fallen. Obwohl er Hunger hatte, fiel es ihm schwer, zu essen. Er fühlte sich selbst in seinem eigenen Zimmer nicht mehr sicher.

Er hatte seinen Teller nicht einmal leeren können, als Spencer sich meldete. »Antreten, Knirps!«

Eigentlich würde Dennis auf so einen Ruf niemals reagieren. Aber er konnte Spencer noch nicht vollends einschätzen.

Dennis schlurrte runter ins Wohnzimmer. Dort saß sein Babysitter auf der Couch, um sich seine Springerstiefel wieder anzuziehen. Er hatte sich umgezogen. Die Soldatenjacke wich und er hatte am Oberkörper nur noch ein dunkelgrünes Tank-Top an. Seine Soldatenhose machte für eine schwarze Stoffhose Platz. Jetzt konnte Dennis erst einmal erkennen, was für gewaltige Muskeln dieser Mann wirklich besaß. Bei einem Wettkampf der weltbesten Bodybuilder wäre er bestens untergebracht gewesen.

»Das wurde aber auch Zeit. Du bist ja langsamer als meine Mutter«, stichelte Spencer.

»Warum sollte ich kommen? Hast du mir etwas Wichtiges zu sagen?«, fragte Dennis frech.

»Oh ja, das habe ich«, antwortete Spencer. »Ich werde dir klar machen, wie das hier in den nächsten sieben Tagen abläuft.«

»Ich weiß übrigens auch genügend Dinge über dich. Ich weiß, dass du ein Gesta-Agent bist, der von Roger beauftragt wurde, um mir das Leben schwer zu machen«, posaunte Dennis.

Spencer schien nicht beeindruckt von Dennis Worten und schnürte sich lieber noch seinen letzten Stiefel zu, bevor er schmunzelnd den Kopf schüttelte. »Ich bin kein Gesta-Mitglied. Aber ich schulde ihnen noch etwas und nehme deshalb Aufträge wie diesen gerne an.«

»Du bist kein Gesta-Mitglied? Und trotzdem weißt du sämtliche Dinge über ihre Machenschaften und über Fabelwesen?«

»Ich weiß, es ist nicht üblich, dass sich eines von euch Viechern einem Menschen zeigt. Aber mir ist es passiert. Ich habe also noch eine Rechnung mit euch Fabelwesen offen, sagen wir es mal so.«

Für Dennis sprach Spencer in Rätseln. »Was hast du gegen Fabelwesen? Ist dir klar, dass du für eine Verbrecherorganisation arbeitest, die die Welt vernichten will?«

»Das geht dich einen Scheißdreck an. Für dich ist nur wichtig, dass ich ein ehemaliger Soldat bin. Ich verlange also höchste Disziplin und Gehorsamkeit, selbst von einem Naturfehler wie dir.«

»Bist du dir sicher, dass du nicht von der Gesta reingelegt worden bist? Ich kann mir echt nicht vorstellen, dass dir ein Fabelwesen etwas Schlimmes angetan haben soll. Es sind eher die Menschen, die Fabelwesen schlimme Dinge angetan haben und immer noch tun.«

Spencer sprang plötzlich wie ein Wahnsinniger von der Couch, packte Dennis an die Kehle und drückte ihn gegen die Wand. »Für wen hältst du mich?! Ich weiß, was ich gesehen habe! Versuch erst gar nicht, deine Spezies zu schützen. Ich werde der Gesta dabei helfen, euch zu vernichten. Das ist das Mindeste, was ich für sie tun kann. Noch dazu bekomme ich meine Rache.«

Dennis versuchte panisch Luft aus seinem Mund zu pressen. Spencer drückte seinen Hals so fest zu, dass er japsend um sein Leben fürchtete.

»Fabelwesen und insbesondere Elfen sind furchtbare, tückische Kreaturen.«

Spencer ließ Dennis endlich los. Der kleine Junge fiel unsanft auf den Boden und schnappte nach Luft.

Ängstlich sah Dennis zu seinem Babysitter hoch. »Von sowas hier lebst du? Aufträge von der Gesta annehmen und Fabelwesen töten?«

Spencer lächelte schadenfroh und holte eine große Salami aus seinem Rucksack, von der er abbiss. »Ich bin Freiberufler. Ich nehme Aufträge von dutzenden Unternehmen und Privatpersonen an. Meist geht es um Jobs als Geldeintreiber oder Bodyguard. Aber wenn mich die Gesta um einen Gefallen bittet, komme ich sofort. Wegen ihnen und meinen deutschen Wurzeln bin ich erst hierhergekommen.«

Spencer steckte seine Salami zurück in den Rucksack und holte nun einen Zettel heraus. »Das sind die komischen Regeln deiner Mutter«, sagte er mit einem frechen Grinsen und zerriss den Zettel. »Ich habe meine Eigenen.«

»Deine Regeln oder Rogers?«, knurrte Dennis, bevor er das Wohnzimmer stampfend verließ.

»Sowohl als auch. Ich darf dich leider nicht umbringen, aber niemand hat erwähnt, dass ich dich nicht an deine Grenzen bringen darf.«

Dennis blieb stocksteif im Flur stehen, als er Spencers Aussage hörte. »Lass mich einfach die nächsten sieben Tage in Ruhe! Ich muss gleich sowieso los!«

»Keine Sorge, du gehst nirgendwo hin. Ich habe vorhin mit deinen Nachbarn gesprochen. Du hast in den kommenden sieben Tagen bei ihnen Urlaub.«

Spencers Organisationstalent war beeindruckend. Er hatte sich schon um alles gekümmert, ohne dass Dennis etwas davon wusste. Dennis hätte es niemals für möglich gehalten, dass er mal der Arbeit bei den Petersens nachtrauern würde. Er saß in der Falle. Draußen warteten die Gesta-Agenten, und in seinem eigenen Haus saß ein ehemaliger Soldat mit zu viel Ehrgeiz und ernsthaften Komplexen.

»In einer Stunde fangen wir mit der Durchsetzung der Regeln an!«, brüllte Spencer durch das Haus.

Dennis wollte einfach nur weg. Er musste Gerrit erreichen, um ihm alles zu berichten. Doch auch da hatte er die Rechnung ohne seinen Babysitter gemacht. Spencer fing ihn an der Treppe ab, um sich drohend vor ihn zu stellen.

»Arme seitlich nach oben, Knirps«, forderte Spencer den

zurückschreckenden Dennis auf.

Er musste sich von dem Ex-Soldaten nach verdächtigen Gegenständen untersuchen lassen. Spencer tastete Dennis von oben bis unten sorgfältig ab. Dennis wusste, er wäre am Ende, wenn Spencer sein Handy finden würde.

Selbstverständlich fühlte Spencer etwas in Dennis Hosentasche. Kurz bevor er das Handy herausziehen konnte, schlug Dennis seine Hand weg, und ergriff schlagartig die Flucht. In der Kürze der Zeit entschied er sich dafür, in Richtung Keller zu laufen, um sich dort zu verschanzen. Doch Dennis kam nicht einmal bis in die Küche. Spencer brauchte nur wenige seiner großen Schritte, um ihn einzuholen. Mit einem gezielten Tritt ans Bein brachte er Dennis schmerzhaft zu Fall.

»Ich hatte schon Rentner vor mir, die schneller weggelaufen sind.«

Dennis hatte keine Chance gegen Spencers Kraft. Er konnte nicht aufstehen, weil der Muskelberg ihn mit nur einer Hand schmerzhaft zu Boden drückte. Mit der anderen entnahm er Dennis Handy.

Gespannt nahm Spencer das Gerät genauer unter die Lupe. »Soso, du wolltest Hilfe holen. Mal sehen, wen du anrufen wolltest.«

»Nein, hör auf damit!«, schrie Dennis.

»Gerrit heißt also dein Auserwählter. Ich bin mir sicher, er macht sich schon große Sorgen um dich. Ich werde ihm mal kurz mitteilen, dass es dir gut geht und du keine Hilfe benötigst.«

Spencer ging so schnell und gekonnt vor, dass Dennis sich in diesem Moment sogar lieber Roger vor Ort wünschte, anstatt dieses Tyrannen.

Spencer benutzte Dennis Handy, um Gerrit eine Nachricht zu schreiben. Jetzt würde sein Onkel am Ende noch tatsächlich denken, dass bei seinem Neffen zuhause alles in Ordnung war.

Nach Absenden der Textnachricht steckte Spencer das Handy in seine Hosentasche und hockte sich direkt vor den immer noch am Boden liegenden Dennis. »Dass du es überhaupt wagst, so etwas zu tun. Ihr Fabelwesen seid wohl alle gleich. Ihr gehört alle ausgerottet«, sagte Spencer und spuckte Dennis mit all seinem Hass ins Gesicht.

Dennis blieb regungslos auf dem Boden liegen. Er hoffte, dass Spencer irgendwann verschwinden würde.

Doch dieser war immer noch nicht fertig mit ihm. Er packte Dennis am Kragen und zog ihn wie ein unartiges Tier wieder auf die Beine. »Als

Bestrafung wirst du hier und jetzt hundert Liegestütze machen!«

Dennis weigerte sich zunächst mit weinerlichem Schmollmund.

»Wenn du nicht sofort machst, was ich dir sage, zeige ich dir, wie man mit Befehlsverweigerern umgeht!«

Auf die Drohung versuchte Dennis, die Liegestütze zu vollziehen. Doch mit seinen dünnen, knochigen Ärmchen schaffte er mit Mühe und Not gerade einmal fünf Liegestütze am Stück. Spencer nahm das zum Anlass, Dennis mental fertig zu machen. Er wollte ihn nicht in Ruhe lassen, bis er die hundert Liegestütze geschafft hatte. Doch egal wie sehr er es auch versuchte, der kleine Junge schaffte nicht mehr als fünf Liegestütze am Stück.

Nach rund einer halben Stunde brach Dennis vor Erschöpfung zusammen.

Spencer ließ daraufhin endlich locker. Er sah wohl endgültig keinen Sinn mehr darin, sein Opfer weiter zu Höchstleistungen zu treiben. »Meine Güte, was soll man nur mit dir anfangen, Junge?! Für heute ist erstmal Schluss. Morgen machen wir genau da weiter, wo wir aufgehört haben.«

Spencer wandte sich endlich von Dennis ab und begab sich ins Wohnzimmer. Dennis hatte sich schon lange nicht mehr so furchtbar gefühlt wie in diesem Moment. Er war sich sicher, wenn das sieben Tage so weiter gehen würde, wäre er tot, noch bevor Roger und seine Mutter wieder auf der Matte ständen.

Zu allem Überfluss war nun auch noch sein Handy weg. All seine Hoffnung, jemals seinen Vater und den Rest von Noxia wiederzusehen, waren dahin.

Spiel gegen ein Monster

Dennis war so erschöpft, dass er beinahe fünf Minuten benötigte, um sich die Treppe bis zu seinem Zimmer hochzuwuchten.

Er schmiss sich ins Bett, um bei seiner Lieblingssendung etwas abzuschalten. Doch das funktionierte dieses Mal nicht. Es war gerade erst 18:00 Uhr, aber Dennis wollte am liebsten schlafen, um diesen Tag abzuschließen. Die laute Musik aus dem Wohnzimmer erinnerte ihn jede Sekunde daran, mit was für einem grausamen Tyrannen er die nächsten Tage leben musste. Wenigstens wurde er in den Abendstunden in Ruhe gelassen.

22:30 Uhr. Draußen war es mittlerweile stockduster. Dennis schaute hin und wieder mühsam aus dem Fenster auf die leere Mühlenstraße. Die ganzen Gesta-Agenten, die noch am helllichten Tag in ganz Dornsdorf und vor allem in seinem Wohnviertel umhergeschwirrt waren … es gab keine Spur mehr von ihnen. Dennis traute dieser Ruhe noch nicht. Vielleicht lauerten ja ein paar von Rogers Leuten irgendwo hinter einem Baum direkt vor seiner Tür. Die Versuchung war dennoch groß, einfach wieder aus dem Fenster über das Fallrohr nach unten zu rutschen.

Dennis öffnete das Fenster und rang mit diesem Gedanken.

Kurz bevor er seine Hand am Abwasserrohr hatte, klingelte es durch das Haus. Dennis schreckte zurück und schloss umgehend wieder das Fenster. Irgendjemand stand vor der Haustür und hatte die Türklingel betätigt. Spencer, der gerade einen alten Westernfilm mit seiner Salami genoss, wurde ebenfalls von der Türklingel aufgeschreckt. Er ließ die Salami zu Boden fallen und ging vorsichtig zur Tür. Sofort war er in Alarmbereitschaft. Um diese Uhrzeit klingelte in der Regel wohl niemand ohne triftigen Grund an der Tür.

Dann klingelte es erneut.

Dennis versuchte vorsichtig seine Zimmertür zu öffnen, um zu hören, was dort vor sich ging. Spencer zog ruckartig die Haustür auf, um demjenigen dahinter einen Schrecken einzujagen. Doch zu seiner Verwunderung war niemand dort.

»Wer ist da? Komm raus und zeig dich!« Spencer schien sich sicher, dass sich jemand da draußen vor ihm versteckte. Um einen Hinterhalt zu vermeiden, blieb er stumpf an der Tür stehen, während Dennis wieder ins Zimmer ging.

´Es war wohl nur ein blöder Klingelstreich´, dachte sich Dennis.

Selbst Spencer war nicht eingeweiht. Dennis fand es irgendwie lustig, dass es jemand schaffte, ihn mit so simplen Tricks zu ärgern. Er freute sich zumindest, mit diesem Gedanken einschlafen zu können.

Dennis schaltete gerade seinen Fernseher aus, als sich der nächste Ärger ankündigte. Die Türklinke seiner Zimmertür bewegte sich langsam nach unten. Bestimmt wollte Spencer ihn jetzt für den Klingelstreich verantwortlich machen. Die Türklinke schnappte abrupt wieder nach oben. Bei dem Geräusch zuckte Dennis zusammen. Zum Glück hatte er die Tür abgeschlossen. Er erwartete jetzt eigentlich eine Standpauke seines Babysitters. Doch stattdessen erfüllte Stille das Stockwerk.

Dennis rannte zum Fenster, um zu sehen, ob irgendetwas vor sich ging. Er konnte Spencer durch den spitzen Winkel nicht direkt sehen, dafür aber seinen gewaltigen Schatten, der die Hälfte der Einfahrt in Dunkelheit verschleierte. Spencer stand also immer noch an der Tür, um nach dem Übeltäter des Klingelstreiches Ausschau zu halten. Er konnte also nicht versucht haben, seine Zimmertür zu öffnen. Aber wer war es dann? War etwa noch jemand ohne Dennis Kenntnis im Haus?

Die Türklinke bewegte sich wieder nach unten. Dennis schlich zur Tür und entfernte den Schlüssel, um durch das Schlüsselloch gucken zu können. In diesem Moment schnappte die Klinke wieder nach oben und Dennis erschreckte sich noch mehr als beim ersten Mal. Kurz bevor er von der Tür weghüpfte, konnte er genau erkennen, dass niemand dahinterstand.

Dennis dachte, er verliere den Verstand. Er konnte nicht eher schlafen gehen, bevor er die Tür öffnete, um genauer nachzusehen.

Der Flur war menschenleer. Plötzlich bemerkte Dennis etwas an seinem Bein. Es fühlte sich an, als ob etwas an ihm vorbeilief und ihn dabei leicht streifte. Doch da war nichts.

»Mach die Tür zu, Dennis«, flüsterte plötzlich eine Stimme, die deutlich aus seinem Zimmer kam.

Eigentlich wäre nun der passende Augenblick gewesen, um panisch davonzulaufen. Aber Dennis erkannte die Stimme.

»Miro, bist du das? Wo bist du? Ich kann dich nicht sehen«, flüsterte Dennis zurück in die Richtung, aus der er die Stimme hörte.

»Ja, ich bin es. Und du hast anscheinend immer noch nicht kapiert, wofür der magische Sand gut ist, oder? Du bist mir vielleicht ein Hüter«, schimpfte Miro leise.

Nun war Dennis alles klar. Miro hatte sich mit Hilfe des magischen Sandes unsichtbar gemacht, um sich an Spencer vorbei ins Haus zu schleichen. Er war es dann auch, der seinem bösen Babysitter den Klingelstreich gespielt hatte, um ins Haus zu gelangen. Dennis war beeindruckt, wie gerissen der Kobold doch war.

»Tut mir leid, aber in dieser Welt ist der Gebrauch von magischem Sand nicht normal. Und du warst jetzt nicht gerade derjenige, mit dem ich gerechnet habe«, antwortete Dennis leicht trotzig, aber dennoch überglücklich.

Dann hörten beide ein lautes Knallen. Es war Spencer, der die Geduld verlor. Zornig preschte er wieder ins Haus und schlug dabei die Tür so fest zu, dass die Erschütterung auch noch in Dennis Zimmer zu spüren war.

»Oje, der wandelnde Fleischberg kommt«, flüsterte Miro. »Die Wirkung des Sandes lässt jeden Augenblick nach. Ich verstecke mich erst einmal unter deinem Bett, bis die Luft wieder rein ist.«

Dennis konnte sehen, wie sich die Kisten unter seinem Bett wie aus Geisterhand zur Seite bewegten. Leider hatte Miro mit seinem Omen recht. Spencer, der immer noch rasend vor Wut war, polterte die Treppe hinauf. Eigentlich wollte Dennis am liebsten seine Tür wieder abschließen, aber in dieser Situation hätte dies nicht gerade seine Unschuld bewiesen. Stattdessen tat er so, als wolle er gerade seine Kissen für einen erholsamen Schlaf ausschütteln.

Spencer stürmte in Dennis Zimmer. »Was sollte das?! Willst du etwa versuchen, mich durch deine lächerlichen Tricks aus der Fassung zu bringen?!«

Dennis blieb ruhig und legte seine ausgeschüttelten Kissen sorgfältig nebeneinander ins Bett. »Meinst du die Türklingel? Die hat mich gerade selbst wach gemacht. Wer war das?«

Spencer schnaufte auf und stampfte wie ein wahnsinnig gewordener Bulle zu Dennis Fenster. Prüfend schaute er auf die Straße. Er dachte wohl, dass er jetzt jemanden sehen könnte, da er wieder im Haus war. Aber noch immer war niemand zu sehen.

»Ich hoffe für dich, dass du die Wahrheit sagst. Falls du etwas damit zu tun hast, werde ich das herausfinden«, knirschte Spencer mit zittrigen Händen, bereit, diese gegen den innerlich panischen Dennis einzusetzen.

»Keine Sorge, Spencer. Ich habe keinen Grund, dich anzulügen. Was sollte mir ein Klingelstreich überhaupt bringen?«

Spencer schob Dennis auf seinem Weg zur Tür wie eine lästige Fliege zur Seite. Der kleine Halbelf verlor das Gleichgewicht und fiel unkontrolliert auf sein Bett. Dennis hoffte die ganze Zeit über, dass Spencer nicht auf die Idee kommen würde, sein Zimmer zu durchsuchen. Er wusste nicht, was passieren würde, wenn er Miro plötzlich unter dem Bett vorfindet.

»Wer hat dir eigentlich erlaubt, so mit mir zu reden? Für dich bin ich immer noch Kommandant Tharabt. Ihr Fabelviecher habt einfach keinen Respekt. Glück für uns alle, dass ihr bald ausgestorben seid«, fluchte Spencer mit einem anschließenden, fiesen Lachen und verließ daraufhin endlich Dennis Zimmer.

Erst als sich Dennis völlig sicher war, dass sich Spencer wieder unten im Wohnzimmer befand, schloss er leise seine Tür ab, um Miro ein Zeichen zu geben, dass die Luft rein war.

Miro, der inzwischen wieder sichtbar war, krabbelte unter dem Bett hervor und hustete. »Meine Güte, du solltest mal öfters da unten sauber machen, mein Freund.«

Dennis musste lachen, als er Miro eingestaubt zu Gesicht bekam. Sein sonst smaragdgrüner Anzug war in einen grauen Schleier gehüllt. Außerdem hatte er beim Kriechen unter dem Bett seinen Zylinder verloren. Gemeinsam durchforsteten die beiden den unteren Bereich des Bettes, um die Kopfbedeckung dann in der linken Ecke zu finden.

»Zum Glück hattest du heute keine Tränke unter deinem Hut«, scherzte Dennis.

Miro schmunzelte daraufhin ebenfalls. »Und ich hatte mir noch überlegt, einen Kubostrank mitzunehmen.«

Der Koboldjunge ging zur Zimmertür und zeigte mürrisch auf die Klinke. »Ihr solltet eure Türklinken übrigens nicht so hoch montieren. Ich musste mich auf meine Zehenspitzen stellen und bin trotzdem immer wieder abgerutscht.«

»Du kannst froh sein, dass die Türklingel wegen meiner Größe überhaupt so niedrig eingebaut wurde«, kicherte Dennis.

»Selbst da musste ich springen«, ätzte der Kobold.

»Was machst du eigentlich hier, Miro?«

Miro sprang auf Dennis Bett und hüpfte vergnügt darauf herum. »Na, ich bin hier, um dich hier rauszuholen. Ich finde es übrigens äußerst gruselig, wie oft wir uns gegenseitig den Hintern retten.«

Dennis setzte sich verwirrt aufs Bett. »Woher wusstest du davon, was hier abgeht?«

Miro hüpfte zum Rand der Matratze und setzte sich neben Dennis. »Auch wenn ich es nicht gerne zugebe, aber du hast einen schlauen Onkel. Er fand die Nachricht, die du ihm geschickt hast, sehr merkwürdig. Diese komischen Floskeln und diese trockenen Aussagen passten nicht zu dir, meinte er. Außerdem hast du am Ende der Nachricht die besten Grüße gewünscht. In diesem Moment wusste dein Onkel, dass diese Nachricht nicht von dir kommen konnte.«

Dennis war froh, dass er einen Onkel hatte, der ihn besser kannte als er sich selbst. Das Lustige an dieser Geschichte war, dass sich Spencer mit der Nachricht nicht gerade einen Gefallen getan hatte. Der grausame Babysitter hatte mit seiner Nachricht an Gerrit einen unfreiwilligen Hilferuf gesendet. Diese Ironie war Balsam für Dennis Seele.

»Wow. Und Gerrit hat dich dann geschickt, um mich zu retten?«

»So ist es. Da ich sowieso gerade beim Tor war, um Gerrit eine wichtige Nachricht zu übermitteln, passte das perfekt. Und seit dem letzten Mal habe ich lieber einen Beutel magischen Sand mehr dabei.«

Dennis und Miro hörten immer wieder lautes Gepolter aus dem Wohnzimmer.

»Sag mal, was ist das eigentlich für ein Fleischklops da unten? Ich habe auf die harte Weise erfahren müssen, wie dein Stiefvater aussieht. Und das da unten ist er nicht«, flüsterte Miro irritiert.

»Nein, da hast du recht. Das ist Spencer, mein Babysitter.«

»Baby… was?«

»Babysitter«, antwortete Dennis beschämt. »Roger und meine Mutter sind kurzfristig in den Urlaub geflogen. Roger hat Spencer engagiert, um seine Pläne voranzutreiben.«

»Wie bitte, engagiert? Heißt das etwa, dass dieser Typ so eine Art Auftragsmörder ist?«

Dennis zuckte mit den Schultern, während er immer ein Ohr in Richtung Tür hielt. »Er sagte mir zumindest, dass er kein offizielles Gesta-Mitglied ist. Aber er kennt sie schon lange. Dieser Typ war einmal ein Soldat. Der kämpft wirklich mit allen Mitteln. Ich habe vor ihm sogar noch mehr Angst als vor Roger.«

Miro nickte stumpf und stapfte über die Matratze zu Dennis Fenster, um auf Zehenspitzen nach draußen zu linsen. »Gerrit hatte schon so ein schlechtes Omen. Hier in deinem Dorf sind überall Gesta-Agenten postiert. Allein auf dem Weg hierhin habe ich mindestens zehn Stück gesehen. Ich hatte echt Glück, nicht unter einem ihrer Radare aufgetaucht zu sein. Ich musste aber einen Großteil meines Sandes aufbrauchen, um hierher zu kommen.«

Dennis hatte so sehr gehofft, dass die Gesta-Agenten mittlerweile verschwunden waren. Wahrscheinlich sollte er genau das denken. Wenn er jetzt weglaufen würde, könnten sie ihm heimlich folgen, um das Tor nach Noxia ausfindig zu machen.

»Wie sollen wir denn nur an denen vorbeikommen, Miro? Diese Leute sind in Massen da draußen. Und sie haben bestimmt alle dieselben technischen Geräte wie Roger, um uns aufzuspüren.«

Miro blickte immer noch starr aus dem Fenster und holte dabei zwei Säckchen aus seiner Tasche. Dennis hatte diese Säckchen schon mal gesehen. Es war magischer Sand.

»Ja, ich habe gesehen, wie manche von diesen Gesta-Blödmännern mit ihrem Radar nach Fabel-Aktivitäten gesucht haben. Wir können also nicht einfach hier rausspazieren.«

Miro warf Dennis eines der Säckchen zu. Er schaute hinein und es war tatsächlich magischer Sand zu sehen. Allerdings nur noch in geringer Menge.

»Gerrit wartet nur eine Straße weiter in seinem Fahr-Dingsbums auf uns. Sobald wir dort drinsitzen, sind wir gerettet. Die Gesta-Radare haben Probleme, uns in diesem Kasten zu orten.«

»Okay, also werden wir uns mithilfe des Sandes unsichtbar machen, um dorthin zu kommen?«

»Ich habe leider nicht mehr genug Sand für den Weg. Das reicht maximal für eine Minute«, sagte Miro. Er zeigte euphorisch auf Dennis Säckchen. »Deine Menge Sand sollte aber für eine normale Dosis reichen. Allerdings trägst du eine andere Sorte in deinen Händen.«

Dennis untersuchte, überrascht von Miros Aussage, den Sand. Er sah jedoch genauso aus wie der in Miros Säckchen. Doch da fiel ihm ein, dass Gerrit schon damals von verschiedenen Sorten des magischen Sandes gesprochen hatte. Es waren drei, so viel wusste er noch.

»Was macht dieser Sand denn genau? Er sieht dem Sand, um sich unsichtbar zu machen, ja zum Verwechseln ähnlich.«

Miro zeigte nochmals den Inhalt seines Säckchens. »Halt deinen Sand mal mehr ins Licht, dann wirst du einen Unterschied feststellen können.«

Dennis neigte sein Säckchen zur Seite, um mehr Licht der Deckenlampe auf den Sand scheinen zu lassen. Tatsächlich färbte sich der Sand in einem angenehmen Bronzeton, während der von Miro goldig blieb.

»Du hast den Sand der Verwandlung in deinen Händen. Dieser ist deutlich seltener als der, der Unsichtbarkeit.«

Dennis versuchte, sich vorzustellen, was genau mit dem Begriff Verwandlung gemeint war. Konnte er sich damit in ein Tier verwandeln oder sich älter oder jünger machen?

»Okay, soll ich den Sand genauso benutzen wie den goldenen?«

Miro schüttelte entsetzt den Kopf. »Nein, natürlich nicht, du Dussel. Mit diesem Sand kannst du dich für wenige Minuten in eine andere Person oder in ein Tier verwandeln. Aber die Anwendung ist nicht ganz so einfach wie beim Sand der Unsichtbarkeit.«

»Was muss ich dafür tun?«

Miro kratzte sich verlegen den Kopf. »Na ja, nachdem man sich den Sand auf den Kopf geträufelt hat, muss man innerhalb der nächsten Sekunden das Lebewesen, in das man sich verwandeln möchte, berühren. Und das ebenfalls für ein paar Sekunden, ohne Unterbrechung.«

Das hörte sich zunächst nicht so schlimm an wie Dennis es erwartet hatte. Doch schnell kam ihm der Gedanke, in wen er sich verwandeln sollte. Miro machte es ihm schlussendlich leicht, indem er mit dem Finger nach unten zeigte.

»Du spinnst ja. Wie soll ich das denn mit diesem Psychopaten durchziehen?«

»Siehst du hier noch jemanden, in den du dich verwandeln kannst? Außerdem passt das perfekt. Als dieser Fleischklops wird dich da draußen niemand verdächtigen.«

Miro setzte sich auf den Boden und wollte, dass Dennis es ihm gleichtat. »Mach dir keine Sorgen, mein Freund. Ich habe schon die ganze Zeit einen Plan. Wir müssen nur ein perfektes Timing an den Tag legen.«

Dennis war gespannt darauf, was sein Koboldfreund vorhatte.

»Okay, pass auf. Ich werde mich unsichtbar machen, um diesen Spencer abzulenken. Er weiß ja nicht, dass außer dir und ihm noch jemand im Haus ist. Währenddessen musst du die Gunst der Stunde nutzen, um ihn von hinten zu attackieren. Du brauchst einen harten Gegenstand, um ihn auszuknocken. Wir haben dafür leider nur etwa eine Minute Zeit. Wenn er bewusstlos ist, kannst du ihn ohne Probleme berühren und er wird uns so schnell nicht folgen können.«

»Bist du bescheuert? Wie soll ich denn bitte einen Koloss wie Spencer einfach so umhauen? Ich bin so kräftig wie ein Kleinkind. Wie stellst du dir das denn vor?«

Miro stand beleidigt auf und drehte Dennis den Rücken zu. »Hast du etwa eine bessere Idee? Du denkst wohl, nur weil ich ein Kobold bin, kann ich nicht so einen tollen Plan aushecken wie ein Elf?«

Dennis hatte keine bessere Idee. Aber diesen Plan wollte er auf keinen Fall umsetzen. »Ich hatte ganz sicher nicht vor, über dich oder andere Kobolde herzuziehen.«

Doch wenn Miro einmal beleidigt war, wurde es äußerst schwierig, den Kobold wieder zu besänftigen. Genervt zeigte er auf Dennis Fernseher. »Nimm doch einfach dieses rechteckige Ding und hau es ihm auf die Rübe.«

»Nicht wirklich. Das ist mein Fernseher. Mit dem kann ich meine Lieblingsserien oder Dokumentationen gucken«, antwortete Dennis.

Miro verstand nicht, was Dennis damit meinte. Er war schon froh, dass er Dinge wie Autos, Radargeräte oder Handys flüchtig kannte.

Miro zeigte noch auf weitere Gegenstände in Dennis Zimmer, doch keines war für ihn entbehrlich. Dennis pflegte auch immer noch die Meinung, dass es eine schlechte Idee wäre, Spencer anzugreifen. Neben den geringen Erfolgsaussichten hatte er nicht den Mut, seinen Peiniger niederzustrecken. Also mussten sie ihren Plan ändern.

Dennis erinnerte sich an einen Baseballschläger, den Roger im Falle eines

Einbruchs in seinem Kleiderschrank im Schlafzimmer versteckt hielt. Beide einigten sich darauf, dass Dennis seinen Babysitter ablenkt, während Miro sich unsichtbar ins Schlafzimmer schleicht, um den Baseballschläger zu holen. Der Rest würde von etwas Glück abhängen.

Sie mussten langsam aktiv werden. Gerrit würde nicht mehr lange geduldig im Auto warten. Miro und Dennis sprachen sich nochmals genau ab, bevor sie aus dem Zimmer in Richtung Treppe schlichen.

Spencer war immer noch lautstark in seine alten Westernfilme vertieft. »Na los, Gailman! Du hast alles, was du brauchst! Verschwinde aus der Mine!«

Miro und Dennis sahen sich verblüfft an.

»Der Mann hat wirklich etwas Durchgeknalltes an sich«, flüsterte Miro.

»Wahrscheinlich ist er sogar für die Gesta zu verrückt«, antwortete Dennis leise.

Die beiden schlichen behutsam die Treppe hinunter. Nun wurde es langsam ernst. Dennis stieg die Angst in den Kopf. Er verspürte wieder dieses negative Kribbeln und seine Hände wurden taub.

Auch Miro musste mit der Aufregung kämpfen. Er atmete mehrmals tief durch, um eine Panikattacke zu vermeiden. »Puh, okay, Dennis, bist du bereit?«

Dennis nickte behäbig. »Das sind wahrscheinlich die letzten Minuten unseres Lebens. Von bereit kann keine Rede sein.«

Miro nahm sein Säckchen mit magischem Sand aus seiner Tasche und ließ es symbolisch vor Dennis Gesicht baumeln. »Konzentrier dich. Wir haben nur diese eine Chance.«

Miro zeigte mit fragendem Blick auf die Tür, die sich gegenüber vom Wohnzimmer befand.

Dennis nickte hektisch. »Der Schläger ist in der hinteren Schranktür unten links.«

Miro nickte fokussiert und schüttete sich die restlichen Sandkörner aus seinem Beutel über den Kopf und zeigte Dennis noch einen nach oben gerichteten Daumen, bevor sein Körper verschwand. Das war das Zeichen für Dennis. Von jetzt an hatten sie nur knapp eine Minute Zeit, um ihren Plan durchzuziehen.

»Wie soll ich ihn überhaupt ablenken? Ich bin da nicht gut drin«, wimmerte Dennis.

»Improvisiere einfach. Wir haben jetzt keine Zeit mehr, um zu diskutieren. Ich gehe jetzt ins Schlafzimmer«, flüsterte Miro.

Dennis schlich so leise er konnte zur angelehnten Wohnzimmertür. Noch nie in seinem Leben hatte er seinen eigenen Herzschlag so stark gespürt wie in diesem Moment. Weglaufen war nun zwecklos.

Spencer bekam von all den Dingen außerhalb des Wohnzimmers nichts mit. Fanatisch drückte er lieber seinem geliebten Sheriff Gailman die Daumen. »Nein, du darfst ihm nicht trauen, Gailman! Bolskov ist ein Betrüger! Er hat hinter seinem Rücken einen Revolver!«

Dennis wartete, bis die Schlafzimmertür aufging. Er versuchte, seinen Kopf auszuschalten und vertraute nun nur noch seiner Intuition. Sein gesunder Verstand machte diese Prozedur nicht einfacher. Er holte nochmals tief Luft und dachte an die schönen magischen Wälder Noxias.

Dennis Hand wanderte schlotternd zur Türklinke. Er war mittlerweile so aufgeregt, dass er keinen ruhigen Atemzug mehr nehmen konnte. Sein Verstand sagte ihm nun nochmals deutlich, dass er zurück in sein Zimmer gehen sollte.

Dennis zögerte. Er starrte regungslos auf die Tür. Seine Augen tränten bereits, da er sich nicht mehr traute zu blinzeln. Er musste nun handeln, da auch Miros Gesundheit von seinem Erfolg abhing.

Dennis schlug, ohne weiter nachzudenken, die Wohnzimmertür auf. Spencer erschrak derart, dass die Fernbedienung von der Couch auf den Boden fiel. In der Türschwelle stand ein wackeliger Dennis, der seinen Babysitter finster anschaute.

»Was soll das?! Du kleiner Wicht wagst es tatsächlich, mich um diese Zeit zu nerven?!«

Dennis nahm all seinen Mut zusammen und streckte Spencer die Zunge raus. »Ich wollte dir nur zeigen, was ich von dir halte, du Idiot!«

Das reichte bereits aus, um Spencer an den Rand des Wahnsinns zu treiben. »Du dreckiger Elf! Niemand beleidigt Spencer Tharabt! Und schon gar nicht so ein Naturfehler wie du!«

Dennis rannte so schnell er konnte aus dem Wohnzimmer. Spencer stürmte ihm wie ein wütender Stier hinterher. Dennis fühlte sich wie ein todgeweihtes Beutetier, das es dem Raubtier nicht leicht machen wollte. Voller Adrenalin bog er links ab, um die Treppen nach oben zu laufen. Leider hatte er in seiner Angst vergessen, dass er in die Küche laufen sollte, damit Miro ihn dort mit dem Schläger erwischen konnte.

Miro, der gerade mit dem Schläger aus dem Schlafzimmer kam, hörte nur noch das laute Stampfen von Spencer, der Dennis bis ganz nach oben auf den Dachboden drängte. Dort war Dennis schon lange nicht mehr gewesen. Der Dachboden wurde nur als Lager und Abstellraum genutzt. Bis heute standen dort die staubigen Umzugskartons herum. Regalreihen voller Konserven und Putzmittel waren ein guter Ort, um sich kurzzeitig zu verstecken. Leider war Spencer zu schnell und er klebte an Dennis Hacken. Somit konnte sich der japsende Halbelf weder verstecken noch weiter flüchten. Dort oben saß er in der Falle.

Spencer drängte Dennis bis ans andere Ende des Dachbodens, wo sich eine alte, staubige Eckbank mit einem Tisch befand. Dennis kauerte sich auf die Bank und musste mitansehen, wie sein Babysitter bedrohlich auf ihn zuschritt.

Spencer klatschte sarkastisch in Dennis Richtung und lachte ihn aus. »Wo solls denn hingehen, Mistvieh? Du scheinst ja richtig Sehnsucht nach Schmerzen zu haben.«

Dennis malte sich schon die schlimmsten Dinge aus. Was würde Spencer wohl nun mit ihm anstellen? Er wusste gleich, dass das Ganze eine schlechte Idee war. Im Eifer des Gefechts war es wahrscheinlich, dass etwas schief gehen würde.

»Das war doch alles nur Spaß, Spencer. Wir sollten jetzt einfach ins Bett gehen und die ganze Sache über Nacht vergessen«, schnaufte Dennis.

Spencer war jedoch fest entschlossen, Dennis zu bestrafen. In seinen Augen war die Gier nach Gewalt zu erkennen. »Ich glaube, man muss dir wirklich ins Gehirn prügeln, dass du mich nicht so nennen sollst«, erwähnte er mit knirschenden Zähnen sein Vorhaben. »Dann zeige ich dir jetzt mal, was ich unter Spaß verstehe.«

Dennis konnte zwischen Spencers Beinen einen Baseballschläger auf den Dachboden schweben sehen. Ohne dass Spencer es bemerkte, schlich Miro auf sie zu. Zum Glück stand der Tyrann mit dem Rücken zur Tür. Miro schlich sich von der Eckbank auf den Tisch, der sich neben Spencer und Dennis befand.

Spencer packte Dennis am Kragen und zog ihn rabiat zu sich. »Welchen Knochen soll ich dir zuerst brechen? Die Nase oder vielleicht direkt deinen Arm? Ich werde deiner Mutter einfach erzählen, dass du bei dem Versuch, dein Ausgehverbot zu umgehen, einen Unfall hattest.«

Bevor Spencer zu einem schweren Schlag ausholen konnte, holte Miro mit dem Baseballschläger aus, um Spencer einen gezielten Treffer auf den Kopf zu verpassen. Durch den Schwung fiel Miro selbst zu Boden. Der Schlag brachte Spencer dazu, Dennis loszulassen. Der Plan schien am Ende doch noch aufzugehen. Dennis wich schnell in Richtung Tür, um im Notfall schnell fliehen zu können. Miro, der langsam wieder sichtbar wurde, tat es ihm gleich.

Zu ihrer Ungunst mussten sie feststellen, dass der Schlag bei Spencer lediglich Kopfschmerzen verursachte. Er stand immer noch aufrecht, als sei nichts gewesen. Die beiden Jungs konnten es nicht fassen. Spencer war unversehrt und wütender denn je.

Überrascht sah er nun neben Dennis auch noch den Kobold stehen. »Was, noch so ein Vieh?! Wo kommst du denn her?!«

»Du solltest jetzt eigentlich platt auf dem Boden liegen. Bist du so etwas wie ein Mutant? Oder trägst du etwa Ogergene in dir?«, fragte Miro konsterniert.

»Um mich zu erledigen, braucht es schon etwas mehr als so einen läppischen Schlag.«

Dennis und Miro schielten sich angsterfüllt an, um darauf synchron die Flucht zu ergreifen. Miro schlug die Tür des Dachbodens zu, um Spencer irgendwie zu stoppen. Doch der ehemalige Soldat war nun noch wilder als zuvor und stürmte durch die Dachbodentür, um ihnen zu folgen. Dennis und Miro rannten in Richtung Erdgeschoss, ohne einen Plan, was sie tun sollten.

»Renn um dein Leben, Dennis!«

Spencer war ihnen dicht auf den Fersen. Sie konnten regelrecht seinen Atem spüren. Mit seinem gigantischen Körper machte er riesige Sprünge, die teilweise über fünf oder sechs Stufen hinab gingen. So konnte er die beiden mühelos einholen.

Als dann auch noch Miro bei den letzten Stufen nach unten stolperte, war es geschehen. Spencer griff den Kobold wie Ungeziefer und nahm ihn mit einem Arm in die Mangel. Dennis, der es heil ins Erdgeschoss schaffte, blieb nach dem Aufschrei seines Freundes stehen.

»So, jetzt ist langsam Schluss mit diesem Kindergarten. Hier ist Endstation für euch«, prahlte Spencer, als ob er gerade eine wichtige Schlacht gewonnen hätte.

Dennis wusste nicht weiter. Sollte er flüchten oder doch lieber versuchen, Miro zu retten? Miro, der immer noch im Schwitzkasten hing, japste panisch nach Luft.

»Ich weiß zwar nicht, wie dein Freund hier reingekommen ist, aber das ist jetzt auch egal«, sagte Spencer. Der Tyrann inspizierte Miro nun genauer. Der Kobold lief bereits blau an. »Das ist auf jeden Fall kein Elf. Was bist du, ein Zwerg?«

»Er ist ein Kobold«, antwortete Dennis, da Miro es nicht mehr konnte. »Lass ihn los. Du willst doch nur mich.«

Spencer ließ Miro mit interessierten Augen auf ihn aus seiner Mangel. »Ein Kobold, hmpf? Sie müssen besonders sein. Roger hat mir nie etwas über diese Spezies erzählt.«

»Dann solltest du über Kobolde zuerst wissen, dass sie giftig und gefährlich für Menschen sind!«, krähte Miro.

Spencer durchsuchte Miro gründlich, fand aber lediglich das leere Säckchen, in dem zuvor der magische Sand gewesen war. »Also, du hast schon mal nichts Wertvolles bei dir. Hast du möglicherweise einen Topf voller Gold hier in der Nähe gebunkert?«

»Na klar, direkt neben dem Haselnussbaum. Und zuhause habe ich auch noch Juwelen und Rubine«, entgegnete Miro trotzig.

Während Dennis wusste, dass sein Freund Unsinn erzählte, glaubte Spencer dem kleinen, rothaarigen Fabelwesen. »Bring mich hin. Dann lasse ich dich vielleicht am Leben.«

Spencer sah Dennis mit bedrohlichem Lächeln an. Er wollte ihn nun ebenfalls schnappen. Dennis rannte instinktiv ins Wohnzimmer. Dort saß er erst recht in der Falle. Beim Laufen stolperte er über Spencers Rucksack. Der Rucksack fiel um und brachte schließlich auch Dennis zu Fall.

Durch den Aufprall wurden ein paar private Gegenstände des Tyrannen freigelegt. Dennis konnte einen kleinen, rechteckigen Gegenstand erkennen. Er sah aus wie ein Gerät, das er noch vor wenigen Tagen in einer Fernsehserie gesehen hatte. Ein amerikanischer Polizist stoppte einen gefährlichen Verbrecher mithilfe eines Elektroschockers. Dieser stieß einen elektrischen Impuls ab, mit dem man selbst einen Bären für einige Zeit lahmlegen konnte. Wenn dies vor ihm allerdings kein Elektroschocker war, sah er sich bereits im nächsten Krankenhaus auf der Intensivstation liegen.

Dennis wollte sich den Gegenstand gerade schnappen, als Spencer ihn am Fuß packte, um ihn aus dem Wohnzimmer zu schleifen. »Du wirst gleich nicht mehr wissen, wo oben und unten ist!«

Dennis krallte sich mit einer Hand am Teppich fest, um mit der anderen das kleine Gerät zu schnappen. Mit zwei Fingern konnte er den Gegenstand zu sich ziehen. Spencer erkannte zu spät, was Dennis aus seinem Rucksack entnommen hatte. Erschrocken ließ er Miro los, um Dennis mit seiner gesamten Kraft anzugreifen. Dennis drehte sich schnell um, schlug das Gerät an Spencers Brust und drückte auf den Knopf, bevor sein Babysitter ihn richtig fassen konnte. Ein kräftiger Stromstoß, den man sogar in Form eines kleinen, blauen Blitzes erkennen konnte, traf Spencer mit seiner vollen Kraft. Sein Körper verkrampfte schlagartig und er fiel brüllend zu Boden. Der gesamte Körper des stämmigen Mannes zitterte nun unkontrolliert auf dem Wohnzimmerteppich herum. Miro verstand erst nicht, was sich vor ihm abspielte. Erst als Dennis mit panischer Schnappatmung ein zweites Mal ansetzte, konnte er eine Waffe in der Hand seines Freundes erkennen. Immer wieder griff Dennis den nun wehrlosen Spencer mit dem Elektroschocker an. Beide stöhnten aus unterschiedlichen Gründen auf. Dennis wirkte in diesem Moment nicht wie er selbst. Starr auf den Feind blickend, schnaufte er Spencer wie ein Wahnsinniger an.

Erst als er sicher war, dass sein Feind außer Gefecht gesetzt war, ließ er von ihm ab.

»Wow, wir haben es tatsächlich geschafft. Und ich dachte schon, es sei um uns geschehen«, hustete Miro. Er durchforstete darauf die Taschen des brachliegenden Spencers genau.

»Das war Glück«, keuchte Dennis wie verrückt. Obwohl er nicht von den Stromstößen des Elektroschockers getroffen wurde, krampfte sein Körper beinahe so stark wie der seines Gegners. Wie durch einen Tunnel kam er langsam wieder zu sich und realisierte, was er gerade getan hatte.

Sowohl er als auch Miro waren fix und fertig. Eigentlich brauchte Dennis im Augenblick etwas Ruhe, doch Miro erinnerte ihn daran, wofür sie das alles getan haben. Dennis nahm das Sandsäckchen aus der Hosentasche und schüttete sich den restlichen Inhalt über den Kopf.

»Beeil dich, Dennis. Dieses Monstrum könnte jeden Augenblick wieder aufstehen.«

Dennis legte seine Hand flach auf Spencers zitternden Körper und wartete ab. Spencer war nicht bewusstlos, sondern durch die Stromschläge lediglich für eine gewisse Zeit handlungsunfähig. Er zappelte wie ein Fisch auf dem Trockenen herum und versuchte, mit aller Macht die Kontrolle über seinen Körper wiederzuerlangen.

Der magische Sand schien in Verbindung mit der Prozedur zu wirken. Dennis spürte ein Brodeln in seinem Körper. Plötzlich wuchs er in die Höhe und seine elfischen Merkmale verschwanden völlig. Spencer musste gezwungenermaßen mitansehen, wie sich Dennis nach und nach in ein Ebenbild seinerseits verwandelte.

Dennis hatte nun tatsächlich die Gestalt Spencers angenommen. Fassungslos betrachtete er sich im kleinen Kommodenspiegel. Er hatte nun den Körper eines riesigen Kraftpakets, der sich zwischen Midlife-Crisis und Rente bewegte. Mehrmals schaute er zu sich herunter. Selbst die Kleidung seines Gegners hatte die Magie übernommen. Zum Glück für Dennis, da er nun eine Kleidergröße trug, die er im Haus nicht hätte finden können.

»Wow, ich kann es nicht fassen. Ich habe mich wirklich verwandelt.«

Miro war ebenfalls völlig begeistert von dem Ergebnis, ließ allerdings nicht das Ziel aus den Augen. »Wir haben keine Zeit zu verlieren. Hol deine wichtigsten Sachen aus deinem Zimmer, damit wir von hier verschwinden können.«

Dennis kramte zuerst in Spencers Rucksack, um sein Handy wiederzubekommen. Als er es in einer Seitentasche fand, stolzierte er in sein Zimmer. Miro blieb nach kurzer Einweisung von Dennis mit dem Elektroschocker in der Hand bei dem echten Spencer im Wohnzimmer. Der Kobold wollte nichts dem Zufall überlassen und verabreichte seinem Feind in regelmäßigen Abständen einen Stromstoß.

Nachdem Dennis einen Rucksack mit den wichtigsten Dingen gepackt hatte, wurde es Zeit, zu flüchten.

Miro sprang ohne Ankündigung in Dennis Rucksack. »Ich werde mich hier drin verstecken. Du hast zwar jetzt die Gestalt von diesem Typen angenommen, aber sie können mich nach wie vor mit ihren Radargeräten orten. Falls du angesprochen wirst, sag einfach, dass du mich gefangen hast und mich jetzt ins Hauptquartier bringst.«

Dennis war einverstanden. Jedoch hieß das auch, dass er schauspielerisch in die Rolle des üblen Tyrannen schlüpfen musste. Das reine Aussehen würde nicht ausreichen. So etwas konnte Dennis nicht gut. Ihm blieb jedoch keine Wahl. Die Wirkung des Sandes hielt nur wenige Minuten an, und mindestens zwei davon waren bereits verstrichen.

Eilig rannte Dennis mit Miro im Schlepptau aus dem Haus.

Rollenspiel

In Spencers Gestalt lief es sich deutlich schneller durch die Mühlenstraße. Das Ziel, Gerrits Auto, war nicht mehr weit.

Die Luft schien rein, bis Dennis an der Grenze zum Quellweg eine Bewegung hinter einem Baum bemerkte. Eine dunkle Gestalt sprang hervor und ging auf ihn zu. Jetzt hoffte er nur, nicht aufgeflogen zu sein.

»Halt, stehenbleiben!«, rief sie hinter ihm her.

Dennis entschied sich dafür, stehenzubleiben, um keinen weiteren Verdacht aufkommen zu lassen.

»Denk daran, was ich dir gesagt habe«, flüsterte Miro ihm aus dem Rucksack noch zu, bevor die Person vor Dennis stand.

Es war eine ältere Frau im dunklen Anzug.

»Guten Abend, die Dame«, sagte Dennis mit zittriger Stimme. »Kann … ich Ihnen weiterhelfen?«

Die Frau holte ihr Radar heraus und hielt ihn genau auf Dennis. Er piepte und leuchtete grün, genau wie damals bei Roger.

»Tut mir leid, Herr Tharabt. Ich habe Sie im Dunkeln gar nicht erkannt.«

Dennis war sehr erleichtert darüber, dass die Frau ihn tatsächlich für Spencer hielt. »Kein Problem. Es ist ja auch ziemlich spät. Ich wünsche Ihnen trotzdem noch einen schönen Dienst.«

Dennis wollte sich gerade wegdrehen, um weiterzugehen, als die Frau ihn festhielt. »Tut mir leid, aber da Sie kein offizielles Mitglied sind, habe ich die Pflicht, Sie zu durchsuchen.«

Entweder hatte die Gesta-Agentin Dennis schlechte Schauspielkünste entlarvt, oder sie hatte tatsächlich diesen Befehl bekommen. Dennis hatte erneut keine Wahl. Er ließ sich durchsuchen.

»Ich denke mal, ich bin Ihnen durch das Radar aufgefallen?«

Die Frau nickte skeptisch. »Ja, dass auch. Haben Sie irgendetwas dabei, das auf Fabelwesen hindeuten könnte?«

Dennis nickte und öffnete seinen Rucksack. »Aber natürlich. Ich habe einen Kobold gefangen. Er hat versucht, dem Hybriden zu helfen. Ich habe die Aufgabe, ihn nach Berlin ins Hauptquartier zu bringen.«

Miro guckte aus dem Rucksack heraus und starrte der Gesta-Agentin verzweifelt ins Gesicht. »Bitte helft mir. Dieser Mann hat mich gequält und will mich umbringen.«

Miro konnte seine Rolle deutlich besser spielen als Dennis. Die Frau nahm ihm das Leiden ab und drückte den Kobold gewaltsam zurück in den Rucksack.

»Kobolde habe ich von allen Fabelwesen immer am meisten gehasst. Diese ekelhaften Kreaturen wollen uns ja nicht an ihren Geheimnissen teilhaben lassen«, sprach sie schadenfroh über das geglaubte Schicksal Miros.

Dennis versuchte, seine Rolle besser zu verkörpern und lachte über die erniedrigende Aussage. »Ja, ich denke mal, er wird wie üblich vor Ort untersucht, um ihn dann in die ewigen Jagdgründe zu schicken.«

Dennis wollte nun zum zweiten Mal versuchen, zu verschwinden, aber die Frau hielt ihn wieder fest. »Moment mal, hier stimmt doch was nicht.«

Jetzt waren sich Dennis und Miro sicher, aufgeflogen zu sein.

»Wenn Sie den Kobold nach Berlin bringen, ist in der Zeit niemand bei dem Hybriden.«

Dennis wusste nicht, was er sagen sollte. Mit offenem Mund nach Worten ringend, wartete er auf eine weitere Aussage der Gesta-Agentin.

»Sagen Sie, geht es Ihnen gut? Sie sind heute so komisch. Ihre Abgeklärtheit fehlt Ihnen heute vollkommen.«

Dennis kam immer mehr ins Schwitzen. »Nein, alles in Ordnung. Der Hybrid hält mich nur ganz schön auf Trab. Ich denke, Sie haben schon genug über den Bengel gehört.«

Die Frau kicherte arrogant. »Ja, er versucht uns zum Narren zu halten. Denkt wohl, er ist so gerissen wie sein elendiger Vorfahre. Aber er ist nur ein jämmerlicher kleiner Pimpf, der einfach Glück hat, dass wir ihn im Augenblick noch mit Samthandschuhen anfassen müssen. Aber eines Tages wird auch er unsere Macht zu spüren bekommen.«

Dennis ging langsam etwas besser in seiner Rolle auf. Er grinste die Gesta-Agentin hämisch an. »Keine Sorge, den packen wir schon.«

Die Frau zeigte auf Dennis Rucksack. »Der Venandi dieses Bezirks hat Sie doch lediglich extern beauftragt, auf den Bengel aufzupassen, um ihn aus der Reserve zu locken. Von wem haben Sie den Auftrag erhalten, dass Sie diesen Kobold nach Berlin bringen sollen?«

Dennis hätte nie gedacht, dass es so schwer werden würde, zu Gerrits Auto zu gelangen. Er war auf so ein Gespräch nicht vorbereitet. Er hatte keine plausiblen Antworten mehr. Und Miro konnte ihm jetzt auch nicht zur Hilfe kommen. Am liebsten wäre er weggelaufen. Aber er wusste nicht, wie viele Gesta-Agenten noch im Umkreis unterwegs waren.

Die Gesta-Agentin wirkte immer skeptischer. »Was treiben Sie hier heute für ein Spiel, Herr Tharabt? Sie sind heute nicht Sie selbst. Brauchen Sie irgendetwas?«

Dennis rang mit jedem Wort, das seine Lippen verlassen wollte. Seine letzte Idee, dem Gespräch ein Ende zu bereiten, war gescheitert.

Als die Gesta-Agentin dann auch noch den Rucksack verlangte, ging es mit Dennis durch. Er riss ihn wieder aus der Hand der Frau, um endlich zu verschwinden. Nun wurde die Gesta-Agentin bestätigt, dass etwas nicht stimmte. Sie zog ihr Funkgerät heraus, um Verstärkung anzufordern.

»Ich bin Spencer Tharabt! Ich lasse mich doch nicht von einem niederen Gesta-Mitglied herumkommandieren!«

»Sie sind nicht Sie selbst. Entweder stehen sie unter einem Zauber oder Sie sind überhaupt nicht Spencer Tharabt.«

Dennis war aufgeflogen. Wenn es der Gesta-Agentin gelingen würde, ihre Kollegen zu rufen, erwartete die beiden Jungs eine furchtbare Qual.

Dennis hatte keine Wahl. Auch wenn es nicht seinem Naturell entsprach, holte er mit der Kraft von Spencers Körper aus, um die Gesta-Agentin mit einem gewaltigen Fausthieb niederzuschlagen. Der Aufprall seiner Faust auf den Wangenknochen der Agentin symbolisierte Dennis sofort, dass er gerade mit äußerster Gewalt vorgegangen war. Der eine Schlag reichte aus, damit die Gesta-Agentin bewusstlos zu Boden ging.

Dennis konnte nicht fassen, was er gerade getan hatte. Dennoch er fühlte sich im Recht. Immerhin gehörte die Frau zu der schlimmsten Verbrecherorganisation der Welt.

Miro bekam Dennis Tat im Rucksack nur am Rande mit. Vorsichtig linste der Kobold aus der Tasche, um nach dem Rechten zu sehen. Als er die bewusstlose Frau mit klaffender Platzwunde am Kopf auf dem Asphalt erblickte, machte er große Augen.

Sein nächster Blick richtete sich nach Dennis. »Warst du das?«

Dennis nickte aufgewühlt. »Ja, es musste sein.«

Auf dem Gesicht des Kobolds entwickelte sich ein vergnügtes Grinsen. »Haha, Wahnsinn! Du hast sie einfach niedergehauen. Wieso sehe ich die besten Dinge nie?«

Dennis stand noch zu sehr unter Schock, um sich zu freuen. »Wir sollten schnell hier abhauen, bevor mehr Gesta-Agenten auftauchen.«

Miro nickte und schlüpfte wieder in den Rucksack. Dennis lief mit seinem Freund im Gepäck los, um zu Gerrits Auto zu gelangen. Immer wieder gingen die Blicke nach rechts oder links. Auch nur das leiseste Geräusch ließ ihn zusammenzucken.

Zu ihrem Glück war das Ziel bereits in Sicht. Gerrits Auto stand sehr unauffällig auf dem Seitenstreifen zwischen anderen parkenden Autos. Dennis fiel die Schrottlaube dennoch sofort auf.

Gerrit war schon drauf und dran, das Auto zu verlassen. Er wartete nun bereits seit über einer Stunde auf ein Lebenszeichen der beiden Jungs. Vor lauter Aufregung verzerrte er bereits alle Kaubonbons aus seiner Tasche. Als er dann plötzlich die Gestalt von Spencer im Rückspiegel sah, wurde er noch nervöser. Dieser Mann wirkte so bedrohlich, dass Gerrit sich in den Autositz versenkte, um nicht aufzufallen.

Als dieser angsteinflößende Mann unaufgefordert die Beifahrertür öffnete, und sich dann auch noch wie selbstverständlich auf den Beifahrersitz pflanzte, flippte Gerrit aus. »Verdammt, was wollen Sie hier? Verschwinden Sie!«

Auch wenn er sich gegen dieses Kraftpaket nicht viele Chancen ausmalte, griff Gerrit an.

»Hey, lass das! Ich bin's, Dennis!«

Erst als Miro aus dem Rucksack schlüpfte, um Gerrit die Situation zu erklären, ließ er von Dennis ab. »Himmelherrschaftszeiten. Ihr habt den Sand der Verwandlung bei so einem Kerl benutzt? Seid ihr Lebensmüde?«

Dennis und Miro lachten stolz.

»Na ja, wie du siehst, haben wir es geschafft«, protzte Miro.

Gerrit startete den Wagen, um sich dann noch einmal zu den beiden zu drehen. »Seid ehrlich. Was habt ihr heute Abend gemacht?«

Bevor Miro wieder eine oscarreife Geschichte erzählen konnte, versuchte Dennis ihm zuvorzukommen. Während Gerrit schon mal losfuhr, um schnellstmöglich zum Café Brunn zu gelangen, erklärte sein Neffe ihm die ganze Geschichte. Gerrit schaute am Ende nicht schlecht, als er erfuhr, dass Roger und Karin gar nicht im Lande waren. Dazu konnte er nichts mit dem Namen Spencer Tharabt anfangen.

»Jetzt engagiert die Gesta also schon externe Dienstleister, die ihre dreckigen Geschäfte ausführen sollen«, brummte er wütend.

»Wahrscheinlich, weil sie langsam die Hosen voll haben«, meinte Miro.

»Nie im Leben. Ich glaube eher, dass das ein weiterer Plan von Roger gewesen ist«, erwiderte Dennis. Er merkte, dass er sich langsam zurückverwandelte. Er schrumpfte und bekam seine typisch elfischen Merkmale, bis er wieder völlig der Alte war.

Gerrit klopfte seinem Neffen stolz auf die Schulter. »So gefällst du mir besser, Junge.«

Dennis freute sich über das Kompliment seines Onkels und strahlte ihn mit seinen Elfenaugen an.

Schnell wurde es im Inneren des Wagens wieder ernst.

»Dennis hat auf jeden Fall recht. Roger engagiert nicht ohne Grund solch eine Person für seine Überwachung. Und er ist bestimmt auch nicht aus Jux mit meiner Schwester auf Mallorca.«

»Meinst du, dass die beiden überhaupt auf dieser Insel sind? Das würde mich wirklich wundern«, sagte Miro.

Mittlerweile verließen sie mit dem Auto die Wohnviertel von Dornsdorf. Auf den Landstraßen war es so dunkel, dass man mit den alten Scheinwerfern nicht weit sehen konnte. Trotzdem fuhr Gerrit so schnell es bei diesen Verhältnissen möglich war.

»Die beiden sind mit Sicherheit dort«, sagte Gerrit. »Roger will meiner Schwester die bestmögliche Rolle vorspielen. Ich denke, er wollte mit dieser Aktion gleich zwei Fliegen mit einer Klappe schlagen.«

»Ihm scheint ja wirklich viel an dieser Schauspielnummer zu liegen«, scherzte Miro erneut.

»Davon hängt ja auch seine Karriere ab«, antwortete Gerrit. »Durch seine legale Ehe mit Karin kann er ohne Probleme seine illegalen Aktivitäten durchführen. So kommt er leichter an Dennis heran und kann das Geschehen besser kontrollieren.«

Dennis blickte ebenfalls immer mehr durch die Machenschaften seines Stiefvaters. »Er wollte mit seinem Plan die Beziehung zu meiner Mutter stärken und mich gleichzeitig verunsichern. Durch Spencers Druck wollte er, dass ich unüberlegt flüchte, damit sie mich bis nach Noxia verfolgen können.«

Das traf den Nagel auf den Kopf. Gerrit schien stolz auf seinen Neffen zu sein. In den wenigen Wochen, seit seiner ersten Berührung mit der Fabelwelt, hatte er bereits mehr gelernt, als er es für möglich gehalten hatte. Dennoch schaffte es Gerrit nur schwer, eine gute Miene aufzusetzen.

»Ich habe von deiner Mutter ja schon viel erwartet, aber ich bin mehr als fassungslos, dass sie diese Situation zugelassen hat. Sie steht nun vollkommen unter Rogers Fittichen.«

»Meinst du, dass wir überhaupt die Chance haben, meine Mutter eines Tages auf unsere Seite zu holen? Ich bin nämlich davon überzeugt, dass sie uns eher tot sehen möchte, als uns zu vertrauen.«

»Quatsch«, reagierte Gerrit entsetzt über Dennis Aussage. »Deine Mutter liebt dich, Dennis. Sie kann es im Augenblick nur nicht so zeigen wie du es verdient hast. Wir werden einen Weg finden, um deine Mutter zur Besinnung zu bekommen. Roger scheint ihr Wohlwollen zurzeit bis an die Grenzen auszureizen. Möglicherweise macht er schon bald einen Fehler, den wir für uns nutzen können.«

»Er wollte mit Sicherheit nicht Dennis schauspielerische Fähigkeiten testen. Die sind nämlich grottig. Obwohl ich sagen muss, dass du schlagfertige Argumente hattest«, scherzte Miro, um seine Freunde ein wenig aufzuheitern.

Dennis versuchte, sowohl Miros Gelassenheit als auch Gerrits Optimismus aufzusaugen. Er selbst war ohnehin machtlos gegen die geballte Macht der Gesta, sodass er sich um seine eigene Sicherheit kümmern musste.

Das Café Brunn war bereits am Waldesrand zu erkennen. Es war das einzige Gebäude, das in dieser Umgebung in den nächtlichen Stunden erleuchtet war. Dieses wunderbare, altertümliche Haus wirkte in diesem Moment, wie auch schon so oft in der Vergangenheit, wie ein Fels in der Brandung.

Schnell parkte Gerrit das Auto in der Scheune, und die drei gingen zügig ins Gebäude, aus denen gerade die letzten Gäste einer Hochzeitsfeier zu ihren Wagen gingen. Dennis und Miro mussten schnellstmöglich durch das Tor nach Noxia gelangen. Die Gefahr spielte immer mit, dass irgendwo in der Nähe ein Gesta-Mitglied mit einem Radar lauerte, um die beiden zu orten. Um an Teresa und Heike vorbeizukommen, sprang Miro nochmals kurz in Dennis Rucksack. Die beiden Angestellten waren an diesem Abend froh, nach einer langen Schicht den Feierabend genießen zu können. Ohne Probleme gingen Gerrit und Dennis mit Miro im Rucksack an ihnen vorbei.

Dann ging es wieder schnell in den alten Kellertrakt. Auch beim zweiten Besuch war es für Dennis nach wie vor etwas Besonderes, dort zu sein. In den alten, engen Gängen hatte er immer das Gefühl, seinen Vorfahren aus längst vergangener Zeit nahe zu sein.

Auch das Prozedere, um nach Noxia zu kommen, löste in ihm immer noch eine gewisse Anspannung aus. Dieses Mal durfte er als Hüter der Fabeln zuerst das Tor durchschreiten. Wie gelernt stellte sich Dennis auf das Buch. Langsam versank er darin.

Erst als sein Körper vollständig verschwunden war, stellte sich Miro auf die heilige Fabel, um aus der Menschenwelt zu verschwinden.

Ein aufklärender Ritt

Dennis spürte wieder die angenehme Wärme auf seinem Weg durch die Fabeln.

Gut gelaunt erreichte er den hohlen Wurzelraum, welcher nach wie vor mit Laub übersät war. Nur wenige Sekunden später tauchte auch Miro auf. Gemeinsam gingen sie durch den Tunnelweg, der in die Marmorhalle führte. Endlich war Dennis wieder in der magischen Welt, die er in so kurzer Zeit lieben gelernt hatte.

In der Marmorhalle angekommen, wurde Dennis von den zwei Soldaten empfangen. Miro ließen sie wie schon zuvor links liegen.

Während die beiden Elfen die Jungs hinausbegleiteten, konnte Dennis sich erneut links und rechts die spannenden Porträts von legendären Fabelwesen ansehen. Es gab so viele verschiedene Rassen von ihnen. Von grausamen Ungeheuern wie Drachen und Zentauren bis hin zu heldenhaften Zwergen und Elfen, war alles vertreten. Wie gerne hätte Dennis alle dazugehörigen Geschichten gehört. Er wollte so viel wie möglich über Fabelwesen lernen.

Zunächst gab es für die beiden Jungs draußen vor der Marmorhalle aber eine Überraschung. Vor der Eingangstür wartete Flynn bereits gespannt auf die beiden. Der Anblick seines strahlenden Helden ließ Dennis Sorgen verblassen. Noch nie war er so froh, jemanden wiederzusehen. Direkt hinter seinem Vater stand sein treuer Greif Benji, der Dennis und Miro skeptisch beäugte. Er hob mehrmals seine Vorderbeine und schrie laut auf.

Dennis, der gerade fröhlich auf seinen Vater zulief, erschrak und wich ängstlich zurück, während Miro entspannt auf Benji zuging.

Flynn gab seinem Sohn eine vertrauliche Handgeste, um ihn zu beruhigen. »Du musst keine Angst haben. Benji ist anfangs bei jedem Fremden skeptisch. Doch er tut niemandem etwas zuleide.«

Dennis beobachtete, wie der Greif auf Miro reagierte. Der Kobold wollte wieder seine Abgeklärtheit zur Schau stellen, indem er ungestüm auf das Tier zulief, um es zu streicheln. Dies gefiel Benji jedoch gar nicht. Mit seinem gewaltigen Schnabel stieß er den Koboldjungen weg, und er fiel mit dem Hinterteil voran in das feuchte, blaue Moos.

»So wie Miro sollte man es dann doch nicht handhaben«, scherzte Flynn.

Dennis gab sich einen Ruck und ging behäbig auf seinen Vater und das imposante Tier zu. Er blieb etwa drei Meter vor ihnen stehen und beobachtete genau, was das Tier als Nächstes tat. Benji neigte fragend den Kopf, da er Dennis Körpersprache offensichtlich nicht verstand.

Flynn musste schmunzeln. »Komm etwas näher und halte deine Hand in Richtung seines Schnabels. Wenn er sie berührt, akzeptiert er dich.«

Dennis holte tief Luft. Da er Rechtshänder war, nutzte er vorsichtshalber seine linke Hand, um sie in Richtung des Greifen zu halten. Benji bewegte seinen Schnabel vorsichtig in Dennis Richtung und stupste seine Hand ganz leicht an. Dennis war begeistert. Das Tier schien ihm tatsächlich freundlich gesinnt zu sein. Nun konnte er es zum ersten Mal aus nächster Nähe betrachten. Für ihn war es unfassbar, dass dieses Tier fliegen konnte. Neben seiner sehr kräftigen Statur war der Greif lediglich auf dem Kopf und seinen Flügeln mit Federn bestückt. Der restliche Körper war mit braunem Fell überzogen. Es sah makellos aus. Nur ein paar kleine Schrammen auf seinem riesigen, senfgelben Schnabel waren die Ausnahme.

Dennis war sich nun sicher, das Tier streicheln zu können. Behutsam strich er mit seiner linken Hand durch das dichte Federkleid des Greifenkopfes. Benji gefiel dies sehr. Er neigte seinen Kopf und schloss entspannt seine Augen. Dennis bekam ein Kribbeln im Bauch. Er spürte eine tiefe Verbindung zu dem Tier.

Dies stimmte auch seinen Vater froh. »Ich war mir sicher, dass er dich lieben wird. Benji ist schon seit über achtzig Jahren in unserem Familienbesitz. Dein Urgroßvater Wirmus hat ihn vom damaligen Oberelf geschenkt bekommen, als er zu einem Fürsten der Monddämmerung ernannt wurde. Seither ist er der treue Begleiter des jeweils Ältesten unserer Familie.«

Dennis war beeindruckt. »Wow, dann ist Benji aber ein ganz schön alter Greif, was?«

Flynn nickte und schaute wehmütig zum Nachthimmel. »Ja, er hat schon einiges durchlebt. Selbst wenn er eines Tages nicht mehr fähig sein wird, für wichtige Missionen zu fliegen, werde ich ihn bis zu seinem letzten Atemzug hegen. So hätte es auch dein Großvater getan.«

Bevor Dennis eine Frage bezüglich seines Großvaters stellen konnte, mischte sich Miro ins Geschehen ein. Der Koboldjunge war wieder auf den Beinen und schüttelte die Reste des feuchten Mooses aus seinem Anzug. Dennis war innerlich froh, dass Miro dieses Mal nicht mit seiner forschen Art durchkam.

»Ich möchte nicht unhöflich sein, aber was macht ein Fürst der Monddämmerung um diese Zeit hier? Durch die Komplikationen hättest du überhaupt nicht wissen können, wann wir kommen«, sagte Miro gewohnt direkt.

Flynn schmunzelte und zeigte auf seinen Greifen. »Ich hatte ausnahmsweise mal etwas weniger zu bewerkstelligen und habe mich deshalb dazu entschieden, euch abzuholen.«

Dennis konnte sich vor Freude kaum auf den Beinen halten. Erst überraschte ihn sein Vater vor der Tür und dann durfte er heute auch zum ersten Mal in seinem Leben mit einem Greifen fliegen. Miros folgender Gesichtsausdruck ließ vermuten, dass er das Fliegen auf einem Greifen nicht bevorzugte.

»Bevor wir losfliegen, möchte ich wissen, was passiert ist«, sagte Flynn.

»Lange Geschichte«, entgegnete Miro.

»Miro, ich habe dich am Nachmittag losgesandt, um mit Gerrit zu sprechen. Danach solltest du gemeinsam mit Dennis zurückkehren. Ich glaube kaum, dass du für diese Aufgabe mehr als vier Stunden benötigt hast.«

Dennis und Miro erzählten Flynn von den Geschehnissen in der Menschenwelt.

Flynn schien äußerst besorgt. »Ich bin froh, dass ihr erst einmal hier in Sicherheit seid. Ich werde mich direkt morgen mit Gerrit zusammensetzen. Wir können gegen die Gesta nicht weiter so agieren.«

Flynns Schweißperlen ließen auch Miro und Dennis nicht kalt. Bevor sich die drei noch weiter mit dem Negativen befassten, lud Flynn die beiden Jungs zu einem Flug auf seinem Greifen ein. Der Monddämmerungsfürst erklärte ihnen genau, wie sie sich dem Tier gegenüber verhalten sollten. Ohne schnelle Bewegungen stiegen zuerst Miro und dann Dennis mit Flynns Hilfe auf das riesige Flugreittier.

Zum Schluss sprang Flynn elegant zu ihnen. »Seid ihr bereit?«

Dennis nickte, während Miro die Frage verkrampft ignorierte. Flynn zog an den Zügeln und schon sprang der Greif in die Lüfte. Er streckte seine gewaltigen Flügel aus und stieg immer weiter empor.

Dennis bekam ein Kribbeln im Bauch. Der einzigartige Zauberwald sah in der Nacht sogar noch schöner aus als am Tag. Überall pulsierten Pflanzen in verschiedenen Farben und erhellten den Wald in einen wunderschönen Glanz.

Der Greif stieg über die großen Baumkronen, damit die drei eine wundervolle Perspektive auf den magischen Wald bekamen. Davon hatte Dennis sogar noch vor wenigen Tagen geträumt. In der Realität war es sogar noch schöner. Elegant glitten sie über das nächtliche Biotop. Nur selten schlug der Greif mit seinen Flügeln, um seine Höhe beizubehalten. Dennis fühlte sich so frei wie nie zuvor. Er ließ seinen Gefühle freien Lauf und jubelte mit ausgestreckten Armen frenetisch in den Nachthimmel.

Flynn drehte sich zu seinem Sohn und sah ein Funkeln in seinen Augen. »Na, wie gefällt es dir?«

»Es ist besser als in meinen Träumen«, antwortete Dennis begeistert. Es war für ihn schwer, die richtigen Worte zu finden.

»Der erste Flug mit einem Greifen war für mich auch etwas ganz Besonderes. Es ist selbstredend nicht so komfortabel wie eine Luxuskutsche, aber dafür ist man beträchtlich schneller und freier unterwegs. Dazu ist die Aussicht gepaart mit den Emotionen durch nichts zu ersetzen.«

Dennis bekam gar nicht genug von der beleuchteten Kulisse. Doch nicht nur der Wald und der gigantische Baum Noxia waren zu sehen. In der Luft konnte er trotz Dunkelheit ein paar fliegende Kreaturen erkennen.

»Was sind das alles für Dinger?«, fragte Dennis.

»Das zu unserer Rechten ist ebenfalls ein Greif. Es ist in der Dunkelheit schwer zu erkennen, ob es sich dabei um ein wildes Exemplar handelt oder nicht. Der kleine Schwarm direkt vor uns sind Sambis«, antwortete Flynn.

Dennis versuchte, sich den Schwarm genauer anzusehen. Sie machten seltsame, helle Geräusche, die ein unangenehmes Piepsen in seinen Ohren verursachten. Diese Sambis hatten Ähnlichkeiten mit großen Raubvögeln, jedoch hatten sie statt Flügeln Flughäute, mit denen sie rasend schnell flatterten. Durch die schnellen Bewegungen der Flughäute entstand dieses unerträgliche Geräusch, das man nie vergessen sollte.

»Weißt du, dein Großvater hat mich immer mit Benji auf die Jagd mitgenommen, als ich in deinem Alter war. Jetzt, wo ich dich mitnehme, kommen mir diese schönen Erinnerungen wieder hoch«, sagte Flynn berührt.

»Hat dir Opa auch alles beigebracht, was du jetzt kannst?«

»Ja, obwohl er selten Zeit für mich erübrigen konnte, nutzte er jede freie Sekunde, um sie mit mir und unserer Familie zu verbringen.«

»Ich habe gehört, dass Opa auch ein mächtiger Krieger gewesen ist.«

»Das wäre noch untertrieben. Er war der mächtigste Krieger, der mir je unter die Augen gekommen ist. Entgegen seines Ruhms blieb er immer Weise und Bodenständig. Selbst, als er das Angebot bekam, den Oberelfen für eine gewisse Zeit zu vertreten, lehnte er dieses ab. Er strebte nie nach Macht, sondern lediglich danach, das Gleichgewicht der Natur zu bewahren.«

Dennis versuchte, sich immer mehr ein Bild von seinem Großvater zu machen. Wie gerne hätte er ihn kennengelernt.

Flynn sah Miro während des Gesprächs im Augenwinkel. Der Kobold wirkte gar nicht amüsiert über den Flug.

»Miro, ist dir nicht gut? Soll ich langsamer fliegen?«

Noch bevor Flynn seinen Satz beendet hatte, drehte Miro seinen Kopf zur Seite, um sich in Richtung Boden zu übergeben.

Flynn zog sofort an den Zügeln, um den Greifen zu verlangsamen. »Wieso sagst du uns nicht, dass dir das Fliegen nicht bekommt?«

Miro stützte sich nochmals zur Seite, um seinen restlichen Mageninhalt zu verlieren. In diesem Moment schlug der Greif kräftig mit den Flügeln, sodass Miro und Dennis ihren Halt verloren.

Miro verlor dabei seinen Zylinder. »Verdammt!« Er musste mitansehen, wie sein Lieblingskleidungsstück in der Krone eines riesigen Baums landete.

Flynn wendete sofort den Greifen und flog zu dem Baum mit den herzförmigen Blättern, hielt jedoch einen gewissen Abstand zu ihm. »Haltet euch fest«, sagte er und stellte sich elegant auf sein Flugreittier. Der Elfenfürst schloss die Augen und spreizte seine Hände in Richtung des Baumes. Dennis wusste dieses Mal, was sein Vater vorhatte. Er wollte, wie damals, eine Verbindung zu dem Baum aufbauen.

Miro war hingegen nur froh, dass sie sich gerade nicht bewegten.

Zu Dennis Überraschung schoss der Baum plötzlich seine Blätter in ihre Richtung. Als Miro völlig in Panik versetzt aufschrie, wusste Dennis, dass hier etwas nicht stimmte. Wie Rasierklingen bahnten sich diese Blätter ihren Weg durch alles, was ihnen in den Weg kam.

»Duckt euch«, ordnete Flynn an, während er seine Hände noch weiter ausstreckte.

Wie aus Zauberei flogen die scharfen Blütenblätter genau vor dem Greifen zur Seite ab, um dann zu Boden zu fallen. Dennis und Miro sahen fassungslos, was die scharfen Blätter des seltsamen Baumes angerichtet hatten. Sämtliches Dickicht, das zwischen ihnen und dem ungeheuren Baum lag, wurde zerfetzt.

»Was war das denn gerade?«, fragte Dennis erschrocken.

»Das war ein Spuckbaum«, antwortete Miro, der ebenfalls noch seine Gedanken sortierte.

»Deswegen bin ich nicht zu nah herangeflogen«, erklärte Flynn. »Der Baum schützt seine leckeren Spuckfrüchte, indem er seine messerscharfen Blütenblätter auf seine Eindringlinge schießt.«

Dennis war beeindruckt und verängstigt zugleich. In der Fabelwelt schien es viele Gefahren zu geben, von denen er noch nichts ahnte. Woher auch, da solche Bäume in der Menschenwelt nicht existent waren.

Der Spuckbaum hatte durch seinen Angriff fast all seine Blätter verloren. Man konnte nun selbst in der Nacht den smaragdgrünen Zylinder in dem Geäst erkennen.

Flynn blieb auf dem Greifen stehen und zog mit einer Geste einen dicken Ast des Spuckbaums zu sich. Dennis war völlig beeindruckt von den Fähigkeiten seines Vaters. Ohne sich irgendwo festzuhalten, glitt Flynn auf dem Ast in Richtung Baumkrone, in der sich der Zylinder befand. Er zog ihn heraus und glitt zurück zum Greifen. Entspannt, als sei nichts gewesen, überreichte Flynn dem Koboldjungen seine Kopfbedeckung.

»Vielen Dank, Flynn«, strahlte Miro. »Du bist wirklich der Meister der Natur.«

Flynn fühlte sich geschmeichelt, ging aber nicht weiter darauf ein. »Versuch mir nur beim nächsten Mal Bescheid zu geben, wenn es dir nicht gut geht.«

»Du hast ja recht, Entschuldigung«, sprach Miro reumütig. »Ich muss euch leider gestehen, dass mich eine sehr starke Flugangst plagt.«

»Das ist doch nichts Verwerfliches, wofür man sich schämen sollte«, erklärte Flynn.

»Genau. Ich habe viele Ängste, aber ich möchte an ihnen arbeiten, statt sie immer zu verstecken«, gab Dennis aufmunternd zu.

Miro war überglücklich. In Flynn und Dennis fand er zwei äußerst verständnisvolle Personen.

Flynn setzte sich wieder an die Zügel, und der Greif flog nun gemächlicher weiter. Die Stadt war nur noch ein paar Flügelschläge entfernt. Die Innenstadt, die trotz der späten Stunde immer noch belebt war, konnte man bereits erkennen.

Dennis konnte es kaum erwarten, seine erste Nacht in Noxia zu verbringen. »Wo wohnst du eigentlich, Papa? Direkt im Schloss oder außerhalb?«

Flynn zeigte auf den Lebensbaum. »Mein Haus liegt hinter dem Schloss. Und schon bald wirst du dort auch ein Abteil dein Eigen nennen dürfen.«

»Moment mal, bald? Wo soll ich denn jetzt hin?«

Auch Miro wirkte verwundert über Flynns untypischen Organisationsausfall.

»Keine Sorge, Jungs«, antwortete Flynn mit zuversichtlichem Lächeln. »Ich habe bereits mit deinen Eltern gesprochen, Miro. Dennis darf so lange bei euch im Haus nächtigen, bis sein Abteil fertig ist.«

Dennis wusste noch nicht ganz, was er von der Idee halten sollte.

Miro hingegen war sehr euphorisch. »Ja, super. Dennis, du kannst gerne mit in meinem Zimmer schlafen.«

Dennis versuchte, seine Verunsicherung beiseitezulegen und lächelte Miro und seinen Vater an. »Ja, gerne. Es wird bestimmt interessant, den Alltag einer Koboldfamilie kennenzulernen.«

Der Greif flog mit den drei Passagieren über die Waldgrenze. Nun waren sie direkt über der Stadt. Die wunderschönen Leuchtkugeln strahlten in einem warmen, orangefarbenen Ton. Ein ungewohnt heimisches Gefühl überkam Dennis. Er fühlte sich sicher und geborgen. Hier gab es zwar heimtückische Bäume und wahrscheinlich auch viele weitere tödliche Gefahren, aber dass alles war für ihn nichts im Vergleich zu der Bedrohung, welche die Gesta ausstrahlte.

Flynn ging mit seiner flachen Hand unter seine Rüstung und holte kurz darauf einen kleinen Beutel heraus. »Hier, für dich, mein Sohn«, sagte er stolz und reichte Dennis den Beutel.

Für seine Größe war er sehr schwer. Neugierig öffnete Dennis den Beutel, indem er an der roten Schleife zog. Darin befanden sich dutzende Gold- und Silbermünzen.

Miro, der bereits einen Verdacht hatte, drängte sich zwischen Dennis und Flynn, um eifersüchtig auf den Inhalt des Beutels zu starren. »Verdammt, dass müssten doch bestimmt dreißig Gulden sein.«

»Vierunddreißig Gulden und fünf Noxen, um genau zu sein«, sagte Flynn.

Dennis hatte zwar noch keinen Sinn für diese Währung, allerdings konnte er erahnen, dass es sich hier um ein kleines Vermögen handelte. »Wofür soll das sein, Papa?«

»Ein kleines Taschengeld«, erklärte Flynn zufrieden. »Mir ist wichtig, dass du Noxia in all seinen Facetten kennenlernst. Und ohne Zahlungsmittel bekommt selbst der berühmte Hüter nicht viel.«

Miro sah sofort seine Chance, etwas abzugreifen. Immer wieder versuchte er gierig mit seinen Fingern eine der Münzen zu berühren. »Weißt du, diese Silbermünzen nennt man Noxen und die goldenen werden Gulden genannt. Zehn Noxen haben den Wert einer Gulde. Mit einer Gulde kann man hier in Noxia bereits eine Menge anfangen. Die meisten Bürger reden deshalb meist nur in Noxen, da Gulden zu viel wert sind. Ich denke, ich sollte ihn als Pate überall hinbegleiten, gerade wenn es um die Finanzen geht?«

Flynn nickte. »Ja, das ist deine Aufgabe. Ich verlasse mich auf dich, Miro.«

»Wie, Pate? Was soll das bedeuten?«, fragte Dennis.

Flynn sah verdutzt zu Miro. »Du hast ihm noch nichts davon erzählt?«

Miro lief rot an. »Ich dachte, wir wollten es ihm zusammen erzählen? Ich habe mit Gerrit darüber gesprochen. Und auch er hat während Dennis Anwesenheit kein Wort darüber verloren.«

»Na ja, sei's drum«, meinte Flynn. »Jetzt erfährt er es ja.«

Dennis wusste immer noch nicht, worum es gerade ging. »Heißt das etwa, dass du nicht bei meinen ersten Erfahrungen in Noxia dabei sein wirst?«

Dennis wurde traurig, als er den ernsten Gesichtsausdruck seines Vaters sah.

Flynn streichelte seinem Sohn aufmunternd durch die Haare. »Du musst wissen, dass ich eine wichtige Position in diesem Reich innehabe. Aber ich werde selbstverständlich versuchen, bei so vielen Dingen wie möglich dabei zu sein.«

»Und ich habe mich so sehr darauf gefreut, dass wir beide viel Zeit miteinander verbringen können«, seufzte Dennis.

»Ich werde mir alle Mühe geben, um so viel Zeit wie möglich herauszuschlagen. Aber ich denke, du verstehst dich bereits bestens mit Miro. Er wird dich von nun an bei deinen Reisen durch die Fabelwelt begleiten. Ihr seid im ähnlichen Alter, weshalb ich der Meinung bin, dass du so unsere Welt am lebendigsten erfährst.«

Miro räusperte sich laut, um die Aufmerksamkeit der beiden zu erlangen. »Ich würde sogar behaupten, dass wir beide bereits ein eingespieltes Team sind. Erinnere dich daran, wie wir den Fleischklops umgehauen haben.«

Dennis schmunzelte. Auch wenn er Miro in vielerlei Hinsicht für einen eingebildeten Gesellen hielt, gab es eine Art Verbindung zwischen ihnen. Eventuell war diese die beste Voraussetzung für eine kommende Freundschaft.

Dennis verstand, warum sein Vater nicht rund um die Uhr bei ihm sein konnte. Den Titel als Fürst der Monddämmerung zu besitzen, brachte auch eine Menge Verantwortung und Zeitaufwand mit sich.

Er freute sich sehr über den Geldbeutel und stopfte ihn in seine enge Hosentasche, sodass die Hälfte noch herausragte. »Ich freue mich auf jeden Fall auf die gemeinsame Zeit mit dir, Miro.«

Miro strahlte entzückt und beide Jungs gaben sich freundschaftlich die Hand. Flynn lächelte zufrieden über das Zusammenwachsen der beiden.

Zu seinem Bedauern war der Flug beinahe zu Ende. Der Greif ließ das Stadtzentrum hinter sich und die gemütlichen Wohnviertel mit ihren engen Gassen kamen zum Vorschein. Die Beleuchtung in diesem Teil der Stadt war bei weitem nicht mehr so üppig.

Von den wohlhabenden Vierteln ging es nun zu den ärmeren Bauerngegenden, in denen zum Großteil Kobolde, Oger und Spodos lebten. Dennis erkannte sofort, dass auch in der Fabelwelt ein soziales Ungleichgewicht herrschte. Miro lenkte ihn von den Gedanken ab, indem er ihn vollquatschte, was die beiden heute Nacht bei ihm im Zimmer so alles anstellen könnten.

Der Gedanke, dass die beiden Jungs in dieser Nacht kaum ein Auge zubekommen würden, ließ Flynn in diese Konversation eintreten. »Tut mir leid, Jungs, aber morgen beginnt Dennis Ausbildung. Da sollte er definitiv ausgeschlafen sein.«

Dennis hatte beinahe vergessen, dass seine Ausbildung zum Elfen ja noch bevorstand. »Morgen fange ich schon an?«

»Ja, natürlich«, antwortete Flynn.

»Du bist ja nicht nur zum Spaß hier«, sagte Miro.

»Bei der aktuellen Situation sollte man so früh wie möglich anfangen. Wir wollen dir ja möglichst viel Zeit geben. Außerdem benötigst du womöglich etwas Gewöhnung, um mit deinem Lehrmeister perfekt zu harmonieren.«

Dennis blinzelte verdutzt. »Wieso das? Ich dachte, du bringst mir alles bei?«

Flynn musste seinen Sohn erneut enttäuschen. »Deine Ausbildung ist Zeitintensiv, Dennis. Du brauchst einen Lehrer mit Macht, Erfahrung und Geduld. Er muss ohne Druck auf deine Stärken und Schwächen eingehen. Das bekomme ich durch meine Aufgabe als Fürst leider nicht zusammen.«

Dennis Enttäuschung war groß. Er wollte die Fähigkeiten eines Elfen unbedingt von seinem Vater lernen. Dass dies nun ein Fremder übernehmen sollte, passte ihm nicht.

Dennis Unsicherheit über sein vorhandenes Talent brachte diese neue Erkenntnis auch wieder zum Vorschein. »Ich bin mir immer noch nicht sicher, ob ich für so etwas geeignet bin.«

»Soll das ein Witz sein«, redete Miro plötzlich dazwischen. »So geistesgegenwärtig, wie du diesen Spencer zu Boden bekommen hast, bist du bestens für diese Aufgabe geeignet. Du bist der geborene Krieger.«

Dennis freute sich über den Zuspruch und die Komplimente.

Auch sein Vater, der immer noch ein Flugreittier zu führen hatte, behielt seine Aufmerksamkeit weitestgehend bei seinem Sohn. »Er hat recht. Du trägst die Gene des berühmtesten Hybriden aller Zeiten in dir. Und wenn du etwas von meinem und von Großvaters Talent geerbt hast, sollte die Ausbildung überhaupt kein Problem für dich darstellen.«

»Also seid ihr euch sicher, dass ich das packe?«

Sowohl Flynn als auch Miro nickten Dennis zuversichtlich zu.

»Ich bin mir sogar sicher, dass du richtig Gefallen daran finden wirst. Das Erlernen dieser Fähigkeiten wird dich reifen lassen«, merkte Flynn stolz an.

Natürlich hatte sein Vater recht. Dennis plagte lediglich der Druck, eines Tages das Weltentor beschützen zu müssen.

Flynn zog plötzlich kräftig an den Zügeln. Der Greif kreischte auf und blieb auf der Stelle in der Luft stehen.

»Da wären wir, Jungs«, sagte Flynn und zeigte nach unten.

Im Dunkeln war kaum etwas zu erkennen. Dennis konnte nur die Umrisse einer Häuserreihe erkennen. Sie waren mit kleinen Laternen gekennzeichnet.

Flynn ließ den Greifen mit einer gekonnten Zügelbewegung langsam zu

Boden sinken.

Miro tippte Dennis leicht auf die Schulter, damit dieser sich zu ihm umdrehte. »Ähm, nur damit du es weißt. Meine Eltern werden sicherlich gleich so tun, als seien sie zwei normale Bauerntrampel vom Lande. Aber in Wirklichkeit sind beide Geheimagenten, die nicht erkannt werden möchten«, flüsterte der Kobold Dennis zu.

Flynn konnte Miros Worte durch seine Elfenohren bestens mithören und musste schmunzeln. Dennis ahnte bereits, was dies zu bedeuten hatte. Eine weitere ausgedachte Geschichte seines kleinen Freundes. Warum tat er das? Dennis fragte gar nicht erst nach, da er es in wenigen Minuten ohnehin erfahren würde.

Sie waren nun fast am Boden angelangt. Dennis konnte endlich mehr erkennen. Sie befanden sich auf einem großen Feld voller Tiere und Pflanzen. Um dieses Feld herum standen alte kleine Bauernhäuser, die Ähnlichkeit mit dem Café Brunn hatten. Wahrscheinlich waren sie genauso alt. Viele von ihnen besaßen sogar noch Strohdächer.

Der Greif landete und die drei konnten behutsam absteigen.

»So, ich werde euch morgen genau hier abholen. Am späten Vormittag«, sagte Flynn, um sich anschließend von den beiden zu verabschieden.

»Okay, wir werden bereit sein«, sagte Miro beflügelt.

»Wie genau soll das morgen ablaufen?«, fragte Dennis.

»Morgen werde ich dir die Details erklären. Dann werde ich dich mit deinem Lehrer bekannt machen«, antwortete Flynn.

Weder Dennis noch Miro wussten, wen der Fürst damit meinte. Gerade Dennis fragte sich, wer ihm in den nächsten Jahren das Wichtigste lehren sollte.

Flynn ließ die Jungs damit noch im Dunkeln und stieg elegant zurück auf Benji, um mit ihm seine Heimreise anzutreten. Der Greif stieg in den Himmel empor, um in der nächtlichen Dunkelheit zu verschwinden.

Zu Gast bei Freunden

Miro führte Dennis zu seinem Haus. Es war das kleinste Holzhaus der Siedlung. Es war auffällig mit vielen Flicken aus Lehm und alten Holzbrettern versehen. Man bemerkte sofort, dass dieses Haus von kleinen Wesen bewohnt wurde. Es war bedeutend kleiner als die Menschenhäuser, die Dennis kannte. Das gesamte Grundstück um das Haus herum war wiederum sehr großflächig. Auf dem Weg zum Haus gingen die beiden an vielen Tieren vorbei, die Dennis an einen Bauernhof erinnerten. Leider konnte man im Dunkeln nicht alle Tierarten identifizieren.

»Sag mal Miro, betreibt ihr so etwas wie einen Bauernhof?«

Miro war diese Frage merkbar unangenehm. Er räusperte sich mehrmals, bis er die richtigen Worte fand. »Ja, so etwas in der Art. Aber der Verkauf von tierischen Produkten ist nur unser Nebengewerbe.«

Sie kamen endlich auf dem Vorhof der Hütte an. Die Tür war so alt und morsch, dass Miro vorsichtig klopfen musste, um sie nicht zu zerstören. Für Dennis waren es lediglich ein paar zusammengeklöppelte Holzbretter, die mit einer Türklinke versehen war. Er war nun sehr gespannt auf Miros Eltern. Dass sie keine Geheimagenten waren, konnte er ahnen.

Nach ein paar Sekunden hörte man leise Schritte, die sich näherten. Dann öffnete ein kleines, pummeliges Wesen mit dunkelroten Haaren die Tür. Sie war genauso klein wie Miro und hatte ebenfalls dieses breite Gesicht, die spitze Nase sowie die übergroßen, dunklen Kulleraugen.

´Das muss auf jeden Fall Miros Mutter sein´, dachte sich Dennis.

Anders als sein Koboldkollege trug sie keinen Zylinder und auch keinen altmodischen Anzug. Stattdessen belegten ein langer, grauer Kittel und eine Kochschürze, die ihren rundlichen Bauch etwas verdeckte, ihren Körper.

Die Koboldame strahlte, als sie Miro und Dennis sah. »Ach, ihr seid es«, sagte sie freundlich und umarmte sowohl Miro als auch Dennis.

Dennis wurde regelrecht von der kleinen Frau überrumpelt.

»Kommt rein, Kinder.«

Dennis betrat das Haus und wurde in seiner Vermutung bestätigt. Alles in dem Gebäude war für Kobolde eingerichtet. Die Deckenhöhe betrug nicht mehr als eineinhalb Meter und die Garderobe ging Dennis gerade mal bis zur Brust.

»Du musst Dennis sein. Flynn und Miro haben mir schon viel über dich erzählt«, führte die Koboldame völlig aus dem Häuschen an.

Dennis war etwas überrascht von der übertriebenen Herzlichkeit der Koboldfrau und musste sich einen Augenblick sammeln, um überhaupt ein Wort herauszubekommen. »Genau, ich bin Dennis Brunn. Der Hybrid. Es freut mich, Sie kennenzulernen«, sagte er höflich.

»Ich bin Margarete, Miros Mutter. Aber die meisten nennen mich einfach Maggie«, sagte die Koboldame stürmisch.

Miro war das Auftreten seiner Mutter sichtlich peinlich. »Mutter, Dennis hatte einen anstrengenden Tag mit lauter Gesta-Agenten und einem Söldner, der uns umbringen wollte.«

Maggie sah die beiden Jungs voller Entsetzen an. »Ach du meine Güte, wirklich?« Die Koboldfrau sah Miro enttäuscht an und schüttelte den Kopf. »Das hast du nun davon. Wärst du nicht auf die schiefe Bahn geraten, würdest du jetzt nicht dein Leben riskieren müssen, um deinen Kopf aus der Schlinge zu ziehen.«

Maggie brach in Tränen aus und fiel auf die Knie.

´Diese Frau ist wohl sehr impulsiv´, dachte Dennis.

Miro sprang sofort zu seiner Mutter, um sie zu trösten. »Nein, Mutter, dass stimmt nicht. Diese Aufgabe ist meine Bestimmung. Die Bestimmung, um endlich aus dem tristen Leben eines gewöhnlichen Kobolds zu treten.«

Maggie war nicht zu trösten. Sie kreischte bei jedem weiteren Erklärungsversuch Miros noch lauter. »Was habe ich nur bei deiner Erziehung falsch gemacht? Wieso kannst du nicht ein normaler Kobold sein, der darauf pocht, eines Tages das Geschäft seiner Eltern zu übernehmen?«

»Weil ich keine Lust auf ein Koboldleben habe, Mutter! Das habe ich dir schon tausende Male gesagt! Ich möchte da oben im Schloss leben!«

»Und das ist der Grund, die Grenzen des Gesetzes so auszureizen? Sie sogar zu brechen? So kommst du zu überhaupt nichts!«

Dennis hätte sich in diesem Moment am liebsten aus dem Staub gemacht. Sein erster Eindruck von der Koboldfamilie war alles andere als gut. Seine unangenehm berührte Miene sorgte zumindest dafür, dass Miro und seine Mutter voneinander abließen, um sich um ihren Gast zu kümmern.

»Ich freue mich, dass du hier bist, Dennis. Du siehst deinem Vater übrigens unglaublich ähnlich. Du wirst eines Tages mal ein stattlicher Elfenmann«, sagte Maggie.

Dennis lächelte immer noch überfordert. »Danke.«

»Normalerweise würde ich dich gerne einmal durch unser Haus führen, aber ich denke, wir verschieben das auf morgen. Es ist spät, ihr zwei solltet längst im Bett sein«, sagte Maggie.

Sie sprach Dennis aus der Seele. Er war mittlerweile todmüde und wollte einfach nur schlafen. Miro hingegen wollte am liebsten noch die ganze Nacht aufbleiben. Doch nicht in Gegenwart seiner Mutter.

Nach einer weiteren herzlichen Umarmung Maggies und einem: »Gute Nacht, ihr Süßen«, ging es zu einer Wendeltreppe am Ende des Flurs. Diese sah neben ihrer geringen Größe auch stark einsturzgefährdet aus. Dennis tastete sich vorsichtig nach oben vor. Miro schien mit seinem Fliegengewicht keinerlei Probleme zu haben. Die Treppe knarzte bei ihm nicht einmal.

Die beiden oberen Etagen sahen noch älter aus als das Erdgeschoss. Überall stachen alte Holzbretter und Löcher ins Auge, durch die der Wind pfiff. Dennis fand den Geruch dort unangenehm. Es roch so stark nach Schimmel und morschem Holz, dass er sich nicht sicher fühlen konnte.

Miro blieb plötzlich vor einer dunklen Holztür stehen. »So, da wären wir.«

Dennis hatte im Augenblick mehr das Gefühl, in einem alten Spukhaus zu stecken. Jede seiner Bewegungen wurde mit unangenehmen Geräuschen bestraft.

Miro drehte an dem Türknauf und öffnete die schwergängige Tür, die dringend einmal geölt werden musste. Zum Vorschein kam zu Dennis Überraschung ein gemütliches, kleines Zimmer. Der Boden war mit einem braunen Fellteppich überzogen. Ein großes, dunkles Holzbett schmückte die rechte Ecke des Zimmers, während auf der linken Seite ein Tisch mit zwei Stühlen stand.

Die Einrichtung war so klein, dass Dennis auf den Stühlen aussah wie ein Hüne. Und dass, obwohl er für sein Alter doch selbst so unglaublich klein war. Aber menschliche oder elfische Normen suchte man in der

Größenordnung der Kobolde vergebens. Für Dennis eine willkommene Abwechslung, sich endlich einmal groß zu fühlen.

Der Großteil des Zimmers war durch und durch mit Bücherregalen und einem offenen Kleiderschrank ausgestattet. Es roch in Miros Reich bei weitem nicht so muffig wie im Rest des Hauses.

»Ich hoffe, du fühlst dich in meinem Zimmer wohl?«, fragte Miro verunsichert.

Dennis strahlte. Er fühlte sich in diesem Zimmer so wohl wie in keinem anderen Teil des Hauses. »Es ist toll hier. So habe ich mir ein Zimmer in einem Fabelhaus vorgestellt.«

Miro lächelte erleichtert und die beiden legten ihre Sachen ab. Miro zog sich daraufhin seinen Anzug aus und schlüpfte in etwas Bequemeres. Mit schwarzer Stoffhose und einem weißen Leinenshirt sah er aus wie ein anderer Kobold. Dennis musste bei dem Anblick schmunzeln.

»Was ist?«, fragte Miro verwundert.

»Mit normalen Klamotten kenne ich dich gar nicht.«

Jetzt musste auch der Kobold kichern. »Denkst du etwa, ich gehe mit Anzug ins Bett?«

»Natürlich nicht. Aber es ist trotzdem lustig, dich mal in solchen Klamotten zu sehen.«

Während Miro seinen getragenen Anzug ins Wäschezimmer nebenan brachte, schaute sich Dennis genauer im Zimmer um. Sein neugieriger Blick wanderte zuerst zu den Bücherregalen. Diese waren voll mit altertümlichen Werken, deren Schrift Dennis allerdings nicht lesen konnte. Erneut war das Hindernis die Fabelschrift, die so anders war als alles, was er jemals zu Gesicht bekommen hatte.

´Hoffentlich lerne ich diese Schrift ganz schnell.´

Bevor Dennis die Kleidungsstücke in Miros Schrank genauer betrachten konnte, kam der Kobold wieder ins Zimmer. »Schade, dass du die falsche Kleidergröße hast. Ein paar ordentliche Kleider würden dir echt guttun«, meinte er erheitert.

Doch Dennis wäre wohl lieber nackt herumgelaufen, anstatt diese altmodischen Klamotten zu tragen. Doch um eine unnötige Diskussion zu vermeiden, beließ er es bei Miros Aussage.

Miros Bett war zu Dennis Erleichterung groß genug, um beiden problemlos einen gemütlichen Schlafplatz zu ermöglichen. Dennis freute sich schon auf die erste Nacht in dieser für ihn Neuen Welt.

Die beiden legten sich gemütlich ins Bett. Dennis konnte selbst in liegender Position aus dem verhältnismäßig großen Fenster schauen. Dieses war so niedrig angelegt, dass ein Kobold ohne Erhöhung hinausschauen konnte. Der Mond schien direkt ins Zimmer. Ob das wohl der gleiche Mond wie in der Menschenwelt war? Dennis hatte so viele Fragen, die noch unbeantwortet waren.

Er wollte gerade seine Augen schließen, als Miro ihn antippte. »Du musst meine Mutter entschuldigen«, erklärte er mit geröteten Wangen. »Durch ihre Arbeit als Geheimagentin fällt es ihr schwer, ihre Rolle als Hausfrau anzunehmen.«

Dennis schmunzelte, sagte aber lieber nichts und nickte. »Ich möchte unbedingt alles über diese Welt lernen. Auch über euch Kobolde.«

»Auch wenn die Menschen in unserer Welt keinen guten Ruf genießen, möchte ich gerne mehr über die Welt, aus der du kommst, erfahren. Ich war jetzt zwar schon zweimal dort, aber verstanden habe ich diesen Ort keinesfalls.«

Miro schien Dennis genauso interessant zu finden wie Dennis ihn. Für den jungen Halbelfen war es komisch, dass jemand seine Welt interessant fand, aber er konnte Miros Gedanken irgendwo verstehen. Noxia war so anders als Dornsdorf, dass man nicht wusste, wo man mit den Unterschieden anfangen sollte.

»Ich würde sagen, wir bringen uns einfach die Welt des anderen bei«, meinte Dennis euphorisch.

»Gute Idee. Fangen wir am besten gleich mal an. Was machen die Menschen so in ihrer Welt? Oder besser gesagt, was treibst du in deinem menschlichen Leben so?«

»Wie meinst du das?«

»Ich will wissen, was Menschen in ihrer Welt so treiben. Wie lebst du da? Sicherlich nicht so wie wir.«

Dennis Blick wandte sich leicht von Miro ab. »Bin der Falsche, den man so etwas fragt.«

»Und wieso?«, fragte Miro.

»Weil ich vom normalen Leben in der Menschenwelt selbst keine Ahnung habe. Ich habe dort keine Freunde oder eine Familie, die mich ein normales Leben führen lassen. Wenn ich nicht gerade in der Schule sitze, bin ich allein oder bei Gerrit.«

»Aber warum ist das so? Kommst du mit den Menschen nicht zurecht?«

»Die Menschen kommen wohl eher mit mir nicht zurecht«, wetterte Dennis. »Ich werde von den meisten Menschen in Dornsdorf behandelt wie Dreck, weil ich optisch nicht in ihr Bild passe. Ich hasse es da.«

»Ich wusste doch gleich, dass die Menschen widerliche Kreaturen sind«, ätzte Miro. »Ich frage mich, wie du es all die Jahre allein dort ausgehalten hast.«

Dennis zuckte traurig mit den Schultern. »Bis vor kurzem wusste ich doch noch überhaupt nichts von der Fabelwelt. Ich dachte, ich bin wirklich ein komisches Wesen, das niemand will.«

Miro sah seinen Freund fassungslos an. »Schrecklich. Zum Glück haben wir dich aus diesem Leben rausgeholt. Jetzt weißt du ja, dass du etwas ganz Besonderes bist.«

Dennis lächelte seinen Koboldfreund an. »Der schönste Moment meines Lebens.«

»Aber was hättest du aus deinem Leben gemacht, wenn sich das Tor nicht wieder geöffnet hätte? Du hättest dich doch wohl nicht mit deiner Rolle abgefunden?«

»Daran will ich gar nicht denken«, säuselte Dennis. »Ich wollte immer aus Dornsdorf raus, weil ich gehofft habe, dass es woanders in der Menschenwelt besser ist. Ich wollte mein eigener Herr werden, so wie Gerrit.«

»Du hättest auch so ein Wirtshaus eröffnet?«, fragte Miro verwirrt.

Dennis lachte. »Nein. Ich wollte immer Rechtsanwalt werden.«

»Was ist das?«, fragte der Koboldjunge.

Dennis war perplex. »Gibt es hier in Noxia keine Rechtsanwälte?«

Miro schüttelte befremdet den Kopf. »Nö.«

»Rechtsanwälte sind Leute, die anderen Leuten helfen, vor einem Gericht ihr Recht zu kriegen. Ich wollte schon immer die Welt zu einem besseren Ort machen, indem ich blöde Verbrecher ins Gefängnis bringen kann.«

Miro kicherte. »Verbrecher kommen hier genauso hinter Gitter, Dennis. Nur brauchen wir dafür keine Rechtsanwälte.«

»Wie macht ihr das dann?«

»Der Oberelf entscheidet, wer Recht hat. Er hört sich Zeugenaussagen an und bei konkreten Beweisen entscheidet er über das Strafmaß.«

Dennis blinzelte entsetzt. »Okay, hört sich komisch an.«

»Warum komisch?«

»Kenn ich halt so nicht. Hört sich für mich nicht so fair an.«

Miro lachte wieder erheitert. »Das Gute ist, dass du jetzt quasi der Rechtsanwalt Noxias bist. Du kannst doch jetzt das Recht der Fabelwesen auf ihre Freiheit vor den Menschen verteidigen.«

Dennis schmunzelte. So hatte er das Ganze noch gar nicht gesehen.

»Aber nochmals zur Menschenwelt«, drang Miro in Dennis Gedankenkonstrukt ein. »Auch wenn du kein normales Menschenleben geführt hast, musst du doch wissen, wie normale Menschen leben? Immerhin wolltest du doch bis vor kurzem unbedingt ein normales Leben dort führen.«

»Kann sein«, sagte Dennis desinteressiert.

»Was machen Menschen in ihrem Leben so? Wie verbringen sie ihre Freizeit und was sind ihre Ziele im Leben?«

»Die Freizeit gestalten die Menschen sehr unterschiedlich. Sie treiben Sport, wie Fußball oder Leichtathletik. Manche lesen gerne Bücher, basteln oder bauen etwas. Die meisten Leute in meinem Alter spielen gerne Videospiele, gucken Fernsehen oder gehen shoppen.«

Miro neigte völlig verwirrt den Kopf. »Also ich habe nur die Hälfte verstanden. Was sind Videospiele und shoppen?«

»Na ja«, grübelte Dennis. »Videospiele sind virtuelle Spiele, die wir auf unseren Fernsehern oder Smartphones spielen.«

Miros Blick wirkte völlig entgeistert. Dennis wurde mehr und mehr bewusst, dass er dort in der Fabelwelt auf eine Gesellschaft traf, die keinerlei Ahnung von der heutigen, menschlichen Zivilisation hatte. Er musste lernen, mit anderen Begriffen zu arbeiten, um seinem neuen Freund etwas aus seiner Welt zu erklären.

»Ich glaube, es ist besser, wenn ich dir die Sachen später mal zeige.«

»Also mir scheint es so, als würden die Menschen auf einem völlig anderen Planeten leben«, stellte Miro fest.

Dennis musste zustimmen. Doch nun wurde es für ihn Zeit, seine Fragen zu stellen. »Was macht ihr hier so in eurer Freizeit?«

Miro musste nicht lange überlegen und zeigte nach draußen. »Noxia ist unsere Freizeit«, sagte er stolz. »Wenn wir nicht gerade in der Schule sitzen oder für unsere Ziele arbeiten, bilden wir uns durch das Lesen von Büchern weiter. Die jungen Fabelwesen, so wie ich, spielen selbstverständlich auch. Zum Beispiel fangen oder verstecken. Oder meine Favoriten,

Murmelstoßen und das Kartenspiel Revolte des Skip. Da ist Fingerspitzengefühl und Intelligenz gefragt. Die erwachsenen Fabelwesen amüsieren sich etwas anders. Sie gehen abends gerne aus, um etwas feines Essen zu gehen oder sie spielen Spiele, um Geld zu verdienen. Viele versuchen auch Abenteuer zu erleben. Sie gehen raus in die Natur, jagen, sammeln oder bauen etwas, um sich selbst zu finden und zu verwirklichen.«

Für Dennis klang dies ebenso abwechslungsreich wie die Aktivitäten in seiner Welt. Obwohl er müde war, wollte er sich am liebsten die ganze Nacht mit Miro unterhalten. Miro ging es ähnlich. Er wartete immer noch auf die Beantwortung seiner zweiten Frage.

Bei dieser musste Dennis allerdings selbst lange überlegen. »Ich denke, das Lebensziel der meisten Menschen ist es, eine Familie zu gründen, Karriere in einem bestimmten Beruf zu machen und lange, gesund und glücklich zu leben.«

»Zumindest in dieser Hinsicht scheinen wir uns nicht zu stark von den Menschen zu unterscheiden«, sagte Miro überrascht.

»Auf den ersten Blick vielleicht«, meinte Dennis. »Ich glaube, die Umsetzung ist bei euch ganz anders.«

»Na ja, die meisten Fabelwesen wollen ebenfalls Gesundheit, Glück und eine Familie. Nur mit der Karriere ist es schwierig.«

»Wieso?«, fragte Dennis.

»Ich weiß nicht, wie es bei den Menschen gehandhabt wird, aber bei uns ist es kein Zufall, welche Karriere ein Fabelwesen anstrebt. Wenn man es anstreben nennen kann.«

Für einige Sekunden wurde es völlig still im Zimmer. Dennis merkte, dass Miro dieses Thema sehr beschäftigte.

»Weißt du, hier in Noxia ist es oft rassenabhängig, wer man sein oder werden soll. Die Elfen werden entweder Kaufleute, Bänker, Krieger oder Jäger. In diesen Berufsfeldern kann man sich in die unterschiedlichsten Richtungen entwickeln.«

»Und was ist mit den anderen Fabelrassen?«, fragte Dennis.

Miro seufzte laut und schaute verträumt aus dem Fenster. »Oger werden in der Regel Wächter, Kutscher oder Handwerker. Spodos haben noch eine verhältnismäßig gute Auswahl. Die wenigen Goblins erben meist die Händlerläden ihrer Eltern und verdienen das meiste Geld.«

»Was ist mit euch Kobolden? Die hast du nicht erwähnt«, fragte Dennis und ließ seinen Blick nicht von Miro.

»Du … hast recht«, zögerte Miro mit seiner Antwort. »Wir Kobolde genießen in Noxia eigentlich einen recht guten Ruf. Immerhin sind wir das älteste Volk der Welt, haben somit die meiste Erfahrung. Kannst du dir vorstellen, dass Kobolde vor vielen Millionen Jahren mal die Welt beherrscht haben?«

Dennis verzog misstrauisch das Gesicht. Für ihn klang dies wieder nach einer ausgedachten Geschichte seines Freundes, um die Wahrheit zu vertuschen. »Und was machen Kobolde hier in Noxia so?«

Genervt von Dennis Frage, verdrehte der Kobold seine Augen. »Fast jeder Arzt in Noxia ist ein Kobold oder hat zumindest einen gewissen Anteil Koboldblut in sich.«

Dennis sah sich nochmals in Miros Zimmer um. Er lebte mit seiner Familie in einem Bauernhaus, das seit mindestens einem guten Jahrhundert renovierungsbedürftig war. Wenn einer seiner Elternteile ein Arzt war, dann wurden diese wohl deutlich schlechter bezahlt als in der Menschenwelt.

»Was arbeiten deine Eltern? Und arbeitest du auch schon?«

»Nein, ich arbeite noch nicht. Seit zwei Jahren versuche ich in die Kriegerschule der Monddämmerung aufgenommen zu werden. Vorher habe ich eine gewöhnliche Basisschule besucht. Meine Eltern sind wie gesagt Geheimagenten, die kaum Zeit haben.«

Dennis sah Miro enttäuscht an.

»Was ist?«, fragte der Kobold zähneknirschend.

»Wenn wir beide gute Freunde werden sollen, dann musst du mir die Wahrheit sagen. Ich finde es doch sowieso heraus«, richtete Dennis mit scharfem Blick aus. Er schien den Koboldjungen endgültig geknackt zu haben.

Miro seufzte schwermütig. »Ich schätze, damit hast du wieder einmal recht.« Das winzige Fabelwesen stieg mit seinem Körper aus der Bettdecke hervor und setzte sich bedröppelt vor Dennis. »Meine Eltern sind keine Geheimagenten«, sagte er traurig.

Dennis schmunzelte entlarvend.

Miro sammelte sich nochmals, um Dennis endlich die Wahrheit zu erzählen. »Da Kobolde die einzigartige Gabe besitzen, aus Kräutern und anderen natürlichen Rohstoffen fantastische Reagenzien herzustellen, gibt es noch weitere Nischenberufe, die oft mit Ärzten zusammenarbeiten. Meine

Mutter und mein Vater sind Alchemisten. Sie stellen aus natürlichen Vorkommnissen Zaubertränke und Medizin her. Die verkaufen sie dann meistens an Ärzte oder Händler. Ab und zu haben sie sogar Aufträge aus dem Schloss. Ich bin meistens der Lieferjunge. Aber ich bereue es nicht. So habe ich deinen Vater und viele andere hochrangige Elfen kennenlernen dürfen. Das können nur die wenigsten Kobolde von sich behaupten.«

»Das ist doch großartig«, stimmte Dennis seinem Freund zu. »Warum wolltest du mir so etwas verheimlichen?«

»Weil der Beruf des Alchemisten zwar angesehen ist, aber kaum Erträge bringt. Es gibt einfach zu viel Konkurrenz. Wir verkaufen den Nachtsichttrank mittlerweile für läppische drei Noxen. Normalerweise ist so ein schwer herzustellender Trank mindestens zwei Gulden wert.«

Dennis erkannte das Problem. Trotz harter Arbeit lebte Miros Familie am absoluten Existenzminimum.

Miro öffnete das Fenster und lockte Dennis zu sich. Er zeigte auf die Felder mit ihren dutzenden Tieren. »Siehst du das? Wir müssen mittlerweile sogar landwirtschaftlich tätig werden, um unseren Lebensstandard zu halten.«

Dennis sah zum ersten Mal die dunklen Seiten der Fabelwelt. Miros Familie hatte ein riesiges Grundstück mit Nutztieren und entspannter Ruhe. Doch die Realität war, dass sie den ganzen Platz nur benötigten, um zu überleben.

»Gibt es keinen anderen Weg für euch? Warum müsst ihr so leben, Miro?«

Der Kobold zeigte auf den Lebensbaum. »Weil wir hier im Elfenreich Noxia sind. Hier passen sich alle den Elfen an, und nicht andersherum.«

Für Dennis hörte sich das wie Geschwätz aus vergangenen Jahrhunderten an. »Wieso das? Ihr lebt doch genauso hier? Warum solltet ihr weniger Rechte haben als die Elfen?«

Miro schlug wütend auf die hölzerne Fensterbank, die daraufhin abbrach und zu Boden stürzte. »Weil wir eigentlich woanders zuhause sind. Unsere Vorfahren waren Überlebende, die von den Elfen aufgenommen wurden.«

»Mein Vater hat mir davon erzählt. Die Kobolde haben eines der vier großen Fabelreiche.«

Miro schloss grummelnd das Fenster, sprang aus dem Bett und holte ein altes Buch aus einem seiner vielen Bücherregale hervor. Es hatte mehr Risse und Knicke als Seiten, aber Miro schien es wirklich in Ehren zu halten. Ohne zu suchen, schlug er eine vergilbte Seite auf und legte das Buch auf das Bett. Auch wenn die Zeichnung darauf sehr verblasst war, konnte Dennis die Umrisse einer grünen Insel erkennen. Man konnte immer noch die lebendige Aura dieser Abbildung spüren. Über dem saftigen Dschungel flog ein Schwarm Vögel. An der Spitze des Schwarms flog ein Exemplar, das gigantische Ausmaße besaß. Aus seinen Flügeln schien etwas Feines herunterzurieseln.

»Das ist die Sandkralleninsel. Das Reich der Kobolde«, sagte Miro mit einer Mischung aus Stolz und Wehmut.

Dennis konnte seine Augen nicht mehr von der Zeichnung lassen. »Es sieht wunderschön dort aus. Wie ein Urlaubsparadies.«

»Ja, dort wurden meine Vorfahren geboren. Dort haben sämtliche Koboldtraditionen ihren Ursprung.«

»Was ist mit dieser Insel passiert?«, fragte Dennis.

»Das weiß ich nicht«, antwortete Miro. »Als Noxia gepflanzt wurde, kam alles anders, als erwartet. Die Fabelwelt wurde durch die gewaltigen Wurzeln auseinandergerissen. Soweit ich weiß, in vier neue Kontinente, die durch die Magie des Baumes nun getrennt existieren. Die Sandkralleninsel ist ein Teil von einem der neuen, von uns abgespaltenen Kontinente.«

Dennis erinnerte sich daran, wie sein Vater ihm diese Geschichte erzählt hatte. Durch Miros Erläuterung bekam das Ganze eine Tragik, die für ihn nicht vorhersehbar war. Doch gleichzeitig gab sie auch neue Hoffnung.

»Das heißt aber auch, dass diese Welt noch existiert«, stellte Dennis fest.

»Ja, sehr wahrscheinlich. Bei der Katastrophe vor vierhundert Jahren blieben die Kobolde auf der Strecke, die sich zu der Zeit nicht auf ihrer Insel befanden. Es waren wahrscheinlich nur so um die hundert von uns, aber unter ihnen befand sich leider auch mein Vorfahre, Abraxas. Es gab kein Zurück mehr für die kleine Gruppe. Glück im Unglück wurden sie von ihren engsten Verbündeten aufgenommen. Die Elfen gaben den zurückgebliebenen Kobolden in Noxia eine neue Heimat. Im Gegenzug bekamen sie rund um die Uhr Zugang zu unseren kulturellen Gütern.«

Für Dennis hörte sich das zunächst nach einem fairen Deal an. »Die Elfen haben euch also ein neues Zuhause gegeben. Das ist doch etwas Gutes. Und nach über vierhundert Jahren sollten die Kobolde Noxia ebenfalls als Zuhause ansehen, oder?«

Miro schüttelte frustriert den Kopf. »Noxia wird niemals unsere richtige Heimat sein. Wir können uns hier nicht so entfalten wie wir es auf der Sandkralleninsel könnten. In all den Jahren gab es noch nie einen Kobold in der noxischen Armee. Und bislang gab es nur einen Kobold in der Geschichte, der es überhaupt geschafft hat, einen wichtigen Posten im Schloss zu bekommen.«

»Du hast vorhin zu deiner Mutter gesagt, dass du keine Lust auf ein gewöhnliches Koboldleben hast«, sagte Dennis.

»Ja, und? Ist es etwa verboten, Ziele zu haben?«

»Auf keinen Fall. Jeder sollte Träume und Ziele haben, die er verwirklichen möchte. Und du möchtest wohl mit aller Macht aus der Armut heraus eine Karriere starten?«

Wie ein kleines Kind blätterte Miro hastig auf die letzte Seite seines Buches. Die ebenfalls verblasste Seite zeigte einen Kobold in einem roten Gewand. Dennis sah sofort, dass dieser Kobold etwas anders war als die, die er bislang gesehen hatte.

»Das ist Erlon, der größte Kobold, der je das Licht der Sandkralleninsel erblickte«, sagte Miro voller Stolz.

Dennis war beeindruckt von diesem kleinen, aber mutig wirkenden Fabelwesen. »Was hat er genau getan, dass er so berühmt wurde?«

Miro blätterte wieder aufgeregt ein paar Seiten zurück. Die nächste Zeichnung war noch so klar, als ob diese vor kurzem gezeichnet worden wäre. Sie zeigte den tapferen und starken Erlon. Er kämpfte erbittert und nur mit einem kupferfarbenen Schwert gegen eine monströse Bestie. Es sah aus wie eine gigantische, schwarze, geflügelte Schlange mit roten Augen.

Als Dennis dem Wesen in die Augen blickte, hatte er das Gefühl, ihm direkt gegenüberzustehen. Dieser stechende Blick betäubte ihn förmig. »Was ist das für ein Monster? Das sieht ja gruselig aus.«

»Das ist ein Lindwurm oder auch Gäre genannt. Ein grauenerregendes Ungeheuer, das vor rund tausend Jahren auf der Sandkralleninsel sein Unwesen trieb.«

»Das hört sich ja fast so an, als gäbe es dieses Tier nicht mehr?«, fragte Dennis erleichtert.

Miro schlug das Buch zu und schaute Dennis an, als ob er nun eine Gruselgeschichte erzählen wollte. »Alles, was mit diesem Tier zu tun hatte, war mysteriös. Es gab nur ein Exemplar. Es muss eine magische Kreatur gewesen sein, die irgendjemand auf uns Kobolde gehetzt hatte. Jahrelang terrorisierte der Lindwurm die gesamte Insel und tötete über die Hälfte der Bewohner. Das Tier tauchte einfach so auf, um nach getanem Schrecken wieder spurlos zu verschwinden. Erlon war der einzige Krieger seiner Zeit. Er vereinte in sich jedes berühmte Attribut unseres Volkes. Er soll gekämpft haben können wie ein Elf. Über Jahre hinweg studierte Erlon das mysteriöse Verhalten des Lindwurms. Irgendwann gelang es ihm, das Geheimnis der Kreatur zu lüften. Leider konnte er niemandem mehr davon erzählen, weil er direkt nach dem Sieg über den Lindwurm verschwand. Ein Augenzeuge versicherte, Erlon nach dem Kampf auf einem Boot wegfahren gesehen zu haben. Er hatte es geschafft, das gefährlichste Wesen der Sandkralleninsel zu vernichten.«

Dennis war beeindruckt von Miros Geschichte. Die Bilder des Buches bewertend, hatte er auch nicht gelogen.

»Wow, dieser Erlon war also ein richtiger Held.«

»So ist es«, schwelgte Miro voller Stolz. »Der größte Held, der jemals Koboldblut in sich getragen hat.«

Doch sowohl Dennis als auch Miro bekamen die gleiche, letzte Frage zu dem kleinen Helden in den Kopf. »Wohin mag er mit dem Boot gefahren sein?«

Miro zuckte ratlos mit den Schultern. »Das weiß niemand. Die meisten denken, er wäre verunglückt, weil kurze Zeit später ein kräftiger Sturm rund um die Sandkralleninsel tobte. Es gibt jedenfalls keine offiziellen Lebenszeichen mehr nach dieser Sichtung.«

´Gruselig und interessant zugleich´, dachte sich Dennis.

Miro klappte das alte Buch mit einem zufriedenen Grinsen zu und stellte es zurück ins Regal. Während Dennis darüber fantasierte, welch interessante Geschichten die Fabelwelt wohl noch zu erzählen hatte, wurde er durch laute Schritte aus den Gedanken gerissen. Es war Maggie, die anscheinend gehört hatte, dass die beiden Jungs noch wach waren. Sachte klopfte sie an die Tür, um dann dennoch ohne Aufforderung ins Zimmer zu stürmen.

»Miro, tust du mir einen Gefallen?«, fragte sie erschöpft durch die vielen Stufen ins Obergeschoss.

»Kommt drauf an«, antwortete Miro abweisend, und er stieg wieder zurück ins Bett.

»Ein bedeutsamer Kunde hat eine große Menge an Impfstoff und

Spurttrank für morgen bestellt. Könntest du die Ware morgen zu ihm bringen?«

Miros Gesicht färbte sich rot. »Soll das ein Witz sein? Als Pate muss ich Dennis morgen zu seinem Lehrer begleiten. Er beginnt endlich seine Ausbildung. Was ist mit Vater? Hat er keine Zeit?«

»Du weißt genau, dass dein Vater morgen eine wichtige Reise ins Gebirge unternimmt. Die Fahrgemeinschaft gibt es nur zweimal im Jahr.«

»Ja ja, und er muss unbedingt dahin, weil nur dort die Alormin und das Gierkraut wachsen, Bla-bla«, äffte Miro.

»Genau. Ich bin morgen ebenfalls den gesamten Tag damit beschäftigt, Kräuter im Wald zu sammeln. Unser Kunde zahlt überdurchschnittlich gut. Also musst du dir die Zeit morgen nehmen«, sagte Maggie streng. Die dicke Koboldfrau verließ das Zimmer und schlug die Tür kräftig zu.

Für einen Moment war es in Miros Zimmer völlig still.

Dennis kratzte sich peinlich berührt den Kopf. Er sah zu Miro, der sich beschämt von seinem Freund wegdrehte. »Das hörte sich sehr streng an.«

Miro deckte sich bis zum Kinn zu und starrte die Decke an. »Ich hasse mein Leben«, murmelte er und schlug mit den Fersen wütend auf die Matratze.

Dennis hatte das Gefühl, zum ersten Mal dem wahren Miro zu begegnen. Einem kleinen, mürrischen Kobold, der sein Leben so sehr hasste, dass er Geschichten erfand, um es vor anderen besser aussehen zu lassen.

Auch Dennis legte sich nun mit etwas Abstand zu Miro gemütlich ins Bett, um einen erholsamen Schlaf zu finden. Miro zog an einem Seil, das direkt neben dem Bett hing. Plötzlich erlosch die Leuchtkugel an der Decke und im Zimmer war finstere Nacht.

Dennis konnte noch nicht einschlafen, bevor er seinem neuen Freund noch einen kleinen Mutmacher auf den Weg in die Träume mitgeben konnte. »Ich verstehe dich jetzt. Dich ödet dieses normale Leben als Kobold an. Du wünschst dir, dass du einmal ein Held wirst, so wie Erlon.«

Dennis Satz traf Miro direkt ins Herz. »Ja«, säuselte der Koboldjunge. »Mein Ziel ist es, eines Tages ein großer Held zu werden. Ich möchte oben im Schloss leben wie dein Vater. Ich möchte etwas Bedeutsames schaffen, Fabelwesen helfen und mir selbst und allen, die nie an mich geglaubt haben, etwas beweisen.«

»Ich hoffe wirklich, dass du eines Tages dein Ziel erreichst. Wenn ich dir irgendwie dabei helfen kann, dann sag es mir.«

»Das tust du bereits«, behauptete Miro froh. »Durch meine neue Aufgabe als dein Pate habe ich endlich die Möglichkeit, mich zu beweisen. Wenn ich dir dabei helfe, die Gesta zu besiegen, werde ich endlich ein gefeierter Held sein.«

Dennis wünschte sich den Optimismus seines neuen Freundes. Diese mächtige Organisation aufzuhalten, klang für ihn immer noch unmöglich. Doch er wollte Miros Träume nicht zerstören.

Doktor Finns

Noch nie hatte Dennis eine so angenehme Nacht erlebt. Zum ersten Mal seit Jahren musste er sich keine Sorgen machen, im Schlaf von Roger oder seinen Freunden gestört zu werden. Miros Bett war aufgrund der Füllung mit Heu und Wolle so gemütlich, dass er dachte, er schwebe auf einer Wolke. Was ihn aber am meisten beeindruckte, war diese Ruhe. Diese völlige Ruhe, die ganz Noxia bei Nacht bedeckte. Man hörte höchstens das Säuseln des Windes und ein paar Tiere auf den Feldern. Trotz des Rufes als verschlafenes Örtchen kannte Dennis diese Nachtruhe nicht aus Dornsdorf. Ob es nun eine streunende Katze oder das Rauschen der in der Nähe liegenden Autobahn war, irgendetwas drang immer in Dennis empfindliche Ohren. In Noxia war der magische Wald weit genug entfernt, um dessen Geräuschpegel nur geringfügig wahrzunehmen. So gut wie jeder Bewohner der Stadt schien in der Nacht zu ruhen.

So kam es, dass Dennis bis in die späten Morgenstunden durchschlief und nur durch Miros Einwirken geweckt werden konnte. Mit seinen kleinen Händen rüttelte und schüttelte er an ihm, so fest er konnte. »Hey, wach auf, Dennis! Du pennst ja fester als ein Beutelbär im Winterschlaf.«

Dennis öffnete die Augen und sah Miros angestrengtes Gesicht. Erst der Blick auf die Uhr machte ihm klar, dass es bereits nach zehn war. Durch den langen, erholsamen Schlaf fühlte er sich fit wie lange nicht.

Der Blick nach draußen zeigte einen sonnigen Tag mit einer leichten Brise. Der perfekte Tag, um seine Ausbildung zu beginnen. In den letzten Stunden konnte Dennis den Ernst der Lage etwas nach hinten drängen, doch nun konnte er sich dem nicht mehr entziehen.

Flynn war noch nicht zu sehen, so blieb für die beiden Jungs noch Zeit, um zu frühstücken. In Dornsdorf wäre Dennis einfach in die Küche gegangen, um sich aus dem Kühlschrank seinen Joghurt und die Milch für sein Müsli zu holen. In Noxia gab es allerdings keine Kühlschränke. Die Milch wurde hier frisch gemolken und in Metallkübeln gelagert. Müsli suchte man in Noxia auch vergeblich.

Dennis ließ sich also von Miro die morgendlichen Rituale einer einfachen Fabelfamilie zeigen. Ohne sich frisch zu machen, gingen die beiden nach draußen zu den Weideflächen. Dort konnte Dennis endlich die Tiere bestaunen. Zum einen befanden sich dort tatsächlich ganz normale Kühe und Schweine wie er sie aus der Menschenwelt kannte. Zum anderen liefen zwischen den Beinen der großen Tiere noch andere Geschöpfe herum, die Dennis noch nie gesehen hatte. Kleine, gelbe Vögel mit breiten Schnäbeln und noch kleinere, graue, pelzige Tiere mit langen, dünnen Schlappohren huschten über die Wiesen.

Miro hatte die Aufgabe, alle Tiere mit Futter zu versorgen. Danach wurden die Kühe gemolken. Da Dennis vor vielen Jahren auf einem Bauernhof ausgeholfen hatte, wusste er genau, wie man eine Kuh melkt. So konnte er seinem Freund dabei helfen, mehrere Metallbehälter bis zum Rand mit frischer Milch zu befüllen. Mit einer Schubkarre wurde die gewaltige Masse dann zum Haus transportiert.

Im Keller konnte Dennis das riesige Lebensmittellager der Koboldfamilie bestaunen. Im hinteren Bereich stand ein alter Steinofen, in dem Maggie gerade ein frisches Brot für den Tag backte.

Nur wenige Minuten später wurde in der Küche aufgetischt. Brot, Milch, verschiedene Wurst- und Käsesorten und ein komisch riechender, blauer Saft standen zur Auswahl. Alles selbst hergestellt, um Geld und Weg zu sparen. Die selbstgemachte Hausmannskost schmeckte umso besser.

Dennis genoss mittlerweile die Atmosphäre in dem alten Bauernhaus, in dem man wirklich jede Bewegung spüren konnte. Die Kerzen und die großen Leuchtkugeln an der Decke erinnerten ihn jede Sekunde daran, dass er nicht länger in seiner gewohnten Umgebung war.

Als Dennis und Miro bei den letzten Bissen ihres Wurstbrotes waren, hörten sie deutlich das Knarzen der alten Wendeltreppe. Ein weiterer Kobold betrat mit einem verschlafenen Blick die Küche.

»Guten Morgen«, sagte er mit einem trägen Gähnen und setzte sich ohne Weiteres neben Dennis.

An der breiten Mundpartie und seinen großen Augen konnte man erkennen, dass er mit Miro verwandt war. Er besaß nur noch sehr lichtes, hellrotes Haar und mehr Falten als noch verbliebene Zähne. Das Leben meinte es wohl nicht gut mit ihm. Er sah sehr verbraucht und mitgenommen aus.

Erst nach einer guten Minute bemerkte der Kobold, dass neben ihm jemand Besonderes saß. Er holte seine alte, zerkratzte Brille aus der Westentasche, um seinen Sitznachbarn genauer zu prüfen. Seine Augen weiteten sich erschrocken, und sein Mund fiel ungehalten zu Boden. »Ach du meine G… Güte«, sagte er erschrocken, bevor er Dennis zittrig die Hand entgegenreichte. »D… du musst der Hüter s… sein.«

Dennis lächelte den Koboldherren nett an und schüttelte ihm die Hand. »Ja, genau. Ich bin Dennis. Freut mich, Sie kennenzulernen. Sie müssen Miros Vater sein?«

Der immer noch leicht verwirrte Kobold nickte aufgeregt und holte tief Luft. »Ja, Bornard mein N… Name. Es ist mir eine g… große Ehre, eine so besondere Persönlichkeit in unserem bescheidenen Haus begrüßen zu d… dürfen.«

Bornards Verehrung gegenüber Dennis war dem Halbelfen schon etwas unangenehm.

Miro bemerkte die gestischen Ausflüchte seines Freundes und versuchte, die Aufmerksamkeit seines Vaters auf sich zu lenken. »Du hast aber lange geschlafen, Vater. Warst du wieder die ganze Nacht wach, um neue Formeln und Rezepte zu entwickeln?«

»Es musste sein«, antwortete Bornard erschöpft. »Ich bin so kurz davor, eine Formel zu entwickeln, um den magischen Sand zu strecken, ohne seine Wirkungsstärke zu beeinträchtigen.«

Sobald es um den magischen Sand ging, wurde Dennis hellhörig. Er wollte seit der ersten Nutzung mehr über dieses wundersame Verbrauchsgut erfahren. »Wie wird dieser magische Sand eigentlich hergestellt?«, platzte es aus dem eigentlich schüchternen Halbelfen heraus.

»Überhaupt nicht«, sagte Maggie.

Dennis verstand nun noch weniger vom magischen Sand als vor seiner Frage. »Irgendwo muss dieser Sand doch herkommen?«

»Die R… Rohstoffe für den Sand kann man nur auf der Sandkralleninsel abbauen«, hustete Bornard, ohne Dennis wirklich in die Augen zu sehen.

»Aber die Sandkralleninsel ist doch unerreichbar für euch. Wie könnt ihr dann welchen haben?«

»Die gesamten Vorräte an magischem Sand stammen noch von unseren Vorfahren von vor über vierhundert Jahren. Sie haben damals glücklicherweise eine Menge davon mitgeführt. Der Handel mit dem Sand war damals äußerst lukrativ. Deswegen sehen die meisten Bewohner Noxias den magischen Sand als deutlich wertvoller an als Gold«, erklärte Miro.

»Wow, ihr benutzt also alle noch den Sand, der auf der Sandkralleninsel hergestellt wurde. Alles noch vor der Abspaltung durch den Lebensbaum.«

Maggie holte ein Säckchen aus ihrer Kitteltasche. »Die meisten Kobolde führten früher immer eine Portion magischen Sand mit sich. Es ist das größte Erbe unserer Ahnen, und wir sind unheimlich stolz auf dieses Produkt.«

»Wir benutzen ihn n… nur im absoluten Notfall. Und er steht schon seit über zwanzig Jahren nicht mehr zum ö… öffentlichen Verkauf«, stotterte Bornard.

»Weil er zu selten geworden ist?«, fragte Dennis besorgt.

»Ja, leider«, antwortete Miro. »Wir haben den Sand über fast vier Jahrhunderte mit größter Sorgfalt benutzt. Aber mittlerweile gehen unsere Vorräte zur Neige. Man geht nur noch von knapp hundert Portionen in ganz Noxia aus. Zum Glück gehörte mein Vorfahre Abraxas damals zu den Glücklichen, die dutzende Kilos davon herumschleppten, um sie hier in den nördlichen Ländern zu verkaufen.«

Dennis war geschockt. Wenn er das gewusst hätte, wäre er mit völlig anderem Respekt an dieses magische Reagenz herangegangen. Er verdankte dem magischen Erbe der Kobolde sein Leben.

Er genoss noch den letzten Bissen seines Wurstbrotes und seinen Blaurunkensaft, bevor Maggie begann, ihn mit Fragen zu löchern. »Wir haben außer Gerrit noch nie ein menschliches Wesen gesehen. Wir sind natürlich interessiert, wenn es um die Welt geht, aus der du kommst. Ist es dort völlig anders?«

»Also, ich war jetzt schon ein paar Mal in der Menschenwelt«, sagte Miro hochnäsig. »Außer Gerrit waren alle Menschen entweder verrückt, brutal oder mit den Gedanken in völlig anderen Sphären als wir. Und ihre Welt ist komisch. Sie leben in Siedlungen, die völlig mit grauem Stein überzogen sind.«

»Ich d… denke deine Mutter wollte das lieber aus dem Mund von D… Dennis hören«, stotterte Bornard verwirrt.

Maggie und Bornard warteten gespannt auf Dennis Erklärungen seiner Welt. Dennis musste lange überlegen, bis er die passenden Worte gefunden hatte. Fast zehn Minuten lang berichtete er der Koboldfamilie über die Menschenwelt. Dennis nahm sogar sein Handy aus der Hosentasche und zeigte es den verdutzten Fabelwesen. Während Miro zumindest wusste, wozu das Gerät gut war, konnten seine Eltern überhaupt nichts damit anfangen. Mit anderen Personen sprechen, selbst wenn diese auf der anderen Seite des Planeten wohnten? Für die Kobolde undenkbar. Eine Kamera, mit der man Bilder und Videos aufnehmen konnte? Die Kobolde kannten nur Gemälde oder Zeichnungen. Für Maggie, Bornard und auch Miro waren alle Errungenschaften der Menschen Zauber, die sie sich nicht erklären konnten.

Die drei Kobolde schienen beeindruckt und schockiert zugleich.

»In den letzten vierhundert Jahren ist scheinbar eine Menge passiert«, sagte Maggie nachdenklich.

»Ja, aber all diese Dinge sind nichts im Vergleich zu eurer magischen Welt. Ich beginne heute meine Ausbildung, um endlich ein richtiger Elf zu werden. Ich möchte dafür wirklich alles über die Fabelwelt lernen«, sagte Dennis aufgeregt.

Während Miro sich merklich für das Koboldleben schämte, wollten Maggie und auch Bornard dem wissbegierigen Halbelfen gerne alles über das Leben der Kobolde erzählen und beibringen. Während Miro sein Gesicht in den Händen vergrub, konnte Dennis es kaum erwarten, die Koboldtraditionen kennenzulernen.

Nach weiteren Minuten voller interessanter Gespräche wurde es für Bornard jedoch Zeit, sich für seine wichtige Reise fertigzumachen. Mit beigefarbenem Anzug, Zylinder und Gehstock verabschiedete er sich von seiner Familie und Dennis.

Für Dennis und Miro war es ebenfalls langsam an der Zeit, sich für die bevorstehenden Aufgaben bereitzumachen. Die beiden gingen ins Obergeschoss und machten sich frisch. Miro zeigte Dennis dazu das kleine Badezimmer. Dieser Raum war der Einzige, der mit Steinfliesen ausgestattet war. Zur Überraschung von Dennis gab es sogar ein Waschbecken und eine Dusche mit fließendem Wasser. Anders als in der Menschenwelt funktionierte in Noxia alles durch Hydraulik und Mechanik. Das Wasser musste mühsam per Hand in die einzelnen Haushalte gepumpt werden, bevor man es nutzen konnte. Durch die fehlende Elektrizität gab es somit auch nur kaltes Wasser. Zu Dennis Erleichterung war dieses zumindest relativ sauber. Allerdings konnte er sich nicht mit Wasser duschen, das eine Temperatur von gerade einmal fünfzehn Grad hatte. Er konnte damit lediglich sein Gesicht abwaschen. Statt Shampoo oder Duschgel gab es nur einen Klumpen Seife für den gesamten Körper.

Dennis war überrascht, wie tiefenentspannt Miro unter der Dusche stand, um sich das kalte Wasser auf sein Haupt zu pumpen. Danach zog der Kobold sich noch seine schicken Ausgehklamotten an. Der offene Kleiderschrank war mit grünen, blauen und grauen Anzügen ausgestattet, jeweils passend mit einem Zylinder.

Nachdem Miro in seinen grauen Anzug geschlüpft war, warteten er und Dennis draußen neben den Nutztieren auf Flynns Ankunft. Doch auch nach über einer halben Stunde tauchte am Firmament kein Greif auf. Es war mittlerweile Mittag und sowohl Dennis als auch Miro wurden langsam ungeduldig.

»Flynn und seine ungenauen Zeitangaben«, meckerte Miro und setzte sich auf einem Baumstumpf direkt neben einer Kuh. Zu Miros Ungunst hatte das Tier genau in diesem Moment das dringende Bedürfnis, sich zu erleichtern, und tat dies genau in seine Richtung. Noch nie hatte Dennis so herzhaft gelacht wie in diesen Sekunden.

Miros Laune wurde dadurch nicht besser. Er sprang wie von Sinnen von dem Baumstumpf weg. »Pass gefälligst auf, wo du hinmachst!«, keifte er die Kuh an.

Dennis kriegte sich für mehrere Minuten nicht mehr ein vor Lachen. Erst Miros ernster Blick zum Horizont ließ sein Gelächter verstummen. Noch immer war Flynn nicht zu sehen.

»Dafür, dass für dich heute so ein wichtiger Tag ist, hat dein Vater aber die Ruhe weg.«

Dennis fand das Verhalten seines Vaters ebenfalls äußerst merkwürdig. Immerhin sollte heute seine Elfenausbildung bei einem großen Lehrmeister beginnen.

Auch nach weiteren Minuten gab es keinerlei Anzeichen für das baldige Erscheinen des Fürsten. Bei beiden machte sich eine Mischung aus Sorge und Langeweile breit.

Zu Miros Ärger stürmte dann auch noch seine Mutter aus dem Haus auf ihn zu. Sie hatte kurz vorher aus dem Fenster sehen können, dass die beiden Teenager noch vor Ort waren. Miro hatte absichtlich das Paket mit der Lieferung für den wichtigen Kunden unter der Wendeltreppe liegen lassen.

»Miro, wie kannst du es wagen, mich anzulügen!«

»Mist, wir hätten schon längst weg sein müssen«, murmelte Miro und wandte sich von seiner Mutter ab.

Dennis machte etwas Platz, da er ahnte, dass Maggie ihn gleich für ihre ausufernden Gesten brauchen würde. Nachdem die füllige Koboldfrau beinahe auf einem der vielen Misthaufen der Tiere ausgerutscht war, kam sie endlich bei Miro an und legte ihm das Paket direkt vor die Füße. Miro versuchte, seine Mutter stur zu ignorieren und starrte weiter Löcher in die Luft.

Maggie packte Miros Arm und zog ihn ruppig zu sich. »Dieses Mal hast du den Bogen überspannt, Freundchen!«

»Was meinst du damit, Mutter?«

»Was ich damit meine?! Du scherst dich einen Dreck für die Angelegenheiten unserer Familie! Wenn ich dieses Paket nicht zufällig beim Putzen gefunden hätte, wäre es heute niemals bei Doktor Finns angekommen! Und weißt du, was das heißt?!«

Miro stellte sich dumm und schlug schockiert die Hände über den Kopf, als er das Paket ansah. »Ach du meine Güte. Das Paket. Das habe ich völlig vergessen.«

Die Heuchelei des Koboldjungen verschlimmerte seine Situation.

Maggie wurde so zittrig vor Wut, dass Dennis dachte, sie könnte jeden Augenblick platzen. »Für dieses Paket bekommen wir über drei Gulden! Es gibt keinen anderen Kunden, der uns so viel für diese Ware bezahlt!«

Dennis wusste zwar noch nicht, wie viel drei Gulden wert waren, aber es konnte nicht allzu wenig sein, wenn Maggie so sehr tobte. Er versuchte, sich aus der ganzen Sache herauszuhalten und kümmerte sich stattdessen lieber um die kleinen Tiere auf dem Feld. Er streichelte sie und spielte mit ihnen, um sich abzulenken.

Aber selbst aus fünfzig Meter Entfernung konnte er jedes Wort der impulsiven Koboldfrau hören. »Du nimmst das hier anscheinend alles nicht ernst, wie?! Nur noch deine sinnlosen Träume im Kopf!«

»Hör sofort auf, meine Ziele zu bewerten! Dazu hast du kein Recht, also halt den Mund! Im Gegensatz zu euch Versagern werde ich einmal ein großer Mann hier in Noxia sein!«

Miros Worte trafen Maggie mitten ins Herz. Genauso schnell wie sie wütend wurde, konnte sie innerhalb eines Wimpernschlags die Tränen fließen lassen.

Dennis konnte währenddessen endlich die Flügelschläge eines mächtigen Greifen wahrnehmen. Flynn war endlich im Anflug auf das Bauernviertel.

Sofort rannte Dennis zu den beiden Streithähnen, um seinen Freund aus der prekären Situation zu befreien. »Hey, Miro, mein Vater kommt!«

Miro hatte indes immer noch damit zu tun, seine Mutter zu beruhigen. »Es tut mir leid. Ich wollte dich nicht verletzen. Es ist einfach so aus mir rausgerutscht.«

Maggie holte ein schmutziges Tuch aus ihrem alten Kittel. Sie hielt es sich ins Gesicht und schnaufte einmal kräftig durch. »Miro, es ist unglaublich wichtig, dass du dieses Paket zu Doktor Finns bringst. Und am besten noch, während er in seiner Praxis ist.«

»Okay, ich werde Flynn fragen, ob er mich zu Doktor Finns bringt«, seufzte Miro.

Maggie beäugte ihren Sohn darauf skeptisch nach irgendwelchen körperlichen Anzeichen für eine Lüge. »Ich hoffe, du meinst das Ernst. Du kannst die Pflichten unserer Familie nicht über deine aberwitzigen Träumereien setzen.«

»Jetzt fängst du ja schon wieder damit an!«, brüllte Miro.

Dennis gesellte sich mittlerweile wieder zu den beiden Kobolden und nahm das Paket an sich. »Ich werde das Paket gemeinsam mit Miro abgeben. Mein Vater wird bestimmt nichts dagegen haben, wenn wir einen kleinen Umweg fliegen.«

Maggie kamen wieder die Tränen. »Vielen Dank, Dennis. Du bist genauso ein netter und hilfsbereiter Elf wie dein Vater.«

Bevor Dennis antworten konnte, wurden die drei von den kräftigen Flügelschlägen des Greifen zu Boden gedrückt. Flynn war endlich angekommen. Und er war nicht allein. Dennis und Miro konnten nicht glauben, wer da mit Flynn gemeinsam auf dem Greifen saß. Dennis rieb sich sogar die Augen und kniff sich einmal kräftig in den Arm, um zu prüfen, ob er träumte. Auf dem Flugtier saß tatsächlich Gerrit, der sich an Flynn klammern musste, um nicht herunterzufallen. Mit seinem massigen Körper war er nicht dafür geeignet, länger auf so einem Tier zu sitzen.

»Guten Morgen«, sprachen Flynn und Gerrit gleichzeitig mit einem aufmunternden Lächeln.

Ein menschliches Wesen wäre das Letzte gewesen, was Dennis sich in dieser Welt vorstellen konnte. Seine Augen strahlten, und obwohl er Gerrit noch in der vergangenen Nacht gesehen hatte, war er froh, ein bekanntes Gesicht im noch unbekannten Noxia zu sehen. »Gerrit, was machst du denn hier?«

»Dein Vater hat mich gerade am Tor abgeholt. Er wollte etwas mit mir bereden.«

»Aha, deswegen seid ihr so spät dran«, motzte Miro.

Flynn nickte dem mürrischen Kobold amüsiert zu, bevor er sich Maggie zuwandte. Er begrüßte die Kobolddame nochmals extra mit einer achtungsvollen Handgeste. »Guten Morgen, Maggie. Ich hoffe, mein Sohn hat dir nicht übermäßig Mühe gemacht?«

Maggie lachte angetan. »Dein Sohn ist der pflegeleichteste Junge, der mir je untergekommen ist. Ich wünschte, mein Sohn wäre so.«

Während Dennis sich am liebsten vergraben wollte, war Miro wieder außer sich vor Wut. »Was soll das denn wieder heißen?! Hältst du mich tatsächlich für einen schlechten Sohn?!«

Miro und Maggie stießen Kopf an Kopf aneinander, um sich ein weiteres Wortgefecht zu liefern.

Bevor die Situation eskalierte, sprang Flynn von seinem Greifen, um sich einzumischen. »Glaub mir, Maggie, dein Sohn wird mit seiner neuen Aufgabe als Pate meines Sohnes zu einem stattlichen Kobold«, versicherte er aufmunternd und zwinkerte Miro vertraulich zu.

Miro zwinkerte Flynn gestärkt zurück und ließ von seiner Mutter ab. »Ich werde die Aufgabe mit Stolz erfüllen und zu einem echten Helden werden.«

Maggie wirkte immer noch aufgebracht. »Miro, du solltest nicht vergessen, warum du für diese Aufgabe ausgewählt wurdest. Nicht, weil du so ein großartiger Typ bist, mit dem man Abenteuer erleben kann. Du hast einfach Glück, dass du mit Flynn jemanden hast, der dich aus der misslichen Lage ziehen möchte, in die du dich selbst gebracht hast.«

Dennis fragte sich, was Maggie damit meinte. Er hielt sich allerdings erneut aus dieser Angelegenheit heraus und begab sich lieber zu Gerrit und dem Greifen. Gerrit reichte ihm schmerzverzerrt die Hand und zog ihn auf das Tier.

»Sind die immer so?«, fragte Dennis.

Gerrit seufzte leise und zuckte mit den Schultern. »Es scheint mir fast so. Ich habe Miro erst vor wenigen Wochen richtig kennengelernt. Als er noch ein Kleinkind war, war einem noch nicht klar, was aus ihm werden würde.«

»Weißt du, was Maggie damit gerade meinte? Mit Miros misslicher Lage?«

»Ich weiß leider noch nicht allzu viel über Miros Vergangenheit. Aber ich bin mir sicher, dass du es herausfinden wirst.«

Dennis erkannte, dass Gerrit sich auf dem Greifen quälte. »Was ist los? Hast du Schmerzen?«

»Höllische Schmerzen, Junge. Mein Körperbau ist nicht für so ein Fortbewegungsmittel geschaffen. Seit meinem Sturz von der Leiter habe ich sowieso mit starken Rückenschmerzen zu tun.«

»Warum musst du eigentlich so dringend mit meinem Vater sprechen?«

»Na ja, ich schätze mal, es geht um die Besprechung der aktuellen Lage in der Menschenwelt«, antwortete Gerrit.

Gerrits Anspannung machte Dennis nervös. Zum Glück war Flynn endlich fertig damit, die beiden Streithähne zu versöhnen, damit die Reise losgehen konnte.

Als Maggie sich endlich beruhigt hatte, ging sie auf Gerrit zu und lächelte ihn an. »Gerrit, ich kam noch gar nicht dazu, dich angemessen zu begrüßen. Wir haben uns lange nicht gesehen.«

»Dreizehn Jahre«, sagte Gerrit.

»Wie sieht es in deiner Welt aus? Hat sich etwas in den ganzen Jahren geändert?«

Gerrit nickte bedrückt und zeigte mit den Augen unauffällig auf Dennis. »Es wird düster, Maggie. Wir müssen alles daransetzen, damit die Sonne wieder scheint.«

Gerrit sprach zwar in Metaphern, aber Dennis konnte trotzdem verstehen, was sein Onkel damit meinte. Maggie war erschrocken über Gerrits Auskunft und wurde blass. Sie sagte kein Wort mehr.

Miro stieg mit Flynns Hilfe auf den Greifen, damit sie endlich starten konnten. Dennis zeigte seinem Vater das Paket, das zu Doktor Finns gebracht werden musste.

Für Flynn war dieser Zwischenstopp kein Problem. »Ich kenne Doktor Finns sehr gut. Er ist einer der besten Ärzte in Noxia. Und seine Praxis liegt idealerweise genau auf unserem Weg.«

Flynn zog kräftig an den Zügeln und der Greif hob endlich ab. Maggie winkte noch zum Abschied, bevor sie zurück an ihre Arbeit ging.

Flynn lenkte sein Reittier über die Bauernviertel in Richtung Händlerviertel. Gerrit hatte immer noch Probleme, standhaft auf dem Greifen sitzen zu bleiben.

Schadenfroh, wie Miro war, klopfte er ihm auf den Rücken und kicherte. »Wie bist du bitte mit deiner Wampe durch das Tor gekommen?«, scherzte er und kassierte nur einen Augenblick später einen Klaps von Gerrit.

Das wiederum amüsierte Dennis und Flynn.

Miros Streitlust wurde schnell gebremst. Durch seine Flugkrankheit kam nicht ein Wort mehr aus seiner sonst so großen Klappe.

Gerrit versuchte, trotz Schmerzen den Flug zu genießen. Sein Blick wanderte ständig nach unten, um die wunderschöne Landschaft Noxias zu begutachten. »Es tut gut, wieder hier zu sein. Ich musste in den letzten dreizehn Jahren jeden Tag an euch und Noxia denken. Herr Gott, hier hat sich in all der Zeit ja überhaupt nichts verändert.«

»Du könntest hundert Jahre fort sein und es würde sich für dich nichts ändern«, behauptete Flynn und lachte gemeinsam mit Gerrit.

Während Miro bereits genug von dem Geschwätz der alten Leute hatte, tat Dennis es seinem Onkel gleich und beobachtete das Treiben in den Gassen unter sich. Viele Fabelwesen arbeiteten auf ihren Feldern oder gingen zu ihrer Arbeitsstelle. Dennis konnte sogar eine offene Scheune sehen, in der ein Oger mit viel Fleiß und Schweiß ein Schwert schmiedete.

Langsam wurden die alten Bauernhäuser immer seltener, bis sie völlig für das nächste Viertel Platz machten. Das Händlerviertel war völlig anders als das der einfachen Bauern. Überall gepflasterte Straßen und Gassen mit dutzenden von Steinhäusern. Manche Gebäude waren so groß, dass Dennis dachte, dass es sich hierbei um einen wichtigen Regierungssitz handeln musste. Sein Vater erklärte ihm, dass es sich um Banken, Waffenkammern und Gebäude von reichen Händlern handelte, die exquisite Waren, wie Waffen oder Schmuck, verkauften.

Auf den Straßen postierten sich die kleineren Händler mit ihren Kutschen oder Ständen. Massen verschiedenster Fabelwesen tummelten sich dort und handelten mit Lebensmitteln, Kleidungsstücken und vielen anderen Waren, von denen Dennis nur einen Bruchteil kannte. Gerne wollte er einmal über diese Straßen schlendern, um mit dem Geld, das sein Vater ihm gegeben hatte, einkaufen zu gehen.

Gerrit zeigte plötzlich auf ein kleines Gebäude, das sich in einer dunklen Gasse befand, die Dennis gar nicht beachtet hätte. »Guck mal, dass Tagoras!«

»Da haben wir so einige schöne Abende verbracht, mein Freund«, schwelgte Flynn in Erinnerungen.

Dennis holte Flynn aus seiner Nostalgieblase, indem er ihm kräftig auf die Schulter tippte.

»Was ist los, Dennis? Möchtest du uns etwas mitteilen?«

»Ich wollte fragen, wo es heute eigentlich genau hingeht. Ich weiß nur, dass du gesagt hast, dass ein Lehrmeister für meine Ausbildung verantwortlich ist.«

»Um wen handelt es sich denn da? Mir ist kein Elfenmeister bekannt, der im Händlerviertel lebt«, sagte Miro.

»Wir fliegen zum Schimmersee«, erklärte Flynn zur Überraschung aller.

»Schimmersee? Wo soll da bitte ein Elfenmeister sein?«, fragte Miro.

Während Miro noch grübelte, schien Gerrit plötzlich alles klar zu sein. Erstaunt über Flynns Idee schmunzelte er.

»Was ist der Schimmersee? Und wer wartet da auf uns?«, fragte Dennis.

Flynn antwortete nicht und leitete ruckartig die Landung ein. Alle Passagiere wurden nach hinten gerissen und mussten sich festhalten, um nicht abzurutschen.

Der Greif berührte den Boden des belebten Marktplatzes. Für die tummelnden Bürger schien die Landung etwas Übliches gewesen zu sein. Die meisten beachteten den Greifen nicht einmal.

Erst als sie Flynn und Dennis erkannten, bildete sich eine Traube um sie herum. Wie Prominente wurden sie bejubelt und beklatscht. Miro wurde daraufhin sichtlich neidisch, nahm knurrig das Paket an sich, hüpfte damit vom Greifen und verschwand kommentarlos in den Massen der jubelnden Passanten.

Flynn stieg vom Reittier, um die Massen zu beruhigen. »Bleibt bitte ruhig! Mein Sohn braucht volle Konzentration! Er beginnt heute seine Ausbildung!«

Die Massen jubelten Dennis zu und Flynn schaffte ihm den Platz, um absteigen zu können. »Miro ist bereits auf dem Weg zu Doktor Finns. Begleite ihn bitte. Seine Praxis liegt direkt hinter dem Marktplatz.«

Dennis war froh, endlich von den jubelnden Fabelwesen wegzukommen. Er eilte Miro hinterher, der bereits vor der Praxis stand. Ein Palast aus dunklem Gestein und langen Säulen wirkte für Dennis eher wie eine antike Universität als wie eine Arztpraxis. Eine große Treppe vor dem Eingang war das einzige Hindernis, welches Miro noch zu bewältigen hatte. Immer noch blind vor Eifersucht bemerkte er nicht, dass Dennis bereits hinter ihm war.

»Warte!«, rief Dennis seinem Freund hinterher.

Miro blieb stehen, ohne sich umzudrehen.

»Hey, was ist los, Miro?«

»Ach, nichts. Ich wollte nur schnell diese Lieferung abgeben, damit wir endlich zu deinem Lehrer kommen«, antwortete Miro mürrisch.

Dennis wurde einfach nicht schlau aus diesem launischen Kobold. Ohne weiter nachzuhaken, heftete er sich an seinen neuen Freund, der energisch die große Tür des altertümlichen Gebäudes aufschlug.

Die beiden betraten gemeinsam die Praxishalle, die in drei Abteilungen unterteilt war. Einen Krankenflügel für Patienten, die über längeren Zeitraum behandelt werden mussten, einen etwas kleineren Bereich für Sprechstunden und einen schmalen Raum für die Lagerung von Medikamenten und Arbeitsgeräten.

Miro war nicht zum ersten Mal dort und ging geradewegs zum Schalter, an dem eine Koboldame im weißem Kittel schon auf das Paket wartete.

Freudig nahm sie es entgegen und öffnete es umgehend, um die Ware zu prüfen. »Puh, zum Glück seid ihr noch rechtzeitig gekommen.«

»Wie, warum rechtzeitig?«, fragte Miro.

Die Kobolddame holte eine Ampulle mit hellblauem Schleim aus dem Paket. »Weil wir dringend neuen Impfstoff gegen das Diumfieber benötigen. Der Oberelf setzt alle Ärzte Noxias unter Druck, dafür Sorge zu tragen, dass sich diese Krankheit auf keinen Fall in der Bevölkerung ausbreitet.«

Miro plagte ein schlechtes Gewissen. Ihm wurde schnell wieder klar, wie wichtig die Arbeit seiner Familie tatsächlich war.

Während die Krankenschwester zufrieden die restlichen Impfdosen und Tränke aus der Box holte, lief ein merkwürdiger Mann an Miro und Dennis vorbei. Im Augenwinkel bemerkte er Dennis und drehte sofort wieder um. Der Mann trug einen weißen Anzug und hatte einen langen Metallstab in der Hand.

Der seltsame Mann ging fasziniert auf Dennis zu. »Diese Augen würde ich überall wiedererkennen. Du musst Flynns Sohn sein. Dieser Annahme bin ich mir zu fünfundneunzig Prozent sicher.«

Dennis musterte den Mann ebenfalls. Er hatte große Ähnlichkeit mit einem Kobold, doch schmückten ihn auch mehrere Körpermerkmale, die auf eine andere Fabelrasse hindeuteten. Er war mit der Körpergröße von Dennis sehr klein, jedoch deutlich größer als ein gewöhnlicher Kobold. Er hatte eine Glatze, einen langen, blonden Bart und eine knollige Nase. Die restlichen Merkmale, wie das breite Gesicht und die großen, runden Augen waren typisch koboldartig.

»Guten Tag, Doktor Finns«, sagte Miro und drängte sich zwischen Dennis und den Doktor.

»Guten Tag, Miroel. Lange nicht mehr gesehen. Wie geht es deinen Eltern?«

»Denen geht es gut. Sie bedanken sich für Eure großzügige Bestellung und hoffen, Euch als Kunden behalten zu können.«

Doktor Finns blickte kurz zu seiner Angestellten, die seine Bestellung nickend absegnete. »Natürlich. Schon seit mehr als dreißig Jahren beziehe ich die Ware von deiner Familie. Ich kenne niemanden, der solch exquisite Medizin herstellt. Da bin ich auch bereit, den nötigen Preis zu zahlen. Nur bitte ich euch, mir das nächste Mal Bescheid zu geben, wenn die Ware erst nach dem Mittag hier eintrifft.«

»Das war meine Schuld, Doktor Finns. Meine Eltern haben mit der Verspätung nichts zu tun.«

Dennis war sehr überrascht über die ehrliche Entschuldigung seines Freundes. Vor einer Stunde wollte er noch mit allen Mitteln diese Lieferung sabotieren. Nun wurde sein Blick trüb, und seine sonst so stolze, quiekende Stimme wirkte plötzlich leise und trocken.

Doktor Finns aber interessierte sich plötzlich weder für Miros Entschuldigung noch für die Bestellung. Er hatte nur noch Augen für Dennis.

»Was ist das Diumfieber?«, fragte Dennis mit dem Vorteil der uneingeschränkten Aufmerksamkeit. Er vergaß vor lauter Aufregung beinahe seine guten Manieren. Er gab dem Doktor die Hand und begrüßte ihn. »Entschuldigen Sie, Herr Doktor. Mein Name ist Dennis. Wie Sie bereits vorhin gesagt haben, bin ich Flynns Sohn.«

»Dennis. Ein ungewöhnlicher Name«, grübelte Finns. »Zu achtundneunzig Prozent menschlicher Natur?«

Dennis nickte. »Ich habe auch noch einen elfischen Namen, aber den habe ich leider vergessen.«

»Lakuso«, redete Miro dazwischen. »Dein Vater hat mir oft genug erzählt, dass dein noxischer Name Lakuso lautet.«

Doktor Finns lächelte angetan. »Aha, typisch Flynn. Der Name des ersten Oberelfen Noxias trägt also nun ein neues Gesicht mit einer großen Geschichte.«

»Dennis fängt heute mit seiner Ausbildung an. Durch seine Isolation von Noxia weiß er so gut wie nichts«, versuchte sich Miro wieder ins Gespräch zu bringen.

Doktor Finns schien von der Tatsache, dass Dennis noch nichts über die Welt seines Vaters wusste, nicht besorgt zu sein. Stattdessen starrte der Arzt den kleinen Hybriden beinahe besessen an, was Dennis zunehmend verunsicherte. In regelmäßigen Abständen wich er einen Schritt mehr von dem merkwürdigen Arzt zurück.

»Wenn er Flynns Talent geerbt hat, und davon gehe ich aus, wird er die Ausbildung mit einer Wahrscheinlichkeit von achtundachtzig Prozent bestehen.« Doktor Finns klatschte mit seinen Händen auf Dennis Arm und starrte ihn immer noch hypnotisierend an. »Das Diumfieber ist übrigens eine seltene Viruserkrankung unter Elfen. Wir gehen zu siebenundneunzig Prozent davon aus, dass sie durch kranke Tiere übertragen wird.«

»Ist die Krankheit denn gefährlich?«

»Wie man es nimmt. Eigentlich ist diese Krankheit beinahe ausgerottet worden. Hin und wieder aber gibt es noch bestätigte Fälle innerhalb der Mauern. Das Diumfieber ist eine der gefährlichsten Krankheiten unserer Zeit. Beim Ausbruch leidet die Person unter Kreislaufproblemen, hohem Fieber und inneren Blutungen, welche mit einer Wahrscheinlichkeit von zwanzig Prozent äußerst stark ausgeprägt sein werden. Allerdings können wir durch den Impfstoff eine Epidemie zu zweiundsiebzig Prozent verhindern.«

Dennis bekam Angst. Das Letzte, was er wollte, war krank zu werden. »Könnte ich theoretisch auch diese Krankheit kriegen? Wenn ja, möchte ich unbedingt auch eine Impfung bekommen.«

»Ich wünschte, ich wüsste es. Es ist noch nichts über einen Krankheitsausbruch bei einem Hybriden bekannt. Ohne eine Statistik müsste ich zum ersten Mal von einer fünfzigprozentigen Wahrscheinlichkeit ausgehen. Aber ich denke, mit einer Impfung gegen diese Seuche kann man nichts falsch machen. Allerdings kostet das Ganze drei Gulden.«

»Waaas?!«, schrie Miro und fiel zu Boden. »So viel Geld für eine Spritze?! Wir haben Euch gerade mehr als zwanzig Ampullen mit dem Impfstoff für einen Bruchteil verkauft!«

Doktor Finns kratzte sich beschämt den Kopf. »Tut mir leid, das sind leider die gängigen Preise. Andere Praxen verlangen sogar bis zu sechzig Prozent mehr.«

Dennis hatte leider seinen Geldbeutel, den sein Vater ihm in der letzten Nacht gegeben hatte, in Miros Zimmer liegen lassen. »Entschuldigung, aber ich habe nicht einmal eine Gulde dabei. Ich werde vielleicht in Zukunft nochmal darauf zurückkommen.«

Dennis und Miro wollten sich gerade verabschieden und die Praxis verlassen, als Finns sich ihnen in den Weg stellte. »Ich hätte noch einen anderen Vorschlag«, sagte er verschwitzt und betrachtete Dennis dabei gierig.

Miro und Dennis sahen sich an und zuckten verwundert mit den Schultern.

»Ich erforsche bereits sechzig Prozent meines Lebens die anatomischen und psychischen Unterschiede zwischen normalen Fabelwesen und Hybriden. Und du, Lakuso, könntest mir mit deinem Körper sehr behilflich sein.«

Doktor Finns kam den beiden Jungs mittlerweile eher wie ein verrückter Wissenschaftler vor als wie ein seriöser Facharzt.

»Und dafür wollen Sie mir die Impfung kostenlos geben?«, fragte Dennis zaghaft.

»So ist es«, sagte Finns aufgeregt. »Es handelt sich hierbei auch nur um simple Untersuchungen, die zu einhundert Prozent gesundheitlich von mir abgesegnet sind.«

Doktor Finns kam zwar sehr verrückt daher, aber aus irgendeinem Grund vertraute Dennis dem Arzt. Er sagte zu, und Doktor Finns brachte seinen speziellen Patienten in einen kleinen Raum, in dem bereits die Spritze auf ihn wartete. Nach wenigen Sekunden injizierte Finns die Mixtur in die Blutbahn des Halbelfen, und sie vereinbarten, dass Dennis zu ihm zurückkommen sollte, sobald er genügend Zeit übrig hatte. Danach verließen Dennis und Miro nach fast einer halben Stunde endlich die Praxis.

»Deine Position als Hüter verschafft dir viele Vorteile. Du solltest demnächst einmal mit mir ins Casino gehen«, scherzte Miro, obwohl er wieder mit der Eifersucht kämpfte.

Der Meister der Meister

Flynn und Gerrit warteten ungeduldig auf die beiden Jungs. Nach mehr als einer halben Stunde kamen die beiden entspannt um die Ecke, als wäre nichts gewesen. Flynn und Gerrit ließen dies nicht auf sich sitzen und quetschten die beiden aus, bis sie erzählten, was passiert war.

Flynn war überrascht von der forschen Art des Doktors, sah allerdings keinen Grund, beunruhigt zu sein. Stattdessen flogen die vier wieder los, um ihr eigentliches Ziel zu erreichen. Sie hatten beträchtlich viel Zeit verloren, weshalb Flynn seinen Greifen anwies, schneller zu fliegen.

Schon nach knapp einer Minute überflogen sie die Stadtgrenze Noxias und betrachteten das magische Waldgebiet. Der Schimmersee schien weit abseits der Stadt zu liegen.

In Dennis stieg nun langsam wieder die Anspannung. Wie würde dieser Lehrer wohl aussehen? Würde er nett und aufgeschlossen sein oder eher streng und kühl? Jedenfalls schien Flynn sehr viel von dieser Person zu halten, wenn er ihm die Ausbildung seines Sohnes anvertraute.

Als Dennis dachte, sie würden noch ewig über den Wald fliegen, sah er am Horizont eine Menge Wasser, das sich zwischen hellleuchtenden, menschengroßen Pilzen und gigantischen Bäumen erstreckte. Je näher sie kamen, desto mehr konnte man erkennen, wie riesig dieser See war. Den Namen Schimmersee trug dieser Ort nicht ohne Grund. Selbst aus gut einem Kilometer Entfernung funkelte das Wasser, als lägen massenweise Diamanten darin. Auch hatte das Wasser eine wunderschöne türkise Farbgebung.

»Ich weiß noch, als ich zum ersten Mal im zarten Alter von zehn Jahren in diesem See schwimmen war«, schwelgte Gerrit.

»Ich erinnere mich noch, als mein Vater mir berichtete, wie er versucht hat, dich das Schwimmen zu lehren«, sagte Flynn mit verschmitztem Lächeln. »Danach wollte er nie wieder einem Menschen irgendetwas beibringen.«

Auch Gerrit musste lachen. »Er war aber auch ein strenger Lehrer. Aber ich hatte keine Wahl. Mein Vater war damals bei der Bundeswehr, und meine Mutter konnte selbst nicht schwimmen.«

Dennis erinnerte sich noch an seine ersten Schwimmstunden bei Roger. Er schmiss ihn einfach ins Wasser und verlangte, dass er zurück ans Ufer schwamm. Das Dennis dabei nicht ertrank, war für ihn bis heute ein Wunder. Möglicherweise hatte ihm damals auch schon sein elfisches Blut geholfen?

Der Greif setzte zur Landung an und alle hielten sich fest.

Erst als sie selbst den Boden berührten, konnten sie die Schönheit des Ortes in voller Pracht wahrnehmen. Sie befanden sich in einem Tal, das von riesigen Pflanzen umschlungen wurde. Dadurch wirkte der Ort auch am helllichten Tag relativ dunkel. Das grelle Licht, welches die Bäume und Pilze ausstrahlten, ließen den gewaltigen See leuchten. Der See wurde von einer dünnen Schicht aus feinem Gestein, auf dem sich die vier bewegten, umrandet. Der Schimmersee war so gewaltig, dass Dennis Probleme hatte, zu erkennen, was sich auf der anderen Uferseite befand.

»Der See ist ein wahres Heiligtum unserer Kultur«, sagte Flynn stolz.

Selbst Gerrit und Miro, die beide schon mehrmals an diesem Ort gewesen waren, schauten entzückt auf den See.

»Immer wieder fantastisch hier«, säuselte Gerrit mit ausgestreckten Armen und ging zum Ufer des Sees, um seine Hand hineinzuhalten. Er zuckte dezent zusammen. »Es ist nach wie vor kälter als man denkt.«

Auch Dennis und Miro gingen zum Wasser und strichen mit ihrer Hand einmal durch das kühle Nass. Während Miro nur kaltes Wasser spürte, spielten Dennis Sinne bei der Berührung mit dem See vollkommen verrückt. Es war für ihn selbst kaum zu beschreiben. Er fühlte die Klarheit des Wassers und einen Herzschlag. Einen gewaltigen Herzschlag, so wie sich Dennis den eines Drachen vorstellte, wenn man seinen Kopf auf die Brust des Tieres legen würde.

An Dennis Gesichtsausdruck konnte Flynn lesen, dass er genau das spürte, was er erhoffte. »Du nimmst es wahr, oder? Die pure Energie dieses Ortes mit seinen Lebewesen. Die Energie und den Herzschlag der Natur«, sprach der stolze Vater und legte seinen Arm um Dennis.

»Du spürst es auch, Papa? Diesen mächtigen Puls und dieses merkwürdige Kribbeln in den Händen?«

Gerrit bekam das leise Gespräch zwischen Vater und Sohn mit und gesellte sich stolz dazu. »Du siehst und spürst die Welt immer mehr wie ein Elf, Dennis.«

Miro wollte am liebsten auch dieses Gefühl verspüren und strich mehrmals durch das Wasser. Aber außer einer immer kälter werdenden Hand fühlte er nichts.

Dennis steckte seine Hand nochmals in den See. Er verspürte sofort dasselbe Gefühl wie zuvor. Er war von sich selbst beeindruckt. Ein Elf zu sein war wohl so ziemlich das Aufregendste, was es gab

»Das ist echt abgefahren. Ich spüre also echt die Energie dieses Sees?«

Flynn hockte sich neben Dennis ans Wasser und ließ seine Hand ebenfalls dort hinein. »Ja, so ist es. Die Tatsache, dass du bereits den Herzschlag der Natur spürst, ist ein gutes Zeichen.«

»Warum gutes Zeichen?«

»Weil du allem Anschein nach bereits eine gewisse Verbindung zur Natur besitzt. Das bedeutet, dass du den ersten Teil deiner Ausbildung mit Leichtigkeit absolvieren wirst«, antwortete Flynn.

So etwas hörten alle Beteiligten gerne. Gerade Gerrit schien stolz, Dennis bei seinen ersten Schritten als Elf begleiten zu dürfen.

Auf die Ausbildung angesprochen, wollte Dennis nun endlich von seinem Vater erfahren, warum sie zu diesem Ort geflogen waren. Da dieser See für die Elfen heilig war, lief bis auf einem Kobold, der gerade am Waldrand ein paar Kräuter pflückte, niemand herum. Lediglich das sanfte Rauschen der kleinen Wellen, die am Ufer brachen, gab dem Ort eine sanfte Akustik.

Flynn richtete seinen Blick auf den See. »Das hier ist der perfekte Ort für deine ersten Schritte, mein Sohn. Die Energie, die hier von der Natur ausgeht, wird dich fördern.«

Für Dennis hörte sich das so an, als wäre die Natur sein Lehrer. Sein Blick wandte sich nicht mehr von seinem Vater ab.

»Flynn, du kannst Dennis doch nicht allein der Natur überlassen. Er mag zwar weiter sein, als wir dachten, aber ohne geeigneten Trainer wird er keine weiteren Fortschritte machen können«, behauptete Miro erschrocken.

Gerrit gab dem Kobold erneut einen Klaps auf den Kopf. »Du Idiot. Du glaubst doch nicht im Ernst, dass wir Dennis einfach hier absetzen.«

»Aua!«, schrie Miro und knurrte Gerrit erbost an. »Wer soll denn hier sein? Ich habe noch nie etwas von einem Elfen gehört, der direkt am Schimmersee lebt. Das ist sogar verboten. Bis auf die Monddämmerung darf niemand anderes den See ohne triftigen Grund betreten.«

Dennis konnte niemanden in der Umgebung sehen. Aber sein Vater würde ihn niemals ohne Grund hierherbringen. Der See war groß genug, um jemanden zu übersehen.

Flynns Hand steckte immer noch im funkelnden Wasser. Seine strahlend blauen Augen starrten auf den See. Er schien sich stark zu konzentrieren. Plötzlich löste sich seine Hand im Wasser wie Staub auf. Dennis und Miro konnten es nicht fassen und suchten nach der Hand. Doch sie war einfach weg. Flynn nahm sogar seinen Arm aus dem Wasser, um den beiden zu zeigen, dass seine Hand tatsächlich nicht mehr an seinem Körper hing. Es tropfte kein Blut, als ob diese Hand nie dagewesen wäre. Miro wurde bei dem Anblick schlecht, während Dennis diesen Trick am liebsten sofort lernen wollte.

»Wie hast du das gemacht, Papa?«

Flynn und Gerrit lachten amüsiert über Miros blassen Gesichtsausdruck.

»Ich habe einen Teil meines Körpers für eine bestimmte Zeit der Natur überlassen. So kann ich das gesamte Gebiet im Umkreis des Schimmersees nach allen möglichen Lebewesen absuchen. Die Macht des Wassers erlaubt mir auch noch viele weitere Dinge.«

Dennis war begeistert. Seine Hand einfach im Wasser aufzulösen, um damit ein Gebiet von mehreren Quadratkilometern abzusuchen, war für ihn unbegreiflich.

»Kannst du mir das auch beibringen?«, fragte Dennis ganz aus dem Häuschen.

»Irgendwann bestimmt«, antwortete sein Vater besonnen. »Doch diese Fähigkeiten sind noch nichts für dich. Das ist etwas für fortgeschrittene Elitekrieger. Aber in ein paar Jahren könntest du so weit sein.«

´In ein paar Jahren?´ In Dennis Gedanken waren bereits ein paar Monate eine Ewigkeit. So wurde ihm wieder bewusst, welch langwierige Aufgabe vor ihm lag. Wahrscheinlich würde er noch bis zu seinem achtzehnten Geburtstag in der Elfenausbildung stecken. Dennis blieb nichts anderes übrig, als diese Tatsache zu akzeptieren.

Sein Onkel kam zum Trost und gab ihm ein Kaubonbon aus seiner

Hosentasche. »Es geht jetzt erst einmal darum, dass du deine gewöhnlichen Elfensinne ausbaust. Erst wenn es für dich kein Problem mehr darstellt, auf Knopfdruck einen beliebigen Sinn zu aktivieren, kannst du auch anfangen, die Natur zu zähmen.«

Gerrit hatte natürlich recht. Dennis konnte bislang keinen einzigen elfischen Sinn kontrollieren. Sie kamen und gingen, wie sie wollten.

Miro hatte sich nach kurzer Erholungszeit an den Anblick von Flynns fehlender Hand gewöhnt und schüttelte sich kurz. Er lebte zwar in der Fabelwelt, aber da er erst seit wenigen Jahren näheren Kontakt zu Elfen hatte, kannte er auch nicht alle Fähigkeiten der Elitekrieger.

»Ich dachte erst, dass wäre eine Art Zauber wie beim magischen Sand, aber deine Hand ist ja tatsächlich nicht unsichtbar, sondern futsch«, sagte Miro überwältigt und er tastete vorsichtig die Stelle ab, an der eigentlich Flynns Hand stecken sollte.

»Das hier ist keine Magie wie sie die Trolle oder Kobolde benutzen. Ich nutze lediglich meine Verbindung zur Natur.«

Miro konnte sich nicht in die Angelegenheiten eines Elfen hineinversetzen und wollte keine weiteren Fragen stellen. Stattdessen blickten alle auf das funkelnde Wasser, in dem so viel Leben steckte. Zum ersten Mal stieg ein großes Tier an die Oberfläche, um Luft zu holen. In Dennis Augen sah dieses Geschöpf aus wie eine blaue Echse mit Flossen. Er war sich sicher, so ein Wesen schon einmal in einem von Gerrits Büchern entdeckt zu haben. Dies war schon viele Jahre her, und damals dachte Dennis noch nicht an eine Fabelwelt. Aber dieses markante Aussehen blieb ihm im Kopf wie der erste Schultag.

Dennis wollte gerade fragen, um was für Tiere es sich im Wasser handelte, als Flynns Körper kräftig zuckte. »Er ist da«, murmelte er, und nur wenige Sekunden später sprudelte das Wasser vor ihm. Flynn steckte seinen Arm hinein, und schwups, manifestierte sich an diesem wieder seine Hand, als sei nichts gewesen.

»Wer ist wo, Papa?«

Flynn zeigte nun bestens gelaunt auf Benji. »Alle Mann zurück zum Greifen. Wir fliegen zur anderen Seite des Sees«.

Gerrit, Miro und Dennis zögerten nicht und folgten dem fokussierten Elfenfürsten zurück zum Greifen. Geschwind ging es wieder in die Lüfte, um über das strahlende Wasser zu gleiten.

»Dürften wir denn endlich mal erfahren, wen wir aufsuchen? Ich habe nämlich schon damals in der Schule gelernt, dass dieser Ort heilig ist und niemand hier wohnen darf«, sagte Miro.

»Das ist korrekt. Außer einer Ausnahme.«

»Komm, sag es ihnen endlich, sonst geben die niemals Ruhe«, lachte Gerrit.

»Wir suchen Filus den Weisen auf.«

»Wer soll das sein? Ist er ein genauso großer Krieger wie du?«, fragte Dennis.

Flynn schmunzelte, während er den Horizont fixierte. »Du erinnerst dich sicher daran, dass ich dir gesagt habe, dass dein Großvater der mächtigste Krieger der letzten Epoche war?«

Dennis nickte fragend. »Das hast du mir, soweit ich weiß, erst letzte Nacht erzählt.«

»Soll das etwa bedeuten, es gibt einen noch stärkeren Elfen als Paulus?«, fragte Miro ungläubig.

»Ich behauptete lediglich, dass mein Vater der mächtigste Krieger war. Doch es gab noch einen mächtigeren Elfen, der außerhalb der Monddämmerung wandelte. Filus. Er war es sogar, der meinen Vater trainierte, sodass er zu der Person werden konnte, die wir heute in unserer Erinnerung haben.«

Dennis war ganz aufgeregt. Eine so große Persönlichkeit zu treffen, hatte er nicht erwartet.

»Moment mal, Leute«, drückte sich Miro aus der Kehle. »Wenn dieser Typ Dennis berühmten Großvater trainiert hat, dann muss dieser Elf ja ein wandelndes Denkmal sein. Wie alt ist denn dieser Methusalem?«

»Als Kind ist er mir das ein oder andere Mal hier begegnet«, mischte sich Gerrit ein. »Und damals, im Alter von vielleicht zehn, maximal fünfzehn Jahren, war dieser Elf schon älter als jeder andere in Noxia.«

»Wow, und da du bereits ein alter Knacker bist, macht das die Sache noch spannender«, scherzte Miro und kassierte den kräftigsten Klaps des Tages.

»Das Alter wird auch das Problem«, seufzte Flynn. »Niemand weiß, wie alt dieser Elf wirklich ist. Filus machte schon immer ein Geheimnis aus seiner Identität. Seit ich denken kann, lebt er hier rund um den Schimmersee, um sich von der Zivilisation abzukapseln. Es gibt keine offiziellen Aufzeichnungen zu diesem Mann. Das gibt viel Stoff für Legenden über ihn.«

»Was für Legenden?«, fragte Dennis.

»Es gibt viele Leute, die behaupten, dass dieser alte Elf ein einfacher Vagabund sei, der mit seiner fehlenden sozialen Anpassung nicht ins heutige Noxia gehört. Andere Leute, wie dein Großvater Paulus, waren davon überzeugt, mit diesem alten Mann der wahren Natur begegnet zu sein. Ich erinnere mich noch, als dein Großvater zu mir sagte, dass Filus mit Sicherheit der einzige Elf nach Venoxia war, der die Grenze zur Natur überwunden hat. Er soll der Schöpferin sogar begegnet sein.«

»Ein sehr erstaunlicher, alter Mann also«, merkte Miro an.

»Ich selbst habe ihn das letzte Mal vor rund zwanzig Jahren getroffen«, sagte Flynn. »Dieser uralte Mann ist tatsächlich anders als die heutigen Elfen. Da mein Vater ein absolut genialer und glaubwürdiger Elf gewesen war, glaube ich auch seiner Theorie. Deshalb habe ich mich auch für ihn als Dennis Lehrer entschieden. Wenn jemand meinem Sohn etwas Lebenswichtiges lehren soll, dann der Lehrer meines Vaters. Niemand kennt sich besser mit der Natur und den Fähigkeiten eines Elfen aus als er.«

Beeindruckt waren nun alle gespannt, diesen Elfen zu treffen.

Die vier haben mittlerweile eine beachtliche Strecke hinter sich bringen können. Während Dennis und Miro immer aufgeregter wurden, schien Gerrit entspannt in Gedanken zu schwelgen. Der See war so gigantisch, dass er selbst mit dem Greifen mehrere Minuten die entgegenliegende Uferseite verbergen konnte, bis man sie dann doch endlich erblickte.

Flynn zeigte plötzlich enthusiastisch auf einen dunklen Punkt im Wasser. »Da ist er.«

Der Greif setzte zur Landung am Waldesrand an. Erst jetzt erkannten Dennis und Miro, dass dieser Punkt tatsächlich ein Elf gewesen ist. Er war so still und dürr, dass man ihn aus weiter Entfernung mit treibendem Geäst verwechseln konnte. Noch interessanter war jedoch, dass dieser Elf auf der Wasseroberfläche zu sitzen schien.

»Ihr bleibt hier, bis ich alles geklärt habe«, sagte Flynn merklich unruhig und ging in Richtung Ufer.

»Warum dürfen wir nicht mit?«, fragte Dennis.

»Dieser ganz besondere Elf hat auch eine ganz besondere Persönlichkeit. Ich möchte ihn zuerst in die ganze Angelegenheit einweihen, bevor wir mit vier Personen auf ihn zulaufen. Denkt daran, dass dieser Elf sehr alt ist und wir nicht wissen, wie es um seine Gesundheit steht.«

Dennis fragte sich immer mehr, was für ein Typ dieser Filus war.

Flynn fand einen am Ufer liegenden Baumstamm und schob ihn mit bloßer Willenskraft zurück ins Wasser. Er setzte sich drauf und trieb genau in die Richtung des mysteriösen Elfen. Dieser war sehr weit vom Ufer entfernt.

Erst als Flynn seinem Ziel ganz nah war, musste selbst er erstaunt feststellen, dass dieser uralte Elf auf einem kleinen Ast saß. Dieser Ast war nicht breiter als ein Daumen und dennoch saß der Elf im Schneidersitz darauf, als sei es ein bequemer Sessel. Selbst der mächtige und erfahrene Elfenfürst hatte so etwas noch nie gesehen. Der uralte Mann sah alles andere als fit aus. Er war so mager, dass man die Rippen auf seinem nackten Oberkörper sehen konnte. Er war noch blasser als ein gewöhnlicher Elf und trug lediglich eine kurze, hellbraune Stoffhose. An seinem fettigen, krausen Haar konnte man nur noch im Ansatz feststellen, dass dieser runzelige Elf einmal hellblonde Haare trug.

Der alte Mann schien zu schlafen. Sein Kopf hing nach unten und er rührte sich nicht.

Flynn war nur noch wenige Meter entfernt. Er neigte seinen Kopf seitlich nach unten, um zu schauen, ob bei dem alten Mann alles in Ordnung war. »Filus, geht es Euch gut?«

Filus begann zu grinsen, ließ aber die Augen geschlossen und den Kopf unten. »Flynn, Fürst der Monddämmerung«, krächzte der alte Mann.

An Flynns Blick konnte man den großen Respekt erkennen. Filus konnte spüren, dass sich jemand näherte, und vor allem, wer.

»So ist es. Ich, Flynn, Fürst der Monddämmerung, ersuche Euch aus guten Gründen.«

Filus neigte seinen Kopf nach oben und zeigte sein Gesicht. Er öffnete seine Augen und Flynn erschrak. Filus Augen waren beinahe völlig grün. Man konnte nur noch die Umrandungen der Pupillen erkennen. Diese hatte er so nicht in Erinnerung.

»Was bringt einen Fürsten der Monddämmerung zu diesem Ort? Ist es etwa wegen deinem Sohn?«

Flynn nickte beeindruckt. »Ja, so ist es. Ihr wisst wahrscheinlich, dass mein Sohn der Hüter ist. Deshalb erbitte ich Eure Hilfe.«

Filus erhob sich. Seine Gelenke knackten lauter als ein Baum, kurz bevor er fiel. Er stand nun mit einem Bein auf dem zwei Zentimeter dicken Ast.

»Das ist mir bekannt, mein lieber Flynn. Der Junge entdeckt gerade die zweite Hälfte seiner Persönlichkeit. Nach dreizehn Jahren Abgeschiedenheit zu unserer Welt kann er sich nicht daran erinnern, dass er hier geboren wurde. Er war mit seinen drei Monaten einfach zu jung, um eine Verbindung zu uns zu bekommen.«

»Bitte unterweist meinen Sohn«, rutschte es geradewegs aus Flynn heraus. »Ich weiß, es ist aufgrund Eures Alters viel verlangt, aber er benötigt einen guten Lehrmeister, der ihm alles von Grund auf beibringt.«

Filus räusperte sich und schaute wehmütig zum Lebensbaum, der selbst aus mehreren Kilometern Entfernung seine mächtige Präsenz zeigte. »Mein lieber Flynn. Du weißt, dass ich alles Menschliche auf dieser Welt zutiefst verabscheue. Menschlichkeit bedeutet Hass, Schwäche, Eifersucht und vor allem Gier. Und du hast tatsächlich den Mut, diesen heiligen Ort unserer Ahnen mit einem Menschen und einem Hybriden zu betreten?«

»Die Familie Brunn bildet hier die absolute Ausnahme. Das wisst Ihr genauso wie ich«, konterte Flynn.

Filus schien erfreut über Flynns Widerworte zu sein. »Da hast du recht«, sprach der alte Elf kratzig. »Wir haben der Familie Brunn eine Menge zu verdanken. Sie behüten das Geheimnis unserer Welt. Und nun ist tatsächlich einer von ihnen der auserwählte Hybrid. So wie damals Manfesto.«

Flynns Ohren zuckten. Dass sein Sohn Manfestos Erbe und somit der Hüter der Fabeln war, wusste er natürlich. Doch in den Legenden der Elfen wurde nur derjenige als Auserwählter bezeichnet, der von der Natur erwählt wurde, um ein drohendes Unheil zu verhindern. Normalerweise wäre Flynn hier von einer fälschlichen Benutzung dieses Begriffs ausgegangen, doch da es sich bei der Quelle um Filus handelte, war Flynn sich nicht sicher.

»Auserwählter Hybrid? Was meint Ihr damit?«

Filus senkte seinen Blick zum schimmernden Wasser und hielt seine Hand flach über der Oberfläche. Ein dünner, langer Holzstab schwamm plötzlich an die Oberfläche und der alte Mann nahm ihn auf. »Flynn, wir befinden uns in einer äußerst bedeutsamen Zeit. Genau wie Venoxia es einst prophezeit hatte, wird die Natur zur schlimmsten Stunde einen Hybriden erscheinen lassen, der wie einst Manfesto Brunn, gemeinsam mit ihr die Welt retten soll.«

»Von dieser Prophezeiung höre ich zum ersten Mal«, gab Flynn erschrocken zu.

»Sie wurde auch nie für die Nachwelt niedergeschrieben. Venoxia sagte dies kurz vor seiner Verschmelzung mit dem Lebensbaum. Die Natur höchstpersönlich hatte ihm diese Prophezeiung offenbart.« Wieder ging Filus Blick zu dem Baum, der die gesamte Fabelwelt im Gleichgewicht hielt. »Die Welt ist in Gefahr, Flynn. Wir alle stehen einer Bedrohung gegenüber, dessen Ausmaß Unvorstellbares anrichten wird. Dagegen werden wir uns die Probleme von vor vierhundert Jahren zurückwünschen.«

»Meint Ihr die Macht der Gesta? Sie sind in den letzten Jahrzehnten wieder zu alter Stärke gelangt, aber so wie Ihr es aussprecht, hört es sich nach einem Weltuntergangsszenario an.«

Filus strich mit seinem Holzstab leicht durch das Wasser des heiligen Sees. Flynn traute seinen Augen nicht. Auf der Wasseroberfläche erschien plötzlich ein Bild. Es bewegte sich. Es zeigte eine Ruinenlandschaft, in der lauter tote Elfenkrieger lagen. Ein Sturm zog auf und eine Horde Gesta-Agenten lief durch das Kampfgebiet, um auch die letzten, lebenden Elfen, die sich unter den Trümmern versteckten, zu erschießen. Aus der dunklen Wolkendecke bildete sich ein gewaltiger Schatten, der eine merkwürdige Kreatur zeigte. Man konnte sie kaum erkennen, aber sie hatte etwas Menschliches an sich. Dieses Wesen wirkte übermächtig und besaß eine dämonische Ausstrahlung. Noxia schien auf den Bildern nicht mehr zu existieren. Eine große, dunkle Festung schmückte die Stelle, an der vorher der Lebensbaum seine Macht demonstrierte. Danach blitzte das Bild auf, um darauf auf magische Art und Weise bis zum Verschwinden zu verblassen.

Flynn konnte nicht fassen, was für ein schauriges Bild er gerade sehen musste. Er fiel fast von seinem Baumstamm. »War das die Zukunft Noxias?«

Filus ließ seinen Stab wieder zu Wasser, und er versank in die Tiefen des Schimmersees. »Der See zeigt uns die Zukunft für den aktuellen Augenblick. Der Zeitverlauf verändert sich stetig. Man kann ihn also ändern. Und dein Sohn ist der Schlüssel dazu.«

Beide sahen zum Ufer. Dennis, Miro und Gerrit warteten gespannt auf das Ergebnis des Gesprächs.

»Filus, Dennis hat erst kürzlich seine kritischen Lebensjahre hinter sich gelassen. Er beginnt erst gerade, seine Identität für sich zu entdecken. Wenn es stimmt, was Ihr sagt, bräuchten wir einen Hüter, der alles beherrscht, was ich auch beherrsche.«

Filus schüttelte besorgt den Kopf. »Das wird nicht reichen. Dein Sohn muss deine Fähigkeiten bei weitem übersteigen, Flynn. Die Gegner, die vor unseren Türen stehen, werden übermächtig sein. Und die Konsequenzen eines Scheiterns sind unwiderruflich.«

Flynn konnte sich nicht vorstellen, dass Dennis, so wie er dastand, irgendwann einmal stärker sein sollte als er selbst. »Dennis benötigt Zeit, Filus. Er beherrscht aktuell noch nicht einmal seine gewöhnlichen Elfensinne. Sein Körper und Geist müssen wachsen.«

Filus sprang zu Flynn auf den Baumstamm und setzte sich direkt vor ihn. »Er hat die besten Voraussetzungen für dieses Unterfangen. In ihm fließt dein Blut und das von Manfesto. Außerdem spüre ich, dass die Natur ihm einen würdigen Charakter geschenkt hat. Dieser darf unter keinen Umständen besudelt werden.«

»Da mögt ihr recht haben. Jedoch hat er bis vor kurzem noch nichts von seiner Herkunft gewusst. Er lebte durch seine Mutter blind in der Menschenwelt vor sich hin. Ich denke, es ist selbstredend, dass Dennis noch nicht einmal ahnt, was es bedeutet, ein Elf zu sein.«

»Das ist mir bewusst. Doch möglicherweise können wir Lakusos außergewöhnlichen Lebenslauf für uns nutzen.«

Flynn verzog verwirrt seine Augenbrauen. »Ich wüsste nicht, wie uns Dennis menschliche Züge weiterhelfen könnten. Durch diese beginnen wir völlig bei null.«

Filus verschränkte kichernd seine Arme und blickte zu Flynns Unverständnis verträumt in den Himmel.

»Wie viel Zeit bleibt uns noch?«, fragte Flynn.

»Ich weiß zu meinem Bedauern auch nicht alles, mein guter Flynn. Solange unser Feind das Tor nicht findet, haben wir Zeit. Das können Tage, Wochen, Monate oder Jahre sein. Das hängt auch von deinem Sohn ab. Er ist schließlich der Hüter der Fabeln.«

Filus gab Flynn das Zeichen, dass er den Baumstamm wieder zurück zum Ufer bewegen sollte.

»Tut mir nur einen Gefallen, großer Meister. Erzählt meinem Sohn noch nichts von der wahren Problematik seiner Aufgabe. Er ist sehr sensibel. Er hat bereits genügend Probleme damit, eines Tages gegen die Gesta kämpfen zu müssen. Er weiß, wie gefährlich sie sind. Aber das Szenario, welches Ihr mir gerade gezeigt habt, wäre zu viel für ihn.«

»Die Gesta wird nicht unser einziges Problem bleiben«, meinte Filus gefasst, während er seine Hände durch das schimmernde Wasser gleiten ließ.

»Was soll das bedeuten? Welcher Feind existiert denn noch, der nach unserer Welt trachtet?«

Dennis, Miro und Gerrit sahen, dass sich Flynn und Filus näherten. Freudig erwarteten sie die großen Persönlichkeiten Noxias, nichtsahnend, was sie gerade besprachen.

»Die Gesta ist für das Auge die schlimmste Bedrohung für alle Welten. Aber ich spüre, dass sie im Laufe der Zeit durch ihre blinde Machtgier einen Stein ins Rollen bringen werden, dessen Ausmaß ich leider noch nicht erblicken kann. Es gibt in dieser Welt eine Macht, gegen die normale Sterbliche nichts ausrichten können.«

Die beiden hatten inzwischen die Hälfte des Weges zum Ufer hinter sich gebracht. Ihr Gespräch wurde indes immer leiser, damit Dennis mit seinen Elfenohren nichts mitbekommen konnte.

»Da Ihr hier sitzt, nehme ich an, Ihr kommt meiner Bitte nach und unterrichtet meinen Sohn?«

Filus lächelte erheitert, um Flynn daraufhin mit einem leichten Nicken zu bestätigen. »Ich werde den Geist deines Sohnes prüfen. Wenn er geeignet ist, und davon gehe ich aus, werde ich ihn unter meine Fittiche nehmen. Dann werde ich ihm alles beibringen, was ich weiß. Immerhin hängt von diesem kleinen Burschen das Schicksal aller Welten ab. Er wird eines Tages dem ultimativen Bösen gegenüberstehen. Für diese Begegnung braucht er die größtmögliche Macht.«

Erleichtert und besorgt zugleich, atmete Flynn durch und versuchte, sich zusammenzureißen, damit Dennis und seine Freunde nichts von seinem Gemütszustand erfuhren.

Endlich berührte der dicke Baumstamm das feine Gestein des Ufers, an dem Filus und Flynn bereits sehnsüchtig erwartet wurden. Erst jetzt konnten Miro und Dennis feststellen, wie Filus wirklich aussah. Diese grünen Augen ohne Pupillen zu sehen war zunächst ein wenig furchteinflößend. Auch Gerrit erkannte den alten Elfenmeister nach fast vierzig Jahren kaum wieder.

»Ach du meine Güte«, flüsterte Miro in Dennis Ohr. »Dieser Elf sieht eher aus wie ein gestrandeter, armer Wicht, als ein berühmter Meister der Meister.«

Auch Dennis hatte sich den Anblick seines zukünftigen Lehrers etwas anders vorgestellt. Er erwartete einen edlen Mann, den viele harte Kämpfe gezeichnet hatten. Was vor ihm stand, war ein uralter, grauhaariger Elf, der seit Jahren nichts mit Körperpflege zu tun hatte.

»Ich bin zwar alt, aber ich erkenne einen unverschämten Kobold, wenn er über mich lästert«, grunzte Filus in Miros Richtung.

Miro wurde wieder leicht rot im Wangenbereich, versuchte aber, vor seinen Freunden die abgeklärte Person zu spielen. »Hast du etwas gegen Kobolde, alter Mann?«

Flynn eilte zu Miro, um ihn zurechtzuweisen.

»Nein, einer meiner besten Freunde war ein Kobold. Ich habe allein dich unverschämt getauft, da du in dir mehr menschliche Attribute vereinst als Lakuso«, sagte Filus, bevor er sich endgültig auf Dennis fixierte und auf ihn zuschritt. Er musterte den kleinen Halbelfen kurz, um ihn danach herzlichst zu grüßen. »Es ist schön, mal wieder einen Brunn in Noxia begrüßen zu dürfen. Noch dazu einen so Bedeutsamen.«

Filus streckte seine Handfläche aus. Es schien, als ob er etwas von Dennis erwarten würde.

Dennis wusste zuerst nicht, was der alte Mann von ihm wollte, bis sein Vater zu ihm sagte: »Leg deine Hand hinein.«

Dennis nickte seinem Vater zu und legte seine flache Hand in die, des alten Elfen.

Plötzlich hörte Dennis eine Stimme in seinem Kopf. ´Hab keine Angst, Lakuso´, sagte sie zu ihm. ´Ich blicke in deinen Geist, um deine Fähigkeiten einzuschätzen.´

Dennis ordnete diese Stimme sofort Filus zu. Er versuchte nun selbst, rein durch seine Gedanken, mit dem alten Elfen zu kommunizieren. ´Kannst du mich auch hören?´

´Ja, natürlich´, antwortete Filus Stimme. ´Selten habe ich eine so verletzte Seele gesehen, mein Junge. Du hast in deinen jungen Jahren bereits viel Leid ertragen müssen. Das hat Spuren hinterlassen. Gefährlich … äußerst gefährlich. Doch dieses Leid hat auch deinen Sinn für Gerechtigkeit enorm gestärkt. Dieser Sinn wird eines Tages auf die Probe gestellt werden. Es ist enorm wichtig, dass du diese Herausforderung meistern wirst, um deine Seele zu heilen.´

Dennis war verblüfft. Er konnte vor Filus nichts verstecken, was er äußerst beängstigend fand.

´Ich habe genug gesehen´, äußerte sich Filus und zog seine Hand langsam weg. Filus Stimme verschwand aus Dennis Kopf, nachdem er seine Hand nicht mehr berührte.

Gerrit, Flynn und Miro sahen den beiden gespannt zu. Dennis erstarrte kurz nach dieser geistigen Begegnung, die er wohl niemals vergessen würde.

Filus schien sehr zufrieden zu sein. Vertraulich nickte er Dennis zu. »Gut, ich werde dich alles lehren, was ich weiß.«

Alle waren heilfroh über Filus Entscheidung. Flynn bedankte sich bei dem alten Mann. Der jedoch hatte nach der geistigen Begegnung bloß noch Augen für Dennis.

»Wann fangen wir an?«, fragte Dennis aufgeregt.

»Sobald du dich dafür bereit fühlst, mein Junge«, antwortete Filus entspannt und ging plötzlich auf Gerrit zu.

Gerrit war überrascht und begrüßte den alten Meister mit einer Verbeugung. »Guten Tag, Filus der Weise. Wir haben uns lange nicht gesehen.«

»Das Schicksal wollte es so«, entgegnete Filus. Der schrumpelige Elf sah dem dicken Mann tief in die Augen. »Man sieht leider nur noch im Ansatz, dass du zur Familie Brunn gehörst. Du hast dich gehen lassen.«

Gerrit lief purpurrot an. »Na ja, großer Meister, ich habe in den letzten Jahrzehnten genug damit zu tun gehabt, mein eigenes Café aufzubauen.«

Miro kriegte sich nicht mehr ein. »Ich glaube, du hast eher etwas anderes aufgebaut.«

Gerrit wollte wieder auf Miro losgehen, doch Filus hielt ihn nur mit zwei Fingern davon ab. Gerrit schreckte zurück, schnaufte Miro darauf aber an wie ein zorniger Bulle.

»Du musst lernen, deine Emotionen zu kontrollieren«, sagte Filus beruhigend. »Ich kenne den unruhigen Kern deiner sonst sanften Persönlichkeit. Deine Hingabe für das Speisen ist keine Sünde, solange du dein Herr bleibst. Glaube mir, deine Trauer wird nicht vorübergehen, wenn du nicht ehrlich zu dir bist.«

Gerrit schien plötzlich in sich gekehrt. Dennis konnte sogar eine Träne das dicke Pausbäckchen herunterrollen sehen.

»Ich … ich weiß«, sagte Gerrit mit deutlichem Kloß im Hals.

Flynn wurde während der emotionalen Angelegenheiten ungewöhnlich ruhig. Er entschied sich ohne weitere Diskussion dazu, Dennis Ausbildung am morgigen Tag zu beginnen. Er wollte schnellstmöglich mit Gerrit über die neuen Informationen sprechen.

»Ich bringe dich und Miro zurück zu seinem Haus. Damit beginnt deine theoretische Ausbildung.«

Dennis wusste nicht, was sein Vater damit meinte.

Miro dagegen sehr wohl. »Dann können wir zusammen in die Stadt gehen. Wir könnten etwas einkaufen und uns amüsieren.«

Gerrit beugte sich beunruhigt zu Flynn. »Hältst du das für eine gute Idee? Immerhin ist er ein Verbrecher«, flüsterte er ihm zu, während die beiden Teenager bereits eifrig besprachen, was sie alles aus ihrem restlichen Tag machen wollten.

Flynn nickte Gerrit beherzt zu, bevor er den beiden Jungs mit einem vertrauensgebenden Lächeln zeigte, dass er keine Bedenken hatte. »Keine Sorge, mein Freund. Miro hat aus seinen Fehlern gelernt.«

Miro nickte selbstbewusst, während Dennis sich mehr und mehr fragte, was der Koboldjunge für schlimme Verbrechen begangen hatte.

Flynn pfiff laut durch das heilige Gebiet, um seinen Greifen zu locken. Den hatte er wegen Filus vorsorglich in den Wald geschickt.

Filus gefiel der Anblick des treuen Greifen Benji überhaupt nicht. »Typisch Monddämmerung. Ihr befehligt immer noch unschuldige Geschöpfe für euer Wohl«, blaffte der alte Elf.

Bevor Flynn antworten konnte, raste auch schon sein Greif zu ihnen. Filus schien mit der Tierhaltung der Elfen nicht einverstanden gewesen zu sein. Er würdigte Flynn keines Blickes mehr und verabschiedete sich lediglich herzlich von Dennis und Gerrit. Auch Miro ließ er stehen wie schlechtes Gemüse.

Filus richtete nochmals einen intensiven Blick in Dennis Augen. »Ich werde zum Morgengrauen hier auf dich warten. Morgen beginnt für dich eine jahrelange Herausforderung voller Glück, Qual, Einsicht und Selbstfindung.«

Aus Filus Mund hörte sich für Dennis alles philosophisch und schwierig an. Trotzdem freute er sich auf die kommenden Aufgaben.

Magisches Stadtleben

Auf dem Greifen ging es wieder in die Lüfte, um den Schimmersee zu verlassen. Filus wurde immer kleiner, bis man nur noch erkennen konnte, wie er, trotz seines hohen Alters, gazellenähnlich in den Wald hüpfte.

Flynn war während des gesamten Rückflugs äußerst still. Alle spürten, dass ihm etwas zu schaffen machte. Jedoch traute sich niemand zu fragen.

Es war mittlerweile später Nachmittag, als sie den Bauernhof von Miros Familie erreichten.

»Ich werde euch morgen sehr früh wieder hier abholen«, teilte Flynn den beiden Jungs verschwitzt mit und half ihnen noch herunter.

»Was ist mit dir los, Papa?«

Flynn schluckte kurz, um dann ein vorgetäuschtes Grinsen auf seine Lippen zu setzen. »Nichts. Ich hatte lediglich einen aufreibenden Tag.«

Nun wirkte auch Gerrit stutzig. Da jedoch ein Vieraugengespräch zwischen den beiden bevorstand, harrte er noch mit grübelndem Bartkratzen aus.

Gerrit wollte sich ohnehin lieber seinem Neffen zuwenden. »Wir sehen uns dann morgen Abend wieder, Dennis«, lächelte er ihm zu.

Dennis rutschte das Herz in die Hose. »Wie meinst du das? Soll das etwa heißen…?«

»Sobald ich mit deinem Vater alles besprochen habe, bringt er mich zurück nach Dornsdorf. Die Menschenwelt ist leider die Welt, zu der ich gehöre. Und deine Welt ist sie ebenfalls. Zumindest zu einem gewissen Teil.«

Dennis konnte nicht fassen, dass er zum Ende des Wochenendes zurück in die Menschenwelt musste. Nichts, aber auch rein Garnichts hielt ihn mehr dort. »Gerrit, ich kann nicht wieder zurück. Dieser Spencer wird mich umbringen. Und wenn er mich nicht umbringt, dann quält er mich halt bis zum Erbrechen.«

»Ich muss Dennis recht geben, Gerrit. Dieser Spencer ist total durchgeknallt und gefährlich. Nach allem, was wir mit ihm angestellt haben, glaube ich nicht, dass er umgänglicher wird«, sagte Miro.

Alle Einwände der Jungs brachten nichts. Gerrit und Flynn waren fest entschlossen, Dennis am morgigen Abend zurückzubringen.

»Gerrit hat recht, mein Sohn. Als Hüter der Fabeln bist du sogar dazu verpflichtet, zurückzukehren«, sagte Flynn.

Dennis schluckte ängstlich. »Ich habe so das Gefühl, dass ich nie wieder nach Noxia zurückkehren kann. Nach allem, was passiert ist, werden mir die Gesta-Agenten keine Luft mehr zum Atmen lassen.«

»Du musst erst einmal zurückkehren«, sagte Gerrit. »Dein Vater meint mit deiner Pflicht auch deine Verantwortung, die du für dich und deine Mutter hast. Ich weiß immer noch nicht, welche Rolle sie bei den Plänen der Gesta spielt. Aber ich habe keine Lust, dass Roger sie als Druckmittel benutzt, weil du nicht mehr nach Hause kommst.«

Flynn drehte sich verwundert zu Gerrit. »Meinst du, dass dieser Venandi Karin etwas antun könnte?«

»Das weiß ich leider nicht. Aber dieser Organisation ist nun mal alles zuzutrauen. Dennis muss außerdem zurückkehren, um zur Schule zu gehen. Falls er als vermisst gemeldet werden würde, wäre die Polizei neben der Gesta plötzlich unser größter Feind.«

»Wieso das? Hier in Noxia kann Dennis von dieser Polizei nicht gefunden werden«, behauptete Miro.

»Wenn die Polizei nach Dennis sucht, würden sie anfangen, nach Spuren zu suchen. Da Roger mich verdächtigt und er Karin ebenfalls gegen mich aufgehetzt hat, könnte ich mir vorstellen, dass sie mich belasten wollen. Und bei dringendem Tatverdacht kann die Polizei einen Durchsuchungsbefehl veranlassen.«

Nun ahnte Dennis voller Schreck, worauf sein Onkel hinauswollte. »Sie würden das Café Brunn durchsuchen. Und dann finden sie den Kellertrakt und die Fabel.«

Leichte Panik brach in der kleinen Gruppe aus.

»Dieses Risiko sollten wir nicht eingehen«, sagte Gerrit.

»Außerdem könnt ihr nur in der Menschenwelt näheres zu den Plänen der Gesta erfahren«, fügte Flynn hinzu. Er sah die glasigen Augen seines Sohnes und stieg nochmals von seinem Tier, um ihm Trost zu spenden. »Ihr macht euch jetzt zunächst einen schönen, restlichen Tag. Geht hinaus und erlebt die Magie Noxias.«

Miro fühlte sich als Dennis Pate dazu verpflichtet, ihn ebenfalls irgendwie aufzuheitern. »Kopf hoch, Kollege. Hol dir deinen Geldbeutel und dann stürzen wir uns ins Abenteuer.«

Flynn und Gerrit verabschiedeten sich von den beiden Jungs und stiegen in die Lüfte, um schnellstens das Schloss zu erreichen.

Miro konnte es kaum noch erwarten, mit Dennis in die Stadt zu gehen. Dennis hoffte, durch den Ausflug auf bessere Gedanken zu kommen.

Schnell gingen sie ins Haus, um Dennis Geldbeutel zu holen. Weder Maggie noch Bornard waren zuhause. Das alte Gebäude wirkte nun tatsächlich wie ein Spukhaus.

Die beiden schnappten sich das Geld und machten sich über die Feldwege auf ins Stadtzentrum. Miro sprang fröhlich herum, während er Dennis klarmachte, was ihn gleich alles erwarten würde. Viele lustige Fabelwesen, Clubs, um sein Geld zu vermehren oder zu verlieren, und eine Menge Läden, in denen man Lebensmittel, Tränke und Waffen erwerben konnte.

Der Fußweg ins Stadtzentrum war lang. Auf dem Weg passierten die beiden Jungs viele kleine und große Feldwege, auf denen ihnen nur selten andere Fabelwesen entgegenkamen. Somit hatte Dennis eine Menge Zeit, um mit Miro zu reden und die wundervolle Landschaft zu genießen. Überall war für ihn etwas Neues zu entdecken.

Miro hatte allerlei Fragen zu beantworten. Er gab seinem Freund eine kleine Einweisung bezüglich der Feldtiere, an denen sie immer wieder vorbeigingen.

Neben den Kühen und Schweinen gab es die Hidagonen. Das waren große Tiere mit grauer, ledriger Haut und vier Hörnern auf dem Kopf und drei auf dem Rücken. Dennis hätte es als eine Mischung aus Nashorn und Dinosaurier beschrieben. Diese Geschöpfe waren die Meister der Arbeitstiere. Sie konnten zum Ziehen von schweren Lasten genutzt werden, für die Einhörner zu schwach waren. Dann gab es noch die Elis. Elis waren Verwandte der Rinder aus der Menschenwelt. Sie hatten eine ähnliche Größe wie ihre Verwandten, besaßen aber schneeweißes, dickes Fell, welches auf ihre Herkunft rund um das Beledumgebirge schließen ließ. Diese Nutztiere wurden entweder gegessen oder als Zugtiere genutzt. Die hasenähnlichen Wesen, die Firales und die kleinen Blatthühner waren reine Nahrungsquellen.

Dennis Blick ging immer wieder zum Lebensbaum. Umso näher er dem respekteinflößenden Naturgebilde kam, desto mehr begann sein Bauch zu kribbeln. Dieser Baum gab der Fabelwelt ihre ganze Energie. Gleichzeitig war die bloße Existenz Noxias auch eine Gefahr. Die Gesta würde über Leichen gehen, um die Macht des Baums nutzen zu können. Dies wusste Dennis mittlerweile.

Der entdeckende Halbelf wurde durch das Verlassen der Feldwege wieder aus seinen Gedanken gerissen. Er und Miro verließen das Bauernviertel und bewegten sich nun auf gepflasterten Wegen, die sie geradewegs ins Zentrum der Wundermetropole führten. Erst zu Fuß wurde Dennis klar, wie gewaltig dieses Reich eigentlich war. Selbst schnellen Schrittes benötigten sie bereits zwanzig Minuten, um das Bauernviertel zu verlassen.

Zu ihrem Glück wurde der Verkehr immer dichter und schon bald fanden die beiden Teenager eine Beförderungskutsche, die noch nicht mit Passagieren besetzt war. Dennis zahlte eine Gulde und sechs Noxen für die Fahrt ins Händlerzentrum. Das Reisen war in Noxia anscheinend ziemlich teuer. Dennis war froh, dass der Kutscher Miro für den gleichen Preis mitfahren ließ. Sein schlechter Ruf schien sich also noch nicht überall herumgesprochen zu haben.

Der Kutscher, ein gewaltiger, grauer Oger, erkannte allerdings, dass Dennis kein gewöhnlicher Elf war. Das Menschliche an ihm war wohl nicht zu leugnen. Diese forsche Art, die die meisten Oger an den Tag legten, war für Dennis schwierig zu deuten. Selbst wenn sie freundlich waren, sprachen sie mit einem aggressiven Unterton. Dennis drehte sich jedes Mal zu Miro, um zu prüfen, ob die Situation gefährlich war oder nicht. Das amüsierte wiederum den kleinen Kobold.

Mit der Kutsche waren sie zum Glück in kürzester Zeit im Händlerviertel angelangt. Im dichten Passanten-Trubel konnte man sich als Neuling schnell verirren. Dennis und Miro mussten eng zusammenbleiben, um sich nicht zu verlieren. Die Fußgänger liefen mitten auf den Straßen herum, damit sie zumindest etwas Platz zum Atmen bekamen. Leider schränkte das wiederum den Kutschenverkehr erheblich ein. Das brachte so manchen fahrenden Händler zur Weißglut. Gerade die Goblins waren von Natur aus alles andere als geduldige und nette Wesen. Die kleinen, giftgrünen Plagegeister, mit noch längeren Ohren als Elfen, waren in der noxischen Gesellschaft nicht gerade beliebt. Allerdings waren sie auch nicht mehr aus dem

Elfenreich wegzudenken. Sie gehörten durch ihre unerreichbaren Manipulationsfähigkeiten zu den besten Händlern der Fabelwelt. Für ein gutes Geschäft waren sie jedoch auch bereit, moralische Normen zu brechen. Ein paar Goblin-Händler stießen mit ihren Kutschen einfach die Passanten beiseite. Erst wenn jemand ernsthaft bedroht wurde, überfahren zu werden, hielten sie mürrisch an. Für Dennis ein Schreckensbild. Für Miro und die anderen schien es ebenfalls unangenehm zu sein, aber es war der normale Alltag in der Fabelstadt.

Miro führte Dennis durch die großen Gassen des Viertels. Überall waren verschiedenste Fabelwesen, die auf individuelle Art ihre Ware für die potenziellen Käufer bewarben.

»Wollt ihr beim nächsten Mal dem Werwolf zuvorkommen?! Dann kauft euch jetzt den Blutmondtrank und jeder Werwolf wird euch meiden!«, rief ein Kobold von seinem Stand.

»Nur heute frisches Firalesfleisch für fünf Noxen das Kilo!«, rief ein alter Elf von der gegenüberliegenden Seite aus seinem Laden.

So ging es den gesamten Weg durch die Gasse weiter. Dennis gefiel diese Atmosphäre. Es war nicht bedrohlich. Jeder wollte nur legal seine Ware verkaufen.

Da die beiden Jungs allmählich hungrig wurden, führte Miro seinen Freund zu einem kleinen Stand am Ende der ersten großen Händlergasse. Dort befand sich ein noch recht junger erwachsener Elf, der ein paar noxische Spezialitäten anbot. Zu Dennis Erstaunen kannten sich Miro und der Verkäufer anscheinend sehr gut.

»Miro, du alter Gauner. Komm her und hol dir einen Wolpertingerteller mit den besten Pilzen des Landes«, begrüßte der junge Elf den Kobold wie einen alten Freund.

»Gustan, mein Freund, wie geht es dir? Ich hoffe, das Geschäft läuft gut«, sagte Miro gewohnt lässig.

»Ich kann nicht klagen. Nur sollte mir der Oberelf einmal erklären, warum ich mittlerweile acht Gulden Standmiete im Monat blechen muss. Ich betreibe keinen Laden, sondern einen drei Meter langen Lebensmittelstand.«

Gustan erspähte hinter Miros kleinen Schultern Dennis Gesicht. »Gehört der Elf zu dir?«, fragte er verwirrt, während er Dennis pausenlos, ohne zu blinzeln, anstarrte.

»Ja, natürlich», prahlte Miro. »Das ist Dennis Brunn, der berühmte Hybrid und Hüter der Fabeln.«

Gustan stockte der Atem. »Flynns Sohn? Ach du heiliger Siegelbaum.«

Der Elf kam hinter seinem Stand hervor und ging vor Dennis auf die Knie. Miro und Dennis sahen sich mit großen Augen an.

»Es tut mir leid, dass ich so schlecht über den Oberelfen geredet habe. Ich hoffe, Ihr verzeiht mir«, flehte Gustan.

Dennis wusste überhaupt nicht, wie er reagieren sollte. Er gab Gustan instinktiv die Hand und lächelte ihn verwirrt an. »Alles in Ordnung, mein Herr. Stehen Sie auf.«

Dennis half dem jungen Elfen wieder auf die Beine.

Gustan war sichtlich verwirrt über das Verhalten seines Angebeteten. »Seid Ihr wirklich Flynns Sohn?«

Miro und Dennis nickten.

Gustan begab sich rasch wieder hinter den Imbissstand. »Ich werde euch beiden sofort einen deftigen Wolpertingerteller zubereiten.«

»Wolpertingerteller?«, fragte Dennis.

»Das ist Gustans Spezialität. Ein wundervolles Stück Filet eines Wolpertingers, gepaart mit einer leckeren Kräutersauce und ein paar Pilzen.«

Das hörte sich für Dennis tatsächlich lecker an.

»Wieso hast du mir verschwiegen, dass du den Hüter persönlich kennst? Du hättest mich auch vorbereiten können.«

»Ich kenne ihn nicht nur persönlich. Er ist auch mein bester Freund«, brüstete sich Miro weiter.

»Das kann ich mir kaum vorstellen«, sagte Gustan. »Ich kenne dich besser als die meisten anderen. Niemals hast du es geschafft, mit deinen Methoden in die Monddämmerung zu kommen.«

Miro grinste Gustan arrogant an. »Denk, was du willst. Anscheinend kennst du mich doch nicht so gut wie du immer behauptest. Ich habe meinem alten Leben in der Straßenbande den Rücken gekehrt und wurde von Fürst Flynn persönlich zum Paten des Hüters ernannt.«

Gustan beäugte Dennis noch einmal genau, während er das Filetstück auf einer Metallplatte über einem kleinen Feuer wendete. »Man erkennt sofort, dass Ihr etwas Menschliches an Euch habt.«

»Wie meinst du das?«, fragte Dennis.

»Na ja, Ihr habt zwar Flynns Augen und seine Gesichtszüge, aber irgendwie habt Ihr keine elfische Ausstrahlung, ohne Euch zu nahe treten zu wollen.«

»Das ist ja auch vollkommen logisch«, sagte Miro. »Dennis war sein komplettes Leben von unserer Welt getrennt. Er wurde von Menschen großgezogen und hat ihre Kultur annehmen müssen.«

Dennis war überwältigt von der Verteidigung seines Freundes. Gustan schreckte bei der Reaktion seiner beiden Kunden zusammen. Ängstlich kauerte er sich wieder hinter seinen Stand. Dennis fragte sich langsam, mit was für einem seltsamen Typen er es hier zu tun hatte.

»Vergebt mir. Ich habe selbst noch nie einen waschechten Hybriden gesehen. In den Büchern werden sie völlig anders beschrieben.«

»Wie denn?«, fragte Miro.

»Das weißt du doch wohl selbst. Du kennst die Geschichten und die Abbildungen.«

»Du willst doch wohl nicht alle Hybriden mit Manfesto oder Ryan vergleichen?«

Gustan zuckte mit den Schultern. »Wenn man sich einen Hybriden vorstellt, denkt man sogleich an die beiden. Das war überhaupt nicht mit bösen Absichten gemeint.«

Dennis fühlte sich in Anwesenheit des seltsamen Elfen mittlerweile unwohl. Er wollte einfach nicht immer mit seiner menschlichen Seite konfrontiert werden. Er wollte endlich als Elf angesehen werden.

Gustan schaufelte schnell die üppigen Portionen in große Metallschalen und übergab sie Dennis. »Hier, t… tut mir leid, dass es so lange gedauert hat.«

»Was kostet das?«, fragte Dennis.

»Für euch beiden heute umsonst. Die Schalen könnt ihr auch behalten. Das ist das Mindeste, nachdem ich den Sohn von Flynn belästigt habe.«

Dennis wollte gerade erklären, dass er sich nicht belästigt fühlte, als Miro ihn am Ärmel zog, um den Imbissstand zu verlassen. »Mach´s gut, Gustan.«

Miro zog Dennis in eine schmale Seitengasse, um das Essen in Ruhe zu verzehren. Dennis hatte solch großen Hunger, dass er das Gericht in sich hineinschob, ohne mit Miro zu sprechen.

Gustan war ein verrückter Mann, aber er konnte kochen wie ein Profi. Noch nie hatte Dennis so zartes und leckeres Fleisch gegessen. Und das sollte schon etwas heißen. In Bayern wurde traditionell sehr viel Fleisch gegessen. Aber selbst eine leckere Schweinshaxe konnte in Dennis Augen nicht mit dem Filet eines Wolpertingers mithalten.

Obwohl Dennis das Essen regelrecht herunterschlang, war Miro noch schneller fertig als sein doppelt so großer Freund. Dennis hatte das Gefühl, neben sich eine wildgewordene Fressmaschine stehen zu haben.

»Wenn du eine Einladung zu einem kostenlosen Essen bekommst, dann muss man diese annehmen«, sagte Miro und streichelte seinen vollgestopften, nun leicht rundlichen Bauch.

Dennis war immer noch etwas mitgenommen von seiner Begegnung mit dem merkwürdigen Imbissstandbesitzer.

»Du musst Gustan entschuldigen. Für einen Elfen ist er nicht besonders elfisch. Damit will ich sagen, er ist nicht besonders umgänglich«, meinte Miro.

»Woher kennst du diesen verrückten Typen?«

Miro räusperte sich, als hätte Dennis wieder einen wunden Punkt bei ihm erwischt. »Na ja, er ist zwar fünf Jahre älter als ich, aber wir hatten eine Zeit lang dieselben Ziele.«

Dennis musste schmunzeln. »Er wollte auch ein großer Held werden?«

Miro nickte. »Ja. Aber er hatte nicht das Zeug dazu. Wir haben gemeinsam eine Menge Dinger gedreht. Aber irgendwann bekam er weiche Knie und wurde zu dem, den du heute sehen kannst.«

Dennis wollte zu gern wissen, was Miro gemeinsam mit Gustan angestellt hatte. Doch auch wenn sie in einer stillen Seitengasse standen, war dies nicht der richtige Ort dafür.

Miro zeigte bereits aufgeregt auf die nächste Händlergasse. »Komm mit, in der nächsten Gasse werden die Wirkungen magischer Reagenzien vorgeführt.«

Dennis hatte jedoch noch etwas auf dem Herzen, bevor es weiterging. Als Miro ihn zu sich ziehen wollte, zog Dennis ihn am Ärmel zurück.

»Was ist los, mein Freund?«

»Kann es sein, dass die Fabelwesen zu viele Erwartungen an mich haben? Ich denke nämlich nicht, dass Gustan der Einzige ist, der sich einen Hybriden anders vorstellt.«

Miro ging mit Dennis wieder tiefer in die einsame Gasse hinein, um zu vermeiden, dass sie jemand hörte. »Grundsätzlich würde ich sagen, ja. Die meisten Fabelwesen beziehen sich immer auf die glorreichen Geschichten.

Aber wie du siehst, nehmen die meisten die Tatsache, dass du nicht so bist wie dein Vorfahre, sehr gelassen hin.«

»Aber warum sind sie so gelassen? Haben sie genug Vertrauen in mich oder Personen wie meinem Vater?«

Miro zeigte auf den Lebensbaum, der hinter ihnen über den Horizont wachte. »Die Leute vertrauen deinem Vater und der Monddämmerung. Doch ihr größter Schatz ist der Lebensbaum.«

Dennis ließ den gigantischen Baum wieder auf sich wirken. »Ich denke, du meinst damit, dass der Baum ihnen dieses Reich geschenkt hat?«

»Der Lebensbaum ist der wahre König der Fabelwelt«, nickte Miro. »In ihm schlummert die Seele von Venoxia und die Energie der Natur. Der Baum gibt den Leuten Kraft, aber er trügt auch ihre Sinne. Die meisten denken, dass Venoxia sie über den Lebensbaum weiterhin beschützt.«

»Dieser Baum ist also die größte Stärke, aber auch gleichzeitig die größte Schwäche dieses Volkes«, versuchte Dennis zu verstehen.

»Nicht nur dieses Volkes«, fügte Miro hinzu. »Der Baum gibt uns die Möglichkeit, unser eigenes Leben in unserer Welt zu leben, ohne dass die Menschen uns finden können. Wegen dieses Baums sind alle Fabelwesen frei. Auch die Welten, die vor uns verschlossen sind.«

Dennis sah die vielen gestressten, aber keinesfalls ängstlichen Gesichter der Passanten in den Händlergassen. »Also entweder können die ganzen Leute hier die aktuellen Probleme gut verdrängen oder sie sind blind.«

»Mit Letzterem hast du vollkommen recht«, flüsterte Miro. »Der Großteil der Bevölkerung hier ist davon überzeugt, dass wir keinen Hüter mehr brauchen. Sie wissen nicht, dass auf der anderen Seite der Fabel die Gesta schon bereitsteht, um uns zu vernichten.«

»Wissen etwa nur die Leute oben im Schloss, was in Wirklichkeit vor sich geht?«

»Mehr oder weniger. Jedes sehr bedeutsame Fabelwesen in Noxia weiß über die Geschehnisse in der Menschenwelt Bescheid. Es gibt nur ein paar Wenige in der einfachen Bevölkerung, die etwas aufgeschnappt haben. Aber wie du siehst, ist die Mehrheit ahnungslos. Aber das ist vielleicht auch gut so. Panik ist das Letzte, was wir brauchen.«

Dennis versuchte, das Positive aus dieser Tatsache zu ziehen. Der Druck der gesamten Bevölkerung lastete so nicht offensichtlich auf seinen Schultern.

Miro bekam endlich seinen Willen und ging gemeinsam mit Dennis in die nächste Händlergasse. Diese war vollkommen anders aufgebaut als die Vorherige. Auf der linken Seite befanden sich ausschließlich Waffenschmiede, die ihre Ware ausstellten. Schwerter, Äxte, Bögen, Armbrüste oder auch Schilde. Es gab dort alles, was das Kriegerherz begehrte. Ein bemerkenswert großes Sortiment für eine Kultur, die glaubte, in Sicherheit zu leben.

´Wahrscheinlich gibt es genügend Gefahren innerhalb der Fabelwelt, die man bekämpfen muss´, dachte sich Dennis.

Dennis verspürte eine große Lust, sich ein Schwert mit dazugehörigem Schild zu kaufen. Doch dazu musste ihm erst einmal jemand beibringen, wie man mit solchen Gegenständen richtig umgeht. Zudem waren die Preise für Waffen in Noxia unverschämt hoch. Sieben Gulden für ein Schwert und nochmals fünf für das Schild. Damit wäre bereits ein großer Teil seines Taschengeldes weg. Miro erklärte Dennis, dass man als Junggeselle mit zwölf Gulden einen ganzen Monat lang leben konnte.

Der Kobold zeigte seinem Freund lieber die rechte Seite der Gasse. Dort trieben sich viele Händler herum, die ihren potenziellen Käufern die Macht ihrer Produkte vorführten.

Ganz vorne stand ein Kobold, der Ähnlichkeit mit Miro besaß. Er war deutlich älter als sein Koboldfreund, hatte aber dieselbe große Klappe. Er trug einen senfgelben Anzug mit einem langen Cape am Rücken. Vor seinem Laden hatte der Kobold einen kleinen, eingezäunten Bereich geschaffen. Dort stand er mit breiter Brust und hielt ein Fläschchen in die Lüfte, während sich um den Zaun dutzende Fabelwesen tummelten.

»Seht her und staunt, welch neue Errungenschaft ich euch nun zeigen werde«, prahlte der Händler und trank den Inhalt des Fläschchens mit einem Schluck.

Es wurde still. Es dauerte gut fünf Sekunden, bis Arme und Beine des Kobolds plötzlich anfingen, zu wachsen. Am Ende waren seine Extremitäten dreimal so lang wie zuvor. Er schien keine Knochen mehr in seinen Gliedmaßen zu besitzen.

Der Kobold nutzte seine neuen, magischen Körperteile, um ein paar bemerkenswerte Kunststücke zu vollziehen. Seilspringen, ein Lasso bilden oder auch seine Arme in eine Form kneten, auf der er sich setzen konnte, als sei es ein Stuhl.

Dennis und der Rest des Publikums waren begeistert und applaudierten.

»Diesen Gummitrank gibt es heute zu einem unverschämt günstigen Preis von nur einer Gulde!«

Dennis konnte nicht anders. Er wollte unbedingt einen dieser Gummitränke haben und stellte sich in einer langen Schlange, um ein Fläschchen zu ergattern.

Nach gut einer halben Stunde war Dennis endlich an der Reihe. In dem Getümmel schien der Händler nicht einmal bemerkt zu haben, dass sich vor ihm der berühmte Hüter befand. Dennis bekam endlich den Trank und konnte mit dem ungeduldig wartenden Miro weitergehen.

»Wir müssen unbedingt herausfinden, wie dieser Trank gebraut wird«, sagte Miro und beäugte den Trank neidisch. »Damit könnte meine Familie sehr viel Geld verdienen.«

Dennis stutzte. Er war sich oft noch unsicher, ob er seinem neuen Freund zu jeder Zeit vertrauen konnte. Er gab Miro keine Antwort, sondern lächelte ihn bloß fröhlich an.

Die darauffolgenden Stände und Läden waren ähnlich aufgebaut wie die vorherigen. Überall versuchten die Händler, die vorbeigehenden Passanten davon zu überzeugen, wie gut ihr Produkt sei.

Als die beiden Jungs an einem Stand vorbeikamen, an dem ein Händler seinen beiden Elis Tränke verabreichte, um sie anschließend gegeneinander kämpfen zu lassen, bekam Dennis ein anderes Bild Noxias gezeigt. Die Tiere verwandelten sich innerhalb weniger Sekunden in doppelt so große Ungeheuer, die keine Seele mehr zu haben schienen.

Bevor es blutig wurde, eilte Dennis lieber in einen kleinen Laden nebenan. Miro, der sich das Spektakel ansehen wollte, blieb draußen.

Dennis befand sich in einem sehr alten, aber gemütlichen Laden. Die Gänge waren nicht viel breiter als er selbst und er hatte Schwierigkeiten, keine der Waren umzustoßen.

Die Waren des Ladens wirkten skurril. Es gab dort keine Tränke, Lebensmittel oder Tiere. In den Regalen waren merkwürdige Dinge feinsäuberlich einsortiert. Dennis erkannte nur Wenige davon. Es gab Pinsel, die mit silbernen Borsten bestückt waren, merkwürdige Knollen und Wurzeln waren in verrückten farbigen Flüssigkeiten eingelegt, kleine Holzstäbe mit eingravierten Fabelwesen und Massen von Schmuck waren zu sehen. Das Ganze hatte etwas von einem Antiquitätenladen.

Der lange, schmale Gang führte an den Waren entlang zu einem Tresen, auf den sich ein Elf zubewegte, der gerade aus einem Nebenzimmer des Ladens schlenderte. Als der Elf den kleinen Dennis im Augenwinkel sah, entwickelte sich prompt eine skeptische Miene. Er schaute so zwielichtig hinter ihm her, dass Dennis ein ungutes Gefühl bekam.

Zu seinem Glück betrat Miro wenig später den Laden. »Da bist du ja«, sagte er außer sich. »Ich dachte schon, ich hätte dich in dem Getümmel verloren.«

»Nein. Ich wollte mir nur nicht dieses Gemetzel ansehen. So etwas ist nichts für mich.«

Miros Blick wurde leer. »Wie bitte? Das war ein wundervoller Kampf. Der junge Elis hat den Alten regelrecht zerfleischt. Du musst dir diesen Brachialtrank kaufen. Er kostet nur neun Noxen und ist tausendmal besser als dieser Gummitrank, den du dir gegönnt hast.«

»Das sagst du doch nur, damit du das Geheimnis dieses Tranks herausfinden kannst«, neckte Dennis seinen Freund kichernd.

»Was redest du denn da? Bevor du hier weiter mit Anschuldigungen um dich wirfst, sollte ich dich wohl besser fragen, was du in diesem Laden treibst?«

»Wie ich schon sagte. Ich wollte einfach diesen ekelhaften Kampf nicht sehen. Also bin ich in diesen Laden gegangen.«

Miro sah den zwielichtigen Elfen hinten am Tresen. Als dieser Miros Erscheinung in die Augen bekam, schritt er hervor und bewegte sich durch den langen Gang auf die beiden Jungs zu.

»Wir sind hier bei Luxes«, flüsterte Miro schnell, bevor der Elf sie erreichte.

»Ja, und?«, fragte Dennis verwirrt.

»Das ist einer der teuersten Läden in ganz Noxia. Hier gibt es die wahnsinnigsten magischen Gegenstände, die es überhaupt in der Fabelwelt gibt. Hier sind nur Leute willkommen, die ordentlich Zaster mitbringen.«

Miro wollte weiterflüstern, aber der Elf war bereits zu ihnen gestoßen. Aus der Nähe sah dieser Mann sogar noch zwielichtiger aus. Er war unverhältnismäßig groß, trug eine Augenklappe und hatte nur noch wenige Zähne, die an der Seite seines Mundes herausragten. Anders als alle bisher getroffenen Elfen hatte er sehr kurze, blonde Haare und eine lange, lila Robe mit eingenähten silbernen Sternen.

»Guten Tag, meine Lieben«, sprach der Elf verwundert. »Was seid ihr zwei denn so aufgebracht? Kann ich euch irgendwie helfen?«

»Tut uns leid, mein Herr«, antwortete Miro und ging gemeinsam mit Dennis in Richtung Ausgang, ohne den zwielichtigen Elfen aus den Augen zu lassen. »Mein Freund hat sich verirrt. Wir sind auch sofort wieder weg.«

Der skurrile Ladenbesitzer schien keineswegs wütend. Er lächelte seine jungen Gäste freundlich an. »Ihr könnt euch ruhig umsehen, meine jungen Herren. Das Sortiment steht euch offen.«

Miro kannte diesen Laden aus Erzählungen sehr gut. Das junge Fabelwesen ohne viel Geld wie stinknormale Kunden behandelt wurden, war für ihn deshalb nicht zu glauben. Immerhin gab es dort unter anderem magische Produkte, die nicht unter tausend Gulden vom Tisch gingen. Miro hatte die Vermutung, dass Dennis möglicherweise erkannt worden war. Schließlich war Flynn einer der berühmtesten Elfen in ganz Noxia. Seinen Sohn zu verärgern, wäre nicht vorteilhaft.

Auf die Einladung des Ladenbesitzers drehten sich Miro und Dennis wieder zu den exotischen Waren, um sie zu bestaunen. Nur bei Wenigen waren feste Preise zu sehen. Als Dennis sah, dass selbst ein silberner Pinsel achtundsiebzig Gulden kostete, wurde ihm klar, warum er mit Miro allein im Laden war.

Miro zeigte plötzlich hibbelig auf eine silberne Halskette, die auffällig mit leuchtenden Edelsteinen und einem Medaillon bestückt war.

»Das … das ist die berühmte Hals… Halskette von Proxima«, stammelte Miro aufgeregt, bevor er versuchte, sie anzufassen.

Dennis hielt ihn zurück. »Bist du verrückt? Lass das, sonst werden wir noch rausgeschmissen.«

Der zwielichtige Elf beobachtete die beiden vom Tresen genau.

Durch die Aufregung bemerkten sie nicht, dass inzwischen noch jemand den Laden betrat. Ein Kobold mit langen, rotbraunen Haaren begutachtete die Waren sehr interessiert.

Miro und Dennis waren immer noch damit beschäftigt, die Halskette zu bewundern.

»Wenn du diese Halskette trägst, sollst du eine besondere Macht erlangen. Der Träger kann nicht mehr berührt werden und er erkennt, ob jemand lügt oder nicht.«

Wenn Miros Geschichte stimmte, hätte Dennis diese Halskette zu gerne gehabt. Damit hätte er wohl einen sicheren Schutz gegen Rogers Schikanen. Leider kostete die Kette deutlich über zweihundert Gulden. Dennis Geldbeutel enthielt nicht einmal die Hälfte des Preises. Doch er nahm sich vor, diese Kette eines Tages zu kaufen.

Dennis und Miro träumten vom großen Geldregen.

»Wenn wir den Laden verlassen haben, zeige ich dir, wie man sein Geld in Noxia spielend vermehren kann«, sagte Miro.

Ihre Tagtraumblase wurde schnell zum Platzen gebracht, als sie einen lauten Aufschrei hörten.

»DIEB! HALTET IHN! ER HAT MEINE TRAUBENKNOLLE GESTOHLEN!«

Es war der Ladenbesitzer, der dem Kobold mit den rotbraunen Haaren hinterherschrie. Der Kobold entwendete eine Knolle aus einem Gefäß und rannte abrupt mit dieser aus dem Laden.

Instinktiv rannte Dennis dem Dieb hinterher. Nach kurzer Überlegung tat es ihm Miro gleich und eilte hinaus.

Wechselhafte Begegnungen

Der Knollendieb rannte mit seiner Beute durch die engen Gassen und mied, so gut es ihm möglich war, die Personenmassen. Dennis war ihm dicht auf den Fersen.

Miro befand sich ebenfalls nur wenige Meter hinter seinem Freund und sorgte für Aufmerksamkeit, indem er durch die Gassen schrie: »DA LÄUFT EIN DIEB! HALTET IHN!«

Dennis holte immer weiter auf und der Knollendieb wurde nervös. Die beiden krochen durch Lebensmittelstände und zwängten sich durch die Personenmassen, die nur ratlos hinterherschauten.

»Dieb! Dieb!«, brüllte Dennis, um die Passanten auf die Situation aufmerksam zu machen.

Leider reagierten nur die Wenigsten auf die Warnungen. Niemand sah sich dazu veranlasst, dem quirligen Kobold hinterherzulaufen. Zur Schande für Dennis, der den Dieb in den Personenmassen des Händlerviertels verlor. Miro konnte er um sich herum auch nicht mehr erblicken. Verzweifelt schwenkte Dennis seinen Kopf in alle Himmelsrichtungen, um sich in der für ihn fremden Stadt zu orientieren. Er wurde panisch.

Dennis bemerkte, dass durch die Aufregung auch wieder seine Elfensinne gereizt wurden. Durch sie erhoffte er sich, den Dieb noch irgendwie zu fassen. Doch durch die Massen an Fabelwesen machten ihn die plötzlichen Sinneserweiterungen verrückt. Die unzähligen Stimmen prasselten wie Trommelschläge in seine Ohren und grelle Farben stachen in seine Augen. Jedes Fabelwesen strahlte Energie aus. In diesem Sinneswirrwarr konnte Dennis niemand Bestimmtes ausfindig machen. Im Gegenteil. Es hinderte ihn sogar noch mehr daran.

Als er auf Knien flehte, dass seine erweiterten Sinne endlich nachließen, fiel ihm auf, dass die Fabelwesen verschiedene Aurafarben ausstrahlten. Nach einem weiteren Rundumblick konnte er erkennen, dass die Farbe abhängig von der jeweiligen Fabelrasse war. Die Elfen besaßen eine grüne, die Goblins eine blaue, die Oger eine weiße und die Kobolde eine gelbe Farbgebung um ihre Körper. Da um Dennis herum jedoch unzählige Kobolde herumliefen, brachte es ihm keinen Mehrwert.

Dennis entschied sich dazu, Miro zu suchen, um mit ihm gemeinsam zurück zu seinem Haus zu gehen. Er drehte sich wild umher, da er vor lauter Geräuschen und strahlenden Farben mittlerweile wahnsinnig wurde.

Hinter einer Reihe von Kutschenwagen sah er plötzlich den Schimmer einer kleinen Person mit einer rötlichen Aura. Dennis stutzte. Die Silhouette des Wesens konnte nur einem Kobold gehören. Aber warum besaß dieses Wesen eine rötliche Aura und keine gelbliche? Das winzige Fabelwesen lief hektisch durch die Personenmassen. Ein ziemlich verdächtiges Verhalten.

Dennis hatte keine Zeit zu überlegen und rannte hinterher. Durch seinen starren Blick auf das Ziel drängte er sich durch alle Hindernisse. Hin und wieder rempelte er Passanten an, dessen Wut er nun in seinem Nacken spürte.

Hinter einer Abzweigung hatte Dennis endlich einen freien Blick auf das verdächtige Wesen. Und tatsächlich: Es handelte sich dabei um den gesuchten Dieb.

»Halt! Stehenbleiben!«, schrie Dennis ihm hinterher.

Der Dieb erschrak und sprang reflexartig auf eine fahrende Händlerkutsche, um mit ihr die Flucht zu ergreifen. Dennis Glück war es, dass die Kutsche durch die Massen an Fabelwesen nicht sonderlich schnell vorankam. Erst wenn die Kutsche das Zentrum verlassen sollte, konnte er seine normale Geschwindigkeit erreichen. Wenn dies passieren würde, bevor Dennis die Kutsche erreicht, hätte er keine Chance mehr, den Dieb zu fassen.

Dennis zwängte sich ungestüm durch die Massen, um die Kutsche zu erreichen. Er hatte es fast geschafft. Nur noch eine kleine Gruppe handelnder Elfen trennte ihn von der Kutsche. Sie fuhr aus dem Zentrum in Richtung Wälder.

Der Knollendieb verlor jegliche Fassung im Gesicht, als er Dennis durch die Passantengruppe hervorkommen sah. »Was? Das kann doch nicht sein«, ächzte er panisch und blickte nach hinten, um abzuschätzen, ob sich eine Weiterfahrt auf der Kutsche lohnen würde.

Es waren nur noch rund hundert Meter, bis die Kutsche das Zentrum verlassen würde. Dennis hatte aber nun freie Bahn und konnte die Kutsche ohne Probleme einholen.

Der Dieb entschied sich dazu, von der Kutsche zu springen. Da die Straßen immer freier wurden, konnte Dennis den Kobold nicht mehr aus den Augen verlieren. Aber leider ging dem kleinen Halbelfen so langsam die Puste aus. Seine Geschwindigkeit nahm mit jedem Meter ab und der Kobold gewann wieder an Abstand. Er hatte mittlerweile die steile Straße erreicht, die aus dem Tal in Richtung Wald führte. Der kleine Dieb hätte sich bereits zu diesem Zeitpunkt hinter einem der unzähligen Bäume verstecken können, die am Rande der Straße standen. Der Kobold jedoch lief stattdessen schleunigst die Straße hinauf, um die Stadt zu verlassen.

Dennis sah keine Möglichkeit mehr, den Dieb aufzuhalten. Als er sich gerade aufgebend zu Boden setzen wollte, konnte er beobachten, wie sich ein Baum direkt neben dem Dieb bewegte. Der Baum neigte sich und mehrere lange Äste streckten sich wie Lianen nach dem Dieb, um diesen grob zu Fall zu bringen. Daraufhin wurde er von den Ranken an sämtlichen Gliedmaßen gefesselt und fixiert.

Dennis wusste nicht, was gerade passiert war, aber nun war der Moment gekommen, den Dieb zu fassen. Er lief erschöpft zu dem Übeltäter, der vor Schreck des Rankenangriffs die Knolle fallen gelassen hatte. Dennis hatte es geschafft. Der gefangene Kobold hing winselnd in seinem Rankengefängnis und zappelte wie ein Fisch, um sich irgendwie zu befreien.

»Wow, ich dachte schon, ich kriege dich nicht mehr«, schnaufte Dennis.

»Verdammt, du dreckiger Elf. Wäre der Baum nicht da gewesen, wäre ich jetzt über alle Berge«, keifte der kleine Dieb.

Dennis wusste nicht, was er nun mit dem Gefangenen anstellen sollte. Gab es eine Art Polizei in Noxia, oder sollte er sofort seinen Vater rufen? Und wie sollte er den Übeltäter aus den Ranken befreien, um ihn zu überführen? Er konnte noch nicht mit den Pflanzen interagieren. Er fragte sich, wie sich der Baum selbstständig machen konnte, um seine Ranken nach dem Dieb auszustrecken.

Bevor Dennis weiter überlegen konnte, hörte er eine Stimme aus der Richtung des besagten Baumes. »Finger weg, du Narr!«, rief sie streng.

Hinter dem Baum kam ein Elfenmädchen hervor. Erst beim zweiten Blick erkannte Dennis sie. Es war das Elfenmädchen, das ihn damals bei seinem ersten Besuch in der Fabelwelt im Schloss weggeschubst hatte.

Dieses Mal war sie in ziviler Kleidung unterwegs. Statt der sonst eher feinen Schulkleidung trug sie eine schwarze Stoffhose mit einem ebenfalls langen, schwarzen Oberteil und einer grünen Weste.

Wie auch schon damals im Schloss schien sie nicht sonderlich erfreut über Dennis Anwesenheit gewesen zu sein. »Wolltest du Amateur die Lorbeeren für dich einheimsen? Diesen Verbrecher habe ich gefangen«, fauchte sie und schubste Dennis zur Seite.

»Hey, Moment mal!«, schrie Dennis überrumpelt. »Ich habe den Dieb durch die halbe Stadt verfolgt. Ich habe ihn erst hierhin gelockt!«

»Tu mir und dem Dieb einen Gefallen und verschwinde von hier«, ätzte das Elfenmädchen zurück. Sie schien sich wenig aus Dennis Meinung zu machen.

Bevor die Situation völlig eskalierte, tauchte Miro im Hintergrund auf. Er war erleichtert, seinen Freund endlich gefunden zu haben. »Dennis, ich komme!«

Der Koboldjunge konnte die Spannung zwischen Dennis und dem Mädchen regelrecht spüren. »Valadi, was machst du denn hier? Hast du den Dieb gefangen?«

»Ja, wer denn sonst? Doch nicht etwa der freche Lümmel da«, sagte Valadi herablassend und zeigte auf Dennis.

»Was gibt dir eigentlich das Recht, so mit mir zu reden?! Du weißt wohl nicht, wer ich bin?!«, polterte Dennis.

Valadi streckte die Hände, um durch ihre übersinnlichen Naturkräfte die Ranken zu heben, in denen sich der Dieb immer noch hin und her wand. »Du bist Flynns Sohn«, antwortete sie trocken. »Aber du weißt wohl nicht, wer ich bin?«

Miro stupste Dennis an, damit er seinen Augenkontakt bekam. »Lass es lieber. Mit Valadi ist nicht zu spaßen«, flüsterte er.

Der Dieb gab plötzlich außerordentlich aufgeregte Geräusche von sich. Seine Augen weiteten sich schreckhaft. »Verdammt, meine Zeit ist gleich um.«

Nicht nur Dennis und Miro schreckten vor dem verrücktwerdenden Dieb zurück. Auch Valadi schien das Verhalten des zwielichtigen Kobolds suspekt, und sie machte einen Satz nach hinten. Der Kobold fing plötzlich an, sich zu verwandeln. Mit so etwas hatte keiner der Anwesenden gerechnet. Aus dem Antlitz des kriminellen Kobolds stachen mehr und mehr die

Züge eines Monsters hervor. Ein steinbockartiger Rumpf mit dazugehörigen Beinen kam zum Vorschein. Eine äußerst menschliche Kopfform kam dazu, um damit das Monster abzurunden. Das Wesen war gut zwei Meter groß und sah mit seinen strammen Beinen und dem muskulösen Oberkörper äußerst gefährlich aus. Das Gesicht des Monsters war behaart und mit lauter Stacheln und Zähnen bewaffnet. Er hatte keine sichtbaren Ohren, dafür Hörner an der Stelle, wo die Ohrmuscheln sitzen sollten.

Miro und Dennis waren starr vor Schreck, während Valadi sich nach dieser unglaublichen Verwandlung schnell wieder fing. Das war auch nötig, denn das Monster war plötzlich so stark, dass es sich beinahe aus den Fängen der Ranken befreit hätte. Valadi musste sich anstrengen, um mit ihren Naturkräften dagegenzuhalten.

»Lasst mich sofort frei, ihr Gewürm!«, krächzte das Monster.

Miro lief der Angstschweiß von der Stirn. »D… das … das ist ein Satyr«, stammelte er.

»Was zum Henker macht ein Satyr hier in Noxia? Dunkle Wesen wie du sollten eher in den Dunkellaubwäldern weilen«, zischte Valadi angestrengt. Sie brauchte alle Kraft, um die Ranken weiter mit ihren Naturkräften festzuhalten.

»Ich habe schlichtweg meine Mission erfüllt«, sagte der Satyr mit provokantem Lächeln.

Dennis war immer noch verwirrt. Von so einem Fabelwesen hatte er noch nie etwas gesehen oder gehört. Miros und Valadis besorgten Gesichtsausdrücken nach zu urteilen, war dieses Wesen keinesfalls mit guten Absichten unterwegs.

»Du hast die Form eines Kobolds angenommen«, sagte Miro ängstlich. »Du musst den magischen Sand der Verwandlung benutzt haben. Von wem hast du den?«

Der Satyr antwortete Miro nicht. Er grinste ihn schadenfroh an und genoss dessen Unsicherheit. Vor Valadi schien das Monster dagegen wesentlich mehr Respekt zu haben. Seine Mimik wurde ernst, wenn sie sich ins Spiel brachte.

Das Elfenmädchen wurde von Miros Anschuldigung angestachelt und ließ ihre Ranken um den Hals des Satyrs winden. Langsam zogen sie sich immer straffer zu, sodass dem Monster regelrecht die Luft wegblieb.

»Der Kobold hat recht. Die Fähigkeit der Gestaltwandlung beherrscht deine Spezies nicht. Was hast du getan? Und warum?«

Die Ranken waren mittlerweile so fest um den Hals des Monsters geschnürt, dass es keine andere Möglichkeit sah, als mit schnappendem Atem zu reden. »Wir haben eine Karawane an der östlichen Grenze überfallen. Ein Kobold hatte den Sand dabei.«

Miro wurde schlagartig blass. Zur Überraschung aller Anwesenden stampfte er auf den Boden und sah den Satyr so grimmig an, dass selbst dieser es nicht ignorieren konnte. »Du hast die Kobolde der Karawane getötet! Gib es zu! Ihr habt sie alle getötet, um euch dann über ihr Hab und Gut herzumachen!«

Das Monster zeigte sein finsteres Grinsen. Dennis bekam eine Gänsehaut.

»Fast alle. Ein paar konnten fliehen«, lachte der Satyr böse.

Mittlerweile wurden auch ein paar Passanten auf das Monster aufmerksam. Nach anfänglichem Tuscheln verstanden mehr und mehr Leute, dass es sich dort nicht um einen Scherz oder Zaubertrick handelte und gerieten in Panik.

Miro rechnete mit dem Schlimmsten. Sein Vater war an diesem Tag auf einer wichtigen Reise ins Gebirge unterwegs gewesen. Er trauerte um ihn und begann zu schluchzen.

So einen Gefühlsausbruch kannte Dennis von seinem Freund bislang nicht. Er versuchte, ihn zu trösten. »Beruhige dich. Du weißt doch gar nicht, ob dein Vater tot ist. Vielleicht gehört er zu den Kobolden, die flüchten konnten.«

Doch in Dennis machte sich ein Unbehagen breit. Das Monster, das dort vor ihm stand, hatte heute mehrere Fabelwesen, ohne mit der Wimper zu zucken, getötet. Zum ersten Mal spürte er das Böse innerhalb der Fabelwelt. Es bereitete ihm solche Bauschmerzen, dass ihm übel wurde.

Valadi war die Einzige, die souverän mit der Situation umgehen konnte. Sie pfiff laut in eine dunkle Gasse, die sich hinter ihr befand. Wenig später waren Hufgeräusche zu vernehmen. Ein majestätisches Einhorn galoppierte aus der Gasse auf Valadi zu und verneigte sich vor ihr. Das Tier war so strahlend weiß, dass es für kurze Zeit ihre Umgebung in den Hintergrund rücken ließ.

Valadi zeigte zum ersten Mal ein Lächeln, als sie das Einhorn sah. »Du wirst ja immer schneller, Lora«, freute sich das Elfenmädchen und stieg auf das Einhorn. Dann streckte sie ihre Hände zum gefangenen Dieb aus. Die Ranken zogen sich kräftig zusammen, um dann katapultartig samt des Satyrs auf dem breiten Rücken des Einhorns zu landen. »Ich bringe dich jetzt ins Schloss. Dort werden andere Köpfe über dein Schicksal entscheiden.«

Geschmeidig trabte das Einhorn los, um sicher, aber schnell durch die panischen Massen der Leute zu kommen.

Dennis wollte diese Schmach nicht auf sich sitzen lassen. Mutig stellte er sich Valadi und ihrem Reittier in den Weg, um sie zur Rede zu stellen.

Das Elfenmädchen knirschte Dennis mit ihren Zähnen an, als stünde sie einem Feind im Krieg gegenüber. »Was soll das? Du kannst es wohl nicht lassen, meinen Weg zu kreuzen.«

»Ich möchte wissen, was du gegen mich hast. Ich habe dir nie etwas getan. Bis vor ein paar Minuten kannte ich nicht mal deinen Namen«, motzte Dennis und breitete seine Arme aus, um seine lebende Straßensperre deutlicher zu symbolisieren. Miro, der vor Schock immer noch neben sich stand, mischte sich nicht ein.

Valadi sah kurz zu dem trauernden Kobold herüber und zeigte demonstrativ auf ihn. »Geselle dich lieber zu deinem kleinen Freund. Er braucht jetzt deine Anwesenheit.«

»Das mach ich, sobald du meine Frage beantwortet hast«, konterte Dennis.

Immer mehr Passanten, die noch nicht in absolute Panik verfallen waren, wurden Zeuge dieser eigenartigen Auseinandersetzung. Sie blieben stehen und bildeten in größerem Abstand eine Traube um die beiden Teenager. Valadi gefiel diese Aufmerksamkeit überhaupt nicht. Sie knurrte Dennis regelrecht an wie ein blutrünstiges Raubtier.

Dennis wich jedoch nicht zur Seite, selbst als das Einhorn um ihn herum gehen wollte. »Beantworte meine Frage!«

Valadi setzte darauf an, Dennis einfach mit ihrem Reittier zu überrennen. Lediglich dem Passanten-Trubel war es zu verdanken, dass sie ihr Einhorn letztendlich zurückhielt.

Das Gesicht des Elfenmädchens färbte sich knallrot. »Du trägst Menschenblut in dir. Und alles Menschliche ist mir ein Dorn im Auge. Auch wenn du der berühmte Hybrid bist. Noch dazu hasse ich Personen, die eine Position innehaben, die sie nicht verdient haben. Jede andere wichtige Person in der Geschichte musste sich vorerst beweisen. Meiner Meinung nach darf niemand eine Position aufgrund seiner Blutlinie sicher haben. Jeder muss um seinen Platz in dieser Welt kämpfen. Doch du musstest das nicht. Dabei bist du der wohl lächerlichste Hüter aller Zeiten. Ein verweichlichter Schwächling, der wahrscheinlich mehr mit Puppen anfangen kann als mit einem Schwert.«

»Du kennst mich doch überhaupt nicht! Ich habe mein ganzes Leben in der Menschenwelt gelebt! Ich fange jetzt erst an zu begreifen, was es heißt, ein Elf zu sein!«

Valadi ging nur ein müdes Lächeln über ihre Lippen. »Ich kann diesen Aufruhr um deine Person einfach nicht nachvollziehen. Bevor du nicht wirklich der bist, der du sein musst, verachte ich dich bis zum Tode.«

Valadis Worte trafen Dennis schwer. Dies war das erste Mal, dass er sich in der Fabelwelt genauso fühlte wie in der Menschenwelt. Er hoffte inständig, dass dieses Gefühl so schnell wie möglich verblassen würde.

Valadi nutzte Dennis kurze, gedankliche Abwesenheit, um rasch an ihm vorbeizureiten. Dennis konnte nur noch zusehen, wie das Elfenmädchen mit dem Satyr in Richtung Lebensbaum ritt. Erst jetzt begann er zu realisieren, dass diese Auseinandersetzung dutzende Personen mitverfolgt haben. Die Passanten-Traube um ihn herum brachte Dennis völlig aus dem Konzept.

Bevor er vollkommen der Panik verfiel, lenkte er sich ab, indem er zu Miro eilte, um sich um ihn zu kümmern.

Mittlerweile war der Koboldjunge wieder ansprechbar. In ihm keimte die Hoffnung, dass sein Vater noch lebte. »Komm, wir müssen schnellstens zu mir nach Hause. Ich muss mit meiner Mutter sprechen.«

Das passte Dennis gut. Nach allem, was passiert war, hatte er ohnehin keine Lust mehr auf einen Stadtbummel. »Ich hole uns die nächste Kutsche.«

Zurück im Händlerviertel fanden sie sich plötzlich in einer Massenpanik wieder. Die Anwesenheit des Satyrs schien etwas Schlimmes zu bedeuten.

Dennis und Miro konnten bei dem Tumult keine Kutsche finden. Zu ihrem Glück schienen sich die Ereignisse schnell herumgesprochen zu haben. Die beiden Jungs konnten am Firmament eine Gruppe Greifen sehen, die auf das Zentrum zusteuerte. Es waren Soldaten der Monddämmerung, die mit allerlei Waffen bestückt waren.

Eine Gruppe landete nur wenige Meter von Miro und Dennis entfernt.

Der Rest blieb in der Luft, um die Stadt aus der Vogelperspektive im Blick zu halten. Sie schienen jemanden zu suchen.

Die Soldaten auf dem Boden versuchten, die Massenpanik zu stoppen, indem sie auf die Leute einredeten. Flynn war nicht dabei. Er war entweder in der Luft oder gar nicht vor Ort.

»Es gibt keinen Grund zur Panik! Bitte beruhigt euch alle wieder und geht euren normalen Tätigkeiten nach«, sagte Nuvielle, die Elfensoldatin.

Dennis erkannte sie wieder. Es war die Soldatin, die damals vor dem Schloss Wache gehalten hatte. Dieses Mal löste die junge Frau in ihm etwas Negatives aus. Diese lila Haare und hellleuchtenden Augen. Es erinnerte ihn an Valadi. Selbst ihre äußerst eleganten Bewegungen waren identisch.

Miro, der Nuvielle scheinbar gut kannte, rannte enthusiastisch auf sie zu. »Hey, Nuvielle! Wir sind es!«

Nuvielle schaute Miro nicht gerade fröhlich an. »Tut mir leid, Kobold. Ich habe jetzt keinerlei Zeit für närrische Angelegenheiten«, sprach sie abblockend und drehte sich von Dennis und Miro weg, um weiter die Fabelwesen in der Stadt zu ordnen.

»Nein, du verstehst nicht, Nuvielle. Wir haben den Satyr gejagt und dabei geholfen, dass deine Schwester ihn überwältigen konnte.«

Nuvielle drehte sich schlagartig zu Miro. »Wie bitte?«

»Dennis kann es bezeugen«, hüpfte Miro auf und ab.

Dennis trat hervor und nickte verhalten. »Das ist wahr.«

»Wo ist Valadi jetzt?«, fragte Nuvielle erschrocken.

»Sie ist mit diesem Monster in Richtung Schloss geritten«, antwortete Dennis.

Nuvielle wirkte nun äußerst nervös. Sie trommelte umgehend ein paar Soldaten zusammen. »Leute, wir haben ein Problem«, sagte sie verstört.

»Er hat vorrübergehend die Gestalt eines Kobolds angenommen«, drängte sich Miro zwischen die Soldaten.

Die Soldaten bekamen allesamt einen leeren Blick, und der offensichtliche Gruppenführer stieg zurück auf seinen Greifen. Ein stämmiger Elf mit sehr kantigem Gesicht und einem langen blonden Zopf ließ bei seiner bloßen Anwesenheit alle stramm stehen. »Das war der Dieb, der uns gemeldet wurde. Wir müssen umgehend das gesamte Reich absuchen.«

Alle Soldaten stiegen auf ihre Flugtiere.

»Warte, Nuvielle!«, schrie Miro hinterher.

»Wir haben es eilig. Was willst du denn noch, Kobold?«, fragte die Soldatin.

»Könntest du uns bitte mitnehmen? Ich muss dringend nach Hause. Der Satyr hat davon gesprochen, dass er eine Karawane mit reisenden Kobolden an der östlichen Grenze überfallen hat, um an den magischen Sand zu kommen. Mein Vater ist heute auf einer beruflichen Reise in diese Richtung unterwegs gewesen. Ich muss also dringend mit meiner Mutter sprechen.«

Die sonst eher taffe Nuvielle ließ sich von Miros emotionaler Geschichte anstecken. Sie blickte zu ihrem Gruppenführer. »Wäre das möglich, Reese?«

Der Gruppenführer nickte der Soldatin nach kurzem Zögern verständnisvoll zu.

»Okay, ich bringe dich nach Hause. Aber ich werde schnell fliegen. Glaube also nicht, dass ich auf deine Flugkrankheit Acht nehme.«

Miro sah sich zwar schon brechen, aber das war es ihm dieses Mal wert. Dennis durfte ebenfalls mitfliegen.

Nuvielle hatte nicht gelogen, als sie sagte, sie würde sich mit der Geschwindigkeit nicht zurückhalten. Der Greif flog mit einer so hohen Geschwindigkeit, dass sie bereits nach zwei Minuten das Bauernviertel am Horizont sahen. Miro hatte während dieser Zeit keine Möglichkeit, zu reden. Er war damit beschäftigt, seinen Mageninhalt bei sich zu halten.

Dennis wiederum nutzte die Zeit, um Nuvielle besser kennenzulernen. Ebenso mysteriös wie Valadi war sie dennoch merklich freundlicher. »Weißt du, wo mein Vater ist? Ist er bei eurer Suchaktion auch dabei?«

»Nein, er konnte nicht«, antwortete Nuvielle besorgt. »Er war in einem wichtigen Gespräch mit deinem Onkel, als wir diesen Notruf bekamen. Da wir nicht mit einem Satyr rechneten, haben wir daher auch keinen Fürsten losgeschickt.«

»Ist so ein Satyr gefährlich?«

»Auslegungssache. Sie sind mit den Zentauren verwandt. Sie haben zwar nicht ihre körperliche Größe und Stärke, sind aber ebenso bösartig und trickreich. Passt man nicht auf, können sie auch einen Elfen töten.«

Dennis lief ein eiskalter Schauer über den Rücken. Wenn er daran dachte, dass er dieses Monster durch das gesamte Händlerviertel verfolgt hatte, um es zu fangen, erkannte er nun die Gefahr, der er ausgesetzt war.

»Ich frage mich nur, was ein Satyr hier in Noxa verloren hat. Sie meiden unsere Zivilisation. Er muss einen triftigen Grund gehabt haben«, grübelte

Nuvielle.

»Er hat sich in einen Kobold verwandelt und dann eine komisch aussehende Knolle aus diesem Laden gestohlen, der die ganzen teuren Produkte verkauft«, sagte Dennis. Er hatte noch den gesamten Ablauf mit der anschließenden Verfolgungsjagd bildlich im Kopf.

Nuvielle schien weiter nachzudenken. Sie vergaß sogar, dem Greifen zu signalisieren, die Geschwindigkeit beizubehalten. »Du meinst wahrscheinlich Luxes, den edlen Magieladen«, sagte die Soldatin nach einer kurzen Zeit des Schweigens. »Von dort stammt der Notruf, dem wir gefolgt sind. Wir haben uns die ganze Zeit gewundert, warum die Bevölkerung so außer sich war, nur weil ein Kobold eine dämliche Traubenknolle gestohlen hat. Aber jetzt, da wir wissen, dass ein Satyr dahintersteckte, wird mir alles klar.«

»Warum sollte ein Satyr eine Traubenknolle stehlen? Der Aufwand lohnt sich doch überhaupt nicht«, sagte Miro würgend.

»Da hast du recht, dass macht wirklich keinen Sinn«, antwortete Nuvielle.

»Ich weiß nicht, ob ich mich verhört habe, aber ich meine, dieser Satyr sagte, dass er nicht allein diese Karawane überfallen hatte«, fiel Dennis wieder ins Gedächtnis.

Miro erinnerte sich ebenfalls.

»Ja, das hatte ich bereits befürchtet«, seufzte Nuvielle. »Ich glaube auch nicht, dass dieser Satyr allein hier in Noxia ist. Deshalb suchen meine Kollegen auch alles nach verdächtigen Aktivitäten ab.«

Nuvielle setzte ihren Greifen zur Landung an und ließ ihre Passagiere absteigen. »Passt auf euch auf. Bis diese Sache geklärt ist, solltet ihr die Stadt meiden.«

Nuvielle flog wieder in Richtung Zentrum und ließ die beiden Jungs ängstlich zurück.

Schnell rannten sie zu Miros Haus, wo Maggie bereits ungeduldig auf sie wartete. »Kinder, was ist hier los? Überall fliegen Soldaten herum.«

Miro musste sich zusammenreißen, um seiner Mutter die ganze Geschichte zu erzählen. Maggie bekam daraufhin einen Weinkrampf, der endlos zu sein schien. Dennis fühlte sich in diesem Moment fehl am Platz.

Trotz der schlechten Stimmung im Haus versuchte Maggie, sich und den beiden Jungs ein leckeres Essen auf den Tisch zu zaubern. Es gab Würstchen mit Kartoffeln und Pilzen. Ein weiteres leckeres Erlebnis für Dennis in der Fabelwelt, doch konnte er dies nicht so genießen, wie er es wollte.

Während des Speisens war es völlig still in der Küche geworden. Lediglich schnupfende Nasen und das Kratzen mit dem rostigen Besteck auf dem Geschirr waren zu hören.

»Wann sollte Bornard denn wieder von seiner Reise zurück sein?«, fragte Dennis behutsam, um diese unangenehme Stille zu durchbrechen.

»Morgen Abend«, schniefte Maggie und schlang sich ein großes Stück Wurst in den Schlund.

»Ich glaube, dass er noch lebt. Da bin ich mir sicher«, versuchte Dennis die beiden Kobolde zu trösten.

»Über dreizehn Jahre hat kein Satyr oder Zentaur mehr Noxisches Land betreten. Nur an den Grenzen waren sie zu finden. Jetzt sollen plötzlich gleich mehrere hier durch die Stadt geistern«, sagte Maggie verzweifelt.

Noch lange rätselten die drei über die Gründe für den Überfall. Durch die ganzen Erlebnisse verflog der Tag sehr schnell.

Der Abend betrat Noxia und schickte zwei erschöpfte Jungs ins Bett. An Schlaf war für die beiden dennoch nicht zu denken. Während Miro immer noch Angst um seinen Vater hatte, beschäftigte Dennis eher die Angst vor dem, was sich direkt innerhalb Noxias abspielte. Die Begegnung mit Valadi ging ihm ebenfalls nicht mehr aus dem Kopf. Ihre Worte hingen immer noch in seinen Ohren.

»Ich hasse diese Valadi. Sie ist so nervig, gemein und arrogant, dass man es nicht aushält«, ärgerte sich Dennis.

Miro entgegnete ihm mit einem entsetzten Gesichtsausdruck. »Sie hat dir das Leben gerettet, Dennis.«

Dennis Augenbrauen neigten sich fragend nach unten. »Willst du dieses freche Mädchen auch noch verteidigen?«

»Ich möchte damit nur sagen, dass du jetzt ein toter Hybrid wärst, wenn sie den Satyr nicht gefangen hätte.«

Dennis musste einsehen, dass Miro mit seiner Aussage recht hatte. Er wurde plötzlich kleinlaut und verschränkte genervt seine Arme.

»Er ist nur weggelaufen, weil er dachte, dass du die Fähigkeiten eines Elfen bereits beherrschst. Er wusste halt nicht, wer du bist«, versuchte Miro seinem Freund die wirkliche Gefahr bewusst zu machen.

Zu Dennis Bedauern war in der Fabelwelt nicht alles so, wie es im ersten

Moment schien. Magie war überall und zu jeder Zeit gegenwärtig.

»Aber selbst, wenn sie unser Leben gerettet hat, heißt das nicht, dass man uns so behandelt«, beharrte Dennis bockig.

»Da muss ich dir recht geben, mein Freund. Aber Valadi ist nun mal Valadi. Daran können wir nichts ändern.«

»Wer ist dieses Mädchen überhaupt?«

»Sie ist Nuvielles kleine Schwester«, antwortete Miro mit herzerwärmtem Lächeln. »Du weißt schon, die hübsche Elfe, die uns gerade mitgenommen hat.«

Dennis nickte. Diese Information hatte er vorhin bereits am Rande mitbekommen.

»Valadi und Nuvielle trennen zwar zehn Jahre, aber sie sind trotzdem ähnlich mächtig. Valadi gilt als Wunderkind. Sie geht auf die Eliteschule der Monddämmerung.«

»Wie alt ist sie denn genau?«, fragte Dennis plötzlich interessiert.

»Soweit ich weiß, ist sie gerade einmal vierzehn.«

Dennis machte große Augen. »Und dann ist sie schon so stark?«

»Ja. Alle gehen davon aus, dass sie eines Tages sogar eine Fürstin der Monddämmerung wird. Sie soll demnächst sogar eine Jugendgruppe anstrebender Soldaten leiten, um ihre Führungsqualitäten zu testen.«

Dennis konnte nicht glauben, dass diese nervige Göre so stark sein sollte. Er wollte an diesem Abend aber nichts mehr davon hören und tat so, als ob ihn das nicht weiter interessieren würde.

Die beiden Jungs redeten stattdessen noch lange über andere Dinge, bis sie vor Erschöpfung, welche der Tag ihnen einbrachte, einschliefen.

Der wahre Dieb

Die zweite Nacht in der Fabelwelt verbrachte Dennis bei weitem nicht so angenehm wie die erste. Ihn plagten Albträume, die ihn immer wieder weckten. Er musste erst einmal verarbeiten, dass er am gestrigen Tag nur knapp dem Tod entkommen war. Das Schlimmste daran war jedoch, dass er die Situation nicht einmal als gefährlich angesehen hatte. Ein Satyr, der sich mithilfe des magischen Sandes in einen Kobold verwandelt hatte. Dennis musste lernen, dass die Gesetze in der Fabelwelt völlig andere waren als die, die er dreizehn Jahre lang verinnerlicht hatte. Wegen seines Fehlers musste ihn diese unsympathische Elfe retten. Das war für Dennis beinahe noch schlimmer.

Die Tatsache verfolgte ihn die ganze Nacht. Es war eine Mischung aus Angst, Verzweiflung und Scham.

Miro versuchte, seinen Freund am frühen Morgen aufgeregt zu wecken. Dennis reagierte nur behäbig.

»Komm schnell! Dein Vater ist unten in der Küche«, entfuhr es Miro, bevor er die klapprige Wendeltreppe hinunterflitzte.

Dennis war sehr erschöpft, aber auf diese Nachricht musste er mit einem enthusiastischen Sprung aus dem Bett reagieren. Noch im Schlafanzug lief er ebenfalls schnellstens die Treppe hinunter.

Flynn saß gemeinsam mit Maggie am Esstisch. Wobei sitzen für Flynn auf diesem kleinen Mobiliar relativ war. Für den großen Elfenfürsten wirkte dort alles wie in einem Puppenhaus. An Stehen war bei dieser Deckenhöhe überhaupt nicht zu denken.

Als Dennis Flynn und Maggie dort sitzen sah, bekam er Angst, dass sein Vater da war, um Miros Familie eine traurige Nachricht zu übermitteln.

Flynn hatte einen Suchtrupp entsandt, um die überfallene Karawane zu suchen. Durch die Angaben des gefangenen Satyrs konnte man das Schlachtfeld sehr schnell ausfindig machen. Nur wenige Meter vor der Grenze zum Andertal hatte sich ein grauenhaftes Bild abgespielt. Ein Friedhof aus Trümmerteilen, Waffen und zerstörten Waren, die die Räuber nicht gebrauchen konnten, war über hunderte Meter verstreut. Am schlimmsten waren die vielen Leichen, die rund um die Trümmer verteilt waren. Der Großteil von ihnen waren Kobolde, die auf einer wichtigen Handelsreise ins Andertal unterwegs gewesen waren. Sie wurden allesamt auf brutale Art und Weise mit einem Schwert erstochen, oder durch Bisswunden zum Verbluten gebracht.

Die einzige gute Nachricht war, dass Bornard nicht zu dieser Karawane gehörte. Die Gruppe der Opfer bestand aus Händlern, die im Andertal eine Lieferung Waffen verkaufen wollte. Bornard gehörte einer Reisegruppe von Sammlern an, die in Richtung Gebirge unterwegs war. Da beide Karawanen dieselbe Gabelung durchqueren mussten, war es wahrscheinlich, dass Bornards Reisegruppe nur wenige Minuten vor dem Angriff die Stelle passiert hatte, an der sich kurze Zeit später die grausame Tat abspielte. Sie hatten also riesiges Glück.

Miro und Maggie waren aufgrund der Nachricht so glücklich, dass sie ausgelassen um den Tisch tanzten. Dennis und Flynn waren ebenfalls froh, dass Bornard vermutlich nichts passiert war. Allerdings war die grauenhafte Tatsache, dass viele Fabelwesen am gestrigen Tag ihr Leben haben lassen müssen, nicht zu verdrängen.

Flynn hatte zudem noch eine Standpauke für seinen Sohn parat. »Ich möchte nicht, dass du dich nochmal in solche Gefahr begibst. Bevor du nicht die nötigen Fähigkeiten hast, wirst du dich nicht mit so einem Ungetüm messen.«

»Aber Papa, von der Gefahr wusste ich doch überhaupt nichts«, beteuerte Dennis.

»Hier bei uns kann so etwas wie ein Gestaltwandelzauber immer passieren. Du musst unsere Welt unbedingt besser verstehen lernen.«

Miro unterbrach seinen Freudentanz, um seinem Freund zur Seite zu stehen, selbst wenn er sich dafür einem Fürsten entgegenstellen musste. »Flynn, ich bitte dich. Es hat wohl niemand damit gerechnet, dass so etwas innerhalb Noxias passiert. Hier war es jahrelang sicher.«

Flynn sah Miro besorgt an. Sowohl er als auch Dennis wussten, dass etwas nicht stimmte.

»Konntest du etwas über diesen Satyr herausfinden? Warum war er hier, um eine Knolle zu stehlen?«, fragte Dennis.

»Wir wurden hintergangen«, offenbarte Flynn empört.

Auch Maggie hörte mit ihrem Freudentanz auf. »Hintergangen? Von wem?«

Flynn schüttelte ratlos den Kopf. »Das wissen wir noch nicht. Aber der Satyr war lediglich eine Ablenkung von der eigentlichen Tat.«

Allen im Haus stockte der Atem. Was Flynn nun zu berichten hatte, war unglaublich. Genau wie bei dem Karawanen-Suchtrupp wurden ebenso Soldaten der Monddämmerung zum Tatort des Diebstahls entsandt. Bei ihrer Ankunft im edlen Raritätenladen fand man Lux und seinen Zulieferer Poris gefesselt im Lagerraum. Beide berichteten davon, brutal überwältigt worden zu sein. Die Täter waren ein blutrünstiger Satyr und ein kleines Wesen. Das kleine Wesen trug ein schwarzes Gewand mit einer Kapuze, sodass man seine Identität nicht feststellen konnte. Das verschleierte Wesen schien ohne jeden Zweifel der Anführer der beiden gewesen zu sein. Er wusste genau, was er wollte, und der Satyr befolgte seine Befehle blind. Gegen die gewaltige Kraft des Waldmonsters hatten die beiden Opfer keine Chance. Sie hatten Glück, dass die beiden Täter Lux und Poris für ihre Verwandlung benötigten, ansonsten hätten sie wohl ebenfalls zu den Toten des Tages gezählt. Der Satyr hatte sich mithilfe des gestohlenen magischen Sandes in den Lieferanten Poris verwandelt, während der geheimnisvolle Typ die Gestalt von Lux angenommen hatte. Der Satyr sollte die Bevölkerung lediglich ablenken, während der wahre Dieb zuschlagen und flüchten konnte.

Miro und Dennis merkten niedergeschlagen, dass sie den beiden Verbrechern bei ihrer Tat sogar behilflich waren, statt sie zu verhindern.

»Ihr beiden wart zu diesem Zeitpunkt in dem Laden, wie ich gehört habe«, sagte Flynn.

»Ja, aber aus reinem Zufall«, antwortete Dennis.

»Ich weiß zwar nicht, wie ihr beiden zufällig in diesen Laden geraten seid, aber in diesem Fall hatten wir Glück im Unglück.«

Miro und Dennis schauten sich entsetzt an. »Wieso das?«, fragten beide im Chor.

»Ihr seid die beiden Einzigen, die dem Haupttäter begegnet sind. Wie hat er sich verhalten? Hat er irgendetwas Verdächtiges erwähnt?«

Beide erinnerten sich sofort an das merkwürdige Verhalten des Elfen, der anscheinend gar kein Elf gewesen war.

»Er kam uns äußerst verwirrt vor. Er war zwar nett, aber unheimlich. Wenn er nicht gerade damit beschäftigt war, aufgesetzt freundlich zu uns zu sein, beobachtete er uns aus der Ferne, als wären wir Straftäter«, sagte Miro.

Flynn sah den Koboldjungen vorwurfsvoll an.

»Ja, gut, vielleicht war ich das eine oder andere Mal gesetzlich etwas auffällig. Aber wir haben nichts mitgehen lassen«, rechtfertigte sich Miro wild gestikulierend.

»Es war eigentlich schon verdächtig genug, dass der falsche Lux euch nicht aus seinem Laden verwiesen hat. Bei ihm sind keine Kinder erlaubt«, meinte Flynn.

»Wie hat es dieses Monster eigentlich geschafft, einfach so durch Noxia zu spazieren, ohne entdeckt zu werden?«, fragte Dennis.

»Er hat wohl genügend magischen Sand mit sich geführt«, antwortete Flynn wütend. »Er kam bereits in einer anderen Gestalt in die Stadt und wurde so nicht entdeckt. Das ist die einzige Erklärung.«

»Wahrscheinlich hat er die Gestalt eines der Karawanenopfer angenommen, bevor er sie ermordet hat«, knurrte Miro.

»Das heißt aber auch, dass sie entweder ein schnelles Reittier bei sich hatten oder ein paar Geiseln bis zur Stadtgrenze schleppen mussten. Die Wirkung des Sandes hält in der Regel nicht länger als zehn Minuten. Die östliche Grenze ist aber über fünfzig Kilometer entfernt«, brachte Flynn ein.

»Was hat der Haupttäter eigentlich gestohlen, Flynn? Die Knolle war scheinbar nur Mittel zum Zweck«, fragte Miro.

Flynn schlug plötzlich mit seiner Faust auf den Küchentisch, sodass die anderen vor Schreck erstarrten. »Der Dieb im schwarzen Gewand hat zwei Verbindungssteine erfolgreich entnommen und ist damit vermutlich schon über alle Berge.«

»Wa… was?«, stammelte Miro. »Die zwei Verbindungssteine gehörten zu den mächtigsten magischen Artefakten in Noxia.«

Dennis hatte noch nie etwas von diesen Steinen gehört. Doch er brauchte nur in das Gesicht seines Vaters schauen, um zu erahnen, wie wertvoll und wichtig sei sein mussten.

»Ich kann mir nicht vorstellen, dass Lux diese Steine in seinem Sortiment hatte. So etwas steht doch nicht einfach zum Verkauf«, sagte Miro.

»Eigentlich verhökert Lux alles, was nicht bei drei auf den Bäumen ist. Aber die zwei Verbindungssteine sind schon seit vielen Jahrhunderten im Besitz seiner Familie. Zum einen sind diese Gegenstände wertvoller als alles, was ich in Noxia kenne. Zum anderen hat der Oberelf den Verkauf dieser magischen Gegenstände strengstens verboten. Für mich ist etwas anderes viel entscheidender«, sagte Flynn.

»Und was?«, fragte Dennis.

»Der Dieb war bestens vorbereitet. Der echte Lux behauptete, dass der Täter darüber informiert war, wo sich die wertvollsten Waren befanden. Innerhalb weniger Sekunden hatte er die Steine entwendet.«

Dennis hatte daraufhin den gleichen Verdacht wie sein Vater. »Das könnte ja bedeuten, dass der Dieb schon einmal dort war.«

Flynn nickte. »Dessen bin ich mir sogar sehr sicher. Der Haupttäter ist jemand, der Lux persönlich kennen muss. Wahrscheinlich ein konkurrierender Händler, der sich in Noxia bestens auskennt. Möglicherweise sogar jemand, der Noxia sein Zuhause nennt.«

Allein der Gedanke bereitete Dennis und den anderen Kopfschmerzen.

Maggie drehte sogar völlig durch und warf bei ihrer wilden Gestikulation einen Teller zu Boden. »Ein gefährlicher Schwerverbrecher und Mörder läuft hier in Noxia frei herum, und niemand weiß, wer es ist?!«

»Wir wissen zumindest, dass er sehr klein ist. Das grenzt die Suche zumindest etwas ein«, sagte Flynn.

»Wieso tut jemand so etwas?«, fragte Dennis geschockt.

»Das wüsste ich auch gerne«, sagte Miro. »Wer sich mit einem so dunklen Geschöpf wie einem Satyr verbündet, muss auch eine schwarze Seele haben. Das bedeutet für mich, dass dies mit Sicherheit nicht seine letzte Tat gewesen ist.«

Flynn zuckte ratlos mit den Schultern. »Es wäre möglich, dass der Täter zurückkehrt. Es könnte auch sein, dass er sich unmittelbar in unserer Nähe befindet. Ich habe mit den anderen Fürsten vereinbart, dass die Sicherheitsvorkehrungen in der nächsten Zeit verschärft werden. Bis wir den Täter gefasst haben, solltet ihr besser auf euch aufpassen. Geht kein Risiko ein. Traut niemandem, den ihr nicht kennt.«

Die Botschaft kam an. Dennis und Miro wollten sich vom Stadtzentrum fernhalten, bis der Täter gefasst wurde.

Flynn schien es plötzlich sehr eilig zu haben. Ohne ein weiteres Wort zu verlieren, kämpfte er sich durch die winzigen Räumlichkeiten des Koboldhauses, um zurück ins Freie zu gelangen. »Kommt, wir müssen los«, sprach er gequält, bevor die Tür zufiel.

Dennis war noch in seinen Schlafsachen. Schnell huschte er in Miros Zimmer und zog sich um, während sich Miro von seiner Mutter verabschiedete, um daraufhin Flynn nach draußen zu folgen.

Dennis zog sich hektisch an. Auch wenn er seine schmutzige Jeans völlig unpassend für seinen ersten Ausbildungstag fand, blieb ihm keine Wahl. Seine Aufregung tröstete ihn ein wenig darüber hinweg.

Nachdem er bereit war, sah Dennis noch kurz aus Miros Fenster. Dort konnte er seinen Vater und Miro bereits wartend auf dem Greifen sehen. Dennis bemerkte, dass sein Vater mit seinem Freund etwas Wichtiges besprach. Sie drehten sich samt Greifen mit ihren Rücken zum Haus. Dennis konnte nicht anders, als das Fenster zu öffnen, um die beiden zu belauschen.

»Du wirst heute nicht wie üblich Dennis begleiten«, befahl Flynn.

»Wieso denn das? Ich bin doch sein Pate.«

»Ja, dessen bin ich mir bewusst. Immerhin habe ich dich vor den Augen des Oberelfen dazu ernannt, um deine Strafakte vernichten zu lassen. Dennis beginnt aber heute seine wichtige Ausbildung bei Meister Filus. Ich denke, dass deine Anwesenheit nicht förderlich für seine Konzentration ist. Außerdem habe ich eine viel wichtigere Aufgabe für dich.«

»Worum geht's?«, fragte der Kobold aufgeregt.

»Zuerst möchte ich dich bitten, deine Aussagen bezüglich des Täters dem Oberelfen zu übermitteln. Nur durch ihn können wir ein Gesetz erlassen, welches für die Sicherheit unserer Bevölkerung unumgänglich ist.«

»Ist Noxia in Gefahr?«

»Ich weiß es nicht«, antwortete Flynn kühl. »Wir sollten nicht in Panik verfallen, aber wir sollten bereit sein, wenn es nötig wird.«

Dennis erschrak. Die Sorgen seines Vaters beunruhigten ihn zutiefst. Schnell schloss er das Fenster, um nach draußen zu laufen.

Halbwegs frisch starteten sie ihre Reise zum Schimmersee. Dennis versuchte, die gestrigen Ereignisse irgendwie zu vergessen und konzentrierte sich lieber auf das, was heute vor ihm lag.

Die ersten Schritte zum Elfen

Die Nachwirkungen des gestrigen Tages waren in ganz Noxia zu spüren. Flynn, Miro und Dennis konnten aus der Luft erkennen, dass dutzende Soldaten in der Stadt positioniert waren, um mögliche Verdächtige zu befragen oder gleich festzunehmen. Die unbeschwerte Friedlichkeit, welche Dennis so atemberaubend schön fand … sie war vorbei. Doch auf keinen Fall wollte er sich dadurch die Vorfreude auf seine Elfenausbildung nehmen lassen.

Flynn versuchte sich mittlerweile keine Sorgen mehr anmerken zu lassen. Hin und wieder kamen ihnen andere Soldaten auf Greifen entgegen, die er freundlich grüßte. Selbst in der Luft herrschte an diesem Tag deutlich mehr Verkehr als gewöhnlich. Flynn musste Benji im Zaum halten, um einen Zusammenstoß mit entgegenkommenden Flugverkehrsteilnehmern zu vermeiden.

Erst als sie die tobende Stadt hinter sich ließen, verschwand auch der wilde Luftverkehr.

Schon bald war das Funkeln des heiligen Sees am Horizont zu erkennen.

»Was bewirken eigentlich diese Verbindungssteine? Dieser Dieb hat dieses Risiko nicht ohne Grund auf sich genommen«, warf Dennis plötzlich in den Raum.

Da Flynn kurz zögerte, fühlte sich Miro dazu berufen, seinem Freund die ganze Wahrheit zu berichten. »Die Verbindungssteine sind Gegenstände, in denen schwarze Magie steckt. Sie wurden vor langer Zeit in einem dunklen Gebirge des Kesselreichs abgebaut und bearbeitet. Die Steine wurden damals von bösen Hexenmeistern und Schamanen missbraucht, um ihre Feinde zu linken.«

»Ja, aber was genau bewirken diese Steine?«

»Wie der Name bereits sagt, besitzen die beiden Steine eine Verbindung zueinander«, sprach Flynn weiter. »Der Anwender des Steins kann sich ohne

Probleme direkt zu dessen Zwillingsstein teleportieren lassen. So konnten die Trolle in längst vergangenen Zeiten ohne Hindernisse die Reiche der anderen Fabelwesen infiltrieren. Es musste sich beispielsweise nur jemand mit dem Stein in Noxia befinden. Wenn jemand anderes den Zwillingsstein besaß, konnte diese Person jederzeit nach Noxia reisen und wieder verschwinden, wie es ihm beliebte.«

Die Magie dieser Steine war noch beängstigender, als Dennis vermutet hatte. Jetzt verstand er die Sorgen seines Vaters. Zum Glück war der Schimmersee bereits in Sichtweite. Die drei brauchten dringend eine Ablenkung. Das wunderschöne Licht der Sonne und Pflanzen spiegelte sich auf dem Wasser, sodass man denken konnte, man fliege auf einen Spiegel zu.

Filus wartete entspannt im Schneidersitz an dem Treffpunkt, den er genannt hatte.

Um den alten Elfen nicht erneut zu verärgern, landete Flynn seinen Greifen am Waldesrand. Da er unbedingt nochmals mit dem Elfenmeister unter vier Augen sprechen wollte, ließ er Miro und Dennis vorerst auf Benji zurück.

Filus schien die Ankunft Flynns schon erahnt zu haben. Noch bevor er überhaupt in Sichtweite war, erhob sich der uralte Elfenmeister, um auf den Fürsten zuzugehen. »Guten Morgen, Flynn«, sagte er mit seligem Grinsen im Gesicht. »Du bist spät dran. In dieser Zeit hätten wir schon so einiges mit deinem Sohn erreichen können.«

»Ich bitte um Verzeihung, Filus. In Noxia ist völliges Chaos ausgebrochen. Habt Ihr bereits zufällig etwas von den Geschehnissen mitbekommen?«

Filus nickte und starrte auf das schimmernde Wasser. »Oh ja, das habe ich. Es war nur eine Frage der Zeit, bis euch so etwas widerfahren würde.«

»Wovon sprecht Ihr?«

»All die Jahre des Friedens haben euch in der Monddämmerung blind gemacht. Ihr habt zwar an allen möglichen Grenzposten eure Soldaten positioniert, aber ihr habt alle den Blick für das verborgene Böse verloren. Das wurde euch zum Verhängnis.«

»Es ist meine Lebensaufgabe, das Volk Noxias zu beschützen. Ich diene diesem Reich schon mein ganzes Leben treu. Und dieser Angriff gestern war nicht vorherzusehen.«

»Du bringst deinen Sohn, der gleichzeitig der einzig lebende Hybrid ist, in unser Land. Und dann wunderst du dich über einen Angriff? Wenn das wahr ist, dann bist du wirklich einfältiger, als ich dachte.«

Flynn richtete einen kurzen Blick nach hinten, wo sein Sohn gemeinsam mit Miro auf dem Greifen saß. »Wollt Ihr mir damit sagen, dass alles, was gestern passiert ist, auf Dennis Anwesenheit in Noxia zurückzuführen ist?«

Filus nickte trocken. »Dein Sohn trägt keine Schuld. Er kennt die Verstrickungen unserer Welt noch nicht. Aber von dir habe ich erwartet, dass du weißt, wie das Böse denkt. Immerhin hast du vor dreizehn Jahren durch einen Angriff eines Feindes fast alles verloren.«

Flynn seufzte und schwieg in sich gekehrt. Sein Blick richtete sich starr auf Dennis. Erst ein paar Sekunden später drehte er sich wieder zu Filus. »Sagt mir bitte alles, was Ihr wisst. Wenn es stimmt, was Ihr sagt, dann weiß ein außenstehendes Fabelwesen über Dennis Ankunft in unsere Welt Bescheid. Was begehrt der Dieb so sehr an meinem Sohn?«

»Ich weiß zu meinem Bedauern nicht, wer der Dieb ist. Tatsache ist jedoch, dass er höchstwahrscheinlich ein neutraler Händler ist, der sehr oft in eure Stadt kommt. In Wirklichkeit ist er aber ein skrupelloser Geschäftsmann, der für viel Geld auch Aufträge für das Böse annimmt und erfolgreich ausführt.«

Flynn war fassungslos. Filus sprach genau das aus, was er am meisten befürchtete. »Wenn es sich bei dem Dieb um einen neutralen Händler handelt, ist es so gut wie unmöglich, ihn zu fassen. Er bringt seine Beute fort und kommt anschließend wieder in die Stadt, als sei nichts gewesen.«

»Ja, aber vorerst kannst du dich beruhigen«, sagte Filus und tippte mit seinem Stab auf Flynns Schulter. »Der Dieb hat seine Aufgabe erfüllt und seinem Auftraggeber die Ware bereits übergeben. Der Auftraggeber hat keinerlei Interesse in Noxia einzumarschieren. Zumindest jetzt noch nicht.«

»Wer ist der Auftraggeber?«

»Ich habe einen Verdacht. Aber den werde ich dir erst preisgeben, wenn ich mir sicher bin. Doch frage ich mich langsam, was dir dein Vater eigentlich beigebracht hat. Diese Hilflosigkeit und Naivität, wenn es darauf ankommt, passt nicht ins Bild deiner Familie.«

»Dann sagt mir, was ich unternehmen soll«, sagte Flynn energisch.

»Dein jetziges Vorhaben ist so weit gut. Versuche das Gesetz durchzubringen, welches du planst. Dazu solltet ihr ab sofort jeden neutralen Händler bei der Einreise in Noxia kontrollieren. Das wird den Dieb auf Dauer abschrecken, wieder etwas gegen euch zu unternehmen. Und das Allerwichtigste. Halte deinen Sohn aus den ganzen Angelegenheiten heraus. Er sollte sich auf seine Ausbildung konzentrieren. Sieh zu, dass er nicht allein durch die Wälder streift.«

Flynn vertraute dem weisen Mann und verbeugte sich respektvoll vor ihm. »Ich danke Euch für das Gespräch. Ich werde meinen Sohn nun in eure Obhut übergeben und mich um den Rest kümmern.«

Die beiden Elfen verabschiedeten sich und Flynn ging zurück zu Dennis und Miro.

Dennis konnte es mittlerweile kaum mehr erwarten, endlich etwas zu lernen. »Ist alles in Ordnung? Wird er mich jetzt trainieren?«

»Ja, du kannst zu ihm gehen. Ich werde dich in den frühen Abendstunden wieder abholen.«

Das war für Dennis das Startzeichen. Schnell verabschiedete er sich von Miro und seinem Vater, die wenig später mit dem Greifen abzogen.

Dennis lief stolz auf Filus zu, der ihn bereits sehnsüchtig erwartete. »Guten Morgen, Herr Filus«.

»Herr Filus? Tu dir selbst einen Gefallen und lass die menschlichen Titel bitte da, wo sie hingehören«, sagte der Elfenmeister genervt.

Dennis war völlig erschrocken über die Reaktion seines Lehrers. »Oje, tut mir echt leid. Ich wollte Sie nicht beleidigen.«

Filus beruhigte sich schnell und gab Dennis das Zeichen, ihm zu folgen. »Wir werden uns zuerst um deine Sinne kümmern. Sie sind die Basis für den weiteren Unterricht.«

Dennis tippelte seinem Lehrmeister hinterher wie eine Ente. »Ich habe schon viele verschiedene Sinne wahrnehmen können. Aber leider nur in bestimmten Situationen.«

»Wahrscheinlich, wenn du Angst hattest oder wütend warst. Das sind neben der Liebe die stärksten Emotionen, die man haben kann«, kratzte Filus sich aus dem Hals.

Obwohl der alte Mann mit dem Rücken zu ihm stand, nickte Dennis. Er schien seinem Lehrer überhaupt nichts erzählen zu müssen. Er wusste genauestens über ihn Bescheid.

»Ich will die Natur so beherrschen wie mein Vater«, sagte Dennis, durch und durch mit Motivation ausgestattet.

Filus kicherte amüsiert. »Ach, mein Junge, du musst wirklich noch viel lernen. Die Natur kann man nicht beherrschen. Niemand vermag das auch nur im Entferntesten zu tun. Die Natur beherrscht uns zu jeder Zeit. Auch jetzt, während ich mit dir rede.«

Dennis hatte Probleme, seinem Lehrer zu folgen. Er verstand nicht, wie die Natur ihn in diesem Moment beherrschen sollte. »Was genau ist das, was mein Vater mir schon alles gezeigt hat?«

Filus nahm seinen Stab und steckte ihn fest in den feinen Kiesboden. Dann hüpfte er unerwartet leichtfüßig auf die Spitze seiner Gehhilfe, als würden die Gesetze der Schwerkraft für den alten Elfen nicht gelten. Mit nur einem Zeh verweilte er entspannt auf der Stabspitze. Filus sah für Dennis jetzt so aus wie ein alter Mönch aus einem Kung-Fu-Film.

»Wow, wie ist so etwas überhaupt möglich?«

»Das ist das Kernprinzip deiner Ausbildung, Lakuso. Ein Elf beherrscht die Natur nicht. Er geht eine höhere Bindung mit ihr ein, nicht mehr und nicht weniger. Ich kommuniziere und verschmelze mit ihr. Dazu sind nur Elfen in der Lage.«

Dennis war beeindruckt von dem, was er sah. Diese Bindung, die man mit der Natur eingehen sollte. So etwas hatte Dennis schon einmal von seinem Vater gehört.

Filus hüpfte wieder elegant von seinem Stab und schlenderte ohne Worte weiter um den gigantischen See. Dennis folgte stur.

Nachdem sie über eine Stunde lang gemütlich die Hälfte des heiligen Orts umrundet hatten, begann Dennis unruhig zu werden. Filus hatte während der ganzen Zeit kein Wort verloren.

»Wo gehen wir eigentlich hin? Lerne ich heute noch etwas?«

Filus blieb abrupt stehen. »Du solltest bereits jetzt etwas gelernt haben, Lakuso.«

Dennis verstand nicht, worauf Filus hinauswollte. Hatte er irgendetwas übersehen? Immerhin waren die beiden jetzt bereits mehrere Kilometer durch dieses magische Gebiet gelaufen. Dennis blickte um sich. Da war der überaus ruhige See, der einem das Gefühl von Sicherheit vermittelte. Ringsherum erstreckte sich ein Feld aus feinen Steinen, auf dem hin und wieder eine Krabbe entlanglief. Dahinter lag der magische Wald, der sich über dutzende von Quadratkilometern erstreckte und voller Leben war. Doch auf dem direkten Weg, den sie in der letzten Stunde zurückgelegt hatten, war nichts Besonderes zu sehen.

Filus zeigte eine enttäuschte Miene. »Dieser See ist heilig. Genieße die Ruhe und konzentriere dich auf den See und seine Umgebung. Versuche nur den See zu hören. Verzeichne jede Bewegung des Wassers. Und nebenbei genießt du den schönen Spaziergang.«

Ohne weitere Worte schlenderte Filus wieder los. Dieses Mal befolgte Dennis strikt die Anweisungen des alten Meisters. Je mehr er den See betrachtete, desto ruhiger wurde er. Für einen kurzen Moment vergaß er sein Leben und seine Probleme. Nach einer weiteren Weile bemerkte er nicht einmal mehr, dass er immer noch um den See lief. Er fühlte sich wie in Trance. Meinte Filus etwa dieses Gefühl?

Dennis dachte, er wäre mittlerweile einmal um den ganzen See gelaufen, als Filus stehenblieb und sich vor ihn stellte, um ihn aus seiner Trance zu schnipsen. Am Ende stellte sich heraus, dass sie in Wirklichkeit über fünf Stunden zwei Mal um den See gelaufen waren. Dennis konnte es nicht fassen. Die vergangenen Stunden hatten sich für ihn angefühlt, als wäre er in einer Welt ohne Zeit und Raum unterwegs gewesen.

Filus schien aber noch nicht ganz zufrieden zu sein. »Du bist noch nicht so weit, wie ich gedacht habe. Der See hat versucht, mit dir zu kommunizieren, und du hast abgeblockt. Hättest du ihm erlaubt, in deinen Geist zu blicken, hätte er dir gezeigt, wie du den erweiterten Sehsinn für dich beanspruchen kannst.«

Um seinen Schüler nicht zu langweilen, fuhr Filus nun mit einer weiteren Übung fort. Dennis sollte sich im Schneidersitz auf den Kiesboden direkt neben den See setzen. Filus verschwand kurz in den Weiten des magischen Waldes, um mit einem großen Blatt zurückzukehren. Dennis sollte das Blatt in beide Handflächen legen, die Hände ausstrecken und in Richtung des Wassers zeigen lassen.

»Schließe deine Augen und konzentriere dich nur auf das Blatt in deinen Händen.«

Gesagt, getan. Sobald Dennis seine Augen schloss, spürte er bereits eine Veränderung. Das Blatt fühlte sich plötzlich an wie ein kleines Tier, das sich in seiner Hand bewegte.

»Was ist das für ein Blatt? Es lebt«, wunderte sich Dennis. Er öffnete seine Augen und sah einen zufriedenen Lehrer.

»Natürlich tut es das«, sagte Filus. »Das ist ein ganz gewöhnliches Blatt eines Grubenbaums. Doch in ihm pulsiert das Leben des Baumes, von dem ich das Blatt gezupft habe.«

»Jetzt, wo ich die Augen geöffnet habe, spüre ich überhaupt nichts.«

»Weil deine Sinne noch nicht weit genug entwickelt sind. Schließt du deine Augen, gibst du deinen Sehsinn für einen gewissen Zeitraum auf. In dieser Zeit kann sich dein Körper automatisch besser auf die noch verborgenen elfischen Sinne konzentrieren. Deine Aufgabe besteht erst einmal darin, deine elfischen Sinne auszuprägen. Stimulierst du sie weiter, kannst du eines Tages dieses Blatt pulsieren hören, obwohl du es nicht einmal berührst.«

Auch wenn er sich den Unterricht am ersten Tag etwas anders vorgestellt hatte, war Dennis absolut beeindruckt von der Weisheit seines Lehrers.

Filus zeigte seinem Schüler noch eine weitere Übung. Der weise Elf legte seinen Holzstab in einem Bereich um Dennis herum ab. Dennis sollte im Schneidersitz die Augen schließen. Nun sollte er den Boden berühren, um zu spüren, wo sich der Stab befand.

»Das ist die schwierigste Übung für heute. Mein Stab dient mir nicht nur als Gehhilfe. Er wurde aus dem Holz eines alten Siegelbaums geschnitzt. Das ist nach dem Lebensbaum der mächtigste Baum der Welt. Er steckt voller Energie. Wenn du ihn spüren kannst, ohne ihn zu berühren, hast du die Übung gemeistert.«

Dennis konzentrierte sich auf die Umgebung, die er mit seiner Hand berührte. Er spürte nichts. Auch nach mehreren Minuten stiller Konzentration änderte sich daran nichts.

Irgendwann brach Filus die Übung ab. Den restlichen Tag verbrachten die beiden damit, die drei Übungen immer wieder zu wiederholen.

Für Dennis war es frustrierend, nach einem ganzen Tag keinerlei Fortschritte gemacht zu haben. Doch er gab nicht auf. Er wollte nichts mehr, als endlich die Kräfte eines Elfen zu besitzen.

Filus spornte seinen Schüler bis in die Abendstunden an, die Übungen in unterschiedlicher Reihenfolge zu wiederholen. Bei der schwierigen Übung mit dem Siegelstab konnte Dennis am Ende des Unterrichtstages zum ersten Mal leichte Schwingungen spüren. Dennoch kam es ihm nach rund acht

Stunden Training nicht wie ein Erfolg vor. Er fühlte sich wie ein Versager. Filus schien allerdings plötzlich äußerst angetan von Dennis Leistung gewesen zu sein. Ohne Kommentar besorgte der alte Mann nach dem Unterrichtstag einige Früchte und Pilze aus dem Wald für sich und seinen Schüler. Dennis freute sich eigentlich auf ein nettes Abendessen bei Miro zuhause, doch durch seinen immensen Hunger nahm er auch die Rohkost dankend an.

Während Filus beim Essen schwieg, wollte Dennis die Zeit nutzen, um seinen Lehrer etwas besser kennenzulernen. »Ich habe gehört, dass du meinen Opa unterrichtet hast«, schob Dennis die Worte gespannt zu seinem Nachbarn.

»Ja, so ist es«, antwortete Filus mit freundlichem Lächeln. »Es kommt mir so vor, als wäre es erst gestern gewesen, als der junge Paulus zu mir an den See kam, um der größte Krieger unseres Volkes zu werden. Zu der Zeit wurde er gerade zu einem Soldaten der Monddämmerung ernannt.«

»Mein Vater hat mir gesagt, dass mein Opa einer der größten Krieger seiner Zeit war. Stimmt das?«

Filus schmunzelte und biss kräftig in einen saftigen Pilz. »Ein Wunder, dass dein Vater so etwas zugeben konnte. Das ist unüblich für einen Fürsten. Aber er hat zweifellos recht. Paulus war so talentiert, dass er bereits bei der ersten Begegnung mit mir mächtiger war als jeder andere Soldat in Noxia. Lediglich sein bester Freund Enzo konnte eine Zeit lang mit ihm mithalten.«

Dennis erinnerte sich. Enzo, der alte Kutscher, mit dem er bei seinem ersten Besuch in der Fabelwelt Bekanntschaft gemacht hatte, war gemeint. Er hatte damals von seiner unvergleichlichen Freundschaft zu seinem Großvater gesprochen.

»Dein guter Großvater war der letzte Noxianer, der den Geist eines ursprünglichen Elfen besaß. Das unterschied ihn letztendlich von allen anderen, und es war der Grund, weshalb ich ihn unterwiesen habe. So wurde er bereits im zarten Alter von nur fünfundzwanzig Jahren zu einem Fürsten der Monddämmerung. Ich wusste bereits bei unserer ersten Begegnung, dass das Schicksal mehr mit ihm vorhat.«

Die Leistungen seines Großvaters machten Dennis Enttäuschung über seinen ersten Unterrichtstag noch größer. Er seufzte traurig, da er offenbar nicht mit einem so besonderen Talent gesegnet worden war.

Filus bemerkte die Stimmung seines Schülers und hörte prompt auf, nostalgisch in den Himmel zu blicken. »Ist dein Gemüt etwa immer von Sorgen geplagt?«

»Ich fühle mich einfach noch etwas überfordert, Filus. Vor zwei Wochen hatte ich noch gar keine Ahnung, wer ich bin. Jetzt sitze ich hier mit einem Elfenmeister in einer magischen Welt, der mich so schnell es geht zu einem Krieger ausbilden muss, damit ich die Welt rette.«

Filus kicherte amüsiert. Dennis fühlte sich von dem alten Mann nicht ernst genommen.

»Ich dachte eigentlich, dass du dich darüber freust. Das ist die einzige Möglichkeit, dich von deiner tristen Vergangenheit loszueisen.«

»Ich bin auf jeden Fall glücklicher als vorher. Ich habe jetzt Freunde und eine neue Familie. Nur möchte ich nicht für ihre Sicherheit verantwortlich sein.«

»Dir geht es also um Verantwortung, hmpf?«

»Ja. Ich hatte ein schreckliches Leben, in dem man mich als ekelhaftes, unnützes Wesen abgestempelt hat, das nichts kann.«

»Und?«, fragte Filus. »Denk nicht immer an die negativen Dinge, die dir dein bisheriges Leben beigebracht hat. Du hast daraus viele positive Aspekte gezogen, die du selbst noch nicht kennst.«

Dennis stutzte. »Was denn bitte? Ich bin ein Versager. Ich habe heute nicht einmal die einfachsten Übungen hinbekommen. Ich glaube, dass mein Vater falsch lag, als er meinte, dass ich das Talent von Manfesto, ihm und Großvater geerbt habe.«

Filus amüsiertes Kichern wurde schnell zu einem Lachen.

»Was ist so komisch?«, fragte Dennis bockig.

»Wie kommst du darauf, dass du ein Versager bist?«

Dennis wurde rot. »Na ja, weil es so ist. Ich habe doch heute wirklich nicht viel hinbekommen, oder?«

Filus schüttelte entspannt den Kopf und biss genüsslich in seinen Pilz. »Was erwartet man von einem Jungen, der vor zwei Wochen noch Angst vor seinem eigenen Schatten hatte? Betrachtet man deine Ausgangslage, war deine Leistung heute herausragend.«

»Im Ernst?«, fragte Dennis überrascht.

»Aber ja. Insbesondere dein Streben nach Wissen und Selbstfindung zeichnen dich aus, bedenke man, wie jung du noch bist. Dein Gefühl für die Situation fehlt dir hingegen noch völlig. Sonst hättest du bemerkt, dass du nicht immer dieselben Voraussetzungen bei den Übungen hattest.«

Dennis presste die Lippen aufeinander. »Was meinst du?«

»Ich meine damit, dass ich die Übungen absichtlich erschwert habe, ohne dass du es bemerkt hast. Beim Gang um den See habe ich mit jeder verstrichenen Minute lautere Schritte gesetzt, um deine Sinne zu täuschen. Bei der Übung mit dem Grubenbaumblatt habe ich dir anfangs ein frisch vom Baum gezupftes Exemplar in die Hand gegeben. Zum Schluss überreichte ich dir eines, welches bereits mehrere Tage auf dem Waldboden lag und somit mit deutlich weniger Energie gespeist war. Bei der schwersten Aufgabe habe ich meinen Stab bei jedem Versuch weiter von dir weggelegt. Dennoch konntest du vorhin bereits leichte Schwingungen spüren. Das nenne ich einen Trainingserfolg.«

Dennis war baff. Er hatte in seinen Augen immer dieselben Ergebnisse erzielt. Filus Offenbarung zauberte dem kleinen Halbelfen ein zufriedenes Lächeln ins Gesicht. Nun wollte er am liebsten wieder mit dem Training fortfahren. Doch die Sonne hing bereits am Horizont, und die meisten Bäume des noxischen Waldes leuchteten immer mehr wie Glühwürmchen.

Am Himmel tauchte Flynn mit seinem Greifen auf. Der Anblick des imposanten Flugtiers löste bei Filus wieder ein kräftiges, genervtes Brummen aus. Für Dennis bedeutete die Ankunft seines Vaters zum ersten Mal auch nichts Gutes. Er musste nun wieder zurück in die Menschenwelt. Dennis hatte trotz der gestrigen Ereignisse das schönste Wochenende seines Lebens hinter sich. Je mehr er mit der Welt seines Vaters verbunden war, desto abstoßender empfand er die Welt seiner Mutter.

Sein Vater schien es dieses Mal besonders eilig zu haben. Er landete seinen Greifen nicht wie üblich im Dickicht des Waldes, sondern genau vor Dennis und Filus.

»Ich bitte um Verzeihung. Ich bin bedauerlicherweise in Verzug geraten. Der Tag war äußerst kräftezehrend«, sagte Flynn.

»Du solltest dem armen Tier endlich mal eine Pause gönnen. Er ist dir treu ergeben, und wie dankst du ihm das? Mit hunderten Kilometern Flug am Tag. Kein Wunder, das die Tiere bei der Monddämmerung nicht älter als hundert werden«, brummte Filus.

Flynn versuchte die Worte des alten Elfen mit einem gestressten Schmunzeln zu ignorieren.

»Ist wieder etwas passiert?«, fragte Dennis. Insgeheim hoffte er darauf, dass irgendetwas geschehen war, was ihn daran hindern würde, in die Menschenwelt zurückzukehren.

»Zu unserem Glück nicht«, antwortete Flynn erschöpft. »Aber wir haben den ganzen Tag damit verbracht, die Stadt nach dem Dieb abzusuchen. Nebenbei mussten wir über fünfzig Handelskutschen bei ihrer Ankunft kontrollieren.«

»Das ist ein guter Anfang«, entgegnete Filus trocken.

»Und wie war der erste Ausbildungstag? Hattet ihr genügend Erfolg und Ruhe?«

Filus strahlte zufrieden. »Es war ein wunderbarer Tag. Es ist noch kein Meister vom Himmel gefallen, dass weißt du sicher selbst, Flynn. Aber dein Sohn hat definitiv mehr Elfisches in sich, als wir alle dachten.«

»Hervorragend, dann kann ich dich nun mit besserem Gefühl nach Hause bringen«, sagte Flynn erleichtert.

Dennis stöhnte traurig. Nicht zum ersten Mal an diesem Tag. Flynn musste seinen Sohn beinahe zwingen, auf den Greifen zu steigen.

Nach einer kurzen Verabschiedung von Filus flogen Vater und Sohn los, um zum Weltentor zu gelangen.

Dennis Stimmung wurde zunehmend schlechter, je näher sie dem Marmorgebäude kamen. Flynn verstand seinen Sohn nur zu gut. Die Bürde eines auserwählten Hüters war schwer, vor allem in diesen Zeiten. Und Dennis wusste bislang nur die Hälfte. Filus Prophezeiungen nach zu urteilen, würde Dennis Platz in der Welt bedeutend schwerwiegender ausfallen, als Flynn jemals gedacht hatte.

»Keine Sorge. Ich habe gestern lange mit deinem Onkel gesprochen. Wir haben einen grandiosen Plan, den er dir näherbringen wird«, sprach Flynn tröstend.

»Ich hoffe einfach, dass es darum geht, dass ich endlich aus der Menschenwelt verschwinden kann«, murrte Dennis.

»Noch nicht direkt, mein Sohn. Aber wir werden in den nächsten Monaten dafür sorgen, dass du den Posten des Hüters vollkommen ausführen kannst. Dazu gehört auch eine normale Umgebung in der Menschenwelt.«

Dennis erschrak. Flynns Aussage war ein klares Indiz dafür, dass er noch längere Zeit in der Menschenwelt leben musste. Dies war mittlerweile unvorstellbar für ihn geworden.

»Gibt es denn wirklich keinen Weg, dass ich für immer hierbleiben kann? Ich würde alles dafür tun, um Dornsdorf nie mehr wiederzusehen.«

Flynn stöhnte betrübt. Als er Dennis Betroffenheit sah, konnte er sich nur im Ansatz vorstellen, wie es ihm in der Menschenwelt ging. »Dennis, wenn ich könnte, würde ich dich nie mehr der Gefahr der Gesta aussetzen. Doch wie Gerrit bereits erwähnt hatte, wäre das zu diesem Zeitpunkt zu gefährlich. Denk an die Sicherheit aller in deinem Umfeld.«

Dennis verschränkte bockig seine Arme. »Ich habe mir das nicht ausgesucht. Ich möchte nicht, dass die Leben von anderen von mir abhängig sind. Es muss doch eine andere Lösung geben.«

»Irgendwann wird es die geben, mein Sohn. Bis dahin musst du gemeinsam mit Gerrit dafür Sorge tragen, dass die Gesta in der Menschenwelt nicht zu viel Macht erlangt. Zudem müssen wir noch deine Mutter aus den Fängen dieses Wahnsinnigen entheben.«

Dennis knurrte erbost. »Mama können wir vergessen. Sie ist auf Rogers Seite. Sie hat zugelassen, dass ein Auftragsmörder auf mich aufpasst, während sie sich eine schöne Woche auf Mallorca macht.«

»Ich kann mir nicht vorstellen, dass deine Mutter etwas von Rogers Plänen weiß. Es ist wichtig, dass du standhaft bleibst. Gerrit wird sich um den Rest kümmern.«

»Was ist eigentlich zwischen dir und Mama vorgefallen?«, platzte es plötzlich aus Dennis heraus.

Flynns Reaktion darauf war äußerst vielfältig. Zuerst zuckte er erschrocken zusammen, dann zierte ein genervter Blick sein Gesicht.

»Du hast in meiner Anwesenheit noch nie wirklich über sie gesprochen. Hat sie etwas Schlimmes gemacht, dass ihr euch getrennt habt?«

»Das ist lange her, Dennis«, antwortete Flynn trocken. »Deine Mutter und ich hatten starke Differenzen, weshalb sie mit dir in die Menschenwelt geflohen ist. Am besten fragst du sie eines Tages selbst, warum sie das getan hat. Das ist ihre Baustelle.«

»Mama sagt mir nichts. Bitte sag du es mir. Was hat sie getan?«

»Dennis, es reicht«, grummelte Flynn plötzlich.

»Aber ich will doch nur wissen, wa…«

»Schluss!«

Dennis erschrak. So hatte er seinen Vater noch nie erlebt. Eingeschüchtert von seiner dominanten Art hörte Dennis auf, weiter nachzuhaken. Aber anhand der Reaktion konnte er sich vorstellen, dass etwas Schlimmes zwischen seinen Eltern vorgefallen sein musste.

Die Marmorhalle war bereits durch das Dickicht des Waldes in Sichtweite.

Flynn begleitete seinen Sohn noch bis zur Fabel. Herzlich umarmten sie sich, als hätten sie gewusst, dass sie sich für längere Zeit nicht sehen würden.

»Ich werde Miro von dir grüßen. Er hatte heute bedauerlicherweise noch mehr zu tun gehabt als meine Wenigkeit«, spaßte er. »Bei deinem nächsten Aufenthalt hier, wird dein Zimmer mit einer kompletten Abteilung in meinem Haus bereitstehen«, sagte Flynn noch, während sein Sohn bereits langsam in der Fabel verschwand.

»Das hört sich toll an«, schniefte Dennis, der die Fabelwelt bereits vermisste.

»Keine Sorge, mein Sohn. Schon bald wirst du uns wieder bei dir wissen. Bis dahin bleibst du standhaft und hörst auf das, was Gerrit dir sagt.«

Dennis nickte noch schnell, bevor er in der heiligen Fabel verschwand.

Eingekesselt

Dennis Wiederkunft in die Menschenwelt war mit furchtbaren Emotionen verbunden. Doch die Aufgabe als Hüter der Fabeln ließ ihm keine Wahl. Auch in der Menschenwelt hatte er noch viele Verpflichtungen, denen er nachgehen musste.

Dennis fand sich im Kellertrakt seines Onkels wieder. Das wunderschöne Kellerzimmer mit all seinen bunten Pilzen und Blumen erinnerte ihn zumindest noch an die Welt, in der er seiner Meinung nach hingehörte. Für ihn war es immer noch schwer zu begreifen, dass er vor sich die Wurzeln des Lebensbaums sah. Sie bildeten die Verbindung zwischen Menschen- und Fabelwelt, indem sie direkt in eines der ältesten Gebäude Dornsdorfs mündeten. Dennis begriff zumindest immer mehr die Komplexität seiner Aufgabe. Das Haus war anscheinend seit Jahrhunderten im Besitz der Familie Brunn. Seine Familie war dazu bestimmt, das Geheimnis der Fabelwesen zu hüten. Der Hybrid war der Dreh- und Angelpunkt der Familie. Durch seine unmenschlichen Kräfte war nur er allein dazu im Stande, das Böse vom Tor fernzuhalten und dieses zur Not sogar zu versiegeln. Leider war Dennis so weit von dieser Fähigkeit entfernt wie Gerrit von einem Astralkörper. Filus Komplimente trieben ihn jedoch mehr an als zuvor, eines Tages so stark zu werden wie sein Vater. Leider hatte er keine Ahnung, wann er das nächste Mal am Schimmersee seine Elfensinne trainieren konnte.

Dennis wurschtelte sich durch das bunte Gestrüpp, um den Torraum zu verlassen. Von Gerrit war weit und breit keine Spur. Dennis suchte den gesamten Kellertrakt ab, jedoch ohne Erfolg. Hatte er ihn etwa vergessen?

Am Ende des langen, schmalen Ganges sah er das Funkeln eines mit Chrom überzogenen Schlüsselbunds. Ein Schlüssel an diesem Bund hatte sein Funkeln jedoch schon lange verloren. Er war so alt und rostig, dass das Metall bereits an manchen Stellen abblätterte. Dennis erkannte den

Schlüsselbund. An ihm war der Schlüssel befestigt, der ihm ermöglichte, aus dem Kellertrakt zu gelangen. Die Kellertür war besser verschlossen als ein Gefängnistor. Gerrit ließ seinen Ersatzschlüssel sicherlich nicht zufällig so offensichtlich auf dem Boden seines Kellers liegen.

Dennis nutzte die Möglichkeit, um den dunklen, kalten Ort zu verlassen. Allein war es dort zu gruselig. Wie eine Gazelle hüpfte er die alten Treppenstufen ins Erdgeschoss hoch.

Plötzlich vibrierte sein Handy ununterbrochen. Wahrscheinlich hatte er erst jetzt wieder Empfang.

Dennis Blick auf sein Handy zeigte eine Nachricht von Gerrit auf seinem Display, die vor zehn Minuten abgesendet wurde.

Dennis, geh sofort zurück in den Kellertrakt! Im und rund um das Café haben sich Gesta-Agenten postiert. Der Keller ist tief genug gebaut, damit dich ihre Detektoren nicht erfassen können. Ich hole dich unten ab, sobald die Luft rein ist!

Dennis stürmte zurück in den Keller und schloss die Tür so oft ab, wie es möglich war. Er hoffte nur, dass er noch nicht von den Detektoren erfasst worden war. Wenn die Gesta den Keller finden und betreten würde, wäre die Welt in großer Gefahr.

Dennis verharrte mehrere Stunden in dem kalten Gemäuer. Mittlerweile war es spät geworden. Dennis nutzte die Zeit, um in Gerrits Gegenständen zu wühlen. Die meisten Zimmer hatte er beim letzten Mal nur sporadisch gesehen.

Was sein Onkel in den Katakomben versteckt hatte, war äußerst interessant. Sammelobjekte seines früheren Lebens waren überall verstreut. Das meiste stammte aus seinen Abenteuern in der Fabelwelt. Am interessantesten fand Dennis die alten Waffen und Bücher aus Noxia. Er nahm sich ein altes Schwert und fuchtelte damit wild herum. Er stellte sich vor, ein berühmter noxischer Soldat zu sein. Erst jetzt bemerkte er, wie schwer es doch war, so ein Schwert zu führen. An Pfeil und Bogen wagte er sich erst gar nicht ran.

Dennis nahm sich lieber ein altes, braunes Buch vor, das auf einem Stapel ganz oben lag. In diesem waren zu Dennis Überraschung keine elfischen Texte enthalten. Das Buch enthielt Zeichnungen von Fabelwesen. Unter den Bildern waren Namen in Menschenschrift zu sehen. Dennis erkannte Gerrits gewöhnungsbedürftige Handschrift.

Auf der dritten Seite sah Dennis kein Fabelwesen. Dort war ein großer, junger Mann mit einem Pfannkuchengesicht abgebildet. Die Person trug eine Ritterrüstung, in die er kaum hineinpasste. Dabei hielt er in seiner linken Hand ein Schwert. Es sah genauso aus wie das Schwert, das sich neben Dennis befand. Auch wenn die Person dunkles, lockiges Haar trug und keinerlei Anzeichen für Bartstoppeln besaß, erkannte Dennis sofort, um wen es sich auf der Abbildung handelte. Es war sein Onkel Gerrit im jungen Alter von vielleicht zwanzig Jahren. Die Augen und die Pausbäckchen waren unverwechselbar. Dennis musste schmunzeln. Er hatte seinen Onkel nie mit dunklem Haar und ohne langen, zotteligen Bart kennengelernt. Das Einzige, was sich nicht verändert hatte, war sein rundlicher Bauch.

Dennis blätterte weiter und sah noch die ein oder andere Persönlichkeit Noxias. Da die Zeichnungen wohl älter als dreißig Jahre waren, erkannte Dennis niemanden von ihnen. Allerdings gab es zu den meisten Bildern kleine handgeschriebene Texte.

Sein Blick blieb an einer der hinteren Seiten hängen. Es war ein weiteres Bild, auf dem er erneut den jungen Gerrit erkennen konnte. Neben ihm stand eine Elfenfrau, die ihn sinnlich umarmte. Dennis traute seinen Augen nicht. Es sah für ihn so aus, als hätte Gerrit in der Vergangenheit eine Elfenfrau gehabt. Er wollte wissen, was aus dieser Frau geworden war. Noch nie hatte Gerrit etwas über sie erzählt. Mitten im Bild zerstörte ein Wasserfleck ein wenig die herzerwärmende Stimmung. Es war die bisher einzige Seite im Buch, die durch einen Fleck beschmutzt wurde.

Dennis Interesse wurde geweckt. Schnell blätterte er die letzten Seiten des Buches durch, um möglicherweise noch etwas aus Gerrits Vergangenheit zu finden.

Auf der letzten Seite fand Dennis das Sahnehäubchen des Albums. Auf dem Bild war ein kleiner Elf zu sehen, der große Ähnlichkeit mit ihm aufwies. Erst als er den untenstehenden Namen gelesen hatte, verstand er, warum ihn dieses Bild so berührte. Es handelte sich um seinen Vater. Doch damit nicht genug. Neben ihm stand ein junges Mädchen in einem hellblauen Kleid, das glücklich aus dem Bild in Dennis Augen strahlte. Karin

Brunn stand dick geschrieben unter der Abbildung. Das Bild zeigte tatsächlich seine Eltern gemeinsam auf einem Bild. Das Jahr *1989* stand neben den beiden Namen. Sie standen glücklich auf einer Wiese direkt neben dem magischen Wald. Im Hintergrund dominierte der Lebensbaum die Kulisse, wie Dennis es auch bereits in der Realität festgestellt hatte. Seine Eltern wirkten auf dem Bild unheimlich glücklich, als könnte nichts ihre Liebe zerstören. Leider wusste Dennis, dass es völlig anders gekommen war. Er fragte sich, was wohl zwischen den beiden vorgefallen war. Seine Mutter wollte seitdem nichts mehr von der Fabelwelt wissen. Sie zerstörte sogar den Ruf seines Vaters. Dennis wünschte sich so sehr, dass die beiden sich niemals getrennt hätten. Dann wäre Roger niemals in der Rolle des Stiefvaters in sein Leben getreten.

Das Bild berührte Dennis dermaßen, dass Tränen seine Wangen herunterliefen. Schnell schloss er das Buch, um wieder auf andere Gedanken zu kommen.

Dennis fand in einer Ecke zwischen zwei Schränken eine Box, in der etwa ein Dutzend Säckchen mit magischem Sand versteckt waren. Dennis hatte mittlerweile großen Respekt vor der Koboldmixtur. Ein Reagenz, hergestellt von Kobolden auf der Sandkralleninsel. Die Insel war seit vierhundert Jahren von Noxia und den anderen Welten abgeschnitten.

Dennis versank in seinen Gedanken. Er versuchte, sich vorzustellen, wie die anderen Welten wohl aussehen könnten.

Viel Zeit zum Nachdenken hatte er nicht mehr. Er hörte einen Schlüssel, der ins Schloss der Kellertür eingeführt wurde.

Dennis schreckte zusammen. ´Hoffentlich ist es Gerrit.´

Vorsichtig schaute Dennis um die Ecke in den Flur, um die Tür zu beobachten. Falls in ein paar Sekunden Gesta-Agenten durch die Tür marschieren würden, könnte er sich kaum wehren.

Zu seiner Erleichterung guckte wenig später Gerrits Bauch durch die Tür, als sie sich langsam mit einem lauten Quietschen öffnete. Ein Stein fiel ihm vom Herzen.

Der Plan

Gerrit sah relativ entspannt aus, bedachte man die Tatsache, dass um sein Haus herum stundenlang Gesta-Agenten herumgeschwirrt sind.

Als er Dennis sah, funkelten seine Augen, bevor er seinen Neffen herzlich umarmte. Es war ein merkwürdiges Gefühl, sich jetzt in der Menschenwelt wiederzusehen. Hier warteten die alten Probleme auf sie.

»Na, wie war dein Tag, Junge?«

»Außer der Sache mit dem Satyr hatte ich ein tolles Wochenende.«

»Ja, habe schon davon gehört«, sagte Gerrit besorgt. »Ich war gerade mit deinem Vater im Konferenzraum, als die Nachricht reinflatterte.«

»Ich habe großen Mist gebaut«, gab Dennis zu. »Ich habe den Satyr verfolgt. Er hatte die Form eines Koboldes angenommen…«

»Ich weiß«, unterbrach ihn Gerrit. »Aus Fehlern sollte man am Ende lernen. Aber man sieht ja, dass du daraus gelernt hast.«

Dennis nickte hektisch. »Das habe ich. In der Fabelwelt herrschen andere Gesetze als hier. Ich habe niemals damit gerechnet, dass aus dem Kobold plötzlich ein Monster wird.«

»Du hattest Glück, dass dieses Elfenmädchen in der Nähe war«, entgegnete Gerrit.

Der Gedanke an Valadi ließ Dennis Gefühle verrücktspielen. »Ich hasse diese Elfe. Sie ist unverschämt und eingebildet.«

Gerrit war entsetzt. »Sie hat dir das Leben gerettet, Dennis. Du hättest diesem Satyr nichts entgegenzusetzen gehabt. Diese Kreaturen sind grausam und kaltblütig.«

»Das gibt ihr aber nicht das Recht, mich zu behandeln, als wäre ich Ungeziefer.«

»Was hat sie denn genau getan?«

»Sie hat mir gesagt, dass ich meine Position nicht verdient habe. Und sie hat mich die ganze Zeit beleidigt«, wütete Dennis.

»Das ist natürlich ein sehr unehrenhaftes Verhalten für eine künftige Elitesoldatin der Monddämmerung. Und ich war auch noch dabei, als sie das Ehrenwappen erhalten hat.«

Dennis spitzte die Ohren. »Was hat sie bekommen?«

»Ein Ehrenwappen, als Zeichen ihres Heldenmutes. So etwas gibt ihr noch mehr Freiheiten, was für ihr Alter höchst ungewöhnlich ist. Aber tu dir selbst einen Gefallen und halte dich von ihr fern.«

Dennis jauchzte sarkastisch. »Nichts lieber als das. Vorausgesetzt, sie läuft mir nicht zufällig über den Weg.«

»Du wirst eines Tages mindestens genauso gut sein wie sie. Also Schwamm drüber«, versuchte Gerrit seinen Neffen lächelnd aufzubauen.

»Was ist mit der Gesta? Ich stecke jetzt schon seit Stunden hier im Keller fest. Was ist passiert? Sind sie jetzt weg?«

Gerrit schnaufte laut auf und holte ein Säckchen mit magischem Sand aus der Box. Er steckte es sich in seine Hosentasche und bat Dennis darum, ihm den zweiten Schlüsselbund wiederzugeben. »Diese Bande wird immer aktiver und aggressiver. Seit heute Nachmittag schwirren gefühlt einhundert Personen in schwarzen Anzügen in der Nähe meines Grundstücks herum. Heute Abend kamen dann auch welche in mein Café. Ich glaube nicht, dass sie zufällig hier waren, um sich eine Pause von der ganzen Sucherei zu gönnen. Sie verhielten sich äußerst seltsam und beobachteten mich und meine Angestellten ganz genau.«

»Sie wissen, dass du mein Onkel bist«, sagte Dennis schockiert. »Und das hier ist das mit Abstand älteste Gebäude in Dornsdorf. Sie haben bestimmt Verdacht geschöpft.«

Gerrit klopfte mehrmals kräftig gegen die kalten Steinwände des Kellers. »Das mag sein. Aber ein Verdacht allein wird uns nicht aufhalten. Ich werde allerdings zusehen, dass ich die Sicherheitsvorkehrungen drastisch erhöhe. Niemand von ihnen wird jemals diesen Keller finden.«

»Und was ist mit den drei anderen Toren zu den anderen Fabelwelten? Da haben wir keinen Einfluss drauf.«

»Ja, da hast du recht«, sagte Gerrit. »Aber so, wie ich das sehe, konzentrieren sie sich deutlich mehr auf die Suche nach Noxia. Dort befindet sich der Lebensbaum.«

»Hast du eine Vermutung, wo sich die anderen Tore befinden könnten?«

»Nein, und das ist auch nicht unsere Aufgabe«, behauptete Gerrit stur.

»Wir sind dazu da, um die Welt Noxias und die, der Menschen zu schützen. Würde die Gesta dem Lebensbaum seine Energie entziehen, wäre das tausendmal schlimmer, als wenn sie die Sandkralleninsel oder Beledum finden würden.«

Nüchtern betrachtet hatte Gerrit wohl recht. Aber Dennis konnte die Lage nicht so emotionslos betrachten.

»Eines Tages werde ich die anderen Tore finden«, sagte der kleine Halbelf entschlossen.

Gerrit lächelte seinem Neffen stolz zu und packte die Portion magischen Sand aus der Tasche, um sie seinem Schützling zu übergeben.

Dennis nahm den Beutel verdutzt entgegen. »Was soll ich damit? Dieser Sand ist ja fast schon heilig. Ich weiß jetzt, wieviel er wert ist.«

»Ungewöhnliche Umstände erfordern ungewöhnliche Maßnahmen. Die Zeit ist gekommen, in der du nicht länger einfach so ins Café rein- und rausspazieren kannst. Du wirst auf Schritt und Tritt beobachtet werden. Also brauchst du diesen Sand, um noch heute Nacht nach Hause zu gelangen.«

Für Dennis bedeutete das, dass er seine entspannten Besuche im Café Brunn vergessen konnte. Kein gemütlicher Austausch mehr mit Teresa, Heike oder Gerrit, während sie alle gemeinsam speisten.

»Das heißt, ich komme nur noch hierher, um schnellstens durch das Tor nach Noxia zu kommen?«

Gerrit bejahte trüb. »Zumindest vorerst wird es so sein.«

»Aber ich kann jetzt nicht nach Hause, Gerrit. Dieser Spencer ist noch da. Der ist sogar noch schlimmer als Roger. Nachdem, was wir mit ihm angestellt haben, wird er mich zerquetschen.«

Gerrit fiel es sichtlich schwer, Dennis wieder allein mit diesem Verrückten zu lassen. »Ich kenne diesen Typen leider nicht. Aber mach dir trotzdem keine Sorgen. Roger würde diesem Typen kurzerhand die Kehle durchschneiden, wenn er zu weit geht. Denn er braucht dich immer noch.«

»Ich kann es kaum erwarten, bis ich mich endlich gegen solche Typen wehren kann«, ballte Dennis seine Faust.

Gerrit hockte sich zu seinem Neffen herunter, um mit ihm das Wichtigste unter Augenkontakt zu besprechen. »Du wirst das packen, Junge. Ich habe gestern nicht umsonst lange mit deinem Vater gesprochen. Wir haben einen Plan, der dich für längere Zeit schützen wird.«

Das bloße Wort “schützen“ ließ Dennis Emotionen umspringen. »Was habt ihr euch ausgedacht? Kann ich bald von zuhause weg?«

Gerrit konnte weder nicken noch den Kopf schütteln. »Der Plan beinhaltet, dass du vorerst zuhause bleiben musst, bis die Sommerferien beginnen.«

Dennis sprang beinahe an die Decke. »Die Sommerferien beginnen erst in fünf Wochen! Wie soll ich es so lange zuhause aushalten?!«

»In den nächsten Wochen ist es zu riskant, hierherzukommen. Also warten wir, bis die Sommerferien beginnen. Ich habe im Laufe meines Lebens viele Undercover-Missionen ausgeführt. Ich habe bei vielen Behörden und Vereinen noch gute Freunde.«

»Wie soll uns das weiterhelfen, Gerrit? Ich glaube nicht, dass allzu viele Menschen von der Fabelwelt erfahren sollten.«

»Nein, aber wir müssen Roger und deine Mutter davon überzeugen, dass du die Sommerferien in einem spaßigen Sommercamp für Kinder verbringen wirst.«

Gerrit ergänzte noch, dass er vorhatte, einen alten Freund um einen Gefallen zu bitten. Dieser Freund war Gruppenführer einer Pfadfindergruppe in Sachsen. Er sollte Karin und Roger glaubhaft vermitteln, dass Dennis in sechs Wochen Sommerferien lernen würde, wie man ein Feuer entzündet oder auch ein Zelt schnell und sicher aufbaut.

Dennis war begeistert von dem Plan. Das würde ihm ermöglichen, ganze sechs Wochen am Stück in Noxia zu verweilen. So konnte er weiter mit Filus trainieren und die Welt noch besser kennenlernen. Es gäbe endlich Fortschritte im Kampf gegen die Gesta. Auch wenn dies für ihn bedeutete, vor seinem magischen Urlaub ganze fünf Wochen zwischen gefährlichen Verbrechern durchzuhalten.

Durchhaltevermögen

Gerrits Sommerplan schien gut durchdacht. Er gab Dennis Hoffnung. Doch wie er die fünf übrigen Wochen bis zu den Sommerferien durchhalten sollte, wusste er leider noch nicht.

»Denk immer daran, wer du bist, Dennis. Wenn du versuchst, dich möglichst viel in deinem Zimmer oder in der Schule aufzuhalten, können dir diese Idioten nicht viel anhaben«, gab Gerrit seinem Neffen noch mit auf den Weg.

»Wenn du das sagst. Immerhin musst du nicht mit verrückten Typen in einem Haus wohnen«, sagte Dennis.

»Benutze den Sand, sobald du durch die Kellertür gegangen bist. Ich kann dich leider nicht nach Hause fahren. Das wäre zu gefährlich. Also musst du dich beeilen. Renn so schnell du kannst, bevor die Wirkung des Sandes nachlässt.«

Doch das war leichter gesagt als getan. Das Café Brunn gehörte zwar offiziell zu Dornsdorf, jedoch konnte es nicht weiter außerhalb liegen. Eigentlich war es vom Café aus sogar deutlich kürzer, in den Nachbarort zu gelangen, als zu Dennis nach Hause. Er müsste ununterbrochen rennen, um überhaupt eine Chance zu haben.

»Mach dir um den Rest keine Sorgen. Dein Vater und ich werden uns um alle anderen Angelegenheiten kümmern. Du wirst von mir zwischendurch auf dem Laufenden gehalten werden. In der Zwischenzeit bleibst du besonnen und ruhig.«

Gerrit wollte seinen Schützling hastig aus dem Keller führen. Doch Dennis brannte noch etwas auf der Seele. Etwas, was ihn möglicherweise die nächsten fünf Wochen zu stark beschäftigen würde, wenn er es nicht endlich erfährt.

Beim Gang zur Kellertür zog er Gerrit kräftig am Ärmel. »Warte bitte kurz.«

Gerrit sah verblüfft zu Dennis herunter. »Was ist los, mein Junge?«

Dennis holte tief Luft, um seine Gedanken endlich kundzutun. »Kannst du mir sagen, was zwischen Mama und Papa vorgefallen ist? Ich habe nämlich das Gefühl, dass ich der Grund war, warum sie sich getrennt haben.«

Gerrit kratzte sich überfordert am Kopf. »Wie kommst du bitte darauf? Deine Mutter und dein Vater lieben dich über alles. Du wärst der letzte Grund für ihre Trennung gewesen.«

»Aber warum haben sie es dann getan? Du brauchst mir keinen Bären aufbinden, Gerrit. Es muss etwas Schlimmes zwischen den beiden vorgefallen sein. Als ich Papa vorhin auf dieses Thema angesprochen habe, hat er mich sogar angeschrien.«

Gerrit räusperte sich verlegen. »Dennis, es gibt Dinge, die privat bleiben sollten. Deine Eltern hatten halt ein paar Differenzen, und deshalb haben sie sich nicht mehr so gut verstanden. Welche das sind, bleibt ihre Sache.«

»Mama ist mit mir geflüchtet, Gerrit. So etwas tut man nicht, wenn man einfache Differenzen hat.«

»Menschen und Elfen sind nun mal grundverschieden. Es ist schwer, eine Beziehung zwischen zwei verschiedenen Spezies aufrechtzuerhalten. Belass es doch einfach dabei.«

»Und was ist mit dir?«

»Was soll mit mir sein?«

»Du hattest anscheinend früher auch mal eine Elfenfrau. Was ist mit ihr passiert? Hat das auch nicht gepasst, weil ihr Mensch und Elfe wart?«

Dennis blickte in ein Gesicht seines Onkels, das er so noch nie zuvor gesehen hatte. Jeder Muskel seines fleischigen Körpers schien innerhalb eines Wimpernschlags in sich zusammenzufallen.

»Ich weiß zwar nicht, woher du das weißt, aber das ist lange her. Und ich vergleiche ganz sicher nicht meine Beziehung mit der, deiner Eltern. Ich weiß nicht genau, was für Probleme die beiden hatten und gut. Ich spekuliere nicht weiter.«

Dennis grummelte angesäuert. »Ihr haltet mich echt für bescheuert.«

Gerrit erstarrte einen weiteren Augenblick verdutzt, ging dann aber weiter, um ins Erdgeschoss zu gelangen. Die Stimmung zwischen Onkel und Neffe war verhärtet. Dennis war festentschlossen, den Grund der Trennung seiner Eltern eines Tages herauszufinden. Doch zuerst gab es für ihn andere Probleme zu bewältigen.

Dennis verabschiedete sich trocken von seinem Onkel, bevor er durch das alte Gemäuer nach oben stieg. Er träufelte sich den Sand auf den Kopf und wurde unsichtbar. Dann rannte er los. Es war mittlerweile schon nach Mitternacht, und Dennis musste in wenigen Stunden in der Schule sein.

Durch seine gute Orientierung innerhalb Dornsdorfs nahm er eine Abkürzung nach der anderen über die Felder der Bauern. Dort traf er keine Menschenseele an.

Dies änderte sich schlagartig, als er die Straßen der Wohngebiete erreichte. Dort liefen Männer und Frauen in schwarzen Anzügen herum. Auch Menschen in ziviler Kleidung schienen zu ihnen zu gehören. Genaustens einstudiert liefen sie die Straßen rauf und runter. Alles mehr als verdächtig. Ohne die magische Wirkung des Sandes hätte Dennis keine Chance gehabt, unbemerkt an ihnen vorbeizukommen. Seine Gegner konnten trotzdem noch seine Geräusche hören. Dennis konnte also nicht wie ein Wilder an ihnen vorbeilaufen, was ihn viel Zeit kostete. Manche Gesta-Agenten besaßen dazu Fabel-Radare. Falls Dennis in den Radius eines dieser Geräte gelangen würde, könnte die Gesta ihn finden.

Dennis versuchte, sich möglichst wenig auf den Straßen aufzuhalten, indem er leise durch die Gärten seiner Nachbarn schlich.

Plötzlich klingelte Dennis Handy. Er hatte vergessen, es auf lautlos zu stellen. Hastig holte er es raus, um den Lautsprecher zuzuhalten.

Dennis nahm das Telefonat leise an und flüsterte: »Es ist gerade schlecht. Ich rufe später zurück.«

Das darauffolgende finstere Lachen am anderen Ende der Leitung ließ Dennis Adern gefrieren.

»Ah, Dennis, perfekt«, sagte die Stimme.

Die Stimme war künstlich dunkler gestellt worden, aber Dennis erkannte dennoch sofort, um wen es sich handelte. »Roger? Was soll das? Was willst du von mir?«

Dennis vergaß vor Schreck, weiter durch die Gärten zu schleichen. In der Hektik hat er nicht darauf geachtet, wer ihn anrief. Normalerweise war Gerrit auch der Einzige, der seine Nummer haben konnte.

»Ich wollte dir nur mitteilen, wie schön unser Urlaub hier ist. Es ist sonnig und warm. Ich schätze mal, du hattest ein ähnlich angenehmes Wetter in Noxia.«

»Ich weiß nicht, wovon du da sprichst«, flüsterte Dennis zitternd.

»Ich glaube, du weißt ganz genau, wovon ich spreche, mein kleiner Ausreißer. Du hattest ein wunderschönes Wochenende unter deinem wahren Volke.«

Rogers verstellte Stimme löste in Dennis eine solche Angst aus, dass er schlagartig auflegen wollte. Doch so sehr er auch das Feld zum Auflegen auf seinem Touchscreen betätigte, es passierte nichts. Er kam immer mehr ins Schwitzen. Jeden Moment würde die Wirkung des magischen Sandes verfliegen.

»Na na, wer will denn da einfach auflegen«, lachte Roger schadenfroh. »Wie du Spencer niedergeschlagen hast, fand ich äußerst bemerkenswert. Ich weiß nun, dass du zu mehr imstande bist, als es den Anschein macht.«

»Dieser Mann ist ekelhaft«, schäumte Dennis. »Genau wie du. Woher hast du überhaupt meine Nummer?«

Dennis verlor sein Flüstern, was die Gesta-Agenten in seiner Umgebung bemerkten. Augenblicklich wurden einige von ihnen aktiv und suchten die Region ab, aus der die kindliche Stimme kam.

»Dein Handy war einige Zeit in Spencers Besitz. Da hat er mir so einige interessante Daten zukommen lassen«, antwortete Roger vergnügt.

Dennis erschrak. Ein immer deutlicher werdendes Unbehagen machte sich in ihm breit. Was hatte Roger durch sein Handy erfahren? Hatte er möglicherweise Gerrit in seinen Nachrichten etwas Unvorsichtiges geschickt? Dennis fing an, verrückte Gedanken zu entwickeln. Unter normalen Umständen hätte er schwören können, nichts über die heilige Fabel in einer Handynachricht erwähnt zu haben. Doch nun traute er seinem Gefühl selbst nicht mehr.

»Ich hätte dich von Anfang an nicht unterschätzen dürfen«, knirschte Roger durch Dennis Hörer. »Dieser dreckige Kobold. Nur wegen ihm und seinem verdammten Sand konntest du entkommen. Er hätte niemals befreit werden sollen.«

Dennis wunderte sich über Rogers Reaktion. Dies war für ihn die Bestätigung, dass er keine zu wichtigen Informationen aus seinem Handy erhalten haben konnte. Er konnte sich ein wenig an Rogers eingestandene Niederlage ergötzen. »Dieser Kobold ist zufällig mein bester Freund. Und beste Freunde helfen einander. Das ist für dich wahrscheinlich ein Fremdwort.«

»Warum riskierst du alles für diese lächerlichen Wesen? Bis vor ein paar Wochen hattest du noch nicht einmal etwas von ihrer Existenz gewusst. Du hast zwar einen elfischen Vater, aber du wurdest hier in Dornsdorf groß und gehst hier zur Schule.«

Rogers Worte legten sich wie eine Schlinge um Dennis Hals. »Du weißt überhaupt nichts!«

»Ich bin dein Stiefvater. Ich weiß mehr, als du glaubst, Dennis. Und weil ich dich so gut kenne, mache ich dir jetzt ein Angebot, das du nicht ausschlagen kannst.«

Dennis versuchte immer noch verzweifelt das Telefonat zu beenden. Doch sein Handy schien wie blockiert zu sein. Zu seinem Bedauern bemerkte der ohnehin panische Junge, dass er langsam wieder sichtbar wurde. Er konnte seine Beine wie einen grauen Schleier vor sich erkennen. Sein Haus war nur noch wenige Meter entfernt.

Auch wenn er Roger nicht wegdrücken konnte, lief er mit dem Handy in der Tasche durch die Gärten und sprang über die Zäune. Leider lief er genau an einem Gesta-Agenten vorbei, der einen Fabeldetektor bei sich führte. Da bereits mehrere Geräte auf ihn aufmerksam geworden waren, hatten sich bereits dutzende Agenten um das Gelände versammelt, auf dem Dennis sich befand. Sofort piepste es und der Agent nahm die Verfolgung auf. Mittlerweile konnte man Dennis Körper wieder vollständig erkennen.

Der Gesta-Agent, der ihn verfolgte, war ein alter Mann, doch durch seine mitgeführten Gerätschaften war es ihm ein Leichtes, Dennis auszuschalten. Er zog eine Pistole aus der Hüfttasche und schoss direkt auf sein Ziel. Der Schuss traf ins Schwarze und die Fußfessel schlang sich um Dennis Beine. Der Stromschlag setzte ein und sein Körper verkrampfte sich schlagartig. Der kleine Junge zappelte wie ein Fisch auf dem Trockenen. Angstschweiß tränkte seine Kleidung. Dieses Mal glaubte Dennis nicht daran, von irgendjemandem gerettet zu werden. Er war auf sich allein gestellt.

Ohne viele Worte packte der alte Agent den krampfenden Jungen mit Gummihandschuhen am Kragen und zog ihn wie ein erlegtes Tier vom Garten auf die Straße. Dennis spürte lediglich, wie seine tauben Gliedmaßen über den Asphalt geschliffen wurden. Sie waren blutig und zogen eine kleine Spur über die Straße.

Kurz vor seinem Haus warteten bereits weitere Agenten auf ihr Opfer. Dennis hatte solche Angst, dass er nicht weinen konnte. Er versuchte um Hilfe zu schreien, um seine Nachbarn aufzuwecken, aber durch die kräftigen Stromschläge war er völlig handlungsunfähig.

Die Gesta-Agenten schleppten Dennis zu seinem Haus. Einer von ihnen benachrichtigte Spencer. Der wartete schon wie die Spinne auf die Fliege darauf, dass sein Spielzeug zurückkam. Mit hämischem Lachen öffnete er die Tür und ließ Dennis zusammen mit den Gesta-Agenten hinein. Sie warfen den wehrlosen Jungen auf den Boden des Wohnzimmers, als wäre er ein Müllsack.

Spencer konnte sich vor Lachen nicht mehr einkriegen. »Dieser Anblick ist Gold wert. Du kleiner Penner ahnst nicht, wie froh ich bin, dich zu sehen. Noch dazu genauso wehrlos wie ich am Freitag. Ach, wie das Karma einen manchmal einholt, nicht wahr?«

Gemeinsam mit zwei Gesta-Agenten befreite Spencer sein Opfer von den Fußfesseln, um ihn daraufhin mit einem dicken Seil an einem Stuhl zu knebeln, den der rachsüchtige Babysitter aus der Küche holte.

Dennis war Spencers Rachegelüsten nun vollkommen ausgeliefert.

Mit seinen riesigen Händen griff er Dennis ins Gesicht, sodass er keine andere Wahl hatte, als seinem Feind in die Augen zu blicken. »So, Spitzöhrchen, du hast heute die Wahl. Wir können das hier innerhalb von einer Minute hinter uns bringen. Wir können aber auch die ganze Nacht hier verbringen.«

Dennis schloss die Augen, um den hasserfüllten Blick seines Peinigers nicht länger ertragen zu müssen. Er stellte sich schon auf die schlimmsten Stromschläge ein. Der furchteinflößende Babysitter schien allerdings völlig andere Methoden im Sinn zu haben. Er nahm ein großes Gerbermesser aus seinem Militärrucksack. Selbst die danebenstehenden Gesta-Agenten ahnten nicht, was Spencer vorhatte.

Als Dennis das Messer sah, rechnete er schon mit dem Schlimmsten. Immerhin war Spencer jemand, der im Affekt handelte. Wie sehr wünschte er sich in dieser Situation den abgeklärten Roger.

»Wir beginnen mit dem ersten Versuch«, sagte Spencer freudig erregt und beugte sich zu Dennis herunter. »Wo genau warst du an diesem Wochenende?«

Spencer kam so nah, dass man seinen fauligen Atem mit einem Schuss Salami riechen und spüren konnte. Dennis antwortete nicht. Angstverzehrt drehte er seinen Kopf von Spencer weg.

Spencer zog ein Feuerzeug aus seiner Hosentasche. Die beiden Gesta-Agenten schauten sich irritiert an.

Spencer stellte sein Feuerzeug auf die höchstmögliche Flamme und hielt sein Messer hinein. »Ich frage dich noch einmal. Wo warst du das ganze Wochenende?«

Dennis blieb stur. Er wusste, was passieren würde, wenn er etwas verraten würde.

Spencer zog das rechte Hosenbein seines Opfers mit breitem Grinsen nach oben. Nun ahnte Dennis, was sein Babysitter vorhatte. Spencer zog das Messer aus der Flamme und ging wieder auf Dennis zu. Schadenfroh schmunzelnd näherte er sich Dennis Bein, um die glühende Klinge dort anzuwenden. Ohne großen Kraftaufwand brannte sich die Gerberklinge in Dennis Fleisch. Ein höllischer Schmerz durchzog seinen Körper. Er hatte trotz seines jungen Alters schon so einiges ertragen müssen, doch der Schmerz, den ihm die glühende Messerklinge bescherte, war unbeschreiblich. Dennis brüllte sich die Kehle aus dem Leib, sodass man ihm den Mund zukleben musste, um die Nachbarn nicht aufzuschrecken.

Spencer nahm vorerst das Messer von Dennis Bein. Es hinterließ einen knallroten Klingenabdruck. »Beim nächsten Mal werde ich die Klinge durch deine Haut ziehen. Also sag mir lieber, wo du die letzten zwei Tage gewesen bist.«

Dennis war an einem Punkt angelangt, an dem er alles gestehen wollte. Doch nicht nur sein Leben stand dabei auf dem Spiel. Mit seiner Schwäche würde er die ganze Welt verraten. Der kleine Junge weinte unaufhörlich. Immer wieder fragte er sich, womit er das verdient hatte. Wieso musste er diese unerträglichen Schmerzen erleiden, obwohl er noch ein Kind war? Wie sollte er ohne erwachsene Unterstützung gegen diese grauenvollen Menschen überleben? Er fühlte sich im Stich gelassen.

´Wieso tun Gerrit und Papa mir das an?´

Dennis wand sich auf dem Stuhl hin und her, sodass nun sogar das Seil, mit dem er gefesselt war, Schmerzen verursachte. Ein Fluss von Tränen lief sein Gesicht hinunter, sodass er die Szenerie um sich herum nur noch verschwommen wahrnehmen konnte. Dennoch konnte er erkennen, wie Spencer mit viel Freude erneut sein Messer in die Flamme seines Feuerzeugs hielt. Allein der Anblick brachte Dennis zum Kreischen. Er zerrte mit aller Kraft an den Seilen, um sich irgendwie zu befreien.

Spencer zog sein Messer schadenfroh aus der Flamme und näherte sich seinem winselnden Opfer. »Viecher gehören gebrandmarkt. Das hier wird dich dein restliches Leben daran erinnern, was für ein widerwertiges Mistvieh du doch bist.«

Dennis quiekte wie ein Schwein kurz vor der Schlachtung. Er flehte um Hilfe, doch da sein Mund zugeklebt war, konnte man ihn außerhalb des Hauses nicht hören. Wie Spencer es angedroht hatte, zog er die heiße Klinge langsam durch die Haut von Dennis rechtem Unterschenkel. Dennis zappelte so stark vor Schmerz, dass er sich beinahe aus den Fängen des Seils befreien konnte. Die beiden Gesta-Agenten mussten ihn mit aller Gewalt festhalten, um einen Ausbruch zu verhindern. Der kleine Junge schrie um sein Leben. Er weinte und fühlte Emotionen, die er in dieser Form bislang nicht kannte. Eine Mischung aus Adrenalin, Angst und Zorn setzte in ihm ungeahnte Kräfte frei. Jeder elfische Sinn, den er jemals verspürt hatte, war plötzlich präsent. So präsent, dass Dennis das Gefühl bekam, verrückt zu werden.

Als Spencer Dennis ein weiteres Mal die Frage stellen wollte, klingelte das Telefon im Haus. Zornig stampfte Spencer zum Hörer und nahm den Anruf an. Er wunderte sich, dass Roger am anderen Ende der Leitung war. Da Dennis das Telefonat mit seinem Stiefvater nicht beenden konnte, war es Roger möglich, mitzuverfolgen, was sich in seinem Haus abspielte. Er schien mit Spencers Herangehensweise nicht einverstanden zu sein. Minutenlang diskutierten die beiden am Telefon.

»Dieses Blag hat mich mit meinem eigenen E-Schocker niedergestreckt! Meinst du, ich bleibe da brav sitzen und trinke mit ihm einen Kaffee?!«, keifte Spencer.

Noch eine ganze Zeit stritten sich Roger und Spencer am Telefon darum, wie man mit ihrem Gefangenen umgehen sollte. Dennis bekam von der Unterhaltung nur Bruchstücke mit. Er sackte unter der Last seiner höllischen Schmerzen in den Stuhl zusammen. Es fühlte sich für ihn immer noch an, als würde man sein Bein über ein offenes Feuer halten. Er konnte regelrecht spüren, wie seine Haut sich abpellte. Er wollte sterben. Diese Torturen würde er nicht länger durchstehen können. Er hätte in diesem Moment wohl alles getan, um diesen Schmerzen zu entgehen. Es sollte einfach aufhören … für immer.

»Okay, ich werde es versuchen«, sprach Spencer auf einmal kleinlaut durch den Hörer. Er legte zornig auf und ging wieder auf Dennis zu.

Knurrend griff er in Dennis Hosentasche. Sein Opfer machte keine

Anstalten mehr, sich zu wehren. Spencer zog Dennis das Handy aus der Tasche und hörte die Vibration von Rogers Stimme. Wütend schleuderte er das Handy auf den Boden. Es zerschellte in dutzende Einzelteile, und Spencer sprang trotz alledem noch mehrmals auf den Teilen herum. Für Dennis war dies die nächste Hiobsbotschaft. Nun konnte er nicht mehr heimlich um Hilfe bitten, wenn er sie dringend brauchte.

Noch mehr Angst hatte Dennis davor, was als Nächstes auf ihn zukommen könnte. Er spürte schon den nächsten heißen Klingenstrich an seinem Bein.

Spencer packte jedoch unerwartet das Messer weg. Dennis fragte sich, was nun geschehen würde. Etwas noch Schlimmeres?

Spencer betrachtete das Ergebnis seiner Folter. Dennis Bein war blutüberzogen.

»Du bist mehr Mann, als ich dachte, Kleiner. In Vietnam und dem Irak haben die meisten sofort geredet, wenn ich das mit ihnen durchgezogen habe.«

Das Telefon im Wohnzimmer klingelte erneut. Dieses Mal gab Spencer sich jedoch nicht die Blöße. Einer der Gesta-Agenten war sich sicher, dass es sich um einen Anruf von ihrem Venandi handelte und eilte zum Telefon, bevor Roger auflegte.

Nach ein paar anscheinend äußerst intensiven Worten schritt der Gesta-Agent zu dem schwerverletzten Dennis und reichte ihm das Telefon, während sein Kollege den Jungen von den Fesseln befreite.

Dennis humpelte wimmernd mit dem Telefon zur Couch und ließ sich kraftlos darauf fallen. »B… bist du das, Roger?«, schluchzte er.

Roger lachte zufrieden. »Ja, natürlich. Du hast einfach aufgehört mit mir zu reden, ohne vorher mein Angebot anzuhören.«

Dennis wollte nichts von einem Angebot hören. Er wollte nur ins Bett und seine Wunden verbinden. Er reagierte nicht weiter auf Rogers Stimme und hoffte, dass der Albtraum bald vorbei sein würde.

»Wie wäre es, wenn du dir selbst einen Gefallen tun würdest und mir erzählst, wo sich der Eingang nach Noxia befindet? Ich verspreche dir, wenn du das für mich erledigst, werde ich dich in Ruhe lassen. Ich werde aus deinem Leben verschwinden, so wie du es dir wünschst.«

»Bitte lass mich in Ruhe!«, flehte Dennis. »Ich weiß selber nicht, wo es sich befindet! Ich kenne nur den Kobold!«

Roger lachte amüsiert. »Ich glaube diese Sprüche haben wir hinter uns. Außerdem trieb sich dein Vater gemeinsam mit diesem Kobold in Dornsdorf herum. So viel weiß ich bereits, stell dir vor.«

Dennis wusste nicht, was er sagen sollte. Die Beweislast war erdrückend. Er hielt es für das Beste, einfach zu schweigen.

»Tu dir doch endlich mal selbst einen Gefallen und hör auf mit diesem Blödsinn. Du weißt doch mittlerweile, zu welchen Dingen ich fähig bin. Man wird nicht umsonst ein Venandi.«

»Ich möchte einfach nichts mit euch zu tun haben«, weinte Dennis.

»Das wirst du auch nicht länger, sobald du mir sagst, was ich wissen möchte. Ich habe da übrigens den Verdacht, dass dein dicker Onkel etwas wissen dürfte. Immerhin ist er auch ein Brunn. Außerdem scheinst du immer noch im sehr engen Kontakt mit ihm zu stehen.«

Dennis ließ vor Schreck beinahe das Telefon fallen. »Lass meinen Onkel aus dem Spiel!«

Roger hatte bereits aufgelegt. Es war alles eine geschickte Taktik seines Stiefvaters. Dennis hatte große Angst, dass Roger es ernst meinte. Was wäre, wenn er Gerrit etwas antun würde?

Trotz verletztem Bein sprang Dennis von der Couch, um das Haus fluchtartig zu verlassen. Doch selbst mit zwei gesunden Beinen hätte er keine Chance gehabt, vor Spencer und den zwei Gesta-Agenten zu flüchten.

Spencer schnappte sich Dennis mühelos und schubste ihn zurück auf die Couch. »Ich dachte eigentlich, du wärst ein schlauer Junge.«

Dennis war wie ausgewechselt. Auch wenn er wusste, dass er keine Chance hatte, stand er wieder auf, um an Spencer vorbeizuhumpeln. Spencer packte Dennis am Kragen und zerrte ihn zurück auf die Couch. Dennis brüllte auf und schlug mit den Armen um sich. Plötzlich fing die kleine Topfpflanze auf dem Wohnzimmertisch an, sich zu bewegen. Sie wurde schlagartig größer, bis sie Spencer erreichte und ihm einen kräftigen Peitschenhieb versetzte. Dies genügte, damit Spencer seine Geisel losließ. Da Dennis trotzdem keine Chance hatte, nach draußen zu gelangen, humpelte er kurzerhand die Treppe Richtung Badezimmer hinauf.

Als er gerade auf die vierte Stufe trat, hörte er ein ohrenbetäubendes Knallen hinter sich, das mit einem dumpfen Geräusch neben ihm an der Wand endete. Dennis zuckte zusammen. Eigentlich wollte er weiter die Treppe hinaufhumpeln, jedoch entdeckte er neben sich in der Wand ein

Einschussloch. Spencer hatte tatsächlich eine Pistole hervorgeholt und in Dennis Richtung geschossen. Selbst die beiden Scuros waren konsterniert.

Spencer richtete seine Waffe immer noch zornig auf Dennis. »Niemand legt mich zweimal rein, ohne dafür mit dem Leben zu bezahlen.«

Dennis blieb schlotternd auf der Treppe stehen. Eine Fortsetzung der Flucht traute er sich nicht mehr. Zu seiner Überraschung aber gingen die zwei Scuros nun auf Spencer los, um ihm die Waffe zu entreißen. Es kam zum Handgemenge.

Dennis nutzte diese Situation, um schnellstens die Treppe hinauf ins Badezimmer zu humpeln. Dort sperrte er sich ein, um seine Wunden mit einem Verband aus dem Erste-Hilfe-Kasten zu versorgen. Er lebte tatsächlich noch. Das verletzte Bein blutete und pochte wie verrückt. Die Schmerzen waren kaum zu ertragen. Eigentlich sollte man mit solchen Verletzungen umgehend in ein Krankenhaus. Doch da die Umstände dies nicht erlaubten, behalf sich Dennis anders. Er leerte beinahe die komplette Brandsalbe und umschlang sein gesamtes Bein mit einem Verband.

Dennis wunderte sich, dass ihm niemand nach oben folgte. Würden sie sich jetzt etwa auf Gerrit stürzen? Dennis hatte keine Möglichkeit, seinen Onkel zu warnen. Er konnte nur hoffen, dass Gerrit raffiniert genug war, um den Gesta-Agenten zu entkommen.

Dennis humpelte langsam aus dem Bad in sein Zimmer. Dort schloss er sich ebenfalls ein und ließ sich ins Bett fallen. Wie sollte er in seinem Zustand morgen zur Schule gehen? Die Schmerzen waren so gewaltig, dass Dennis dachte, er würde nicht einschlafen können. Er dachte daran aufzugeben. Die Schlacht war verloren. Die Gesta war einfach zu stark. Es fühlte sich so an, als wären sie ihm immer einen Schritt voraus.

Fünf lange Wochen

Dennis fand in der folgenden Nacht nur wenige Stunden Schlaf. Zum einen quälten ihn die Schmerzen seines verletzten Beins, das Spencer mit einem glühenden Messer verbrannt und teilweise aufgeschnitten hatte. Zum anderen herrschte große Unruhe innerhalb des Hauses. Spencer stritt sich noch eine ganze Weile mit den zwei Gesta-Agenten. Dennis konnte nicht alles hören, aber es ging definitiv um ihn. Spencer sei zu primitiv mit Dennis umgegangen. Immerhin hätte er ihn beinahe erschossen. Roger hatte Spencer den Befehl gegeben, Dennis von nun an in Ruhe zu lassen. Er sollte maximal darauf achten, dass der kleine Halbelf innerhalb des Hauses keinen Unsinn anstellte. Für Spencer bedeutete dies eine Demütigung, die seine Ehre kränkte. Dem grausamen Tyrannen war allerdings bewusst, dass er Rogers Befehlen Folge leisten musste, ansonsten würde er nicht für seinen Auftrag bezahlt werden. Spencer gab irgendwann auf und gegen 4:00 Uhr kehrte endlich Ruhe im Haus ein.

Als Dennis eigentlich aufstehen musste, um sich für die Schule fertig zu machen, grübelte er lieber darüber, wie es ihm gelungen war, die Topfpflanze auf Spencer zu hetzen. Es musste im Affekt passiert sein, so wie jedes Mal. Dennis fragte sich auch, ob er Noxia in fünf Wochen wiedersehen würde. Er besaß kein Handy mehr und wusste nicht, wie es Gerrit ging. Roger ging davon aus, dass sein Onkel wohl eine Menge mit seiner Reise in die Fabelwelt zu tun hatte. So wie die Gesta arbeitete, hatten sie Gerrit wohl bereits gefangen genommen. Möglicherweise hatten sie derweil schon längst das Café Brunn als Hauptziel im Visier? Dennis hoffte, dass sie seinen Onkel nicht umbringen würden. Gerrit würde nämlich niemals etwas über Noxia erzählen.

Dennis begab sich hinkend ins Badezimmer, um sich frisch zu machen.

Seine Verfassung war miserabel. Normalerweise hätte er nun seine Mutter gebeten, ihn für den heutigen Tag von der Schulpflicht zu befreien. Doch Spencer würde dies wohl kaum für ihn erledigen.

Der Gang zur Schule war an diesem Tag der härteste seines Lebens. Die Lehrer sahen Dennis Verfassung und beschlossen, ihn wieder nach Hause zu schicken. Eigentlich sollte er laut Frau Maierhof unverzüglich nach Eintreffen bei seinen Eltern ins Krankenhaus gefahren werden. Bis auf Familie Petersen und ein paar wenigen Nachbarn in der Mühlenstraße wusste niemand, dass Roger und Karin eine Woche lang auf Mallorca waren. Dennis erzählte seiner Lehrerin, dass er am gestrigen Abend einen Fahrradunfall hatte. Zum Glück konnte man die Verletzungen durch den Verband nicht genau erkennen, sonst hätte Frau Maierhof ihn noch an Ort und Stelle höchstpersönlich ins Krankenhaus gebracht.

Dennis humpelte also noch am Vormittag nach Hause zurück. In Dornsdorf waren immer noch überall Gesta-Agenten postiert. Sie beobachteten ihr Zielobjekt genau. Wenn Dennis nicht nach Hause gegangen wäre, hätten sie ihn umgehend gefasst.

Dennis Gedanken drehten sich um Gerrit. Er wollte unbedingt wissen, ob es ihm gut ging. Aber so sehr er auch nachdachte, ihm fiel nichts ein, um seine Feinde zu umgehen. Durch seine Verletzung konnte er nicht einmal richtig laufen. Er musste also die nächsten fünf Wochen abwarten, ob Gerrit ihm irgendwann ein Zeichen geben würde.

Es sollten die längsten fünf Wochen seines Lebens werden. Jeder Tag fühlte sich an wie eine Woche. Das einzige Positive war, dass Spencer ihn fortan in Ruhe ließ. Stattdessen sorgte der garstige Ex-Soldat lieber dafür, dass das Schussloch in der Wand, welches er verursacht hatte, verschwand.

Dennis nutzte die Zeit und Ruhe, um sein Bein zu schonen. Hin und wieder versuchte er auch, seine elfischen Sinne zu trainieren.

Am nächsten Tag kaufte er im Blumenladen seines Vertrauens eine kleine Topfpflanze. Ausnahmsweise hing zu dieser Zeit kein Gesta-Agent direkt an seinen Fersen. Keiner von ihnen bekam also mit, dass er diese Pflanze kaufte. Ansonsten hätte man ihm diese wohl schnellstens wieder weggenommen. Da die Pflanze so klein war, konnte er sie problemlos unter seiner viel zu großen Jeansjacke verstecken. Dennis besaß nun für die restliche

Wartezeit bis zu den Sommerferien eine Pflanze, an der er seine Fähigkeiten trainieren konnte. Er stellte die Topfpflanze meist vor sich auf den Boden, um Kontakt mit ihr aufnehmen zu können.

Dennis spürte schnell, dass das Training außerhalb der Fabelwelt deutlich schwieriger war. Die Natur der Menschenwelt schien seine Sinne weniger zu erregen. Dennoch schaffte er es, kleine Erfolge zu feiern. Bereits nach zwei Tagen spürte er ein Pochen und am darauffolgenden Tag hörte er sogar ein leises Summen, das von der Pflanze ausging. Dennis war stolz auf sich. Er hatte diesen Erfolg allein errungen. Er konnte es kaum erwarten, endlich mit Wurzeln und Ähnlichem zu arbeiten. Dafür brauchte er jedoch definitiv einen Lehrer.

Dennis war unsicherer denn je, ob er jemals eine seiner liebgewonnenen Personen aus der Fabelwelt wiedersehen würde. Das bloße Abwarten machte ihn völlig wahnsinnig. Wenn er mal nicht trainierte oder sich ausruhte, behandelte er sein verletztes Bein im Badezimmer. Jeden Tag wechselte er den Verband.

Nach rund vier Tagen brauchte er das nicht mehr. Seine Verbrennungen und Schnittverletzungen waren beinahe vollständig verschwunden. Wie damals nach seinem Fahrradunfall, war der elfische Teil seines Körpers sofort damit beschäftigt, seine Verletzungen wie aus Zauberhand zu heilen. Ein normaler Mensch hätte wohl für längere Zeit im Krankenhaus gelegen, um intensiv behandelt zu werden. Ein Elf konnte selbst einen schweren Knochenbruch innerhalb weniger Tage vollständig ohne Nachwirkungen heilen. So waren sie schnell wieder kampf- und arbeitsbereit. Dennis konnte lediglich noch eine kleine Spur des Messerschnittes erkennen. Der Rest seines Beins war wie gewohnt mit glatter, heller Haut versehen. Er war stolzer denn je, ein Halbelf zu sein.

Leider kam zu seiner Freude auch schnell die Trauer. Morgen war Freitag. Dann würde Roger mit seiner Mutter aus dem Urlaub zurückkehren. Da Spencer ihn die letzten Tage regelrecht ignorierte, war er in der aktuellen Konstellation zur Ruhe gekommen. Ihn plagten einzig und allein täglich die Gedanken, wie es Gerrit ging. Wenn nun Roger dazu kam, würden wieder neue Probleme hinzukommen.

Es waren noch vier Wochen bis zu den Sommerferien. Dennis machte sich bereits wie ein Gefangener für jeden Tag ein Kreuz in seinem Kalender. Für den Freitag, an dem Roger und seine Mutter zurückkamen, zeichnete er einen traurigen Smiley ins Tagesfeld.

Karin und Roger standen am besagten Tag bereits am späten Vormittag vor der Tür. Schon als Dennis die Limousine seines Stiefvaters in der Garagenauffahrt hörte, zuckten seine Ohren.

Während man Roger bereits anmerkte, dass er wusste, dass Dennis in dieser Woche nicht in der Schule gewesen war, hatte Karin keine Ahnung. Sie kam gebräunt und entspannt ins Haus, als ob nichts ihre Laune trüben könnte.

Als sie ihren Sohn an der Treppe sah, wurde ihr gebräuntes Gesicht schnell blass. »Was machst du denn hier, Dennis?«

Dennis hatte sich schon eine Geschichte ausgedacht, um seine Mutter zu beruhigen, doch bevor er auch nur husten konnte, mischte sich Spencer ein. »Er war die ganze Woche nicht in der Schule. Er wurde am Sonntag Opfer eines Unfalls, bei dem er sich sein Bein verbrannte.«

Karin rannte zu ihrem Sohn und zog ihm die Hosenbeine hoch. Dennis wunderte sich, dass seine Mutter völlig überrascht schien, als sie sah, dass seine Verletzungen vollständig geheilt waren. Spencers Miene war für ihn dagegen Gold wert. Vollkommen sprachlos musste er feststellen, dass Dennis Beine so glatt wie eh und je waren. Dennis konnte sich ein hämisches Grinsen in Richtung seines Babysitters nicht verkneifen. Roger schien der einzige Erwachsene gewesen zu sein, der nicht von Dennis körperlichen Fähigkeiten überrascht war.

»Ich danke dir auf jeden Fall dafür, dass du auf den Bengel aufgepasst hast. Du kannst jetzt gehen, wenn du möchtest. Ich denke, du hast viel nachzuholen«, sagte Roger mit gespielter Gelassenheit.

Spencer hatte deutlich mehr Probleme, seine Emotionen im Zaum zu halten. Er packte seinen Rucksack, um daraufhin zu verschwinden.

Dennis wurde von seiner Mutter in die Küche gebracht, um sich ihren aufgekommenen kritischen Fragen zu stellen. »Was war das für ein Unfall?« »Hast du das Ausgehverbot missachtet?« »Warum hast du mich nicht angerufen?«

Dennis hatte dieses Mal zu jeder Frage die passende Antwort parat. Es fühlte sich gut für ihn an, seiner Mutter einen Schritt voraus zu sein.

Völlig überrascht beließ Karin es nach kurzer Zeit dabei und wurde wieder entspannter. Sie kümmerte sich nun lieber um ihre Koffer, die allesamt wieder geleert werden mussten.

Dennis hingegen huschte blitzschnell in sein Zimmer, um dort sein Fenster zu öffnen. Roger und Spencer standen noch draußen vor der Tür, um etwas zu besprechen. Das war Dennis Chance, seine berühmten Ohren aus dem geöffneten Fensterschlitz zu halten, um etwas Wichtiges aus diesem Gespräch mitzunehmen.

»Wir brauchen den Jungen lebend. Und du hättest ihn beinahe zu früh ins Nirvana geschickt. Benimm dich also nicht immer wie ein aufgeblähter Affe.«

»Diese Blage hat mich an der Nase herumgeführt. Er hat nichts anderes verdient.«

»Muss ich mir um deine Kompetenzen Sorgen machen, wenn du dich von einem kleinen Bengel so vorführen lässt?«

»Wenn ich freie Hand gehabt hätte, wäre das nicht passiert. Ich möchte einfach morgen meine Bezahlung für diesen lächerlichen Job auf meinem Konto sehen.«

»Für diese Leistung wirst du nicht mal annähernd das Honorar erhalten, das du hättest verdienen können, wenn du den Jungen nicht entkommen lassen hättest.«

Dennis hörte plötzlich ein wildes Schnaufen aus Spencer herausblasen.

»Reg dich ab. Du könntest schon bald die Gelegenheit bekommen, deine Demütigung zu bereinigen.«

»Wovon sprichst du?«

»Du solltest nie vergessen, warum du heute noch auf freiem Fuß bist. Wir von der Gesta haben deinen Kopf aus der Schlinge gezogen, als du vor Gericht standest. Wir waren die Einzigen, die wussten, dass du einen unschuldigen Zivilisten getötet hast, weil ein Elf es mit seinen magischen Fähigkeiten so wollte. Durch unser Eingreifen hast du ein zweites Leben bekommen, Spencer. Ich verlange also einhundertprozentige Kooperation und Loyalität deinerseits. Ich werde demnächst eine weitere Aufgabe für dich haben, bei der du das doppelte der vorherigen Gage verdienen kannst. Vorausgesetzt, du lässt den Jungen am Leben und tust genau das, was ich dir sage.«

»Worum gehts?«

»Näheres besprechen wir in ein paar Tagen. Wenn alles klappt, wie ich es mir vorstelle, kannst du schon bald deine Ehre wiederherstellen.«

»So wie ich dich kenne, heißt das, dass du weißt, wo sich der Elf aufhält, der mir das angetan hat? Und du willst meine Arbeitskraft, um ihn zu erledigen?«

»Nein. Dieser Elf ist mir völlig egal. Er wird, wie alle anderen seiner Spezies, früher oder später vernichtet. Mir geht es nur darum, Noxia zu finden. Für dich wäre das von Bedeutung, da du dich bei dem Elfen persönlich vor seiner Haustür rächen könntest.«

»Hört sich lohnend an.«

»Sag ich doch. Halt dich also bereit.«

Spencer verließ mit seinem Motorrad wenig später lautstark das beschauliche Dorf.

Eine Stunde später gab es im Hause Van de Beek das erste gemeinsame Mittagessen seit über einer Woche. Roger und Dennis saßen sich gegenüber und schwiegen sich die ganze Zeit über an. Karin, die immer noch mit ihren Gedanken im Urlaub war, bemerkte die angespannte Stimmung erst, als Dennis bei seinen letzten Löffeln der Rindfleischsuppe war.

Entsetzt sah sie die beiden an. »Was ist mit euch los? Man könnte fast meinen, ihr habt wieder Streit?«

Abgeklärt schlürfte Roger seine Suppe zu Ende, bevor er verdutzt den Kopf schüttelte. »Wie kommst du darauf, Schatz? Ich bin nur etwas kaputt von der Reise, das ist alles.«

»Es sind nicht mal zwei Stunden Flug von Palma bis nach Nürnberg. Du musst aber einen schweren Jetlag haben«, schmunzelte Dennis stichelnd, obwohl er eigentlich weiterhin Angst vor seinem Stiefvater hatte. Er wollte nun endgültig den Kampf mit ihm aufnehmen und jede Gelegenheit nutzen, um ihm eins auszuwischen.

Statt zornig zu werden, zwinkerte Roger seinem Stiefsohn nur lächelnd zu. Schnell löffelte auch Dennis seinen Teller leer, um das Weite zu suchen. Doch er hatte die Rechnung ohne seine Mutter gemacht.

»Warte bitte kurz!«, rief sie ihm hinterher.

Dennis blieb schlagartig stehen und blickte unsicher zu ihr herüber.

»Du hast uns weder gefragt, wie unser Urlaub war, noch wie deine Woche gewesen ist.«

Dennis setzte sich wieder stumpf zu den beiden an den Tisch. »Bis auf meinen Unfall hatte ich eigentlich eine sehr ruhige Woche. Ich habe viel für die Schule gelernt und so ein Zeug.«

»Schreibst du bald eine Klassenarbeit? Oder in welchen Fächern hast du dich die letzten Tage vertieft?«, fragte Roger sichtlich amüsiert.

»Wi…wir schreiben demnächst eine Englischarbeit. Aber ich habe auch noch für andere Fächer wie Bio gelernt«, stotterte Dennis aufgeregt. »Wie war denn euer Urlaub so?«, fragte er schnell, um auf ein anderes Thema zu kommen.

Das war Karins Stichwort. Sie schwärmte nur so von ihren wunderbaren Tagen mit Roger auf Mallorca. Sechs Tage Sonne, Shopping, romantische Abende in Restaurants und am Strand und eine Fahrradtour an der Westküste. Das war laut Karin der Stoff, aus dem die besten Urlaube des Lebens gemacht werden. Roger bestätigte dies. Da Dennis wusste, dass der Urlaub nur ein Vorwand für dunkle Pläne gewesen war, machte es ihn umso wütender.

Angewidert ging Dennis auf sein Zimmer, um zumindest noch ein wenig mit seiner Pflanze üben zu können. Jede Minute, in der er seine Ruhe hatte, konnte der Halbelf er selbst sein.

In den nächsten Wochen war es allerdings besonders schwierig, sich von Roger fernzuhalten. Er war grundsätzlich ruhiger geworden, suchte aber immer wieder Dennis Nähe. Er richtete nun sogar seine Arbeitszeiten nach seinem Stiefsohn aus. Jeden Morgen, wenn Dennis zur Schule ging, fuhr Roger wie selbstverständlich hinter ihm her. Er wollte sehen, ob Dennis auch tatsächlich zur Schule ging und nicht zufällig einen Ausflug in die Fabelwelt unternahm.

Dennis fühlte sich so unwohl wie lange nicht. Selbst in der Schule hatte er das Gefühl, beobachtet zu werden. Seit letzter Woche gab es einen neuen Lehrer an der Schule. Herr Daguso. Ein junger Mann, der gerade sein Studium erfolgreich abgeschlossen hatte. Er war klein und muskulös. Die Mädchen aus Dennis Klasse waren immer ganz hin und weg, wenn Herr Daguso den Raum betrat. Er unterrichtete die Fächer Geografie und Politik, was zu Dennis Glück dafür sorgte, dass er diesen Lehrer nur drei Mal pro Woche im Unterricht traf. Aber auch das war ihm zu viel. Denn dieser Lehrer war in seinen Augen absolut verdächtig. Für Dennis war die Sache klar. Herr Daguso war ein getarnter Gesta-Agent. Immer wenn er die Möglichkeit hatte, bekam der unbeliebte Schüler dieselben Sprüche an den Kopf geworfen, die Roger schon oft verwendet hatte. Er stachelte seine Mitschüler wieder richtig gegen ihn auf.

Herr Daguso wartete jeden Tag nach Schulschluss gespannt in seinem grauen Kleinwagen, bis Dennis die Schule verlassen hatte. Er folgte ihm immer bis zur großen Kreuzung, bevor er dann Richtung Autobahn abbog. Roger schien zu versuchen, Dennis in jeder erdenklichen Lebenslage zu verunsichern. Er wollte ihn wohl so stark unter Druck setzen, dass er keine andere Möglichkeit mehr sah, als nach Noxia zu flüchten. Doch auch wenn es Dennis miserabel ging, hatte er mittlerweile so viel Erfahrung, um zu wissen, dass die Gesta grundsätzlich mit psychischen Tricks arbeitete. Er wollte dieses Spiel nicht mitspielen.

Dennis hoffte jeden Tag auf ein Lebenszeichen von Gerrit. Die Tage vergingen ohne jegliche Kontaktaufnahme.

Jeden Abend, bevor Dennis zu Bett ging, schaute er aus dem Fenster, ob er etwas Verdächtiges erkennen konnte. Doch es kam nichts. Hin und wieder konnte er Roger beobachten, wie er am frühen Abend in die Garage ging und erst sehr spät wieder hinauskam. Natürlich wusste Dennis, dass sein Stiefvater in seinem geheimen Versteck unter der Garage weilte. Dort lag sein wahrer Arbeitsplatz. In seinem unterirdischen Labor schmiedete er mit Sicherheit bereits seine nächsten dunklen Pläne, und so ganz nebenbei führte er wohl auch noch bösartige Experimente mit den Überresten von Fabelwesen durch. Dennis war sich sicher, eines Tages zum geheimen Labor zurückkehren zu müssen, um mehr Informationen über seinen Feind herauszufinden. Doch das würde nur mit Hilfe seiner Freunde und ihrer magischen Mittel funktionieren. Aber auf die wartete er in den nächsten Tagen vergeblich.

Als es nur noch drei Tage bis zum Beginn der Sommerferien waren, gab Dennis die Hoffnung auf. Schweren Herzens bewältigte er den gewohnten Alltag aus Schule, Hausaufgaben und den Strafarbeiten bei den Petersens.

An diesem Tag klingelte unerwartet das Telefon der Petersens, als Dennis gerade die Auffahrt der Villa fegte. Zuerst dachte sich Dennis nichts dabei.

In der Regel klingelten zwar lediglich die Handys der schwerreichen Familienmitglieder, aber auf dem Festnetz konnten ja genauso gut Geschäftspartner oder Freunde anrufen.

»DENNIS! TELEFON FÜR DICH!«

Dennis zuckte zusammen. Ein Telefonat für ihn? Herr Petersen, der mit dem Telefon grimmig aus dem Fenster auf Dennis schielte, schien ebenfalls überrascht über den Anruf. Dennis befürchtete schon einen weiteren Versuch seines Stiefvaters, sein Leben zu zerstören.

Eher gemächlich schlurrte Dennis in die Villa, um das Telefonat anzunehmen.

Als er die Stimme seiner Mutter am Telefon hörte, war er überrascht. »Dennis, mich hat vorhin ein Marco Stock angerufen.«

»Ich kenne keinen Marco Stock«, antwortete Dennis perplex.

»Dieser Herr ist Gruppenführer eines Sommercamps in Bad Lausick. Er wartet auf die Bestätigung von mir wegen des Sommercamps, das am Freitag beginnt.«

Dennis erschrak. ´Das muss Gerrits Freund gewesen sein.´ Dies bedeutete wohl, dass es seinem Onkel gut ging und der Sommerplan durchgeführt werden sollte.

»Ach so, diesen Marco meintest du. Ich hatte leider vorher nur mit einem Vertreter von ihm gesprochen. Ich wollte die Sommerferien über sehr gerne in dieses Sommercamp gehen. Dort kann ich Disziplin und Ordnung lernen und habe gleichzeitig die Chance, neue Freunde in meinem Alter kennenzulernen«, dachte sich Dennis schnellstens aus, um seine Mutter zu überzeugen.

»Wie stellst du dir so etwas eigentlich vor? Woher kennst du dieses Sommercamp überhaupt? Es ist mehrere hundert Kilometer von hier entfernt. Außerdem kostet der ganze Spaß zweihundertfünfzig Euro pro Woche.«

Herr Petersen, der neben Dennis auf seiner prunkvollen, roten Ledercouch saß, um seine Termine zu bearbeiten, konnte Karins Geschrei deutlich hören. »Für diesen Satansbraten würde ich keinen Cent ausgeben. Da ist ohnehin jede Hoffnung verloren«, murmelte er amüsiert vor sich hin.

Dennis war mit aller Macht bemüht, seine Mutter zu besänftigen. »Das Sommercamp kenne ich von einem Werbeplakat im Dorf. Ich habe leider vergessen, dir zu sagen, dass ich dort angerufen habe, um mich zu erkundigen. Es war in der Woche, in der ihr auf Mallorca gewesen seid.«

Dennis wischte sich die Schweißperlen aus dem Gesicht, während Karin über die ganze Sache mit dem Sommercamp offenkundig nachdachte. Dort sah sie Dennis in Sicherheit. Rund um die Uhr Personal, an das man sich wenden konnte, wenn man Probleme hatte. Dazu gab es dort kein Internet oder Fernsehen, um auf dumme Gedanken zu kommen. Kontakt zu den Eltern gab es lediglich per Postkarte, in absoluten Notfällen auch über das einzige Telefon in der Zentrale. Das gefiel Karin wiederum nicht sonderlich, aber Campleiter Stock versicherte ihr, dass dieses Prinzip der Abschottung gerade problematischen Kindern dabei helfen würde, Verantwortung und Eigenständigkeit für das zukünftige Leben zu lernen. Ein Erziehungscamp für schwierige Jungs, das auch noch weit genug von Dornsdorf entfernt war? Für Karin war allein das am Ende ausschlaggebend. Dennis Mutter benahm sich seit den mysteriösen Vorfällen der letzten Monate auffällig anders. Dennis war sich mittlerweile sicher, dass seine Mutter lediglich eine Rolle spielte. Sie befürchtete wohl bereits, dass irgendjemand aus der Fabelwelt Kontakt zu ihrem Sohn aufgenommen hatte. Dennis hoffte, ihre Unsicherheit für sich zu nutzen. Immerhin konnte seine Mutter ihn wohl kaum die Sommerferien über zuhause einsperren.

»Hör mir zu«, sagte sie nachdenklich. »Da das Ganze eine teure Angelegenheit ist, muss ich zuerst mit Roger darüber sprechen. Ich für meinen Teil halte das Sommercamp für eine gute Idee. So kannst du endlich etwas mehr Verantwortung lernen.«

»Genau«, antwortete Dennis. »Ich habe sogar gehört, dass man dort Zertifikate bekommen kann, mit denen man später leichter eine Ausbildung findet.«

Das klang für Karin wie Musik in den Ohren. »Dann möchte ich, dass du versuchst, dieses Zertifikat zu bekommen. Ich denke, das wird dann auch Roger überzeugen.«

Doch dem war nicht so. Am Abend erzählte Karin ihrem Mann vom Sommercamp.

Roger war überhaupt nicht begeistert und protestierte lautstark gegen diese Idee. »Nach all den üblen Taten, die der Junge in letzter Zeit vollbracht hat, soll ich ihm jetzt ein Sommercamp für eintausendfünfhundert Euro spendieren?«

Roger redete sich über Stunden weiter in Rage. Karin versuchte, ihn immer wieder mit ihren Argumenten zu überzeugen, doch sie hatte keine Chance. Da das Sommercamp von Rogers finanzieller Unterstützung abhing, war Gerrits Plan somit aussichtslos. Dennis konnte nicht ahnen, dass das Sommercamp so teuer werden würde, damit es sich realistisch verhielt. Gerrit selbst hatte mit dem Kostenpunkt wohl auch nicht gerechnet.

Dennis konnte noch bis in die späten Abendstunden den Streit zwischen Roger und seiner Mutter deutlich wahrnehmen. Er war geknickt. Der Plan, sechs Wochen ohne Pause in Noxia zu verbringen, er würde wohl ein Traum bleiben. Roger hatte anscheinend geahnt, dass irgendetwas nicht stimmte. Nun würde er wohl noch wachsamer sein.

Dennis fragte sich in diesen Momenten besonders, wie es seinen Freunden in Noxia ging. Was machte Miro wohl gerade? Half er seinen Eltern bei den schweren Arbeiten, oder machte er wieder blau, um die Stadt unsicher zu machen? Wie ging es seinem Vater? Hatte er inzwischen den Dieb der Verbindungssteine verhaften können, oder war er immer noch auf freiem Fuß? Fragen über Fragen, die nur beantwortet werden konnten, wenn Dennis in seine neue Heimat zurückkehren würde.

Im Haus war über Nacht endlich Ruhe eingekehrt.

Roger würdigte Dennis am nächsten Morgen keines Blickes. Karin war dagegen so fröhlich, als sei am gestrigen Abend nichts passiert.

Roger frühstückte schnell, um stürmisch das Haus verlassen zu können. Doch nicht, um ins Auto zu steigen. Dieses blieb vor der Garage stehen.

Auf Dennis wartete an diesem Morgen noch eine Überraschung. Als er gerade das Haus verlassen wollte, hielt ihn seine Mutter auf. Sie hatte sich ebenfalls frisch gemacht, um ins Dornsdorfer Zentrum zu gehen. Die seltenen Male, in denen Karin sich fertig machte, schminkte sie sich stark und zog sich an wie eine Zwanzigjährige. Dennis kam dies wie ein Hilfeschrei vor.

Doch dieses Mal sollte Karins Styling einen guten Grund haben. »Ich gehe jetzt zur Bank. Und danach bin ich mit einer Freundin zum Frühstück verabredet.«

»Was willst du bei der Bank?«, fragte Dennis mit heruntergezogenen Augenbrauen.

Normalerweise war Roger für alle finanziellen Angelegenheiten zuständig. Er war der Großverdiener in der Familie und entschied in der Regel auch, was gekauft wurde. Karin ging dagegen nur zweimal pro Woche vormittags im einzigen Steuerbüro Dornsdorfs als Aushilfe arbeiten. Mit ihrem geringen Verdienst konnte man gerade so die Lebensmittel für zwei Wochen bezahlen.

Karin schien an diesem Tag jedoch sehr entschlossen zu sein. »Ich gehe zur Bank, um mir einen Teil meiner Ersparnisse auszahlen zu lassen. Eintausendfünfhundert Euro, um genau zu sein«, sagte sie stolz.

Dennis stutzte. »Willst du davon etwa mein Sommercamp bezahlen? Woher hast du so viel Geld? Und warum tust du so etwas?«

»Hast du etwa gedacht, dass ich so blöd bin und mir keine Ersparnisse anlege?«, prahlte Karin. »Mit meinem Gehalt konnte ich mir natürlich kein Vermögen ansparen, aber es reicht, um dir dieses Sommercamp zu ermöglichen. Ich halte das Ganze nämlich für eine sehr gute Idee.«

Dennis spürte ein merkwürdiges Gefühl im Bauch, das immer mehr nach oben wanderte. Zum einen war es wohl die Freude darüber, dass Gerrits Plan wohl doch aufging. Zum anderen plagten ihn nun auch Gewissensbisse. Immerhin bezahlte seine Mutter das komplette Sommercamp von ihrem hart erarbeiteten Geld. Dieser hohe Betrag für ein Camp, in das Dennis gar nicht gehen würde.

»Das ist viel zu viel Geld für dich allein, Mama. Das musst du nicht für mich tun.«

»Roger ist leider gegen einen Besuch im Sommercamp. Aber da ich deine Mutter bin, entscheide ich letztendlich darüber, wohin du gehst. Und das Geld ist es wert. Außerdem habe ich das in einem Jahr wieder zusammengespart.«

Trotz der beruhigenden Worte seiner Mutter plagten Dennis in den nächsten Stunden immer wieder Gewissensbisse. Wenn es einen anderen Weg gegeben hätte, um für längere Zeit nach Noxia zu kommen, wäre er ehrlich gewesen. Leider gab es keinen Plan B und Dennis musste zusehen, wie seine Mutter am Nachmittag mit einem Briefumschlag nach Hause kam. In dem Umschlag war das Geld für das Sommercamp.

Dennis empfand die Entscheidung seiner Mutter, dass Geld bis zum entscheidenden Tag auf einer Kommode im Flur aufzubewahren, als nicht sonderlich klug.

Er sollte recht behalten.

Roger hatte in der letzten Nacht vor den Sommerferien vor, den Umschlag zu stehlen, um es dann auf Dennis zu schieben. Dennis ahnte sein Vorhaben bereits in den Abendstunden und blieb beinahe die ganze Nacht wach, um den Umschlag vor Rogers diebischen Händen zu schützen. Sobald er auch nur den Ansatz eines verdächtigen Geräuschs hörte, schlich er aus seinem Zimmer und linste über das Treppengeländer in Richtung Flur. Irgendwann wurde er jedoch zu müde, weshalb er sich etwas anderes einfallen ließ. Er kramte eine alte Box unter seinem Bett hervor, in der seine alten Spielzeuge verstaut waren. Als er damals noch mit Marian befreundet war, hantierten sie gerne mit Spielgeld, um sich älter zu fühlen. Dieses hatte ihm Gerrit damals ausgedruckt, damit sie echt genug aussahen, um die kindlichen Fantasien zu beflügeln. Dieses Papier könnte Dennis nun das Leben retten.

Er kam seinem Stiefvater zuvor, indem er den Briefumschlag mit Karins Geld durch einen Umschlag mit dem Spielgeld ersetzte.

Roger ahnte von Dennis Tat zuerst nichts. Da das Spielgeld auf den ersten Blick täuschend echt aussah, fühlte sich Roger als der Sieger dieser Auseinandersetzung. Doch das war erst der Anfang der Schlacht …

Ausflug auf Abwegen

Dennis war stolz auf sich. Nicht nur, dass er Roger in der letzten Nacht ausgetrickst hatte, heute war auch der letzte Schultag vor den Sommerferien. Die fünf langen Wochen waren endlich vorüber und Dennis freute sich darauf, endlich in die Fabelwelt zurückzukehren.

Der kleine Halbelf stand an diesem Morgen besonders früh auf, um seinem Stiefvater erneut zuvorzukommen. Er legte den Briefumschlag mit dem echten Geld genau an die Stelle, an der Roger den falschen Umschlag in der Nacht entwendet hatte. Der letzte Versuch, Dennis Besuch im Sommercamp zu verhindern, war kläglich gescheitert.

Rogers gute Laune wurde schlagartig zerstört, als er den Briefumschlag im Flur sah. Dennis hatte Glück, dass seine Mutter bereits wach war. Sie nahm den Umschlag und überprüfte nochmals das Geld.

Roger kochte vor Wut. Er musste während des Frühstücks sogar die Küche verlassen, um sich zu beruhigen. Er stampfte nach oben, um in Dennis Zimmer zu gelangen. Doch sein Stiefsohn hatte in den vergangenen Wochen eine Menge dazugelernt. Selbst wenn er nur kurz ins Bad ging, schloss er die Tür zu seinem Reich ab.

Roger schnaufte wie ein Bulle. Dennis konnte in Ruhe sein Müsli in der Küche genießen. Es fühlte sich gut an, auch mal einen Schritt voraus gewesen zu sein. Da er heute sofort nach der Schule abgeholt werden sollte, hatte er auch keine Angst, dass Roger ihm etwas antun könnte.

Karin rief noch schnell bei Herrn Stock an, um alle Details des Ausflugs zu klären. Herr Stock spielte seine Rolle wirklich gut. Da er anscheinend tatsächlich einer der Gruppenführer des Sommercamps war, konnte er auch alle Fragen von Karin mühelos beantworten.

Roger versuchte währenddessen oben in seinem Arbeitszimmer offensichtlich noch etwas gegen Dennis Besuch im Sommercamp zu unternehmen. Er war davon überzeugt, dass sein Stiefsohn sechs Wochen lang in der

Fabelwelt verweilen würde, anstatt in einem Sommercamp. Diese Niederlage der Gesta konnte er nicht zulassen. Er durchforstete das Internet nach Ungereimtheiten in Dennis Geschichte. Doch egal, wonach Roger auch suchte, Dennis Geschichte blieb plausibel. Gerrit hatte an alles gedacht, um die Reise so realistisch wie möglich aussehen zu lassen.

Dennis vertraute seinem Onkel und ging bestens gelaunt zur Schule. Auch das Abschlusszeugnis war ihm völlig egal. Auch wenn seine Noten schon einmal besser waren, lag er immer noch über dem Durchschnitt seiner Klasse. Das siebte Schuljahr konnte nach den Sommerferien kommen. Dann würde er als völlig neue Person zurückkehren.

Seine Klassenkameraden wollten Dennis allerdings nicht in die Sommerferien entlassen, bevor sie ihn nicht angemessen verabschiedet hatten. Allen voran Felix, der am letzten Schultag trotz seiner Krankschreibung in die Schule kam, um sein Zeugnis abzuholen. Seiner Ansicht nach war die Auseinandersetzung zwischen ihm und Dennis noch nicht vorbei. Da er körperlich noch stark eingeschränkt war, agierte Felix dieses Mal als Dirigent, der Maurice und Marian auf Dennis hetzte, während die anderen Schüler die beiden mit dem peinlichen Video anfeuerten. Dennis war an diesem Tag jedoch fest entschlossen, sich nicht ärgern zu lassen. Seine Laune war zu gut, um sich diese kaputt machen zu lassen.

Pfiffig, wie er war, überlegte er sich bereits bei Felix erster Drohung vor dem Unterricht, wie er seinen Angreifern am Mittag entkommen konnte. Vor Unterrichtsende fragte Dennis seinen Lieblingslehrer Herr Weinert in einer ruhigen Minute, ob er nach der Schule seinen Schlüssel haben dürfte, um damit auf die Lehrertoilette gehen zu können. Da Herr Weinert Dennis vertraute, sagte er zu.

Pünktlich zum Schulgong rannte Dennis mit dem Schlüssel in der Hand und den Feinden im Nacken los. Er schaffte es gerade noch, sich in der Lehrertoilette einzusperren, bevor seine Verfolger ihn packen konnten.

Maurice und Marian schlugen gegen die Tür, um ihr Opfer einzuschüchtern, während Felix im Hintergrund das Geschehen leitete.

»Komm raus, du Freak! Stell dich der Situation wie ein Mann. Du wolltest dich doch prügeln. Also komm her!«

»Ihr Idioten könnt mich mal!«, schrie Dennis aus seinem sicheren Raum, den er vorsichtshalber zweimal abgeschlossen hatte.

Während die Schüler vor der Tür durch die Provokation überkochten, sorgte sich Dennis bereits um seine sichere Flucht. Auf der Lehrertoilette gab es im Gegensatz zu den Schülertoiletten kleine Fenster, durch die er in die Freiheit entkommen konnte, während Felix und seine Gang vor der Toilette darauf spekulierten, dass ihre Beute irgendwann herauskommen muss.

Bevor die Rüpel bemerkten, dass sie reingelegt worden waren, gab Dennis bereits den Schlüssel an Herrn Weinert zurück, um daraufhin die Flucht nach Hause zu ergreifen.

Fröhlich über seinen Erfolg konnte Dennis seine Gesichtsmuskeln nur schwerlich von einem breiten Grinsen abhalten. »Diese Trottel«, kicherte er enthusiastisch. Nun konnten die besten Ferien seines Lebens beginnen.

Zuhause konnte Dennis noch in Ruhe zu Mittag essen und seine Taschen kontrollieren, bevor er abgeholt wurde. Roger war nicht mehr im Haus. Selbst Karin wusste nicht, wo er hingefahren war.

»Eigentlich hat er heute einen Tag Urlaub«, sagte sie überrascht.

Dennis spürte ein schlechtes Omen. Wollte Roger möglicherweise versuchen, noch etwas gegen die Sommerplanungen seines Stiefsohns zu unternehmen? Sein Auto stand nicht vor der Garage. Sein Verhalten war tatsächlich äußerst merkwürdig. Sonst versuchte er, Karin immer den guten Ehemann vorzuspielen. Dennis wollte nicht wahrhaben, dass heute irgendetwas schiefgehen könnte. Er wollte sich einfach freuen, die Menschenwelt für sechs lange Wochen hinter sich zu lassen.

Pünktlich um 16:00 Uhr traf der Kleinbus in der Mühlenstraße ein.

Aus dem Bus stieg ein junger Mann. Es musste Marco Stock sein, Gerrits Freund und Gruppenführer des Sommercamps. Er stand vor der Tür, um sich kurz vorzustellen, bevor er Dennis mitnahm. Er sah genauso aus wie Dennis sich einen Gruppenführer eines Sommercamps vorstellte. Struppige, dunkelblonde Haare mit einer weißen Kappe, auf der das Logo des Sommercamps gestickt war. Ein weiß-grün gestreiftes T-Shirt und dunkle Shorts unterstrichen seinen lockeren ersten Eindruck.

Karin war sofort von dem jungen Camp-Leiter überzeugt. »Mein Sohn kommt sofort runter«, sagte sie aufgeregt und begutachtete Herrn Stock genau.

Auch wenn Karin gut zehn Jahre älter war, konnte man Marco ein leicht angetanes Lächeln entnehmen. »Sind Sie gerade erst aus der Schule gekommen? Oder haben Sie vom Wasser der ewigen Jugend getrunken? Eines von beiden wird es wohl sein.«

Bei Karin kam dies sehr gut an. Sie wurde rot und vergaß für kurze Zeit alle Sorgen. »Sie sind mir ja einer«, sagte sie verzaubert. »Passen Sie bitte gut auf meinen Jungen auf. Er ist etwas anders als die meisten Kinder in seinem Alter.«

»Machen Sie sich keine Sorgen, Frau Van de Beek«, sagte Marco überzeugend. »Bei mir wird kein Kind diskriminiert.«

Als Dennis mit seinen Taschen die Treppe hinunterkam, musste Marco doch zweimal hinsehen. Vor ihm stand tatsächlich ein kleiner, bleicher Junge, mit großen, spitzen Ohren, strahlend blauen Augen und goldenen Haaren. Gerrit hatte Marco nichts über das Aussehen seines Neffen erzählt. Der Camp-Leiter hatte das Gefühl, einer Comicfigur gegenüberzustehen.

Schnell versuchte er, sich zusammenzureißen, damit Dennis und Karin nichts von seinem Erstaunen mitbekamen. »Du musst Dennis sein«, sprach er mit großen Augen. »Ich bin Marco, der Leiter deiner Gruppe. Ich bin mir sicher, dass wir in den nächsten sechs Wochen den größten Spaß unseres Lebens haben werden.«

»Das glaube ich auch«, strahlte Dennis. Er war mit den Gedanken schon bei seinen Liebsten in Noxia.

Marco half seinem Gruppenkind noch dabei, sein Gepäck in den Bus zu packen. Dann verabschiedete sich Dennis liebevoll von seiner Mutter.

»Sei schön artig, Dennis«, erwähnte sie noch gerührt. »Ich werde zwischendurch mal im Camp anrufen, um zu wissen, wie es dir geht.« Sie hatte wohl vergessen, dass das Camp-Telefon nur für den Zweck eines Notfalls gedacht war.

Dennis hatte immer noch ein schlechtes Gewissen, dass er seine Mutter wegen des Camps anlügen musste. Doch seine Mission stand absolut im Vordergrund.

Dennis stieg als einziges Kind zu Marco in den Kleinbus, damit ihre Reise endlich beginnen konnte. Schluchzend stand Karin noch an der Tür und winkte ihnen zu, bis der Bus am Horizont der Mühlenstraße verschwunden war.

Dennis saß auf dem Platz direkt hinter Marco, der pfeifend den Melodien aus seinem Radio nacheiferte. Seine gute Laune steckte an. Vollkommen entspannt schaute Dennis aus dem Fenster und sah den Bauern dabei zu, wie sie ihre Arbeit verrichteten.

»Es ist eigentlich schade, dass du nicht wirklich mit mir ins Camp fährst«, sagte Marco. »Mein erster Eindruck von dir sagt mir, dass du dich dort sehr wohlfühlen würdest. Noch kannst du es dir überlegen.«

»Ich glaube dir, dass es in deinem Camp schön ist und ich dort eine Menge toller Sachen erleben würde. Vielleicht komme ich irgendwann auch mal mit. Aber zuerst habe ich Wichtigeres zu tun.«

Marco drehte die Lautstärke des Radios leiser, um besser mit Dennis reden zu können. »Ja, Gerrit hat mir bereits von euren Plänen erzählt.«

In Dennis rumorte es. Hatte sein Onkel einem Außenstehenden etwas über die Fabelwelt erzählt?

»Ach ja, was hat er dir denn erzählt?«

»Ja, du weißt schon, dass mit deinem Stiefvater«, antwortete Marco. »Dieser Tyrann, der dich niemals irgendwo hingehen lässt und dich kontrolliert. Deswegen sollten wir deinen Eltern das mit dem Camp erzählen. Damit du mit Gerrit in den Urlaub nach Portugal fliegen kannst.«

»Ach so, das meintest du«, sagte Dennis erleichtert. »Ja, ich freue mich schon richtig auf den Urlaub.«

»Eigentlich bin ich ja überhaupt nicht für solche Geschichten. Wenn man das eng sehen würde, wäre das eine Kindesentführung. Aber wenn es darum geht, einen furchtbaren Stiefvater zu hintergehen, bin ich dabei.«

Dennis mochte Marco. Er war locker und cool. Fast so wie ein großer Bruder, den er so oft gebraucht hätte.

Mittlerweile hatten sie die Wohngebiete Dornsdorfs hinter sich gelassen und sie fuhren nun auf der Landstraße in Richtung Café Brunn.

»Wie ist das eigentlich so als Gruppenführer? Ist das dein Traumberuf oder wolltest du früher mal etwas anderes machen?«, fragte Dennis interessiert.

Marco lachte. »Als Kind wollte ich immer Fußballer werden. Ich habe Tag und Nacht trainiert, um irgendwann in der ersten Liga spielen zu können.«

»Und was ist dann passiert? Offensichtlich hattest du damit kein Glück.«

»In meiner Jugend habe ich den Sport plötzlich nicht mehr so gefühlt. Bin immer seltener zum Training gegangen, bis ich gar keinen Bock mehr hatte. Ich glaube, das war mit vierzehn. Für mich zählten damals nur noch Mädchen und Drogen.«

Für Dennis hörte sich das nach der typischen Laufbahn eines Gangsters an. »Warum hast du so etwas gemacht? Ich bin jetzt dreizehn und weiß genau, was ich in meiner Zukunft erreichen möchte«, sagte er stolz.

»Ich hatte einen komplett falschen Freundeskreis. Ich wollte einfach dazugehören, um cool zu sein. Durch die Drogen wurde ich kriminell. Ich bin in Autos und Supermärkten eingebrochen, um mir Geld für eine weitere Dröhnung zu besorgen. Ich war richtig abgefuckt. Eines Tages wurde ich erwischt. Das war das Beste, was mir zu diesem Zeitpunkt passieren konnte.«

»Du bist doch deswegen sicher ins Gefängnis gekommen? Was soll daran gut sein?«

»Weil ich deswegen endlich mal gecheckt habe, was in meinem Leben falsch läuft«, antwortete Marco. »Ich war damals noch minderjährig und bekam deshalb nur ein Jahr Jugendarrest. Aber in der Zeit entdeckte ich meine Liebe zur Natur. Nach dem Jugendknast bin ich zu einer Pfadfindergruppe gegangen. Da habe ich zum ersten Mal im Leben Disziplin und Verantwortung gelernt. Das hat mich zu dem gemacht, der ich heute bin.«

Dennis war beeindruckt von Marcos Lebensgeschichte. In seinen noch jungen Jahren hatte er bereits mehr erlebt als manche Leute in ihrem gesamten Leben. Zu gern wollte er ihm auch seine Lebensgeschichte erzählen. Doch ein Vater, der ein Elf war, ein Kobold als besten Freund und eine skrupellose Geheimorganisation mit Absicht auf die Weltherrschaft gehörten wohl nicht zu den Dingen, die man einer flüchtigen Bekanntschaft erzählen sollte.

Zudem wurden die beiden durch ein ohrenbetäubendes Motorengeräusch gestört. Es war so laut, dass Dennis dachte, er stünde auf einer Rennstrecke.

»Überhol doch endlich«, schimpfte Marco über den Verkehrsteilnehmer hinter ihnen.

Das laute Motorengeräusch blieb bestehen. Dennis bekam langsam, aber sicher, ein ungutes Gefühl. Schnell sprang er von seinem Sitz, um zum hinteren Teil des Busses zu laufen. Der dortige Anblick bestätigte seine Vermutung. Unmittelbar hinter dem Bus fuhr ein schwarzes Motorrad. Auf dem Gefährt saß eine große, stämmige Person mit schwarzer Bikerjacke. Dennis bekam Schweißperlen der Angst auf seiner Stirn. Die Person auf dem Motorrad war Spencer. Er verfolgte den Kleinbus offenbar schon eine ganze Weile. Nun klebte er regelrecht an der Heckstoßstange des Busses. Als der furchterregende Mann Dennis panisches Gesicht an der Heckscheibe sah, konnte er nicht anders, als schadenfroh zu winken.

Dennis rannte sofort nach vorne zu Marco. Dieser war bereits fuchsteufelswild und gestikulierte wild mit seinen Händen herum. »Gleich brauchst du nicht mehr überholen!«, brüllte er, da in wenigen hundert Metern die Abfahrt zum Café kam.

»Du darfst auf keinen Fall zu Gerrit fahren, hast du gehört!«, schrie Dennis.

Marco sah Dennis verwirrt an. »Wieso das? Er wartet doch dort auf dich.«

Marco öffnete das Fenster und streckte seinen Kopf in Richtung Spencer aus. Er zeigte ihm den Vogel und beschimpfte ihn.

»Bieg bitte nicht rechts ab. Fahr geradeaus weiter«, sagte Dennis.

»Hat das etwas mit diesem Motorradfahrer zu tun? Kennst du den Penner etwa?«

Dennis nickte und überlegte, was er Marco sagen sollte, um nicht zu viel zu verraten. »Ja, das ist der beste Freund meines Stiefvaters. Er hat ihn wohl engagiert, um zu prüfen, wo wir hinfahren.«

Marco fuhr an dem Café vorbei und gab Gas. »Wo soll ich denn hinfahren? Vielleicht verfolgt uns der Typ ja bis ins Camp.«

Dennis überlegte, was er machen sollte. Von seiner Entscheidung hing nun eine Menge ab. Er musste Gerrit anrufen, um nach Rat zu fragen. Aber sein Handy wurde vor Wochen zerstört.

»Marco, ich brauche dein Handy.«

»Wieso das? Wir sollten einfach anhalten und den Typen fragen, was mit ihm los ist. Das ist total gestört.«

Dennis schüttelte panisch den Kopf. »Nie im Leben. Du ahnst ja gar nicht, wie schrecklich dieser Mann ist. Beim letzten Mal hat er mich mit einem heißen Messer gefoltert«, rutschte es ihm heraus.

Marcos Blick wurde starr. »Dann rufen wir halt die Polizei. Ich kann mit meinem Bus kein Motorrad abhängen.«

»Ich muss versuchen, Gerrit zu erreichen. Vielleicht hat er eine Idee. Dafür brauche ich aber dein Handy.«

Marco zog sein Handy heraus und übergab es ohne weiteres Zögern an Dennis. Ein sehr modernes und großes Gerät, das Dennis erst einmal verstehen musste. Nach einer kurzen Einweisung konnte er seinen Onkel endlich anrufen.

Während er auf ein Abnehmen auf der anderen Seite der Leitung wartete, kam ein weiterer Verfolger aus dem Hintergrund hinzu. Ein schwarzer Kastenwagen raste mit ungeheurem Tempo auf den Kleinbus zu. Es waren Rogers Schergen, Hugo und Igor, die Spencer zur Unterstützung kamen. Im Gegensatz zu Spencer auf seinem Motorrad konnten die beiden Gesta-Agenten Marcos Bus gekonnt rammen, um ihn aus dem Gleichgewicht zu bringen.

Marco bekam es nun mit der Angst zutun. Er riss das Lenkrad hin und her, um ein Ausbrechen seines Wagens zu verhindern. »Alter, was geht hier ab?! Wollen die uns killen?!«

Dennis wartete keuchend darauf, dass Gerrit endlich ans Handy ging.

Als er nach fast einer Minute die Hoffnung aufgab, hörte er endlich ein Lebenszeichen seines Onkels. »Marco, wo seid ihr? Wolltet ihr nicht schon längst hier sein? Dennis muss herkommen. Unser Flieger geht in zwei Stunden.«

»Gerrit, ich brauche deine Hilfe!«

Gerrit rechnete mit vielem, aber nicht mit Dennis auf der anderen Seite der Leitung. Im Hintergrund hörte er Marcos Geschrei.

»Was ist da bei euch los? Ist etwas schief gegangen?«

»Ja, es ist so ziemlich alles schief gegangen, was schief gehen konnte. Roger hat geahnt, was wir vorhaben. Spencer und diese zwei Blödmänner vom letzten Mal sind hinter uns her. Sie rammen unseren Bus und lassen uns nicht mehr in Ruhe!«

»Herr Gott nochmal!«, schäumte Gerrit.

»Gerrit, wo hast du mich hier bloß reingebracht?!«, schrie Marco. Der schwarze Kastenwagen rammte in regelmäßigen Abständen den Bus und brachte ihn beinahe dazu, in einen Graben zu fahren.

»Bleib bitte ruhig, Marco. Egal, was du jetzt denkst, fahr den Bus in Richtung Autobahn«, sagte Gerrit.

Dennis und Marco sahen sich konsterniert an.

»Auf der Autobahn haben wir doch noch weniger Schnitte! Mein Bus fährt maximal hundertsechzig!«

»Er hat recht. Spencer sitzt auf einem Motorrad.«

»Ihr sollt sie dort auch nicht abhängen«, wütete Gerrit genervt. »Dort ist aber genug Verkehr. Dort werden sie sich hüten, euch etwas anzutun. In der Zeit überlegen wir uns etwas.«

Marco bog bei der nächsten Gelegenheit nach links in Richtung Autobahn ab. Spencer und die anderen bemerkten das Vorhaben und hielten ein wenig mehr Abstand als zuvor.

»Alter, Gerrit, du hast mich angelogen. Hättest du mir gesagt, dass bei deinem Plan Verrückte mitspielen, die uns killen wollen, wäre ich für kein Geld der Welt darauf eingegangen!«

»Das war auch so nicht geplant, mein Freund.«

»Ich werde bei der nächsten Gelegenheit anhalten. Kein Bock, für so etwas meinen Kopf hinzuhalten.«

»Dann kann ich nicht dafür garantieren, dass sie dich lebend davonkommen lassen«, drohte Gerrit seinem langjährigen Freund.

Der Kleinbus schlängelte sich so gut es ging durch die dichtbefahrenen Spuren. Spencer hatte mit seinem Motorrad keine Mühe, dem Bus zu folgen. Hugo und Igor mit ihrem Kastenwagen hatten dagegen Schwierigkeiten, nicht zu weit abzufallen. Marco, Dennis und Gerrit hatten in der Zwischenzeit genügend Spielraum, um sich etwas einfallen zu lassen.

»Sollten wir nicht einfach die Polizei anrufen? Die würden uns mit Sicherheit aus der Scheiße helfen«, sagte Marco mit zitternder Stimme, während er im Slalom durch den Autobahnverkehr fuhr.

»Nein, zum letzten Mal, wir müssen allein daraus kommen!«, schimpfte Gerrit nun lauter. »Die Polizei ist nicht rechtzeitig da, und außerdem sind das absolute Vollprofis mit falschen Identitäten und Waffen!«

Marco wusste nicht weiter. Er konnte nicht mehr sprechen. Seine ganze Energie brauchte er für die Fahrmanöver auf der Autobahn. Viele Verkehrsteilnehmer begannen bereits lautstark zu hupen, da sie sich von Marcos und Spencers Fahrweise bedroht fühlten. Der Verkehr wurde immer dichter, und Marco hatte keinerlei Chancen mehr auf einen Spurwechsel.

Gerrit und Dennis fiel es besonders schwer, in Anwesenheit von Marco nichts über die Gesta und die Fabelwelt zu verraten. Die Kommunikation erschwerte sich dadurch so stark, dass jeder für sich nach einem Plan suchte.

Plötzlich überkam es Gerrit wie ein Blitz, der in seinem Kopf einschlug. »Ich habe eine Idee, wie ihr diese Agen… ich meine Kriminellen loswerden könntet.«

»Da bin ich mal gespannt. Hier auf der Autobahn geht nämlich nichts mehr«, merkte Dennis an.

»Fahrt so schnell ihr könnt die nächste Ausfahrt ab. Ich gebe euch jetzt gleich eine Adresse durch. Da solltet ihr nach Möglichkeit hinfahren.«

Gerrit gab Marco die versprochene Adresse. Marco gab diese in sein Navi ein, und es berechnete eine neue Route. Das Ziel brachte Dennis und Marco zunächst mehr Kopfschmerzen als Erleichterung ein.

»Alter, die Adresse liegt mitten in einem Naturschutzgebiet. Dort gibt es keine richtigen Straßen mehr. Nur Berge, Wälder und ein gefährliches Moorgebiet«, sagte Marco.

»Das ist auch der Sinn der ganzen Geschichte, meine Freunde. Ich kenne dieses Gebiet sehr gut. Euer Bus ist sehr hoch und hat gute Voraussetzungen für einen kleinen Offroadtrip. Dieser Depp auf seinem Motorrad wird keine Chance haben, euch auf einer straßenlosen Strecke zu folgen. Die anderen solltet ihr vorher schon mit guten Manövern auf Abstand gehalten haben.«

»Dein Ernst? Du sagst das so, als ob das ganz leicht wäre. Was wollen wir in dem Wald? Gibt es ein konkretes Ziel?«, fragte Marco.

»Ja, mehr oder weniger«, antwortete Gerrit. »Ich habe nicht weit vom Naturschutzgebiet vor einiger Zeit eine Jagdhütte auf dem Plateau eines Berges erworben. Leider habe ich bis heute keine Hand an dieser Immobilie angelegt. Aber als kurzfristiger Schutz und Treffpunkt ist diese Hütte bestens geeignet. Dort wartet ihr dann, bis ich eingetroffen bin.«

Gerrit klang selbstbewusst. Das steckte Marco und Dennis an.

Durch den dichten Verkehr schafften sie es letztendlich zur entscheidenden Ausfahrt. Die Verkehrsregeln waren Marco zu diesem Zeitpunkt völlig egal. Außer an gefährlichen Kreuzungen und Ampeln fuhr er seinen Bus so schnell er konnte durch die kleinen bayerischen Örtchen. Dadurch erlangten sie sehr schnell negative Aufmerksamkeit. Als dann noch Spencer, Hugo und Igor dicht hinter ihnen auftauchten, reichte es einigen der Bewohner. Mehrere Anrufe gingen bei der örtlichen Polizei ein. Dem völlig überforderten Beamten wurde immer dasselbe Problem geschildert. Drei Raser seien mit Autobahntempo unterwegs durch Spielstraßen und Wohngebiete.

Nun waren die Hüter des Gesetzes mit im Spiel. Mit gleich fünf Streifenwagen machten sie sich auf den Weg, um den Beschwerden der Bürger nachzukommen.

Die Raser merkten von alldem noch nichts. An offeneren Stellen rammten die Verfolger immer wieder den Kleinbus.

Laut Navi waren es nur noch zwei Kilometer bis zum Naturschutzgebiet. Diese kamen Dennis und Marco allerdings ewig vor. Durch die ständigen Rammattacken hatte Marcos Fahrzeug bereits einige schwerere Schäden erlitten. Der Campleiter spürte, dass sich das Fahrverhalten seines Busses veränderte.

Gerrit gab Marco noch schnell die Koordinaten seiner Jagdhütte durch und machte sich dann selbst auf den Weg zum Zielort. Er legte auf und überließ Dennis und Marco schweren Herzens ihrem Schicksal.

Die alarmierte Polizei konnte mit zwei Einsatzwagen die drei Raser inzwischen ausfindig machen.

Als Marco das Blaulicht im Rückspiegel sah, strahlte er in vollen Zügen. »Guck, Dennis! Die Polizei kommt! Wir sind gerettet!«

Dennis war sich seiner Rettung noch nicht so sicher. Spencer und die anderen schienen alles andere als eingeschüchtert gewesen zu sein, als sie die Polizei hinter sich sahen. Spencer schien sich über die Action sogar zu freuen und zog kurzerhand eine Pistole heraus.

Die Polizei versuchte, die flüchtigen Raser nochmals mit einem Megafon zu warnen. »BLEIBEN SIE STEHEN! FAHREN SIE RECHTS RAN!«

Als Marco gerade stehen bleiben wollte, um sich in Sicherheit gewogen zu ergeben, schoss Spencer zielgenau auf die Reifen der Streifenwagen. Die Reifen platzten und die beiden Polizeiwagen überschlugen sich mehrmals, bis sogar einer in ein Wohnhaus krachte.

Marco trat erschrocken wieder ins Gaspedal und schaute starr in den Rückspiegel. »Fuck! Die haben die Bullen einfach ausgeschaltet! Ich glaube, sie sind sogar tot!«

Dennis konnte auch nicht fassen, was er da gerade gesehen hatte. Die pure Brutalität der Gesta spürte er in diesem Moment stärker als jemals zuvor.

Als alle Hoffnung für die beiden schwand, konnten sie endlich das Ende der Straße und somit den Beginn des Naturschutzgebietes erkennen.

Spencer und seine Gefolgsleute schienen jedoch langsam verstanden zu haben, was ihre Zielpersonen vorhatten. Spencer schoss auf einen Hinterreifen des Busses, der sofort platzte. Marco bremste das Gefährt schlagartig, um die Kontrolle nicht zu verlieren. Da Spencer sich direkt dahinter befand, konnte er nicht rechtzeitig ausweichen und schlug mit seinem Motorrad auf das Heck des Campingbusses auf. Das Letzte, was Dennis von seinem ehemaligen Babysitter im Rückspiegel sah, war sein Motorrad, das sich mehrmals überschlug, um dann mit einer Rauchwolke die Straße zu verhüllen.

»Verdammt, was geht hier ab?!«, brüllte Marco.

Trotz eines platten Reifens fuhr er geradewegs auf die großen Felder und anschließend über einen Trampelpfad in einen bergigen Wald hinein. Spencer war ausgeschaltet, aber der Kastenwagen mit Hugo und Igor als Insassen war ihnen nach wie vor dicht auf den Fersen. Durch den platten Reifen konnte Marco nicht so schnell über den Trampelpfad fahren, wie er es gerne gewollt hätte. Somit kam der schwarze Kastenwagen immer näher.

»Wir schaffen das nicht, Dennis! Der Bus rutscht mir hinten nur noch weg! Wir können uns nur ergeben und hoffen, dass sie uns nicht umbringen!«

Dennis war sich jedoch sicher, was Hugo und Igor bei einer Gefangennahme mit ihnen anstellen würden.

Der Kastenwagen war nun auf wenige Meter herangekommen. Es schien kein Entkommen zu geben. Doch solange sie Benzin zum Fahren hatten, wollte Dennis nicht aufgeben. Laut Gerrits Beschreibungen lag seine Jagdhütte auf einem einsamen Bergpfad direkt hinter dem Naturschutzgebiet. Leider gab es zwei größere Berge im Umkreis, was es schwierig machte, das Ziel auf Anhieb zu finden.

Der Trampelpfad wurde immer schmaler und steiler. Durch den platten Reifen war ein Vorankommen ab einem bestimmten Punkt so gut wie unmöglich. Der Kastenwagen stieß nun zu ihnen und drängte den Bus immer weiter zu den Bäumen, die sich unmittelbar neben dem Pfad befanden. Marco ruderte seinen Bus wie ein Schiff in einem schweren Sturm. Der Wald wurde immer dichter, und große Unebenheiten brachten den Bus immer mehr zum Ausbrechen.

»Das wars mit uns«, brachte Marco noch zum Ausdruck, bevor Igor und Hugo mit ihrem Kastenwagen den entscheidenden Schlag setzen konnten. Sie rammten den Bus an der hinteren Seite, sodass Marco nun vollkommen die Kontrolle verlor. Der Bus kam vom Pfad ab und stürzte einen Abhang hinunter, wo er nach wenigen Metern an einen Baum prallte, noch bevor er sich überschlagen konnte. Dennis und Marco wurden kräftig durchgeschüttelt. Es klirrte und rummste aus allen Ecken. Dennis war nicht angeschnallt und schlug mit seinem Kopf heftig gegen die Seitenscheibe.

Kurz benommen und mit einer Platzwunde stand er auf, um sich zu sortieren. Marco, der sich nur leichte Kratzer einfing, bereitete sich bereits darauf vor, von Hugo und Igor geschnappt zu werden. Die beiden Gesta-Agenten stiegen lachend aus ihrem Wagen, um ihre Beute endgültig zu überwältigen.

»Sie sind weitergekommen als ich gedacht habe«, sagte Igor.

»Wenigstens hatten wir am Ende unseren Spaß«, fügte Hugo hinzu.

Dennis wollte sich auf keinen Fall geschlagen geben. Beim Blick zum Abgrund des Waldes konnte er eine Wand aus Buschpflanzen erkennen. Vielleicht konnten sich die beiden dort verstecken.

»Wir müssen hier weg«, sagte Dennis und zeigte nach unten.

Da Marco aus seiner Sicht ohnehin nichts mehr zu verlieren hatte, folgte er Dennis aus dem Bus. Schnell rannten sie den Abhang hinunter und hielten sich hin und wieder an einem Baum fest, um nicht zu stürzen. Sie hatten es gerade noch rechtzeitig geschafft, bevor Hugo und Igor den Bus erreichten.

Zornig verfolgten sie die beiden. Der eher ungeschickte Hugo stolperte auf halbem Weg und rollte den Abhang hinunter, während Igor wie ein olympischer Sprinter nach unten rannte, ohne sich auch nur einmal irgendwo festzuhalten.

Dennis und Marco gelangten derweil nach unten, wo ein gewaltiges Areal aus Buschwerk auf sie wartete. Hechelnd schlugen sie sich durch das Gebüsch, das aufgrund seiner Dichte keine Orientierung zuließ.

Dennis zog gerade einen dicken Ast zur Seite, als plötzlich Igor aus einem Busch neben ihm sprang und seinen Arm packte. Gewaltsam zog der Gesta-Agent den aufkreischenden Dennis zu sich und schlang seinen Arm um ihn. Marco lief vor Schreck davon und ließ einen Schrei von sich, den selbst Personen in einem Kilometer Entfernung hören konnten.

Enttäuscht vom Gruppenleiter zappelte Dennis wild um sich, in der Hoffnung, sich vielleicht irgendwie befreien zu können. Doch der Griff des Gesta-Agenten war zu stark.

»Ich werde sicherlich nicht denselben Fehler machen wie beim letzten Mal«, knurrte Igor und kramte in seiner Anzugtasche, um die Pistole für die elektrischen Fuß- und Handfesseln herauszuholen. Er hatte Probleme, seine Geisel zu halten, während er gleichzeitig seine Waffe aus seiner Tasche hervorholen musste.

Dennis gab nicht auf. Er kämpfte um sein Leben, indem er sich wie verrückt hin und her wand. Die Angst und der Zorn in ihm stiegen von Sekunde zu Sekunde. Schnell bemerkte er, wie seine elfischen Sinne aktiv wurden. Er konnte aus hundert Metern Entfernung hören, wie Hugo sich anschlich. Er sah die umrandete Aura von Igor wie einen orangefarbenen Schleier vor sich.

Dennis schrie so laut er konnte und schlug mit sämtlichen Gliedmaßen um sich. Ein Busch direkt hinter Igor begann sich plötzlich zu bewegen. Da Hugo aus einer anderen Richtung kam, konnte er es nicht gewesen sein. Dennis ahnte, dass er es gewesen war, der durch seine elfischen Kräfte den Busch bewegt hatte. Unkontrolliert fuchtelte er weiter mit Armen und Beinen herum, während Igor seine Pistole aus seiner inneren Anzugtasche zog, um dem Spiel ein Ende zu machen. Doch noch bevor er genüsslich abdrücken konnte, wurde er von einem Busch hinter sich gepackt und nach hinten gezogen. Igor ließ Dennis und die Waffe fallen, sodass der kleine Halbelf mit der Pistole des Feindes die Flucht ergreifen konnte.

Dennis hatte keine Ahnung, wie er das geschafft hatte, doch das war ihm in diesem Moment herzlich egal. Die Hauptsache war, frei zu sein.

Dennis nutzte den Abstand zwischen sich und seinen Feinden und flitzte wie ein Reh durch das Gebüsch des dichten Waldes, bis seine Beine vor Erschöpfung krampften. Er war sich nun sicher, Hugo und Igor abgeschüttelt zu haben.

Er gönnte sich eine kurze Verschnaufpause. Sobald er wieder bei Kräften war, musste er schnellstens zusehen, dass er zu Gerrits Jagdhütte kam. Mit Igors Fesselwaffe fühlte er sich zumindest ein wenig sicherer, wenn er allein durch den Wald streifte. Er wusste nicht genau, ob Spencer noch lebte oder ob es noch weitere Gesta-Agenten gab, die hinter ihm her waren. Vielleicht war sogar Roger in der Nähe, um Dennis den Weg abzuschneiden?

Überleben in der Wildnis

Die Abenddämmerung zog über den Himmel.

Dennis streifte nun schon mehrere Stunden durch den Wald in Richtung Berge. Er war völlig von der Außenwelt abgeschnitten, erschöpft und bekam langsam großen Hunger und Durst. Mit bloßem Auge konnte man denken, dass der Berg nicht mehr weit entfernt war. Doch die Realität sah völlig anders aus. Mit der Zeit wurde die Vegetation immer lichter, sodass er über eine größere Entfernung hinwegsehen konnte.

Immer wieder wanderte Dennis Hand zur Fesselwaffe, die sich in seiner Hosentasche befand. Denn Geräusche gab es in dem Wald zuhauf. Meist waren es Vögel oder Eichhörnchen, die im Gestrüpp nach Nahrung suchten. Hin und wieder war es auch nur der Wind, der durch die Fichten irrte.

Dennis hatte in diesen Stunden einige Zeit, um nachzudenken. Was ist eigentlich in den letzten Monaten in seinem Leben passiert? Was eigentlich wie ein Traum wirkte, wurde für ihn Realität. Auch wenn er zum ersten Mal einen wirklichen Sinn im Leben sah, so überwog in diesem Moment die Angst vor seinem Scheitern.

Dennis war langsam zu erschöpft, um weiterzugehen. Noch dazu setzte ihm die Platzwunde am Kopf zu. Ihm wurde schwindelig und schlecht. So langsam musste er sich eingestehen, dass er es an diesem Tag nicht mehr auf den Berg schaffen würde. Nun ging es erst einmal darum, ein passendes Nachtquartier zu finden. Und das, bevor es völlig dunkel wurde.

Immer wieder beschlich Dennis das Gefühl, fließendes Gewässer zu hören. Er spürte regelrecht die Frische des Lebensspenders auf seiner Haut. Weit und breit war aber kein Anzeichen von Wasser zu sehen. Er musste noch lernen, seinen elfischen Sinnen zu vertrauen. Er beschloss, sich einfach von ihnen leiten zu lassen und ging entgegen seines Verstandes tiefer in den Wald hinein, anstatt geradewegs weiter auf die Berge zuzulaufen. Mit aller Mühe kletterte er mehrere steile Abhänge hinauf, um am Ende zum tiefsten Punkt des Waldes zu gelangen. Außer dem Geräusch des Wassers war es völlig still geworden. Keine Verkehrsgeräusche, Flugzeuge oder ähnliche Dinge, die eine Zivilisation an Lärm verursachte.

Rechts von ihm lag ein größerer Hügel, der von Laub und Bäumen verdeckt wurde. Aus dieser Richtung spürte Dennis das Pulsieren des Wassers am stärksten. Normalerweise würde er sich den Strapazen, die ein Besteigen des Hügels bedeuten würden, heute nicht mehr stellen. Doch irgendetwas in ihm drängte danach, diesen Schritt zu wagen. Mit letzter Energie und teilweise sogar auf allen vieren, kraxelte Dennis den steilen Hügel hinauf. Wenn er sich nicht ab und zu an dem einen oder anderen Baumstamm festgehalten hätte, wäre es ihm wohl nicht gelungen, die Spitze des Hügels zu erklimmen. Doch dieser quälende Aufstieg hatte sich mehr als gelohnt.

Als er über die Kuppe schauen konnte, sah er ein kleines Tal. In diesem floss tatsächlich ein Bach durch die Vegetation. Umso weiter er in die Ferne blickte, desto breiter wurde der Bach. Ein erleichtertes Lächeln zog über Dennis gezeichnetes Gesicht. Er war noch nie so froh, Wasser zu sehen.

Er rutschte an der anderen Seite des Hügels sachte herunter, um ins Tal zu gelangen. Da das Wasser sehr klar war und es schnell floss, konnte Dennis es bedenkenlos trinken. Wie ein Tier schlürfte er das kühle Nass, bis sein Magen restlos gefüllt war.

Mittlerweile tat ihm sein ganzer Körper weh. Sobald er versuchte, sich wieder hinzustellen, wirkten seine Beine schlaff wie Pudding. Danach machten sich die ersten Wadenkrämpfe breit. Wenn er nicht bald einen geeigneten Schlafplatz finden würde, müsste er offen auf dem Boden schlafen. Leider hatte er sein gesamtes Gepäck bei der Flucht im Bus vergessen. Karin packte wenigstens zwei Äpfel, einen Müsliriegel und einen Orangensaft in seine Reisetasche. Für diese Zusammenstellung hätte Dennis in diesem Moment wohl fast alles getan. Er sah es wie eine Fata Morgana vor sich schweben. Doch es half nichts. Er wollte wenigstens noch ein paar Schritte laufen, um zu sehen, was der Bach an der breitesten Stelle zu bieten hatte.

Er wurde nicht nur breiter, sondern auch tiefer. An einem Punkt sogar so sehr, dass Dennis drin hätte schwimmen können, wenn das Wasser etwas wärmer gewesen wäre.

Nicht weit von der tiefsten Stelle entfernt sah Dennis etwas Merkwürdiges. Eine kleine Vorrichtung, die so nur ein Mensch gebaut haben konnte. Jemand hatte mehrere dicke Äste in Dreiecksform zu einer Art Ständer umgebaut. Um diesen Ständer war ein langer Schnürsenkel mit einer Büroklammer herumgebunden, die zu einem Haken gebogen wurde. An diesem Ort hatte wohl jemand aus den einfachsten Gegenständen versucht, zu angeln. Fische gab es in diesem Teil des Baches zur Genüge. Allein in den wenigen Minuten, in denen Dennis dem Bach folgte, konnte er bereits mehrere kleine und große Exemplare entdecken.

Dennis beunruhigte diese Angelvorrichtung. Etwas von Menschenhand Gemachtes konnte für ihn durchaus etwas Schlechtes bedeuten. Vielleicht handelte es sich hierbei um eine raffinierte Falle der Gesta? Zumindest könnte sich einer dieser Leute in der Nähe befinden.

Dennis Ohren zuckten plötzlich auf. Er hatte etwas gehört. Es klang wie ein Husten oder Lachen. Dieses Geräusch war nicht sonderlich weit weg, und es kam näher. Schnell huschte er in den nächstbesten Busch, den er finden konnte. Er bereitete sich schon auf das Schlimmste vor.

Eine menschliche Gestalt ging auf der anderen Seite des Gebüsches entlang. Dennis holte vorsichtshalber schon mal seine Fesselwaffe aus der Hosentasche, um sie im Notfall sofort benutzen zu können. Die Gestalt ging wie erwartet zur Angelvorrichtung. Dennis konnte nicht schleichen, da das Knacken des Laubs selbst den leisesten Schritt aufgedeckt hätte. Er hatte nur zwei Möglichkeiten. Entweder ein spontaner Überraschungsangriff mit der Waffe oder eine schnelle Flucht. Eigentlich wollte Dennis jede Konfrontation vermeiden, allerdings konnte er aufgrund seiner körperlichen Verfassung nicht fliehen.

Sein Herz pochte so gewaltig, dass sein kleiner Körper gefühlt bei jedem Herzschlag mithüpfte.

Als es keinen Zweifel mehr gab, dass sein Ziel vollkommen mit der Angel beschäftigt war, nahm Dennis all seinen Mut zusammen, um schnell und gezielt aus dem Gebüsch hervorzuspringen. Mit der Waffe durchgängig auf das Ziel gerichtet, spurtete er heraus, um das Überraschungsmoment auf seiner Seite zu haben. Mit seiner Taktik erschreckte er sein Ziel tatsächlich beinahe zu Tode. Doch es war kein Gesta-Agent, wie Dennis es vermutete. Es war Marco, der gerade dabei war, seinen Fang einzuholen, als Dennis wie aus dem Nichts hervorkam.

Im ersten Moment dachte der Camp-Gruppenleiter, es wäre um ihn geschehen. Auch er rechnete eher mit einem Kriminellen als mit einem Bekannten.

Als sich beide in die Augen sahen, fiel ihnen ein Stein vom Herzen.

»Dennis, du lebst ja noch? Ich hatte schon gedacht, du bist einer dieser Geisteskranken.«

Dennis musste sich nach dieser aufbrausenden Situation in den weichen Waldboden fallen lassen, um durchzuschnaufen. »Ja, nachdem du mich im Stich gelassen hast, habe ich echt Glück, dass ich hier stehen kann«, entgegnete Dennis angesäuert.

»Sorry, aber keiner hat mir gesagt, dass ich dich vor ein paar wahnsinnigen Mördern beschützen soll. Ich bin einfach in Panik geraten. Ich habe mit einer chilligen, kurzen Fahrt zu Gerrit gerechnet«, erklärte Marco, der nervlich völlig am Ende zu sein schien.

Dennis hatte keine Kraft, weiter auf Marcos Fehler herumzureiten. Er war einfach froh, nicht mehr allein in diesem Wald zu sein.

»Ich dachte eigentlich, ich würde dich nie wiedersehen. Der Wald ist so riesig, dass es an ein Wunder grenzt, dass wir uns hier treffen«, sagte Marco.

»Ich denke mal, das haben wir dem Bach zu verdanken.«

Marco nickte begeistert. »Glaub ich auch. Das hier ist der Lebensspender des Waldes. Jemand wie ich weiß so etwas natürlich. Man sollte, wenn möglich, immer versuchen, Wasser zu finden. Aber das du in deinem Alter auch darüber Bescheid weißt, zeichnet dich echt aus.«

»Vielen Dank«, keuchte Dennis erschöpft. »Da du ein Experte darin bist, in der Natur zu überleben, hoffe ich auf etwas zu essen. Ich verhungere nämlich gleich.«

Marco zeigte auf die Reste der Angelvorrichtung. »Ich hatte bereits einen Fisch. Aber da ich durch deine Einlage gerade fast einen Herzinfarkt bekommen habe, ist der Fisch samt der Angel im Arsch.«

»Das tut mir leid. Ich hoffe, du kannst das wieder reparieren.«

»Logo. In zehn Minuten haben wir eine neue Angel am Start. Und dann geht es wieder ab ins Versteck.«

»Du hast ein Versteck gefunden?«, fragte Dennis ungläubig.

»Ja, sicher. Nur zwei Minuten von hier. Ich zeig es dir, sobald die Angel wieder bereitsteht.«

Sofort begab Marco sich daran, seine Vorrichtung wieder auf Vordermann zu bringen. Nach nur wenigen Minuten stand das Gebilde wieder, und Dennis folgte Marco auf dem Weg in sein Versteck.

Tatsächlich war es nur ein kurzer Fußweg am Bach entlang, bis die beiden an eine Vertiefung gelangten, die mit lauter jungen Bäumen bepflanzt wurde. Marco hatte sich innerhalb weniger Stunden einen Raum zwischen den kleinen Bäumen gebaut, indem er sich einfach mit seinem Taschenmesser durchschnitt. Es war nur ein kleiner Eingang zu sehen. Marco hatte den Boden mit Händen und Füßen bereits plattgetreten, sodass man dort prima nächtigen konnte.

»Man kann nicht vorsichtig genug sein«, sagte Marco.

»Da hast du recht«, sagte Dennis erstaunt. »Hier könnten wir echt eine Weile sicher sein.«

Marco schnaufte unruhig. »Meinst du etwa, dass diese Verbrecher uns bis hierhin folgen würden?«

Für Dennis gab es diese Frage nicht. »Es wäre für mich eher eine Überraschung, wenn sie sich verzogen hätten.«

Marco ließ sich fassungslos zu Boden fallen. »Alter, was ist das hier überhaupt für eine Scheiße?«

Dennis zuckte angespannt mit den Schultern.

»Was wollen diese Typen eigentlich von dir? Laber jetzt nicht, dass es immer noch um die Urlaubssache geht. Dein sogenannter Stiefvater ist wahrscheinlich ein Terrorist oder Drogenboss, hab ich recht?«

»Na ja, es ist sehr kompliziert. Am besten fragst du das Gerrit, sobald wir an seiner Hütte sind.«

»Ich glaube, ich habe nach dem ganzen Mist verdient, dass man mir die Wahrheit erzählt. So wie diese Gangster gearbeitet haben, könnte man fast meinen, dass die Mafia hinter dir her ist.«

Dennis zuckte ratlos mit den Schultern. »Mehr oder weniger. Sagen wir einfach, es ist eine kriminelle Organisation.«

»Und warum sollte eine kriminelle Organisation hinter einem kleinen Jungen her sein?«

Dennis kam mehr und mehr ins Stocken. Er war sowieso bereits ein schlechter Lügner, aber gleich mehrere Lügen auf einmal zu erzählen, war für ihn eine Mammutaufgabe. »Ich kenne ein Geheimnis, das diese Organisation dringend braucht. Sie sind besessen davon, es herauszufinden. Gerrit wollte mich für eine längere Zeit wegschleusen, um dieses Geheimnis in Sicherheit zu bringen.« Dennis war erleichtert. Er hatte mit seiner Aussage mehr oder weniger die Wahrheit gesagt, ohne etwas über die Fabelwelt zu verraten.

»Dann muss es sich aber um etwas sehr Wertvolles handeln. Bestimmt ein versteckter Schatz oder eine chemische Geheimwaffe.«

»Frag morgen am besten Gerrit darüber aus. Er ist noch besser informiert als ich.«

Marco sah skeptisch in Dennis flimmernde Augen. »Welches Geheimnis ist bitte so wichtig, dass man dafür sein Leben opfern würde? Ich check das einfach nicht.«

Dennis ignorierte die Frage und zeigte wieder in Richtung Berg, den man durch das Dickicht ihres Verstecks nicht sehen konnte. »Wir müssen unter allen Umständen auf diesen Berg.«

»Also bist du nach wie vor davon überzeugt, da oben deinen Onkel in seiner Hütte zu treffen? Dir ist schon klar, dass er wohl schon längst dort oben ist?«

»Ich hoffe einfach, dass er allein und heil dort oben angekommen ist«, sagte Dennis besorgt. »Hast du noch dein Handy bei dir? Damit könnten wir Gerrit erreichen und ihm Bescheid sagen, dass wir erst morgen dort oben ankommen werden.«

»Ich wünschte, ich hätte es noch. Das Handy ist mir aus der Tasche gefallen, als wir mit dem Bus den Hang heruntergeknallt sind.«

Dennis fragte sich langsam, was noch alles schief gehen konnte. Es half alles nichts. Sie mussten darauf hoffen, dass Gerrit oben in seiner Hütte auf die beiden wartete. Die Situation ließ keine Alternative zu.

»Ich besorge uns jetzt erstmal was zu mampfen. Du könntest in der Zeit zusehen, dass du Feuerholz und eine Menge Moos sammelst«, sagte Marco.

Trotz Erschöpfung musste Dennis zusagen. Die beiden teilten sich auf, um alles für das Nachtlager vorzubereiten. Mittlerweile war es dunkel geworden. Während Marco immerhin eine Taschenlampe sein Eigen nennen konnte, musste Dennis sich lediglich auf das Mondlicht und seine Elfenaugen verlassen, um sich halbwegs zu orientieren.

Allein durch den nächtlichen Tannenwald zu streifen, machte Dennis gehörig Angst. Immer im Hinterkopf, dass im selben Wald seine mörderischen Feinde nach ihm suchten, wurde sein Herzschlag für ihn zum lautesten Geräusch der Umgebung. Pomm … Pomm … Pomm trommelte es in seinen Ohren. Seine Sinne spielten verrückt. Sobald er auch nur den Ansatz eines Geräusches wahrnahm, drehte er sich schreckhaft einatmend um. In manchen Büschen sah er plötzlich den Schatten seines Stiefvaters, gegen den er panisch schlug. Es war zum Verrücktwerden.

Durch diese Komplikationen dauerte es über eine Stunde, bis Dennis völlig aufgelöst mit den benötigten Materialien zurück ins Versteck kam.

Nachdem die beiden den Eingang ihres Unterschlupfes mit ein paar dicken Ästen verschlossen hatten, präsentierte Marco seine Ausbeute. Zwei große Fische und eine Hand voll Brombeeren für jeden lagen dort fein säuberlich aufgeteilt. Mit dem von Dennis mitgebrachten Feuerholz konnten sie den Fisch schnellstens zubereiten.

Eigentlich tat den beiden die Wärme und das Licht des kleinen Feuers gut. Um aber keine möglichen Feinde in der Nähe anzulocken, löschten sie es, nachdem der Fisch gegart war.

Wenn Dennis gerade ausblendete, dass gefährliche Personen hinter ihm her waren, war es ein befriedigendes Gefühl, sein Essen selbst zu fangen oder zu sammeln, um es anschließend zuzubereiten.

Nach dem Essen erzählten sie sich noch Geschichten, um sich besser kennenzulernen. In diesen Momenten schien es fast, als hätte Dennis einen neuen Freund gefunden.

»Weißt du eigentlich, dass du richtig coole Ohren hast? Im Ernst jetzt«, merkte Marco schmatzend an.

Dennis blinzelte Marco ungläubig an. »Ehm … danke, Marco. Aber die Ohren haben mir schon oft Probleme gemacht.«

»Wieso das denn? Die Ohren sehen zwar auf den ersten Blick strange aus, aber es hat doch auch etwas Cooles, so etwas zu besitzen.«

»Aber wegen meines Aussehens werde ich oft in der Schule gehänselt.«

Dennis konnte durch das Lagerfeuer Marcos ernstes Gesicht erkennen. »Ich muss leider zugeben, dass ich damals, als ich in deinem Alter war, auch zu den Personen gehörte, die andere wegen ihrer Schwächen gemobbt haben.«

Dennis Kopf neigte sich verwundert, ja regelrecht schockiert zu Marco hoch. »Warum hast du so etwas gemacht? Was bringt Menschen dazu, andere Menschen runterzumachen, nur weil sie nicht so sind, wie sie es wollen?« Dennis wurde emotional. Dieses Thema belastete ihn bereits sein ganzes Leben.

»Das kann ich dir sagen. Die meisten Menschen, die andere mobben, haben meist selbst Probleme. Das Schlimmste ist aber, dass die meisten sich dieser Probleme gar nicht bewusst sind. Bei mir war das nicht anders. Ich hatte zu dieser Zeit durch meine Drogensucht eine Menge Selbstzweifel und Hass in mir gesammelt. Ich habe diesen Frust an anderen Leuten herausgelassen, die augenscheinlich noch schwächer waren als ich. So fühlt man sich in diesen kurzen Momenten stärker. Irgendwann holen einen die Probleme wieder ein. Das kann ich dir versprechen.«

Dennis versuchte, Marcos damaliges Verhalten mit dem seiner Mobber zu vergleichen. Hatten Felix, Maurice und Marian Selbstzweifel oder Probleme? Wenn er genauer darüber nachdachte, könnte da sogar etwas dran sein. Marian hatte die Freundschaft zu Dennis gekündigt, nur um nicht schlecht dazustehen. Er war es satt, gemobbt zu werden, nur weil er Dennis Freund gewesen war. Maurice war ein sehr dicker und schlechter Schüler. Aufgrund seiner Noten hatte er möglicherweise eine Essstörung entwickelt. Nur bei Felix war sich Dennis nicht sicher.

Marco gab seinem kleinen, neuen Freund vor dem Schlafengehen noch ein paar schöne Worte mit. »Du musst dein außergewöhnliches Aussehen für dich nutzen. Du siehst aus wie ein mystisches Wesen aus einem Zauberwald.«

»Wenn du wüsstest«, säuselte Dennis, bevor er versuchte, Schlaf zu finden.

Höhenluft

Dennis erste Nacht im Freien war außergewöhnlich. Marco hatte aus dem gesammelten Moos eine Art Matratze gezaubert. Eigentlich eine weiche Angelegenheit, wenn es in dieser Nacht nicht plötzlich angefangen hätte, in Strömen zu regnen. Das Moos wurde nass und kalt. Ab diesem Zeitpunkt fand Dennis keinen Schlaf mehr. Marco dagegen war hart gesotten. Der Regen schien ihm nichts auszumachen.

Dennis nutzte die schlaflose Zeit, um sich allein zum Bach zu begeben, der durch die üppigen Baumkronen vor dem Regen geschützt wurde. Dort konnte er etwas trinken und sein Gesicht waschen. Erst im Spiegelbild des Wassers konnte er sehen, wie verbraucht er aussah. Seine sonst fluffigen Haare hingen platt und nass herunter. Er hatte Augenringe bekommen und seine sonst makellose Haut sah durch die leicht dunkle Färbung etwas menschlicher aus als sonst. Nach dem gestrigen anstrengenden Tag hatte er nur wenige Stunden Schlaf bekommen und durch die durchdringende Nässe bekam er das Gefühl, dass sich eine Erkältung anbahnte. Er wusste nicht, wie er den harten Weg auf die Bergspitze bewältigen sollte.

Dennis versuchte deshalb die Zeit, bis Marco aufwachte, zu nutzen, um sich an einem Baum gelehnt auszuruhen. Und das war eine lange Zeit. So lange, dass er trotz strömenden Regens mehrfach wegnickte. Immer wieder musste er sich aufrichten, was ihm jedes Mal schwerer fiel. Irgendetwas stimmte wohl wirklich nicht mit ihm. Doch aufgeben kam für ihn nicht infrage.

Marco war ein absoluter Langschläfer. Für Dennis war es gefühlt schon Mittagszeit, als sich der Camp-Gruppenleiter endlich aus seiner durchnässten Moosmatratze erhob.

Nachdem Marco sich ebenfalls kurz am Bach seiner Körperpflege gewidmet hatte, gab es zum Frühstück noch ein paar Brombeeren, bevor sie endlich in Richtung Berg aufbrechen konnten.

Um den schnellsten Weg zu nehmen, mussten sie den Pfad des Baches verlassen. Noch mehrere Stunden ging es durch den dichten Fichtenwald, bevor der große Berg endlich vor ihnen auftauchte.

Während Dennis sich ständig umdrehte, um möglichen Gesta-Agenten zuvorzukommen, suchte Marco einen geeigneten Weg, der sie problemlos den Berg hinaufführen würde. Da sie keinerlei Kletterausrüstung bei sich trugen, mussten sie einen längeren, weniger steilen Pfad nehmen, der zu einer sehr schmalen Straße führte.

Da die ganze Zeit nicht ein Auto diese modrige Feldstraße hinauffuhr, schien dies der schnellste und sicherste Weg zur Bergspitze zu sein. Doch auf der offenen Straße fühlten sich beide wie eine lebende Zielscheibe. Daher mussten sie in der Nähe über Stock und Stein gehen, um nicht sofort entdeckt zu werden. Zu ihrem Bedauern ließ der Regen einfach nicht nach. Im Gegenteil. Er wurde stetig schlimmer.

Auch der Weg wurde immer unebener. Nur durch Marcos Erfahrung in der Natur kamen sie überhaupt voran. Je höher die beiden kamen, desto offener wurde das Gelände. Vom dichten Fichtenwald war nur noch wenig zu sehen. Der Berg war so hoch, dass Dennis dachte, sie seien den dunklen Regenwolken bereits ganz nahe. Das Einzige, was Dennis beruhigte, war die angenehme Ruhe in dieser Gegend. Es gab keine Anzeichen dafür, dass ihnen jemand gefolgt war.

Als Dennis gerade die nächste, kurze Pause einläuten wollte, schlug Marco positiven Alarm. »Ich kann die Bergspitze erkennen.«

Nach einem sechsstündigen Fußmarsch hatten sie es tatsächlich geschafft. Sie waren auf der Bergspitze angekommen. Es war ein großer, hügeliger Bereich voller grüner Wiesen und Sträucher.

Die Straße endete abrupt. Da es zwei höhere Berge in der Gegend gab, hatten die beiden Bedenken, den falschen erklommen zu haben. Bei diesen Wetterbedingungen würden sie einen Aufstieg auf den Nachbarberg nicht überstehen.

Vorsichtig erkundeten sie die Umgebung. Eine Hütte wäre bei diesem Regenwetter genau das Richtige.

Dennis entdeckte einen alten Hochsitz, doch dieser wurde allem Anschein nach schon viele Jahre nicht mehr genutzt. Es gab auf dem ganzen

Gebiet kein Anzeichen dafür, dass Gerrit sich dort aufhielt.

Enttäuscht schmiss Dennis sich ins feuchte Gras und überlegte, wie es weitergehen sollte. Es fühlte sich an, als ob sich die ganze Welt gegen ihn verschworen hätte.

Zu allem Überfluss ging es ihm auch gesundheitlich nicht gut. Sein Kopf glühte und sein Körper zitterte. Er schien sich in den letzten Stunden tatsächlich etwas Schlimmeres eingefangen zu haben. Das menschliche Aussehen seiner Haut war wohl bereits ein Anzeichen dafür.

»DENNIS!«

Dennis hörte klar und deutlich, wie jemand aus der Ferne seinen Namen rief. Es war Marco, der zu ihrer Freude eine alte Hütte entdeckt hatte.

Mit letzter Kraft schleppte Dennis sich dorthin und verspürte eine leichte Aufregung. Am unteren Ende der Wiese befand sich unscheinbar eine kleine, alte Holzhütte. Sie war an manchen Stellen morsch und hatte viele Löcher. Es war eher eine Behausung für Tiere als für Menschen. Trotzdem gab ihnen der Anblick der Hütte Hoffnung.

Die morsche, dunkelbraune Holztür, die von einem rostigen Schloss verriegelt war, ließ keine Spur von Gerrit erkennen. Die Beschreibung passte zwar, aber vielleicht gab es auch auf dem benachbarten Berg eine alte, schäbige Hütte, in der Gerrit immer noch ungeduldig auf Dennis und Marco wartete.

Verlust

Auch wenn es nicht ihre Art war, sahen sich die beiden dazu genötigt, die Tür der alten Holzhütte aufzubrechen, um Unterschlupf zu finden. Das Wetter auf der Bergspitze machte den beiden sehr zu schaffen. Der Regen bot ihnen keine Pause, und der Wind pfiff in diesen Höhen erbarmungslos durch jede Masche ihrer Kleidung.

Marco versuchte das Schloss zu knacken, während Dennis sich nach möglichen Feinden umsah. Marcos Erfahrungen aus seiner Jugendzeit machten sich bezahlt. Ein altes Schloss war kein Hindernis für ihn. Durch einen gezielten Schlag mit einem dicken Stein platzte der Rost ab, das Schloss sprang auf, und die morsche Tür öffnete sich daraufhin fast von selbst.

»Ich weiß zwar nicht, wie du das siehst, aber ich muss sagen, dass Gerrit hier wirklich eine Absteige gekauft hat. So etwas kann man eigentlich kaum mehr renovieren«, meinte Marco, während er vorsichtig seinen ersten Schritt in die Hütte wagte.

»Das stimmt«, sagte Dennis. »In so einer Hütte würde ich nicht einmal umsonst meine Ferien verbringen wollen.«

Langsam drangen beide immer tiefer ins Innere der Hütte vor. Es gab dort anscheinend keinen Strom, weshalb sie die Tür offenlassen mussten, um überhaupt etwas sehen zu können. Mit jedem Schritt gingen sie weiter in die Dunkelheit. Die Bodendielen, auf denen sie traten, machten unangenehme, knirschende Geräusche. Sie konnten erkennen, dass sie sich in einem größeren Raum befanden.

Marco fand in einer Ecke einen alten Esstisch aus Stein, der mit halbabgebrannten Kerzen bestückt war. Schnell holte er seine Packung Streichhölzer heraus, die durch seine nasse Kleidung in Mitleidenschaft gezogen worden war. Es dauerte einige Versuche, aber dann gelang es ihm, die Kerzen zu entzünden. Es wurde zwar nicht strahlend hell in der Hütte, aber wenigstens konnten die beiden nun überhaupt etwas sehen und die morsche Tür anlehnen.

Anders als erwartet sah die Inneneinrichtung der alten Hütte besser aus, als sie es von außen vermuten ließ. Dennis und Marco begutachteten den Wohnraum, der mit altem Mobiliar bestückt war. Eigentlich gab es dort alles, um für einige Zeit nicht in die Zivilisation zurückkehren zu müssen. Der uralt wirkende Steintisch, auf dem die Kerzen standen, war perfekt dafür geeignet, um seine Mahlzeiten zu sich zu nehmen. Direkt am Tisch standen drei Holzstühle, auf denen es sich gut sitzen ließ. Neben dem Eingang befanden sich zwei Schränke mit Wolldecken, Gummistiefeln und einer alten Schrotflinte. Es schien, dass diese Hütte früher tatsächlich einem Jäger gehört hatte. Wahrscheinlich hatte Gerrit auch erst ein- oder zweimal diesen Ort besucht. Nichts in dieser Hütte wirkte seinem Stil ähnlich.

In den letzten Jahren bekam Dennis eigentlich viele wichtige Dinge im Leben seines Onkels mit. Aber noch nie hatte er davon gehört, dass er hier oben Urlaub gemacht hatte. Marco allerdings fand den endgültigen Beweis, der darauf hindeutete, dass diese Hütte tatsächlich Gerrit gehörte. Hinter einer Reihe von alten Kisten, die er zur Seite schob, entdeckte er einen Kamin. Davor lag ein roter, kuscheliger Teppich. Dennis erkannte sofort, dass es der Teppich seines Onkels war. Früher hatte Gerrit ihn immer vor seinem Schreibtisch im Büro platziert, um warme Füße zu haben. Vor knapp einem Jahr verschwand der Teppich ohne Erklärung. Nun wusste Dennis, wo der Teppich gelandet war.

Über dem alten Kamin entdeckte Dennis das letzte Puzzleteil, um sicher zu sein, dass sie sich am besagten Treffpunkt befanden. An der Wand hing ein großes, eingerahmtes Bild, das Dennis bestens kannte. Das Bild hielt einen Moment fest, in dem Gerrit sich gemeinsam mit ihm, als er gerade einmal fünf Jahre alt war, auf einem Spielplatz vergnügt hatte. Dieser schöne Moment blieb in Dennis Gedächtnis haften, da ihm eine schreckliche Situation vorausgegangen war. Der völlig winzige und ungewöhnlich aussehende Junge war an diesem Tag von gleichaltrigen Kindern furchtbar gehänselt worden. Dennis erinnerte sich daran, dass die anderen Eltern seiner Spielgruppe ihre Kinder dazu gedrängt hatten, den "ekelhaften Jungen" nicht mitspielen zu lassen. Mit fünf Jahren war Dennis nicht größer als ein Baby gewesen und musste mit Samthandschuhen angefasst werden, damit er nicht versehentlich verletzt wurde. Um zu verhindern, dass der ausgestoßene Junge völlig allein spielen musste, hatte Gerrit sich zu ihm gesellt. Das Bild verfälschte zwar Dennis wahres Leben, doch er genoss den Moment. Es waren zumindest Zeiten vor Rogers Eintritt in seine Familie. Zeiten, in denen seine Mutter und Gerrit noch die nötigsten Worte miteinander wechselten.

Das Bild rührte Dennis zutiefst. Beim Anblick dessen überkamen ihn dieselben Gefühle wie an jenem weit zurückliegenden Tag. Das Ganze zeigte, wie viel sich sein Onkel und er gegenseitig bedeuteten. Noch viel wichtiger, es war der Beweis, dass sich Dennis und Marco in der richtigen Hütte befanden.

Leider war von Gerrit keine Spur zu sehen. Ist er gestern wieder gefahren, da von den beiden kein weiteres Lebenszeichen gekommen war? Oder war er möglicherweise gar nicht erst bis zu seiner Hütte gelangt, weil ihm die Gesta den Weg gekreuzt hat?

Marco und Dennis fragten sich, wie es nun weitergehen sollte. Sie waren völlig erschöpft, durchnässt und Dennis kämpfte zudem mit einer starken Erkältung. Eine Suche nach Gerrit in diesem Gebiet wäre aussichtslos. Es blieb ihnen vorerst nichts anderes übrig, als in der Hütte zu warten, bis das schlechte Wetter vorüberzog. Vielleicht würde Gerrit sich bis dahin auch von allein zeigen.

Marco entzündete das alte Holz im Kamin. Das knisternde Feuer erhellte die Hütte in einer angenehmen Farbmischung und bot ihnen die Möglichkeit, sich aufzuwärmen und zu trocknen.

Das Fieber in Dennis Körper breitete sich unaufhaltsam aus. Es ging ihm immer schlechter und weit und breit gab es keine Medizin oder auch nur etwas zu trinken.

Marco holte die staubigen Wolldecken aus dem Schrank und breitete sie vor dem Kamin aus, damit Dennis sich dort hinlegen konnte. Während er seinen kranken Freund zudeckte, starrte Marco immer wieder auf Dennis Kopf. Ungläubig runzelte er die Stirn.

»Was hast du?«, fragte Dennis.

Marco kratzte sich verlegen am Kopf. »Hattest du gestern nicht noch eine Platzwunde am Kopf? Ich sehe nicht einmal mehr einen Ansatz davon.«

Dennis schluckte verunsichert. »Keine Ahnung. Ich hatte keinen Spiegel.«

Marco senkte in Dennis Gegenwart die Augenbrauen, beließ es aber dabei, um den kranken Jungen zu schonen. Dennis fand trotzdem keine Ruhe. Seine Gedanken kreisten um ein mögliches Schicksal seines Onkels.

Marco versuchte immer wieder, seinen jungen Freund dazu zu drängen, sich auszuruhen. »In deinem Zustand können wir jetzt nicht nach draußen. Wir sollten uns heute hier ausruhen und hoffen, dass dein Onkel kommt.«

»Aber was ist, wenn er von der Gesta erwischt wurde? Dann können wir doch nicht einfach tatenlos hier rumsitzen«, antwortete Dennis aufgebracht. Durch das Fieber bemerkte er nicht einmal, dass er gerade den Namen der Geheimorganisation verraten hatte.

»Gesta? So heißt die Gruppe, die uns jagt? Komischer Name, wenn du mich fragst«, meinte Marco. »Mach dir keine Sorgen. Ich kann mir nicht vorstellen, dass diese Kerle uns bei diesem Wetter bis hierher verfolgen. Die kommen mit ihren schicken Fummeln doch nicht klar hier.«

Dennis kannte die Gesta bereits gut genug, um zu wissen, dass sie sogar ihr Leben riskieren würden, um Noxia zu erreichen. Doch mit seiner ersten Aussage gab Dennis seinem neuen Freund recht. Er musste sich ausruhen, um schnellstens wieder zu Kräften zu kommen.

Während er schlummerte, suchte Marco die Hütte nach weiteren nützlichen Dingen ab. Immerhin gab es noch zwei weitere Räume zu begutachten. Dennis träumte währenddessen von Noxia. Wie gerne hätte er jetzt mit Miro oder seinem Vater Spaß gehabt, anstatt mit Fieber und Halsschmerzen in einer alten Holzhütte zu liegen.

Als er sich gerade ausmalen wollte, wie schön ein Ritt durch die noxischen Zauberwälder wäre, wurde er abrupt von Marcos Stimme aus dem Traum gerissen. »Wow! Dennis, das musst du sehen!«

Dennis stand mühsam auf, um Marcos Stimme zu folgen. Er entdeckte eine Terrasse, unscheinbar hinter einer kleinen Tür neben der Toilette. Sie war jedoch nur oberhalb mit einem Dach geschützt. Seitlich pfiffen Wind und Regen durch, was sie wieder ins Haus drängte. Auf der Terrasse lagen ungeschützt mehrere Kisten Bier und noch verschweißte Packungen mit Marshmallows. Dennis fand diesen Fund ganz nett, aber er verstand nicht, warum Marco den Eindruck erweckte, als hätte er einen Schatz gefunden.

Marco nahm sich eine Flasche Bier aus einem Kasten, um diese genüsslich am Kaminfeuer trinken zu können. »Das verstehst du nicht, Dennis. Das ist etwas für Erwachsene.«

»Hast du mir nicht gesagt, dass du mit den Drogen aufgehört hast?«, hustete Dennis.

Marco sah Dennis perplex an und holte darauf noch eine Tüte Marshmallows heraus. »Jap, hab ich auch. Wenn du Alkohol als Droge bezeichnen möchtest, dann wäre laut deiner Aussage jeder zweite Mann drogenabhängig.«

Marco öffnete die Bierflasche am Geländer der Terrasse. Es schien, als hätte er das schon des Öfteren getan. Dennis wollte auf keinen Fall Bier trinken. Aber eine Tüte Marshmallows war in seinen Augen nicht verkehrt. Schnell zog er sich die nächstbeste Packung aus der Kiste, um endlich dem ungemütlichen Regen zu entkommen.

Marco stand freudestrahlend an der Türschwelle und konnte es kaum mehr erwarten, sich seine angeeigneten Genussmittel zu gönnen. »Prost, Kumpel«, sagte er vergnügt. »Auf uns beiden Abenteurer, die die Natur und ein paar hässliche Freaks bezwungen haben.«

Plötzlich ertönte ein lauter Knall, der Dennis Ohren erzittern ließ. Es brachte ihn beinahe zu Boden. Noch mehrere Sekunden hallte der Klang in der Hütte nach. Dennis sah instinktiv zu Marco, dessen Gesicht plötzlich wie versteinert wirkte. Marcos Augen wurden leer. Bevor er leblos zu Boden sackte, konnte Dennis noch die Wunde an seiner Brust erkennen. Die Flasche Bier und die Tüte mit den Marshmallows fielen aus seiner Hand und verteilten sich über die Terrasse. Es ging alles so schnell, dass Dennis erst einige Sekunden später begriff, was passiert war. Jemand hatte kaltblütig von hinten auf Marco geschossen.

Dennis kniete sich bibbernd zu seinem Freund, um nach ihm zu sehen. Er schüttelte ihn, in der Hoffnung, dass er wieder aufwachen würde. Dennis starrte in Marcos weit aufgerissene Augen, doch darin zeigte sich kein Leben mehr.

»Marco! Marco, was ist mit dir?! Steh bitte wieder auf!«

Die rote Pfütze breitete sich unter Marcos Körper aus, und Dennis begriff nun, dass er tot war.

Dennis konnte erkennen, dass die Eingangstür der Hütte offenstand. Ein gewaltiger Schatten trat in die Hütte ein und zeigte erst sein wahres Gesicht, als er in den Lichtkegel des Kaminfeuers trat. Es war Spencers gewaltiger, muskelbepackter Körper, der sich in Dennis Richtung bewegte. Er hatte den Sturz von seinem Motorrad überlebt. Allerdings nicht unverletzt. Er hinkte stark, und sein Körper war mit Blessuren gezeichnet. In seiner Hand hielt er eine Schusswaffe, mit der er wohl auf Marco geschossen hatte.

Dennis war so geschockt, dass er weder weinen noch etwas sagen konnte. Trotz seines Zustandes versuchte er, Spencers Handicap für sich zu nutzen. Er drehte sich von ihm weg, um über die Terrasse zu flüchten. Doch dort warteten bereits Hugo und Igor auf ihn. Ohne Erfolgschancen zog Dennis seine Fesselwaffe heraus und schoss verzweifelt auf Hugo. Der Gesta-Agent wurde voll erwischt und ging ächzend zu Boden, aber hinter Dennis befand sich nun Spencer, der den panisch aufjaulenden Jungen an den Haaren zurück in die Hütte zog.

»Du Narr verschwendest einfach deinen Schuss?«

Igor befreite Hugo schnell von den elektrischen Fesseln. Spencer schubste Dennis auf einen der Holzstühle. Erst jetzt fing der kleine Junge an, wie ein Wahnsinniger zu schreien. Noch nie hatte er eine solche Verzweiflung in sich gespürt. Sie hatten Marco, ohne mit der Wimper zu zucken, ermordet, und Dennis musste es hilflos mitansehen. Er konnte sich nicht mehr beruhigen.

»NEIN!«, kreischte er. »HILFE!«

Spencer zögerte nicht und vergalt Dennis Geschrei mit einer deftigen Ohrfeige. »Sei endlich still, du Nervensäge!«

»Wieso habt ihr das getan?! Er hatte doch Garnichts damit zu tun!«

Spencer, der anscheinend sogar stolz auf seine Tat war, sah zu Marcos Leichnam. »Er war vielleicht kein Geheimnisträger, aber er hat dir geholfen, dich vor uns zu verbergen. Jetzt kann er dich nicht mehr verstecken.«

»Aber du … bist doch von deinem … Motorrad gefallen?«, schluchzte Dennis.

»Glaubst du etwa, du kannst mich loswerden und mich verarschen, so wie beim letzten Mal? Sehe ich so dumm aus, Scheusal?«

Auch Hugo und Igor kamen hinzu. Sie packten Dennis jeweils an eine Schulter, sodass er den Atem der beiden deutlich spürte.

»Und wir haben auch noch eine Rechnung mit dir offen, Bengel«, kicherte Igor.

Spencer packte seine Waffe weg und stellte sich einen Stuhl direkt vor Dennis, um sich drohend vor seine Nase zu setzen. »Es war wirklich schwer, euch hier oben zu finden. Es war euer Pech, dass dies die einzige Hütte weit und breit ist. Und ich bin mir sicher, dass das auch einen Grund hat.«

Dreckiges Spiel

»Wo ist es?«, fragte Spencer ungewöhnlich ruhig.

»Wovon sprichst du? Du musst mir sagen, was du meinst«, schnappte Dennis aufgelöst nach Luft. Er stand immer noch neben sich. Er konnte nicht mehr nach rechts schauen, weil dort Marcos lebloser Körper an der Türschwelle zur Terrasse lag.

»Du weißt genau, was wir meinen«, spottete Hugo.

»Sag uns, wo das Tor nach Noxia versteckt ist«, vervollständigte Igor.

»Ich werde euch überhaupt nichts sagen!«, weinte Dennis. »Ihr wollt die Macht des Lebensbaums nutzen, um die Welt zu vernichten!«

Spencer packte Dennis am Kragen und zog ihn zu sich. »Wenn du uns sagst, wo der Zugang zur Fabelwelt ist, lassen wir dich ein für alle Mal in Ruhe.«

Dennis wusste, dass das eine Lüge war. Der Anblick des heuchlerischen Feindes machte den kleinen Halbelfen so zornig, dass er anfing wie eine Dampflokomotive zu schnaufen. Seine Mundwinkel verzerrten sich so ungesund, dass Spencer dies mit einem weiteren Schlag ins Gesicht beenden wollte. Dennis hatte in dieser Situation nichts mehr zu verlieren. Bevor Spencer zuschlagen konnte, spuckte er ihm wutentbrannt ins Gesicht. Die Mimik, die sowohl Dennis als auch die beiden Gesta-Agenten daraufhin von Spencer zu sehen bekamen, sollten sie nie mehr vergessen. Der Gesichtsausdruck des kräftigen Mannes verlor jegliche Menschlichkeit. Spencer schleuderte Dennis vor Wut zurück in seinen Stuhl, der durch den Aufprall ein Bein verlor und zusammenbrach, sodass der kränkliche Halbelf mit seinem Hinterteil hart auf dem Dielenboden landete.

»Ich habe noch nie ein so dummes Kind wie dich getroffen. Ich gebe dir die Chance, lebend hier rauszukommen, und wie dankst du mir das?«

Dennis saß schmerzerfüllt auf dem Boden und begann unaufhörlich zu husten. Er war völlig am Ende mit seinen Kräften.

Hugo und Igor bemerkten an ihrem Opfer, dass etwas nicht stimmte.

»Ich glaube, er hat sich was eingefangen. Seine Haut hat nicht mehr viel mit der eines Elfen zu tun«, stellte Igor verwundert fest.

Auch Spencer betrachtete Dennis nun genauer. »Ich habe keine Ahnung von Elfenhaut. Aber jetzt, wo ihr es sagt, bemerke ich es auch. Seine Haut ist dunkler.«

Dennis ging es tatsächlich immer schlechter. So krank war er das letzte Mal vor gut vier Jahren, als er eine schwere Grippe hatte.

Spencer setzte sich grinsend zurück in den Stuhl und beobachtete Dennis dabei, wie er wild keuchte und schniefte. »Wolltest du mich mit deinem Spuckangriff anstecken oder was? Das ist sehr mickrig, selbst für ein Fabelwesen.«

»Sag uns einfach, was wir wissen wollen, und deine Qualen haben ein Ende«, sagte Hugo.

»Ich werde euch niemals etwas sagen. Keiner von euch Idioten wird jemals einen Fuß in dieses Heilige Land setzen«, röchelte Dennis.

»Wir wissen, dass es hier in der Nähe sein muss. Andernfalls wärst du mit deinem Freund nicht diesen weiten Weg hierhin gelaufen«, sagte Spencer.

Dennis zog erstaunt die Augenbrauen hoch. Seine Feinde glaubten tatsächlich, dass sich das Tor zur Fabelwelt in unmittelbarer Nähe von Gerrits Jagdhütte befand. Eigentlich ziemlich positiv, da ihre Annahme völlig falsch war. Es bewies Dennis auch, dass sie noch keinen Verdacht gegenüber dem Café Brunn hatten. Wahrscheinlich gingen sie davon aus, dass dieses heilige Tor niemals in einem Café zu finden sein konnte, in dem täglich Hunderte von Gästen ein- und ausgingen. Das sollte nach Dennis Meinung auch so bleiben. Er spielte das Spiel mit und vermittelte seinen Feinden durch sein schockiertes Gesicht, dass der Eingang in die magische Welt ganz in ihrer Nähe sei.

Spencer und seine Gefolgsleute lachten, als wären sie bereits am Ziel.

»Ich glaube, heute ist der große Tag, an dem die Gesta Geschichte schreiben wird«, jubelte Igor.

»Wir werden es sowieso finden«, machte Spencer dem winselnden Dennis überheblich klar. »Du könntest allerdings dein Leben retten, indem du uns dabei hilfst, unsere Arbeit zu erleichtern.«

Doch selbst wenn Dennis an diesem Tag sterben sollte, wollte er keine Informationen preisgeben. »Wieso macht ihr das alles? Warum tötet und quält ihr andere Lebewesen, damit ihr am Ende etwas bekommt, was der ganzen Welt schadet?«

Da sich Spencer nicht zu den Beweggründen der Gesta äußerte, übernahm Igor die Beantwortung von Dennis Frage. Stolz stellte er sich vor den am Boden sitzenden Jungen und präsentierte ihm das Abzeichen der Gesta.

»Du wirst unsere Beweggründe niemals verstehen. Wir als Gesta haben die Pflicht, die menschliche Spezies zu retten. Eine Apokalypse steht bevor. Hier geht es also nicht um uns, sondern um das Allgemeinwohl der Menschheit. Vor vielen Jahrhunderten war unsere Vereinigung kurz davor, die Grenzen aller Länder zu vereinen, um ein einziges großes Land zu erschaffen. Doch leider kamen dein Vorfahre und Venoxia dazwischen«, sagte Igor.

»Und das war auch gut so«, unterbrach Dennis ihn. »Die Welt hätte sich nämlich sonst nie zu dem entwickelt, was sie heute ist.«

»Das ist vollkommen richtig«, bestätigte Igor zu Dennis Überraschung. »Durch unsere Niederlage hat sich die Welt in völlig falsche Bahnen entwickelt. Immer wieder haben wir versucht, unsere Einflüsse in der Politik zu nutzen, um die Welt zu verändern, aber wir sind gescheitert. Stattdessen herrscht in den meisten Ländern eine Demokratie, in der Massen an unqualifizierten Menschen darüber entscheiden, was das Beste für die Welt ist.«

»Wenn die Bevölkerung entscheidet, ist die Wahrscheinlichkeit für Frieden viel größer!«, krächzte Dennis.

Igor schüttelte verachtend den Kopf. »Genau das denken Leute wie du. Macht sollte denen gehören, die dafür geboren sind. Unqualifizierten Menschen geht es besser, wenn sie sich über nichts Gedanken machen müssen. Wenn ein unsterblicher Herrscher über sie wacht, müssen sie nur das tun, was man von ihnen verlangt und wofür sie erschaffen wurden. Das erkannte unser Gründer bereits vor fast fünfhundert Jahren.«

»Ihr wollt den Menschen ihre Freiheit nehmen? Das ist total krank!«

»Nein, das ist Gottes Wille«, antwortete Igor schroff. »Die Fabelwesen besitzen eine Macht, die ihnen nicht gehört. Sie sind Teufelswerk. Gott hat lediglich den Menschen erschaffen, um als führende Spezies über die Welt in seinem Namen zu herrschen. Siegfried Zadok hat uns dazu bewogen, ein neues Weltreich anzustreben.«

»Ja, und dafür braucht ihr die Macht des Lebensbaums«, sagte Dennis.

»Der Lebensbaum ist natürlich die Krönung des Ganzen. Aber es gibt noch so viele weitere Schätze in deiner Welt. Wir werden sie nutzen, um unsere Welt für immer zu verändern. Gleichzeitig vernichten wir unseren größten Feind.«

»Die Fabelwesen sollen eure Feinde sein? Sie haben euch nie etwas getan. Sie wollen einfach in Frieden in ihrer Welt leben.«

»Schon vor tausenden von Jahren hielten uns die Fabelwesen für minderwertig. Ihre spirituellen Fähigkeiten und ihre Macht schüchterten uns ein. Viele von ihnen nutzten ihre Macht, um sich gegen uns zu profilieren. Sie wollten die Menschheit zu ihren Sklaven machen. Sie wollten uns lediglich benutzen, um ihre Macht zu festigen. Sie sind die Bösen. Nur wenn jedes einzelne Fabelwesen vernichtet wird, kann die menschliche Spezies tatsächlich in Frieden leben und ihren rechtmäßigen Platz auf Gottes Erde einnehmen«, sagte Hugo stolz.

Das kaltblütige Verhalten der Gesta-Agenten machte Dennis solche Angst, dass er wieder anfing zu schluchzen. Er ließ den Kopf hängen.

Spencer wirkte auf die Rede seiner Kollegen äußerst verwundert. »Ich hätte nicht gedacht, dass die Gesta so radikale Pläne verfolgt. Aber das soll mir egal sein. Was auch passiert, ich werde weiterhin meine Aufträge bekommen.«

Spencer holte einen Elektroschocker aus seiner Tasche. Dennis wusste, dass es jetzt ernst wurde. Er kniff die Augen zusammen und sein Körper zuckte immer wieder schreckhaft zusammen. In diesem Moment konnte er nicht mehr weinen. Er wollte das alles einfach hinter sich bekommen. Tot oder lebendig.

Doch statt des Summens von Elektrizität hörte Dennis plötzlich ein lautes Klopfen. Zuerst dachte er an Einbildung, doch sowohl Spencer als auch die Gesta-Agenten schienen dasselbe vernommen zu haben. Verwirrt schauten sie zur Eingangstür. Es klopfte erneut. Dieses Mal noch lauter. Jemand stand draußen vor der Tür. Jemand, der sich trotz des stürmischen Wetters die Mühe gemacht hatte, die Hütte zu erreichen.

Hugo ging zur Eingangstür, um nachzusehen. Mit gezogener Waffe trat er die Tür auf, um demjenigen dahinter zuvorzukommen. Schnell kam die Ernüchterung. Es war niemand zu sehen. Lediglich der kalte, nasse Wind peitschte Hugo ins Gesicht. Doch alle in der Hütte haben ein deutliches Klopfen vernommen. Dies konnte unmöglich der Wind oder ein anderes, natürliches Phänomen gewesen sein.

Spencers Gesichtsausdruck wirkte besorgt. »Hugo, hier stimmt etwas nicht. Schließ sofort die Tür und such das gesamte Gebiet ab.«

Hugo befolgte den Befehl und verließ die Hütte mit einem lauten Türknall.

Spencer wandte sich mit einem hämischen Grinsen wieder seinem Lieblingsopfer zu. »Wenn du glaubst, dass du mit demselben Trick entkommen kannst wie beim letzten Mal, dann bist du noch dümmer, als ich dachte.«

Dennis betete zwar, dass es sich bei der gesuchten Person um Gerrit handelte, allerdings glaubte er nicht, dass sein Onkel ihm noch helfen konnte.

Spencer wollte dieses Mal nichts dem Zufall überlassen. Neben Hugo schickte er Igor zur Terrassentür. Niemand sollte unbemerkt in die Hütte gelangen.

»Na, wer ist es denn dieses Mal? Der kleine Kobold vielleicht? Der ist ja sogar noch mickriger als du«, lachte Spencer.

Dennis rechnete in dieser Einöde ganz sicher nicht mit seinem Koboldfreund. Wenn jemand dort draußen war, dann war es sein Onkel.

Hugo durchforstete den Bereich um die Hütte, doch es war niemand zu finden. Bei dem peitschenden Wind und dem nicht aufhörenden Regen war es umso schwerer, jemanden zu finden, der sich versteckt hielt. Um sicherzugehen, durchkämmte Hugo das gesamte Gebiet der Bergspitze. Der Gesta-Agent war bereit, bei der kleinsten Bewegung zu schießen. Er fand jedoch keinerlei Spuren.

Als er völlig durchnässt zurück zur Hütte aufbrach, griff plötzlich etwas nach seinem Fuß. Es waren die Wurzeln einer noch jungen Fichte am Klippenrand, die Hugos Knöchel umschlangen und ihn ruckartig zu Boden rissen. Noch bevor er überhaupt verstand, was los war, wurde der pummelige Gesta-Agent in einen großen Busch gezogen. Der kalte Matsch glitt durch seine Kleidung, sodass er am Ende wie ein rundes Moormonster aussah.

Als Hugo sich hinter dem Busch in einer kleinen Mulde wiederfand, konnte er die Täter des Angriffs erkennen. Vor ihm standen Gerrit, Flynn und Miro. Die drei blickten den gefangenen Gesta-Agenten erwartungsvoll an.

»Da ist er uns ins Netz gegangen«, freute sich Miro.

»Ich habe schon lange keinen so törichten Gesta-Agenten mehr getroffen«, sagte Flynn.

Gerrit blickte vorsichtig über die Mulde in Richtung Jägerhütte. »Er scheint der Einzige gewesen zu sein, der meine Hütte verlassen hat.«

»Was jetzt?«, fragte Miro.

»Wir warten«, antwortete Gerrit. »Wenn ihr Kollege nicht zurückkehrt, werden sie unruhig. Wir werden ihn Zwingen zu schreien, damit sie rauskommen müssen.«

»Wenn dir dein Leben lieb ist, wirst du jetzt kooperieren«, drohte Flynn dem Gesta-Agenten.

Hugo setzte ein zittriges Lächeln auf. »Wir bräuchten einen Kammerjäger. Auf diesem Berg laufen bereits drei Fabelwesen und ein Trottel herum. Hier muss irgendwo ein Nest sein.«

Flynn war nicht gerade die Person, die man provozieren sollte. Er spannte seine Arme an, und prompt zogen sich die Wurzeln um Hugo noch fester zu. So fest, dass es anfing, unerträglich zu schmerzen. Er schrie laut auf, sodass es die Anwesenden in der Hütte wahrnehmen konnten.

Igor erkannte schnell, dass es sich bei dem Geschrei um seinen Partner handeln musste. »Ich werde gucken, was dort vor sich geht.«

»Warte, Igor. Genau das wollen die doch erreichen«, sagte Spencer. »Sie wollen uns aufteilen, damit wir eine leichte Beute sind. Hugo ist bereits verloren, also müssen wir zusammenhalten.«

Igor fiel es sichtlich schwer, seinen Kameraden im Stich zu lassen.

Spencer schnappte sich Dennis, nahm ihn in die Mangel, und schlenderte mit seiner Geisel zur Ausgangstür. »Komm mit, Igor. Wir drehen den Spieß jetzt um.«

Spencer preschte mit Dennis als lebendigem Schutzschild aus der Hütte, um seine Feinde von einem weiteren Überraschungsangriff abzuhalten.

Spencer hielt Dennis am Kragen nach oben in die Luft. »Das Spiel ist aus, ihr Narren! Kommt raus, oder wir schlachten den Bengel hier ab!«

Die Drohung des taffen Ex-Soldaten war eindeutig. Eigentlich wussten sie, dass Dennis für die Gesta heilig war. Niemals würden sie ihn umbringen, bevor sie nicht das offene Weltentor nach Noxia gefunden hätten. Doch Spencer gehörte nicht zur Gesta und war somit unberechenbar.

Flynn und seine Freunde kamen geschlossen mit dem gefangenen Hugo heraus, um zu verhandeln. Spencer und Igor zeigten sich über die weiteren Anwesenden auf der Bergspitze überrascht.

»Sieh mal einer an. Ein erwachsener Elf, der Kobold und ein Fettsack dachten tatsächlich, sie könnten uns hinters Licht führen«, erfreute Spencer sich an dem Anblick.

»Rückt sofort unseren Kameraden raus!«, verlangte Igor, als er Hugo mit Modder übersät in seinem Wurzelgefängnis sah.

Dennis, der durch die Umstände immer schwächer wurde, dachte, dass er bereits halluzinierte. Nur wenige Meter von ihm entfernt standen Gerrit, Miro und sein Vater, um ihn zu retten.

Der Anblick von Dennis brachte Flynn aus der Fassung. »Was habt ihr mit meinem Sohn angestellt?! Redet sofort, oder ihr werdet nacheinander sterben!«

»Keine Ahnung. Wir haben den Schwächling bereits so vorgefunden«, antwortete Spencer. »Aber du solltest aufpassen, wem du hier drohst. Du bist nämlich nicht gerade in der Lage, Forderungen zu stellen.«

Bevor Flynn völlig die Beherrschung verlor, mischte Gerrit sich ein, um die Situation zu entschärfen. »Wir wollen nur Dennis wiederhaben. Im Gegenzug bekommt ihr euren Kollegen lebend zurück.«

Igor wollte dem Geschäft sofort zustimmen.

Spencer jedoch hatte nicht vor, einen für ihn unwichtigen Menschen gegen seine Geisel einzutauschen. »Was ihr mit diesem Trottel anstellt, ist mir egal. Meine Geisel ist glaube ich etwas wertvoller. Das macht den Handel etwas unfair, findet ihr nicht?«

Nun hatte Spencer plötzlich auch Igor gegen sich. »Bist du verrückt geworden?! Wie kannst du nur Hugos Leben abwiegen?!«

»Du hast es doch vorhin selbst gesagt. Für eure Ziele riskiert ihr alles. Das bedeutet für mich, dass ihr auch euer Leben für die Zwecke der Gesta opfert. Diesen Schädling hier in meiner Hand gibt es allerdings nur einmal auf der Welt.«

Igor musste zugeben, dass Spencers Argument den Ansichten der Gesta entsprach. Flynn, Gerrit und Miro waren entsetzt über die Skrupellosigkeit ihres Verhandlungspartners.

»Wenn du mein Leben möchtest, gebe ich es dir im Tausch gegen meinen Sohn«, sagte Flynn.

»Bist du verrückt«, entgegnete Miro dem Monddämmerungsfürsten fassungslos.

»Den Tausch gehe ich unter einer Bedingung gerne ein«, sagte Spencer vergnügt. »Zeige mir das Tor zu deiner Welt. Dann gebe ich auch dir eine faire Chance, den heutigen Tag zu überleben.«

Dennis, der inzwischen begriff, dass es sich bei dem, was er sah, tatsächlich um Freund und Familie seinerseits handelte, wollte unter keinen Umständen, dass jemand wegen ihm zu Schaden kam. »Papa, rennt weg! Ich komme schon klar!«, stöhnte er.

Flynn konnte Spencers Bedingungen unmöglich erfüllen. Er suchte krampfhaft nach einer Möglichkeit, seinen Gegner zu überrumpeln. Hinter Spencer konnte er lediglich Gras und Matsch vorfinden. Auch Gerrit versuchte eine Lösung für die missliche Lage zu finden. Miro dagegen wimmerte besorgt um seinen Freund.

Es passierte eine ganze Weile nichts. Spencer fühlte sich in der Position, in aller Ruhe warten zu können. Igor dagegen überkam immer mehr die Ungeduld und Angst. Die Angst, die Kontrolle über die Situation zu verlieren. Die Angst, seinen einzigen Freund zu verlieren.

Unkontrolliert zog Igor die elektrische Fesselwaffe aus der Anzugtasche und schoss damit ohne Vorwarnung auf Flynn. Der Elfenfürst allerdings hatte seine elfischen Sinne so weit perfektioniert, dass der Gesta-Agent bei einem frontalen Angriff keinerlei Chancen hatte. Als ob er gewusst hätte, was auf ihn zukommen würde, drehte sich Flynn elegant von der auf ihn zufliegenden Fußfessel weg, um übergangslos auf seinen Angreifer loszugehen. Das Ganze ging so schnell, dass niemand bemerkte, dass Flynn bei seinem Sprung auf Igor einen Dolch aus seiner Rüstung zog.

Igor bemerkte zu spät, dass er tödlich angegriffen wurde. In seinem Hals steckte eine Klinge. Das Letzte, was er sah, war Flynns kampfwilliger Gesichtsausdruck, bevor er zusammensackte. Für Hugo war das ein Albtraum. Sein bester Freund wurde bei dem Versuch, ihn zu retten, getötet.

Spencer holte schreckhaft seine Pistole hervor, um ungehalten auf Flynn zu schießen. Doch er hatte es noch nie mit der wahren Macht eines noxischen Elfen zu tun gehabt. Nachdem Flynn den Dolch aus Igors Hals gezogen hatte, sprang er empor, und schlug beim Auftreffen auf den Boden wuchtig mit der Faust auf die nasse Wiese. Der Boden wirkte von einem Moment zum anderen, als wäre er aus Pudding geformt. Eine gewaltige Welle aus Matsch, Steinen, Wurzeln und vielen kleinen Pflanzen stürmte mit Schallgeschwindigkeit auf Spencer zu. Noch bevor er schießen konnte, wurde er von der kräftigen Welle erfasst und samt Dennis mehrere Meter in die Luft geschleudert. Flynn nutzte den Augenblick, um sich in seine Tiergestalt zu verwandeln. Sein Körper verformte sich und wurde zur Gestalt des grau-silbernen Wolfes. Mit unglaublicher Geschwindigkeit sprintete er auf Dennis zu, um ihn aufzufangen, bevor er auf den Boden prallte. Spencer hingegen knallte mit seinem gesamten Körpergewicht auf den Boden und blieb regungslos liegen.

Schnell brachte Flynn seinen Sohn zurück zu den anderen.

Für Hugo war das Geschehen die reinste Katastrophe. »Oh nein! Was habt ihr getan?!«

Miro gab dem Gesta-Agenten daraufhin eine Backpfeife. »Wir haben euch Versagern gezeigt, wo es langgeht!«

Gerrit nahm den vor Fieber glühenden Dennis entgegen, während Flynn in seiner Wolfsgestalt genau darauf achtete, dass Spencer auch wirklich liegenblieb.

»Hey, du kleiner Ausreißer, wie geht es dir? Wir könnten deine Hilfe gut gebrauchen«, scherzte Gerrit und strich Dennis über sein graues Gesicht.

Dennis blickte zur Jägerhütte hinüber und sah dort das Schlachtfeld, das sein Vater hinterlassen hatte. Aus seiner Sicht hatte Flynn nichts Falsches getan. Aber diese Seite war noch völliges Neuland für ihn. Zum ersten Mal erkannte er wirklich, was dieser Krieg gegen die Gesta bedeutete. Töten oder getötet werden.

Sofort stach der Schmerz über Marcos Tod wieder in Dennis Herz. Er konnte nicht anders, als die Tränen fließen zu lassen. »Marco ist tot, Gerrit. Sie haben ihn umgebracht.«

Gerrit wurde kreidebleich. Er sagte kein Wort mehr. Tröstend nahm er Dennis in den Arm, der eine furchtbare Zeit hinter sich hatte.

Auch Miro kam dazu. Er kannte Marco nicht, gab ihm aber dennoch Respekt, indem er seinen Zylinder ablegte und in Richtung Himmel blickte.

Eine schmutzige Niederlage

Dennis Zustand ließ nichts anderes zu, als von diesem einsamen Ort zu verschwinden.

»Du brauchst dringend Medizin«, sagte Miro besorgt.

Flynn verwandelte sich zurück in seine elfische Gestalt, da die Luft rein schien. Hugo war der Einzige, der sich völlig fehl am Platz fühlte. Aus seinem Mund ertönte das Gebrüll der Niederlage.

Flynn hatte nun endlich Zeit, seinen Sohn zu umarmen. »Wie geht es dir? Es tut mir leid, dass du so lange warten musstest.«

Dennis war heilfroh, dass seine Familie und sein bester Freund bei ihm waren. »Ich habe mir wohl in den letzten Stunden irgendetwas Schlimmeres eingefangen.«

»Wir werden dich schnurstracks wieder nach Noxia bringen«, ermutigte Miro seinen Freund.

»Wenn du erst einmal ein paar Pasmintränke zu dir genommen hast, wird es dir schnell wieder besser gehen«, fügte Flynn hinzu.

»Wie kommt es eigentlich, dass ihr alle drei putzmunter vor mir steht? Ich meine, ich habe mit Gerrit gerechnet, aber euch beide hier zu sehen, ist eine echte Überraschung.«

»Das stimmt mich aber schon traurig, mein Freund«, sagte Miro. »Erinnere dich daran, dass ich dir schon zweimal den Hintern gerettet habe, als du hier in der Menschenwelt festgesteckt hast.«

»Und ich hatte den Plan gefasst, dich am Tor abzuholen, um dir eine schnelle Reise zum Schloss zu ermöglichen. Doch dann kam Gerrit und erzählte mir, was geschehen ist. Auch wenn es riskant für mich ist, die Menschenwelt zu betreten, werde ich dich als Vater niemals im Stich lassen.«

Dennis war froh, so gute Leute um sich herum zu haben.

Bevor die vier aufbrechen wollten, wandte sich Flynn noch einmal dem gefangenen Hugo zu, der vor sich hin winselte. Bedrohlich stellte er sich vor den Gesta-Agenten und verpasste ihm einen kräftigen Faustschlag ins Gesicht. »Seht ihn euch an, diesen Versager. Und du schimpfst dich Gesta-Agent? Vor dir muss kein Elf der Welt Angst haben.«

»Was sollen wir jetzt mit ihm anstellen?«, fragte Miro angewidert.

Für Flynn war die Sache klar. Er zog den Dolch aus seiner Rüstung, mit dem er bereits Hugos Kumpanen Igor getötet hatte. Die Klinge des Dolches war noch durch und durch mit Blut überzogen.

Hugo sah seinem Ende entgegen. Er winselte und weinte wie ein kleines Kind. »Bitte habt Gnade, großer Elf. Ich verspreche, euch in Ruhe zu lassen.«

Flynn reagierte auf Hugos Winseln mit einem kalten Grinsen. Der Elfenfürst machte sich bereit, Hugo den Gnadenstoß zu versetzen.

»Bitte wartet!«, brüllte Hugo. »Wenn ihr mich verschont, gebe ich euch im Austausch eine wichtige Information, die euer Leben retten kann!«

Flynn, der seinen Dolch bereits für den tödlichen Stoß nach hinten schwang, ließ plötzlich von dem Gesta-Agenten ab. »Wovon sprichst du? Welche Informationen kannst du uns geben, die wir glauben und brauchen können?«

»Versprecht mir, mich zu verschonen, dann sage ich es euch«, bettelte Hugo.

Flynn wollte sich nicht weiter auf diese Verhandlungen einlassen. Er war im Begriff, den Gesta-Agenten zu töten.

Gerrit ging dazwischen. »Wenn seine Aussage unglaubwürdig ist, können wir ihn immer noch einen Kopf kürzer machen.«

Flynn sah Gerrit angespannt an. Der Dolch wanderte langsam immer weiter zur Kehle des japsenden Hugo. Der Elfenfürst haderte. Die Lust, den gefährlichen Gesta-Agenten zu töten, war groß, doch das Interesse an der Information des Feindes wurde größer. Flynn steckte seinen Dolch zurück und wartete auf Hugos Aussage.

»Verstärkung ist unterwegs. In wenigen Minuten sind sie da. Ich habe sie beordert, weil wir nicht wussten, wie viele von euch hier oben sind.«

»Verdammt, das könnte knifflig werden«, ärgerte sich Gerrit und sah fragend zu Flynn.

»Dennis Leben steht über allem. Wir werden seine Sicherheit nicht riskieren«, sagte der Elfenfürst.

Gerrit nickte erleichtert, während Hugo immer noch bangte, ob er verschont werden würde.

Kurz bevor Flynn sich Hugos Schicksal annehmen und erneut auf ihn zugehen wollte, hörte er ein verdächtiges Geräusch. Die Ohren des Elfenfürsten drehten sich zur Quelle des Lautes. Es kam aus der Richtung, in der Spencer regungslos lag. Wie ein Blitz richtete sich plötzlich der Oberkörper des Tyrannen auf, um mit seiner Pistole auf Flynn zu schießen. Der Elfenfürst konnte nur mit einem gewaltigen Hechtsprung reagieren, um das Schlimmste zu verhindern. Die Kugel drang durch seine Rüstung nur leicht in den linken Arm ein, sodass er leicht verletzt wieder aufstehen konnte.

Nachdem Spencer sich wieder vollends aufgerichtet hatte, feuerte er eine Salve von Schüssen in Flynns Richtung. Um nicht durchlöchert zu werden, nutzte Flynn seine elfischen Naturfähigkeiten. Er schlug mit seinem Fuß auf den matschigen Boden, und sogleich sprudelten gewaltige Massen an Matsch, Steinen und Wurzeln wie ein Geysir aus der Erde, die sich wie ein Tornado um Flynns Körper wanden. Das Material um ihn herum wurde steinhart und bildete eine kugelsichere Rüstung für den mächtigen Elfen. Flynn nutzte die Erde, die durch seine Aktion um ihn herum liegen geblieben war, um sich darauf gleitend mit einer unglaublichen Geschwindigkeit auf Spencer zuzubewegen.

Gerrit, Miro und Dennis versteckten sich währenddessen in der kleinen Mulde, um von dort aus den Kampf zu beobachten. Spencer schoss immer weiter, obwohl er bemerkte, dass seine Angriffe keinen Erfolg versprachen.

Irgendwann war auch das größte Magazin leer und aus Spencers Waffe kam keine einzige Kugel mehr.

Dennis war völlig hin und weg von den Fähigkeiten seines Vaters. Am liebsten hätte er sofort das Training mit Filus wieder aufgenommen. Ein Elf zu sein kam ihm so vor, als hätte man die Macht eines Superhelden.

Spencer erkannte, dass er gegen Flynn keine Chance hatte. Er warf seine Pistole auf seinen Gegner und floh in die Jägerhütte. Flynn legte darauf erleichtert seine elementare Rüstung ab, um sich seinem Gegner nun deutlich beweglicher zu stellen. Entschlossen eilte er zur Hütte, um das Schicksal Spencers endgültig zu besiegeln.

»Flynn, warte!«, rief Gerrit seinem Freund hinterher.

Flynn drehte sich angespannt um.

»Der Typ will uns in eine Falle locken! Wenn es stimmt, was der Kerl hier gesagt hat, werden jeden Augenblick eine Menge von ihnen hier auftauchen!«

»In der Hütte wären wir umstellt«, murmelte Flynn nachdenklich.

»Wir müssen von hier verschwinden, Flynn. Dennis geht es immer schlechter, und wir haben keine Chance gegen eine Horde bewaffneter Agenten!«

»Ich lasse ungern Todfeinde am Leben«, meinte Flynn. »Sie könnten uns verfolgen und dann aus dem Hinterhalt umbringen.«

Gerrit holte unerwartet aus und schlug den immer noch gefesselten Hugo mit aller Kraft ins Gesicht. Der dicke Gesta-Agent brach bewusstlos zusammen.

»Beide haben keine Waffen mehr«, sagte Gerrit so, als wäre gerade nichts passiert. »Ohne werden sie es sich nicht trauen, uns anzugreifen. Außerdem kenne ich einen Schleichweg, um den anrückenden Gesta-Agenten aus dem Weg zu gehen. Lasst uns also bitte schnell von hier verschwinden.«

Flynn nickte, während Miro und Dennis vollkommen sprachlos über Gerrits körperlichen Einsatz waren.

Der Elfenfürst begab sich zurück zu seinen Freunden und seinem Sohn, um das Bergplateau zu verlassen. Da Dennis in seinem körperlichen Zustand kaum stehen konnte, beschloss Flynn, seinen Sohn huckepack über das Gelände zu tragen.

»Ich gehe allein«, stellte Dennis klar. Er wollte nicht ständig auf Hilfe angewiesen sein, auch wenn sein Gesundheitszustand etwas anderes sagte.

»Ich werde dich tragen. Es ist ein weiter Weg und ich möchte nicht, dass du dich nach allem, was du heute erlebt hast, noch mehr verausgabst.«

Es war ihm zwar peinlich, aber Dennis wollte seinem Vater nicht widersprechen. Der Elfenfürst hob seinen Sohn spielend leicht hoch. Dennis legte den Kopf auf seine Schulter. Die Rüstung seines Vaters war kalt, dennoch spürte er die Geborgenheit.

Noch ein kurzer, prüfender Blick auf den bewusstlosen Hugo und die Jägerhütte. Die Luft schien rein für die Flucht zu sein. Endlich konnten alle die Bergspitze verlassen.

Gerrit führte die Gruppe bergab über schmale Schleichwege. Schnell versuchten sie, Meter zu machen, bevor sie im Moorgebiet deutlich bedachter vorgehen mussten.

Trotz seines Sohnes auf dem Rücken und einer kleinen Schussverletzung am Arm war Flynn der mit Abstand energiereichste von allen. Er musste sich stark an Gerrit und Miro orientieren. Der füllige Gerrit war für diese Strapazen körperlich nicht gebaut, während der Koboldjunge aufgrund seiner geringen Größe viele Schritte benötigte, um mitzuhalten.

Dennis schmiegte sich währenddessen mit laufender Nase an die Schultern seines Vaters. »Danke, dass du gekommen bist, Papa. Du bist echt der coolste Vater, den man sich wünschen kann.«

Flynn lächelte stolz. »Du ahnst gar nicht, wie stolz ich auf dich bin. Ich bin heilfroh, dass es dir so weit gut geht. Deine Krankheit bekommen wir schnell in den Griff. So etwas hält einen Elfen nicht lange auf.«

Dennis lächelte erleichtert. Endlich sollte es zurück nach Noxia gehen.

Anders als die anderen war Miro nicht völlig zufrieden. »Ist euch aufgefallen, dass der Gesta-Agent, den wir gefangen hatten, noch am Leben ist? Er war wie auf dem Silbertablett serviert und trotzdem haben wir ihn lebend zurückgelassen.«

»Dafür habe ich ihm vorher nochmal ordentlich eine auf die Mütze gegeben. Der steht so schnell nicht wieder auf«, schmunzelte Gerrit.

Miro lachte schadenfroh. »Das kommt davon, wenn man sich mit uns anlegt.«

Dies war für die Vier zumindest eine kleine Genugtuung.

Das Moorgebiet neigte sich langsam, aber sicher, dem Ende zu.

Gerrit zeigte auf einen Weg, der auf der linken Seite um den Berg zurück ins Tal führte. Dieser war allerdings mit einer roten Schranke und mehreren Schildern abgesperrt.

Während Miro als menschenfremdes Fabelwesen bereits skeptisch auf die Warnfarben und die Schranke blickte, konnte Flynn die Schilder der Menschen lesen. Der Elfenfürst wurde sichtlich nachdenklich.

Auch Dennis schielte über Flynns Schulter und betrachtete das Schild.

WARNUNG! Das Betreten dieses Weges ist aufgrund der Erdrutschgefahr verboten! Widerrechtliches Handeln wird mit einem Bußgeld in Höhe von bis zu 25.000 € geahndet.

»Gerrit, wir sollten diesen Weg lieber nicht betreten«, sagte Dennis und schluckte ängstlich.

»Es ist der schnellste Weg zu meinem Auto. Außerdem sitzen uns wahrscheinlich Gesta-Agenten im Nacken, wenn wir die offiziellen Wege nutzen.«

»Ist diese Erdrutschgefahr eine reale Gefahr für uns?«, fragte Flynn.

Gerrit nickte verhalten. »Der Weg ist nicht ohne Grund gesperrt, und das schon seit Jahrzehnten. Gerade bei so einem Wetter wie heute gab es in den letzten Jahren immer wieder mal Erdrutsche. Teile der Straße sind völlig in den Abgrund gestürzt. Seitdem darf kein Auto mehr darüberfahren. Für Wanderer sehe ich aber keine große Gefahr. Ich glaube nicht, dass ausgerechnet jetzt ein Erdrutsch bevorsteht, wenn wir die paar Minuten hier rübergehen.«

»Also ein klares Abwiegen der potentiellen Gefahren«, sagte Flynn.

»So kann man es sagen«, nickte Gerrit. »Solange wir vorsichtig und am Rand des Passes gehen, fühle ich mich dort wesentlich sicherer als auf dem offiziellen Weg.«

Während Dennis Angst durch Gerrits Erläuterung nicht sank, waren Flynn und Miro mit dem neuen Weg einverstanden. Es ging über den Gebirgspass.

Gerrit hatte nicht gelogen. Der Pass war äußerst uneben, und an manchen Stellen war bereits keine Leitplanke mehr vorhanden, da diese bereits vor Jahren durch Erdrutsche in den Abgrund gestürzt war. Ein falscher Schritt und man würde hunderte Meter tief in die Schlucht voller scharfer Felsen stürzen. Dazu regnete es immer noch wie verrückt.

Miro hatte aufgrund seiner winzigen Gestalt die größten Probleme, nicht im Schlamm steckenzubleiben oder gar zu versinken. Dies machte die Laune des ohnehin exzentrischen Fabelwesens nicht gerade besser.

Angewidert schaute sich der Kobold die Gegend rund um das Gebirge an. »Leute, ich will so schnell wie möglich weg von hier. Die Menschenwelt macht einen krank.«

»Das ist eine der schönsten Umgebungen in Bayern«, schimpfte Gerrit. »Es ist zwar nicht magisch, aber es hat seinen ganz eigenen Charme.«

»Also für mich sieht das alles hier öde aus. Es ist zwar schöner als in euren Städten, aber trotzdem wirkt hier alles so leblos und trist.«

»Vielleicht weil hier die Pflanzen nicht leuchten wie Glühwürmchen, und uns nicht jeden Augenblick ein Einhorn über den Weg laufen kann? Aber diese Natur hier ist trotzdem ehrlich.«

Während Gerrit und Miro weiter über die Schönheit der Menschenwelt diskutierten, schmiedeten Dennis und Flynn bereits genaue Pläne für ihre gemeinsame Zeit in Noxia.

»Sobald du wieder gesund bist, ziehst du in dein neues eigenes Zimmer. Dort lernst du dann nach und nach die wichtigsten Personen Noxias kennen.«

»Da freue ich mich drauf. Aber jetzt, wo ich mit eigenen Augen gesehen habe, was du alles kannst, möchte ich so schnell wie möglich weiter trainieren.«

Flynn lachte stolz. »Das hört man gerne, mein Sohn. Eines Tages wirst du eine genauso gute Verbindung zur Natur haben wie ich.«

»Du kannst aber auch super kämpfen. Du bewegst dich, als würdest du jeden Moment abheben können. Du gehst mit deiner Waffe um, als würdest du nie etwas anderes tun.«

»Die Waffenkunst und die Athletik werden ebenfalls Teil deiner Ausbildung sein. Doch halte ich dich noch für viel zu jung, um mit einem Schwert richtig umgehen zu können.«

»Was ist denn mit dieser Valadi?«, fragte Dennis angefressen. »Die ist nicht viel älter als ich und ist trotzdem fast so ausgerüstet wie ihr Elitesoldaten.«

»Nun ja, das ist etwas anderes. Valadi ist zwar erst vierzehn, aber sie trainiert schon seit sechs Jahren auf höchstem Niveau.«

Flynn merkte an Dennis beleidigtem Gesichtsausdruck, dass er das Elfenmädchen nicht zu mögen schien. »Tu mir bitte einen Gefallen. Versuche dich nicht mit ihr zu messen. Sie kommt aus schwierigen Familienverhältnissen, weshalb sie von ihren Zielen emotional besessen ist.«

Für Dennis klang dies eher nach einer Provokation. Immerhin kam er ebenfalls aus einer schwierigen Familiensituation. »Keine Sorge, werde ich nicht. Aber nicht, weil du es mir sagst. Ich messe mich nur nicht mit einem arroganten Mädchen.«

»Du magst recht haben. Sie ist zu sehr von sich überzeugt. Irgendwann wird ihr das auch zum Verhängnis werden. Du wirst in ein paar Jahren sicherlich stärker sein als sie.«

»Ich möchte einfach irgendwann das können, was du kannst. Nicht das, was irgendwelche anderen können. Eines Tages möchte ich Roger genauso entgegentreten, wie du es heute bei Spencer getan hast.«

»Das wirst du.«

Miro zeigte plötzlich mit kindlicher Aufregung auf das Tal, in dem endlich Gerrits Wagen zu sehen war. »Na endlich. Nächstes Mal solltest du ein bisschen näher an unserem Zielort parken, Gerrit.«

»Freilich, du hast vollkommen recht. Vielleicht fahre ich demnächst diesen Bergpass mit meinem Auto hoch und parke direkt vor unseren Feinden«, entgegnete Gerrit sarkastisch.

Flynn und Dennis amüsierten sich immer wieder an der Hass-Freundschaft der beiden.

Flynns Lachen verging ihm jedoch sehr schnell, als seine Ohren nach hinten klappten. Auch Dennis Ohren zuckten trotz seines Zustandes kurz auf. Gerrit und Miro waren derweil immer noch in ihrer Diskussion verwickelt, weshalb sie die erste Reaktion Flynns und Dennis nicht bemerkten.

»Verdammt«, murmelte Flynn und begann zu rennen. »Wir müssen schnellstens fort!«

Gerrit und Miro schauten sich verwundert an und liefen dem aufgeschreckten Elfen hinterher.

»Was ist los?!«, fragte Miro.

»Etwas ist hinter uns her«, antwortete Flynn. »Ich kann ein grollendes Geräusch vernehmen!«

»Ein Auto«, meinte Dennis leise.

»Was?«, fragte Flynn.

»Ich glaube, das Geräusch ist ein Auto.«

Nun konnten auch Gerrit und Miro das Geräusch wahrnehmen.

»Das kann nicht sein. Wie haben die uns gefunden?«, fragte Miro.

»Die Frage ist eher, ob die Gesta bekloppt geworden ist«, ächzte Gerrit, der keinen Meter mehr laufen konnte.

»Was meinst du damit?«, fragte Miro.

»Mit einem Auto hierherzufahren ist lebensmüde.«

Flynn nahm Dennis behutsam herunter, um sich vor seiner Gruppe zu stellen. »Ich werde sie eine Weile für euch aufhalten.«

»Bist du verrückt? Was ist, wenn da eine kleine Armee kommt?«, schnaufte Gerrit.

»Wir haben keine Wahl«, sagte Flynn und schickte seine Kameraden zurück.

»Sie werden mich nicht töten, also lauft ihr weg«, sagte Dennis mit belegter Stimme. Er wollte unter keinen Umständen, dass sein Vater sich für ihn opferte.

»Nein! Du bist wichtiger! Geht schnell! Ich halte sie auf!«

Während Gerrit sich qualvoll wieder aufzuraffen versuchte, um mit den beiden Jungs zu fliehen, bewegten sich diese nicht vom Fleck.

»Kommt her jetzt, wir müssen hier weg!«, brüllte Gerrit.

Das grollende Geräusch wurde immer lauter, bis die großen Scheinwerfer eines schwarzen Kastenwagens um die Kurven des Pfades in Flynns Gesicht schienen. Er raste mit ungeheurer Geschwindigkeit auf die Vier zu.

Flynn zog derweil fokussiert seinen Dolch hervor. »Was treibt ihr noch hier?! Wenn sie auch euch erwischen, war alles vergebens!«

Dies war nun auch Miros Stichwort. Angsterfüllt lief er zu Gerrit, der aber unter keinen Umständen ohne seinen Neffen gehen wollte.

»Dennis, bitte komm! Deine Sicherheit steht über allem!«, brüllte Gerrit.

Dennis jedoch dachte nicht daran, zu fliehen. Er rannte mit letzter Kraft auf seinen Vater zu, um sich weinend an sein Bein zu heften. »Ich lass dich nicht allein! Ich will dich nicht verlieren!«

»Dennis, verschwinde endlich! Ich komme gleich nach!«

Auch wenn sein Vater mächtig war, Dennis wusste, wozu die Gesta fähig sein konnte, wenn sie in der Überzahl waren. Er wollte nach diesem schrecklichen Tag nicht auch noch seinen geliebten Vater verlieren. Seinen Vater, den er erst vor wenigen Monaten kennengelernt hatte. Flynn konnte seinen Sohn noch so sehr anbrüllen, er hing wie eine Klette an ihm. So machten auch Gerrit und Miro keine Anstalten, vor dem heranrasenden Kastenwagen zu fliehen.

Das Fahrzeug wirbelte Massen an Matsch umher und rutschte gefährlich von links nach rechts, sodass es drohte, jederzeit in den Abgrund zu stürzen.

Als Flynn bemerkte, dass der Wagen auf dem matschigen Untergrund nicht wirklich bremsen konnte, machte er einen gewaltigen Satz mit Dennis am Bein nach hinten. Der Wagen kam mehr schlecht als recht quer vor den Vieren zum Stehen.

Zu ihrer Überraschung saß in dem Gesta-Mobil lediglich Spencer, der rachsüchtig auf Flynn starrte. »Mein Gott, ich kann einfach nicht glauben, dass eine ganze Organisation nötig ist, um euch Versager auszuschalten. Ich werde heute beweisen, wie leicht das gehen kann.«

»Der wird kein Problem darstellen«, schmunzelte Flynn über den einsamen Gegner. Er bat seinen Sohn darum, ihn endlich loszulassen.

»Pass aber bitte auf dich auf, ja?«, japste Dennis. Er ließ von seinem Vater ab und schlurfte erschöpft zu Gerrit und Miro.

»Komm aus dem Kasten!«, brüllte Flynn und wirbelte bereitwillig mit seinem Dolch herum. »Zeig mir, dass du ein wahrer Krieger bist!«

Plötzlich begann der Boden unter Flynns Füßen nachzugeben. Als Spencer gerade den Motor seines Wagens provokant aufheulen ließ, bemerkte auch er, dass etwas nicht stimmte. Die äußere Kante des Pfades begann abrupt nach unten zu sacken und ließ das Auto kippen. Spencer handelte rasch und kletterte zur Beifahrerseite, um aus dem Wagen zu flüchten, bevor er in den Abgrund stürzte. Jedoch war bereits eine grausame Kettenreaktion im Gange, die Spencer in die Tiefe riss.

»Erdrutsch!«, brüllte Gerrit. Er versuchte noch auf Dennis zuzulaufen, der aufgrund seiner körperlichen Verfassung noch nicht bei ihm und Miro angelangt war. Doch es war zu spät. Auch unter Flynn und Dennis sackte der Boden ab, und sie stürzten in die Tiefe.

Nachdem sich Gerrit und Miro mit Glück auf einem festen Abschnitt des Pfades retten konnten, ging ihr Blick in den Abgrund. Spencers ramponierter Körper fiel mehrere Meter tief die Schlucht hinunter. Er konnte im letzten Moment eine Felskante greifen, um sich zu retten. Flynn war es möglich, sich noch relativ schnell an einen Felsen zu krallen, der im weichen Boden des Bergpasses steckte. Dennis landete mit viel Glück auf einem kleinen Vorsprung, der jedoch nach und nach absackte. Über dem kleinen Halbelfen befand sich eine schmale Felskante, an der er sich mit letzter Kraft festhalten konnte.

Neben seiner körperlichen Verfassung war es Dennis hinsichtlich der Nässe nicht möglich, die wenigen Meter bis zu seinem Vater hochzuklettern. Der nicht aufhören wollende Niederschlag machte die Felsen beinahe ungreifbar glitschig. Gerrit und Miro mussten voller Entsetzen zusehen, wie ihre Freunde um ihr Leben kämpften.

»Verdammt, wir müssen ihnen doch irgendwie helfen können«, sagte Gerrit entsetzt.

Miro versuchte, einen Weg zu finden, um den Krater zu überwinden. Mit seinen leichten Schritten tastete er sich einen Weg über die schmalen Kanten des Bergpasses vor, die noch nicht abgerutscht waren.

»Miro, hör auf damit! Der Rest des Passes kann jeden Augenblick einbrechen!«, brüllte Gerrit.

»Ich kann nicht einfach tatenlos herumstehen! Ich möchte wenigstens versuchen, den beiden zu helfen!«

Flynn versuchte derweil, sich einen Weg zu seinem Sohn zu bahnen. Dennis hatte keine Kraft mehr und verlor allmählich den Halt.

»Halte durch, Dennis! Ich komme so schnell ich kann!«, brüllte Flynn.

Gerrit, der tatenlos auf der anderen Seite des Kraters herumstehen musste, versuchte, panisch seinen Neffen zu beruhigen. »Dein Vater ist auf dem Weg!« Dann sah er, wie Spencer sich ebenfalls einen Weg zu Dennis bahnen wollte. »Flynn, pass auf! Der Verrückte ist auf dem Weg zu euch!«

Spencer war durch den tiefen Fall angeschlagen. Es gab kaum Stellen an seinem Körper, die nicht mit Verletzungen belegt waren. Dennoch schaffte er es mit all seiner Kraft, sich den rutschigen Bedingungen zu stellen. Seine Feinde mussten mit Erstaunen feststellen, wozu ein menschlicher Körper in der Lage war, wenn er mit Adrenalin vollgepumpt war. Flynn sah die drohende Gefahr von unten. Spencer war Dennis deutlich näher als er.

Dennis war sich zum ersten Mal völlig sicher, sterben zu müssen. Seine Hände fanden an der schmalen Felskante kaum noch Halt. Sein Fieber machte die Situation noch schlimmer. Wenn er nach unten blickte, sah er nur noch verschwommen, wie sein Feind Meter für Meter näherkam.

»Du Schädling kommst mir nicht so einfach davon. Jetzt kommt dein Babysitter und gibt dir das, was du verdienst.«

Flynn konnte nur auf seine körperliche Überlegenheit gegenüber Spencer vertrauen. Doch sein Weg zu Dennis war geprägt von flachen, rutschigen Oberflächen, auf denen er nicht klettern konnte. Ein falscher Schritt und er würde in die Tiefe stürzen und seinen Sohn dem Tod überlassen.

Miro hatte den schwierigen Gang am Krater entlang erfolgreich überwunden. Durch den Erdrutsch waren dutzende scharfkantige Steine auf dem Pass übriggeblieben. Miro nahm sich gleich mehrere Steine und warf sie auf Spencer, um ihn irgendwie daran zu hindern, weiter in Richtung Dennis vorzustoßen. Einige davon trafen auch Spencers Hände oder seinen Kopf. Aber dieser besessene Mann war so sehr in seinem emotionalen Tunnel gefangen, dass er keine Schmerzen mehr spürte. Er sah einzig und allein sein Ziel vor Augen.

Wie von den anderen befürchtet, erreichte er es vor Flynn. Spencer griff Dennis Fuß und versuchte, ihn herunterzuziehen. Dennis hielt sich verzweifelt an der letzten steinigen Kante fest.

»Du kleines Mistvieh. Deine Reise endet heute«, schäumte Spencer.

Gerrit konnte den Anblick nicht länger ertragen. Er wollte seinen geliebten Neffen nicht in den Tod stürzen sehen. Verzweifelt fiel er auf die Knie und weinte. »Nein, Dennis, bitte nicht!«

Miro hörte auf, Steine zu werfen, da die Gefahr, seinen Freund zu treffen, zu groß wurde.

Flynn versuchte verzweifelt, zu den beiden zu gelangen. Zwischen den Steinen gab es keine Pflanzen, die er hätte nutzen können. Es gab keine Chance, Dennis noch rechtzeitig zu erreichen. In wenigen Augenblicken würde Spencer sein Ziel in die Tiefe reißen, um seine Rache vollziehen zu können.

Flynn sah nur noch eine Chance. Er zog erneut seinen Dolch aus der Rüstung und zielte damit auf Spencer. Wenn es ihm gelänge, ihn erfolgreich zu treffen, könnte er Dennis retten. Doch es bestand auch die Gefahr, dass er seinen Sohn trifft, auch wenn er ein hervorragender Schütze war. Es gab keine Zeit zum Überlegen. Er holte noch einmal tief Luft, um dann seinen Dolch auf die Reise zu schicken.

Spencer hatte derweil einen stärkeren Halt für sich gefunden, um Dennis endgültig in den Tod reißen zu können. »Ich verabscheue dich und deine gesamte Sippschaft. Dein Schicksal ist endgültig besiegelt. Es wird Zeit da…« Spencer brachte seinen Satz nicht mehr zu Ende. Flynns Dolch bohrte sich in seinen Kopf. Er konnte sich nicht länger an Dennis Füßen festhalten und fiel leblos in die Tiefen der Schlucht. Das Letzte, was von Spencer zu hören war, war der laute Aufprall seines Körpers auf den scharfen Felsen.

Flynn hatte es geschafft. Er traf Spencer noch besser, als er erwartet hatte. Doch die Gefahr war noch nicht vollständig gebannt. Dennis hing immer noch am Abgrund und konnte sich kaum noch halten. Flynn musste sich beeilen, um seinen Sohn rechtzeitig vor einem tödlichen Sturz zu bewahren.

Mit viel Mühe erreichte er Dennis, bevor dieser das Bewusstsein verlor. Seinen Sohn mit einem Arm umschlingend, kämpfte Flynn sich zurück zum Bergpass. Da sie nun keinen Feind mehr im Rücken hatten, wählte Flynn den sichereren, wenn auch deutlich längeren Kletterweg zurück nach oben.

Als Dennis wieder zu sich kam, bemerkte er, dass er gemeinsam mit seinem Vater zu Miro und Gerrit auf den Bergpass zurückgekehrt war. Tränen der Erleichterung flossen bei jedem von ihnen. Sie waren alle noch am Leben.

Heimfahrt

Gemeinsam schafften es alle vier mehr oder weniger unversehrt zu Gerrits Wagen zu gelangen.

»Ich möchte schleunigst weg hier, bevor uns noch so ein Wahnsinniger den Boden unter den Füßen wegreißt«, schimpfte Gerrit trotz Erleichterung.

»Siehst du, ich habe es doch gesagt«, murrte Miro. »Dieser Ort ist genauso öde wie der Rest der Menschenwelt.«

Dennis war derweil klar, dass Gerrit und Miro diesbezüglich nie einer Meinung sein werden.

Schnell nahmen alle im Fahrzeug Platz, damit Gerrit das Naturschutzgebiet schnellstmöglich verlassen konnte. Durch die getönten Scheiben im hinteren Bereich des Wagens konnten es sich die Fabelwesen auf der Rückbank bequem machen, ohne gesehen zu werden.

Die Ruhe der Fahrt gab ihnen nochmals die Gelegenheit, ihre Erlebnisse Revue passieren zu lassen. Gerade in Dennis und Gerrit kochte das schlechte Gewissen über.

»Ich möchte mich für alles entschuldigen, was du heute durchgemacht hast, Dennis«, sagte Gerrit bedrückt. »Wegen meines blöden Plans wärst du heute beinahe…« Gerrit begann zu schluchzen. So hatten ihn Dennis und Miro noch nie gesehen.

»Du kannst überhaupt nichts dafür, Gerrit«, versuchte Dennis seinen Onkel zu trösten. »Ich sollte mir eher die Schuld an Marcos Tod geben.«

»Bist du verrückt geworden? Was hättest du denn bitte allein gegen diese fiesen Kerle ausrichten sollen? Bleib auf dem Teppich«, sagte Miro.

»Wenn einer Schuld an Marcos Tod trägt, dann bin ich das«, behauptete Gerrit. »Ich habe ihn von meinem Plan überzeugt und ihn dafür bezahlt. Aber ich habe ihm nichts von den Gefahren erzählt, die auf ihn zukommen könnten.«

»Weil keiner von uns mit diesen Komplikationen gerechnet hat«, ärgerte sich Miro.

»Hier trägt niemand irgendeine Schuld. Was heute geschehen ist, ist bedauerlicherweise geschehen. Keiner von uns wollte, dass es so kommt. Wir sollten aus dem heutigen Tag unsere Lehren ziehen. Das war erst der Beginn eines blutigen Krieges um das Schicksal zweier Welten. Euer Freund wird nicht der einzige Tote bleiben, wenn wir nicht gemeinsam gegen die bösen Mächte kämpfen«, versuchte Flynn seinen Mitstreitern deutlich zu machen.

»Ja, wir werden diesen Krieg für uns entscheiden«, sprach Miro nun wild entschlossen durch Flynns Ansprache.

Dennis nickte schniefend. »Wenn es mir wieder besser geht, werde ich meine Ausbildung bei Filus fortsetzen.«

Flynn wuschelte stolz durch Dennis Haare, bevor er sich Gerrit zuwandte. »Gerrit, nur wegen deines grandiosen Plans haben wir es überhaupt so weit geschafft, dass wir Dennis nach Noxia eskortieren können.«

»Mag sein, aber durch den Verlust von Marco fehlt uns eine wichtige Person in unserem Plan.«

»Gerrit hat recht«, stürmte Dennis nach vorne, um dann wieder erschöpft in den Sitz zu fallen. »Roger wird bestimmt versuchen, unsere Täuschung auffliegen zu lassen. Wenn niemand im Sommercamp ist, der unsere Geschichte unterstützt, kann ich nie wieder nach Hause fahren.«

»Deine Ausbildung hat oberste Priorität. Du wirst noch viele Jahre benötigen, bist du die Kunst der Elfen verstanden und verinnerlicht hast«, erklärte Flynn streng.

»Du gehst in aller Ruhe mit deinem Vater und Miro nach Noxia. Ich kümmere mich um dein Gepäck, das wohl noch in Marcos Bus liegt. Du verbringst die nächsten sechs Wochen in der Fabelwelt und trainierst, lernst und hast Spaß. Ich werde mir in der Zwischenzeit etwas überlegen«, sagte Gerrit.

Dennis machte sich Sorgen, aber er sah ein, dass es derzeit keine andere Möglichkeit gab.

Es wurde langsam spät und die Sonne war gerade dabei, ihre letzten Sonnenstrahlen für den Tag zu spenden, als Gerrits alter Geländewagen endlich am Ortseingangsschild von Dornsdorf vorbeifuhr. Noch einmal wurde es heikel. In Dornsdorf konnten nach wie vor Gesta-Agenten herumstreifen, um ihr Ziel im letzten Moment noch abzufangen.

Doch sie hatten Glück. Im Bereich rund um das Café Brunn war niemand unterwegs.

´Wahrscheinlich sind alle auf dem Weg Richtung Jagdhütte´, dachte Dennis.

Gerrit fuhr seinen Wagen schnellstmöglich in die alte Scheune. Das Café Brunn war schon seit über einer Stunde geschlossen und Gerrit hatte somit keine Schwierigkeiten, seine Fabelfreunde ins Gebäude zu schleusen. Sie konnten ohne Umwege durch den Vordereingang spazieren, um in den Keller zu gelangen. Dennis war weiterhin so schwach, dass er von seinem Vater nach unten getragen werden musste.

Als der kleine Halbelf dann endlich den Altar mit dem großen Buch sehen konnte, strahlte er. Erst jetzt fielen sämtliche Lasten von ihm ab.

»Sagt mal, warum seid ihr eigentlich so offensichtlich vorgegangen? Ihr hättet doch einfach den magischen Sand benutzen können«, stellte Dennis verwundert fest.

»Du kennst mich, Dennis. Normalerweise gehe ich bei so einer Reise nicht ohne magischen Sand aus dem Haus. Aber leider wurde der magische Sand, während du weg warst, auf Befehl des Oberelfen für unbestimmte Zeit für verboten erklärt«, weihte Miro seinen Freund ein.

Gerrit und Dennis staunten über die Entscheidung.

»Jetzt weiß ich auch, warum ich gestern das Café frühzeitig schließen sollte, damit wir unbeobachtet aus dem Café gehen konnten«, sagte Gerrit überrascht und schaute in ein ernstes Gesicht Flynns. »Du wolltest selbst den magischen Sand aus meinem Keller nicht nutzen? Warum plötzlich dieses Verbot?«

»Ich darf sogar behaupten, dass dieses Verbot ihren Ursprung bei meiner Wenigkeit hat«, sagte Flynn, sichtlich genervt über die Reaktion seiner Kameraden.

»Aber warum hast du das gemacht, Papa? Der magische Sand ist doch ein echt mächtiges Produkt für euch Fabelwesen. Wieso dürfen sie es dann nicht im Notfall einsetzen?«

»Die Macht des Sandes ist genau unser aktuelles Problem«, meinte Flynn.

»Hat es zufällig etwas mit diesem Überfall zu tun, bei dem die Verbindungssteine gestohlen wurden?«, fragte Gerrit.

Flynn nickte kühl. Auch für Dennis schien dies nun Sinn zu ergeben. Der Überfall des Satyrs, der sich durch den Einsatz des magischen Sandes als Kobold ausgab, hatte er in diesen turbulenten Tagen beinahe schon wieder vergessen.

»Da der Täter nach wie vor nicht gefasst wurde, sah ich mich durch diese Situation dazu gezwungen«, sagte Flynn. »Wir haben alle Besitzer und Schwarzmarktverkäufer des magischen Sandes ausfindig gemacht und jedes Korn vorrübergehend beschlagnahmt. Bis der Täter gefasst wurde, ist der magische Sand innerhalb unserer Schlossmauern am sichersten.«

Dennis und Miro mussten sich damit begnügen, in nächster Zeit nicht auf das magische Reagenz zurückgreifen zu können.

Gerrit dagegen wollte über dieses Verbot nicht länger Trübsal blasen, damit er seinen Neffen mit einer herzlichen Umarmung verabschieden konnte. »Ich wünsche dir viel Spaß in den nächsten sechs Wochen. Nutze sie gut, um die Menschenwelt mal für eine Zeit zu vergessen.«

»Danke für alles, Gerrit. Ich hoffe, du kommst mich in den sechs Wochen auch mal besuchen.«

»Wenn es seine menschlichen Geschäfte zulassen, bestimmt«, scherzte Flynn. Der Elfenfürst setzte als Erster seine Füße auf die heilige Fabel, um die Grenze zur anderen Welt zu überqueren.

»Dein Vater hat leider recht«, sagte Gerrit mit tiefem Blick in Dennis gerötete Augen. »Ich muss mich um die Angelegenheiten meines Cafés kümmern. Nebenbei muss ich auch noch zusehen, dass ich unsere Sommercamp-Geschichte neu verfasse. Außerdem könnte schon bald die Polizei hier auftauchen, da Marco als vermisst gemeldet wird. Da wäre es äußerst ungünstig, wenn ich nicht vor Ort wäre.«

Dennis seufzte besorgt, während Miro der Nächste war, der sich winkend verabschiedete, um dann in seine Welt zu verschwinden.

Für Dennis war dies das Zeichen, dass er nun an der Reihe war. »Pass bitte gut auf dich auf, Gerrit. Die Gesta wird jetzt auch hinter dir her sein.«

Gerrit hob Dennis sachte hoch und setzte ihn auf die heilige Fabel. »Mach dir keine Sorgen. Ich habe im Umgang mit diesen Typen viel Erfahrung. Ich werde mich in den nächsten Wochen nur im Café oder im Auto aufhalten.«

Gerrit wartete noch, bis das letzte Haar von Dennis die Grenze zur Fabelwelt überwunden hatte, bevor er erschöpft davonging.

Ungewisse Zukunft

Dennis hatte es wieder geschafft. Er war zurück in Noxia.

Der kleine Halbelf wurde von den Wachen des Weltentores wie ein König empfangen.

Durch Flynns Einfluss besorgten sich die drei eine Einhornkutsche, mit der sie schnurstracks in die Stadt kamen.

Auf der Fahrt konnte Dennis in aller Ruhe die Schönheit des leuchtenden Waldes bewundern. »Du hattest recht, Miro«, sagte er tiefenentspannt.

Miro und Flynn schauten Dennis fragend an.

»Noxia ist wirklich viel schöner als alles, was es in der Menschenwelt gibt.«

Flynn und Miro lachten erheitert über Dennis Feststellung. Entspannt erzählte man sich Geschichten, bis die Kutsche die Stadt erreichte.

Flynn entschied sich dazu, Dennis so lange in die Obhut von Miros Familie zu geben, bis er wieder gesund ist. Er selbst hatte durch seine beruflichen Pflichten viel zu wenig Zeit, um sich ausreichend um seinen Sohn zu kümmern. Die Kobolde konnten Dennis durch ihre Erfahrungen mit Tränken und Medizin viel schneller wieder auf die Beine bringen.

So hielt die Kutsche im beschaulichen Bauernviertel an, wo Dennis und Miro bereits von Maggie und Bornard begrüßt wurden. Flynn fuhr umgehend weiter zum Schloss, um seine Schusswunde versorgen zu lassen.

Dennis wurde von Miros Familie wie gewohnt liebevoll aufgenommen. Da er allerdings zu schwach war, um gemeinsam mit den anderen am Tisch zu essen, legte er sich in Miros Bett, um versorgt zu werden.

Zu später Stunde schlurfte Bornard mit einer kleinen Flasche selbsthergestellter Medizin zu Dennis ans Bett, um ihm diese korrekt dosiert zu verabreichen. Da Miro gerade im Bad nebenan weilte, um sich frisch für die

Nachtruhe zu machen, benahm sich Bornard in Dennis Anwesenheit besonders hektisch. Seine Hand zitterte so sehr, dass er einen Teil der Medizin bereits auf dem Weg zu seinem Patienten auf dem Teppich verschüttete.

Dennis war zwar erschöpft, wollte jedoch nicht dabei zusehen, wie Miros Vater sich weiterhin in seiner Anwesenheit so unter Druck setzte. Er nahm die Flasche mit einem freundlichen Lächeln entgegen. »Danke, Bornard.«

»B… bitte«, stammelte Bornard zurück. Er konnte mit seinem verausgabten Gesicht nur schwerlich ein Grinsen entwickeln.

Dennis wollte die Initiative ergreifen, um das Verhältnis zu dem alten Kobold zu verbessern. »Ich bin froh, dass du wohlauf bist. Wir hatten alle Angst, dass dir etwas passiert sein könnte, als wir die Nachricht von dem Überfall gehört haben.«

Bornard wirkte nun wie versteinert. Steif und wie angewurzelt stand er vor dem hustenden Dennis, um ihm ein verspanntes Nicken entgegenzubringen. Das machte auch Dennis nervös. Er wusste einfach nicht, wie er den alten Kobold aus der Reserve locken konnte.

»Hast du an dem Tag eigentlich irgendetwas gesehen? Anscheinend seid ihr ja kurz vor dem Überfall an der gleichen Stelle hergefahren.«

Bornard fing plötzlich ohne Ankündigung an, zu schluchzen.

»Was ist los?«, fragte Dennis.

»M… mein guter Fr… Freund Ernstwart.«

»Was ist mit ihm?«

»Er gehörte zu den Über… Überfallenen«, weinte Bornard.

´Toll. Jetzt habe ich das Ganze noch schlimmer gemacht´, dachte sich Dennis. »Tut mir leid, Bornard. Ich wusste das nicht.«

Bornard versuchte, sich durch Atemübungen zu beruhigen. »Sch… schon in O… Ordnung. Er war ein g… guter Freund.«

Der Fall des Verbindungssteindiebs bekam für Dennis immer dunklere Züge. Durch Bornards Verlust fiel es Dennis noch schwerer, seine Erlebnisse zu verarbeiten.

»Das mit deinem Freund tut mir wirklich leid. Ich weiß mittlerweile auch, wie schlimm es ist, einen Freund zu verlieren.«

Marcos Tod stach mitten in Dennis Herz. Für einen Menschen, den er erst kürzlich kennengelernt hatte, bedeutete er ihm ziemlich viel. Wahrscheinlich auch, weil er noch nie zuvor mit jemandem außerhalb seiner Familie so tiefgründige Gespräche geführt hatte. Er musste hilflos mitansehen, wie dieser Mensch vor seinen Augen ermordet wurde. Es verging bisher keine Minute, in der Dennis diese Bilder nicht durch den Kopf gingen. Auch die Szenerie des blutigen Schlachtfelds, welches sein Vater hinterlassen hatte, brannte sich in seinen jugendlichen Geist.

Da Bornard zu bemerken schien, dass Dennis für einen Moment geistig abwesend war, versuchte der Halbelf schnell wieder ein Lächeln aufzusetzen. »Mein Vater wird diesen miesen Dieb mit Sicherheit finden, keine Angst«, sagte er und schluckte die Medizin aus einem winzigen Glas weg.

»B… bestimmt.«

»Ich bin so dankbar, dass ihr mich bei euch aufnehmt, bis ich wieder gesund bin. Ihr behandelt mich sogar mit Medizin. Ich sehe euch alle mittlerweile als gute Freunde an, Bornard.«

Bornard hickste erschrocken. »Da… da… das ist uns eine große Ehre.«

Dennis schmunzelte. »Bitte sehe mich nicht als etwas Besseres. Ich bin zwar Flynns Sohn, aber auch euer Freund. Für mich gibt es keinen Unterschied zwischen Elfen, Kobolden oder irgendwelchen Rangordnungen.«

Für Bornard klang dies unverständlich. Sein ganzes Leben lang hatte man ihm eingebläut, dass Kobolde dankbar sein mussten, Obdach in Noxia gefunden zu haben. Ihm hatte man bereits in der Schule gelehrt, den Elfen auf ewig untertan zu sein. Einen so aufgeschlossenen Jungen mit elfischem Blut wie Dennis hatte der alte Kobold noch nie getroffen.

»Ee… ehm, na gut, wie du m… meinst«, stotterte Bornard perplex. Er wollte schnell auf ein anderes Thema zu sprechen kommen. »Trink am b… besten noch ein Glas von der Zurlu-Medizin. Du bist größer als wi… wir Kobolde. Die Medizin s… sollte dein Fieber über Nacht deutlich senken. Und morgen macht dir meine F… Frau eine leckere P… Pilzsuppe.«

Dennis freute sich über die Gastfreundschaft der Kobolde und schüttete sich prompt noch eines der winzigen Koboldgläser mit der Medizin voll, um diese darauf sofort genüsslich auszuschlürfen. Sie schmeckte fruchtig süß und hatte mehr mit einem Frühstückssaft der Menschen gemeinsam als mit einer für ihn bekannten Medizin.

Noch bevor Bornard das Zimmer verlassen konnte, betrat Miro die Türschwelle.

»Ach, Miroel, gut, dass ich dich noch sehe«, sagte Bornard.

»Nenn mich nicht so«, polterte Miro. Bornard nannte seinen Sohn allerdings immer bei vollem Namen, da ihm die Abkürzung zu flippig rüberkam.

»E… ehm, gut, Miroe… Miro. Hättest du Lust, mir morgen bei einem wichtigen E… Experiment zu helfen?«

Miros Gesichtsausdruck sprach Bände. »Da Dennis sowieso die nächsten Tage ans Bett gefesselt sein wird, wäre das vielleicht möglich. Aber nur, falls mich die Monddämmerung morgen nicht zufällig für einen wichtigen Auftrag beordert.«

Dennis schmunzelte heimlich, während Bornard nach den richtigen Worten rang. »Na… na ja, es geht um etwas s… sehr Wichtiges. Ich möchte eine hydraulische Mähmaschine entwickeln, um deine Mutter ein wenig zu entlasten.«

»Ja, wie gesagt, wenn ich morgen nichts zu tun habe, komme ich darauf zurück, Vater.«

Bornard verließ daraufhin stumm das Zimmer.

»Puh, tut mir leid wegen meinem Vater. Er kann schon mal anstrengend sein«, seufzte Miro zu Dennis.

»Du solltest deinem Vater mehr Respekt zeigen. Er ist ein netter Mann, der unheimlich viel arbeitet, um dir ein sorgenfreies Leben zu bieten.«

Miro gesellte sich zu Dennis ins Bett und dachte über die Worte seines Freundes nach. »Findest du echt, dass ich meinen Vater schlecht behandelt habe?«

Dennis nickte verwundert. »Ja, natürlich hast du das. Ich kann verstehen, dass du dich nicht mit einem gewöhnlichen Koboldleben zufriedengeben kannst. Aber das heißt nicht, dass du die Leute, die es leben, verachten solltest. Und erst recht nicht deine Eltern. Sie sorgen sich sehr um dich.«

»Ich werde darüber schlafen«, meckerte Miro beleidigt. Der Koboldjunge ließ die Lichtkugel neben seinem Bett erlöschen, und beide blickten hinaus auf den Vollmond dieser Nacht.

»Meinst du, dass wir die Gesta besiegen können, Miro?«, fragte Dennis plötzlich besorgt.

Es wurde einen Augenblick still im Zimmer. Miro schien mittlerweile auch skeptischer geworden zu sein.

»Ich denke, wir sollten nicht zu weit vorausschauen. Zuerst sollten wir sie weiterhin davon abhalten, dass Tor zu unserer Welt zu finden.«

»Vielleicht hast du recht«, antwortete Dennis bedrückt.

»Aber ich muss sagen, dass wir uns heute bestens geschlagen haben. Wir haben schon gekämpft wie echte Helden.«

Dennis hatte jedoch eher das Gefühl, an diesem Tag eine Last gewesen zu sein. Sein Vater war der Held. Er musste sein Leben riskieren, um das von ihm zu retten. Er stand lediglich regungslos da, während Marco erschossen wurde.

Miro sah dies völlig anders. »Mach dich nicht immer schlechter, als du bist. Du warst tapfer und mutig. Du hast alles, was ein wahrer Krieger der Monddämmerung benötigt. Und du hast einen besten Freund, der, wenn es darauf ankommt, auch mit Steinen schmeißt.«

Dennis wünschte sich den Optimismus seines Freundes.

»Hey, warum bist du nur so negativ? Wir haben heute einen wichtigen Sieg errungen«, meinte Miro.

»Ich bin krank. Außerdem musste ich heute dabei zusehen, wie jemand erschossen wurde.«

»Dafür werden diese miesen Schurken auch büßen«, konterte Miro.

»Das holt Marco aber auch nicht zurück. Ich habe das Gefühl, dass die Leute wegen mir ihr Leben riskieren. Ich will nicht, dass jemand wegen mir stirbt«, sagte Dennis mit Kloß im Hals.

Bevor Dennis vollkommen der Trauer verfiel, setzte sich Miro direkt vor ihm, um Trost zu spenden. »Bist du deine Elfenfähigkeiten noch nicht beherrschst, brauchst du dringend Hilfe. Außerdem kämpfen wir nicht nur für dich, sondern für unsere Welt. Das ist ein Kampf zweier Welten. Du bist zwar der Schlüssel, aber nicht der Grund, warum wir kämpfen. Das sind diese Saftsäcke, die auf der anderen Seite der Wurzeln bereitstehen, um uns zu vernichten.«

»Das weiß ich. Aber trotzdem müssen alle zusehen, dass sie mich beschützen. Ich will aber endlich die anderen beschützen. Ich will jetzt unbedingt die Fähigkeiten erlernen, um gegen diese Penner zu kämpfen«, erklärte Dennis entschlossen.

»Jetzt hast du sechs Wochen Zeit, um bei diesem alten Meister was zu lernen«, sagte Miro optimistisch.

»Ja, das stimmt. Die will ich nutzen.«

»Keine Sorge, mein Freund. Nach den Sommerferien wirst du deinem Stiefvater die Leviten lesen, und nicht anders.«

Miro schaffte es immer wieder, Dennis ein wenig aufzuheitern. Nun konnte er sich mit einem leichten Schmunzeln die Decke bis zum Kinn ziehen. Trotz seiner Grippe wirkte sein Körper alles andere als schlaffreudig.

Er wollte am liebsten sofort bei Meister Filus stehen, um alles zu lernen, was es für ihn über die Elfenfähigkeiten zu lernen gab. Er malte sich bereits die fassungslosen Gesichtszüge von Roger aus, wenn er nach den Sommerferien einen völlig neuen Stiefsohn zu Gesicht bekommen würde.

Innere Konflikte

Wenn es in Noxia einmal regnete, dann richtig.

Am nächsten Morgen wurde das Elfenreich von monsunartigen Regenfällen heimgesucht. Die Wolkenfront war so dicht, dass kein Tageslicht durchdrang. Ein Tag zum Vergessen für die Landwirtschaft Noxias.

Miros Familie litt enorm an diesem Tag. Die ganzen Gemüsefelder waren mit einer zentimeterhohen Wasserschicht bedeckt. Viele Bewohner des Bauernviertels kämpften mit starken Überschwemmungen. Selbst die Händler fuhren an diesem Tag nur die nötigsten Strecken für ihr Geschäft.

Die Krieger und Anhänger der Monddämmerung konnten das schlechte Wetter nicht dafür nutzen, um sich einen ruhigeren Tag zu gönnen. Jeder bekam wie gewohnt seine Aufgaben von den Fürsten zugeteilt und musste entweder an verschiedenen Posten Wache halten oder bei der Beseitigung der Überschwemmungen helfen.

Auch Flynn hatte an diesem Tag viel vor. Trotz des Sturms wollte er zum Schimmersee aufbrechen, um dort mit Meister Filus zu sprechen. Er hatte noch so manche Frage, die der weise Elf beantworten sollte.

Da der starke Wolkenbruch ihm nicht erlaubte, mit einem Greifen zu fliegen, musste er auf sein Einhorn zurückgreifen. Die Stute Tana kannte er bereits seit seiner Jugend. Sie war für Flynn mit vielen Erinnerungen verbunden, positiven wie negativen. Gerade Erinnerungen an Karin blendete Flynn gerne aus. Der lange Ritt durch den noxischen Wald bescherte ihm jedoch genügend Zeit, damit sich seine Ex-Frau in seinen Geist drängen konnte.

Erst am späten Vormittag erreichte Flynn den überlaufenden Schimmersee. Von Filus fehlte jede Spur. Er war weder auf dem Wasser noch am Ufer zu finden.

Flynn band Tana an den nächsten Baum und begab sich zum Ufer des Sees. Er ließ sich für eine kurze Zeit nieder und tauchte seinen gesunden

Arm ins Wasser. Wieder löste sich seine Hand auf, um alles Leben rund um den See zu identifizieren.

Zuerst fiel ihm nichts Besonderes auf. Er spürte das Pulsieren der Pflanzen, Fische und anderer Wasserlebewesen.

Erst deutlich später, als er bereits seinen Arm aus dem Wasser ziehen wollte, spürte er eine ungewöhnliche Lebensform. Es schwamm in den Tiefen des Schimmersees und war ungeheuer groß. Normalerweise waren Rifitis die größten Lebewesen im Schimmersee. Flynn spürte jedoch die Energie eines viel größeren Fisches. Er war in seinem Leben schon hunderte Male am Schimmersee gewesen. So ein Geschöpf, wie Flynn es im See spürte, hätte er doch all die Jahre bemerken müssen.

Zu allem Überfluss schien dieser Fisch auch noch besonders intelligent zu sein. Als ob er spüren würde, dass Flynn mithilfe seiner Naturfähigkeiten alles Leben im Umkreis ausfindig machen wollte, schoss er plötzlich aus den Tiefen des Sees in Richtung Oberfläche. Flynn zog vor Schreck die Hand aus dem Wasser und trat mehrere Schritte vom Ufer zurück.

Das Tier schien dennoch zu wissen, wo Flynn sich aufhielt. Nur wenige Augenblicke später schoss das Tier aus dem Wasser. Es war tatsächlich ein gigantischer Fisch mit messerscharfen Zähnen, rötlichen Schuppen und einem länglichen Körper. Flynn hatte noch nie so einen Fisch gesehen. Er hatte keine Zeit, darüber nachzudenken, warum dieses Monstrum ihn angreifen wollte. Da er an diesem Tag in voller Montur unterwegs war, konnte er sein Langschwert aus seinem Waffengürtel ziehen, um dem gigantischen Fisch entgegenzutreten.

Doch die nächste Überraschung folgte zugleich. Der Fisch wurde plötzlich immer kleiner, bis er sich zu einer klumpigen Masse verformte. Flynn zog sein Schwert zurück. Ein solches Verhalten gab es gewöhnlicherweise nur bei der Gestaltwandlung eines Elfen. Wie vermutet nahm die gummiartige Masse schnell die Form eines Elfen an. Es war Filus, der geschwind aus der Luft auf Flynn zukam und sanft vor ihm landete.

»Meine Güte, hättest du mich gerade beinahe ernsthaft mit einem Schwert angegriffen?«, fragte der alte Elf grantig.

Flynn war immer noch sprachlos.

»Es wäre übrigens nicht schlecht gewesen, wenn du mir aus dem Wasser geholfen hättest. Immerhin bin ich ein alter Mann.«

»Ich habe ehrlich gesagt noch nie einen Elfen erblickt, dessen Seelentier ein Fisch ist«, schämte sich Flynn. »Es tut mir aufrichtig leid, dass ich Euch mit meinem Schwert bedroht habe, Meister Filus.«

»Man kann sich sein Seelentier nicht aussuchen, Flynn. Früher war es so üblich wie der Mond bei Nacht, dass Elfen neben Landlebewesen auch Wassertiere als Tierform nutzten. Ein weiteres Indiz dafür, wie sehr sich unsere Spezies in den letzten Jahrhunderten zurückentwickelt hat.«

»Entschuldigt die Frage, aber was für ein Tier war das? So etwas habe ich in unseren Landen noch nie gesehen.«

»Das war ein Resun«, antwortete Filus plump. »Ein längst ausgestorbenes Tier, welches vor vielen Jahren das Gewässer Noxias unsicher gemacht hat. Auch dieses Schicksal kann sich die Monddämmerung anheften.«

Flynn war beeindruckt. Selbst sein Vater hatte ihm nie von einem solchen Wesen erzählt. Sie mussten also sogar noch vor Paulus Geburt ausgestorben sein. Ein weiteres Indiz für Filus enorm hohes Alter.

Der alte Elfenmeister betrachtete den durchnässten Flynn genauer. Auf seinem faltigen Gesicht entwickelte sich schnell eine ernste Miene. »Ich denke mal, du bist nicht ohne Grund bei diesem Wetter aus deinem schicken Palast gewichen, um mich bei meinen Tauchgängen mit den Amphobies zu stören?«

»Nein, gewiss nicht«, bedauerte Flynn.

Obwohl sein Körper mit einem Regencape aus schwarzem Leder und seiner Rüstung bedeckt war, starrte Filus auf Flynns linken Arm. »Du warst in eine Schlacht verwickelt. Und du hast sie zugunsten unseres Volkes und deines Sohnes gewonnen.«

Flynn war erschrocken. Filus hatte seine verbundene Schussverletzung trotz Kleidung bemerkt.

Filus kicherte und führte Flynn vom See in Richtung Wald. »Komm, mein Junge. Die dichten Bäume unserer Väter geben uns mehr Schutz vor dem Regen.«

Flynn folgte ihm prompt. Gemeinsam spazierten sie durch den bunten Wald, der nur so vor Leben strotzte. Überall ertönten Schreie verschiedenster Tiere, die beide bestens kannten.

Für Filus war dies Musik in seinen Ohren. »Hörst du das. Die Beutelbären und sogar die sonst gemeinen Stanim suchen friedlich nach einem Partner für den nächsten Nachwuchs.«

Flynn hatte zwar auch gewisse Gefühle für den Wald seiner Heimat, doch so emotional konnte er dabei nicht werden. »Ich erinnere mich, wie ich mich damals als Kind der Herausforderung gestellt habe, einen Beutelbären zu zähmen. Es ging nicht sonderlich gut aus.«

Beide lachten und bewunderten die schöne Natur ihres Landes. Doch irgendwann kamen die beiden nicht drum herum, die ernsten Dinge des Lebens anzusprechen.

»Du hattest gestern einen ereignisreichen Tag«, sagte Filus. »Du warst in der Menschenwelt und hast dich dem Bösen gestellt. Aber trotzdem scheinst du äußerst unzufrieden zu sein.«

Flynn seufzte. »Auch wenn wir gestern relativ schwache Gegner vor unserer Brust hatten, gab es große Komplikationen. Diese Monster hatten keine Skrupel davor, ihr Leben hintenanzustellen, um einen von uns auszuschalten.«

»Diese Menschen werden alles dafür tun, um ihre Ziele zu erreichen. Das unterscheidet sie von vielen anderen unseres Volkes. Allerdings muss dies nicht immer ein Vorteil sein. Die geistige Verbindung zu unseren Liebsten kann wahre Wunder vollbringen. Man wächst über sich hinaus und kann somit das Böse besiegen.«

»Einer von ihnen hatte es beinahe geschafft, Dennis in den Tod zu reißen. Es war so knapp, dass ich mir langsam große Sorgen mache.«

Filus führte Flynn in eine Senke des Waldes. Dort befanden sich unzählige, bunte Pilze, die wie in einer Disco blinkten und sich drehten.

Für Flynn war dieser Anblick Gold wert. Er strahlte plötzlich wie ein kleines Kind. »Unglaublich. Das sind ja Zikripilze«, schwärmte er und ging auf einen der riesigen Pilze zu. Der Größte von ihnen reichte Flynn bis zum Hals.

»Ja, das sind Zikripilze. Zum Glück sind sie ungenießbar, sonst wären sie bereits von der Bildfläche verschwunden. Sie drehen sich in ihrem unverwechselbaren Tanz nur, wenn sie nass werden. So verbreiten sie ihre Sporen«, erklärte Filus entzückt.

In Flynn begann es zu beben. »Ich habe so ein Feld benutzt, um meiner damaligen großen Liebe einen Heiratsantrag zu machen. An dem Tag herrschte ein furchtbares Wetter, ähnlich wie heute. Aber ich habe diesen Tag bewusst gewählt, um die Atmosphäre dieser Pilze zu nutzen. Und es hat funktioniert. Sie wurde daraufhin sechs Jahre lang meine Frau.«

»Das weiß ich, Flynn. Sie war zu deinem Bedauern ein Mensch und deshalb nicht dafür geeignet, die Bürde deines Sohnes zu tragen. Obwohl sie dich noch liebte, war ihre Angst größer.«

»Sie hat mit ihrem Handeln alles noch schlimmer gemacht. Das müssen wir jetzt wieder zurechtrücken.«

Filus sprang auf einen der großen, tanzenden Pilze. Sobald er darauf saß, stoppten sämtliche Pilze in der Umgebung ihren Tanz. »Da Lakusos Mutter eine geborene Brunn ist, werde ich nicht zu schlecht von ihr reden. Aber du solltest immer bedenken, dass eine Beziehung zu einem Menschen äußerst gefährlich sein kann. Du musst lernen, sie zu vergessen. Solange du an ihr hängst, wird dein Geist niemals frei sein.«

»Habt keine Sorge, Meister Filus. Karin hat nichts als Unheil über unser Land gebracht. Dafür werde ich ihr niemals verzeihen.«

Filus lächelte Flynn skeptisch an. »Ich glaube auch nicht, dass du zu mir gekommen bist, um über deine Ex-Frau zu sprechen.«

»Nein, natürlich nicht«, entgegnete Flynn und setzte sich auf einen der Pilze neben Filus. »Ich bin zu Euch gekommen, weil ich mich seit den gestrigen Ereignissen um Dennis zukünftiges Wohlergehen sorge. Er ist nicht bereit für so eine Aufgabe. Karin hat ihn völlig verweichlicht. Selbst mit seinem Talent steht ihm aktuell noch sein Charakter im Weg.«

Anders als erwartet, schüttelte Filus daraufhin lächelnd den Kopf. »Gerade Lakusos Charakter ist der Schlüssel zum Sieg. Ich habe in ihm eine Wissbegierde und Auffassungsgabe vernommen, die nicht von dieser Welt ist. Dafür, dass er vorher noch nie Kontakt zu unserer Welt hatte, konnte er innerhalb eines Trainingstages bereits Dinge verinnerlichen, für die andere Wochen benötigt hätten. Noch dazu ist er genetisch mit großem Talent gesegnet. Dieser Junge trägt also mehr Talent und Stärke in sich als wir beide zusammen.«

Flynns Augenbrauen zuckten. »Seid ihr Euch da sicher? Nach so einer kurzen Zeit könnt ihr so etwas behaupten?«

»Ja, das kann ich. Leider muss sein Talent so schnell wie möglich in Macht umgemünzt werden, die er aktuell nicht im Ansatz besitzt. Noch kann er uns nicht helfen. Die Kunst wird es sein, so lange zu überleben, bis er so weit ist.«

»Ich werde mein Bestes geben, um Dennis Leben und das unseres Volkes zu beschützen. Doch dazu muss er sein menschliches Zuhause verlassen. Dort ist er nicht länger sicher.«

»Mein Junge, der gestrige Tag scheint deinem Geist gewiss nicht gut getan zu haben«, widersprach Filus erneut kopfschüttelnd.

Flynn erhob sich von seinem Pilz. »Wie soll ich das wieder verstehen?«

»Das soll heißen, dass du einem Trugschluss auf der Spur bist. Lakusos Leben ist aktuell in der Menschenwelt deutlich sicherer als in unserer.«

»Entschuldigung, aber reden wir beide über dieselben Welten? Immerhin befindet sich die Gesta in der Menschenwelt. Und das sollte auch so bleiben. Es gibt für uns nichts Bedrohlicheres als diese Menschen.«

»Du hast im Großen und Ganzen recht. Die Gesta ist die schlimmste Organisation, die es gibt. Sie ist seit Jahrhunderten unser schlimmster Feind, und niemand von ihnen würde zögern, einen von uns zu töten. Doch bei Lakuso ist das etwas anders.«

Flynn neigte fragend den Kopf. »Wovon sprecht Ihr?«

»Außer dieser Flöte, die Lakuso im Affekt umbringen wollte, werden sich die anderen Gesta-Mitglieder hüten, ihn zu töten.«

»Also meint Ihr, dass die Vorfälle von gestern nicht der Regel entsprechen?«

»Solange der Venandi in seinem Haus denkt, dass er deinen Sohn aufgrund seiner Schlüsselfähigkeiten braucht, wird er ihn vielleicht verletzen, aber nicht töten.«

»Woher sollen wir wissen, ob er diese Kenntnisse nicht schon längst besitzt? Vielleicht bringt er Dennis um, sobald er in die Menschenwelt zurückkehrt.«

»Der Venandi hatte es vor Lakusos Abreise nicht gewusst, warum sollte er es jetzt wissen? Allerdings muss ich dir schon mit aller Klarheit sagen, dass Lakusos Lebenssituation in der Menschenwelt kein Dauerzustand bleiben darf. Eines Tages wird die Gesta herausfinden, dass dein Sohn die Fähigkeit, das Tor zu versiegeln, noch nicht beherrscht. Zudem braucht der Hüter der Fabeln jederzeit unbeschränkten Zugang zu unserer Welt.«

Beide überlegten nach einer zukünftigen Lösung. Viele Minuten lang war es vollkommen still im noxischen Zauberwald. Man konnte jeden Tropfen hören, der von den verschiedensten Baumwipfeln herunterrieselte.

»Wie war das eurerseits gerade gemeint, dass Dennis hier bei uns in größerer Gefahr leben würde als in der Menschenwelt?«, fragte Flynn, da er das Gespräch langsam zu einem Ende bringen wollte.

»Ich hatte eigentlich gehofft, dass du es dir denken konntest, als du deinen Sohn das erste Mal zurück in unsere Welt gebracht hast. Denn nicht nur in der Menschenwelt ist die Ankunft eines Elfhybriden für das Aufblühen des Bösen verantwortlich. Das solltest gerade du am besten wissen.«

Flynns Augen wurden mit jeder Sekunde größer. »Meint Ihr damit etwa den Überfall auf Luxes?«

»Ja, selbstverständlich meine ich das. Dreizehn Jahre lang hatte Noxia Frieden, und es ist nie etwas Erwähnenswertes innerhalb der Stadtmauern passiert. Plötzlich taucht dein Sohn in unserer Welt auf, und innerhalb weniger Wochen passiert das größte Unglück seit Jahren. Der Zusammenhang sollte wohl offensichtlich sein. Vor dreizehn Jahren wurde deine Familie auf dem Weg zur Menschenwelt angegriffen. Meinst du, der damalige Feind hat sich mit seiner Niederlage zufriedengegeben? Das Böse innerhalb unserer Welt keimt wieder zur neuen Stärke heran. Und diese ist aktuell bedeutend gefährlicher für deinen Sohn als die Gesta.«

Flynn versuchte, die Zusammenhänge zwischen Dennis und den Vorkommnissen zu verstehen. Ein Satyr war zwar gefährlich, aber niemals intelligent genug, um derartig böse Pläne zu schmieden. Es musste also eine größere und intelligentere Macht dahinterstecken.

»Was ist mit diesem verhüllten Dieb, der die Verbindungssteine an sich gerissen hat? Ist er die Verbindung zu der bösen Macht, die gerade aufblüht? Und warum haben sie ein solch hohes Interesse an meinem Sohn?«

»Er hat andere Beweggründe, aber in ihren Wurzeln wollen sie das Gleiche von deinem Sohn wie die Gesta. Seine hybridischen Eigenschaften. Doch werden die Feinde in unserer Welt nicht zögern, Lakuso zu töten, wenn sie wollen. Sie benötigen nicht seine verborgenen Fähigkeiten, sondern etwas, was sie offensichtlich und ohne Probleme von ihm bekommen können.«

»Wer oder was in unserer Welt ist so böse und mächtig, dass er mithilfe meines Sohnes etwas Furchtbares erreichen könnte? Unsere Gegner damals können ihn unmöglich gebraucht haben.«

»Die Magier von Teraplotan sind zwar vor vielen Jahren durch die Auswirkungen des magischen Krieges ausgestorben, aber du weißt genauso wie ich, dass es einen sehr mächtigen, dunklen Magier gab, der seine Brut auf uns und unsere Vorfahren losließ. Fällt dir wirklich niemand ein, der die finsteren Pläne Algacons vollenden möchte?«

»Warum will dieses Monster meinen Sohn tot sehen? Was können die magischen Wesen für einen Nutzen von Dennis unausgeprägter Stärke haben? Ihr Anführer wurde vernichtet. Vor fast genau dreizehn Jahren.«

Filus sah erschüttert zu Flynn. »Oh nein, mach dir nichts vor. Du weißt genauso wie ich, dass er auf normalen Wegen nicht zu töten ist. Er wurde lediglich verwundet. Von deinem Vater. Seitdem weilt er im Zeitenwald und wartet auf den richtigen Moment. Anscheinend hat er von Lakusos Rückkehr in die Fabelwelt erfahren.«

»Ihr meint also tatsächlich das dunkle Geschöpf, das vor Urzeiten von Algacon durch einen seiner Flüche erschaffen wurde?«

Filus nickte. »So ist es. Ich rede von derselben Kreatur, die dir deine ganze Familie genommen hat, nur um an Lakuso heranzukommen. Fenrir.«

Der Autor

info@kc-metz.com

Facebook/ K.C.Metz

Instagram/ k.c.metz_autor

Kevin Christian Metz wurde 1993 in Radevormwald geboren und ist bis heute in der Region beheimatet.

Bereits als Kind faszinierten ihn spannende Geschichten mit eigenen Welten und Dramen, die noch heute großen Einfluss auf sein Denken haben. Neben den üblichen, bekannten Franchisen der Fantasy waren gerade die erschienenen Animes bzw. Mangas der frühen 2000er die wohl größten Quellen seiner Inspiration. Als er in jungen Jahren ein Diktiergerät und wenig später eine Videokamera geschenkt bekam, wurde seine kreative Seite geweckt. Seitdem erfindet er eigene Geschichten im Bereich Fantasy und Science-Fiction. Doch abgesehen von kindlichen Träumen konnte er sich selbst in seinen kühnsten Träumen nur schwer vorstellen, eines Tages eine seiner Ideen als fertiges Buch in den Händen zu halten. Erst als er sich nach seiner Ausbildung zum Bürokaufmann dazu entschied, etwas völlig Neues machen zu wollen, legte er seinen Fokus vollständig auf das Schreiben.

Nachtrag/Danksagung

Wir schreiben das Jahr 2019, genauer gesagt befinden wir uns im Frühjahr 2019. In dieser Zeit war mein Leben äußerst wüst. Ich hatte meine Ausbildung zum Bürokaufmann erfolgreich abgeschlossen, doch innerhalb dieser drei Jahre merkte ich, dass das Leben als Angestellter im Büro nicht für mich gemacht war. Infolgedessen suchte ich nach einer Tätigkeit, die mich erfüllen sollte. Leider gestaltete sich diese Suche schwieriger als gedacht, und so wanderte ich von einem Versuch zum nächsten, ohne wirklich Zufriedenheit zu spüren. Ich dachte lange Zeit, dass sich das Problem nie lösen würde. Ich war nun mal nicht der Gesprächigste, drückte mich bereits als Kind lieber mit der Schrift aus.

Ich erinnere mich noch genau an die Autofahrt, bei der meine Lebensgefährtin mich in das wohl entscheidende Gespräch verwickelte, um völlig anders über mein Leben nachzudenken. Es ging um meine wohl größte Leidenschaft. Geschichten. Eher gesagt, Geschichten schreiben, denn dies machte ich mir bereits im Alter von acht Jahren zum Hobby. Als Einzelkind verbrachte ich schon immer am liebsten meine Zeit mit der Unterhaltung von fantastischen Welten, Mythen und erfundenen Gesetzen. Trotz Unmengen sehr guter Geschichten verspürte ich damals bereits den Wunsch, etwas Eigenes zu erschaffen. Ich schrieb meine erste Geschichte, "Monster". Damals noch mit Füller und Schülerschreibheft. Eine Tortur, so etwas zwanzig Jahre später wieder zu entziffern. Dennoch betrachte ich diese Geschichte als Wurzel meiner Leidenschaft, da viele Grundideen von damals mich bis heute begleiten. Ich habe schon immer gerne geschrieben, wünschte mir bereits im Alter von acht oder neun eines Tages meine Ideen an die Öffentlichkeit zu tragen. Leute zu unterhalten, möglicherweise sogar zum Nachdenken anzuregen. Ihren Alltag verschönern, indem sie nach einem harten Arbeits- oder Schultag abschalten und mit besonderen Charakteren etwas abseits des Realitätstrubels erleben können.

Doch irgendwie holte mich der Trott des heutigen Systems ein und ich ließ die Tasten für einige Jahre unberührt. Ich hielt es für eine naive Idee, meine Hoffnungen auf das Schreiben zu setzen, um eines Tages davon leben zu können.

Doch im Jahr 2019 schien alles anders zu sein. Meine Lebensgefährtin riet mir, mich mit dem Schreiben selbstständig zu machen, da es heutzutage Möglichkeiten gibt, sein Buch eigenständig von Grund auf zu gestalten, ohne einen Verlag einzubeziehen. Diese Möglichkeiten spornten mich kurz darauf an, die Reihe "Der Hüter der Fabeln" zu beginnen. Eine Fantasy-Geschichte, die sich etwas anders entwickelt als die meisten, die ich kenne.

Schnell wurde aus dem Grundgedanken die Idee für eine sechsbändige Reihe, an der ich bis heute schreibe und mein Herzblut hineinstecke.

Der Grund, warum ich endlich meinen ersten Fantasyroman veröffentlicht habe, ist vor allem Vanessa, meine Lebensgefährtin, die mich mit ihrer Einstellung, auch mal ein Risiko einzugehen, um seine Träume zu erfüllen, angesteckt hat. Dazu hat sie mein Buch korrigiert und lektoriert, was der Geschichte sprachlich und inhaltlich nochmals einen enormen Qualitätsschub gegeben hat.

Zudem geht auch ein großer Dank an Britta Nigrini und Marion Buderus, die sich als erste Testleserinnen bereitgestellt und mir viel Feedback gegeben haben.

Ich möchte mich selbstverständlich auch bei meinem Coverdesigner, Alexander Kopainski, bedanken. Man spürt, dass du deinen Beruf aus tiefstem Herzen liebst. Durch dich hat dieses Buch erst den letzten Schliff bekommen, um überhaupt zu dem zu werden, was es ist. Ich freue mich jetzt schon auf deine kommenden Werke.

Zum Schluss möchte ich mich noch an dich wenden. Ja, genau, an dich. Du hast meinen ersten Roman gelesen und bist bis zu diesem Punkt hier angelangt. Dafür möchte ich mich herzlich bei dir bedanken.
Ich hoffe natürlich, dass du viel Freude mit Dennis erstem Kapitel seiner legendären Reise zum Hüter der Fabeln hattest. Wenn du Lust bekommen

hast, Dennis, Miro, Gerrit, Flynn und Co. auf ihren weiteren Abenteuern zu begleiten, freue ich mich, dich bei meinem nächsten Nachtrag begrüßen zu dürfen.

Natürlich würde ich mich auch über eine ehrliche Bewertung meiner Arbeit sehr freuen. Gerade als Einsteiger in der Branche helfen positive Rezensionen sehr, um in der Masse an guten Büchern überhaupt wahrgenommen zu werden.

Außerdem lade ich dich herzlich dazu ein, auf meinen Social-Media-Kanälen vorbeizuschauen. Dort können wir über diverse Themen rund um die Hüter der Fabel-Reihe diskutieren und spekulieren. (Natürlich spoilerfrei, was die bis dahin noch nicht veröffentlichten Werke angeht). Dazu versuche ich auch Einblicke in meinen Arbeitsprozessen zu geben und Erfahrungen des Autorenalltags zu teilen. Schau also gerne vorbei.

Egal in welcher Form wir wieder voneinander sehen oder hören werden.

Ich wünsche dir bis dahin alles Gute. Bleib gesund und munter.

Kevin Christian Metz

BLUT GELECKT?

BEGLEITE DENNIS AUF SEINEM NÄCHSTEN ABENTEUER UND HILF IHM BEI SEINEM BISHER HÄRTESTEN KAMPF.

DER HÜTER DER FABELN

DER BLUTMONDSTEIN

Weitere Infos: Instagram: k.c.metz_autor/ Facebook: K.C.Metz

Oder E-Mail: info@kc-metz.com

1: Der Hüter der Fabeln/Manfestos Erbe

2: Der Hüter der Fabeln/Der Blutmondstein

3: Der Hüter der Fabeln/? (vsl. 2025)

4: Der Hüter der Fabeln/? (vsl. 2026)

5: Der Hüter der Fabeln/? (?)

6: Der Hüter der Fabeln/? (?)

Monddämmerung

Die Monddämmerung ist eine Vereinigung, die im Jahr 1622 vom Volkshelden Venoxia gegründet wurde. Sinn und Zweck dieser Fraktion war es, würdige Elfen gemäß den alten Traditionen ihres Volkes auszubilden.

Die Elfen verehren die Natur als die höchste Macht im Universum. Sie gelten als Boten der höheren Macht, da sie die einzigen Lebensformen sind, die eine Verbindung zu dieser aufbauen können.

Nach der Verschmelzung Venoxias mit dem Lebensbaum wurde die Monddämmerung unter neuen Händen geführt. Über die nächsten Jahrhunderte wandelte sich die Fraktion zu einem Adelsverband der Regierung. Dies ging so weit, dass das Symbol der Monddämmerung heute als offizielles Wappen Noxias gilt.

Gesta

Die Gesta ist eine religiöse Vereinigung, die im Jahr 1585 vom Propheten Siegfried Zadok gegründet wurde.

Die Gesta vertritt eine totalitäre Weltanschauung, nach der ein Nachfahre ihres Propheten als alleiniger Herrscher über ein gesamtes Erdenland ohne Grenzen herrschen soll. In ihrer Glaubenslehre steht der Mensch im Zentrum der Schöpfungsgeschichte, weshalb sie den hochentwickelten Fabelwesen mit ihren unglaublichen Fähigkeiten die Rolle einer Teufelsschöpfung zuschreiben.

Das Buch Gesta schreibt vor, dass der mit Macht gesegnete Mensch auf jede erdenkliche Weise zur Position des Weltherrschers befördert werden soll.

Das ursprüngliche Symbol der okkulten Organisation wurde im Jahr 1649 von Gabriel Zadok, dem Sohn des Propheten, entworfen und seitdem kaum verändert.

Der Kreis symbolisiert die Erde, die in drei Teile gegliedert ist.

Oben: Himmel bzw. Jenseits

Mitte: Diesseits

Unten: Hölle bzw. Unterwelt

Die Gesta bezeichnet sich selbst als von Gott auserkorene Gemeinde, um im Namen ihres Herrn über das Diesseits zu regieren. Dies ist der Grund, warum der Name der Organisation im mittleren Teil des Symbols zu sehen ist. Unter der Bezeichnung des Ordens steht ihr berühmter Spruch: "homo in medio creaturae", was übersetzt so viel bedeutet wie: "Der Mensch im Zentrum der Schöpfung".

Gesta

Homo in medio creaturae

Printed in Poland
by Amazon Fulfillment
Poland Sp. z o.o., Wrocław

52808901R00303